이 책이 당신의
인생을
구할 것이다

이 도서의 국립중앙도서관 출판시도서목록(CIP)은
e-CIP 홈페이지(http://www.nl.go.kr/cip.php)에서 이용하실 수 있습니다.
(CIP제어번호: CIP2009000913)

THIS BOOK
WILL
SAVE
YOUR Life

이 책이 당신의
인생을
구할 것이다

A.M. 홈스 장편소설 | 이수현 옮김

문학동네

줄리엣을 위해

그는 창가에 서서 밖을 내다본다. 아래쪽에 펼쳐진 도시는 몽롱한 선잠에 빠져 있다. 기압이 낮다. 산을 구르던 구름이 갈라진 틈 사이로 빠져나오는 광경이 마치 산이 직접 연기 신호를 올리는 것처럼 보인다.

발아래, 언덕 한참 밑에 있는 수영장에서 한 여자가 헤엄을 치고 있다. 그녀의 긴 갈색 머리도 함께 물 위를 부유한다. 그녀의 수영복은 아름다운 선홍빛 점이다. 부자연스럽게 파란 수영장에 희귀한 열대 조류가 날아든 것 같다. 그녀는 매일 아침 헤엄을 친다. 올림픽 선수처럼 자유형으로. 그는 그녀의 영법, 그녀의 결단력, 리듬, 규칙성, 그리고 그가 깨어 있을 때 그녀도 깨어 있다는 사실에 위안을 받는다. 수영을 못할 리 없는데도 그녀의 손놀림에는 다급한 느낌이 있다. 그녀는 그의 비밀스러운 친구, 그의 뮤즈, 그의 인어이다.

그는 창가에 서 있다. 평소 같으면 이 시간에 여기 서 있지 않을 것이다. 평소 같으면 일어나서 러닝머신에 올라 그녀가 헤엄치는 동안 달릴 것이다. 달리면서 주식 시세를 지켜보고 러닝머신에 달아놓은 키보드로 거래를 한다. 얼마나 올라가거나 내려갈지 살피며 장기 혹은 단기 투자를 결정한다. 보이지 않는 전자파를 타고 달리는 것이다.

평소에는 그렇다, 평소에는. 그러나 오늘은 모든 것이 다르고, 다르면서도 똑같고, 결코 다시는 같아질 수 없다.

그는 창가에 서 있다. 집에서 나는 기계음들이 방심한 그를 사로잡는다. 냉장고 안 얼음통에 얼음이 떨어지는 소리, 커피포트에 물이 채워지는 소리, 통풍구를 빠져나가는 공기 소리, 그 바람에 바지가 펄럭이는 소리. 그는 부르르 몸을 떤다.

"여보세요? 누가 있습니까?"

평소 같으면 그런 소리가 들리지 않을 것이다. 아무것도 듣지 못하고, 느끼지 못할 게 분명하다. 일어나서 소음 방지 헤드셋을 쓰고 창가에 가서 수영하는 여자를 보며 러닝머신에 오를 테니까.

그는 침묵의 진공 속에 있을 것이다. 삶이 취소된 공간에.

그는 커피메이커가 자동이라는 사실조차 몰랐다. 커피를 마시지 않으니까. 커피는 일곱시 반에서 여덟시 사이에 오는 가정부 세실리아를 위한 것이다. 그는 숨을 깊이 들이마신다. 커피 냄새가 좋다.

몇 년이나 혼자 지냈건만 갑자기 혼자 있다는 것이, 듣지 않고 느끼지 않고 알아차리지 못한다는 것이 두려워진다. 그는 유리에 귀를 댄다. 음악. 언덕 위에서 사람들이 아무것도 없던, 아니 덤불만 있던 곳에 잔디를 깔고 있다. 칸막이로 잔디를 깔 구획을 짓고, 뗏장을 입힌다. 골프 홀이 있는 작은 퍼팅 연습장을 만들고 있다.

사슬처럼 이어진 집들이 계곡 벽을 따라 위아래로 퍼져 있다. 사회적인 사슬, 경제적인 사슬, 먹이사슬이다. 목표는 꼭대기, 언덕의 왕이 되는 것이다. 이기는 것이다. 모두들 옆집을 내려다보며 자기들이 더 낫다고 생각하지만, 언제나 아래에서 밀고 올라오거나 위에서 내려다보는 사람이 있다. 영원한 승자는 없다.

그는 집의 꼭짓점, 두꺼운 창유리 두 장이 만나 배 앞머리처럼 언덕 위로 튀어나온 날카로운 모서리에 서 있다. 그는 서 있다. 선장, 왕, 주인, 그리고 스스로 만든 감옥의 죄수.

멀리 뿌연 오렌지빛이 보인다. 무슨 일인지 판단하기가 쉽지 않다. 산불인가, 아니면 그저 로스앤젤레스에 새벽이 온 것인가?

어제가 현실보다 더 생생하다. 무슨 꿈이나 사고의 정지 화면같이. 무슨 일이 일어나긴 했나?

땅에 움푹 꺼진 곳이 있다. 어제까지는 본 기억이 없는 크고 부드러운 원형 구덩이. 그는 그 구덩이를 보며 어림잡아본다. 대충 지름이 8피트 정도, 집에서는 50피트쯤 떨어져 있다. 저런 게 어쩌다 생겨났지? 생긴 지 얼마나 된 거지? 저걸 설명할 수 있을까? 어마어마하게 큰 국자를 땅에 대고 누른 자국 같다. 이런 일이 하룻밤 사이에 일어날 수 있나?

거실 바닥에, 그리고 소파 근처에 놓인 유리 없는 커피테이블 위에, 다른 때라면 질서정연했을 세계에 잔해가 흩어져 있다. 작은 플라스틱 파편, 튜브 조각, 찢어진 종이, 피 묻은 거즈…… 일어난 일에 대한 증거물이다.

그는 통증에 대해 생각한다. 시작은 등이 울통불통한 쾸쇠에 조이는 느낌, 배부터 가슴까지가 이상하게 당기는 느낌이었다. 점심에 먹은 렌즈콩 수프가 문제인가? 그는 기다려보았다. 제산제를 먹었다. 통증은 심해지면서 온몸으로 퍼져나갔다. 칼에 베인 듯한 타는 느낌이 다리로 내려가고, 턱을 치받았다. 단단한 아픔. 길고 날카로운 뜨개바늘로 팔을 찔러대는 것 같은 통증이 손가락까지 흘러들어갔다. 손가락이 얼얼해졌던가? 온몸이 도끼에 쪼개지는 생나무처럼 갈라지는 듯했다. 경련으로 어깨뼈가 활처럼 뒤로 젖혀지고, 몸은 앞으로 구부러져 꼬이고 부서진 C자 모양으로 말려들어갔다. 사람을 둘로 쪼갤 수도 있을 것 같은 격렬하고 거센 경련이었다. 그는 전화할 생각도 하지 못했다. 누구에게 해야 할지 몰랐고, 뭐라고 말해야 할지 몰랐으며, 통증이 정확히 어디에서 시작되는지 몰랐다. 온통 아픔이었다. 그는 비틀거리고 비지땀을 흘렸다. 정신이 아득했다.

그는 통증이 심해지기 전, 아직 거동할 수 있을 때 침실에 들어가 괜찮은 바지를 입고 허리띠를 매고 간편한 스웨터를 걸치고 양말과 구두를 신었다. 친구를 만나러 나갈 것처럼, 디너파티에 갈 것처럼, 차분한 모임에 참석할 것처럼 숨 죽은 색깔에 부드러운 면 소재 옷을 입었다. 언덕을 내려가 의사에게 가야 할지도 모른다는 생각에, 이미 시간도 늦었고 개인 병원에 누군가가 있을 시간은 한 시간도 더 지났다는 사실을 깨닫지 못한 채 그렇게 입은 것이다.

그는 소파에 누웠다. 처음이었다. 그런 행동은 혼자만의 규칙에 어긋났다. 침대가 아니면 눕지 말 것, 낮 동안에는 절대 눕지 말 것.

그는 소파에 누워 편안함을 느껴보려고 해보았다. 트레이너와의 운동이 문제였을까? 몸을 비틀거나 돌리다가 잘못된 걸까? 아니면 병에 걸린 건가, 감기나 독감 같은? 통증이 계속되었다. 어쩌다 이렇게 된 걸까? 지금 아픔이 시작된 건가, 아니면 늘 있었는데 이제야 알아차린 걸까?

그는 일어나서 이부프로펜* 몇 알을 먹고 창가에 서서 시내를, 아래쪽에 난 길을 달리다가 방향을 틀어 언덕으로 올라오는 차들을 보았다. 하늘이 어두워지고, 헤드라이트가 켜지고, 불이 들어오면서 집들이 살아났다. 코요테가 울었다. 멀리 보이는 도시는 너무나 크고 또한 너무나 작았다.

그는 유리창 앞에 서 있었다. 통증에 짓눌린 채로. 모든 혈관이, 모든 신경이, 모든 섬유조직이 굶주리고 목마른 것처럼 말려 들어갔다. 붕괴했다. 그는 아픔 속에서 유리창 앞에 서 있었다. 제일 이상한 점은 어디가 아픈지 도통 알 수가 없고, 또한 아무것도 느낄 수 없다는 사실이었다.

그는 울기 시작했다. 소리 없이 울다가 울고 있다는 사실을 알아

---

* 소염제의 일종으로, 주로 진통 완화제나 해열제로 쓰인다.

차린 순간, 울고 있다는 바로 그 사실 혹은 울음에 대한 두려움이 뭔가가 아주 잘못되었음을 알려주었다. 그는 더 심하게 울었다.

이게 '그것'인가? '그것'이 이렇게 나타나는 건가? 전에도 무슨 일인가가, 그가 알아차렸어야 할 경고가 있었던 걸까? 아니면 이것이 경고인가? 이건 분명 경고이거나 '그것'이었다.

그는 911에 전화했다.

"경찰, 소방서, 구급차 중에 선택하세요."

"의사요." 그가 말했다.

"경찰, 소방서, 구급차 중에 선택하세요."

"구조요."

"경찰, 소방서, 구급차 중에 선택하세요." 녹음된 음성이었다.

"구급차."

"잠시만 기다려주십시오."

연결되기를 기다리는 그 고요한 몇 분 사이에 갑자기 통증이 사라졌다. 통증이 지나가자 모든 것이 악몽이었고, 백일몽이었고, 형편없는 점심식사 때문에 체했던 것뿐이라는 생각이 들었다.

막 전화를 끊으려는데 어떤 여자가 전화를 받았다. "어떤 긴급 상황인가요?" 여자가 묻는 순간 상황이 떠오르면서 통증이 돌아왔다.

"아파요." 그는 말했다. "엄청난 통증이 느껴집니다."

"어디에 통증이 느껴지죠?"

"아무래도 이게 '그것'인 것 같아요."

"선생님, 어디에 통증이 느껴지나요?"

"온몸에요."

"상해를 입었나요? 총에 맞거나 높은 데서 떨어졌거나, 뱀에게 물렸거나 화살에 맞았나요?"

"아니, 아니요. 집에 있어요. 종일 집에 있었습니다. 스멀스멀 퍼졌어요. 통증에 젖어들 듯이."

"통증을 느낀 지 얼마나 됐나요?"

"모르겠어요."

"몇 분, 몇 시간, 며칠 중에서는요?"

"최소한 몇 시간은." 그러나 며칠이나 몇 년일 수도 있었다. 전혀 알 수 없었다.

"일에서 십까지 매겨본다면 통증이 어느 단계인가요?"

"십."

"어떤 종류의 통증인지 설명해줄 수 있겠어요? 날카로운가요, 욱신거리나요, 찌르는 것 같나요, 둔한가요?"

"그래요."

"지금 느끼기에 그중에서 어느 표현이 가장 잘 어울리죠?"

"전부 다요."

"심장마비, 뇌졸중, 발작 병력이 있나요?"

"아니요."

"나이가 어떻게 되시죠?"

"쉰다섯."

"집에 혼자 계신가요?"

이유를 설명할 수는 없지만 그는 이 질문에 겁을 먹었다. "이혼했습니다."

"누구 같이 계신 분 없나요?"

"없어요."

"전에도 이런 통증을 겪어봤나요?"

"오늘까지는 전혀." 미칠 듯이 불안해졌다. 무슨 시험 같았다. 질문이 너무 많다. 이 여자가 도대체 구급차를 보내겠다는 건가 아니면 밤새 이야기나 하자는 건가?

"호흡이 가쁘세요?"

심장마비나 뇌졸중일 수도 있다는 생각은 해보지도 않았다. 이것이 '그것'이라는 생각은 했지만, 심장마비일 거라는 생각은 하지 못했다.

"기침을 해보시겠어요? 숨을 깊이 들이마시고 세게 기침을 몇 번 해보세요."

그는 최선을 다했다.

"성함과 주소를 확인해주실 수 있겠어요?"

"릭이라고 불러도 됩니다." 그는 말했다.

"릭이 본명인가요?"

"무슨 말입니까?"

"집을 소유하고 계신가요?"

"그래요."

"이 전화번호나 집에 등록된 다른 이름이 있나요?"

"리처드요."

14

"감사드립니다, 노박 씨." 교환원이 말했다.

"내가 누군지 어떻게 알았어요?"

"시스템을 강화했거든요. 구조대가 가고 있습니다. 위기 대처 상담 훈련을 돕는 시범 프로그램의 일환으로 구조대가 도착할 때까지 선생님과 통화를 계속할 상담자에게 연결해드릴 수 있습니다."

"나한테 뭔가를 팔려는 거요?"

"아닙니다. 부가 요금은 없습니다. 프로파일에 맞는 분이라서 서비스를 받으실 수 있는 겁니다."

"프로파일?"

"생명이 위험할 수 있는 위기 상황에 처했고 거주지도 적당하세요. 허락하시면 상담자를 연결해드리겠습니다. 이름은 패티예요."

"진짜 사람인가요, 자동전화인가요?"

"바로 여기 있습니다. 잠시만요."

"안녕하세요, 리처드. 패티라고 합니다."

"안녕하세요, 패티."

"뭘 하고 계시죠, 리처드?" 그는 어떻게 답해야 할지 알 수 없었다.

"죽어가고 있어요."

"무슨 이유로 죽어가고 계시죠?"

"통증." 파열, 폭발, 느리고 고통스러운 죽음.

"신체 어디에 통증이 느껴지나요? 눈을 감고 집중해보시겠어요?"

점심시간에 쓰러지는 남자들이 있다. 시내에서 가장 멋지고, 맛있고, 비싼 레스토랑에서 점심을 먹다가 쾅! 쓰러져 죽어버린다. 우르릉 쾅. 리처드도 그럴 수 있었다. 고모가 늘 말하던 대로 그대로 까무러쳐 죽을 수 있었다. 집을 나서다가 집 앞에 쓰러져 죽어 늑대에게 먹히고 독수리에게 살점을 뜯길 수도 있었다. 그의 몸과 그 아픔 사이엔 차이가 없었다. 그의 몸이 곧 통증이었다.

"리처드, 마지막으로 본 영화가 뭐죠?"

이거야말로 로스앤젤레스에서만 가능한 질문이었다. 당신이 죽어가고 있을 때조차 사람들은 영화에 대해 떠들어댄다.

"생각이 안 나는군요." 그는 떠올려보려 애썼다. 매사추세츠 주 웰플리트의 자동차 극장에서 〈우리에게 내일은 없다〉를 본 기억이 났다. 백만 년 전쯤에.

"취미가 있나요? 골프 치세요?"

"수영을 좋아해요." 그는 말하면서 스스로 놀랐다.

"어디에서 수영을 하시죠? 집에 수영장이 있나요?"

"아니요."

"마지막으로 수영하러 간 게 언제였나요?"

"오 년 전쯤. 마이애미에 있는 호텔이었어요. 한 여자와 주말여행을 갔는데 안 좋게 끝났지요." 그는 잠시 말을 멈췄다. "더이상 말을 하지 않는 게 나을 것 같은데요. 대화를 하는 게 굉장히 혼란스럽군요."

"그러면 뭘 하시겠어요?"

그는 '넘어졌는데 일어날 수가 없어요' 송신기를 목에 건 노인들을 떠올렸다. 바닥에 쓰러져 구조대가 오길 기다리며 송신기에 대고 말을 하면서, 오직 누군가가 구해주러 온다는 사실에만 감사하는 노인들을.

"패티, 어디 출신이죠?"

"미네소타요."

"그럴 줄 알았어요. 미네소타 아니면 머데스토 출신일 것 같았어요." 그는 소파에 앉아서 유리창을 노려보았다. "괜찮아요. 계속 말할 필요 없어요. 조용히 있는 편이 집중하는 데 더 좋을 것 같네요."

"앉거나, 서거나, 걸으실 수 있나요?"

"아파요." 그는 그 말에 무슨 의미라도 있는 것처럼 되풀이했다.

"구조대가 곧 도착할 거예요."

그는 구조대에 지불할 현금이 충분한지 생각했다. 그러다 그런 생각이 어디서 났는지 의아했다. 구조대에 돈을 지불할 필요는 없었다. 이미 지불했지 않은가. 세금이 그런 데 쓰이는 것 아닌가. 결혼해서 뉴욕에 살 때 한번은 중국 음식을 시키고 전화기를 내려놓기도 전에 음식이 도착한 적이 있었다. 그와 아내는 그 식당은 건물 지하에 위성 부엌을 두고 있나보다고 농담을 하곤 했다. 그들은 항상 누군가에게 지불할 현금을 챙겨두었다. 택배 배달원, 도어맨, 짐꾼 등.

"들리세요?" 패티가 물었다.

그는 멀리서 들려오는 사이렌 소리, 엔진 소리, 언덕을 오르는 트럭 소리, 집 앞에 멈춰 서는 사이렌 소리를 들었다. 유리창에 붉은빛이 비쳤다. 구조대가 온 것이다.

문 두드리는 소리가 났다.

그는 소파에 누운 채 일어나야 한다는 생각을 했다.

"리처드, 소방관이 문 앞에 있어요. 들여보내줄 수 있겠어요?" 패티가 말했다.

"모르겠어요." 그는 겁을 먹었다. 이 모든 게 끔찍한 생각이었고, 전화를 걸지 말아야 했던 것은 아닐까 싶어졌다.

그는 그들이 집 옆으로 돌아 언덕을 내려가는 모습을, 전등 빛이 튀어오르고 상표가 찍힌 코끼리 가죽 같은 육중한 코트가 펄럭이고 무지개색 숫자가 번쩍이는 광경을 지켜보았다. 치직거리는 무전기 소리가 들렸다.

그들은 항복을 권고하듯이 메가폰에 대고 그의 이름을 불렀다.

"리처드 노박 씨, 들립니까? 문을 열 수 있습니까?"

"열쇠를 어딘가에 숨겨놓으시나요?" 패티가 물었다.

"차고가 열려 있어요."

"행운을 빌어요, 리처드." 패티가 말하고 전화를 끊었다.

그들은 가방을 들고, 화재 현장에서나 볼 수 있는 코트를 입고 들어왔다.

"난 소파에 누워 있어요." 그가 말했다. "울고 있어요."

화재는 없었다.

그들은 그를 에워싼 뒤 무릎을 꿇고 앉아 말을 걸었다. "혈압을 재고 산소를 조금 공급할 겁니다."

그는 고개를 끄덕였다.

"현재 통증이 있나요?"

"모르겠어요." 그는 플라스틱 마스크에 대고 말했다. 목소리가 멀고 둔탁하게 들렸다. "아무것도 기억이 안 나요."

경찰이 도착했다. 장난 전화를 걸었다고, 양치기 소년처럼 가짜 경보를 울려 공공기관의 시간을 허비했다고 잡으러 온 건가?

"집에 혼자 계십니까?" 경찰이 물었다.

그는 고개를 끄덕였다. 집에 누가 있는지에 저렇게 집착하는 이유가 대체 뭘까?

집은 사람들로 가득 찼다. 그의 이름을 부르고, 엄청나게 큰 소리로 그에게 말을 걸어댔다. 구급대원들이 도착해서 연장통처럼 단단한 상자를 열었다. 텔레비전에서 보았던 심장소생기를 설치했다. 그는 구급대원들이 심장소생기를 쓰지 않기를 기도했다. 그는 의식이 있지 않은가. 아닌가? 텔레비전에서는 의사들이 "준비 완료", 그리고 "물러서세요"라고 외친 다음 전기 충격을 가한다. 그 기계가 저기 있었다. 준비 태세를 갖추고, 녹색 불이 들어온 상태로…… 간다.

"데 코닝* 작품이 훌륭하군요." 구급대원 한 명이 말했다.

그들은 그의 셔츠를 벗기고, 가슴팍에 전극을 붙이고, 산소마스크 대신 콧구멍을 따라 올라가는 작은 튜브를 끼웠다.

"신경이 아파요." 그는 빠져나갈 길을 찾으며 말했다.

"그리고 로스코** 작품도 정말 마음에 드네요. 로스앤젤레스 현

---

* 1904~1997, 네덜란드 출신의 추상표현주의 화가.

대미술관에서 한 번 본 적이 있어요."

"대여했었죠." 리처드가 말한다.

"아하." 소방관 하나가 말했다. "어디서 본 것 같더라니. 그거 누구였더라, 에드 해리스가 주연으로 나온 영화."

구급대원이 고개를 저었다. "에드 해리스는 잭슨 폴록 역을 했죠. 폴록은 액션페인팅을 했어요. 이건 마크 로스코예요. 더 어둡고 진지하죠."

"구급대원이 아니라 미술 전문가예요?"

"하버드에서 의학부 예과를 다니면서 미술사를 복수 전공했거든요. 드시는 약 있습니까?"

"비타민과 코에 뿌리는 스프레이 약 정도요. 축농증이 심해서요."

"심전도 결과를 병원으로 보낼 겁니다. 그러면 병원에서 어떻게 치료해야 할지 충고해줄 거예요. 기다리는 동안 링거액을 놓겠습니다."

그 사람들이 그를 심각하게 대한다는 생각이 들자 불안해졌다. 이건 농담이 아니었다. 그들은 그의 생명을 구하고 있는 것처럼 행동했다.

"아스피린에 알레르기가 있나요?"

"아니요." 리처드가 말했다.

구급대원은 그의 손에 자그마한 베이비 아스피린 두 알을 쥐여주었다.

** 1903~1970, 러시아 출신의 추상표현주의 화가.

알약을 씹자 으깨져서 어린 시절 같은 맛이 나는 마르고 푸석푸석한 분홍색 반죽이 되었다.

"와줘서 다행이에요." 그는 특별히 누구에게랄 것도 없이 말했다.

"기지에서 4번 현장으로, 거리 좋아 보임, 이송해도 좋다."

구급대원들은 그를 들어올려 들것에 실었다. 몸이 들리는 순간 그는 고함을 질렀다. 이유는 알 수 없었다. 주위에 소방관, 구급대원, 경찰관이 모여서 그를 옮겼다. 몇 년 동안 이런 적은 없었다. 그는 사람들을 도우려고, 스스로의 무게를 가볍게 만들려고 노력했다.

경찰관이 집 열쇠가 어디 있는지 물었다. 부엌 카운터에 놓인 은그릇에 있었다. 경찰관은 문을 잠그고 그에게 열쇠를 건넸다.

구급대원들이 바퀴를 굴려 그를 옮겼다. 덜컹거리고 흔들리는 느낌 때문에 졸음이 왔다.

"졸린 사람 있어요?" 리처드가 물었다.

아무도 대답하지 않았다.

그들은 그를 밀고 밤 한가운데로 들어갔다. 트럭의 붉은 불빛이 어둠 속에서 이리저리 튀었다. 그는 깊이 숨을 들이마셨다. 산소를 마셨다.

그들은 그를 차에 태우고 계곡을 굽이굽이 돌아 내려갔다. 집에서 멀어질수록 가는 방향과 반대로 타고 있는 것과 기가 꺾인 사이렌 소리, 흔들리다 멈추기를 반복하는 구급차의 움직임이 상호작용하여 방향을 잃은 듯한, 길을 잃은 듯한 느낌과 구역질을 선

사했다. 그는 올 것이 왔음을 예견할 수 있었다. 구급차가 병원 뒷문을 향해 후진하자 그는 눈을 감고, 입을 열고, 토했다. 사방에 토하며 비비탄 같은 검은 렌즈콩을 구급차 뒤에 흩뿌렸다. 그를 풀어주려고 서두르던 사람들의 얼굴에도 뿌렸다. 그들은 스스로를 보호하고 상황을 수습하려고 그의 얼굴에 시트를 던졌다. 들것이 빠져나오고 바퀴가 땅에 닿는 순간 그는 기절했다.

그리고 의식을 잃은 것만큼이나 빨리 의식을 되찾았다. 대포에서 발사되기라도 한 것처럼 정신이 번쩍 들었다. 이 사람들이 자극제나 비밀스러운 흥분제라도 한 방 놓아준 걸까?

"노박 씨, 들리세요?"

입을 열어 말하기가 두려워 그는 고개를 끄덕였다.

"어디 와 있는지 아시겠어요?"

그는 다시 고개를 끄덕였다.

그들은 그를 들것에서 들어올려 침대로 옮기고 얼굴을 닦아주었다.

"미안합니다." 입을 열어도 괜찮겠다는 느낌이 들자 그는 말했다.

"사과하실 필요 없어요." 누군가의 말에 그는 오히려 한번 더 말해야겠다는 느낌을 받았다. "미안합니다."

머리가 휙휙 돌아갔다. 이제는 졸리지 않았다. 깨어났다. 완전히 깨어났다. 생각이 이리저리 옮겨다녔다. 유언장은 제대로 되어 있던가? 로스코 작품은 어디에 주기로 했더라, 로스앤젤레스 현대미술관이었나 뉴욕 현대미술관이었나? 다르게 처리했어야 하나? 그가 죽으면 변호사에게 연락이 갈까? 마음을 편히 가지려고 그는 가진 돈을 셈해보았다. 각 계좌에 얼마씩 있더라? 어느 정도면 충분할까?

이 사람들이 뭔가 시간을 빠르게 하는 약이라도 주사한 건가? 뭐라고 말해야 할까? 모든 일이 너무 빨리 일어난다고 말해야 할까? 그는 시계 초침을 지켜보았다. 느리다, 너무 느리다.

"숨을 깊이 들이마셔요. 심호흡을 계속하세요. 긴장을 푸셔야 해요. 안심해도 돼요, 노박 씨. 다들 전문가니까요."

그들은 그를 찌르고, 피를 뽑고, 혈압과 동공 상태를 확인하고 또 확인하고, 끝없이 이어지는 심전도를 들여다보았다. 그들은 싸구려 볼펜으로 깨끗한 흰 종이에 휘갈겨 썼다.

살아 있는 게 신기할 정도로 마른 여자가 침대 옆에 다가왔다. 완전히 나뭇가지, 그것도 죽은 나무 같았다. "보험증 갖고 계세요? 무슨 일이 있을 경우 어느 분께 연락을……" 뼈가 튀어나온 여자였다. 팔꿈치, 손목, 목, 모든 뼈가 말 그대로 드러나 깨끗하게 벗겨진 것 같았다. "이름과 전화번호가 필요해요." 여자는 저 승에서 보낸 연락원, 예약 담당자 같았다. 그는 여자의 다음 질문이 이런 내용일 거라 생각했다. 죽은 친지분 가운데 저녁식사를 같이하고 싶은 분이 있나요? 예약해드릴 수 있습니다만.

그는 변호사 이름을 댔다. "전화번호는 모릅니다."

모든 것이 너무 비현실적이었다. 현란한 형광등 불빛이 언제라도 그를 압도하고 모든 것을 하얗게 만들어버릴 거란 생각이 떠나지 않았다. 언제라도 그 부드러운 흰빛에 빨려들 것만 같았다.

"어떻게 시작된 거죠?" 무릎께에 레지던트 하나가 차트를 들고

서 있었다.

그는 기억할 수 없었다. 기억할 수 있었던 때를 기억할 수 없었다. 갑자기 한두 가지 기억이 나지 않는 것이 아니라 기억할 게 아무것도 없다는 느낌이 들었다. 찾고 또 찾아보았지만 아무것도 보이지 않았다. 어떤 그림도, 어떤 기억도, 어디에 있었는지도.

"노박 씨, 제 질문 이해하시겠어요? 언제 통증이 시작됐나요?"

"잘 모르겠어요. 시작된 건지 아니면 갑자기 알아차린 건지 분명하지가 않아요. 관심을 기울이면 기울일수록 나빠졌어요. 패티가 여기 있습니까?"

"패티가 누구죠?"

"아까 전화 통화를 했던 여자입니다."

"패티라는 사람은 모릅니다." 레지던트가 짜증을 내며 말했다.

"제 동생 이름이 패티예요." 간호사가 말했다.

"굉장히 친절한 여자였어요. 미네소타 아니면 멘도시노 출신인 패티는." 그가 말했다.

레지던트가 걸어나갔다.

"이렇게 해보시면 어떨까요." 간호사가 휴대전화를 건네며 말했다. "통화하고 싶은 분 있어요?"

그는 고개를 저었다.

"누군가와 이야기를 나누면 기분이 나아지기도 해요."

"당신은 간호사가 아니라 핑크 레이디*인가요?"

---

* 1980년대 텔레비전 쇼로 일본 여자 두 명과 미국 남자 코미디언 한 명이 진행했다.

"간호사예요. 이십 년 전에 은퇴했다가 다시 복귀했어요. 두번째 직업이죠."

"왜 다시 돌아왔죠?"

"남편이 죽었는데, 솔직히 밤에 혼자 집에 있을 수가 없어서요. 잠도 오지 않고. 그러다가 생각했죠. 밤에 일하면 어떨까. 그러면 집에 있을 필요가 없으니 정신병원에 들어갈 일도 없겠지 하고요. 통화하고 싶은 사람이 아무도 없어요?" 간호사가 다시 물었다.

누구에게 전화하지?

그의 부모님은 스노우버드*였다. 지금도 플로리다 어딘가에 있을 것이다. 그러면 누구에게? 매사추세츠에 사는 동생에게 걸까? 이 상황의 범인일지도 모르는 렌즈콩 수프를 권한 영양사? 내일 아침 집에 왔을 때 그가 없다는 사실을 알아차릴 유일한 사람인 가정부? 트레이너도 오전에 오고, 마사지사는 오후에 올 것이고, 실내장식가도 집에 들러 손님용 침실을 무슨 색으로 꾸밀지 말하기로 했다. 이 사람들의 전화번호를 안다면 전화해서 모든 스케줄을 취소하련만.

그는 그곳에 누워 자신이 얼마나 철저히 세상으로부터 스스로를 지우고 의무를 없애버렸는지, 얼마나 바보같이 독립적이었는지 깨달았다. 그는 아무도 필요로 하지 않았고, 아무도 알고자 하지 않았으며, 어느 누구의 인생에도 끼어들려 하지 않았다. 어찌

---

* 캐나다나 미국 북동부 주민 중에 긴 겨울을 남쪽 지방에서 나는 사람들을 가리킨다.

나 철저히 스스로를 의존과 의무의 세상으로부터 고립시켰던지 자신이 아직 존재하고 있는지조차 확신할 수 없었다.

"분명 누군가가 있을 거예요." 간호사가 말했다.

"친절하시군요." 그가 말했다.

"나이가 많으니까요." 간호사가 말했다.

"혹시 우리……" 누군가가 커튼을 당겨 그의 침대 칸막이를 닫았다.

다시는 누구에게도 전화할 수 없다면 마지막으로 누구에게 걸까. 딱 한 번만 더 이야기해보고 싶은 사람이 누굴까. 아들 벤? 그 아이에게 걸지는 않을 것이다. 그들은 그렇게 돈독한 관계가 아니었다. 안녕, 벤, 아빠가 응급실에 있는데 그냥 안부나 전하고 네가 어떻게 사는지 들어보고 너에게 BOL*을 빌려주고 싶어서 전화했다. 얘야, 넌 나보다 잘 살았으면 한다. 네가 원하는 걸 얻고, 네가 받아 마땅한 것 이상을 누리며 살았으면 좋겠다. 기억하렴, 아들아. 이게 바로 '그것'이란다.

전처. 어제인지, 며칠 전인지 그녀가 응답기에 메시지를 남겨놓았다. 그는 전화를 걸지 않았다. 이유는 알 수 없지만.

"생각해봐요." 간호사가 말했다.

전처는 라이프 스타일과 자기 계발에 관한 책을 내는 출판사를 운영한다. 어떻게 살지, 혈액형이나 상징색 같은 신호에 따라 무얼 해야 할지 말해주는 책, 소박한 삶에 관한 큼지막한 사진 책,

---

* Best of Luck, '최고의 행운'이라는 뜻.

시간을 낼 수 없을 때 시간을 확보하는 법, 이런 것들이 하나도 적용되지 않을 때 어떻게 해야 하는가에 관한 책들.

쌍방향 무전기로 구급대원들이 병원과 대화를 나누다가 '코드 오렌지'라는 말을 했다.

"오렌지는 뭐죠?"

"유명 인사예요." 간호사가 말했다. "사진사에게 걸리지 않도록 알려주는 거죠. 가끔은 사진사들이 환자보다 먼저 도착하기도 하거든요. 최악은 유명 인사가 죽었을 경우예요. 그런 사진은 돈다발이거든요. 피투성이 유명 인사 사진은 무조건 몇 천 달러는 하죠."

"현장에서 기지로, 오렌지는 여성, 칠십대 중후반, 자동차 사고, 머리 손상 가능성, 바이털은 안정, 들것에 고정해두었음. 가는 중."

"저 사람이 누군지 언제 알게 됩니까?"

"맞춰볼 때도 있어요. 환자의 나이대와 사고가 일어난 장소를 아니까 내기를 거는 거죠. 바이퍼 룸*이었나, 힐스 위쪽이었나, 로데오 가 상점 안이었나, 미용실이었나에 따라서요. 머리를 감기 위해 고개를 뒤로 젖혔다가 뇌졸중이 올 수도 있는데, 바로 앉기 전에는 아무도 눈치를 못 채거든요. 그런 경우가 몇 번 있었어요. 유명인들은 언제나 머리 손질을 받으니까요."

레지던트가 커튼을 젖혔다. "곧 사람이 올 겁니다. 동맥류가 아닌지 확인하려고 뇌스캔을 지시했거든요. 금방이라도 새기 시작해서 터질지 모르니까요." 기분이 좋아진 의사는 자기 농담에 자

---

* 배우 조니 뎁이 운영하는 클럽으로 스타가 많이 찾는 장소로 유명하다.

기가 낄낄거렸다.

"요새는 저런 애들을 어디에서 찾아내는 건지 모르겠어요." 경찰관 두 명이 바퀴 달린 의자에 노란색 나일론 밧줄로 묶인 소년을 밀고 들어오자 간호사가 옆으로 비켜서며 말했다. 소년은 올가미에라도 걸린 듯한 모습이었다.

"난 하느님이다!" 소년이 큰 소리로 말했다.

"안녕, 하느님. 난 응급실 간호사란다. 무슨 일인지 말해줄 수 있겠니?"

"날 갖고 놀 생각 마. 신에게 헛소리하지 말라고. 난 아니까, 하느님은 아니까. 그리고 난 하느님이고, 난 날 수 있어. 난 자유야. 난 하느님이야!" 소년은 소리 질렀다. "난 하느님이야, 난 하느님이야, 난 하느님이야!" 되풀이할 때마다 소리가 점점 커졌다.

의사가 소년의 동공에 불빛을 비췄다. "자, 말해봐라. 하느님이 되기 전에는 이름이 뭐였지?"

"난 하느님이야. 난 예수야. 십자가에 못 박혔어. 그래서 팔을 움직일 수가 없는 거야. 난 하느님이야. 하느님은 개새끼야." 소년이 왕왕 짖었다.

"좋아, 하느님. 네가 그 높은 곳에서 내려오는 걸 도와줄 만한 주사를 놔주마."

"난 날고 있어!" 소년이 고함쳤다. "그리고 난 자유야!" 소년은 밧줄에 묶인 몸을 흔들기 시작했다. "풀어라. 명령이다. 풀어!"

그러는 사이 자동차 사고를 당한 '코드 오렌지'가 리처드 옆 침대로 실려왔다. 침대 주위에 커튼이 쳐졌다.

나이 많은 여배우의 신음 소리가 들려왔다. 그는 그 소리로 여배우가 머리를 다쳤다는 걸 알 수 있었다.

그는 마음속으로 몇몇 이름을 떠올려보았다. 나이 든 여배우라, 누가 있을까? 그가 생각해낸 배우들은 대부분 이미 죽었다. 루실 볼, 베티 데이비스, 가르보.

"얼른 잘라냅시다. 어떻게 되었는지 봐야겠어요." 누군가가 말했다. "가위 줘요."

"자르지 말아요." 여배우가 말했다.

그리고 잡아 뜯는 소리가 나더니, 커튼 틈으로 뭔가 피 묻은 물건이 금속 이동 탁자 위에 철퍽 떨어지는 것이 보였다.

"거즈!" 누군가가 외쳤다. "압박해. 얼마나 깊지? 이물질은?"

그는 여배우의 머리 가죽이 벗겨졌다고 생각하고는 겁을 먹었다. 금속 탁자에서 눈을 뗄 수가 없었다. 지금 보고 있는 게 뭐지? 머리카락, 살점, 피, 피투성이 머리 가죽.

커튼 뒤에서 으스스하게 간호사가 걸어나왔다.

"저 여자분, 머리를 잃은 건가요?" 그가 물었다.

"환자에 대한 정보는 알려드리지 않아요."

방금 본 것이 무엇인지는 몰라도, 덕분에 겁이 난 그는 전화번호를 눌렀다. 전처의 전화번호를. 그가 기억하는 유일한 번호로, 예전엔 그의 전화번호였다.

그가 무슨 말을 하기도 전에 그녀가 말했다. "지금 막 집에 왔어. 피곤해 죽겠어. 하루 종일 회의를 했거든. 제정신이 아니야. 내일 얘기하면 안 될까?"

"지금 병원에 있어. 누군가에게 전화를 해야 한다고 해서."

"여기서 내가 뭘 해줄 수 있겠어? 자정이 지났는데."

"통증이 있었는데 점점 심해졌어. 그래서 911에 전화를 했지. 가슴에 전극을 붙이고 팔에 링거를 맞으면서 시더스 시나이*에 누워 있어. 의사들이 계속 심장 병력이 있는지 묻는군."

"왜 당신 아들에게 전화하지 않고?"

"벤에게 전화하기에 좋은 시간 같지가 않아서."

"나 피곤해 죽겠어, 리처드. 내일은 집에 돌아가? 내일 전화할게." 그녀는 그가 무슨 말을 하기도 전에 전화를 끊었다.

이게 마지막 대화일지도 모른다고, 이게 '그것'일지도 모른다고, 무슨 말인지 알겠느냐고 얘기할 생각은 하지도 못했다. 그녀에게 전화했다는 사실이 믿기지 않았다. 그녀가 늘 저렇게 잔인했던가? 그녀에게 전화하지 말았어야 했다. 전화를 해야 한다고 생각하다니 미쳤던 게 분명하다. 아무에게도 전화하지 말았어야 했다. 혼자 버텨야 했다.

그런 생각이 스쳐 지나가자 번개처럼 통증이 그의 몸을 갈랐다. 왜 그냥 죽지 않는 건가? 그는 죽고 싶지 않았다. 죽을 수 없었다. 아직 살아보지도 못했다.

"무섭다." 그는 허공에 대고 말했다. "그리고 내 옆에 누운 여자는 머리를 잃었다."

간호사는 건너편에 있는 남자에게 무슨 성명서라도 발표하듯이

---

* 로스앤젤레스의 유명한 의료센터.

큰 소리로 말하고 있었다. "로젠버그 씨, 골반 뼈가 부러졌어요. 따님이 오고 있어요. 여기가 어딘지 아시겠어요?"

"어딘지 알고말고. 난 영화에 나오고 있어. 이건 다 영화야." 남자가 말했다. "그랬으면 좋겠어. 난 집에, 내가 사는 집, 아니면 놈들이 죽을 때까지 기다리라고 밀어넣은 집이라고 해야 하나, 거기 있어. 차가운 창고야, 내가 있는 곳은. 내가 나이는 많을지 몰라도 노망은 안 났다고."

"여긴 병원이에요, 로젠버그 씨. 넘어져서 이리 실려 오셨어요. 지금 대통령이 누군지 아세요, 로젠버그 씨?"

"그게 뭔 상관이야? 다 도둑놈인데."

"노박 씨?" 리처드의 침대 발치에 노란 위생복을 입은 호송자가 나타났다. "모시러 왔어요." 리처드는 이동 침대에 실려 링거 줄을 늘어뜨린 채 무균 상태인 복도를 굴러 내려가서 병원 시설 안으로 들어갔다.

주의-방사능. 커다란 주사기를 손에 든 기술자가 나타났다. "해산물, 갑각류, 요오드에 알레르기가 있습니까?"

"내가 알기론 없습니다."

"밀실 공포증은요?"

"생각해본 적도 없습니다."

커다란 주사기, 그다음엔 작은 주사기. 주사기 두 대와 그 안에 든 물질이 그를 안정시켰다.

"스캔하는 데 사십오 분 정도 걸립니다. 절대 움직이면 안 돼요. 다시 할 시간이 없으니 딱 맞게 고정하겠습니다."

그는 압박감을 느꼈다. 렌즈콩이 녹은 담즙이 목구멍으로 올라오는 게 느껴졌다.

두 개의 주사액은 차가운 방사능 젤리처럼 몸 안을 흘러다녔다. 정신이 이상했다. 그는 앰뷸런스 문이 열리고, 마침내 병원에 도착했다는 데 안도감을 느꼈던 순간을 기억했다. 그리고 거의 동시에 내장이 솟구치는 듯한, 모든 것이 올라오고 스스로를 토해내서 결국에는 자기 자신이 완전히 뒤집혀 드러날 것만 같았던 느낌을 기억했다. 간호사가 종이 수건으로 그의 입가에 묻은 토사물을 닦아주었다. 친절한 행동이었다. 간호사가 그의 이름을 불러주었다면, 그에게 미소를 지어주었다면, 젖은 수건을 들고 있었다면, 조금만 더 부드러웠다면 완벽했을 것이다. 조금 사무적인 감은 있었지만 그래도 사람들이 그곳에 있다는 사실, 대기하고 있다는 사실이 기뻤다.

검사는 마치 관을 미리 시험해보는 것처럼 이루어졌다. 마치 가상의 죽음을 보여줄 3D 모델을 만들기 위해 그를 스캔하는 것 같았다. 그는 스캔이 끝난 다음 그를 위층으로 데려가 파워포인트로 다양한 관 속에 누운 그의 모습을 시연해주는 광경을 상상했다. 각기 다른 재질, 다른 베개(경구를 수놓은 것도 있겠지)에 뚜껑에는 모노그램이 새겨진 관들.

그는 천장이 코에서 2인치밖에 떨어지지 않은 스캐너의 좁고 평평한 바닥에 누워 눈을 뜨고 있었다. 전처 생각밖에 나지 않았다.

애초에 그가 떠나왔던 그곳으로 돌아온 것 같았다. 그녀는 저널리스트가 될 생각이었고 그는 경제학자, 지식인, 정책 입안자가 되려고 했다. 그들은 대학에서 만났다. 바너드 대학과 컬럼비아 대학. 둘은 첫 경험을 했다. 적어도 그는 그랬다. 그리고 결혼을 했고, 어퍼 이스트사이드 렉싱턴 가에 있는, 새로 짓긴 했지만 특징은 없는 건물에 집을 얻었다. 그녀는 처음부터 그 집이 마음에 들지 않는다는 점을 분명히 밝혔다. 그녀는 공원이 내려다보이는 5번가 집을 원했다. 모든 것이 실패한 기분으로 시작되었다. 왜 젊은 두 사람의 출발을 축하하는 순간에 마음에 드는 것이 아무것도 없다는 이야기가 나와야 했을까. 그녀는 일에 열중했다. 어떤 방식으로든 자기가 원하는 것을 이루겠다고 결심했다. 그리고 그는 순식간에 버려진 느낌을 받았다. 잘해보려고, 그녀의 관심을 끌어보려고 그 역시 일에 열중했고 곧 모든 것이 돈으로 환원되었다. 그녀에게 깊은 인상을 남길 만한 돈. 그다음에는 스스로를 지킬 만한 돈, 그런 다음에는 그저 돈으로 돈을 만들고 긁어모으는 상황이 되었다. 그가 판단만 잘 내리면, 예측만 잘하면 손에 넣을 수 있는 돈이 넘쳐났다. 그것은 중독성이 있는 게임이었고, 그는 계속 이겼다. 그는 이백만 달러를 땄다고, 엄청난 보너스를 받았다고, 주위에서 그런 문제를 진지하게 받아들이는 사람들, 즉 돈에 먹힌 사람들의 찬탄을 받았다고 되뇌곤 했다. 그는 모두에게 그저 게임일 뿐이라고 말했다. 그렇다고 이기려 하지 않고 일부러 지려는 뜻은 아니라고, 사적인 문제로 받아들이지는 말아야 한다고. 그저 서류일 뿐이라고.

"당신이야 그렇게 말할 수 있지." 사람들은 말하곤 했다.

시간이 흐르자 정말 서류로만 받아들일 수 있었다. 그는 매일 아침 일어나서 매일 밤 집에 들어갈 때까지 아무 걱정도 하지 않았다. 그게 정말이었을까? 그게 가능했을까? 아니면 그가 혼자 지어낸 이야기였을까?

"거의 다 됐습니다." 관에 달린 스피커에서 흘러나온 기계적인 목소리가 생각의 흐름을 방해했다.

그는 평평한 스캐너 바닥에 누워 헤어진 아내를 생각하고 있었다. 왜 그녀에게 전화했을까? 뉴욕은 밤이고 그녀가 집에 있으리라는 걸 알아서? 그녀가 그의 자식의 엄마여서? 놀라울 정도로 자기중심적인 그 여자를 여전히 사랑하기 때문에? 왜?

웅웅거리는 기계음이 달라졌고 그는 생각의 방향을 바꿨다. 마지막으로 병원에 온 게 언제였지? 그는 머릿속의 작은 거울을 들여다보았다. 마지막으로 병원에 온 게 언제였지? 발목이 접질렸을 때? 테니스 치다가 다쳤을 때? 감기가 심하게 걸렸을 때?

벤. 벤이 태어났을 때였다. 도대체 어떻게 그들이 아이를 가질 수 있었을까? 무슨 생각을 했던 걸까? 아이를 원하기는 했나? 아니면 그저 다른 부부들이 하는 대로 한 건가? 크리스마스 선물로 강아지를 사는 것과 다르지 않은 짓이었나? 강아지에게 나비 넥타이를 매어주면 귀엽기야 하겠지만, 누가 한밤중에 개를 산책시킨단 말인가?

그는 벤이 태어나던 때를 기억했다. 생각해내려고 하자 모든 것이 떠올랐다. 병실, 지하에 있던 자동판매기, 퀴퀴하고 탄 맛 나던 커피. 하나씩 하나씩 떠오르면서 그는 그때로, 그 엄청난 순간으로, 아내가 그에게 저주를 퍼붓고 간호사들이 분만 중이니 진심으로 받아들이지 말라고 하던 순간으로 돌아갔다.

투명할 정도로 얇은 피부에, 어떤 준비도 되어 있지 않은 상태로 눈을 감고 있던 벤. 긴 여행 중에 스스로를 보호하려 잠을 자던 벤. 벤은 언제나 잠을 좋아했다. 팔 주째부터는 밤새도록 잤다. 리처드는 일을 끝내고 집에 돌아가면 벤을 들여다보곤 했다. 어둠 속에서 요람 옆에 서서 벤의 숨소리를 듣고 벤을 건드려보았다. 가끔은 벤의 자그마한 손이 그의 손가락을 잡기도 했다. 놓지 않기도 했다.

"생각보다 오래 걸렸네요." 기술자가 말했다. 이동 침대에 누운 리처드는 시간 속을 헤매고 있었다.

응급실로 돌아가자 아주 젊은 의사 하나가 커튼을 젖히더니 그의 침대 가까이에 놓인 의자에 앉았다. 스스로가 중년도 아니고 늙은이라는 느낌이 들기는 처음이었다. 젊은 의사가 말했다.

"환자분이 특정 연령에 이르면 저희는 모든 것을 더 심각하게 받아들입니다. 제 생각엔 심장마비가 온 것 같지는 않습니다. 심전도도 좋고, 효소 상태도 좋아 보입니다. 지금 기분은 어떠세요?"

"누가 알겠습니까?" 그가 말했다.

"아직도 통증을 느끼나요?"

"모르겠어요."

"모른다니 조금 이례적이긴 하군요. 병명이 통증이라고 했죠?"

"믿을 수 없을 정도의 통증이요."

"지금은 어떤가요?"

"나아진 건지 나빠진 건지, 사라진 건지 다시 온 건지 말할 수 없을 때가 있어요. 아무것도 느껴지지 않을 때요."

그런 상태에 대해 들어본 적이 없는 젊은 의사는 뭐라고 말해야 할지 몰라 차트를 내려다보았다. "말씀드렸듯이 CT 스캔 결과는 양호했습니다. 심전도 결과도 괜찮아 보이고요. 넘어지거나 머리를 맞은 일은 없었죠?"

"없습니다. 아무 일도 없었어요."

"오지 같은 곳으로 여행을 간 일은요?"

"아무 데도 간 적 없어요."

"물은 충분히 마시고 있나요? 탈수는 생각보다 중요한 요인이죠."

"마시고 있습니다."

"선택지는 이렇습니다. 선생님을 위층으로 보내서 이십사 시간 동안 경과를 지켜보는 것, 아니면 집에 돌려보내는 것."

"위층에 뭐가 있는데요?" 그가 물었다.

"기본적인 장치요. 모니터에 연결할 겁니다." 의사는 잠시 말을 멈췄다. "개인적으로는 그냥 그런 일들 중 하나였을 거라고 봅니다. 하지만 제가 뭘 알겠습니까? 많은 일이 일어납니다. 증명할 수 없는 일도 많죠. 아무 일도 없었다는 얘기는 아닙니다. 하지만 이건 우발적인 사건이고 벌써 지나간 것일 수도 있어요."

"내가 미쳤다는 말을 돌려서 하는 겁니까?" 그는 조잡한 가운을 입고 얇은 시트를 덮고 있었다.

"이런 일을…… 뭐라고 부르죠? 돌발 사건이라고 할까요? 아무튼 이런 일을 어떻게 생각해야 할지 판단하기는 어려워요. 너무 깊이 생각하지 말아요. 그냥 받아들여요. 무슨 일이 일어났는데, 우리는 그게 무슨 일인지 모르는 것뿐이라고 말입니다." 의사는 말을 마치고 억지웃음을 지었다. "일단 죽어가는 건 아니니 좋은 일이죠. 그게 중요한 점이기도 하고요. 선생님에겐 시간이 있습니다. 우리 가운데 누구도 언제 호각 소리를 듣고 게임에서 퇴장하게 될지 알지 못하잖아요. 그때까지는 모든 것을 유용한 정보로 생각하세요."

"그러니까…… 살아 있다는 걸 기뻐해야겠군요."

"우리 모두 그래야죠."

"참을 수 없는 통증이었어요."

"제 생각에는 가도 괜찮을 것 같지만, 고객은 제가 아니니 위층으로 가길 원한다면 위층에 방이 있는지 알아볼 수 있습니다. 검사도 더 할 수 있어요. 검사는 언제나 더 할 수 있죠."

그는 스스로 결정을 내리고 싶지 않았다. 의사가 어떻게 해야 할지 말해줬으면 했다. 그는 마음이 심란했고, 밤새 깨어 있어서 머릿속이 흐릿했다. "여기 음악을 틀어놓습니까? 계속 피터 폴 앤 메리의 노래가 들려요. '새벽이 오네, 이른 아침……'" 그는 노래를 불렀다.

"남을 겁니까, 갈 겁니까?" 의사가 조바심 내며 물었다.

"영웅적인 노력 따윈 소용없죠." 그는 농담이라고 생각하며 말했지만, 의사는 웃지 않았다. "집에 가겠습니다." 그는 1, 2, 3번 방 중에 고르라는 질문을 받은 사람처럼 대답했다.

"뭔가가 일어나긴 했어요. 그걸 무시하진 마세요. 정체가 무엇인지 말씀드릴 수 없다고 해서 그게 진짜가 아니라는 뜻은 아닙니다. 주치의를 만나보세요. 흥미로운 이야기를 해줄지도 모릅니다. 그리고 매일 베이비 아스피린을 두 알씩 드세요. 일과 삼아서요. 맛있어요. 플린스톤이나 초크스 비슷한 맛이 나죠."

"뭐 비슷한 맛이요?"

"제가 어렸을 때 먹던 비타민입니다. 지금도 먹죠." 의사는 주머니에서 플린스톤 비타민 병을 꺼냈다. "사탕처럼 먹어요. 월마, 오렌지색 월마를 제일 좋아하죠. 그다음은 파란색 바니, 빨간색 디노 순서예요. 전 디노를 사랑해요. 하나 드리고 싶지만 규칙 위반이라서 안 되겠네요."

플린스톤을 먹는 의사를 진지하게 보기란 조금 어려웠다. 리처드는 의사를 보며 한때 알고 지내던, 플랜터스 피넛*처럼 옷을 입는 직업을 가진 누군가를 떠올렸다.

"난 하느님이다." 옆 침대에 누운 소년이 중얼거렸다. "난 하느님이다."

"하나 물어보고 싶은데요." 리처드는 몸을 앞으로 기울이고 속삭였다. "관련은 없을지 모르지만 옆 침대에 있는 사람 말인데, 머리통이 날아간 겁니까? 뭔가를 본 것 같아서요."

의사는 무슨 말인지 이해하지 못했다. "전 심장전문의일 뿐입니다. 그러니까 조심하시고, 너무 빨리 다시 보는 일이 없길 바랍니다."

---

* 유명한 땅콩 상표로 같은 이름의 캐릭터가 있다.

의사가 떠나자 침대 사이의 커튼이 열렸다. 그녀가 그곳에 있었다. 그는 그 여배우를 알아봤다. 어렴풋이. 오랫동안 만나지 못한 고모나 옆집에 살던 누군가, 혹은 친척 누군가같이 기묘하게 낯익은 인물이었다.

"나도 들었어요, 그 노래." 그녀가 말했다.

"라디오를 켜둔 사람이 있나봅니다."

그녀는 머리에 터번처럼 붕대를 두르고 있었고, 얼굴엔 화장 자국이 남아 있었다.

"실려 오셨을 때 여기 있었습니다만, 뭔가를 봤는데……"

"내 머리통이겠죠." 그녀는 쓰레기통에 손을 뻗었다. "이게 당신이 본 물건이에요. 내 가발. 금발에 피투성이, 백 퍼센트 자연 모발. 세탁할 수 있을 것 같지가 않네요. 집에 다른 가발이 있긴 한데 누가 가서 가져와야 해요. 일이 늦어지는 이유도 그거죠. 난 새 머리를 기다리고 있어요."

간호사가 끼어들었다. "퇴원을 도와드리는 게 제 일이랍니다. 편안한 비행 시간이셨나요." 간호사가 미소 지었다. "현재 시간은 오전 세시 이십분이고 바깥 기온은 약 30도입니다. 오늘도 아름다운 로스앤젤레스의 하루가 될 예정입니다." 간호사는 그의 손에 꽂힌 링거 바늘을 뺐다. "X 표시가 남을 거예요." 그녀는 심전도 줄을 풀더니 기계를 끄기 전에 그의 가슴에 붙은 전극을 떼냈다. 잠시 동안 심전도 그래프에 직선이 나타났다. "무섭죠?"

그는 고개를 끄덕였다.

"이런 식으로 하면 안 되지만, 난 이렇게 한답니다. 이걸 보면 다들 주의하게 되니까요. 뭐 어쩌겠어요. 날 해고하겠어요? 하지만 진지하게 얘기하는 거예요. 베이비 아스피린을 먹고, 주치의를 만나보았는데도 증상이 다시 나타나면, 우린 일주일에 칠 일, 하루 이십사 시간 동안 여기 있어요. 밤새 영업을 하죠."

그는 일어나 앉아서 다리를 흔들어보려 했다. "집에 가기 전에 잠시 걸었으면 좋겠군요."

"아유, 안 돼요. 여기서 걸어나갈 순 없어요. 누구한테 들려 나가거나, 오전 여덟시까지 기다리면 병원의 VIP 차량으로 집까지 태워다드려요. 모시고 오는 것도 모셔가는 것도 무료로 해드리지만 여덟시 전에는 안 돼요. 친구 없나요?"

그는 당황한 표정을 지어 보였다.

"택시를 불러드릴게요."

그는 커튼을 치고, 침대 발치에 놓인 쇼핑백에서 토사물이 튄 스웨터를 꺼내 입고 머리를 정돈했다. 그리고 커튼 밖으로 머리를 내밀고 말했다. "칫솔이나 구강세척제 있습니까? 뭐든 입을 헹굴 만한 물건이요. 입냄새가 지독한데……"

간호사가 껌을 내밀었다. "자요."

그는 이동 침대에 앉아서 껌을 씹으며 택시를 기다렸다.

"뭘 먹기는 하는 겁니까?" 그는 바싹 마른 야간 직원에게 물었다.

"건전지요. AAA 건전지로 움직이죠."

그는 그 말을 믿었다.

베벌리힐스 택시회사의 가호로 풀려난 리처드는 로스앤젤레스의 밤에 발을 내딛었다. 아침이 오는 것을 암시하는 빛이 공기 중에 스며들어 하늘이 어슴푸레했다. 그는 뒷좌석에 앉아 창을 내리고 개처럼 머리를 내밀었다. 택시 기사는 껄렁한 바텐더처럼 쉴새 없이 중얼거리며 모든 것에 대해, 무언가에 대해서나 말했고, 아무것에 대해서도 말하지 않았다. "그러니까 뭐였수, 술을 너무 마셨어요, 차에 치였어요, 못에 박혔어요, 담석이 생겼어요, 권총에 맞았어요?"

그는 대답하지 않았다. 택시 기사에게 고해성사를 하는 것이야말로 그가 가장 원하지 않는 일이었다.

"좋아요, 비밀로 해두십쇼. 내가 상관할 바 아니지. 다들 자기는 혼자만 알고 있을 권리가 있다고 생각하니까요. 뭘 알아서 그러겠어요? 그러다가 병, 진짜 병이 드는 거예요. 궤양, 대장염, 암 같은 거요. 난 사람들에게 모든 걸 말하죠. 내가 비밀을 지킬 필요가 뭐 있겠어요? 뭐든 물어만 봐요."

리처드는 반응하지 않았다. 묻지 않았다.

"좋아요, 좋아. 내가 지금 이 짧은 여행에 대해 몇 가지 말해드리지. 이런 시간에 길바닥에 나와 있다는 건 문제 있는 사람이란 거죠. 입에 풀칠 좀 하겠다고 애쓰는 나처럼 열심히 일하는 사람 아니면 아무도 모를 짓거리를 하다가 밤을 샌 미친놈뿐이라 이겁니다."

그의 머릿속에서 응급실 아이의 목소리가 쟁쟁하게 울렸다. '나는 하느님이다.'

"이 시간대 교통은 두 방향으로 나눠지죠. 실제 방향이 둘이라는 얘기가 아니에요. 아침형 인간이 있고 올빼미형 인간이 있지. 그보다 더 다른 두 종은 없을걸요. 서로 엇갈리죠. 헬스클럽에 가는 아가씨가 있는가 하면 지금 집에 들어가는 괴물이 있단 말씀."

앞에서 슬로 모션처럼 차 한 대가 교차로를 질주하면서 다른 차와 부딪칠 뻔하다가 아슬아슬하게 비껴가 반 바퀴를 돌아서 달아났다. 리처드는 순간적으로 방금 끝장날 뻔한 운전자와 눈이 마주쳤다. 그 남자는 말문이 막힌 얼굴로 그를 흘끗 보더니 마비된 사람처럼 반복해서 고개를 흔들었다.

"음악가, 음악가가 분명해요. 늘 저런 식이지. 운전을 못해. 음악가와 멕시코 놈은 운전을 하게 생겨 먹질 않았어요. 그리고 늙은이도. 늙은이들은 길에서 치워버려야 해. 여자도. 여자들이야말로 최악의 운전자……"

그는 지나치는 건물을 지켜보았다. 낮고 평평한 건물들. 황갈색, 갈색, 녹색, 황토색. 위장복에 쓰이는 색채들. 하나씩 하나씩, 몇 마일이고 이어지는 자동차 상점, 요가원, 휴대전화 가게, 가발 가게, 세차장, 미용실, 가구 할인점.

그들은 '도넛'이라는 오렌지색 네온사인이 빛나는 가게 옆을 지났다. 창문으로 따뜻한 버터색 불빛이 흘러나왔다. 그 가게가 보이지 않게 되자 리처드는 멈췄으면 싶었다. 집에 갈 수 없었다. 아직은, 이렇게 빨리는 안 된다. 그에게는 마음을 가다듬고 사건을 정리할 시간이 필요했다.

택시 기사는 계속 말했다. "사실 운전대를 잡지도 말아야 할 사람이 대부분이죠. 운전은 전문가에게 맡겨야 해요."

그는 몸을 앞으로 내밀었다. "돌아가야겠어요."

기사는 그를 무시했다.

"지금 막 내가 뭔가를 잊어버렸다는 걸 알았어요."

그래도 반응이 없었다.

"미안하지만 돌아가고 싶다니까요."

"병원으로요?"

"아니요. 열 블록 전에 지나친 도넛 가게로요."

기사는 운전을 계속했다. "돌아가고 싶다고요?"

"그래요."

"그러니까 선셋 대로로 올라가길 원치 않는단 말이죠?"

"도넛 가게로 돌아가고 싶다구요."

"잠깐 들를 겁니까, 아니면 거기서 아예 내려줄까요?"

"모르겠는데, 왜요?"

"그냥 내릴 건지 기다려야 하는지 궁금해서요. 당신을 집까지 태워 가기로 되어 있는데 말이죠. 그래서 우리를 부르는 거예요. 당신 같은 사람을 집까지 데려다주라고."

"난 배가 고프고, 집에는 아무도 없어요. 그러니 체포되거나 그런 게 아니라면 도넛 가게에서 내려도 될 것 같군요."

기사가 차를 돌렸다. "자살하려는 당뇨병 환자나 그런 건 아니죠?"

그는 대답하지 않았다.

"좋아요. 그러면 알려만 줘요. 그냥 들렀다 나올 거면 알려달라고요."

"원하는 거 있소? 내가 들렀다 나온다면 사다줄 거라도?"

"아니, 없는 것 같네요." 기사가 말했다. "음, 커피 한 잔 정도는 괜찮겠죠. 너무 달지 않은 도넛도 있으면, 그런 도넛 두어 개쯤. 그거면 돼요. 아니면 설탕 바른 도넛이 있으면, 위에 초콜릿을 바른 크고 빵빵한 도넛도 있으면 괜찮죠. 그거라면 두 개 정도 먹을 수 있겠네요."

도넛 가게 앞에 차를 대자 리처드가 말했다. "그냥 여기서 내려 야겠어요. 그냥 내려주면 고맙겠군요."

"그럼 커피는 안 사다주는 건가요?"

"아니, 그래도 사올 거요. 당신이 주문한 걸 사다주고 돌아가 죠." 그는 차에서 내렸다. "미터기를 꺼야 하지 않아요?"

"당신이 돌아오면 끄도록 하죠."

"그러니까, 말하자면 난 당신에게 커피를 사주는 특권에 값을 지불하는 거군요?"

"이거 봐요." 기사가 말했다. "하루를 기분 나쁘게 시작하지 말 자고요."

도넛 가게는 텅 비어 있었다. 카운터 뒤에 선 남자가 미소를 지 었다.

"저 밖에 있는 사람에게 갖다줄 게 필요해요. 커피 한 잔과 설탕 을 발라 부풀린 초콜릿 도넛 두 개요."

"앤힐이에요." 남자가 손을 내밀며 말했다.

"리처드요." 그는 이런 직접적인 환영 인사에 놀라며 남자와 악수를 나누었다.

"크림과 설탕은?"

"넣어주세요." 그는 지갑을 꺼냈다.

앤힐은 고개를 저었다. "후불이에요."

리처드는 도넛을 택시 기사에게 가져갔다. 미터기는 아직도 돌고 있었다. "내가 얼마를 줘야 하는 거요?"

기사는 커피를 마셨다. 미터기는 계속 돌아갔다. 미터기에 찍힌 요금은 구 달러 이십 센트였다. "십 달러로 합시다." 기사가 말했다.

"도넛과 커피 값은 빼야 하는 거 아니오?"

"팁이라고 생각하쇼."

하늘은 빛바랜 흑회색이었다.

"뭘 만들어드릴까요?" 리처드가 가게 안으로 들어가자 앤힐이 물었다.

리처드는 창가에 서서 택시 기사가 차를 연석에 세우고 도넛을 먹는 모습을 내다보았다. 도넛을 먹고 나서는…… 뭐지? 나를 기다리는 건가? 그냥 짜증나게 하려고 저러는 걸까, 아니면 아무 생각 없이 저러는 걸까?

"정신이 바깥에 있군요. 들어와 앉아요. 커피 마셔요." 앤힐이 말했다.

"이해가 안 가요. 저 사람은 왜 저기 서 있는 거죠? 여기에 차를 세우려 하지 않더니 이젠 저기 서서 도넛을 먹고 있다니." 리처드는 갑자기 택시 기사를 죽이고 싶어졌다. 뛰쳐나가서 택시를 두드려 부수고 싶었다, 이렇게 소리치면서. "이해가 안 가냐, 네놈이 더 나쁘게 만들고 있어. 네놈이 모든 걸 너무나 평범하고 지루하게 만들고 있다고. 왜 여기 그냥 서 있는 거야?"

"도넛이 그렇죠. 뭘 드릴까요?"

리처드는 등받이 없는 의자에 앉아서 앤힐을 쳐다보았다. "커피."

"도넛은 말고요?" 앤힐이 물었다.

"알았어요. 도넛도 줘요."

"어떤 거요?"

"여기에서 제일 잘 만드는 도넛."

앤힐은 커피를 따르고 최소한의 격식을 차리며 리처드 앞에 도넛을 놓았다. "따뜻해요." 앤힐이 자랑스럽게 말했다.

어째서인지 모르지만 앤힐을 보자 기사에 대한 불쾌감이 사라졌다. 도넛 가게는 아주 정결했다. 나무를 댄 내부 장식은 상당히 낡았고, 불빛은 어둠침침한 노란색이었고, 진열장은 두꺼운 유리로 되어 있었다. 그 모든 것이 1940년대에서 온 것 같았다.

앤힐의 커피는 뜨겁고, 진하고, 향기로웠으며, 그에 못지않게 잘 만들어진 도넛, 금갈색에 텁텁하지 않으면서 농밀하고 너무 달지 않은 도넛과 완벽하게 어우러졌다.

리처드는 눈을 감고 숨을 들이마셨다.

"어때요?"

"천국이군요." 그는 눈을 뜨면서 말했다. "어제 저녁을 먹지 못했어요."

"달걀 요리라도 해줘요?"

"메뉴에 달걀은 안 보이던데요."

"그렇다고 내가 달걀 요리를 못한다는 뜻은 아니죠. 왜 저녁을 못 먹었어요?"

그럴 생각은 아니었는데, 그는 지난밤 이야기를 털어놓고 말았다. "믿을 수 없을 정도로 심한 통증이 느껴져서 병원에 갔어요. 병원에선 심장마비가 온 걸로 생각하더군요." 그는 영어가 모국어가 아닌 사람에게 말할 때 흔히 그러듯 지나치게 큰 소리로 말했다. 앤힐이 심장이 어디 있는지 모른다고 생각한 듯 가슴팍을 두드리기도 했다.

"나는 죽어간다고 생각했어요. 그래서 뉴욕에 사는 전처에게 전화를 했죠."

앤힐은 소리내어 웃었다.

"뭐가 우습죠?"

"모든 게요. 당신은 살았고, 지금은 도넛을 먹고 있어요. 건강맨은 아니네요."

"난 도넛을 먹은 적이 없어요. 그래서 먹고 싶었던 거요. 난 건강맨이에요. 영양사가 날 위해 만들어준 톱밥 맛 나는 시리얼을 먹지요. 락타아제 우유*를 마시고. 난 규칙을 어긴 적이 없어요."

"아침을 만들어줄게요." 앤힐이 주방으로 들어가면서 말했다. 그리고 벽에 난 음식 창구를 통해 계속 말을 걸었다. "이 부근이

---

* 젖산을 소화하지 못하는 사람을 위한 특수 우유.

유대인 지역이었을 때는 여기가 코셰르* 베이커리였어요. 지금은 나 같은 이민자와 곱슬머리 노인들이 살죠. 여긴 돈이 넘치는 땅이에요. 누구나 자기 가게를 가질 수 있죠. 가게가 얼마나 많은지 봐요." 앤힐은 달걀을 깨뜨렸다. "처음 왔을 땐 차고에서 차 수리하는 일을 했어요. 우리나라에선 자동차 판매원이었죠. 운전해요?"

"메르세데스가 있긴 하지만 운전은 별로 안 해요." 리처드는 달걀이 요리되는 냄새를 맡았다.

"당연히 운전을 많이 하겠죠. 로스앤젤레스에 살잖아요. 아침에 출근만 하더라도 많이 운전하는 거죠." 앤힐은 오렌지주스 한 컵을 따라주었다. 리처드는 앤힐에게 난 일하러 가지 않는다고, 일하러 가지 않은 지 몇 년은 됐다고, 이젠 직장이 어떤 곳이었는지 기억나지도 않는다고 말할 엄두가 나지 않았다.

"어떤 차를 팔았죠?"

"다른 사람들 차요. 모든 차. 포드, 시보레, 1970년대산 튼튼한 차들. 여기선 그걸 '중고차'라고 부르더군요. 난 도넛 만드는 게 더 좋아요. 여기선 아내도 날 도울 수 있고, 동생도 일할 수 있어요. 모두를 고용하는 거죠. 그래서 병원에선 뭐래요, 당신 심장이 잘못됐대요?"

"모르겠다는군요."

---

* 코셰르는 본래 유대교의 금기를 지켜서 만든 음식을 가리키는 말이었으나, 음식점에 코셰르 인증을 붙이기 시작하면서 안심하고 먹을 수 있다는 의미로 변화했다.

"똑똑한 사람들 눈에는 미국인이 굉장히 멍청해 보여요."

리처드는 고개를 끄덕였다.

"미국에선 모두가 거물이죠. 이미 많이 가졌는데 다들 더 갖길 원해요. 우리나라에선 모두가 보잘것없어요. 더 쉽죠. 여기 사람들은 언제나 다른 사람이 되려고 해요. 의사에게 가서 새 코를 얻고, 가슴을 더 크게 부풀리죠. 왜 멀쩡한 코와 좋은 날씨에 행복해하지 않는 걸까요?" 앤힐은 마치 이 모든 것이 너무나 명확하고 너무나 재미있다는 듯 말했다.

"날씨는 언제나 중요하죠. 다들 날씨 때문에 여기 머무는 거 아니겠어요." 리처드는 가볍게 받아넘기려 했다.

"고향이 어디예요?" 앤힐이 물었다.

"뉴욕."

"나도요." 앤힐이 신이 나서 말했다. "레녹스 힐 병원에서 태어났어요. 어머니가 뉴욕에 와 있을 때였어요. 난 예정보다 일찍 태어났대요. 우리나라였으면 죽었을지도 몰라요. 병원에 한 달 있다가 집으로 갔어요. 지금은 마흔한 살이에요. 사 년 전에 뭔가가 되어보려고 미국으로 돌아왔죠." 앤힐이 몸을 앞으로 내밀었다. "설명해봐요. 왜 미국에선 모두가 장님 행세를 하죠? 미국인은 보지 않는 연습을 해요. 차에 타면 휴대전화로 사람을 부르죠. 혼자 있는 건 무서워하면서 주위에 있는 사람은 보지 않아요. 접시 보여요?"

리처드는 아래를 내려다보았다. 오래되고 근사한 접시에 달걀 요리가 담겨 있었다.

"내가 보라고 하기 전에는 보지 않았죠." 앤힐이 웃었다. "패서 디나에 있는 벼룩시장에서 산 접시예요. 난 사람들이 앉아서 먹고 가는 게 좋아요. 모두들 그냥 가지고 가려 하지만. 가고, 가고, 가 죠. 그래서 앉는 사람이 있으면 근사한 접시와 멋진 컵을 내놓죠. 계속 앉아 있으면 공짜로 리필도 해주고요. 그냥 가는 사람은 '언 제나 찾아주셔서 감사합니다' 라고 적힌 종이컵을 좋아해요. 처음 가게를 열었을 때는 케빈 코스트너 종이컵을 사용했어요. 싸게 샀 죠. 사람들이 코스트너 컵을 찾기 시작했어요. 하지만 이젠 여자 가 들어오면, 여자가 차를 주문하면, 그 여자에게 딱 맞는 컵을 내 올 수 있어요. 여자들은 도넛을 안 먹어요." 그는 실망한 투로 말 했다. "그런데 그 편이 나아요. 난 여자를 좋아해요. 이 가게가 여 자로 가득 차면 아내가 굉장히 화를 낼 거예요." 앤힐의 말투에 리 처드는 댈러스 카우보이 팀의 치어리더 같은 여자 한 무리가 가게 를 채우고 있는 광경을 상상했다.

앤힐은 카운터에 갖가지 접시를 늘어놓았다. "사람들은 더 관심 을 가져야 해요. 모두가 관심을 원하면서도 관심을 주려 하진 않 아요." 그는 접시 정돈을 끝냈다. "어떻게 생각해요?"

"근사하군요." 리처드는 벼룩시장 통로를 오가면서 접시를 사 는 이민자 도넛 가게 주인을 떠올리며 말했다.

"이걸 먹어봐요." 앤힐은 리처드 앞에 놓인 작은 접시에 코코넛 을 얹은 초콜릿 도넛을 올려놓고, 엄청난 집중력으로 리처드와 도 넛을 바라보았다. 마치 이게 리처드에게 딱 맞는 도넛이라는 듯, 마치 특정한 병에 좋은 도넛이 따로 있다는 듯, 도넛 하나에 치유

력이 있을 수 있다는 듯.

리처드는 도넛을 한 입 베어물었다. 달콤하고 풍부한 크림이 옆으로 삐져나왔다. 그는 손가락을 핥았다. "맛있군요. 이게 뭐죠?"

"속에는 아몬드 크림을 넣었고, 겉에는 초콜릿을 입히고 코코넛을 얹었죠. 내가 개발한 거예요. 난 이걸 크림 든 몬스라고 불러요. 아몬드 조이와 마운드라는 과자 이름을 따서요."

"몬스라. 이름을 바꿔야 할 것 같은데요."

앤힐은 어리둥절해서 그를 보았다.

리처드가 가랑이를 가리키며 말했다. "여자에게는 이게 몬스거든요."

"그리고 코코넛은 음모처럼 이에 끼죠." 앤힐이 낄낄거리며 말했다. "굉장히 인기가 있어요. 특히 경찰관들에게요." 앤힐은 더 크게 웃었고, 그 시점에서는 리처드도 웃을 수밖에 없었다. "내 팬들이죠. 경찰, 정원사, 택시 기사. 난 거물이 되려고 캘리포니아에 왔어요. 가게를 열고 일주일이 지났을 때 텔레비전에 나오는 사람에게 강도를 당했어요. 난 그 남자를 보고 '당신 알아, 텔레비전에 나왔지'라고 말했어요. 가서 다른 날 오라고. 와서 도넛을 사라고 했죠."

"순순히 가던가요?"

"총으로 내 머리를 치고 지갑에 있는 달러를 가져갔어요."

"처음 번 돈을 훔쳐갔단 말이에요?"

앤힐은 고개를 끄덕였다.

"지독한 일이군요." 리처드는 아침식사를 마저 했다. "당신은 홀륭한 요리사예요. 도넛 가게가 아니라 식당을 열어야겠어요."

"난 훌륭한 도넛 요리사예요." 앤힐이 말했다. "던킨 씨는 나에 대해 생각도 안 하겠지만, 난 내 도넛이 더 맛있다는 걸 알아요. 내 도넛은 진짜 도넛, 사람을 위한 도넛이에요. 도넛을 만들어서 부자가 될 순 없을 거예요. 도넛은 골든 레코드가 아니니까요. 박스 오피스도 아니고요. 하지만 난 매일 아침 도넛을 만들고, 매일 행복해요." 그는 다시 웃었다. "나에겐 내 도넛이 중요해요. 무척 운이 좋다고 생각해요."

"정말 열심히 일하는군요."

"집에 안 갈 때도 있어요. 아내에게 전화해서 잘 자라고 하고 여기서 자는 거죠. 당신이 왔을 때는 아직 문을 열기 전이었어요. 하지만 당신을 봤으니 쫓아낼 순 없었죠."

"밤에 무섭지 않아요?"

"불을 켜놓고 자요."

그들은 몇 분 동안 아무 말도 하지 않았다. 밖에는 하늘이 점점 밝아오고 자동차가 많아졌다. 누군가가 들어와서 커피 한 잔과 도넛 몇 개를 사갔다.

"택시를 불러야겠군." 리처드가 말했다.

"부를 필요 없어요. 곧 올 거예요. 교대 시간에 주차장에서 만나거든요."

그 말대로 십 분쯤 지나자 가게 안이 먹고 마시는 택시 기사로 가득 찼다.

앤힐은 리처드가 떠나기 전에 커다란 상자에 도넛을 채워주었다. 리처드가 지갑을 꺼냈다. 그러나 앤힐은 돈을 받지 않았다.

"돈을 받지 않는다면 형편없는 장사꾼인데."

"이건 돈 문제가 아니에요."

"나도 그건 알아요. 제발, 조금이라도 받아줘요. 당신이 돈을 받지 않으면 집에 갈 수 없어요. 이건 미국의 규칙이에요. 돈을 받아야 해요."

"내 마음을 아프게 하는군요. 난 우리가 친구가 된 줄 알았는데요." 앤힐이 말했다.

"당신 도넛은 사람다운 도넛이오." 리처드는 카운터에 돈을 놓으며 말했다.

"당신은 돈이 많으니까 스스로 부자라고 생각할지 모르지만, 언제나 돈이 더 많은 사람이 있죠. 난 도넛 가게를 사랑하기 때문에 부자예요." 앤힐은 돈을 밀어냈다.

리처드는 자신의 행동이 앤힐의 마음을 상하게 했다는 걸 알았다. 그래서 돈을 다시 집어넣었다. "좋아요. 그럼 당신을 위해 뭐라도 하게 해줘요."

"당신 차를 몰아보게 해줘요. 메르세데스는 운전해본 적이 없거든요."

리처드는 고개를 끄덕였다.

"내일 봐요." 앤힐이 말했다. 리처드는 그 말이 농담인지 진담인지 가늠할 수 없었다.

"또 봅시다." 그는 가능성으로, 아침식사로, 옆자리에 놓인 도넛 상자로 꽉 차서 도넛 가게를 나섰다. 기분이 좋았다. 날아갈 듯

했다.

운이 좋았던 건가? 뭔가에서 살아남은 건가? 그에게는 엄청난 거리를 이동할 정신이 있었고, 유예된 시간도 있었다. 이게 '그 것'인지도 몰랐다. 이게 행운이고, 모든 것이 이런 식으로 이루어 지게 되어 있었는지도 몰랐다. 어쩌면 그렇게 생각해야 하는 건 지도 몰랐다. 이 얼마나 운이 좋은가. 코도 멀쩡하고 날씨도 좋은 데, 더이상 뭘 원하겠는가? 어쩌면 모든 사람이 운이 좋은데 알아 차리지 못하는 것인지도 몰랐다. 모든 것이 무너져내렸을 때조차 운이 좋다고 생각한다면 어리석은 것일까?

그는 트림을 했다. 커피와 달걀, 도넛 냄새가 올라왔고, 그는 앤 힐을 생각했다. 웃음이 나왔다.

"일찍 일어나니 좋지 않습니까?" 거울을 통해 그의 미소를 본 기사가 말했다. "전에는 밤 근무를 했죠. 흡혈귀나 괴물이 된 기분 이었어요. 그리고 커피 얘길 하자면, 어찌나 마셔댔는지 열두 시 간 근무가 끝난 뒤에도 잠을 잘 수가 없었지 뭡니까. 집에 가서 벌 벌 떨 정도였죠."

리처드는 고개를 끄덕였다. 택시가 언덕을 올라갔다. 집이 가까 워질수록 좋은 방향으로 생각하기가 힘들어졌다. 도넛과 커피 콤 보가 지독한 혼합물로 바뀌고 있었다. 산, 설탕, 도취감이 설탕 화 합물로, 차갑고 단단한 추락으로 변했다. 그는 돌아가고 싶지 않 았다. 돌아갈 수 없었다. 그는 두려움에 가득 차서 기사에게 계속 가라고, 실수했다고, 내리기 싫다고 말하고 싶은 유혹을 느꼈다.

택시가 집 앞에 멈춰 서자 그는 내려서 도넛 상자를 든 채 연석 위에 섰다.

세실리아가 올 때까지 밖에서 기다릴 수도 있었다. 열쇠를 잃어버린 척, 그래서 들어갈 수 없는 척할 수도 있었다. 현관 계단에 앉아 집에 들어가기가 무섭다는 사실을 인정할 수도 있었다.

"두려워." 누구든 창밖을 내다보는 사람에게 외치자. "난 두려워." 운전대를 잡은 아버지가 관성만으로 언덕을 내려가는 동안 스테이션왜건 창으로 아침 신문을 던지는 신문 배달 소년에게 말하자.

그는 억지로 몸을 움직여 현관으로 걸어갔다. 축축한 풀이 발목을 간질였다. 응급실에서 벗은 양말을 다시 신지 않았다. 토사물이 묻은 양말을 응급실에 버려두고 왔다. 갈색 양말이었다. 다시는 갈색 양말을 신고 싶지 않았다. 아니 어떤 양말도 신고 싶지 않았다. 양말 없이 구두를 신는다 한들 어떤가. 맨발에 물집이 생긴들 어떤가. 이제는 그 무엇도 덮을 수 없었다. 모든 것을 있는 그대로 느껴야 했다.

"안녕." 그는 문을 열면서 말했다. "안녕!" 누군가의 대답을 기대하는 사람처럼 외쳤다.

먼지 한 점 없는 스테인리스 부엌은 현대적이고 둔탁한 광채를 내뿜었다. 모든 것이 가지런하게 정돈되어 있었고, 완벽하게 깨끗했다. 왼쪽 거실에는 흰색 소파, 임스 디자인 의자, 유리를 얹은 커피테이블, 부드러운 벨기에 산 수제 카펫이 갖춰져 있었다. 모두 아름답기 때문에, 완벽하기 때문에 고른 물건이었다. 이것이 그가 원하는 바였다. 통제되고, 정확하고, 질서정연한 상태. 그는 여기로 이사 왔을 때 이 가구들을 샀다. 벽에는 박물관에서 원하는 중요한 그림들이 걸려 있었다. 그는 로스앤젤레스로 이사 왔을 때 계획을 세웠다. 새로운 삶, 멋진 삶을 시작할 거라고 다짐했고, 아름답고 중요한 것들이 그 삶의 일부가 되기를 원했다. 그는 열심히 일했으니 힘든 노동과 재산의 증거물에 둘러싸여 살아야 한다고 스스로를 타일렀다. 예술품을 둘러놓으면 어떤 면에서는 그 자신도 예술이 될지 모른다고.

집은 고요했다. 숨을 죽이고 꼼짝도 하지 않는 것처럼, 존재하지 않으려는 것처럼 팽팽한 긴장감이 감돌았다. 그는 숨을 깊이 들이마셨다. 상쾌한 레몬향에 가까운 청결의 냄새 외에는 아무 냄새도 나지 않았다.

친숙함이 주는 편안함이 불편함으로 바뀌었다. 지나치게 편안해서 전혀 편안하지 않았다.

그는 도넛을 내려놓고 상자를 열었다. 도넛을 하나 먹으면 다시 기분이 좋아질지도 몰랐다. 어, 느, 것, 을, 고, 를, 까, 요. 어느 도넛이 마법을 부릴까? 플레인 케이크. 앤힐은 그 도넛을 '고전'이라고 불렀다.

리처드는 전자레인지에 달린 시계를 흘긋 보았다. 5:37. 911에 전화를 건 뒤 거의 열두 시간이, 한나절이 지났다.

거실에는 사건의 잔해가 흩어져 있었다. 링거 예비 부품, 가슴에 붙였던 전극에서 벗긴 반원형 껍질, 붉은 핏방울이 묻은 커다란 면봉.

무슨 일이 일어났던 걸까?

그는 셔츠를 올리고 가슴을 만져보았다. 가슴 털에 끈적이는 물질이 묻어 있었다.

모든 것이 기묘한 꿈이나 환각일 수도 있었다. 이 쓰레기들과 가슴의 끈적임이라는 증거만 아니라면. 그는 외계인에게 납치된 것처럼 들려 나가서 조사를 받고 돌아왔다. 도대체 무슨 일이 일어난 건지 궁금했다. 다시 예전의 자신으로 돌아왔다고 느낄 수 있을까? 그런데 애초에 그 자신이라는 건 어떤 느낌이었지? 기억이 나지 않았다.

그는 집 안 한쪽, 두꺼운 유리판 두 장이 만나서 뱃머리처럼 언덕 위로 돌출해 있는 날카로운 모퉁이에 섰다.

밖을 내려다보니 왼쪽에 움푹 팬 구덩이가 있었다. 보고 있는 동안 구덩이가 커지고 있다는 생각마저 들었다. 더 커지고, 깊어지는 것 같았다.

"뭔가가 일어나긴 했어요. 그걸 무시하진 마세요." 의사가 그렇게 말했지.

앞쪽으로 지붕들이 펼쳐져 있다. 스페인 식 타일 지붕, 평평한 현대식 지붕, 뾰족한 지붕. 집과 집 사이에는 선명한 녹색 잔디가, 자주색과 노란색 꽃들이, 장미가, 오렌지 나무가 있다. 고춧가루를 뿌려놓은 것처럼 튀는 색채들. 무엇인가는 언제나 피어 있다.

그리고 아래쪽에서 벌새 같은 빨간 수영복을 입은 여자가 파란

물 속을 헤엄친다. 목적을 갖고 강하게. 벽까지 가서 치고 밀어내고, 하나 둘, 고개를 돌리고 공기를 찾아 솟아오른다. 그는 평소 같으면 러닝머신 위에 있을 것이다. 그녀가 헤엄치는 동안 달리고 있을 것이다. 그러나 지금은 운동하기가 두렵다. 심장 때문에 두렵다. 그는 물 밑에서, 공기가 없는 곳에서 점점 숨이 막히는 상황을 상상한다. 상상하면서 그대로 느낀다.

그녀는 수영을 마치고, 고글을 벗고 위를 올려다본다.

아래에 있는 여자에게 그는 그저 위에서 내려다보는 남자에 지나지 않는다.

그는 무심코 유리를 건드린다. 서늘하다. 그는 뺨을, 코를, 입을 유리에 대고 누른다. 숨을 깊이 들이마시고, 길고 느리게 내뱉어 유리를 뿌옇게 만든다. 잠시 동안 모든 것이 사라진다. 수영하는 여자마저도.

그는 삶이 시작되기를 기다리며 유리창 앞에 서 있다.

"괜찮아요?" 가정부 세실리아가 물었다.

"괜찮아요. 왜요?"

"거기 서서 멍하니 보고 있잖아요. 내가 온 지 십오 분이 지났는데 꼼짝도 안 했어요. 아침에 입는 옷차림도 아니고, 헤드폰도 안 꼈고. 괜찮은 거 맞아요?"

무슨 말을 할지, 지난밤 일을 세실리아에게 말해야 할지 판단이 서지 않는다. 그는 평범하게, 아무 일도 없었던 것처럼 행동하기로 한다.

"괜찮아요."

"도넛은 어디서 났어요? 기부금 걷는 사람이라도 왔나? 집집마다 돌아다니는 애들?"

"집에 오는 길에요. 먹어도 돼요."

세실리아는 상자에 적힌 주소를 본다. "이렇게 아래쪽까지 가서 뭘 했어요?"

"배가 고파서."

세실리아는 모욕당한 얼굴이다. "먹고 싶은 게 있으면 언제든 갖다줄 거란 거 알잖아요. 전화만 하면 가져올 거라고요. 난 댁을 아주 잘 돌보고 있어요. 냉장고가 몸에 좋고 맛있는 음식으로 가득 차 있지 않던가요? 이런 음식은 댁 같은 분을 위한 게 아니에요."

"너무 먹고 싶어서요."

"이걸 먹지 못하게 내가 가져갈 수도 있지만, 그러면 내가 먹어버릴 거예요. 그런 유혹에 넘어갈 순 없죠." 세실리아는 상자를 들어 쓰레기통에 던져넣었다. "다른 사람의 쓰레기를 먹는 것보다 나쁜 건 없죠. 자, 아침식사 하실 준비됐어요?"

"샤워부터 하려고 했는데요." 그가 말한다.

"내가 할 수 있는 말이라곤 댁이 괜찮았으면 한다는 것뿐이네요. 도통 내가 아는 사람답지가 않아요. 그럴 만한 이유가 있길 바랄 뿐이에요."

그는 욕실로 들어가서 채광창을 연다. 증기가 연기처럼 솟아오른다. 그는 수건으로 계곡 위쪽에 신호를 보낼 수도 있지 않을까 상상한다. 몸이 응급실의 흔적으로 근질거리는 느낌이다. 그는 몸을 박박 문질러 밤의 기억을 닦아내려 한다. 전극 몇 개가 아직 붙어 있다. 손에 붙였던 밴드가 떨어져 하수구로 빨려 들어간다.

그는 떨쳐내려 애쓰지만 여전히 모든 것이 머릿속을 맴돈다. 그 불빛, 사람들, 시큼한 소독약 냄새, 자기가 하느님이라고 외치던 소년이 떠오른다.

아침이 오자 긴 밤을 혼자 보내지 않았다는 사실에 기뻐하며 집으로 돌아간 간호사를 떠올린다. "무릎이 버티는 한 계속할 거예요." 간호사는 말했다. 좋은 간호사였다. 빌어먹게 좋은 간호사였다. 그는 그녀의 집, 크로셰 뜨개질로 짠 냄비받침과 털실로 짠 모포가 있고 창턱에 닭과 병아리가 놓인 그녀의 부엌을 그려본다. 남편을 사랑한 상냥한 부인이었던 그녀. 그는 그녀가 차를 끓여 와, 간호사복도 벗지 않고 소파에 눕는 광경을 그려본다. 그녀는 침실로 갈 수 없다. 잠옷을 입을 수 없다. 괜찮은 척할 수 없다.

그는 옷을 입으면서 어쩔 수 없이 증권 시세를 본다. 응급실에서 보낸 밤은 별로 타격을 주지 않았다. 오히려 주식이 조금 오른 것 같다. 여배우의 차 사고 장면이 CNN에 나오고, 여든일곱 살 노배우는 중상이지만 안정적인 상태라고 보도한다. 그 여자가 정말 여든일곱 살이었단 말인가? 그는 전화를 해볼까 생각한다. 여배우가 그를 기억하고, 두 사람이 공식적인 시간을 가질 수도 있지 않을까 생각한다. 안녕하세요, 접니다. 머리는 어때요. 똑바로 됐습니까, 잘 맞아요?

시계를 보니 예정이 어긋났다. 그는 하루가 예상과 다르게 전개

되는 것이 싫다. 그는 전화기를 든다. 뉴욕은 아직 아침이다. 그런데 뭐라고 말하지? 안녕, 벤, 지금 괜찮니? 내가 방해한 건 아니지? 이야기를 좀 할까 해서 말이다. 벤, 아버지다. 벤, 우리가 뭔가 관계를 맺고 있었으면 좋겠다는 생각이 든다. 벤, 엄마 집에 있니? 엄만 아직도 트레이너랑 자니? 엄마가 나한테만 잔인한 거니, 누구에게나 그런 거니? 너도 알고 있었니? 벤, 내가 그렇게 불러도 될까? 널 벤이라고 불러도 될까?

지친 목소리가 받는다. "여보세요?"

"벤." 그는 잠시 멈춘다. "벤, 아버지다."

"뭐 잘못됐어요?"

"잘못된 건 없어."

"그럼 무슨 일 있었어요?"

"엄마가 아무 말도 안 했니?"

"오늘 못 봤어요. 지금 제 방에 있어요. 늦게 잤거든요. 엄마가 쪽지를 남겨놨을지도 모르겠네요. 보통 부엌에 남겨놓거든요."

"어젯밤에 네 엄마랑 통화를 하려고 했다. 상태가 안 좋았어. 통증 때문에 배배 꼬여 있었지. 병원에 갔는데, 거기 있다보니 내가 마지막으로 병원에 갔던 게 네가 태어났을 때라는 생각이 나더구나."

"그거 이상하네요. 뭣 때문에 아팠어요?"

"모르겠다. 어쩌면 오랫동안 통증이 있었는지도 모르지. 그래서 기억이 났어. 네가 태어났을 때 네 엄마는 침착했다. 난 그 옆에 서서 땀을 펑펑 흘렸고."

"제가 엄청 더울 때 태어났잖아요. 기록이란 기록은 다 깨는 더위였죠. 그렇게 더운 적은 없었어요."

"누구한테 그런 얘길 들었니? 난 더위는 기억나지 않는데."

"아빠 형제요. 테드 삼촌이 제가 태어난 일자 〈뉴욕 타임스〉를 줬어요. 기록적인 더위로 동부 해안의 모든 것이 멈춰버렸죠. 뉴욕은 거의 정전이 될 뻔했고."

"음, 계속 네 시간을 뺏고 싶진 않구나."

"죽는 건 아니죠?"

"안 죽는다. 지금은. 오늘은."

아침식사가 기다리고 있다. 식탁 위에는 그가 좋아하는 순서대로 신문이 놓여 있다. 〈파이낸셜 타임스〉〈월 스트리트 저널〉〈뉴욕 타임스〉〈로스앤젤레스 타임스〉. 아무래도 하나 취소하고 상황을 봐야겠다. 두 개를 취소해야 할지도 모르겠다. 도대체 뭐하러 신문을 네 개나 본단 말인가?

세실리아가 얼린 유기농 블루베리와 두 가지 가루(하나는 근육증진용, 하나는 단백질용), 바나나 반 개, 요거트 반 컵을 섞어 특제 셰이크를 만든다. 그리고 특제 시리얼 그릇과 락타아제 우유, 왁스 맛이 나는 뜨거운 약초 혼합물이 식탁에 놓여 있다. 그는 그 셰이크를 마시라고, 그 왁스 같은 뒷맛과 화학 냄새를 좋아하라고 스스로를 타일러왔다.

그는 세실리아에게 이미 먹었다고 하지 않고 아침을 먹는다. 늘 하던 대로 한다. 그게 편하다.

그는 식탁에 앉은 채 태연한 척 동생에게 전화를 건다. 건너편에서 수화기를 들다가 떨어뜨린다. "미안." 동생이 말한다.

"리처드야."

"괜찮아?"

"괜찮아. 그냥 연락이나 하고 싶어서. 그쪽 날씨는 어때?" 그는 날씨에 관심이 있어서가 아니라 달리 무슨 말을 해야 할지 몰라서 묻는다. 이전에 누가 리처드에게 동생에 대해 물었다면 "아주 가까운 사이"라고 말했겠지만, 사실 지금은 동생과 마지막으로 이야기를 나눈 게 언제였는지 기억하지도 못한다.

"좋아." 동생이 말한다. "아주 좋아."

"비 오잖아." 수화기 너머로 동생의 아내 메러디스가 하는 말이 들린다. 메러디스가 수화기를 받는다. "일주일 내내 비가 왔어요. 그이는 아무것도 모른다니까요. 다 괜찮아요?"

상태가 안 좋았어요. 통증 때문에 몸이 꼬였습니다. 그래서 병원에 갔지요. "괜찮아요." 그는 말한다.

동생이 다시 수화기를 받는다. "지난주에 엄마 아버지와 통화했는데 잘 지내신대. 두 분이 얼마나 많은 일을 하시는지 놀라울 뿐이야. 완전히 새로운 인생을 찾으신 것 같아."

"냉장고에서 닭요리 꺼냈다." 메러디스가 누구에게랄 것 없이 말한다.

"있지, 지금 막 나가던 참이거든. 시간에 늦어서. 오후에 사무실에서 전화해도 될까? 아니면 오늘밤은 어때? 밤에 전화해도 괜찮아?"

"그럼, 물론이지. 괜찮아."

메러디스가 다시 전화를 이어받는다. "다들 아주버님을 보고 싶어해요. 와서 며칠 같이 지내시면 어때요?"

"어, 실은 그래서 전화한 것이기도 해요." 리처드는 거짓말을 한다. "보스턴에 갈 일이 있는데 저녁 시간에 괜찮으면 보러……"

"저녁 시간에 괜찮으냐고요? 여기 와서 주무셔야죠."

"호텔이 좋아요. 정확히 며칠이 될지는 모르겠어요."

"저흰 아직 같은 집에서 살아요. 브루클라인 체스트넛 가 289번 지요."

그는 인터넷 편지함에서 부모님이 보낸 이메일을 찾아본다. 같은 편지를 받은 서른두 명의 수신자 중 하나였던 그는 이메일을 연다. 부모님의 여행 계획에 관한 기운찬 편지이다. '저희의 연례 이주 시기가 다가왔습니다. 지금 막 활기차게 라스베이거스에서 돌아온 길이에요. 작년 여름에는 멋진 유람선을 타고 알래스카에 갔었죠. 맛있는 여행이었어요.' 어머니는 마치 빙하를 먹은 것처럼 그렇게 쓴다. '다들 보게 될 날을 기대하고 있답니다. 놀러 오세요. 골프, 테니스, 아쿠아 에어로빅, 태양…… 이렇게 멀리까지 왔는데 주름살 몇 개가 대수인가요.'

그는 화면 맨 아래쪽에 적힌 번호로 전화를 건다. 어머니가 받는다. "이 아래쪽은 날이 아름다워. 막 점심을 먹고, 지금 골프를 치러 가는 길이란다. 무릎과 등 때문에 골프를 칠 순 없지만, 대신 카트를 몰거든. 그리고 오늘밤에는 미술 감상이 있어요. 박물관에서 나온 아름다운 젊은이가 M으로 시작하는 화가들에 대해 이야기할 거라는구나. 마네, 모네, 마든*. 들어본 적 있나 모르겠네?"

어머니는 리처드가 누구든 상관없다는 듯이 말한다. 그는 잠시 기다렸다가 다시 한번 이름을 말한다.

"누군지 알아. 내가 무슨 말을 해야 하니? 오랜만이라고?"

"그냥 안녕하시냐고 묻고 싶었어요."

"우리가 네 말을 믿어도 좋을지 모르겠구나." 어머니는 부부 특유의 '우리'라는 힘을 과시하며 말한다. "최근에 네 동생과 통화한 적 있니?"

"그 녀석을 더 믿으세요?"

"더 잘 알지. 그애는 토요일마다 전화하거든. 우린 일정을 미리 짜두길 좋아한단다. 굉장히 바쁘거든. 네 아버지는 친구를 많이 사귀니까 언제나 이 친구 아니면 저 친구를 만난단다. 그런데 넌 뭘 하고 있니?" 어머니는 뭔가 큰 일, 세계 평화 아니면 암 치료법 개발이라도 기대하는 투로 묻는다. "일은 하고 있니?"

"은퇴했어요."

"부끄러운 일이구나."

그는 슬슬 화가 난다. 아무 말도 하지 않는다.

"우린 이사했단다. 예전엔 존재하지 않던 곳에 와 있지. 커뮤니티야. 우리가 원하지 않는 일은 아무것도 할 필요가 없어. 저녁식사를 만들기 싫을 땐 전화만 걸면 배달해준단다. 전구를 갈아야 하면 사람들이 달려오고. 그렇게 열심히 일하는 사람들은 본 적이

---

* 1938~, 미국의 미니멀리즘 화가.

없어요. 한밤중에라도 간식을 가져올 거야. 그리고 친구들도 있단
다. 일 년에 한 번 전화해서 '안녕, 할머니. 내 생일 기억해?'라고
말하는 손자에 대해 이야기를 나누지. 다들 그게 어떤 의미인지
아니까."

세실리아가 진공청소기를 돌린다. 그는 일부러 그쪽으로 걸어
간다. 세실리아는 비켜주려 한다. 그녀가 호스를 당기자 본체 부
분이 로봇 강아지처럼 바닥을 달린다. 그는 세실리아를 뒤쫓고,
세실리아는 진공청소기를 들고 도망친다.

"어디 있는데 이렇게 시끄럽니? 기차역 같구나."

"금방 다시 걸게요." 그는 거짓말을 한다.

그가 전화를 끊자 세실리아가 고개를 저으며 혀를 찬다. "누가
그런 전화를 주중에 해요. 밤이나 주말에 하지."

그는 어리둥절해한다.

"밤이나 주말에는 일이 없으니까요." 세실리아가 말한다.

전화가 울린다. "내가 받지요." 그가 말한다.

세실리아가 이미 받았다. 그녀는 말 그대로 그의 등 뒤에서 전
화를 받는다. "네. 여긴 언제나 사람이 있어요. 고마워요." 세실리
아는 그렇게 말하고 전화를 끊는다.

"누구?"

"집에 물건 받을 사람이 있는지 알고 싶어하는 꽃집이네요. 병
원으로 배달하려고 했는데 댁이 거기 없었대요. 나한테 할 말 있
지 않아요? 무슨 말을 하든 놀라지 않을게요. 뭔가가 있다는 건
알고 있었어요. 한 달 가까이 집 밖으로 안 나갔잖아요."

"정말이오?"

세실리아가 고개를 끄덕인다. "이십사 일까지 셌어요. 한마디 하려다가 내가 참견할 주제가 아닌 것 같아 관뒀죠. 댁이 컴퓨터 앞에 너무 오래 앉아 있기에 밤에도 몸에서 빛이 나지 않으려나 했어요."

세실리아는 카운터에 판타스틱 클리너를 뿌린다.

"매일 청소를 해요?"

"날마다 다른 델 청소해요. 언제나 할 일이 있어요."

"보통 나는 뭘 하고요?"

"댁은 헤드폰을 쓰고 컴퓨터 앞에 앉아 있어요. 가끔 사람들이 찾아오기도 하고. 예전에 같이 일하던 사람이 올 때도 있고, 그림을 팔아보려는 미술상이 올 때도 있어요. 당신에게 그림 사진을 보여주지요."

그는 고개를 끄덕인다. "그런 다음에는?"

"댁은 아무것도 안 사요. 예전에는 샀지만, 최근 몇 년 동안은 아무것도 안 샀어요."

그는 침실에 들어가서 문을 닫고 전화를 걸어 의사와 만날 약속을 잡는다.

"내일부터 이 주 후 오전 열한시에 앤더슨 박사님 진료를 예약해드릴 수 있습니다."

"그렇게 오래 기다리진 못하겠는데요."

"응급 상황이라면 응급실로 가셔야죠."

"응급실에서 막 돌아온 참입니다. 가능한 한 빨리 주치의를 만나라고 하더군요."

"왜 그 말씀을 안 하셨어요? 새로 오신 루살디 박사님께 오늘 오후 진료를 받으시도록 예약해드릴 수 있어요."

"새로운 사람도 괜찮아요. 그 사람도 의사겠죠?"

"아, 의사 이상이죠. 뭐든지 하신답니다. 세시 반에 오세요. 주차증 받아오는 것 잊지 마시고요."

그는 옷을 갈아입고 운동실로 들어간다. 트레이너가 와 있다. 그게 일이 돌아가는 방식이다. 그들은 고객을 기다리게 하지 않는다. 모든 것이 편의와 일정에, 고객에게 맞춰진다.

"몸은 어떠세요?" 그가 매트에 눕자 트레이너가 묻는다.

"오늘 아침에는 러닝머신을 뛰지 않았어요." 그가 말한다. 아마 아침 운동을 거른 것은 몇 년 만에 처음일 것이다.

"하루 쉬는 것도 괜찮아요." 트레이너가 말한다.

"하루 쉰 게 아니라 하루 거른 거요. 그 둘은 달라요."

트레이너는 그의 다리를 들어본다. "어떠세요? 자극이 있나요?"

그는 고개를 끄덕인다.

"어디에요? 오금 근육에 자극이 느껴지나요?"

"그보다는 종아리에요."

"지금은 어때요?" 트레이너는 다리를 바로잡는다.

그들은 근육의 자세한 부분들에 대해, 대퇴 사두근과 둔근의 감각에 대해, 축농증이 괜찮아졌는지에 대해 기묘한 대화를 나눈다. 대화는 한순간 친밀해졌다가 믿을 수 없을 만큼 멀어진다. 그것은

'그의' 몸에 대한 대화가 아니라 그냥 몸에 대한 대화이다.

"손에 멍이 심하게 들었네요." 트레이너가 말한다.

"어젯밤에 일이 좀 있어서요." 그는 얼버무린다.

반쯤 진행되었을 때 트레이너가 그의 다리를 머리 위로 접어 올리자 다시 그 느낌이 온다. 통증.

"땀을 흘리시네요." 트레이너가 말한다. "엄청나게요."

땀을 흘린다고? 그는 울고 있다. 얼굴로 소리 없이 눈물이 쏟아져내린다.

"이런 세상에. 뭐가 잘못됐나요? 제가 아프게 했어요?"

트레이너가 그 말을, '제가 아프게 했어요?'라는 말을 한 순간 눈물이 목이 메는 울음으로 바뀐다. 한 번도 울어보지 못한 사람이었던 그는 자기 안에 그토록 많은 종류의 울음이 있다는 사실을 전혀 알지 못했다.

그는 울고 트레이너는 아기를 트림시키듯 그의 등을 두드린다. "괜찮으세요? 어쩌면 웅어리져 있던 뭔가가 풀어진 건지도 몰라요. 좋은 징조일 수도 있어요."

그는 여전히 울고 있다.

"안아드릴까요?"

그는 아니라고 고개를 젓고는 울음을 그친다.

"뭔가 다른 걸 해봐요, 우리. 엎드릴 수 있겠어요?"

그는 고개를 돌리고 엎드리게 되어 기쁘다. "어젯밤에 상태가 좋지 않았어요." 그는 고백한다. "병원에 갔어요. 그게 극복이 안 됐나봐요."

"저한테 전화하지 그러셨어요. 일정을 조정할 수도 있었을 텐데."

"취소하고 싶진 않았어요. 모든 것을 늘 하던 대로 유지하고 싶었죠. 내가 그럴 수 없다는 점만 빼면 똑같이."

"괜찮아요." 트레이너가 말한다. 어젯밤 그를 들것에 싣고 구급차로 옮기던 사람들도 바로 그 말을 했다. 그는 그 사람들이 그곳에 있다는 사실에 기뻐했다. 그 남자들이, 즉석에서 꾸려진 협의체가 그에게 닥치라고 하지 않고 진지하게 그의 말을 받아들이고, 같이 그를 들어올려 행진한다는 사실이 기뻤다.

트레이너가 그를 굴려 눕힌다. "마음껏 우세요. 괜찮아요. 가끔은 그냥 터트려야 할 때도 있어요."

트레이너가 떠나기 전에 꽃다발이 도착한다. 죽음의 꽃인 백합, 엄청 진한 향기가 구역질나게 달콤한 백합이다. 세실리아는 그에게 보여주려고 꽃다발을 들고 왔다가 꽃병을 찾으러 다시 나간다. 그는 운동이 끝나고 거실로 들어간다. 커피테이블 위에 백합이 꽂혀 있다. 크고 기괴하고 어울리지 않는 느낌이다.

그는 유리창 앞에 서서 밖을 내다본다. 그리고 너무 늦게서야 그것을 본다. 새의 폭격이다. 리처드와 새의 눈이 마주치고, 다음 순간 둔탁한 소리를 내며 새가 유리를 들이받는다. 바로 앞에서 백 퍼센트 살아 있던 존재가 유리를 때리고는 백 퍼센트 죽은 존재가 되어 땅에 떨어진다. 그는 부엌에 가서 커다란 국자를 찾아 들고 밖으로 나가, 땅을 파고 새를 묻는다. 집 안으로 돌아가서 꽃을 가져다가 무덤 위에 놓는다.

얼마 뒤 전처가 전화를 건다. "일 분밖에 시간이 없어. 당신 정말 물건이야. 어젯밤에 한숨도 못 잤어. 당신은 언제나 건강염려 증이었지. 목이 어쨌네, 등이 어쨌네, 두통이 어쨌네 하면서."

"병원에선 그렇게 말하지 않던데. 아무도 나보고 건강염려증이라고 하지 않았어."

"그 사람들이야 예의를 지킨 거지."

"아침에 벤과 통화했어."

"그애가 여행 얘기 했어?"

"무슨 여행?"

"〈온 더 로드〉에서처럼 자동차 횡단 여행을 할 거래. 벤이랑 사촌 바스 둘이서 여름 동안. 내 차를 써도 좋다고 했어."

"포르쉐 말이야?"

"아니. 그건 옛날에 팔았지. 볼보 왜건이야."

"재미있겠군."

"그애들은 캘리포니아에서 여름을 보낼 계획이야."

침묵. 벤은 여행에 대해 말하지 않았다. 어쩌면 그에게 알리고 싶지 않았던 건지도 모른다. 벤이 캘리포니아에 온다. 그건 두근 거리는 일이고, 무서운 일이기도 하다. 지금이 기회인데 그 기회를 벌써 날려버린 기분이다.

"꽃다발 고마워. 이미 다른 곳에 사용했어."

"내가 꽃을 보냈어? 좋은 일 했네."

"당신이 나에 대해 마음을 쓴다는 걸 알게 되니 좋네."

"나도 마음은 있어, 리처드. 그저 시간이 없을 뿐이야."

점심식사 후, 손님용 침실 벽을 어떤 색으로 할지 이야기하러 실내장식가가 온다. 실내장식가는 방을 둘러보고 벽을 만지며 감촉을 확인한다. "이 방의 용도는 정하셨나요? 개성을 주려면 목적을 먼저 알아야 하거든요."

원래는 벤의 방이 될 예정이었다. 십삼 년 전, 이 집을 샀을 때 리처드는 신이 나서 남자아이 방에 어울리는 물건을 사러 다녔다. 자동차 모양 침대, 도로가 그려진 카펫, 밀고 다닐 수 있는 트럭 등 어린 남자아이가 좋아할 만한 물건들. 크리스마스까지 준비를 끝내고, 크리스마스에는 뉴욕으로 날아가 혼자 비행기를 타기엔 어린 벤을 데리고 돌아와서 몇 주를 같이 보낼 예정이었다. 그런데 갑자기 전처가 다른 곳에 초대를 받았다. 어딘지 기억나지는 않지만 리처드가 데려갈 수 있는 곳보다 근사한 곳 같았고, 안 된다고 하면 이기적일 것 같았다.

"당신은 다음에 데려가면 되잖아. 크리스마스는 앞으로도 많이 남아 있어."

그래서 그는 가구 주문을 미뤘다. 그다음 봄방학에는 벤이 감기에 걸려 비행기를 탈 수 없었고, 여름이 오자 또다른 이유가 생겼다. 그리고 한 달에 한 번 하기로 했던 방문은 두세 달에 한 번이 되었고, 리처드는 일주일씩 뉴욕에 갔다 올 때마다 기분이 점점 나빠졌다. 벤도 한 번인가 두 번은 로스앤젤레스에 왔지만 한 번도 편안해하지 않았고, 뭔가 어울리지도 않았다. 그리고 지금 그 방은 그냥 방, 침대만 덜렁 놓인 빈 방일 뿐이다. 폭동이 일어났을 때 세실리아가 그 방에서 일주일을 지냈고, 그후로도 가끔 남편과 싸우면 그 방에서 자곤 했다.

"객실로 합시다." 리처드가 말한다.

"침대는 트윈, 더블 두 개, 킹사이즈 중에 어떤 걸로 할까요? 말씀만 하세요."

"더블 침대 하나와 책상으로."

실내장식가는 접이식 알루미늄 자에 컬러칩을 붙이고 방 안에 휘두른다. 채광을 보는 것이다. 그리고 도구 상자를 열어 색을 약간 섞어본 다음 벽에 네 가지 다른 컬러칩을 대본다. 실내장식가는 몇 분 동안 기다리며 무슨 색이 좋은지 본 뒤, 자줏빛이 감도는 흰색으로 결정한다. "이게 깔끔하네요. 밝지만 공격적이지 않아요. 그게 중요하죠. 이번 주말까지는 페인트공을 보낼 수 있어요."

"좋아요. 바로 처리합시다. 상황이 달라지기 전에."

"나 나가요." 그는 세실리아에게 말한다. "약속이 있어요."

그는 집 앞 진입로에서 차를 빼며 움푹 팬 땅을, 달 분화구처럼 거의 완벽한 원형을 이룬 너비 10피트짜리 구덩이를 본다. 그 원의 완벽함 때문에 마음이 불안해진다. 그는 언덕 아래쪽 전봇대에 붙어 있던 전단지를 생각한다. UFO? 당신은 혼자가 아닙니다. 나에게 이야기하세요.

"미리 찍어드릴까요?" 접수원이 묻는다.

"그러면 좋지요."

"오늘 무척 멋지세요." 접수원은 그에게서 주차권을 받으며 미소 짓는다. "셔츠가 마음에 들어요. 한번은 니만 마커스*에 갔는데, 카운터로 가서 주차권을 내려놓고 이렇게 말했지 뭐예요. '찍어 눌러줘요.' 그 아가씨에게나 나에게나 끔찍한 일이었죠." 접수원은 깔깔거리고는 네모난 인지 몇 장에 침을 발라 주차권에 붙인다. "한 시간 동안 유효합니다." 접수원이 주차권을 다시 내밀며 말한다. "따라오세요." 접수원은 그를 데리고 방으로 들어가서 그의 몸무게를 재고 혈압과 체온을 확인한 다음, 검사대에 앉으라고 말한다. "앉아서 편히 기다리세요. 잡지라도 보시겠어요?"

"괜찮아요." 그는 말한다.

"괜찮은 줄 알아요." 접수원이 눈을 찡긋한다. "의사 선생님이 금방 오실 거예요."

"어디가 안 좋으세요?" 루살디 박사가 하얀 옷자락을 휘날리며 방 안으로 휙 들어와 묻는다.

"아팠습니다. 끔찍한 통증이었어요. 병원에 실려 갔고, 그쪽에서는 심장마비가 온 걸로 생각했죠."

"지금은 어떠세요?"

"괜찮아요. 괜찮은 것 같아요. 그러다가 갑자기 그 통증이 떠오르는데, 통증을 기억하는 건지 아직 통증이 있는 건지 잘 모르겠어요."

---

* 미국의 유명 백화점.

루살디는 차트를 펄럭펄럭 넘긴다. "마지막으로 오신 게 칠 년 전 폐렴 때문이었네요." 그리고 그에게 셔츠를 벗으라는 손짓을 한다. "지내긴 어떠세요? 모든 게 잘 돌아가고 있나요? 하루 일과는 대체로 어떻죠?"

"일찍 일어납니다. 러닝머신을 뛰고, 트레이너가 집에 오고, 일주일에 몇 번은 영양사가 오고, 마사지를 받을 때도 있어요. 건강을 유지하려고 노력합니다. 신문 네 개를 읽고, 밖에는 나가지 않아요."

"도피 방법 중 하나죠. 심전도를 보고 싶군요. 어젯밤에 검사받으시긴 했겠지만요." 루살디는 발로 기계를 끌어 리처드 앞으로 가져온 뒤 전극의 포장을 뜯고 리처드의 가슴에 붙인다.

심전도는 거짓말탐지기 같다. 의사가 질문하는 동안 선이 나타난다. 루살디가 질문을 하면 마음이 산란해져서 심장의 리듬을 완벽하게 유지하기 힘들다.

"통증이 갑자기 닥쳤나요, 아니면 서서히 퍼졌나요?"

"모르겠습니다. 쭉 통증이 있었는데 갑자기 심해진 것 같은 느낌이었어요."

"어떤 통증인지 설명해보세요."

"깊고, 끝이 없고, 중심에서부터 촉수 달린 뿌리가 퍼져나가는 것 같고, 어깨에서 양팔까지 딱딱하게 뭉치는 느낌."

심전도가 흔들린다. 루살디가 기계를 움직인다. 흔들림이 멈춘다.

"얼마나 깊이 이어지죠?"

"밑바닥까지요."

"결혼, 이혼, 자식, 양육은?"

그는 한 번도 이렇게 개인적인 질문을 퍼붓는 의사를 만난 적이 없다. "아들이 하나, 아내와 같이 뉴욕에 삽니다."

의사는 고개를 끄덕인다. 앉은 채 다리를 꼰다. "잠깐 쉬고 심전도가 어떻게 나타나는지 봅시다."

"너무 아파서 울었습니다. 그리고 오늘 아침에 또 울었어요. 한번도 운 적이 없는데 말입니다."

"어렸을 때 학대당한 기억이나 트라우마는요?"

"부모님에 대한 기억밖에 없습니다. 유대인이시죠. 오늘 아침에 어머니와 통화했는데 내가 은퇴했다는 이유로 실패작이라고 생각하시더군요."

"불황(Depression) 심리군요."

"그렇게 생각하십니까? 우울증(depression)이라고? 우울증 때문에 육체적인 통증이 오기도 합니까?"

"부모님이 '불황의 아이들'이셨다는 뜻입니다. 피를 좀 뽑을게요. 빠뜨리는 것 없이 살펴보고 싶군요."

루살디는 어딘가 특이하다. 대부분의 남자보다 털이 많다. 하루에 몇 번씩 면도를 해야 하는 사람처럼 보인다. 덥수룩한 턱수염, 머리를 보호하는 헬멧처럼 빽빽하게 자란 머리카락. 게다가 너무 젊다.

"대체 전공이 뭡니까?"

"심리학적 내과라고, 새로운 분야예요. 사람들이 그냥 검사만 하는 게 아니라 이야기를 들어주길 원한다는 사실을 알고 이 분야를 만들었고, 예일 대학에 전문과정이 생겼어요. 전 이 과정을 처음 밟은 사람에 들어가요. 전국에 여덟 명이 있는데 넷은 뉴욕, 셋은 로스앤젤레스, 하나는 플로리다에 있죠."

"특별한 관점이 있습니까? 삶의 방식이라거나 다른 사람도 이렇게 했으면 좋겠다 싶은?"

"그건 늘 바뀌지요."

"내가 그냥 지어내고 있는 게 아니라는 걸 확인할 필요가 있어서요."

"지어내다니, 무슨 말씀이죠? 통증에 시달린다는 생각을 만들어낸 거라고요? 환자분이 만들어낸 게 아닙니다."

"그럼 내가 왜 이렇게 끔찍한 통증에 시달리는 겁니까?"

"저야 모르죠. 지금 막 만났는 걸요. 다시 와서 이야기를 나누고 싶으세요?"

"그래야 합니까?"

"환자분 마음이지요."

"의사 선생에겐 뭔가가 보입니까, 내가 알아야 할 뭔가가? 뭔가 잘못된 건가요?"

"환자분은 고통을 겪고 있어요."

"그동안에는 뭘 해야 하죠?"

"살아가세요."

리처드는 불편한 마음으로 병원을 나선다. 루살디가 마음에 드는 동시에 그에게 이용당한 것 같은 기분이 든다. 그는 마음속으로 루살디를 '왕도마뱀'이라고 부른다. 왕도마뱀을 만난 뒤 그는 어디로 가는지도 모르면서, 그저 아직 집에 갈 수는 없다는 생각만으로 차를 몬다.

그는 언덕 아래, 선셋 대로 아래쪽으로 돌아간다. 술을 한잔 하고, 저녁식사를 하러 갈 생각이다.

그는 포시즌스 호텔에서 차를 주차 담당에게 넘기고 술집으로 향한다.

"뭘 드릴까요?"

전에는 무슨 술을 마셨더라? "보드카 마티니."

"어떻게 드릴까요? 드라이? 더티? 트위스트? 올리브, 양파, 버섯 모자?"

"깔끔하게 해줘요. 깔끔하고 깨끗하게, 아무것도 띄우지 말고. 아무 부스러기도 없이."

"보드카는 어떤 걸로 하시겠습니까?"

맥주같이 단순한 술로 시킬 걸 그랬다 싶어진다.

"케텔 원, 그레이 구스, 앱솔루트, 스톨리, 감자 보드카, 그리고 입자에 전류를 흘린 신상품 전기 보드카가 있습니다."

"바텐더 선택에 맡기리다."

바텐더는 마치 어마어마한 책임이라도 맡은 양 고개를 끄덕인다. 기다리는 동안 리처드는 소금에 절인 견과류 한 움큼을 신경질적으로 입안에 털어넣는다. 술이 나온다. 로켓 연료처럼 강렬하다. 그는 마시고, 안주를 하나씩 골라 집는다. 캐슈너트, 헤이즐넛, 호두, 피칸, 땅콩, 개암. 이 열매들은 기름지고, 짜고, 순식간에 없어진다. 어제 말썽이 일어났던 때와 같은 시간이 다가올수록 리처드는 걱정이 된다. 통증이 다시 올까? 어제만큼 지독할까? 감당할 수 없을 만큼 심할까?

"물 한 잔만 줘요."

"병으로 드릴까요, 따라드릴까요?"

질문이 너무 많다. 그는 회의 중인 사업가, 시나리오 작가 들과 수다를 떠는 멋진 여자들, 영화배우와 그 측근을 둘러본다. 로켓 연료 덕에 빙 돈다. 그는 취해간다. 견과류 안주는 다 먹었고, 더 달라고 하기는 싫다. 그는 십 달러를 꺼내놓고 잔을 쥐고 레스토랑으로 향한다.

바텐더가 따라온다. "손님, 술값은 십육 달러인데요."

"그래요?" 그는 창피하고 화가 난다. 도대체 술값이 십육 달러나 한다는 말을 누가 들어봤겠는가? 그는 오 달러짜리 한 장과 일 달러짜리 몇 장을 꺼내 바텐더의 손에 밀어넣는다. "이 정도로 셈합시다."

"일행이 있으신가요?" 레스토랑 매니저가 묻는다.

"일행에 관한 오래된 농담이 있었는데."

"혼자신가요?" 매니저가 다시 묻는다.

그는 고개를 끄덕인다.

"이쪽입니다." 그녀는 텅 빈 식당 안으로 그를 안내한다.

누군가가 그에게 메뉴판을 건넨다. 다른 누군가가 물을 한 잔 따라주고, 또다른 누군가가 접시에 둥근 빵을 놓고 그 옆에 버터를 둔다. 그는 바로 빵을 먹는다. 오랜만에 먹어보는 빵이다. 빵은 그의 식단에 없다. 둥근 빵은 따뜻하고, 반죽이 폭신하다. 그는 차가운 버터를 발라서 먹는다. 눈을 감는다. 맛있다. 그의 입안을 씻어준다. 소금 맛을 씻어주고, 알코올의 쏘는 맛도 씻어준다. 빵을 놓아두는 남자가 다시 와서 빵을 하나 더 놓자 그는 바로 또 먹는다.

그러다가 문득, 갑자기 잠에서 깬 것처럼 주변을 둘러보고 레스토랑에 혼자 와 있음을 깨닫는다. 그럴 수는 없다. 나가야 한다.

"내 전화기가." 그는 누구에게랄 것도 없이 중얼거리고 서둘러 레스토랑을 나선다. 주차원에게 주차권을 주고, 사람들에게 둥근 빵을 훔친 걸 들키기 전에 차가 오기를 기도한다. 그는 빵을 훔쳤다. 접시에 놓인 빵만 먹은 것이 아니었다. 나오다가 덩그러니 놓인 빵바구니 옆을 지나면서 손을 넣어 테니스공 같은 빵을 한 움큼 집어들고 말았다. 그는 따뜻한 둥근 빵을 주머니 가득 넣었다.

그는 조금 취해서 차를 몰다가 '보리수나무'라는 간판에 눈길을 빼앗긴다. 트레이너와 영양사가 말하던 서점인 것 같다. 안으로 들어가보니 키가 크고 호리호리하고 특이한 머리 모양을 한(머리털이 너무 많거나 너무 적고, 하나같이 엉뚱한 데 자리 잡은) 남자들과 머리털이 거의 없는 여자들, 남자처럼 생긴 여자들이 책더미 뒤에서 책을 고르다가 그와 눈이라도 맞추려는 듯 슬쩍 쳐다본다. 가장자리에서 가운데까지 온갖 책이 다 있다. UFO, 철학, 요리, 기적에 관한 오십 가지 책. 금전등록기 옆에는 '엘비스가 성경 다음으로 사랑한 책'이 무더기로 쌓여 있다. 제목을 보면 신적인 능력에 관한 내용일 것만 같다. 『내 안의 나』와 비슷한. 리처드는 책을 한 권 집는다. 배가 꾸르륵거린다. 마티니의 효과가 사라지고 있다. 그는 계획을 세운다. 책값을 지불하고 한 블록을 걸어서 식품점에 간 다음, 먹을 것을 좀 사서 집으로 가 먹고 읽고 잔다는 계획이다.

밖으로 나가니 눈먼 여자가 몸을 굽히고 개똥을 줍고 있다. 여자는 개똥을 찾으려고 땅바닥을 두드린다. "오른쪽이에요." 누군가가 말한다.

"고맙습니다."

그는 모퉁이를 돌다가 쾅! 차에 치인다. 누군가가 주차장에서 차를 빼다가 가속 페달을 밟아서 리처드를 친 것이다. 그는 세게 얻어맞은 펀칭 기계처럼 쓰러진다. 리처드를 친 여자가 차 밖으로 몸을 내밀고 고함친다. "뭐야, 당신 미쳤어?"

사람들이 모여든다. "어디 부러졌소?" 누군가가 묻는다.

그는 일어서려고 애쓴다.

"저 사람 움직이지 말아요." 누군가가 말한다.

"자기가 움직이고 있잖수."

"경찰을 불러요." 누군가가 말한다.

"맙소사, 고맙기도 하셔라." 그를 친 여자가 말하면서 차에서 내린다.

"내 지압사 전화번호 가르쳐줘요? 진짜 끝내줘요. 뭐든 풀 수 있어요." 젊은 여자 하나가 종이쪽지에 번호를 휘갈겨 건네준다.

"세상에나, 쳤다고 볼 수도 없다고." 그를 친 여자가 말한다.

"동정심을 좀 보여봐요." '보리수나무'에서 나온 키 큰 남자가 말한다.

"도대체 뭘 하고 있었던 거야? 내가 어떻게 걷고 있는 자그마한 남자를 볼 수 있겠어?"

"식품점에 가고 있었소."

"왜 보통 사람들처럼 차를 몰지 않고?"

"당신이 날 쳤어요." 그가 말한다.

"댁은 내 하루를 망쳤어."

"허, 그거 행운이로군요. 이미 늦은 시간이니."

여자는 휴대전화로 친구에게 전화를 건다. 모인 사람들에게 등을 돌린다. "응, 나야. 사고가 났어. 차를 빼다가 웬 남자를 쳤어. 아니, 자동차가 아니라 사람을. 사람을 쳤다고. 이 남자, 사람 진짜 힘들게 하네. 남자들은 질색이야. 여자를 쳤더라면 나한테 사과했을 텐데." 여자가 리처드를 보며 묻는다. "경찰이 올 때까지 기다려야 해요? 일이 있어서요."

주유소에서 나온 남자가 커다란 얼음주머니를 가지고 와서 차에 부딪힌 리처드의 다리에 댄다. 리처드는 얼굴을 찌푸린다. 주유소 남자는 회색 테이프로 얼음주머니를 그의 다리에 동여맨다. "내가 의무병이었거든요. 예비지만."

"이 신세를 어떻게 갚지요?" 리처드가 묻는다.

"신세진 것 없수다."

리처드는 가까스로 일어선다. 그가 몸을 일으키자 모여든 사람들이 갈채를 보낸다. "고맙습니다. 정말 고마워요."

식품점에 들어간 그는 허기를 이기지 못하고 통로에서 먹기 시작한다. 바나나 껍질을 벗기면서 한 손으로 카트를 민다. 바나나가 그를 지켜줄 것이다. 쓰러지지 않게 해줄 것이다. 그리고 카트에 보행기처럼 기대어 걸을 수 있다. 먹을 것이 필요하다. 그는 통로 끝에서 해바라기 씨 봉투 하나를 움켜쥐고 입으로 뜯어 열어서 한 움큼 털어넣는다. 아직 마티니와 빵의 기운이 남아 있지만, 단백질이 필요하다. 그는 꼬챙이에 꿰여 돌아가는 비비큐 치킨을 응시하며 해바라기 씨를 입안에 더 털어넣는다. 방금 차에 치였다는 사실을 무시하려고 노력해보지만, 걸음을 옮길 때마다 통증이 더해간다. 어깨가 아프고, 머리가 아프고, 다리가 아프다. 통증. 진짜 통증이다. 그는 '자신을 돌보세요' 통로를 찾아서 베이비 아스피린 병을 집어들고 몇 알을 입에 넣는다. 아스피린은 단추처럼, 센서처럼, 이상한 향을 가미한 만찬용 박하사탕처럼 혀에 달라붙는다. 녹으면서 폭폭 소리를 낸다. 덤으로 그는 비타민 C가 많이 들어간 플린스톤 병도 카트에 던져넣는다. 그는 이상한 꿈의 나라를 헤매는 몽유병자처럼 통로 사이를 돌아다닌다. 이 모든 물건은 어디에서 온 걸까? 누가 생각해낸 걸까? 우리에게 다채로운 모양과 맛과 색의 크래커가, 스물두 종류의 오렌지주스가 필요한 이유가 있긴 한 걸까?

농산물 코너에서 울고 있는 여자가 백일몽에서 그를 끌어낸다. 그는 양상추와 토마토 사이로 그 여자를 본다. 양파 때문인지, 알레르기가 있는 건지, 아니면 정말로 울고 있는 건지 의아해하며 지켜본다. 여자는 눈 주위에 얼룩이 진 채 오이와 후추를 카트에 집어넣으며 코를 훌쩍인다. 그는 당근이 있는 곳에서 여자와 마주친다.

"괜찮아요?"

"나한테 말 걸지 말아요." 여자가 그를 쳐다보지도 않고 말한다.

"미안합니다. 그저 양상추와 토마토 사이로 울고 있는 걸 봐서요."

"변태." 여자는 여전히 고개를 들지 않고 말한다.

"아니, 아닌데요." 그는 놀라서 말한다.

"댁이 뭔데요. 랠프스의 휘플 씨*라도 돼요? 사람들을 엿보고 다니면서 '샤밍 화장지를 짜부러뜨리지 마세요'라고 하려고요?" 여자는 그를 아래위로 훑어보더니 다시 토마토를 고르기 시작한다. "게다가 물을 흘리고 있잖아. 변태. 우는 여자를 보고 바지를 적시다니."

"무슨 얘깁니까?"

여자가 그의 바지를 가리킨다.

허벅지에 커다랗게 젖은 자국이 나 있다. "차에 치였어요. 그래서 얼음주머니를 붙였죠. 얼음주머니가 땀을 흘리고 있는 겁니다."

"응급실에 가봐야 하는 거 아닌가요." 여자는 그를 더 자세히 들여다보며 말한다.

"어제도 갔었기 때문에 이렇게 빨리 돌아가기는 좀 그렇네요."

---

* 삼십 년 동안 미국과 캐나다의 샤밍 화장지 광고에 나온 슈퍼마켓 주인.

그는 말한다. 현기증, 피로, 통증의 파도가 밀려든다. "정말이지 기분이 좋지 않군요. 앉아야겠습니다. 커피 한잔 할래요? 저쪽에 탁자와 의자가 있던데." 그는 가게 저편을 가리킨다.

"그거 솔깃하네요. 차에 치여 기분이 좋지 않은 데다 물을 뚝뚝 흘리는 변태가 커피나 한잔 하자고 하다니. 그럼요. 안 될 것 있나요. 아무렴 어때요. 날 산산조각내라죠. 아쉬울 것도 없는 걸요, 뭐."

두 사람은 카트를 밀고 가게 안 '시장' 구역으로 향한다.

"당신이 차라리 돈을 요구했으면 좋겠어요." 여자가 말한다.

"왜 모든 것에 가격표가 붙어 있을까요? 왜 울고 있었어요?"

"샐러드 생각을 하고 있었어요. 매일같이 재료를 사서 저녁에 먹을 근사한 샐러드를 만드는데 아무도 그걸 알아주지 않아요. 두 종류의 양상추, 까맣고 하얀 후추를 넣고 가끔은 병아리콩이나 으깬 블루치즈를 넣는데 커다란 여물통이라도 되는 것처럼 게걸스레 썹어 먹고는 끝이에요. 아무튼 아무 생각도 안 하는 것 같아요."

두 사람은 '시장' 구역에 앉는다. 이 시간에도 여전히 자기가 맡은 아기에게 빵조각 같아 보이는 음식을 먹이는 보모와 유모차로 가득하다. 알고 보니 그 빵조각은 공짜로 나눠주는 하루 지난 케이크 샘플이다.

"어쩌다가 커피 마실 시간이 생겼어요?" 여자가 묻는다. "직장에 있거나 가족이 있는 집에 돌아가야 할 시간 아닌가요? 당신이 변태가 아니라는 걸 내가 어떻게 믿죠?"

"나쁜 뜻으로 받아들이지 않았으면 좋겠지만, 우울해져서 울고 있는 여자가 변태에게 매력적일 거라 생각합니까?"

"그럼 당신은 뭐예요?"

"나름의 위기를 겪고 있는 사람이죠."

"당신 수상한 사람이에요?"

"아니요. 자영업자예요."

"찰리 맨슨*처럼요?"

"꼭 알아야겠다면, 난 돈이 많아요."

"부자가 왜 식품점에 와요? 대신 물건을 사올 사람이 있을 텐데."

"물론 그런 사람이 있어요. 왜 그렇게 부정적이죠?"

"모르겠어요. 나는 아무 하는 일이 없어요. 그리고 나한테 말도 안 거는 남편과 두 아이가 있죠. 그러니 왜 돈 많은 남자가 식품점에서 나한테 말을 걸었는지 상상이 안 가요. 난 존재하지도 않는 사람이고, 할로겐 전등 같은 존재예요."

그는 이제야 여자가 퍽 예쁘다는 사실을 알아차린다. 전부터 그랬던 걸까? 그녀는 알고 있을까? 그녀는 예쁘고, 재미있고, 똑똑하다.

"남편은 뭘 합니까?"

"남자들이 다 뭘 하죠? 다른 누군가를 위해 회사에서 일하죠."

"같이 상담받으러 가본 적은 있어요?"

"당신 무슨 정신과 의사나 광신도예요? 알았다. 사이언톨로지구나. 나한테 입회 권유를 하는 거죠?"

---

* 희대의 연쇄살인범.

"아니, 그저 아내와 갈라서기 전에 누군가와 이야기를 했더라면 뭔가 달라졌을까 하는 생각을 항상 하기 때문에 그래요."

여자는 그의 다리를 빤히 본다. "심각해 보이는데요. 물이 멈추지 않잖아요."

"다행히도 보는 것만큼 지독하진 않아요."

"그게 문제예요. 사람들은 보이는 게 진실이라고 생각하거든요."

리처드는 바지를 말아올리고 테이프를 뜯으려 한다. "뗄 수가 없군요."

여자는 빵집 카운터로 가서 플라스틱 칼 한 움큼을 들고 오더니 테이프를 자르기 시작한다.

"어이, 패티." 지나가던 사람이 외친다. "패티 허스트*, 그 작자를 주차장으로 데리고 나가서 폭파시키지 그래."

"고맙군요." 리처드는 그 남자 뒤에 대고 말한다. "도움이 많이 되네요. 당신 이름이 패티?"

"내가 패티처럼 보여요?"

첫번째 칼이 부러지면서 그의 살갗을 후빈다. "고깃간 주인에게 말해 뒤편 어딘가에 숨겨둔 전투용 도끼를 빌려다가 내 다리를 잘라낼 수도 있을 것 같은데요."

그의 말에 여자가 웃는다. "신시아. 내 이름은 신시아예요."

두번째 칼이 테이프를 잘라낸다. 녹아내리는 얼음주머니가 바닥에 떨어진다.

---

* 1970년대에 무장단체에 납치되었던 부유한 소녀. 영화화되기도 했다.

"이게 다예요?" 그녀는 그의 카트 안을 본다.

그는 뒤로 손을 뻗어 버터쿠키 한 봉지를 카트 안에 던진다. 빗나가서 바닥에 떨어진다. 쿠키가 부서진다.

그녀는 소리내어 웃는다.

"아이스크림은 필요 없어요? 난 무슨 일이 있을 때마다 아이스크림을 먹어야 하는데."

아이스크림을 마지막으로 먹은 게 언제였더라? 그는 아이스크림을 까맣게 잊고 있었다.

"좀 갖다줘요?" 그녀가 묻는다.

"좋지요."

"어떤 걸로요?"

아무 생각이 없다. "뭐든 당신이 좋아하는 걸로, 당신이 제일 좋아하는 걸로요. 당신이 좋아하는 아이스크림을 먹어보고 싶네요." 신시아가 간 사이 그는 쿠키를 제자리에 돌려놓는다. 탄수화물이 너무 많다.

신시아는 카벌 아이스크림 케이크를 들고 돌아온다. "이게 내가 제일 좋아하는 거예요."

"아주 밝네요." 그는 말한다. 흰색 케이크에 색색의 사탕과자가 장식되어 있다. "그보다는 숟가락과 하겐다즈 초콜릿 아이스크림 파인트 통을 들고 있는 모습을 상상했는데."

"아, 그건 늘 먹는 거고, 이건 특별한 경우를 위해서예요."

"내가 축하할 일이 뭐가 있어서요?"

"살아남았잖아요. 차에 치였는데."

"이걸 지금 먹어요?"

"아니, 가져가세요." 그녀는 그에게 커다란 목욕소금 통을 건넨다. "그리고 집에 가면 이걸 한 컵 떠서 뜨거운 욕조에 넣고 몸을 담가요. 난 가는 게 좋겠어요. 집에 없으면 말썽이 생길 거예요. 한편으로는 내 존재를 눈치 채지도 못하면서 또 한편으로는 가죽 끈에 매어두거든요. 다친 데가 빨리 나았으면 좋겠네요."

그는 빵집 카운터에서 가져온 유성 펜으로 하얀 빵봉투에 전화번호를 휘갈긴다.

여자는 고개를 젓는다. "앤디가 내 주머니에서 그 번호를 발견했다간 상황이 나빠지기만 할 거예요."

"세탁소 여자 번호라고 말해요. 그냥 가져가요. 상황이 정말로 나빠지면, 어딘가 갈 곳이 필요하면, 삶에서 하루 정도 달아나야 하게 되면 전화해요."

"도대체 뭐 하는 사람이에요? 여기저기 돌아다니는 선한 사마리아인?"

"그렇게 되려고 노력하는 사람일 뿐입니다."

"알았어요. 너무 애쓰진 말아요. 그러다가 살해당할 수도 있어요."

그는 계산대 줄에 선다. 마음이 너무 산란해진 나머지 사실상 아무것도 사지 않았다. 갖고 있는 거라곤 열린 베이비 아스피린 병 하나, 플린스톤 비타민, 바나나 껍질, 해바라기 씨(바닥에 흩어져 길게 흔적을 남긴), 그리고 아이스크림 케이크뿐이다.

"승승장구예요?" 금전등록기를 울리면서 여자가 묻는다.

"뭐요?"

"흥청망청 파티라도 한 것 같네요. 미국너구리라도 휩쓸고 지나간 것 같아요. 가져온 봉투는 다 열려 있고. 오는 길에 뭐 또 먹은 건요?"

그는 바나나 껍질을 들어 보인다.

"오십 센트로 계산할까요?"

스스로를 깨고 나가려면 뭘 해야 할까? 식품점 통로에서 춤을 추고, 폐가 터지도록 소리를 지르고, 앤힐 같은 소규모 사업자가 도넛 가게를 여는 걸 도와주는 프로그램을 시작할까? 그는 지금보다 큰 존재가 되고 싶고, 더 많은 것을 하고 싶다. 그리고 기분이 나아지고 싶다. 인생을 뛰어넘은 영웅이 되고 싶다. 불타는 건물에서 사람들을 구하고, 지붕 위를 건너뛰고 싶다. 사람들이 그를 알아줬으면 좋겠다. 그는 크롬으로 만든 우유통에 비친 자신의 얼굴을 본다. 어떻게 하면 중년의 평범한 남자가 뭔가가 될 수 있을까? 슈퍼 히어로는 아니더라도 말이다.

밤이다. 그는 어둠 속에서 집으로 향한다. 불 켜진 피자 상자를 지붕에 얹은 자동차가 지나간다. 그는 그 상자를 보고 집에 가는 내내 저도 모르게 그 번호를 되뇐다. 그리고 차고로 들어가면서 반쯤은 스스로에 대한 인사라 생각하며 "올리 올리 옥슨 프리"*를 외친다. 식료품이 든 작은 봉투를 들고 부엌으로 가 냉장고를 열자 저녁식사가 보인다. 삶은 연어, 녹색 콩, 구운 토마토와 펜넬 샐러드가 담긴 오렌지색 접시에 분홍색 랩이 씌워 있다.

그는 기억 속에 있는 번호를 돌린다. "맛과 정성을 다하는 피자 궁전입니다."

"배달을 시키고 싶은데요."

"어떤 피자를 원하십니까? 1~3인용, 3~5인용, 5~10인용이 있습니다. 버섯, 페페로니, 양파, 후추, 마늘, 일반 치즈, 훈제 모차렐라, 페타치즈, 염소치즈, 체다치즈, 스위스 치즈, 신선한 마늘, 햇볕에 말린 토마토, 신선한 토마토, 아보카도, 브로콜리, 브로콜리라브, 시금치, 파인애플, 소시지, 칠면조 소시지, 두부, 빨간 고추, 파란 고추, 녹색 올리브, 검은색 올리브……"

그는 토핑 낭송에 귀를 기울이며 냉장고에서 얼음주머니를 꺼내 다리에 댄다.

"레귤러 사이즈로." 그는 말한다. "일반 치즈, 그리고 브로콜리와 칠면조 소시지 약간, 버섯을 몇 개 얹어줘요."

그는 바지를 내리고 다리를 살핀다. 얼음 때문에 분홍빛이 나고, 접착테이프 덕분에 빨갛고, 나타나기 시작한 커다란 멍 자국으로 푸르스름하다. 그는 깊이, 세게 누르면서 멍든 자리를 관찰한다.

"삼십오 분에서 사십 분 걸릴 겁니다. 현금만 가능하고, 이십칠달러 팔십팔 센트입니다. 필요하신 게 또 있나요?"

---

* "소야, 소야, 어서 나오렴" 정도의 뜻으로 우리말의 "못 찾겠다, 꾀꼬리"에 해당하는 표현이다.

"이를테면요?" 그는 창가로 가서 밖을 내다본다. 해가 지면 자동으로 켜지는 언덕 아래쪽 가로등에 불이 들어오고 있다. 구덩이는 확실히 더 커졌다.

"말씀만 하세요."

"괜찮아요." 그는 잠시 말을 멈춘다. "이봐요, 구덩이가 생기거나 땅이 움직이면 어디에 전화해야 하는지 알아요?"

"이것 보세요, 여긴 피자집이지 인테리어 회사가 아니에요."

그는 전화를 끊고 911을 누른다. 이번에는 진짜 응급 사태인지 확실치 않으므로 마음이 훨씬 가볍다. 어젯밤에 걸어보지 않았다면 오늘 걸 생각도 하지 못했을 것이다. 과연 그가 그 모든 일을 다시 한번 경험하려 하는 걸까? 극적인 재연 무대인가?

"경찰, 소방서, 구급차 중에 선택하세요."

"경찰." 그는 분명하게 말한다.

"긴급 상황인가요? 다른 모든 전화는 지역 관할구로 연결됩니다. 긴급 상황이라면 기다리세요."

누군가가 나온다. "경찰입니다. 무슨 일입니까?"

"집 밖에 구덩이가 생겼습니다. 움푹 들어간 정도이더니 점점 커지고 깊어지네요. UFO가 착륙한 곳처럼 생겼어요. 그런 걸 믿는다면 말이지만."

잠시 침묵. "그리고 구덩이 안을 들여다보니 작은 녹색 인간이 기어나오는 게 보입니까? 이것 보세요. 좀 놔두고 저도 서류 작업 좀 덜 하게 해주십쇼."

"장난 전화가 아닙니다. 다른 전화번호가 있다면 그리로 걸겠지만, 이건 신고해야만 해요."

"구덩이라고요?"

"그래요."

"그 구덩이를 누가 팠습니까?"

"아무도 파지 않았어요. 그냥 생겼다고요. 이건 공공 안전에 대한 문제입니다. 땅이 꺼지고 있단 말입니다. 온종일 관찰했어요."

"흠, 이젠 밖이 어두운데요. 아침까지 기다려보고 계속 있는지 보는 게 어떨까요."

"도와줄 수 없다는 겁니까? 이름이 뭐죠?"

"어쩌시게요. 보고라도 올리게요? 철 좀 드십쇼, 리처드. 시스템을 남용하지 말고."

침묵. "내가 누군지 안다면 그 구덩이가 어디 있는지도 알겠군요."

"이것 봐요, 우리 동료들은 조 프라이데이* 못지않게 일하고 있단 말입니다. 노상강도, 어린아이 실종 사건, 가족 싸움, 둔기에 머리를 맞고 죽은 시체. 고속도로국에 전화해보시고, UFO에 대한 얘기나 '그런 걸 믿는다면 말이지만' 같은 소린 하지도 마세요."

"그쪽 전화번호 아십니까?"

"411일 겁니다. 911이 아니라."

그는 전화를 끊고, 다시 전화를 건다.

"고속도로국입니다." 남자가 말한다.

---

* 미국 텔레비전 시리즈의 주인공 경찰.

그는 구덩이에 대해 이야기한다. UFO 이야기는 빼고. "계속 커지고 있어요."

"사유지입니까, 도로 한가운데입니까, 공공도로 부지입니까?"

"언덕입니다."

"물을 보시거나 물소리를 들으셨습니까? 구덩이에서 거품이 올라오거나 새어나오는 것이 있습니까? 땅의 움직임이나 지진 같은 것을 감지하셨습니까? 전에도 그런 일이 있었습니까? 혹시 인근 지역이 안정적이지 않습니까?"

"제가 알기로는 없습니다만."

"그 지역에 어떤 움직임이라도 있는지 확인해보겠습니다."

기다리면서 그는 마음을 가라앉히는 여자 목소리를 듣는다. 지진이 일어났을 때 어떻게 해야 하는지에 대한 이야기이다. "······ 지진 대비 장비를 손 닿는 곳에 두세요. 물과 건량, 식료품, 의약품, 애완동물을 위한 구급품을 챙기는 것 잊지 마세요. 지진이 일어났을 경우에는······"

남자가 다시 돌아온다. "컴퓨터에는 아무 신호가 뜨지 않지만, 사람을 하나 보내겠습니다. 거기 계실 건가요?"

"지금 사람을 보낸다고요?"

"그렇습니다. 금방 도착할 겁니다. 그쪽 일만 아니면 틴셀타운*도 조용한 밤이라서요."

리처드는 기다린다. 집 안을 걸어다니며 창밖으로 도시를, 바다

---

* 로스앤젤레스의 별명 중 하나로 '허식의 도시'라는 뜻.

에 뜬 백만 개의 배처럼 보이는 반짝임을 내다본다. 한 시간 정도 지나자 공황 상태에 빠진 피자 배달부가 차에서 전화를 건다. "다 왔다고 생각했는데 계속 놓쳐요. 삼십 분째 빙빙 돌고 있어요."

"지금 어디요?"

"운전 중이에요. 계속 운전 중이에요. 한번은 멀홀랜드에 들어가서 십 분은 달렸나봐요. 가장자리로 떨어질 뻔했어요. 전화도 할 수 없었어요. 신호가 안 잡히더라고요."

"지금 어디요? 보이는 게 뭡니까?"

"나무, 집, 거리 표지판이요. 새도 힐 거리라고 되어 있는데요. 전에도 여기 왔었는데 계속 뱅뱅 돌고 있어요."

"다 왔어요. 왼쪽으로 붙어서 언덕을 올라와요."

"끊지 마세요. 안 돼요. 마중 나와주세요. 마중 나오실 수 있어요?"

그는 전화기를 들고 현관으로 나간다. "경적을 울려봐요."

언덕에 메아리치는 경적 소리가 전화기로 들어간다. "이 소리 들리죠? 당신이 울린 경적 소리예요. 다 왔어요."

피자 배달 차가 언덕을 오른다. 불 켜진 피자 상자가 보인다. 리처드는 오렌지색 지팡이를 휘둘러 파일럿을 게이트로 인도하는 공항 직원처럼 양팔을 휘두르며 배달원을 인도한다.

"끔찍해요." 피자 배달원이 창을 내리고 말한다. "피자가 다 식었어요."

"괜찮아요." 그는 배달원에게 사십 달러를 주고, 배달원은 창문으로 피자 상자를 건넨다.

그와 동시에 노란색 경광등이 달린 작은 흰색 차가 멈춘다. 노란 불빛이 모든 것을 비추며 소변 빛깔로 세상을 물들인다.

"구덩이가 생겼다고 들었는데요." 흰색 차에 탄 남자가 말한다. 리처드는 언덕 가장자리를 가리킨다.

"피자 1에서 기지로. 피자는 착륙했다." 피자 배달원이 무전기에 대고 말한다.

"피자 1, 손님에게 무료로 마늘빵과 탄산음료 한 병, 그리고 심심한 사과의 말을 전하라."

"어이, 이봐요." 피자 배달원이 차 안에서 외친다. "이거 받으세요." 그리고 하얀 봉투를 허공에 던진다. 봉투는 날아서 피자 상자 위에 떨어진다.

"그리고 이것도요." 배달원은 차에서 1리터짜리 콜라 병을 던진다. 콜라 병은 미사일처럼 풀밭에 떨어진다. 마개가 열리면서 캐러멜색 설탕물이 뿜어나온다.

"미안해요. 다른 걸로 드려요?"

"괜찮아요. 조심해 가요."

고속도로국에서 나온 남자는 차 지붕에 설치된 조명을 돌려서 언덕 아래쪽을 겨눈다. 남자가 스위치를 켜자 엔진이 부릉거리고, 언덕 사면이 강렬한 흰색 할로겐 불빛으로 가득 찬다.

"내 인생의 불빛이죠. 이 기계를 만든 덕에 반쯤 눈이 멀어가요. 그런데 윗놈들이 주는 거라곤 광부 모자뿐이죠."

"생각보다 빨리 왔군요. 그쪽으로 전화하기 전에 피자를 시켰는데."

"비상 호출이니까요. 무슨 피잡니까?"

리처드는 상자를 열고 안을 들여다본다. "버섯, 소시지, 브로콜리요."

"브로콜리는 질색입니다. 내가 조지 부시를 찍은 것도 오직 그 작자가 나만큼이나 채소를 싫어하기 때문이죠."

"마늘빵이라도 들어요." 그는 남자에게 봉투를 건넨다.

"고마워요." 공무원이 말한다. "여기 올라오니 좋네요. 아래쪽이랑은 달라요. 여기 올라와 있으면 무서울 게 없겠는데요."

두 남자는 함께 가장자리를 건너다본다.

"사람들이 언덕 위에서 칸막이를 설치하고 골프 연습장과 스프링클러를 설치하던데. 그것 때문에 이렇게 된 게 아닌가 모르겠군요." 리처드가 말한다.

남자는 고개를 젓는다. "그치들이 물을 빼고 있을지 의심스럽네요. 그보다는 물을 넣고 있을걸요. 그러면 정반대 효과가 나죠. 로스앤젤레스는 아직도 물이 말썽이에요. 홍수가 나거나 가뭄이 나거나죠." 남자는 구덩이 안을 내려다본다. "이런 건 뭔가를 뺄 때 생기죠. 상수도관이 터졌거나 너무 가까운 데서 석유를 뽑아냈거나. 가끔 구조적인 문제일 때도 있긴 해요. 지하엔 아무 이유 없이 무너지는 동굴들이 있죠. 이 근방에 코요테가 많이 돌아다닙니까?"

"아니요."

"동굴에 살 만한 동물이나 노숙자는요?"

"동굴 탐험가 말입니까?"

"동굴 거주자요. 와서 그냥 집을 지어버리죠. 어디가 됐든 사는 사람들이 있어요. 못 믿으실 겁니다."

"그런 사람은 못 봤습니다."

"다들 그렇게 말하죠. 저녁식사를 방해하고 싶진 않지만⋯⋯." 남자는 피자를 향해 고갯짓을 한다. "손 좀 빌려주시겠습니까?" 남자는 차 뒷문을 열고 짐을 꺼낸다. 팔러먼트 펑카델릭 밴드의 플랫폼 슈즈처럼 키가 높은 부츠가 나온다. "이 작업이 제일 싫어요. 뱀이 얼마나 많다고요. 뱀은 질색이에요. 그놈들은 여기 날씨를 좋아하기 때문에 야외에 많이 살아요." 남자는 부츠를 신고 낡은 가죽 작업복을 입더니 밧줄과 긴 금속 줄자, 마이크처럼 보이는 물건, 플라스틱 통을 챙긴다. 내려갈 준비를 하는 것이다.

"밧줄만 잡고 있어주면 됩니다. 확 놔버리지만 마십쇼."

두 남자는 함께 가장자리로 간다. 언덕은 영화 촬영장같이 뜨겁고 하얀빛에 잠겨 있다. 덕분에 리처드는 가상 달 착륙 영화 〈카프리콘 원〉을 떠올린다.

공무원은 어색하게, 자신 없이 걸음을 디딘다. "그래도 액체 상태는 아니네요. 그런 상태에선 늘 조마조마해져서 말이죠. 구덩이에 빠졌다가 다시는 나오지 못한 남자도 본 적 있어요."

리처드는 밧줄을 잡고 있다. 배에서 요란한 소리가 울린다. 그는 남자가 지름을 재고, 그 정보를 휴대용 계산기에 입력한 다음 어떤 도구를 땅에 꽂는 광경을 지켜본다.

"그거 공기 펌프인가요? 펌프질을 해서 꺼진 부분을 원상 복구하려고요?"

"이건 핵 추출 도구입니다. 뚫어서 표본을 채취하고 있어요. 이 물건은 6피트 정도밖에 안 들어가요. 지구 표면을 생각하면 아무것도 아니라고 생각하겠지만 저희가 할 수 있는 건 이 정도죠. 그리고 이건……" 남자는 작은 흰색 탐침을 들어올린다. "모니텁니다. 사무실까지 정보를 전송하죠. 아내는 이걸 탐팩스라고 불러요. '탐팩스는 괜찮게 얻었어요?' 그러는 거죠."

"얼마나 더 갈 것 같습니까? 얼마나 커질까요?"

"내일 멈추는 게 최선의 시나리오죠. 표지 삼아서 가장자리에 깃발을 꽂아둘 겁니다. 눈으로 볼 수 있게요. 위험한 상황은 아닌 듯하지만 주택 보험이 잘되어 있는지 확인해두는 것도 괜찮겠죠."

공무원은 구덩이에서 나와 리처드에게 명함을 한 장 준다. "난 야간 담당입니다. 야간에 네 명, 주간에 여섯 명이 있죠. 정말로 땅이 움직일 것 같거든 이 번호로 전화해요."

리처드는 차가운 피자를 집 안으로 가지고 들어가서 주택 보험 약관을 읽으며 두 조각을 먹는다. 치즈는 굳었고, 소시지는 고무 같고, 버섯은 흐늘흐늘하지만, 그 모두가 차갑고 축축한 빵 위에서 맛있는 실온과 섞여 되살아난다.

주택 보험 약관은 완벽하다. 신에 의해 일어난 파손에 대해 어물거리는 부분이 있긴 하지만.

그는 속이 더부룩한 상태로 소시지 맛이 나는 트림을 하며 잠자리에 든다. 그리고 지구 속으로 떨어지는 꿈, 로스앤젤레스 중심부를 여행하는 꿈을 꾼다. 뒤틀린 티타늄 경사면으로 미끄러지고, 타르 구덩이 속을 허우적거리고, 검치 호랑이를 두려워하며 황막

한 땅을 배회하는 꿈을 꾼다. 높고 창문 없는 시멘트 건물과 줄지어 선 방들, 색종이처럼 접히는 시간을 꿈꾼다. 그는 한밤중에 입에서 피자 냄새를 풍기며 깨어났다가 이를 닦고 다시 잠든다.

그는 자명종 시계나 다름없다. 네시 사십오분, 남은 피자와 차가운 연어 요리를 이중으로 싸서 쓰레기통에 버리고 러닝머신에 오른다. 사고 때문에 몸이 뻣뻣하고 다리가 떨리지만, 그는 긴장을 풀고 모든 것을 찬찬히 해보려고 노력한다. 다시 시작할 것이다. 매일 다시 시작할 것이다. 그는 러닝머신에 올라 컴퓨터로 일을 한다. 앤힐에게 다시 가기 전에 해두어야 할 일이 있다.
주식시장의 흐름에 따라 상승주를 잡고 하락주에 돈을 건다. 그는 자신이 알고 있는 것, 자신의 정보 기반, 이 세계의 가능성과 미래와 이야기와 역사를 생각한다.
그는 돈을 걸고(그는 주식을 도박처럼 생각한다), 3마일을 걷고 나서 재빨리 샤워를 하고, 특별 시리얼을 몇 움큼 지퍼백에 퍼 담은 다음 허브티 몇 개를 챙겨 차로 향한다. 아침 다섯시 반, 어제와 거의 똑같은 시간이다. 아직 어둡다. 낮과 밤이 몽롱하게 유예되어 있다.
차고로 나가려니 들키지 않으려고 몰래 빠져나가는 듯한 기분이 든다. 일어나 있기에 너무 이른 시간은 아니지만, 밖으로 나가기엔 너무 이른 시간이다.
그는 언덕 아래로 미끄러져 내려간다. 아침식사를 들고 앤힐에게 가서 같이 이야기를 나눌 것이고, 앤힐은 그의 차를 볼 것이다.

기분 좋은 하루가 될 것이다.

그 도넛 가게가 어디였더라? 그는 좌회전을 했다가 우회전을 하고, 도시가 보이지 않는 경사면에 있기라도 한 것처럼 계속 아래로 달려간다. 도넛 가게를 찾기가 쉽지 않다. 시더스 시나이 의료센터까지 가서 거슬러 와본다. 새로 생긴 공원, 녹색 풀이 덮인 언덕, 노숙자들이 정자 아래에서 자고 있는 둔덕을 지난다. 그는 길을 빠르게 달리는지 느리게 달리는지, 자동차로 가는지 버스로 가는지, 걸어서 가는지에 따라 매번 다른 것을 보게 될까 생각하며 길을 되짚는다. 그는 그 길에 대해, 사람들이 자고 있던 공원에 대해 생각하다가 무슨 이유에선지 케네디 암살 사건을 떠올린다. 정해진 경로와 자동차 행렬, 느리게 달리는 자동차, 긴급함이 넘치는 상황.

그는 학생이었다. 세상이 끝났고, 사람들은 종말을 이야기했다. 어째서 공습경보가 울리지 않았을까? 어째서 그들은 책상 밑에 숨지 않았을까? 왜 사람들은 아무것도 하지 않았을까? 그 대신 그들은 텔레비전 앞에 말없이 앉아 월터 크롱카이트의 말에 귀를 기울였다. 말할 수 있었기 때문에, 눈물을 찍어낼 수 있었기 때문에 월터 크롱카이트는 살아남은 단 한 사람처럼 보였다.

리처드는 학교에서 학생들을 집으로 돌려보냈던 일, 집에 아무도 없어서 놀랐고 밤에는 저녁식사가 나와서 놀랐고 모든 일이 계속되어 놀랐던 일을 기억한다.

"케네디를 위해 일했던 친구 하나를 알고 있지. 케네디의 양복을 만들던 친구야. 그의 치수를 알고 있었어." 리처드의 아버지는 그 상황을 자신과 연관지어보려고, 모든 사람의 인생에 닿아 있던 누군가의 삶에 닿아보려고 애쓰며 말했다.

왜 이런 생각을 하는 걸까?

바로 그때 가게를 발견한다. 오른쪽에서 빛나고 있다. 그는 연석 위에 차를 세운다. 가게는 비어 있다. 그는 무슨 일이 일어났나 생각한다. 노상강도의 총에 맞아 부엌에서 피를 흘리고 있는 앤힐을 발견하는 상상을 한다.

앤힐은 꼭두각시처럼 카운터 뒤에서 튀어나온다. "좋은 아침."

리처드는 시리얼과 차가 담긴 지퍼백을 들고 조금은 우스꽝스러운 기분을 느끼며 카운터 앞에 선다. "뜨거운 물 한 컵 있어요?"

그가 돌아와서 앤힐이 놀랐을까? 어제 "내일 봐요"라고 말한 건 그저 "좋은 하루 보내세요" 같은 수사적인 인사였을까?

앤힐이 뜨거운 물을 갖다준다. "오늘 아침에는 심장이 어때요?"

"좋아요." 리처드는 말한다. "아주 바쁘지요." 그는 티백을 물에 담근다.

앤힐은 거품이 일어나거나 쉿 소리라도 나야 한다는 얼굴로 차를 응시한다. 그러다가 겨우 눈을 든다. "다시 와서 좋네요."

차가 우러나는 동안 리처드는 앤힐에게 마티니, 울고 있던 여자, 길 잃은 피자 배달원, 땅에 난 구덩이에 대해 이야기한다.

"누군가가 당신을 찾아왔나보죠?" 앤힐이 천장을 올려다보며 말한다. "저 위에서요. 어젯밤 늦게 텔레비전을 보는데 온갖 이야기를 다 하대요. 새벽 세시엔 그런 말을 믿지 않기가 어려워요."

"내 말을 진지하게 듣지 않는군요." 리처드가 말한다.

"아니, 진지하게 들어요. 하지만 우리가 사방으로 뛰어다니는데 땅이 가만히 있길 기대해요? 자동차는 가져왔어요?"

리처드는 고개를 끄덕인다. 앤힐은 신이 나서 뛰쳐나간다. 자동차는 연석 위에 서 있다. 검은색에 크고, 호텔에서 내주거나 아니면 다른 사람이 대신 운전해주는 데 익숙한 사람에게 딸린 탱크 같다. 자신이 왜 그렇게 큰 차를 갖고 있는지 잘 모르겠다. 리처드는 그 차가 믿을 만하기에, 로스앤젤레스에서 차를 모는 뉴욕 출신이라면 누구나 그렇듯 일종의 보호벽을 원했기에 그 차를 탔다. 십 년 전 작고 아담한 차를 생각하고 가게에 들어갔을 때 영업사원이 그에게는 탱크가 필요하다고 설득했기 때문에 그 차를 탔다. 검은색은 로스앤젤레스의 색깔이 아니다. 뉴욕의 색깔이다. 로스앤젤레스는 샴페인색, 크림색, 흰색, 은색, 금색이다. 아무 색도 없는 사물, 풍경에 녹아드는 사물의 색이다.

"실제로 내 차는 아니에요." 리처드는 사과하듯 말한다. "임대차라서."

"당연히 그렇겠죠. 이런 차를 그냥 사는 사람은 없어요. 메르세데스를 사려면 왕이어야 해요."

그 차를 임대한 이유는 전액을 사업비용으로 공제할 수 있기 때문이고, 차를 수리해야 할 때면 판매자가 대신 탈 자동차를 두고 그 차를 가져간 뒤 수리가 끝나면 다시 가져다주기 때문이다. 또한 그러라고 말만 하면 매년 새로 출시된 커다란 검은색 차가, 최신형 탱크가 코를 찌르는 달콤한 새 차 냄새를 짙게 풍기며 집 앞에 도착하기 때문이다.

앤힐은 금속 부품을 어루만지고, 마치 자동차가 아닌 사람 몸을 만지듯이 모든 곡선을 쓸어본다. 세상에서 가장 관능적인 점자책을 읽는 장님 같다. 앤힐은 문을 열고 모든 것을 만져본다. 라이터, 시트 조절기, 거울까지.

"이 차는 아프리카의 여왕이에요." 앤힐이 말한다. "이 차가 내 것이라면 매일 광을 내고 면봉으로 닦아줄 텐데." 그는 손으로 좌석을 문지른다. "이 가죽이라니. 세상에서 제일 아름다운 여자 같아요. 아내가 걱정할 거란 생각만 아니면 당신 차와 사랑을 나눌지도 몰라요." 앤힐은 트렁크를 몇 번 열었다 닫는다. 그리고 범퍼를 잡고 차를 들어올리려는 것처럼 힘을 준다. 자동차를 시험하는 건지, 자기 힘을 시험하는 건지? "이 차가 바로 내 꿈이죠. 개인적인 소유물을 많이 원하진 않지만, 좋은 차는 내 꿈이에요. 당신 차를 몰아볼게요. 가게 좀 봐줄래요?"

리처드는 고개를 끄덕인다. 어떻게 안 된다고 하겠는가? 어떻게 이 남자에게 자신의 차를 몰지 말라고 하겠는가?

가게를 봐달라고? 그게 무슨 의미일까. 손님에게 앤힐이 금방 돌아올 거라고 말하고, 문을 닫은 다음 '영업 중' 표시를 '영업 끝'으로 바꿔놓아야 하나?

리처드는 안으로 들어가 기다린다. 어떤 남자가 들어온다. 리처드는 카운터 뒤로 간다. 왠지 그 장소를 지켜야 할 것 같은 의무감을 느낀다. "사실 제 가게는 아닙니다." 그는 고백한다.

"그럼 도넛을 사갈 수 없나요?"

앤힐의 장사 기회를 놓칠 순 없다. "어떤 도넛을 원하세요?"

"설탕 바른 거요. 그리고 설탕과 우유 넣은 커피 한 잔."

리처드는 도넛을 접시에 담아 그 남자 앞에 내려놓은 다음 커피를 한 잔 따라준다. 기분이 이상하다. 연기를 하는 것 같다. 그 남자가 먹는 사이 다른 남자가 들어와 카운터 앞에 앉는다.

"오렌지주스, 차, 구운 베이글."

"베이글은 없어요. 도넛뿐입니다."

"정말요? 보통은 뒤편에 베이글이 있는데."

리처드는 뒤로 들어가본다. 아니나 다를까, 카운터 위에 베이글 봉지와 토스터가 있다. 그는 베이글을 굽고, 그 남자에게 주스를 한 컵 따라주고, 홍차를 찾아서 가져다준다.

"얼마요?" 첫번째 손님이 묻는다.

리처드는 주위를 둘러본다. 아무데도 가격표가 없다. 아주 황당하다. 아주 앤힐답다. "모르겠군요. 삼 달러면 어떨까요? 보통 내는 돈과 비슷한가요?"

"대충은." 남자는 말하고 돈을 낸다. 오십 센트 팁을 더해서.

리처드는 금전등록기를 어떻게 여는지 몰라 그 돈을 옆에 둔다. 팁을 포함해서.

노숙자가 들어와서 잔돈을 구걸한다. 리처드는 그에게 도넛 한 개를 준다. 그 도넛 값으로 자기 주머니에서 일 달러를 꺼내 금전등록기 옆에 내려놓는다. 도넛 파는 일은 힘들고, 그는 앤힐만큼 잘하지 못한다. 앤힐은 어디 있을까? 리처드는 손목시계를 본다. 일곱시 십오분이다. 그의 계획은 세실리아가 오기 전에 집으로 돌아가는 것이다.

또다른 남자가 들어온다. 앤힐이 옳았다. 도넛 왕국에는 남자밖에 오지 않는다.

"여어, 늘 먹던 걸로 줘요."

"그게 뭔데요?"

앤힐은 이십 분 후, 리처드가 노발대발해 있을 때 돌아온다.

앤힐은 말 그대로 빛을 머금은 얼굴로 통통 튀어 들어온다. 리처드는 화를 낼 수가 없다. "휘핑크림처럼, 샹티이 레이스처럼 달리네요. 도로를 어찌나 멋지게 장악하는지 포장이 필요 없어요. 저 차라면 자갈길이든 흙길이든 잘 달릴 거예요. 뒤꽁무니에 먼지 구름을 일으켜 여기 있다는 걸 선언하면서요." 앤힐은 열쇠를 리처드에게 돌려준다. "내가 되어보니 어땠어요, 도넛 아저씨?"

"가격표가 없잖아요." 리처드는 앤힐에게 사 달러를 주면서 말한다. "손님이 둘 왔고, 노숙자도 한 명 왔어요. 도넛을 한 개 줬어요."

"미쳤어요? 노숙자에게 도넛을 주면 안 돼요. 또 달라고 다시오는 데다가 친구도 데려와요. 그 사람들에겐 그냥 주면 안 돼요."

"도넛 값은 내가 냈어요. 여기."

"그게 문제가 아니에요. 난 노숙자에게 도넛을 만들고 남은 구멍 부분을 줘요. 밖에서 나눠주면 청소 비둘기처럼 몰려오죠. 도넛을 준 게 문제가 아니에요. 도넛 하나를 통째로 주면 안 된다고요. 나라고 그런 병이 없는 줄 알아요? 가난한 철학자가 되려고 미국에 온 건 아니라고요."

앤힐의 어떤 면인가가 실망스럽다. 오늘은 덜 완벽하고 이해심도 덜하다. 한계가 있는 것이다. 리처드가 놓치고 이해하지 못한 부분이 있다. 앤힐이 친근한 말투로 말한다.

"당신 참 재미있는 사람이야. 어제 처음 만났는데 내가 엄마처럼 착한 아이라고 말해주길 바라는군. 내가 말해줄 수 있는 건 당신은 선한 마음과 아주 좋은 차를 가진 어른이라는 것뿐이야." 앤힐은 도넛을 한 상자 담아 리처드에게 준다. "가게 봐줘서 고마워. 또 와. 내일 와도 좋겠군. 난 당신 차를 몰게."

"아침식사 하실래요, 아님 벌써 먹었어요?" 리처드가 도넛 상자를 들고 들어가자 세실리아가 묻는다.

"배가 고프군요." 그는 시리얼을 그대로 앤힐의 가게에 두고 왔다는 사실을 깨달으며 도넛을 내려놓는다. 그리고 식탁 앞에 앉는다. 그의 자리는 정돈되어 있다. 신문도 놓여 있다.

"도넛 버리지 말아요."

"말씀대로 하죠. 하지만 난 뚱뚱한 사람 일은 안 해요."

"뚱뚱한 사람이 무슨 문젠데요?"

"냄새도 나고 건강도 안 좋잖아요."

"앞쪽에 난 구덩이 봤어요?" 그는 아침식사를 하고 신문을 읽고 부엌 스크린으로 증권 시세를 살피며 묻는다.

"무슨 구덩이요?"

"창밖을 봐요. 저쪽에. 구덩이가, UFO라도 착륙한 것 같은 커다란 구덩이가 생겼어요. 그런 걸 믿는다면 말이지만."

"내가 믿는 건 주님과 깨끗한 집뿐이에요. 헤드폰 쓸래요, 아니면 온종일 이렇게 잡담을 할래요?"

"헤드폰은 쓰지 않을 거지만, 굳이 내 말상대를 해줄 필요는 없어요."

세실리아는 걸레와 뿌리는 세제를 들고 창가로 가서 밖을 내다본다. "구덩이만이 아니네. 구덩이 안에 말도 한 마리 있는데요."

그는 식사를 멈추고 창가로 간다.

구덩이 한가운데에서 말 한 마리가 풀을 뜯고 있다. 그는 다시한번 그 원의 완벽함에 대해, 언덕 밑 전신주에 붙어 있던 전단지에 대해 생각한다. 'UFO? 당신은 혼자가 아닙니다.'

"멍하니 보고만 있지 말아요." 세실리아가 말한다.

그는 어젯밤에 공무원이 주고 간 번호로 전화를 건다. "어젯밤에 그쪽 직원이 와서 구덩이랄까, 함몰된 지역을 보고 갔습니다. 모니터를 설치하고 가장자리에 깃발을 꽂고 갔어요."

"으음." 상대방이 말한다.

"구덩이가 더 깊어진 데다 그 안에 말이 들어갔습니다."

"그 직원이 연락 번호를 남겼습니까? 명함 뒤에 적힌 게 없습니까?"

그는 명함을 뒤집어본다. "있군요. 9EZPIECES 같은데요. 이거 무슨 농담입니까?"

"암호예요." 상대 남자가 키보드를 두드리며 말한다. "시스템에 그 번호를 입력했습니다. 으음. 옙. 출동이 있었던 걸로 나오네요."

"예. 그리고 지금은 구덩이 속에 말이 있습니다."

"좋아요. 다른 사람을 보내드리죠."

이 시점에서 보내야 할 것은 트럭, 차 한 대에 가득 태운 남자들, 구덩이를 덮을 흙더미 아니면 좀더 물질적인 무엇인가이다. 구덩이는 빠른 속도로 무너지고 있다.

리처드는 밖으로 나가 구덩이 가장자리에 선다. 두 시간 전보다 깊어진 게 확실하다. 작은 분홍색 깃발들이 몇 피트 아래쪽에 있다. 말은 그를 올려다보고 인사라도 하듯 고개를 끄덕인 다음 계속 풀을 뜯는다.

"너 갇힌 거냐?" 리처드는 말에게 묻는다. "기어올라올 수 있겠니? 더 깊어지기 전에 나와라."

말은 움직이지 않는다. 리처드는 집 안으로 들어가 젤리 도넛을 하나 들고 말에게 돌아간다. 말에게 도넛을 내민다. 말은 리처드가 있는 쪽을 쿵쿵거리더니 도넛 쪽으로 걸음을 디디려다가, 발을 마저 내리지 않는다. 리처드는 도넛을 구덩이 안으로 던진다. 말이 히힝거린다.

"나오고 싶어하지 않아요." 리처드가 세실리아에게 말한다.

"구덩이 안에 든 말은 커피잔에 든 소금이나 다름없어요." 세실리아가 말한다. "어이없는 거죠."

말은 제 발로 구덩이에 들어갔으니, 나오는 방법도 알아야 마땅하다. 911에 또 전화할 수는 없다. 리처드를 미친놈으로 여길 것이다. 그는 창가로 다시 간다. 코요테 한 마리가 구덩이 가에 와선다. 어쨌든 리처드는 그게 코요테라고 생각한다. 그놈은 구덩이 가장자리에 서서 말을 위협하고, 말은 겁에 질린다.

리처드는 세실리아를 찾아 주위를 둘러본다. 세실리아는 진공

청소기로 거실을 청소하고 있다. 그는 소음 방지 헤드폰을 집어들고, 부엌에서 금속 주전자 뚜껑 두 개를 찾아 다시 밖으로 나간다. 심벌즈처럼 뚜껑 두 개를 마주치며 외친다. "꺼져! 가버리라고!" 코요테가 도망친다.

말은 한숨을 내쉬고 콧구멍을 넓히며 리처드를 향해 눈을 껌벅인다.

"너 갇힌 거냐? 혼자 못 나오겠어? 차고 안에 뭔가 쓸 만한 게 있는지 봐야겠다. 금방 돌아오마."

어린 소녀가 입을 벌리고 거리를 걸어 내려온다. 길 한가운데 서서 뭐라고 소리친다. 그 소리가 희미하게 들린다. 그는 헤드폰을 벗는다.

"럭키? 럭키야?" 소녀가 외친다. "럭키?"

"개를 찾고 있니?"

"개가 아니라 말이에요."

"그 말 우리 집에 있다."

"아저씨네 집엔 안 들어가요."

"선을 넘어갔어. 구덩이 안에 있단다."

말은 소녀를 알아보고 꼬리를 살랑거린다.

"뭔가 쓸 만한 걸 찾아보려고 차고에 들어가던 참이다."

"아저씨네 차고엔 안 들어가요." 소녀는 비탈을 기어 내려가며 말한다.

"글쎄, 그리로 내려가는 것도 좋은 생각은 아닌 것 같다만."

"앤 내 말이에요."

차고에는 정원용 호스와 라운지 의자, 모래주머니, 스키 한 짝이 있다. 스키는 말이 걸어 올라올 받침대로 쓰기엔 너무 가늘다. 그리고 옛날식 바퀴 달린 장난감 말처럼 스키에 태워 밧줄로 끌어올리는 상상을 하면서도 그게 정말 가능할 거라는 생각은 들지 않는다. 무엇 때문에 샀는지는 모르지만 사고 나서 쓰지 않은 기다란 나무 문짝이 있다. 그는 문짝을 들고 나간다. 이걸 경사로로 사용할 수 있을 것이다. 어깨와 다리가 떨리며 통증이 다시 떠오른다. 뭔가 해야 할 때 아무것도 할 수 없다면 트레이너를 둔 보람이 없지 않은가. 그는 문짝을 짊어지고 구덩이 가장자리로 가서 소녀의 도움을 받아 땅에 내려놓는다.

학교 버스가 지나간다. "저걸 타야 했는데." 소녀가 말한다.

"몇 살이지?" 그가 묻는다.

"아저씨가 상관할 바 아니잖아요." 소녀가 말한다.

그는 소녀가 열한 살쯤일 거라 생각한다. 속은 스물일곱은 된 것 같지만.

소녀는 말을 얼러서 문짝을 딛고 밖으로 나오게 하려고 한다. 말은 나오지 않는다. 소녀는 경사로가 안전하다는 걸 보여주려고 나무 문짝 위로 달려 올라왔다가 내려간다. 말은 의심스러워한다. 리처드는 집 안으로 다시 들어가 세실리아에게 헤드폰을 주고 밧줄이 있는지 묻는다. 세실리아가 가느다란 나일론 밧줄을 찾아준다. 그는 그 밧줄을 소녀에게 가져간다. 소녀는 밧줄로 말의 목을 감고 끌고 나오려 한다. 말도 나오려고 한다. 나오려 하다가, 어째서인지 다시 구덩이 속으로 뒷걸음친다. 그리고 이제야 그 구덩이에 갇혔다는 사실을 깨달았는지 소녀와 리처드를 바라보며 누군가가 말의 언어로 상황을 설명해주길 기다린다.

"네 말에게 트레이너가 있니? 아니면 전화해볼 만한 친구는?"

"911을 불러야 할지도요."

"911이 늘 도움이 되는 건 아니다. 이상한 생각이지만 언덕 위에 사는 사람에게 물어봐야겠다는 생각이 드는구나."

"영화배우 말이에요? 무작정 가서 그 사람 집 초인종을 누를 순 없어요."

"왜?"

"그 사람이 나오기나 하겠어요? 좋아요, 가보세요. 난 누구네 집에도 들어가면 안 돼요."

리처드는 언덕을 걸어 올라가 초인종을 누른다. 오랫동안 대답이 없다.

"누구세요?"

"안녕하세요. 이웃집 사람입니다, 만난 적은 없지만. 구덩이에 말이 한 마리 갇혔어요. 혼자 들어갔는데 나오지는 못하네요. 도와주실 수 있는지 물어보려고 왔습니다."

"잠시만요."

자동식 대문이 열리고 이어 현관문이 열리더니, 청바지에 약간 구겨지고 약간 낡아 보이는 흰 티셔츠를 입은 배우가 나타난다. 믿을 수 없을 만큼 섹시하다. 리처드는 경계심을 잃고 그를 빤히 바라본다. 영화배우는 맨발에 카우보이 부츠를 신는 중이다. 부츠 한 짝을 들고 어려움 없이, 물 흐르듯이 발에 끼워넣는다. 몸을 굽히자 티셔츠가 말려 올라가면서 근육과 피부와 작은 문신이 드러난다. 모든 것이 평균보다 훌륭하다.

"번거롭게 해서 미안합니다." 리처드가 말한다. "말이 구덩이 안에 있고, 어린아이는 울기 직전이라서요. 바쁜가요?"

"그냥 책이나 읽고 있었어요. 갑시다." 두 사람은 함께 언덕 아래로 걸어간다. 이제는 안개도 걷혔다. 아름다운 날이다. 그는 영화 스타와 같이 걷고 있고, 하늘은 구름 한 점 없이 푸르고, 공기는 청명하다. 마치 영화배우가 조명을 바꿔 분위기를 변화시킨 것 같다.

소녀는 아직도 말이 문짝 위로 걸어 올라가게 하려고 애쓰는 중이다.

"안 통하니?" 영화배우가 묻는다.

소녀는 고개를 젓는다. "끌어낼 수 있을까요?" 소녀가 울먹이며 묻는다.

"그럼. 그게 내가 하는 일인걸."

영화배우가 구덩이로 내려간다. 배우가 소녀와 말과 함께 구덩이 안에 있을 때 공무원이 하얀 세단을 집 앞에 세운다. "주간 담당 밥입니다." 그는 모두에게 자기소개를 한다.

공무원 밥은 영화배우를 알아보지 못한 것 같다. 놀라울 정도로 침착하게 행동하는 것으로 보아 그 사람이 누군지 생각도 못 하는 게 분명하다.

"측정을 좀 하게 다들 구덩이 밖으로 나와줬으면 합니다. 정확하게 재야 해서요."

영화배우와 소녀는 문짝을 밟고 걸어올라온다. 리처드는 구덩이가 더 깊어 보인다고 생각한다. 분홍색 깃발이 이제는 반쯤 아래쪽에 있다. 밥은 무전기로 사무실에 연락을 취한다.

"지금 셰도 힐 현장에 있습니다. 뭐가 나왔는지 말해주세요."

"아무것도." 다시 소리가 들린다. "아무것도 안 나온다."

"말이 입에 뭔가 물고 있는데요." 영화배우가 말한다.

말은 입에 뭔가를 물고, 그걸 앞뒤로 이쪽저쪽으로 우물거린다.

"말이 탐침을 물고 있어요." 리처드가 말한다.

"이런 젠장." 밥이 말한다.

영화배우가 비탈을 내려가 말의 입을 열자, 탐침이 그의 손에 떨어진다. "고맙다." 그는 말을 다독이며 말한다. 구덩이에서 올라와 침투성이가 된 탐침을 밥에게 건네고, 엉덩이에서 먼지를 털어낸다. 영화배우의 움직임에는 뭔가 특별한 데가 있다. 사람을 매혹시키는 우아함과 자신감이 깃들어 있다.

"이젠 정보를 많이 얻지 못하겠네요. 눈 가리고 비행하는 꼴이군요."

영화배우가 소녀를 옆으로 끌어당긴다. "네 말 이름이 뭐지?"

"럭키요."

"럭키의 의사 선생님 이름을 아니? 럭키에게 약을 줘서 얌전하게 만들어야 해. 결국 꺼내긴 할 테지만 힘이 좀 들겠다."

영화배우는 뒷주머니에서 휴대전화를 꺼내 소녀에게 건넨다.

"나도 있어요." 소녀는 주머니에서 더 작은 전화기를 꺼낸다.

리처드가 말한다. "그다음엔 어머니께 전화해서 어디 있는지 말

114

쏟드려라."

소녀가 전화를 거는 동안 영화배우가 리처드에게 말한다. "난 이 구덩이에도 믿음이 안 가고, 저 밥이라는 사람에게도 믿음이 안 가요. 우리가 말을 꺼내야 해요. 헬리콥터로 구덩이에서 말을 들어올려야겠어요. 어때요?"

"좋군요. 헬리콥터가 있습니까?"

"예. 하지만 말을 들어올릴 마구가 없어요. 삼십 분만 줘요. 수의사가 오는지 확인해요." 영화배우는 머리를 높이 들고, 가슴을 젖히고 거리를 달려 올라갔다가 몇 분 후에 오토바이를 타고 붕 소리를 내며 달려온다.

"다음에 볼 때는 위에 있을 거예요." 그는 하늘을 가리키며 말한다. 그리고 리처드에게 워키토키를 던진다. "채널 12예요."

"라저." 리처드는 버튼을 누르고 워키토키에 대고 말한다.

"몇 가지 물건이 필요해요. 말 귀를 막을 낡은 양말 한 켤레하고, 뭔가 눈을 가릴 만한 물건도요." 영화배우는 워키토키 너머로 말한다. "준비할 수 있겠어요?"

"라저." 리처드는 집 쪽으로 걸어가며 말한다.

"마구는 비서가 구하고 있어요. 쉽게 구할 수 있는 물건은 아니라서요. 하지만 걱정 말아요. 우리 팀은 마법을 부리니까요."

리처드는 워키토키를 들고 안으로 들어가 말 귀마개로 적절해 보이는 양말을 찾아 서랍을 뒤진 다음, 욕실로 들어가 목욕 가운 허리띠를 들고 서둘러 나온다.

경찰차 한 대가 정기 순찰을 돌다가 집 앞에 멈춘다. "왜 경찰을 부르지 않은 겁니까? 무슨 일이 벌어지는 건지 알고 싶군요. 무슨 일입니까?"

"저 집에 누가 사는지 아세요?" 밥이 언덕 아래쪽, 수영하는 여자의 집이 아니라 언덕 바로 아래, 오른쪽 옆집을 가리키며 묻는다.

"모르겠는데요." 리처드가 말한다.

"흠, 그 부분은 경찰이 처리할 수 있겠죠." 밥은 경찰에게 손짓한다. "저 집에 누가 사는지 좀 알아봐요. 이 언덕이 무너지면 바로 저 집을 덮칠 거예요."

차를 몰고 지나가던 사람들이 차창으로 얼굴을 내민다. "이거영화 촬영이에요?"

"아니요. 말 한 마리가 구덩이 안에 들어갔어요."

"멋지다!"

소녀가 말한다. "엄마가 오고 계세요. 엄마가 수의사한테 전화했으니까, 둘 다 금방 올 거예요."

뉴스가 새어나간다. 영화배우가 돌아오기 전에 방송국 차가 먼저 온다. 리처드는 이것도 영화배우의 비서가 해놓은 일인지, 아니면 경찰이 무선으로 상황을 보고할 때 누군가가 도청해서 안 것인지 알 수가 없다. 거리가 사람들로 가득하다.

"허가 없이 서른 명 이상이 모이는 것은 법적으로 금지되어 있습니다." 경찰이 리처드에게 말한다. "몇 사람은 집으로 가야 해요. 허가가 나지 않았으니까요. 지금 몇 명인지 세는 중입니다. 하나, 둘, 셋……"

"내가 불러 모은 게 아니에요. 사람들이 저절로 모여든 게 내 책

116

임은 아니지요."

수의사가 도착하자 경찰이 그를 막는다.

"전문가든 아니든 들어갈 수 없습니다."

"난 저 말의 수의사예요." 수의사가 경찰을 밀어내며 말한다.

"왜 뭔가 쓸모 있는 일을 하지 않는 거죠?" 소녀가 경찰에게 말한다.

말은 겁에 질린다. 보이지 않는 언덕 너머에서 시끄러운 소리가 들리기 때문이다. 수의사는 청진기를 럭키에게 대고 귀를 기울인다. "상태는 괜찮아. 당황한 것뿐이다. 자, 그러면 이제 어떻게 할 겁니까?"

"헬리콥터가 와서 특별 그네로 들어올릴 겁니다. 그런 물건을 사용해보셨나요?"

"텔레비전으로 본 적밖에 없는데요."

"영화 촬영장에서 빌려오는 모양이에요."

리처드는 수의사에게 말아놓은 양말과 가운 허리띠를 건넨다.

"이건 뭡니까?"

"귀마개와 눈가리개요."

"아래는 어떻게 돌아가요?" 워키토키에서 소리가 난다.

"사람이 꽤 모였어요. 그쪽은요?"

"지금 막 언덕마루를 넘으려는 참이에요. 수의사 왔나요?"

"라저."

"수의사한테 말에게 진정제를 놓고 귀마개를 해주라고 말해줘요. 그리고 경찰에게 언덕 위 도로를 비우라고 해줘요. 일단 말을 들어올리면 어딘가에 내려놓아야 하니까요."

"라저."

헬리콥터가 언덕마루를 넘어온 순간 수의사는 럭키의 귀를 양말로 틀어막고 진정제를 주사한다. 럭키는 양쪽 다 좋아하지 않는다. 헬리콥터 소리도 좋아하지 않는다. 미친 듯이 발을 구른다. "진정제가 들으려면 몇 분은 걸릴 거예요." 수의사가 말한다.

"물러서요, 물러서. 말은 아직 준비가 안 됐습니다."

리처드도 준비가 되지 않았다. 그는 불안하고, 신이 나고, 당황한다. 너무 자극적이다. 어쩌면 수의사가 그에게도 진정제를 놔줘야 할지 모르겠다.

헬리콥터는 물러섰다가 다시 와서 마구를 내린다. 럭키 가까이 있을 수 있는 사람은 소녀뿐이다.

"좋아, 아가야. 내가 지시를 하마." 영화배우는 헬리콥터에 파라마운트 사의 스턴트 감독을 태우고 왔다.

"난 아저씨 아가가 아니에요." 소녀는 스턴트 감독에게 말한다.

진정한 말이 멍한 눈으로 굳어 있다. 마구는 거대한 범포 멜빵이다. 마치 구속복 같다. 마구가 채워지고 줄이 당겨지자마자 소녀는 구덩이 밖으로 빠져나온다. 언덕 꼭대기에서는 카메라가 돌아가고 있다. 방송국 차가 줄지어 서서 위성 접시를 올리고 안테나를 뻗고 있다. 영화배우는 말을 들어올리라는 신호가 떨어지기 전에 카메라를 똑바로 보고 크게 손을 흔든다.

일은 순식간에 이루어진다. 마구가 팽팽해지고, 말의 발이 땅에서 떨어지면서 구덩이 밖으로 들어올려진다. 말은 자유로이 난다.

모두가 갈채를 보낸다. 리처드는 눈물이 나온다. 이젠 걸핏하면 울게 된 걸까? 이건 걱정할 일일까? 럭키가 날고 있다. 머리 위로 날아가는 말을 본다는 것, 그네를 타고 헬리콥터에 매달려 날아가는 말을 본다는 것은 상상하기 힘든 일이다.

"지금이 고비예요." 스턴트 감독이 워키토키로 말한다. "럭키를 부드럽게 내려놓아야 합니다. 말은 네 다리를 땅에 딛는 순간 바로 뛰어가고 싶어할 거예요. 케이블을 잘라서 럭키가 우릴 끌고 가지 못하게 해야 해요. 당신이 케이블을 잘라야 해요."

리처드는 럭키에게 내려오라고 말한다. 15미터, 5미터, 4미터, 3미터, 2미터, 1미터. 수의사가 한 손을 올리고 있다. 럭키의 발이 땅에 닿자 수의사는 케이블을 끊는다. 마구가 축 늘어진다.

"가요!" 리처드가 워키토키에 대고 외치자 헬리콥터가 물러선다. 영화배우는 헬리콥터를 인사하듯 잠시 내렸다가 다시 언덕 위로 날아간다.

"교신 끝!" 그는 외친다.

마구는 거대한 페인트받이 천처럼 바닥에 철퍽 떨어진다. 럭키는 귀를 막은 양말을 빼내려고 고개를 흔든다.

소녀와 수의사는 럭키를 데리고 집으로 올라간다. 럭키는 품위 없이 전개된 이 상황에 항의하듯 발을 구른다.

카메라맨들이 안테나를 내리고, 사람들이 흩어지기 시작한다.

사건이 마무리되고 나서 도착한 소녀의 어머니가 묻는다. "다 잘된 건가요? 계곡 쪽에 있었어요. 차가 말도 못하게 막히더라고요."

"괜찮습니다." 리처드는 눈을 닦으며 말한다. "다 잘됐습니다."

밥이 말한다. "음, 이 시점에서는 제가 할 수 있는 일이 별로 없군요. 저희는 구덩이를 메우지 않고 관측만 합니다. 물러서서 자연스럽게 되도록 놔두는 거죠."

"헬리콥터에 누가 타고 있었는지 알아요?" 리처드는 땅에서 뭐가 자라는지 보려고 몸을 굽히고 묻는다.

밥이 어깨를 으쓱인다. "글쎄요."

리처드는 영화배우의 이름을 속삭인다. 풀을 몇 개 잡아 뜯어 손가락 사이에 비빈다. 박하다. 상쾌한 박하향이 풍긴다.

"농담이겠죠. 전혀 몰랐어요."

"누구라고 생각했어요?" 리처드는 손가락을 코에 대고 박하향을 들이마시며 다시 묻는다.

"그 사람은 당신 애인이고 여자애는 당신 딸인가보다 했죠."

"우린 이웃입니다. 모두 이웃이죠."

"그거 멋지군요." 밥이 흰색 정부 세단으로 돌아가며 말한다. "별로 그래 보이지 않는데 말이에요."

리처드는 집 안으로 들어간다. 세실리아가 리처드의 헤드폰을 쓰고 부엌에서 점심을 만들고 있다.

"봤어요?"

"뭐요?" 세실리아가 헤드폰을 벗는다. "소리가 안 들려요."

"하나도 못 본 겁니까?"

"뭘 못 봐요?"

그는 텔레비전을 켠다. '긴급 속보'라는 빨간 글자 위로 럭키가 공중으로 올라가는 장면이 나온다.

"그래요?" 세실리아는 헤드폰을 다시 쓰며 말한다. "이 헤드폰 참 맘에 드네." 그녀는 자기가 얼마나 크게 말하는지 모르는 사람처럼 고함을 친다. "나도 하나 사야겠어요. 아무것도 안 들려요."

한 시간 후, 누군가가 문을 두드린다. 현관에 영화배우가 서 있다. "아주 멋졌어요. 날 생각해줘서 고마워요."

"그 배역에 관심을 가질지도 모른다고 생각한 것뿐입니다. 딱 당신 역할 같았거든요."

"후보에 오를지도 모르겠는데요."

"진짜 영화는 아니었어요." 리처드는 이 사람이 현실을 구분하지 못하는 건 아닌가 염려스러워서 말한다.

"용감한 시민상 얘기였어요. 그나저나 이름이 뭔지도 못 들었네요."

"노박, 리처드 노박입니다." 그는 손을 내밀며 말한다.

"만나서 반가워요. 그리고 우리 집 초인종을 눌러줘서 정말 고맙고요. 매일 일어나는 일은 아니거든요."

"텔레비전에 다 나왔어요." 리처드는 배우를 데리고 들어가 텔레비전 화면을 가리킨다. "헬리콥터에 타고 있는 모습이 굉장히 멋져요."

영화배우는 웃기 시작한다. "비밀을 하나 알려드리죠. 하지만 아무한테도 말하면 안 돼요."

리처드는 고개를 끄덕인다. 스타가 말한다.

"사실 우리 집엔 텔레비전이 없어요."

그는 유리창 앞에 서서 밖을 내다본다. 구덩이는 더 깊어졌다. 여기저기 남은 발자국, 범죄 현장을 표시하는 테이프, 꽉 막힌 교통으로 언덕은 재난을 당한 꼴이다. 그는 창밖으로 멀리 낡은 선풍기의 등뼈 같은 모양을 한 야자나무들을 본다. 그 바로 아래에는 노란색과 오렌지색 야생화, 자주색 채송화, 텁수룩한 녹갈색 덤불, 박하, 그리고 이름을 모르는 꽃들이 있다. 지켜보는 동안 코요테가 돌아와서 주저하듯 땅을 킁킁거리더니 구덩이 안으로 들어갔다가 입에 뭔가를 물고 달려나온다. 젤리 도넛이다.

정오이고, 모든 것이 끝났다.

날은 화창하고, 하늘은 푸르고, 태양은 빛난다. 언덕 위에는 홀이 하나 있는 골프 연습장이 완성되었다. 빛이 나는 가로 20, 세로 40피트짜리 사각형의 완벽한 풀밭이다. 부겐빌레아가 피어 있다.

녹초가 된 리처드는 규칙을 또 한번 어기고 침대에 눕는다. 옷에서 박하향이 난다. 그는 아이스티 속에 빠지는 자신을, 빨간색 수영복을 입은 여자와 함께 수영장에 들어간 자신을 상상하며 미소 짓는다. 그녀는 수영하고 있다. 그는 꿈을 꾸며 떠다닌다.

그는 잔다. 그를 비우는 잠, 엄청난 변화의 잠이다. 리처드가 너무 깊이 잠들어 있어서, 마사지사가 왔을 때 세실리아와 마사지사는 리처드를 깨우지 않기로 한다. 그들은 텔레비전을 끄고 살금살금 그의 방에서 나간다. 너무 깊이 잠들어 있어서, 영양사 실비아가 왔을 때 세실리아와 실비아는 리처드의 침실 문간에 서서 요란하게 코고는 소리에 맞춰 고개를 움직인다.

"괜찮은 건가요?" 실비아가 묻는다.

"힘든 한 주였나봐요."

실비아는 리처드의 식사인 시리얼과 차와 비타민과 더불어 휴대전화 번호를 남긴다. 그녀는 세실리아에게 크랜베리, 살구, 블루베리에 토마토와 암 방지 단백질을 더 넣으라고 말한다. 그리고 저탄수화물 채식주의자용* 브라우니를 넉넉하게 남겨둔다.

"좋아할 거예요." 세실리아가 소곤거린다. "단 걸 좋아하더라고요."

리처드가 너무 깊이 잠들어 있어서, 세실리아는 그날 일을 마친 뒤 그에게 담요를 덮어주고 문을 잠그고 나간다.

그는 우주로 떨어지는 꿈을 꾼다. 천체 표면으로, 지평선으로, 경계선으로 끌려가는 꿈이다. 일단 경계선을 넘으면 더는 도망칠 곳이 없다는 사실을 깨닫는다. 그것이 운명이다. 빠져나갈 길이 없다.

한 줄기 번개가 그를 깨운다. 밤이다. 비가 내린다. 욕실 채광창에 빗방울 떨어지는 소리가 들린다. 빗방울이 찌릉찌릉 울린다. 그는 모든 것이 괜찮은지 확인하려고 집 안을 한 바퀴 돈다. 부엌 시계는 새벽 네시를 가리키고 있다. 뉴욕은 오전 일곱시다. 그는

---

* 달걀도 우유도 쓰지 않은 제품을 가리킨다.

저도 모르게 계산한다. 언제나 뉴욕 시간을 계산한다. 언제나 그들이 뭘 하고 있을지 생각한다. 벤은 아직 자겠지. 그녀는 러닝머신 위에 있거나 침대에서 편집 중이겠지. 그녀는 언제나 침대에 앉아서 편집 일을 하곤 했다. 손에는 원고를 들고, 커다란 곰인형 베개에 몸을 기대고 있을 것이다. 그녀는 그 인형을 남편이라고 부르곤 했다.

그는 벤에게 전화를 걸어 불쑥 말한다. "블랙홀에 떨어지는 꿈을 꿨다. 막 반 토막이 되려는 참에 깨어났어. 온종일 잤다. 정말 이상한 일이구나. 어제 오후에 누웠는데 방금 깨다니. 여긴 폭풍이 불고 있어. 덕분에 깼단다. 번개 덕에 말이다."

"아빠?"

"그쪽 날씨는 어떠니?" 리처드는 정신을 수습하고 묻는다.

"좋아요. 아주 좋을 것 같아요. 아직 이른 시간이라서요."

"잘됐구나. 이쪽은 상황이 붕 떠 있단다. 어젯밤에는 서점에서 나오다가 차에 치였어. 뭔가 읽을거리를, 영감을 줄 만한 책을 찾으러 들어갔는데 나오다가 웬 여자 차에 치였어."

"또 병원이에요?"

"아니, 집이야. 얼음찜질을 했다. 그리고 오늘 아침에는 집 바로 앞에 생긴 구덩이에 말 한 마리가 들어갔단다. 그래서 태드 포드의 집으로 올라가서 문을 두드렸더니 태드 포드가 나왔고, 헬리콥터를 불러와 구덩이에서 말을 꺼내줬단다. 있는 그대로 말하는 건 아니다만 대충 그런 순서로 일이 벌어진 건 맞아."

"전부 다 꿈이에요?"

"아니야. 난 구덩이 속으로 떨어지는 꿈을 꿨어. 나머지는 다 실제 일어난 일이란다. 이상한 일이었어. 내가 언제 너랑 통화했더라? 어제 아침이었나?"

"네. 뭔지 모를 가슴의 통증 때문에 응급실에 계셨죠. 이젠 괜찮아졌어요?"

"모르겠다. 지금 정말로 새벽 네시인가?"

"글쎄요. 이쪽은 일곱시예요."

"말이다, 벤. 내가 지금 이런 전화를 하는 건 우리 사이가 나빠지길 원하지 않고, 한 번도 그걸 원하지 않았기 때문인 것 같다. 사람은 자기에게 시간이 얼마나 있는지 절대 알 수 없는 법이야. 촌스러운 소리인 줄은 안다. 내가 무슨 소리를 하는 건지 전혀 모르겠지."

"암이에요?"

"미래란다, 벤. 난 미래가 달라졌으면 한다."

"이거 응급 상황 같은 거예요? 생각해봐도 될까요?"

그는 그렇다고, 응급 상황이라고 말하고 싶지만 그러지 않는다. 그는 대신 "그래, 생각해봐라"라고 말한다. 그런 다음 침묵이 이어진다. 화제를 바꿔야 한다. "네 엄마 말이 올여름에 여행을 한다던데."

"어제 떠났어야 했는데 버스가 탄 열차가 고장나서 늦게 도착했어요."

"와, 그러니까 준비는 다 끝난 거구나. 어디로 갈지는 정했니?"

그는 벤이 그에게 말하지도 않고 로스앤젤레스에 온다는 생각, 벤

에게 그와 상관없는 인생이 있다는 생각, 그의 승낙이나 인정을
받는 것은 고사하고 그에게 알릴 필요조차 느끼지 않는다는 생각
에 어쩔 줄을 모른다. "곧장 오니, 아니면 중간중간 경치 구경을
해가면서 오니?"

"계획이 서 있는지 잘 모르겠어요. 바스 생각이었거든요. 바스
는 이걸 미래를 위한 기록이라고 불러요. 전 카메라맨으로 같이
타는 거예요. 바스는 영화를 만들어서 언젠가 자기 애들에게 구식
횡단 여행을 보여주고 싶어했어요. 포장마차 기록영화처럼요."

"볼보는 포장마차와는 거리가 멀다만."

"센트럴파크에서 마차를 빌리는 문제도 의논해봤는데, 그건 말
한테 못할 짓이다 싶었어요."

"여기저기 친구네 집에서 잘 거니?"

"전 열일곱 살이에요. '여기저기 친구' 같은 건 없어요. 클리블
랜드로 갈 거예요. 바스네 이모가 거기 살거든요. 우릴 기다리고
계실 거예요."

"음, 저기 말이다. 여기 오거든 머물 곳이 있는데."

"그래요, 알아요. 음, 바스와 그 문제에 대해 얘기해보진 않았지
만요."

미래를 위한 기록이라. 리처드가 자랄 때는 미래가 있을지에 대
한 확신도 없었다. 공습경보가 울리면 책상 밑에 기어들어가 미친
듯이 기도를 했다. 무신론자조차도, 특히 무신론자들이. 미래를
위한 기록. 너무나 건전하고, 정상적이고, 젊고, 희망으로 가득 찬
말이다.

"그리고 가끔은 차 안에서 잘 거예요. 제가 특히 기대하는 부분이에요. 별 아래에서, 아니면 달을 지붕 삼아 하늘을 보며 자는 거요. 무서운 건 곰뿐이에요. 국립공원엔 사람들 코앞까지 와서 물건 훔쳐가는 걸 망설이지 않는 아주 공격적인 곰들이 있다고 들었어요."

망설인다는 표현을 쓰다니. 이 아이는 어휘력도 풍부하다.

"조심해라. 외딴 곳에 차를 세우다가 납치당하는 수가 있어. 불빛이 보이는 커다란 주차장에 차를 세우거라."

"자동차에 경보기가 달려 있어요. 자동차를 만지면 경적이 울리고 불빛이 번쩍이고 엄청나게 큰 소리로 이렇게 외치죠. '도둑이다, 도둑이다, 차에서 물러서라.'"

"차가 도둑이라고 소리치는 걸 누군가가 들을 수 있는 곳에 주차해야지. 그리고 뭔가 불법적인 물건을 갖고 간다면, 마약이나 그런 건 트렁크에 넣어둬라. 잘 찾지 않는 곳이니까 말이야. 트렁크는 사적인 공간으로 간주되니까 영장이 필요하거든. 다른 사람이 아는 걸 원치 않는 물건은 트렁크에 넣는 게 좋아."

"이건 스테이션왜건이에요. 트렁크가 없다고요."

"그래, 그럼 운전대 뒤쪽 공간에 넣어라." 그는 도움이 되려고, 아들과 관계를 맺으려고 노력하는 중이다.

"도대체 왜 제가 마약을 갖고 여행할 거라고 생각하세요?"

"네가 마약을 갖고 다닐 거란 얘기가 아니라 배운 대로 말하는 거란다. 〈투데이 쇼〉에 그렇게 나오더구나."

"들을 필요가 있나 싶은 괴상한 정보네요." 벤이 잠시 사이를 두고 말한다. "처방전이 있는 약도 포함돼요?"

"그렇지는 않을 것 같구나. 네가 아는 사람 중에 누가 또 이런 여행을 하니?"

"몇 명이 유럽에 교환학생으로 가요. 전 작년에 갔다왔어요. 파리 근처에 있는 어느 수의사 가족과 같이 지냈어요."

"내가 알고 있었나?" 잠깐 멈춤. "여기 왔을 때 우리 집에 묵었으면 좋겠구나."

벤은 아무 말도 하지 않는다.

"지금 바스도 거기 있니?"

"네."

"이 통화를 듣고 있어?"

"듣고 있는지는 잘 모르겠지만 여기 앉아 있어요."

"여기 오면 뭘 할 계획이냐?"

"에이전시에서 일할 거예요."

"무슨 에이전시?"

"'에이전시'가 회사 이름이에요. 연예인 집단이고요."

"뭘 하는 곳인데? 동물 연기를 관리하니?" 그는 자기가 방금 한 말을 믿을 수가 없다. 꼭 그의 아빠처럼 말하고 있지 않은가. "미안하다. 그런 말을 해서 미안해. 멋지구나. 에이전시라니 멋진 곳 같아."

"멋지든 말든 상관없어요."

다시 침묵. 그는 창가로 가서 공무원의 차에서 나오는 노란빛을 본다. "난 여기 있다, 벤. 기다리고 있어. 뭐든 필요하면 전화하거라."

밖에 야간 담당 공무원이 있다. 줄무늬처럼 등에 흰색 반사 테이프를 두른 노란 비옷을 입고 있다. 노란색 불빛이 번쩍인다. "구출 장면은 텔레비전에서 봤지만, 직접 한번 보고 싶었어요. 방해하려던 건 아닙니다."

"깨어 있었어요."

"비는 도움이 안 됩니다. 비가 계속 오면 구덩이가 움직일 겁니다."

"어디로요?"

"아래로."

아래로. 아래로. 그의 꿈에서처럼. "혹시 지구 중심으로 떨어진 사람이 있나요?"

"제 근무시간엔 없는데요. 헬리콥터에 탄 배우 봤습니다. 그 사람을 어디서 안 겁니까?"

"저 윗집에 살아요. 커피 한잔?"

"근무 중입니다."

"창가에 서서 계속 지켜볼 수 있잖아요."

그는 시동을 켜둔다. 집 안에 들어서자마자 리처드는 괜히 초대했다고 후회한다. 그 남자는 물을 뚝뚝 흘리며 흙 묻은 발자국을 바닥에 남긴다. 리처드는 차마 장화를 벗으라고 말할 수가 없다.

"채식 브라우니? 도넛?" 또 뭐가 있나 보려고 냉장고를 열자 저녁식사가 리처드를 마주 본다. 저녁식사를 잊고 있었다.

"도넛이 맛있겠군요."

리처드는 주위를 둘러본다. "음, 커피메이커가 어디 있더라? 평소에는 쓰는 일이 없어서."

"홍차면 충분합니다. 사실은 차가 더 좋아요."

리처드는 차를 우린다.

"일어나서 뭘 하고 있었습니까? 올빼미족으로는 안 보이는데요."

"아들과 전화했어요. 뉴욕에 살지요." 이런 말을 하는 건 이번이 처음일지도 모른다.

"그래서 어떻게 그 영화배우와 그런 일을 하게 된 겁니까? 그가 그냥 한 겁니까? 에이전트도, 변호사도, 매니저도 막지 않던가요? 그 작자들은 스타가 공짜로 일하는 걸 싫어할 텐데."

"그 사람은 그걸 일이라고 생각한 것 같지 않군요."

"저도 배우입니다. 배우 겸 작가죠. 분명 몰랐겠죠. 스타가 되려고 이 동네까지 왔는데, 지금 꼴 좀 보십쇼."

리처드는 아무 말도 하지 않는다.

"미네소타에서 자랐고, 어릴 때는 훌륭한 돌 수집품을 갖추고 있었죠. 왜 그런 애들 꼭 있잖아요. 난 내 돌들에 대해 잘 알고 있었어요. 그래서 지질학 관련 일을 하게 된 거죠. 원래는 영화에 출연하려고 온 거지만."

리처드는 고개를 끄덕인다.

"대본을 하나 썼는데요. 혹시 그 사람에게 전해줄 수 있습니까?"

"그래서 돌아온 건가요? 나에게 대본을 주려고?"

그는 고개를 끄덕인다. "그 말이 괜찮은지도 알고 싶었습니다."

"운 좋은 말이죠. 이름도 럭키이고."

"그 말이 탐침을 먹은 겁니까?"

"아니, 그냥 당겨서 뽑기만 했어요."

"다시 나가보는 게 좋겠습니다. 전 야간 담당이니까요. 간식 고맙습니다."

"별말을."

"그런데 말입니다, 이런 말 하긴 싫지만 어디로 가야 할지 생각해보는 게 좋겠습니다."

"무슨?"

"언덕이 무너지면 다른 것도 휩쓸릴 거예요. 이 집을 통째로 쓸고 가진 않을 겁니다. 그 정도로 엄청나진 않을 거예요. 그래도 어느 정도 피해는 있을 거고, 가볍게 보지 않는 게 좋습니다. 그랬다간 후회할 거예요. 안녕히 계세요."

이른 아침, 비가 내린다. 강한 호우, 몇 달 동안 가문 뒤에 오는 비, 쏟아지는 비다. 흙은 갑자기 알레르기가 일어나기라도 한 듯 비를 거부하고, 빗물은 흙 위에 내려앉는다. 쉽게 깨지지 않을 표면장력이 형성된다. 비는 흙으로 쏟아졌다가 튕겨나가고, 흙 위를 달려 거리로 내려가고, 우수관으로 쏟아진다.

밤에 잠을 잘 못 잤는데도 그는 일찍 일어난다. 비는 아직도 내린다. 그는 운동을 하고, 기사를 읽으면서 일을 한다. 손가락을 놀려 자판을 두드리고, 거래를 한다. 현금 키가 찌릉거리는 소리이다. 그는 시장을 읽는다. 시장이 호흡하는 냄새를 맡고, 그 코골이의 음색을 읽는다. 다음에 무엇이 올지 예측한다. 머리끝부터 발끝까지, 낱낱이. 그는 그들이 이런 상황을 설명하기 위해 사용하는 모든 표어들을 생각한다.

오전 일곱시. 그는 다이어리를 넘겨보며 모든 일을 하나로 짜맞춰보려 한다. 세실리아는 그가 몇 주나 집 밖으로 나가지 않았다고 했다. 누가 물어보았다면 그는 분명히 나갔다고 주장했을 것이다.

그는 병원에 간 날짜에 커다랗게 ×자 표시를 하고 생각한다. 병원에 가기 전에 마지막으로 집을 나선 게 언제지? 며칠 전? 일주일 전? 치과에 갔을 때인가? 그는 다이어리를 본다. 치과 예약은 1월 22일이었다. 다이어리를 넘겨본다. 3월 27일에는 저녁식사 시간이 다 되었는데 갑자기 전화를 걸어온 뉴욕 친구와 저녁을 먹었다. 4월 15일자 연극표가 있다. 27일에 저녁을 먹고 나서 다시 사람이 된 기분을 맛본 잠시 동안 예약한 것이다. 4월 15일이 다가오도록 초대할 사람을 떠올리지 못했다. 그래서 혼자 가서 옆자리에 재킷을 걸쳐놓고 봤다.

그후로는 생각나는 게 별로 없다. 그는 컴퓨터를 들여다본다. 매일 저장해두는 작업 차트에서도 평소와 다른 점은 전혀 보이지 않는다. 접속하지 않을 때는 그가 존재하지 않은 것처럼 보인다는 점만 빼면.

그는 창가로 간다. 구덩이는 진흙탕이 되어 있다. 어제는 그토록 선명했던 발자국들, 구두 하나하나의 자국들이 녹아들고 있다. 그는 구덩이에 물이 가득 차서 저수지처럼 될지도 모르겠다고 생각한다.

그는 창가에 서서, 빗속에서 헤엄치는 빨간 수영복 입은 여자를 지켜본다. 그 여자를 지켜본 게 얼마나 오래됐을까? 그녀가 빨간 수영복을 입은 지는 얼마나 됐을까? 다른 수영복도 있었다. 무늬가 있는 파란 수영복, 형광 오렌지색 수영복. 그는 그 수영복을 기억한다. 그 색을 보면 사냥철, 위험과 주의를 나타내는 형광색이 생각나 불안해졌다. 그리고 그전에는 노란 수영복도 있었다. 그는 빨간색을 제일 좋아한다. 빨간색은 완벽하고, 활기 넘친다. 자연스럽게 흐르는 생명력의 색이다. 물속에 있는 사람이 젖는 것을 걱정할까?

루살디. 루살디를 다시 만나서 아무것도 모른다는 게 무슨 뜻인지 물어봐야 한다. 집에 있을 수 없다. 그는 다시 한번 컴퓨터를 확인한 다음, 언덕 아래 앤힐에게로 향한다. 라디오에서는 계속 경고와 도로 폐쇄, 갑작스런 홍수, 산사태 상황이 나오고 있다. 모두 덧없음에 대한 이야기이다.

그는 차를 세우고, 신문지를 머리에 쓰고 도넛 가게로 뛰어든다.

"캘리포니아에서는 비 같은 건 절대 안 오는 척하지. 불가능한 것처럼. 아무도 우산을 가지고 다니지 않아." 앤힐이 깔깔거린다. 리처드는 젖은 신문지를 카운터에 놓고 앉는다. "시리얼 놓고 갔어. 내가 먹었지. 맛있던데. 마분지 같긴 해도 과일 맛이 나더라구."

"그건 손으로 압착해서 인공 건조한 고섬유질 곡물과 과일즙이야."

"나도 팔 수 있을까?"

"아마도."

앤힐은 앞으로 몸을 내밀고 리처드를 더 심각하게 들여다본다. "더 안 좋아 보이는데."

"거의 밤새 깨어 있었거든."

"심장은 어때?"

대답하려는데 노숙자가 들어온다. 노숙자는 두 사람을 본다. 앤힐은 손짓으로 쫓아내려 하고 리처드는 옆에 앉으라고 빈 의자를 두드린다.

"앉아요. 도넛 하나 사리다. 구걸은 하지 말아요."

"당신 여기서 일해요?"

"그냥 놀러온 거요."

"나도 그래요." 노숙자가 말한다.

그 남자가 앉자마자 리처드는 이런 일이 기대만큼 쉽지 않다는 사실을 깨닫는다. 노숙자에게서 냄새가 난다. 앤힐은 리처드에게 싫은 눈길을 보낸다.

"뭘 원하시오?" 리처드가 묻는다. "뭘 먹고 싶어요?"

"뭐든 댁이 원하는 걸로."

"당신이 원하는 걸 사주고 싶어요. 먹고 싶은 걸 주문해요."

"놀리지 마쇼. 댁이 주는 대로 받아먹을 거요."

앤힐은 그 노숙자에게 도넛 하나를 준다. 무늬 없는 흰 접시에 담아서.

"커피, 차, 오렌지주스, 우유?" 리처드가 묻는다.

"그거 맛있겠네요."

"전부 다요?" 앤힐이 알고 싶어한다.

"뭐든 당신 좋은 걸로 해요." 리처드가 노숙자에게 말한다.

"좋수다." 노숙자가 대답한다.

잠시 침묵. "전부 하나씩." 리처드가 말한다.

앤힐은 아무 말도 하지 않지만, 짜증이 났다는 건 알 수 있다. 노숙자는 도넛을 커피에 적셔 먹고 냅킨으로 손을 닦은 다음, 오 렌지주스를 마시고 우아하게 차를 홀짝인다. "맛있는 차군요." 염 치가 없는 사람은 아니다. 아래를 내려다보며, 눈에 많이 띄지 않 으려 애쓰며 먹는다. 다 먹고 나자 의자에서 내려서서 망설이지 않고 문으로 향한다.

"좋은 하루 보내요." 리처드는 고맙다는 말도 하지 않는 노숙자 에게 짜증이 난 뒤에 대고 말한다.

노숙자는 뒤를 돌아본다. "좋은 하루 보내라니. 난 노숙자요. 좋 은 하루 보내라는 게 무슨 소리요? 엿이나 드쇼."

"하룻밤 사이에 규칙을 바꿀 순 없어." 앤힐이 말한다.

"미안하네."

"난 괜찮아. 사실 더 낫지. 저 친구는 다신 안 올 테니까."

리처드는 주방에 있는 앤힐을 지켜본다. 커다란 믹서기를 돌리 고 도넛에 설탕을 입히는 앤힐의 동작에는 우아함이 있다. 댄서 같은 집중력이다. 앤힐은 키가 크고 말랐으며 군살이 없다.

"헬스클럽에 다니나?"

"난 운동이 싫어. 식사를 여덟 번 하는 게 내 비결이지. 한 번에 하나씩 먹는 거야. 감자 한 알, 고기 한 조각, 치즈 약간. 나는 아내의 닭고기 스튜, 마른 자두, 올리브를 무지 좋아해. 하지만 닭고기 스튜 때문에 뚱뚱해진 남자는 본 적이 없을걸. 참, 중요한 얘길 하려고 왔을 텐데 왜 이런 쓸데없는 얘기만 하고 있는 거지?"

"내 아들이 조카랑 같이 차를 몰고 캘리포니아로 오고 있어. 오늘 출발할 거야."

"잭 코리아?"

"잭 코리아가 누군가?"

"그 시인 말이야. '난 내 세대에서 가장 훌륭한 정신의 소유자들을 보았네!'"

"잭 케루악과 앨런 긴즈버그로군. 그들을 어떻게 알지?"

"난 다른 나라에서 왔지 다른 별에서 온 게 아니야. 사촌이 가르쳐줬어. 그 친구는 혁명주의자였지. 불행히도 이젠 우리와 같이 있지 않아." 그는 성호를 긋는다.

"자네 가톨릭 신자인가?"

"아니. 왜?"

"그거, 성호를 긋는 건 가톨릭에서 하는 거잖나."

"영화에서 봤어. 누가 죽자 주인공이 이걸 하기에 사람들이 다 그러는 줄 알았지. 좋아 보이잖아."

"그건 십자가 표시야."

잠시 침묵이 흐른다.

"차 몰아도 돼?"

"비가 오는데."

"그 차엔 튼튼한 지붕이 있잖아."

"알았네. 좋아." 리처드는 앤힐에게 열쇠를 주고 카운터 뒤로 간다.

앤힐이 나가고 몇 분 뒤에 꼭 앤힐처럼 생긴 남자가 들어온다.

"미스터 메르세데스?" 그 남자가 묻는다. 리처드는 아무 말도 하지 않는다. 이게 무슨 농담인지 알 수가 없다.

남자가 손을 내민다. "난 조지예요. 앤힐의 형제죠."

"앤힐이 동생 얘길 하긴 했지만 쌍둥이란 말은 안 했는데."

조지는 낄낄거린다. "자기가 하나밖에 없는 척하길 좋아해요. 그러면 내가 튀어나와서 혼자가 아니라는 걸 알려주죠. 어머니도 모르셨어요. 병원에서 앤힐을 낳고 침대에서 일어나려는데 의사들이 그런 거예요. 기다리라고, 또 있다고. 들여다보고 실험도 하는 요즘 같진 않았으니까요. 당신 자동차 얘기 들었어요."

"지금 앤힐이 몰고 나갔어요."

"비가 오는데 차 모는 걸 허락했어요?"

리처드는 고개를 끄덕인다.

"용감하네. 우리나라엔 비가 전혀 안 내려요. 빗속에서 운전해 본 적도 없을걸요."

"형제가 얼마나 더 있어요?"

"남자 둘, 여자 셋이 더 있죠. 앤힐과 난 같은 종류의 차를 몰아요. 도요타 코롤라. 그 차가 익숙해요. 한 대 가격으로 두 대를 구입했죠. 형제 있어요?"

"하나 있죠."

조지는 미소 짓는다. "조지라는 이름 맘에 들어요? 내가 미국에 대해 처음 배운 게 이거였어요. 조지 워싱턴. 모든 일 달러 지폐에 그 얼굴이 들어 있죠. 그리고 조지 워싱턴에겐 나무 이빨이 있었어요. 하나 빠질 때마다 새 이를 했죠. 난 미국에 와서 이름을 바꿨어요."

손님이 들어오고, 리처드는 도넛 여섯 개를 포장해서 건넨다.

"저 사람이 도넛을 다 먹을 거라고 장담하죠. 하나씩 하나씩." 조지가 말한다. "도넛 하나가 맛있으면 당연히 두 개를 먹지 않겠어요? 두 개가 맛있으면 네 개야 거뜬하죠. 난 미국이 좋아요. 모두를 부자로 만들어줘요."

앤힐이 돌아온다. 그는 동생의 어깨에 팔을 두른다. 두 사람은 서로의 거울상이다. "이 녀석 때문에 놀라지 않았으면 좋겠는데. 이 녀석은 내 비밀 무기야." 앤힐이 말한다. "우리가 〈슈퍼 도넛맨〉이라는 영화를 만들면 이 녀석이 막판에 꽈배기볼이 될 거야."

"커브볼 말인가?"

"꽈배기볼. 트위스트 말이야."

실비아와 세실리아가 식탁 앞에 앉아 기다리고 있다. "이런 놀라운 일이. 이 셔츠들을 침실에 좀 갖다두고 싶은데." 그는 도넛 상자를 감추고 슬금슬금 침실로 들어가며 말한다. "어제 일은 미안해요. 어제는 완전히 뻗어서."

두 여자는 심각한 얼굴로 그를 본다. 어제 저녁식사가 아직 냉장고에 있고, 세실리아가 그걸 본 게 분명하다.

"약속이 있어서 가는 길에 어떻게 지내는지 보려고 들렀어요." 실비아가 말한다.

"어젯밤에 뭐 먹긴 했어요?" 세실리아가 묻는다.

그는 고개를 젓는다.

"오늘 아침엔?"

"커피 한 잔."

"진짜 커피요?" 실비아가 묻는다.

그는 고개를 끄덕인다.

"일반 우유를 넣어서요?"

실비아는 충격을 받는다. "이제까지 온갖 공을 들이고서 그런 걸 마시다뇨? 최소한 두유를 넣어달라고 할 순 없었나요? 스타벅스에도 두유는 있는데."

그는 세실리아를 빤히 바라본다. 분명히 도넛에 대해 알고 있지만, 그 얘기를 하지 않을 만큼 분별이 있는 것도 분명하다. "친구를 만나느라."

"정확한 이유는 모르지만 지금 어려운 줄은 알아요. 그래도 프로그램에서 벗어나지 않도록 노력하세요. 이건 이미 스트레스를 받은 몸에 스트레스를 더하는 거예요. 지겨워졌다면 저한테 얘기하세요. 그러면 새로운 식품을 드릴게요. 지금 먹지 않는 것 중에 드시고 싶은 게 있으세요?"

"당신은 뭘 먹죠?" 그는 실비아에게 묻는다.

"거의 아무것도."

"찐 채소, 현미밥?"

"비타민 영양제를 많이 먹어요."

"해초? 약간의 단백질?"

"전 좋은 예가 아니에요. 제가 하는 일을 보면 아실 텐데요. 제 삶은 곧 제 음식이죠."

그 순간 그는 미친 듯이 배가 고파진다. 평소에 먹는 아침식사가 식탁에 놓여 있다.

"말린 유기농 과일을 위에 얹었어요. 그리고 이것도 약간 필요할 것 같네요."

실비아는 주머니에서 비닐백을 하나 꺼내 열고 리처드의 시리얼 위에 뭔지 모를 가루를 뿌린다.

"이게 뭡니까, 요정의 가루?"

"아마예요. 아마 씨를 사서 갈았어요."

그는 먹기 시작한다.

실비아는 그를 주의 깊게 관찰하다가 손을 뻗어 그의 얼굴을 만져본다. "달걀을 더해야 할 것 같네요. 일주일에 이틀은 아침에 달걀을 먹는 게 어떨까요? 시금치에 싼 삶은 달걀 좋아해요? 삶은 토마토를 곁들여서요."

"이 사람은 좀 먹어야 해요. 쫄쫄 굶고 있잖아요. 그러다가 이렇게 된 건지도 모른다고요." 세실리아가 말한다.

"이건 노화 방지 식단이에요." 실비아가 말한다.

"해산물만 먹고 살 순 없어요, 매일같이 연어만. 아가미가 자라거나 갑상선종이 생기거나 할걸요."

"내가 이런 식으로 먹는 걸 그만둔다면, 보통 사람처럼 먹는다면 어떻게 될까요?" 그는 시리얼 그릇을 민다.

"죽겠죠." 실비아가 말한다.

"지금 달걀 좀 먹을래요?" 세실리아가 묻는다.

그는 고개를 젓는다. "빨리, 빨리 죽게 될까요?"

"시간을 두고요."

"하지만 난 이미 죽어가고 있잖아요."

"바로 그거예요. 노화 방지제나 좋은 기름을 먹는 건 가능한 한 오래 건강을 유지하기 위해서죠. 나이 들어서 편안하게 죽고 싶어요, 아니면 몸이 썩어가는 질병으로 죽고 싶어요?"

"맛있는 달걀프라이나 오믈렛 좀 만들어드릴까?"

"지금은 괜찮아요." 그가 말한다.

실비아를 어디에서 알게 됐더라? 보통은 다른 사람에게서 소개를 받는데, 실비아는 누가 소개했지? 데이트했던 여자인가? 금발에 아름답지만 멍청한 여자였다. 두 주 동안 데이트를 했다. 두번째 만남 이후에 그만두고 싶었지만, 상대방 마음을 상하게 하고 싶지 않았다. 그랬더니 그 여자가 먼저 그를 찼다. 실비아가 그 여자의 영양사였던가?

"그런데 아직도 그…… 이름이 뭐더라? 그 여자 만나요?" 그가 묻는다.

"누구요?" 실비아가 묻는다.

"누군지 알잖아요. 나에게 당신을 추천했던 여자요. 당신에게 날 추천한 건가? 그 여자 이름이 뭐였죠?"

실비아는 고개를 흔든다. "누군지 기억나지 않아요."

리처드는 어깨를 으쓱이고 화제를 바꾼다. "음식이 당신에겐 어떤 의미죠?"

"모든 것이요. 모든 것을 의미해요. 사랑, 영양, 편안함, 보살핌. 오히려 물어야 할 건 당신에게 음식이 어떤 의미냐가 아닐까요?"

"처음 식이요법을 시작했을 때는 몸을 가볍고 건강하고 깨끗하게 하는 것이 목적이었는데, 지금은 그저 습관과 삶의 체계가 되어버렸어요."

세실리아가 끼어들었다. "달걀만이 아니라 베이컨과 달걀이면 어때요. 맛 좋은 칠면조 베이컨을 구워줄 수 있는데. 계피와 건포도가 들어간 토스트에다가."

리처드가 묻는다. "당신 시리얼을 판매하는 것에 대해 어떻게 생각해요? 내 친구가 시내에서 가게를 하는데, 그 시리얼을 아주 좋아하더군요."

"어머나, 그래요? 한 묶음 갖다줄 수도 있어요."

"그러면 좋겠네요."

실비아가 가려고 일어선다. "다음 주 늘 보던 시간에 봐요. 그 사이에 먹고 싶은 게 있으면 먹어요. 여긴 군대가 아니니까. 당신을 비참하게 만들 생각은 없어요. 살아야죠."

"달걀 요리나 프렌치토스트 안 해줘도 되겠어요?" 세실리아가 묻는다.

"내일. 내일 먹죠."

그가 아침식사를 하는 동안 땅이 흔들렸던 모양이다. 옆집 간이 차고 구석을 떠받치던 기둥이 부러져 간이 차고가 무너졌고, 부러진 기둥은 꺾인 무릎처럼 튀어나왔다.

그는 루살디의 사무실에 전화를 건다. "원래 계획보다 빨리 만나러 가야겠습니다."
"지난번에 오셨을 때 예약을 하셨죠?" 접수원이 묻는다.
"그래요."
"아직도 아프세요?"
"예."
"두시 반 괜찮으세요?"

그는 보험회사에 전화를 건다. "뭔가 일이 터지기 직전입니다. 함몰 상황 같은 건데요. 이런 일은 어떻게 처리되는지, 절차가 어떻게 되는지 물어봐야 할 것 같아서요."
"답변 드리기 전에 고객님의 보험 약관이 최근의 것인지 확인해보겠습니다. 성함, 주소, 사회보장번호를 알려주시겠습니까?"
자판 두드리는 소리가 나고 잠시 정적이 흐르더니, 리처드가 듣기에 확실히 라이터 철컥이는 소리와 담배 빠는 소리가 난다.
"그거 정말 피워야 합니까? 당신은 보험 대리인이면서?"
"전 중독입니다. 이거 없이는 못 살죠." 대리인이 말한다.
"폐암이 걱정되지 않아요?"
"아. 이건 담배가 아니라 대마초입니다. 집에서 기른 거죠. 고객님의 보험을 보니…… 운이 좋은 분이군요. 걱정할 게 별로 없습니다."

리처드는 이 남자가 보험 약관을 읽는 건지 그의 미래를 점쳐주는 건지 알 수가 없다. "어떻게 중독될 수가 있습니까? 대마초는 중독성이 아닌데."

"제 말 믿으십쇼, 전 중독입니다. 보험 대리인과 정말 잘 지내셨나봅니다."

"아주 오래전 일이죠. 회사가 사무실에서 대마초 피우는 걸 허용합니까?"

"정오까지는 여기에 저밖에 없거든요. 제 이름은 폴입니다. 흠, 보장보험을 팔았군요. 그것도 아주 좋은 값에. 이제 이런 약관은 아예 팔지 않습니다. 저희 측이 너무 손해거든요."

"난 운도 좋군요." 그는 얼간이 폴에게 농담을 던진다.

"모든 상황을 기록하고, 견적을 내고, 사진을 찍으셔야 합니다."

"그리고 다른 곳으로 가야 할 경우에는?"

"일이 갑자기 터질 수 있으니 미리 준비해두세요. 자리를 잡고 전화하세요. 보험 약관에 따르면 피해를 평가하고 복구하는 동안 집을 빌리는 비용을 내드릴 겁니다."

"얼마나 오랫동안?"

"관례적으로 적당한 기간 동안. 즉 필요한 만큼 오래라는 뜻이죠. 그래서 이런 약관을 더 팔지 않는 겁니다. 사람들이 유럽으로 가거든요."

그는 전화를 끊고, 옷장에서 작은 여행가방을 꺼내 몇 가지를 싼다. 열린 가방을 침대에 놓아둔 채 이 집을 팔았던 부동산업자 빌리 콜린스에게 전화를 건다.

"리처드 노박, 성함이 그랬죠. 전 아무도 잊지 않습니다. 이름도 주소도 잊지 않아요. 새도 힐에 사시고, 제게 그 집을 사고 싶다고 하셨고요. 더 크고 좋은 집을 찾으십니까?"

"집에 문제가 좀 있는데요."

"십 년이 넘었으니 환불해드릴 순 없겠는데요."

"십삼 년이고, 아직도 이 집이 마음에 들어요."

"새로운 매물을 몇 개 보여드릴 수 있습니다. 시대가 변했으니까요."

"파손이 좀 있어요. 아마도 구조적인 문제인 것 같은데, 아직 정도는 모르겠지만 잠시 집을 옮겨야 할지도 모르겠어요."

"제안을 해도 괜찮을까요? 전 자기가 집을 팔고 싶어한다는 사실도 모르는 사람들을 위해 집을 팔아왔습니다. 많은 사람이 그런 순간이 왔다는 걸 모르죠. 가끔 고객을 태우고 한 바퀴 돌다보면 자기가 뭘 원하는지 알게 되고, 그러면 제가 가서 그들이 원하는 집을 확보해야 하는 거죠. 그게 우리 일이에요. 뭐가 필요한지 찾아내는 것."

"아이디어요. 내가 뭘 해야 할지, 다음에 무슨 일이 생길지에 대한 아이디어를 찾고 있어요."

"재혼하셨습니까?"

"아뇨."

"흠, 그러면 상황을 잘 이용해서 새로운 걸 시도해보시죠. 전부 생활 방식의 문제입니다. 당신이 되고 싶은 게 무엇인가, 스스로를 어떻게 보는가, 미래를 위한 길을 어떻게 열어갈 것인가……"

"단기 임대가 필요할지도 모르겠어요."

"이 도시에선 모든 게 단기예요. 애완동물 기르십니까?"

"아니요."

부동산업자 빌리는 나이가 예순이 되어도 빌리라고 불릴 유형의 남자이다. 로스앤젤레스 토박이로, 자기 영역에서 자신이 얼마나 베테랑인지 늘 자랑한다.

리처드는 빌리에게서 이 집을 사자마자 빌리를 고객으로 만들었다. 빌리는 집을 사서 수리한 뒤에 팔아서 이익을 챙겼고, 리처드는 주가가 한창일 때를 놓치지 않고 빌리에게 돈을 더 벌어주었으며, 빌리는 그 돈을 다시 부동산에 투자했다. 그는 주식시장을 불안해했다.

"일은 잘됩니까?" 리처드는 예의상 묻는다.

"더이상 좋을 수가 없습니다."

"아주 잘한 겁니다. 언제나 마지막까지 쥐어짤 수는 없지요. 언제 그만둘지 아는 것도 주식의 일부예요."

"요새 그 첨단 회사들에 대해선 어떻게 생각하십니까?" 빌리가 묻는다.

"더는 그쪽에 관여하지 않아요." 그는 빌리에게 자신이 아는 모든 것에도 불구하고 인터넷이 유행할 거라고는 생각하지 못했고, 그의 부모님 같은 사람들이 상자에서 컴퓨터를 꺼내 온라인 생활을 할 거라고는 생각한 적도 없다고 털어놓을 수 없다. 그는 이메일이 일시적인 유행이라고 생각했다. 그게 그가 지닌 사고력

146

의 한계였다. 앞을 내다보지 못하는 것이다. 그에게 가장 가까운 것은 딕 트레이시의 손목시계형 전화기와 모스부호 반지에 대한 어린 시절의 공상이었지, 전 세계에 퍼진 와이파이(Wi-Fi) 전파 정보와 PSA*, PDA, 신세기 상형문자를 쓰는 사람들이 아니었다.

"이쪽으로 전화해주셔서 고맙습니다." 빌리가 말한다. "적당한 물건을 찾을 수 있을 겁니다. 언제 필요하시죠? 내가 왜 이런 걸 묻고 있지, 당장이겠죠! 지금 필요하지 않다면 전화를 걸었을 리 없으니."

빌리는 이십 분 뒤에 다시 전화한다. "내가 신경 써드리지 않았다곤 못하실 겁니다. 다 준비됐습니다. 말리부에 아주 특별한 집을 구해놨습니다."

"직접 가서 봐야 합니까?"

"요점을 놓치신 것 같군요. 특별 봉사를 해드리는 겁니다. 이 사람이 집을 세놓고 싶어하는 게 아니에요. 제가 이 사람에게 판 집인데, 허가가 떨어지는 대로 집을 허물고 뭔가 특이한 건물을 지으려고 한답니다. 하지만 가구도 모두 갖춰져 있고, 바닷가에 있지요. 좀 땡기십니까?"

"그래요. 그래서 한번 보고 싶다는 거예요."

"흠, 그 사람에게 충분히 좋았다면 당신에게도 좋지 않을까 싶은데요. 물론 단기간으로는 말입니다. 보실 수 있도록 해보죠. 오늘 오전에 시간 괜찮으십니까? 지금 나오실 수 있어요? 오늘 할

---

* Professional Services Automation, 전문 서비스 자동화.

일이 달리 없는 건 아니지만 말입니다."

그 집은 침실이 네 개, 욕실이 세 개이고 전부 흰색이다. 흰 소
파, 흰 벽, 흰 카펫. 살짝 노랗게 변한 흰색.

"〈샴푸〉라는 영화를 찍을 때 썼거든요."

"그리고 린스는 안 한 모양이군요."

"재미있는 분이시네. 카펫을 청소하고 거실에 페인트칠을 새로
할 수도 있겠지만, 집주인이 많은 일을 하려고는 하지 않을 겁니
다. 그래도 밀물 때면 바다가 바로 저기까지 들어오죠. 테라스에
서 바로 뛰어들 수 있어요. 여긴 다른 세계입니다. 내가 끝내주는
카펫 청소부를 알아요. 범죄 현장도 청소하는 사람들이죠. 엘로이
즈*가 〈제시카의 추리극장〉을 만난 것 같달까요. 이 사람들은 뭐
든 청소할 수 있어요. 방호복을 입고 마스크를 쓰고 조심스럽게
들어와서 필요한 일을 해치우죠. 호텔에서도 이 사람들을 많이 써
요. 가정부가 더이상 참아내지 못하는 일들이 있거든요. 왜 이런
말을 하고 있지? 말씀 좀 해보십쇼. 뭘 하고 지내셨습니까?" 빌리
는 금전등록기 같은 소리를 낸다. "치링. 내가 생각하는 당신은 딱
이렇지요."

그 집은 구름처럼, 즐거운 꿈처럼 하얗고 밝디밝다. 하얀 벽에
부딪힌 빛이 튕겨나오고, 밖에는 바다가 반짝인다. 희망적이고, 이
상하게 모든 일이 잘될 것 같은 느낌이 든다. 모든 것이 하얗다. 흰

---

* 라이프 스타일 전반에 관한 글을 쓰는 미국 칼럼니스트.

캐비닛, 흰 접시, 흰 은식기. 무쇠에 흰 에나멜을 씌운 프라이팬. 테라스에는 흰 의자가, 거실에는 흰 콩의자가 놓여 있다. 그는 위층으로 올라가 하얀, 또 하얀, 또다시 하얀 방과 방을 오간다. 방에 들어가 침대에 누워본다. 출렁인다. 그는 몸을 끌어올려 제대로 눕고, 아래에서 출렁이는 물을 느끼며 다가올 여름을 꿈꾼다.

그는 이것이 한 번도 오지 않았던 여름, 그러나 왔어야 했던 여름이 되리라 상상한다. 벤이 로스앤젤레스에 오고, 둘이서 예전에 했어야 했던 모든 일을 하는 것이다. 같이 야구장에 가고, 텔레비전을 보고, 아버지와 아들이 함께하는 일은 뭐든 하는 것이다.

"이 집을 빌리죠."

"나머지는 안 보셔도 되겠습니까?" 빌리가 문 하나를 연다. 예전에는 재택 사무실이었을 공간이 어른의 놀이 공간, 환상의 방으로 바뀌어 있다. 남는 침실을 운동실로 개조한 것과 같은 식이다. 천장에 그네가, 물론 흰색인 그네가 매달려 있고 바닥에는 매트리스가 깔려 있으며 베개와 연장 코드가 잔뜩 있다. 모두 흰색이다.

"내가 더 알아야 할 게 있나요?"

"중력을 무시하고 하는 섹스가 그렇게 끝내준다네요. 내 취미는 아니지만, 어느 회의에 갔다가 봐서 알게 됐죠. 이 집 아래쪽에는……" 빌리는 문을 닫으며 말한다. "수영장은 없습니다. 모두가 수영장을 원하죠. 심지어 바닷가에서도 말입니다. 수영장, 패닉 룸…… 저한테는 후디니*스러워 보여요. 내가 이런 곳에 산다

---

* 탈출 전문 마술사.

면 구명보트를 준비해둘 겁니다. 어쨌든 청소하러 온 사람들에게 저 물건을 치우라고 하면 될 겁니다. 그냥 저기 저런 물건이 있다는 걸 알려드리고 싶었습니다."

"얼맙니까?"

"이십오."

"이천오백?" 리처드는 바닷가에 있는 집을 통째로 빌리기에는 낮은 가격이라는 걸 알면서도 그렇게 묻는다.

"이만 오천입니다."

"만 오천으로 합시다. 한 달에 만 오천씩 석 달치를 현금으로 지불하지요."

빌리는 휴대전화를 빼들고 리처드에게 등을 돌린 채 수수께끼의 집주인에게 전화를 건다. "믿을 만한 고객 한 분이 석 달 동안 집을 빌리고 싶어하는데요. 석 달에 사만하고, 카펫 청소와 그 밖의 수리비로 오천을 내겠답니다." 잠시 멈췄다 말한다. "곧이요."

빌리가 전화를 끊자 리처드가 묻는다. "어째서 사만이라고 말한 겁니까?"

"이 짓을 이십칠 년이나 했어요. 사람들이 무슨 생각을 하는지 다 알지요. 만약 '사만 오천을 낸다는데, 수리비 오천은 당신이 내야 합니다'라고 하면 싫다고 할 겁니다. '사만이고, 수리비 오천을 더 낸답니다'라고 하면 좋다고 하지요. 다들 대접받는다고 느끼길 원하거든요. 귀찮은 부분이 하나 있습니다. 여기 사실 순 있지만, 다음 주까지는 안 되겠어요. 내일부터 닷새 동안 누군가한테 빌려주기로 했답니다. 그다음에는 청소하는 데 며칠이 걸릴 거고요. 그동안 호텔에 머무실 수 있겠습니까?"

긴 주말을 이용해 보스턴에 사는 동생을 방문할 수 있을 것이다. 리처드는 말한다. "성립. 이제 말해봐요, 이게 누구 집입니까?"

"알고 싶지 않으실 텐데요."

"아니, 알고 싶어요."

"아는 이름일 거란 말만 해두죠. 그것만 해도 많이 말한 겁니다."

"누군가가 살던 집에 살 참인데 그게 누구 집인지도 모른다는 게 말이 됩니까?"

"살던 집은 아니죠. 그 사람이 소유한 집에 사시는 겁니다. 전혀 달라요. 이 집 주인은 여기에서 하룻밤도 보낸 적이 없거든요."

시내로 돌아가는 길, 그는 삶의 활기 때문에 어지럽다. 혹은 새로운 음식 때문인지도 모른다. 아니 음식의 결여라고 해야 할까. 쓰러지기 직전이다. 도넛. 도넛을 먹으면 잠시 정신이 들 것이다. 빌리에게 줄 생각으로 몇 개 가져왔지만, 빌리를 보자 도넛은 안 먹겠다 싶었다.

그는 봉투에서 도넛 하나를 꺼내 입에 문다. 라즈베리 젤리가 얼굴에 튄다. 운전대를 잡은 채 혀와 손가락을 이용해 얼굴을 닦으려 한다. 몸을 가다듬는 동물처럼, 더는 끈적거리지 않을 때까지 핥는다.

"언제 봬도 반갑네요." 리처드가 들어서자 루살디의 접수원이 말한다.

리처드는 그녀에게 주차권을 내민다.

"제 취향이세요. 잊지 않게 미리 찍어두죠. 통증은 어떠세요?"

"모르겠습니다. 바빴어요. 차에 치이고, 집은 구덩이 속으로 무너지기 직전이고. 왜, 사람들이 구덩이에서 꺼낸 말 아시죠. 저도 도왔거든요."

"그래서, 좀 나아지셨나요?"

그는 멈칫한다. "그다지요. 전화를 한 것도 그래서인 것 같군요."

루살디는 한 번도 만난 적이 없는 사람처럼 행동한다. 안녕하냐는 인사도, 다시 봐서 반갑다는 말도 없다. "어떻게 찾아오셨죠?"

"같은 이유로요." 리처드가 말한다.

"어디 들어봅시다."

리처드는 셔츠를 끌어올린다. "더는 아무것도 모르겠습니다. 그게 정상인가요? 모든 것의 거대함을 깨닫고 명해지는 게 정상인가요?" 셔츠를 벗는다. 소름이 쫙 돈다. 루살디가 심장 소리를 듣는 동안, 그는 어쩌다가 로스앤젤레스에 오게 되었는지 기억해보려 한다. 회사에서 누군가는 서부 해안 쪽으로 가야 할 것 같다고 했을 때 그는 아직 아내와 살고 있었다. 리처드는 아내에게 가야 할지 물었고, 그녀는 늦은 시간이고 잠들기 전에 일을 좀 해놓을 수만 있다면 아무래도 좋다고 말했다.

그는 그녀가 아무 의견도 내놓지 않았다는 사실을 떠올린다. 그게 중립적인 것이었던가, 아니면 부정적인 것이었던가. 그는 투명 인간이 된 듯한 기분이었던 걸 기억해낸다. 두 주 후에 그는 집을 나왔다.

루살디는 불빛을 대고 리처드의 눈을 들여다본다. 리처드는 그때 아내가 그렇게 쉽게 그를 보내준 데 대해, 그리고 싸워보지도 않고 떠난 자신에 대해 얼마나 화가 났었는지 생각해낸다. 그리고 분명 아직도 화가 나 있다.

"블랙홀에 떨어지는 꿈을 꿨어요." 루살디에게 말한다.

"블랙홀에서 무슨 일이 벌어지는지 알 텐데요." 루살디가 차트를 뒤적이며 말한다. "양쪽으로 잡아당겨지다가 결국은 찢어지죠. 식사 습관은 어떤가요, 좋나요? 혀를 내밀어보세요."

루살디는 리처드의 혀를 본다. "젤리 도넛을 드셨나요?"

"예. 어떻게 알았습니까?"

"호흡에서 단내가 나고, 혀에 설탕이 묻어 있고, 셔츠에 젤리가 묻었어요."

"식이요법에 실패했어요. 보통은 잘하는 편인데, 최근 며칠 동안은……"

루살디는 다시 차트를 펼쳐 넘긴다. "검사 결과를 살펴보니 PSA*가 조금 높았네요. 뭔가 찾을 수 있을지도 모르니 직장 검사를 해봐야겠네요."

리처드는 바지를 내린다. 루살디가 장갑을 끼고 리처드의 엉덩이로 손가락을 움직인다. "환자분 나이의 남자가 전립선암에 걸리면 더 나이 들어 걸렸을 때보다 더 나빠요. 우리 모두 전립선암

---

* 전립선 특이 항원.

을 갖고 죽는다는 거 알고 계셨나요? 이상하지만 사실입니다. 보통 그것 때문에 죽진 않지만 걸리긴 하죠. 사정은 자주 하나요? 성적으로 활발해요?" 그는 손가락을 리처드의 엉덩이에 넣은 채 묻는다.

"그다지." 리처드가 말한다.

"더 자주 사정하도록 해보세요. 많이 할수록 암에 덜 걸리고 모든 것의 변화를 막아준다는 신화가 있죠. 증거가 있다고는 말할 수 없지만 안 될 것 있나요." 그는 손가락을 뺀다. "별다른 건 없네요. 발기에 문제가 있습니까?"

"아니. 별 문제는 없습니다."

"별 문제가 없다는 건 가끔은 문제가 있다는 건가요? 비아그라를 좀 처방해드릴 수도 있어요."

"별 문제가 없다는 건 그걸 알 만한 상황이 별로 없었다는 뜻입니다. 통증 외에는 별 느낌이 없고, 그래서 여기 온 거니까요. 난 죽은 사람이에요. 죽은 사람은 발기하지 않죠."

"흠, 죽은 사람이라면 통증도 없겠죠. 그러니까 이런 경우에 통증은 좋은 신호일 수도 있습니다. 전립선은 더 지켜볼 수도 있고, 육 개월 뒤에 다시 검사를 해볼 수도 있어요." 루살디는 똥 묻은 손가락을 마분지로 된 결장암 검사 카드에 문지른 다음, 일상적인 일이라는 듯 장갑을 벗는다. "밖에 아직 비가 오나요? 들어올 때는 왔었는데."

"아니, 그다지요."

"얼마나 아프죠?"

리처드는 어깨를 으쓱한다.

"통증 관리, 중독자들이 받는 거죠. 모르핀 펌프*를 달아드릴 수 있어요. 그러면 〈밤으로의 긴 여로〉에 나오는 어머니 역을 해 볼 수도 있을 겁니다."

리처드는 아무 말도 하지 않는다.

"이제까지 냉동 상태로 산 셈인데, 하룻밤 만에 깨어날 순 없겠지요."

"어째서요?"

"그랬다간 죽을걸요." 루살디가 책상에 앉는다. "당신은 느끼는 방법을 몰라요. 아니, 정확히 말하면 느끼는 걸로 뭘 해야 할지 모르는 거죠. 냉동 상태에서 풀려난다고 즉시 따뜻해지는 건 아닙니다. 어느 정도 시간이 지나고 정신이 들면서 온몸이 아파오고, 따뜻해지면서 통증은 더 심해지죠. 맹렬한 고통이에요. 아무것도 느끼고 싶지 않은데 모든 것을 느끼고, 참을 수 없을 만큼 많이 느껴서 얼마나 많이 느끼는지 알게 되면 폭발하거나 미쳐버릴 것 같아지죠."

"난 무감각해요." 리처드는 단호하게 말한다.

"감각은 있을 텐데요."

"그래요. 모기에게 물려 가렵거나 짜증이 나는 것처럼 말이죠. 지난번에, 이 모든 일이 일어난 뒤에 전처와 아들과 부모님과 동

---

* 척수에 바로 모르핀 통로관을 삽입하는 최신 요법으로, 치료가 불가능하거나 원인 모를 통증에 시달리는 환자에게 주로 시술한다.

생에게 전화를 했어요. 모두와 이야기를 나눴고, 기분이 더 지독해졌죠."

"자랄 때는 어떤 사람이었습니까? 교실 뒤에 있는 아이, 운동선수, 착한 친구?"

"이도저도 아니었습니다. 눈에 띄지 않는 아이였죠."

리처드는 진료대 위에서 셔츠는 벗고 바지는 내린 채, 벌거벗은 것보다 더한 기분을 맛보고 있다. 하찮고 불안하다. 루살디는 처방전 패드를 손가락으로 두드리고 있다.

"전에 공황 발작을 겪은 적이 있나요? 공황 발작에 맞는 처방을 받아보시겠어요?"

"이게 그겁니까? 공황?"

"어느 정도는 분명히 그렇죠. 당신은 인간이고, 실패했고, 당신이 되고 싶어했던 사람이 되지 못했고, 어머니는 당신을 사랑하지 않고, 아버지는 당신이 누군지 모르고, 모든 사람이 당신보다 낫죠."

"난 패배자가 아닙니다. 뭔가 이루긴 했어요. 돈을 벌었죠. 많은 사람을 행복하게 해줄 만큼 돈을 벌었어요. 사실 동생보다 많이 벌었을 겁니다."

루살디는 과장되게 충격받은 척한다. "그리고 그걸 이룬 지금은…… 뭐죠? 돈 버는 일은 오래전에 끝내신 것 같은데."

"마음이 편치 않아요." 리처드는 셔츠를 다시 입으면서 고백한다.

"벽을 타세요."

"뭐라고요?"

"벽에 부딪쳤으니 오르라고요. 말 그대로." 루살디는 전자수첩을 열고 뭔가를 찾더니 전화번호 몇 개를 적는다. "방법은 거기서 가르쳐줄 거예요."

"아주 재미있군요."

"진지하게 드리는 말씀이에요. 정신적인 것을 육체적인 것으로, 육체적인 것을 정신적인 것으로 바꾸면 상황이 나아질 겁니다. 난 당신 기분을 나아지게 할 수 없어요. 내 능력 밖이에요."

"친척이었다면 뭐라고 하겠습니까?"

"뭔가 할 필요가 있다고 말해주겠죠. 뭐든 시도해보라고. 다시 삶으로 들어와야 해요. 내일까지 기다리지 말고 바로 지금, 매 순간 다시 시작하세요. 뭔가 믿는 게 있나요?"

"모르겠어요." 리처드가 말한다.

"기도는 하세요?" 루살디가 묻고, 리처드는 아무 말도 하지 않는다. "생각해보세요." 루살디는 그에게 암벽타기 수업의 전화번호가 적힌 쪽지를 건네고 방을 나간다.

리처드가 느끼는 슬픔은 너무 깊고 너무 완전해서, 그 자신이 슬픔 자체인 것만 같다. 그가 붙잡고 있는 것, 그가 간직한 것, 자신의 실패 하나하나가 살을 파고드는 손톱 같다. 자신의 인격, 두려움, 스스로를 아는 능력, 이미 알고 있는 것을 인식하는 능력의 한계를 느낀다.

그리고 엉덩이가 아프다. 아픔이 뼈로 스며든다. 어쩌면 암에 걸렸는지도 모른다. 고환 조직을 검사해봐야 할지도. 하지만 지금은 이걸로 충분하다.

나가는데 접수원이 뒤에서 외친다. "확인받으신 것 잊지 마세요. 좋은 하루 보내시고요."

그는 돌아서서 접수원의 말을 바로잡고 싶다. 확인이 아니라 폭행을 당했다고 말하고 싶고, "난 죽은 사람이에요. 죽은 사람에게 좋은 하루 따윈 없지"라고 말하고 싶다. 뭔가 말하고 싶다.

"예약하시겠어요?" 그녀가 묻는다.

"전화하지요." 리처드가 말한다.

집에 도착하니 세실리아가 진입로의 '범죄 현장'이라고 적힌 노란색 테이프 뒤에 서 있다.

"못 들어가게 하네요."

"우리 집인데요."

"저기 저 남자가 밖으로 나가랬어요."

"미쳤군." 리처드는 집 안으로 걸어 들어간다.

"죄송합니다만 밖에 계셔야 합니다."

"당신은 누구요?"

"주간 담당입니다." 남자는 1960년대 밴드 이름을 대듯이 말한다.

"여긴 우리 집이에요."

"우선은 차부터 차고에서 꺼내주셔야겠습니다."

"이거 무슨 습격입니까? 우릴 인질로 잡는 거요? 들어와도 좋다고 말한 사람도 없지 않습니까."

"차고는 언덕에서 제일 가까이 있습니다. 언제라도 무너질 수 있고, 안에 든 차도 매우 육중해 보이던데요."

리처드는 밖으로 나가 차를 차고 밖으로 빼내 연석에 세운 다음, 다시 집 안으로 들어간다.

"이제 좀 낫군요. 벼랑으로 떨어지는 차가 워낙 많아서요. 범죄 현장 테이프는 죄송합니다. 겁을 줄 의도는 없었습니다. 주의 테이프가 떨어져서 구할 수 있는 걸 써야 했어요. 예, 선생님 댁이니 여기 계시는 걸 막을 순 없습니다만, 아직 상황이 종료되지 않았다는 말씀을 드려야겠습니다. 전 그저 확인차 들른 겁니다. 달리 더 나은 조치를 취할 수가 없네요. 비가 너무 많이 와서 분명 진흙이 흘러내릴 겁니다. 그나저나 그림들이 참 좋군요. 이런 그림은 미술관에나 있는 줄 알았는데. 제가 잘못 안 건지도 모르지만요."

남자가 말하는 사이에 세실리아가 들어온다.

"제가 드리려는 말씀은, 떠나야 할 때라는 겁니다." 그 말과 함께 남자는 나간다.

세실리아가 짐을 싸기 시작한다. 진공청소기와 자루걸레와 양동이를 꺼낸 다음 양동이에 제일 아끼는 물건들을 채운다. 마치 대신할 물건이 없다는 듯 고무장갑과 여벌의 작업 신발을 담는다.

리처드는 포시즌스 호텔에 전화를 건다. "급히 예약하고 싶은데요. 이름은 노박입니다. 한 시간쯤 후에 도착할 겁니다. 며칠이나, 음, 일주일 정도 묵을 것 같군요."

"늘 쓰시던 방으로 드릴까요?"

"그러면 좋겠네요." 그는 저쪽에서 어떻게 받아들였는지 안다.

그를 전처의 비서로 생각하는 것이다. 상관없다. 서비스를 잘 받을 테고 호텔에서는 그녀가 나타나기를 기다리며 긴장할 테니.

"영수증은 회사 앞으로 보낼까요?"

"다른 카드로 계산하지요. 개인 소유로."

전처는 로스앤젤레스에 오면 너무 바빠서 그를 만나지 못하곤 했다. 계획은 늘 세운다. 구십 퍼센트는 도착하기도 전에 취소하고, 나머지 십 퍼센트는 마지막 순간에 취소한다. 그래도 전화는 늘 한다.

리처드는 점점 더해가는 공황 속에서 집 안을 훑으며 꼭 있어야겠다 싶은 물건을 챙기기 시작한다. 노트북, 평면 모니터, 무선 마우스, 어젯밤에 싸기 시작한 가방. 그는 가방 안에 몇 가지를 더 쑤셔넣는다. 만약에 대비해 넥타이를 하나, 똑같이 알 수 없는 이유에서 재킷도 하나, 그리고 괜찮은 구두도 한 벌.

세실리아는 냉장고에 머리를 들이밀고 썩기 쉬운 음식들을 꺼내고, 리처드의 일주일치 음식을 얼음에 싸고 있다. 뭔가를 떨어뜨린다. 오늘밤 저녁으로 먹어야 했던 연어다. 연어가 바닥에 떨어져 구른다. 바닥을 따라 구르고, 아래쪽으로 구르고, 하류로 떠내려가듯 계속 굴러간다. 전에는 평평했던 집이니, 정상에서 벗어난 게 아니라면 연어가 계속 굴러갈 이유가 없다.

세실리아와 리처드는 바닥을 구르고 또 구르다가 의자 다리에 부딪히는 연어를 지켜본다. 지켜보는 사이 전화가 울린다. 세실리아가 받더니 리처드에게 건넨다. "댁 전화네요." 세실리아는 "여보세요"라는 말조차 하지 않는다.

"그 사람 당신 부인인가요?"

"가정부예요."

울던 여자의 전화다. 상태가 몹시 안 좋은 듯하다.

"무슨 일이에요, 무슨 일이 생겼습니까? 목소리가 안 좋은데요."

"잠시 당신 제안에 따라볼까 생각하는 중이었어요."

"우리 집은 무너지고 있어요. 재앙입니다. 텔레비전에서 날아가는 말 봤어요? 그거 우리 집 근처였어요. 우리 집이 구덩이 속으로 떨어지고 있어요."

"그럼 갈 수 없는 건가요?"

리처드는 멈칫한다. "아니, 아니에요. 단지 이리로 오면 안 될지도 모른다는 거죠. 짐을 싸서 포시즌스로 갈 겁니다. 그쪽에서 만날래요?"

그녀는 잠시 말이 없다. "로비에서 봐요."

"한 시간만 줘요." 그는 전화를 끊는다.

"뭔가 있긴 있네요." 세실리아가 말한다. "여자한테 전화가 오질 않나, 모든 게 거의 사람답잖아요. 같이 내려가서 정돈해줄까요?"

"난 괜찮을 거예요."

"알겠지만 호텔에 있으면 내가 아침식사를 만들어주거나 청소를 해줄 수 없어요. 호텔 직원이 있으니까."

"알아요."

리처드는 세실리아가 어떻게 출근하고 퇴근하는지 모른다는 사실을 깨닫는다. 세실리아는 그저 나타났다가 사라질 뿐이다.

"혼자 집에 갈 수 있겠어요? 태워다줄까요?"

"아, 바로 집에 가진 않을 거예요. 좀 즐겨야죠. 쇼핑을 할 수도 있고, 장에 가서 레몬 머랭 파이를 사먹을지도 모르죠."

"말할 기회가 없었는데, 아까 나가서 잠시 머물 곳을 찾았어요. 일주일 안에는 갈 수 없지만, 말리부 해안에 있는 집이에요."

초인종이 울린다. 그가 세실리아를 위해 주문한 소음 방지 헤드셋을 가져온 페덱스 택배원이다.

"그럴 필요는 없었는데. 크리스마스 선물은 안 사줘도 되겠네요."

"크리스마스까지는 멀었잖아요. 뭔가 다른 걸 생각해내겠죠."

"둘 다 헤드폰을 쓰고 서로 한마디도 하지 않을 수 있겠네요." 세실리아가 상자를 열면서 말한다.

"그걸로 음악도 들을 수 있어요. 비행기 안에서 엔진 소음을 막는 데 그만이죠. 사실 그래서 찾은 물건이에요."

리처드는 차에 짐을 싣는다. 영화배우가 걸어 내려온다. "안 좋은 때 왔나요? 전화를 하려고 했는데 번호를 몰라서요."

"지금 나가는 중이에요. 얼마 동안 다른 곳에 있게 됐어요."

배우가 말한다. "저기 내 여동생이 모임을, 종교적인 사상에 대한 독서 모임 같은 걸 시작하거든요. 자기만의 종교를 만들고 싶어하는 것 같기도 하고. 올 생각 있어요?"

"생각해줘서 고마워요. 재미있을 것 같네요."

"오늘밤에 시작해요. 유대교부터요. 유대교를 이해하자는 거죠."

"유대인이었어요?" 리처드가 영화배우에게 묻는다.

"물론 아니죠. 하지만 부모님은 유대인이에요."

어떻게 받아들여야 할지 모르겠다.

배우가 말한다. "생각해보고 전화줘요. 전화번호부에 에드워드 앨비라는 이름으로 들어가 있어요."

"진짜 에드워드 앨비를 찾는 전화는 안 오나요?"

"그 사람 죽지 않았어요?"

"안 죽었어요."

"정말요? 이런, 다른 사람을 골라야 할지도 모르겠네. 홀던 콜 필드는 어때요? 아직 살아 있나요?"

"잘 모르겠군요." 리처드는 희망을 깨고 싶지 않아 그렇게 말한다.

"그림들은 어떻게 해요?" 세실리아가 마지막 가방을 들고 나오며 묻는다. "저기 그냥 버려둘 순 없잖아요?"

그림을 완전히 잊고 있었다. 그는 들어가서 벽에 걸린 그림들을 떼어 시트에 싼 다음, 조심스레 차에 싣는다. 데 코닝의 그림은 뒷좌석에 태워 안전벨트를 매고, 로스코는 트렁크에 넣고 조심스럽게 닫는다. 다른 그림도 있지만, 이 두 개가 핵심이다.

세실리아가 경적을 울린다. "바로 시작하지 않으면 노는 날을 즐길 수가 없어요."

"어디로 갈까요?" 리처드가 출발하며 묻는다.

"그냥 페어팩스에 내려줘요."

"내일은 쉬어야겠네요. 사실은 남은 주일 내내요. 물론 유급 휴가예요. 지금은 할 일이 없으니. 집은 내일 다시 확인해볼게요."

세실리아가 고개를 끄덕인다. "휴가 고마워요, 헤드폰도. 뭔가 필요하면, 뭔가 말썽에 휘말리면 전화해요. 멀지 않으니 올 수 있어요."

"좋은 오후 보내요." 그는 차에서 내리는 세실리아에게 말한다. 좋은 오후 보내라니, 왜 그런 말을 했지? 따뜻하고 친근한 인사는 아니다. 주유소에서 신용카드 영수증에 서명한 다음에나 하는 인사다. 전혀 신경 쓰지 않는 사람에게 하는 인사. 좋은 오후 보내요. 로스앤젤레스에서 산 세월만큼 세실리아를 알고 지냈는데. 세실리아는 로스앤젤레스에 새로 이사 온 독신 친구에게 특별한 배려가 필요하다는 걸 꿰뚫어본 사업상의 지인이 추천한 인물이었다. 처음에는 일주일에 이틀만 일했는데 몇 달이 지나서부터 매일 오게 했다. 가정부가 할 일이 많아서가 아니라, 그저 세실리아가 있는 게 좋아서였다.

그는 포시즌스 앞에 차를 세운다.
"짐은요, 손님?"
"차 안에 있는 게 전부예요."
"여행가방 말씀이십니까?"
"그래요. 여행가방과 컴퓨터와 식료품 가방, 전부 다요. 차에 실린 물건은 전부 가지고 올라갈 거예요. 트렁크에 그림이 있으니 보조할 사람이 있어야 할 거요. 괜찮다면 조심성 있는 사람으로."
리처드는 데 코닝의 그림을 옆구리에 낀다.
그녀는 로비에서 기다리고 있다. "날 강간할 건 아니죠?"
"그런 계획은 없는데요. 해산물이 많아서 냉장고에 넣어야 해요." 그는 차에 있던 물건들을 쌓아올린 채 문으로 들어서는 짐수

164

레를 가리킨다. 짐수레 뒤에서는 사환이 로스코의 그림을 방패처럼 몸 앞에 들고 걸어오고 있다.

"난 호텔에서 남자를 만난 적이 없어요." 그녀가 말한다.

"짐은 있어요?" 그가 묻는다.

"이 가방뿐이에요." 그녀는 엄청나게 큰 가방을 두드리며 말한다. 서류함이나 찬장으로 써도 될 것 같다.

"차를 가져오셨습니까?"

"그래요. 밖에 뒀습니다." 그는 대답한다.

"사람을 보내 방으로 안내해드리겠습니다."

"다리는 어때요?" 그녀가 엘리베이터에서 묻는다.

"괜찮아요. 멍이 들긴 했지만. 큼지막한 푸른 멍이 들었어요."

그는 영화 〈졸업〉에 나오는 벤이 된 기분이다. 호텔에 들어가서, 거의 알지도 못하는 여자와 같이 엘리베이터를 타는.

"묘하군요. 우리 아들 이름을 〈졸업〉에 나오는 벤을 따서 지었어요. '플라스틱. 플라스틱에 엄청난 미래가 있어. 생각해보라고.'" 리처드는 영화 대사를 읊는다. "전처는 나만의 일레인이었어요. 난 그녀에게 미쳐 있었죠."

사환은 문을 열고 침실 두 개가 딸린 특실로 두 사람을 안내한다. 이게 전처가 늘 쓰던 방일까, 아니면 그들에게 한 등급 위의 방을 준 걸까? 전처가 비서와 같이 여행을 하는 걸까, 아니면 벤이 마지막 순간에 따라오려고 할 경우에 대비해 침실 두 개를 잡는 걸까?

"우리 집보다 좋네요. 신혼여행 간 호텔보다도 더 좋아요."

"어디 살아요?"

"핸콕파크에요. 아주 좋아요. 나만 빼면 완전히 정상이죠."

"러닝머신을 설치해드릴까요, 선생님?"

"아니, 괜찮아요."

리처드는 데 코닝의 그림을 의자 위에 놓고 로스코의 그림은 벽에 기대놓는다.

"러닝머신이 없어도 괜찮으시겠습니까? 보통은 미리 두번째 침실에 갖다놓는데 이번에는 준비할 시간이 없었습니다."

"괜찮아요. 알았어요. 침실에 넣어줘요. 그리고 냉장고, 냉장고가 필요한데."

"부엌에 하나 있습니다. 식료품을 가져다둘까요?"

이 사람은 어디에서 온 걸까? 대부분 호텔 직원은 영어를 아예 할 줄 모르는데 이 사람은 할 줄 아는 것은 물론이고 정확하게 구사하고 있지 않은가.

"그래요. 그래주면 좋겠군요."

"부족한 건 없으십니까?" 사환은 식료품을 치우면서 묻는다.

"그래요." 평생 이렇게 여러 번 '그래요'라고 해본 적이 없다.

"이 방 얼마예요?" 그녀가 묻는다.

"가격표는 호텔에 대한 정보, 화재와 지진 안전책, 안전금고 안내와 함께 벽장 안에 게시되어 있습니다."

울던 여자는 벽장 안을 보고 속삭인다. "하룻밤에 천육백구십사달러네요."

"분명히 그 금액을 실제로 다 내지는 않을 거예요." 그가 말한다.

"제가 더 도와드릴 일이 있습니까?" 사환이 묻는다.

"아니, 고마워요. 완벽하네요. 됐습니다." 리처드는 확실히 말하고 사환에게 돈을 건넨다.

늦은 오후다. 하루가 거의 끝나가는데, 그는 온종일을 정비하고 이동하고 옮기면서 보냈다. 탈진한 기분이다. 리처드는 창가로 간다. 창밖에 보이는 풍경은 유난히 로스앤젤레스답다. 스모그, 안개, 고요하고 시간도 알 수 없이 얼어붙은 듯한 모습. 밖을 보아서는 몇 시인지 알 수 없다. 시계를 봐야 한다.

리처드와 울던 여자는 소파에 앉아 텔레비전으로 〈헤드라인 뉴스〉를 본다. 소리는 끈 채로. 찬찬히 들여다보면 못나고 인공적으로 화려하게 꾸몄을 뿐 멋없는 방이다. 모든 것이 튼튼하고 영구적이고 평범하고, 개성도 특이한 점도 없다. 가구는 모두 모서리가 둥글다. 몽유병자 손님을 위한 안전책인지, 스타일인지 모르겠다. 방 안에 뭔가 짜증나는 구석이라도 있었으면 싶다. 귀에 거슬리게 바스락거리는 사라사 천이라든가, 진동하는 줄무늬 벽지라든가, 침대 덮개와 카펫이 어울리지 않는다든가. 뭔가 짜증낼 것이 있었으면 좋겠다.

초인종이 울린다. 과일 쟁반과 물병 몇 개가 들어온다. "지배인의 선물입니다."

"여기 자주 묵어요?" 그녀가 묻는다.

"아니요. 한 번도 안 와봤어요. 아내가, 아니 전처가 여기 묵죠. 그래서 호텔 사람들이 저렇게 애쓰는 겁니다. 전처는 과일과 물을 많이 먹거든요."

"처음 호텔에 묵었을 때는 같이 일하는 남자와 함께였어요. 상사였죠. 같은 방을 썼는데, 평소 하던 대로 머리에 컬을 해도 좋을지 모르겠더라고요. 그래서 머리를 틀어올리고 샤워캡을 쓴 채로 잤어요. 그리고 한밤중에 소변을 누려고 일어났는데 변기에 빠진 거예요. 상사가 변기 시트를 올려놨더라고요. 상사가 '이봐, 당신 괜찮아?' 그러길래 '괜찮아요, 다시 자요' 그러고는 아침에 그 일에 대해 서로 아무 말도 안 했어요. 머리에 컬을 한 내 모습, 상상이 가요?"

그는 그녀를 본다. 상상할 수 있다. 그러나 아무 말도 하지 않는다. 이건 대답이 필요한 질문이 아니다. "그래서, 어떻게 된 겁니까?"

"언제요?"

"지금, 오늘요."

"말해야 해요?"

"아니요."

"콱 죽어버렸으면 좋겠다는 생각이 들기 시작했어요. 어제는 다섯 시간이나 차를 타고 애들을 태웠다가 내려주면서 한 바퀴 돌았어요. 애들 물과 간식과 운동기구가 있는지 확인하면서요. 집으로 돌아가서는 애들 옷을 빨고 개를 산책시켰어요. 여섯시에 집에 들어가서 저녁식사를 만들었는데 이러는 거예요. '미트로프 싫어.' 그래서 '그건 닭고기야' 그랬더니 다시 '닭고기 싫어' 이러더라구요. 날 무슨 하인처럼 대한다니까요. 아무도 고맙다고 하거나 설거지통에 접시를 갖다놓거나 손가락 하나 까딱하지 않아요."

"그런데 왜 아무 말도 안 해요?"

"무서워서요. 입을 열었다간 그냥 한마디 하는 정도가 아니라 폭발해버릴 거예요. 아들이 식탁 밑에 팽개쳐둔 야구방망이를 집어들고 가족들 머리를 후려치기 시작할 거예요. 죽여버릴 거예요. 나 자신을 믿을 수가 없어요."

그는 텔레비전에 달린 시계를 쳐다본다. "잠시만요. 전화를 몇 통 해야겠어요."

"저 때문에 놀라신 게 아니었으면 좋겠네요."

"놀라요? 아니, 놀란 게 아니에요. 그냥 보험회사에 전화해서 내가 어디 있는지 알려줘야 해서요."

대마초 중독자 폴이 말한다. "제가 잘못 알았습니다. 무슨 생각을 하고 있었는지 원. 구덩이는 보상이 안 됩니다. 전혀요. 지진이라면 완벽하게 보상해드리죠. 솔직히 전 둘 사이에 차이가 있는 줄도 몰랐는데요, 전화하신 후에 찾아봤어요. 모든 상황에도 불구하고 어떤 방식으로든, 어떤 형태로든 보상을 받으실 수 없는 게 분명합니다."

"전혀요?"

"그렇습니다."

"이사 비용, 기술자 보고서, 해결해야 할 어떤 일에 대해서도 보상이 안 된다는 겁니까?"

"바로 그거예요."

그녀는 소파에 앉아 있다. "아, 제가 길을 막았나요?"

"아니요." 그는 정중하게 말한다.

그녀는 잡지 하나를 집어들고 미용실이나 병원 대기실에 있는 사람처럼 넘겨본다.

그는 보험 대리인과 통화를 계속한다. "그러니까 난 보상도 못 받고 위험에 내던져진 거군요."

"무방비하게 말이죠."

"흥미롭군요." 그는 말한다. 이건 예상 밖의 일이다. 십삼 년간 보험료를 내면서 한 번도 불평하지 않았고, 아침에만 해도 폴이 좋은 상품이라면서, 이제는 그런 상품을 팔지 않는다고 했기 때문에 이보다는 더 나은 상황이리라 기대했다.

그는 전화를 끊고 여행 대리인의 번호를 찾는다. 보스턴으로 가야겠다. 이 문제는 당장 처리하지 않겠다. 보상이 되든 안 되든 보스턴에 있는 동생에게 갈 것이다. 이런 일이 터지기 전에 생각하던 일이니 그대로 할 것이다.

그는 여행 대리인에게 전화를 건다.

"그분은 이제 여기에 근무하지 않습니다."

"어디로 갔는지 압니까?"

"돌아가셨습니다. 여행 관련 사고는 아니었습니다. 그 점을 꼭 말하라더군요. 제가 도와드릴 일이 있습니까?"

"내일 보스턴 행 비행기표를 예약하고 싶은데요."

"천삼백 달러입니다." 남자는 망설임 없이 말한다.

"일등석일 필요는 없어요."

"이등석 요금입니다."

"그게 최저가입니까?"

"삼백칠십오 달러에 아침 비행기를 타실 수 있습니다."

"그게 낫겠군요."

"호텔이나 렌트카가 필요하십니까?"

"렌트카가 있으면 좋겠군요."

그는 거래한 적이 있는 경매소에 전화해 몇 주 동안 그림을 보관해줄 수 있는지 묻는다.

"여기는 보관 시설이 아닙니다." 20세기 부서 책임자가 말한다.

"당신이라면 어떤 조치를 취해줄 수 있으리라 생각했습니다. 그동안 다른 긴급 상황도 여러 차례 있었을 텐데요."

"흠, 고객님께서 판매를 고려하고 계시다면 맡아드릴 수 있습니다만."

"음, 분명히 몇 주 동안 생각해볼 수 있는 거겠군요. 마음을 바꿔도 괜찮겠죠."

"물론입니다. 사람들은 언제나 마음을 바꾸지요. 그림은 현재 어디 있습니까?"

"포시즌스 호텔에요."

그가 전화를 끊자 그녀가 말한다. "땅콩 봉지를 뜯었어요. 씹을 게 필요했거든요. 어쩔 수가 없었어요."

"배고파 죽겠어요." 리처드는 그녀와 같이 봉지를 파헤친다. "점심도 못 먹었고, 어제 저녁도 안 먹은 것 같아요."

"뭐라도 만들어줄까요? 간식거리라도?"

"아니에요, 괜찮아요."

"부엌에 있는 식료품, 없애야 하잖아요."

"동생에게 전화해야 해요. 동생을 보러 보스턴에 갈 건데, 미리 알려두는 편이 낫겠죠?"

"당신 진짜 괴짜예요."

그는 동생의 아내에게 말한다. "내일이에요. 빠르면 빨랐지 늦지는 않을 겁니다."

"잘됐네요. 집이 어디 있는지는 기억하시죠?"

"브루클라인의 체스트넛 가였죠."

"열쇠는 깔개 밑에 있어요."

"룸서비스와 식당, 어느 쪽으로 할까요?" 그는 울던 여자에게 묻는다.

"당신은 뭐가 좋아요?" 그녀가 되묻는다.

"당신이 뭘 좋아하는지 묻잖아요."

"모르겠어요. 당신이 골라요. 난 경험이 없어요."

침묵이 이어진다. "아래층으로 내려갑시다." 그가 말한다.

호텔 레스토랑에는 지난번에 그에게 자리를 안내해줬던 여자가 있다. 저 여자는 그가 빵 도둑이라는 사실, 나가면서 둥근 빵을 네 개나 집어갔다는 사실을 알까? 그는 울던 여자에게 속삭인다. "나 갑시다. 진짜 식당에 가요."

한 시간 후 '오르소'에서 그녀가 말한다. "거의 사람이 된 기분이네요."

"가끔은 휴식이 필요하죠."

"변태니 괴짜니 해서 미안해요. 당신 같은 사람은 만난 적이 없어서요."

"새로운 뭔가가 되려고 노력 중이에요."

"좋네요."

"사실 내가 뭘 하고 있는지 모르겠어요. 그저 무언가를 만들어가는 중이죠. 얼마든지 호텔에 머물러도 돼요. 내가 쓰는 큰 방에 묵어도 괜찮고, 원한다면 방을 따로 잡아줄게요."

"누가 호텔 방에 혼자 있고 싶겠어요? 자살 행위죠. 취했나봐요. 포도주와 파스타에 이것까지 먹었으니." 그녀는 티라미스를 가리킨다.

"난 풍선이 된 기분입니다. 보통은 탄수화물을 먹지 않거든요."

"당신 나이에 비해 정말 몸 상태가 좋네요."

계산서가 온다.

"이렇게 돈을 써도 괜찮아요?" 그녀가 묻는다.

"영원히는 안 되겠지만 지금은 괜찮아요. 자, 어기적어기적 차로 돌아가봅시다."

"날 유혹하려는 건가요?"

"아니요."

"내가 모욕당한 건가요?"

"아니요."

"내가 그렇게 복잡해요?"

"아니요. 하지만 난 복잡한지도 모르죠. 게다가 지금 요점은 그게 아니에요."

"나에겐 모욕적이에요, 조금이지만. 그러니까 뭘 해야 할지 몰라서 안심이긴 한데 모욕감도 느낀다고요. 당신 무슨 문제 있어요?"

"오늘 그 질문을 두번째로 받는군요. 내가 문제 있어 보여요?"

"나야 모르죠."

"그게 무슨 뜻입니까?"

"당신은 내가 몇 년 만에 이야기를 나누는 첫번째 사람인 데다가, 이십 년 만에 '기름 가득 채워'나 '보일러는 지하실에 있어', 아니면 '가운데 화장실에 있는 변기야'가 아닌 말을 던진 첫번째 남자인걸요."

호텔에 돌아가보니 침대는 정돈되어 있고, 커튼은 쳐져 있고, 불빛은 흐리다. 침대 옆 탁자에는 물병이, 베개 위에는 초콜릿이 놓여 있고, 조간신문과 아침식사용 팬케이크 주문서가 있다. 그녀는 목욕하러 들어간다.

그는 보스턴에 가져갈 것들의 목록을 만든다. 현금, 신용카드, 양말, 속옷……

"믿을 수가 없어요." 그녀가 욕실에서 외친다. "저쿠지가 있네요. 원하는 방향으로 겨냥할 수 있어요. 정말 환상적이에요. 천국이야. 세상에." 그녀는 조금 과하게 표현하더니 조용해진다.

그는 시리얼과 각종 가루, 비타민을 싼다. 아무래도 연어는 가져갈 수 없겠다.

사십오 분 후, 그녀가 두꺼운 가운을 입고 얼굴을 빛내며 나온다.

"가족에게 전화해야 하지 않아요?" 그가 묻는다.

"나 때문에 불안해요?" 그녀는 도발하듯 한 바퀴 돈다.

그녀가 한쪽 발끝으로 돌자 발이 눈에 들어온다. 건강하고 멋진 발이다. 발목이 가늘고 발가락이 예쁘다. "당신을 찾고 있을 텐데요. 잘 있다고 알려줘야 하지 않아요?"

"어딜 찾아보겠어요? 식품점에 가서 '엄마, 엄마, 엄마' 하며 통로를 오가려나? 다들 고개를 돌릴 거예요. 시끄러워서 귀가 먹먹할 테니. 여자들마다 무슨 일이냐고 묻겠죠. 아니면 트리플 에이*에 전화해서 오늘 타이어가 펑크 난 미니밴을 몰고 간 여자가 얼마나 되는지 물어볼까요? 병원에 전화해 길거리를 헤매다가 들어온 가정주부가 있는지 물어볼까요? 언제 알아차릴까요? 내가 차를 대놓고 기다리고 있지 않을 때? 집에 왔는데 저녁식사가 없을 때? 내가 없다는 걸 아는 데 얼마나 걸리는지 보자고요."

"죄책감 느껴요?"

그녀는 고개를 젓는다. "둥실둥실 떠다니는 것처럼 기분이 좋아요. 이 모든 게 현실이 아니고, 눈을 감았다 뜨면 원래 있던 자리에 있을 것만 같아요."

"무서워요?"

"조금이요. 아이들을 떠나선 안 된다는 걸 아니까요. 남자들은

---

* 미국 자동차협회.

늘 하는 짓이지만 여자들은 떠나지 않죠."

문 두드리는 소리가 난다.

"우리가 너무 시끄럽게 했나봐요." 그녀가 소곤거린다.

다시 문 두드리는 소리. 리처드가 문을 연다. 사환이 엄청 큰 꽃병을 들고 들어온다. "노박 부인께 드리는 겁니다." 사환이 미소 짓는다.

"난 노박 부인이 아닌데요."

"죄송합니다." 사환은 꽃병을 탁자 위에 놓는다.

"괜찮아요." 리처드가 말한다. "당신이 생각하는 그런 게 아닙니다. 이쪽은 내……" 그가 동생이라고 말하려는데 사환이 얼른 말한다.

"정말 죄송합니다." 사환은 물러간다.

"내가 당신 이름을 알던가요?" 리처드가 울던 여자에게 묻는다.

"신시아예요." 그녀가 말한다.

그 순간 식품점에서 그녀가 이름을 말해줬던 기억이 난다. 너무나 오래전 일 같다.

"여동생도 있어요?" 그녀가 묻는다.

그는 고개를 젓는다. "음, 있고 싶은 만큼 여기 있어요. 집에 갈 준비가 될 때까진 체크아웃하지 말아요. 그리고 여기." 그는 동생의 전화번호를 적는다. "내가 있을 곳 번호예요. 필요하면 전화해요. 일찍 일어나야 하니까 아침에 못 보고 갈지도 몰라요."

그녀는 전화번호가 적힌 종이를 접어 가운 주머니에 넣는다. "고마워요." 두 사람은 각자의 방으로 들어간다.

머릿속이 복잡하다. 그는 전처와 이 호텔에 대해, 울던 여자에 대해, 그가 사는 도시에 올 때마다 전처가 묵는 호텔 방에서 사실상 전혀 알지 못하는 여자와 함께 있다는 사실이 얼마나 이상한가에 대해 생각한다.

그는 여행 중인 벤을 생각한다. 벤은 지금 어디 있을까? 운전 중일까? 그는 벤에게 운전면허가 있다는 것조차 몰랐다. 클리블랜드의 버스 이모네 있을까? 모텔에 있을까? 고속도로 식당의 방범등 밑에 차를 세워놓고 자고 있을까?

그는 끔찍한 꿈을 꾼다. 너무 끔찍해서 꿈을 꾸면서도 이 꿈은 절대 잊지 않으리라 확신하게 되는 꿈, 무시무시하게 선명한 꿈이다. 정작 깨어났을 때는 아무것도 기억나지 않지만. 꿈에서 깬 순간 리처드는 지금 어디에 있는 건지 알 수가 없다. 동생 집인지, 전처의 아파트인지. 차가운 바람이 방 안으로 들어온다. 커튼이 펄럭인다. 그는 가운을 걸치고 거실로 나간다.

그녀가 거실에 있다. 텔레비전 앞에 앉아 있다. "나 때문에 깬 건 아니었음 좋겠네요."

"꿈을 꿨어요." 그는 말한다.

두꺼운 가운을 입은 두 사람은 마시멜로 덩어리처럼, '천국'이라는 온천에 막 도착한 사람들처럼 보인다. 리처드는 미니바에서 사과주스를 꺼내 마신다. "너무 달군요." 그리고 내려놓는다.

"그거 안 마실 거예요?"

"달지 않은 생과일주스에 익숙해서요."

"음, 그렇다고 버릴 수야 없죠. 나 줘요."

그는 그녀에게 주스를 건네고 미니바에서 물병을 꺼낸다. "즉석 팝콘이 있군요."

"얼마예요?"

"오 달러밖에 안 해요." 그가 말한다.

부엌에서 그녀는 전자레인지 안에서 돌아가는 팝콘을 지켜본다. "정말 퇴폐적이네요. 우리 가족은 호텔에 묵을 때 미니바를 비워달라고 해요. 주유소에서 음료수를 사가죠."

"바로 그겁니다." 그는 프링글스 뚜껑을 열면서 말한다. "제대로 미국인이 되어보자고요. 배 터지게 먹고 사치를 부리고."

두 사람은 팝콘을 먹고, 감자칩을 먹고, 캐러멜 바른 호두를 먹고, 칠 달러짜리 쿠키를 먹는다. 맥주를 마시고, 백포도주를 마시고, 샴페인을 마신다.

두 사람은 한밤중에 인사불성이 되도록 먹고 마시며 파티를 즐긴다. 리처드가 일어나 화장실에 갔다 돌아와보니 그녀가 소파에서 잠들어 있다. 그는 담요를 덮어주고 의자에 앉아 샴페인을 마저 마신다.

그는 그녀가 자는 모습을 바라본다. 전처를, 전처를 떠나던 순간을 생각한다. 심한 마비감, 산소 부족인 듯한 상태. 그는 더는 남은 것이 없을 때까지, 단 일 분도 견딜 수 없을 때까지 그런 상태로 살았다. 계획된 건 아무것도 없었다. 그냥 떠나야 했다.

그는 다시는 돌아오지 않으리라는 걸 알면서 벤의 방 문간에 서서 손을 흔들었다. 봉제 인형과 장난감 자동차, 조그만 신발, 청백색 벽, 아직 씻지 않은 남자아이의 땀냄새를 새기며 문간에 서 있었다.

"안녕 안녕." 벤이 그를 쳐다보고 말했다.

"안녕 안녕." 리처드는 그 말만 하고 더는 아무 말도 하지 않았다.

그는 호텔로 가 방을 잡고 침대에 누웠다. 기분이 고양되거나 탈출했다는 느낌이 들진 않았다. 인생을 뒤에 남겨두고 온 것 같은, 자신이 유령이 된 것 같은 기분이었다. 그는 아침에 일어나 회사에 갔다. 누군가가 괜찮냐고 물었다. 감기라고 대답하자 아무도 더는 묻지 않았다.

그리고 아내는? 아내는 아무 말도 하지 않았다. 사무실에 전화하지도 않았고, 고함을 지르거나 비명을 지르지도 않았고, 그가 괜찮은지 확인해보지도 않았다. 일주일이 지나서 그가 전화를 걸었다.

"베개 두고 갔어. 베개가 여기 있으면 당신 행동을 진지하게 받아들이기 힘들잖아. 경비에게 맡겨둘까?" 그녀는 잠시 말을 멈췄다. "뭘 원해? 내가 돌아오라고 말하길 원하는 거야? 떠나기로 한 사람은 당신이야. 아무도 당신보고 가라고 하지 않았어."

그는 돌아갈 수 없었다. 그녀의 목소리만으로도 알 수 있었다. 그는 통화를 끝내고 다시는 전화하지 않았다.

재킷 주머니 속에 벤의 작은 사자 인형이 있었다. 그는 나중에야 인형을 발견했다. 벤에 대한 불편한 기분을 참을 수가 없었다. 참을 수 없다는 사실을 참을 수 없었다. 그래서 그는 감정을 얼렸다. 아무것도 하지 않았다. 사자 인형의 머리를 쓰다듬으며 스스로를 미워했다.

처음에는 일주일에 몇 번씩 벤을 만났다. 유모에게 전화해 벤을 데리고 내려오라고 하면, 유모가 벤을 유모차에 태워 공원으로 데려왔다. 그러면 둘이서 놀았다. 그네, 미끄럼틀, 모래밭. 놀면서 리처드는 유모에게 벤이 어떻게 지내는지, 수업에는 가는지, 친구들을 만나는지, 잘 먹고 잘 자는지 물어보곤 했다.

리처드가 무슨 질문을 하든 유모는 늘 이렇게 대답했다. "잘해요. 잘해요."

그리고 겨울이 왔고, 더 추워지고 더 힘들어져서 벤을 드문드문 보게 되었다. 집을 나온 지 육 개월이 지났을 때 그는 아내에게 전화했다.

"로스앤젤레스로 가는데 그전에 벤을 보고 싶어."

"언제든 오고 싶을 때 와. 수업이 끝난 오후엔 언제든 상관없어. 난 없을 테니까." 아내는 마치 바로 전날 이야기를 나눈 사이처럼 말했다.

그는 집으로 돌아갔다. 건물로 들어가 경비 앞을 지나 엘리베이터를 타고 올라가서 집 안으로 들어가는 내내 자신이 몰래 숨어드는 것 같은, 뭔가 잘못하는 것 같은 느낌을 받았다. 아무도 진실을 모른다는 생각이 들었다. 어쨌든 상관은 없었다. 진실은 무의미했으니까.

그리고 벤이 있었다. 더 자란 벤이.

"안녕."

벤이 그에게 달려오다가 다시 달아났다. 벤이 달려가고 리처드

180

가 반쯤 추격하듯 그 뒤를 쫓아 달렸다. 게임이면서 게임이 아니기도 했다. 벤이 리처드 앞에 멈춰 섰다. 리처드가 무릎을 꿇자 세게 때리더니 깔깔거리며 다시 달아났다.

떠날 시간이 오자 리처드는 아이를 꼭 끌어안았다. "안녕 안녕." 리처드의 인사에 벤이 울기 시작했다.

모든 위험. 갑자기 보험으로 생각이 건너뛰었다. 어딘가에 주택보험 약관을 챙겨두었다. 정말로 보상이 안 되는 걸까?

모든 위험, 위기, 위장 질환, 위약. 단어맞추기 게임 같다. 보험 대리인이 그런 게임을 서랍 안에 넣어뒀을까?

"뭐 하는 거예요? 잠자는 내 모습을 보는 거예요?" 울던 여자의 목소리에 퍼뜩 정신이 든다.

"생각 중이었어요."

"빤히 노려보고 있었잖아요. 내가 봤다고요."

"어떻게요? 눈을 감고 있었잖아요. 가족에게 전화는?"

그녀는 고개를 젓는다.

"그냥 돌아가지 말아요." 리처드가 불쑥 말한다. "당신의 진가를 알아차리지 못하더라도 시도는 해봐야죠. 규칙을 만들어요. 저녁식사는 여섯시 반. 요리는 당신이 하고 청소는 아이들이 하고. 세게 나가요." 그는 그녀에게 말하면서 동시에 자신에게도 어떻게 할지 말하고 있다. "알아듣죠?"

그녀는 고개를 끄덕인다.

"일찍 비행기를 타야 해요. 잘 자요." 그는 방으로 가며 말한다.

"괜찮다면 소파에서 잘게요. 혼자 자본 게 이십오 년 만이라서요."

"어디든 편한 곳에 있어요."

원근법. 아침에 그는 구덩이의 상태를 확인하고 집 안을 둘러봐야겠다는 생각에 차를 몰고 집으로 돌아간다. 밖에서 본 그의 집은 상자다. 창문이 있고 멋진 경치가 보이는 상자. 그는 운전해 올라가면서, 집 앞에서 잠시 속도를 줄였다가 다시 속도를 올린다. 언덕 꼭대기에서 차를 돌려 말을 키우는 집, 영화배우의 집, 그의 집을 지나 쭉 내려간다. 앤힐에게로 간다.

"공항까지 운전해줄게."

"가게는 누가 보고?"

"동생을 부르면 돼. 올 거야. 내가 공항까지 태워다주고, 돌아올 때까지 차를 돌볼게. 차도 운동을 좀 시켜줘야지."

동생이 오기를 기다리는 동안 앤힐은 리처드에게 아침식사를 만들어준다. 시리얼, 락타아제 우유, 레몬을 띄운 뜨거운 물 한 잔. 비행에 따르는 긴장을 풀어줄 좋은 완화제이다.

앤힐은 그를 공항에 내려주고 말한다. "차 고마워."

"주는 게 아냐. 빌려주는 거지."

"알고말고. 주기엔 너무 비싸잖아."

비행기 좌석에 앉아 헤드셋을 쓰자 그냥 괜찮은 정도가 아니라

탈출했다는, 빠져나왔다는 생각에 신이 날 지경이다. 물을 마시고 프레첼 비스킷을 먹으니 기분이 더 좋아진다. 비행기가 착륙할 때까지만 해도, 렌트카에 오를 때까지만 해도, 동생 집 앞에 도착할 때까지만 해도 기분이 괜찮다. 아침에 일어난 순간부터 시간이 지날수록 몸이 점점 줄어드는 것 같다. 이를 닦고 여행가방을 들고 호텔을 떠나 공항에서 엑스레이 검색대를 통과하면서 줄어들고, 비행기에 올라 머리 위 짐칸에 가방을 넣고 안전벨트를 매면서 오그라들고, 렌트카에 타고 좌석을 젖히면서 더 작아진다. 액셀을 밟고 운전대 너머를 볼 수 있다는 게 놀라울 지경이다. 점점 더 작아져서 동생 집 앞에 도착했을 때에는 다시 어린아이가 된 기분이다.

그는 차를 세우고, 차에 있던 눈털이개로 프레첼 비스킷 부스러기를 치운 다음 안으로 들어간다. 개가 짖는다. "그만." 그의 말에 더이상 짖지 않는다. 그는 부엌으로 들어가 물을 한 잔 따라 싱크대 옆에 서서 마신 다음, 잔을 헹군 뒤 말려서 찬장에 놓고, 안으로 들어가 앉는다. 그는 대기실이나 대합실에 있는 것처럼, 어딘가 다른 곳으로 가는 경유지에 온 것처럼 소파 가장자리에 앉는다. 그는 나갈까 생각한다. 일어나서 아무것도 건드리지 않고 나가면 아무도 그가 왔다는 사실을, 왔다 갔다는 사실을 모를 것이다. 잘만 하면 누구의 눈에도 띄지 않고 떠날 수 있다. 가방을 다시 차에 싣고, 열쇠를 깔개 밑에 도로 넣고, 호텔을 잡을 수도 있다. 호텔이라는 게 바로 이런 목적으로, 익숙지 않은 곳의 불편함을 해결하기 위해 만들어진 장소가 아닌가. 개가 소파에 뛰어올라 한 바퀴 돌더니 리처드의 허벅지에 머리를 얹고 침을 삼킨다. 리처드는 몇 분 동안 그대로 앉아 있다가, 개 옆에 누워 빵 부스러기와 개털과 충실한 삶의 냄새로 가득한 울퉁불퉁한 소파에 머리를 얹는다.

아이 하나가 집에 돌아온다. 딱 제 엄마처럼 생긴 총명하고 정직한 얼굴의 여자아이이다. 아직은 자의식이 강하지 않고, 자기검열을 하지 않는, 막 피어나려는 존재다.

"뭐가 잘못됐어요?" 아이가 묻는다.

"무슨 말이니?"

"다들 뭔가 잘못되지 않는 한 큰아빠가 올 리 없다고 했어요. 왜 오겠냐고요. 죽는 거예요? 다쳤어요? 그 기간이에요?"

"뭐가 그 기간이냐?"

"폐경기?"

"남자는 폐경기를 겪지 않아."

"그런데 왜 폐경기(menopause)에 '남자(men)'라는 글자가 들어가요?"

"모르겠구나."

"그럼 왜 온 거예요?"

"모르겠다. 와야 할 것 같더구나. 모두를 봐야 할 것 같았어. 누군가가 존재한다는 걸 알기 위해 그 누군가를 봐야 한다는 기분이 든 적 있니?"

"신경쇠약이에요? 신경쇠약에 걸린 사람들이 그런 말을 하던데. 신경쇠약에 걸리면 그런 생각을 하게 되는 거예요, 아니면 그런 생각을 하다보니 신경쇠약에 걸리는 거예요?"

"언제나 그게 문제지. 몇 살이니?"

"열두 살 다 됐어요."

목요일 저녁이다. 동생의 장모, 여자애 둘, 리처드는 태어난 줄도 몰랐던 여섯 살짜리 남자애가 있다. 음식을 냉장고에서 꺼내 오븐에 돌린 다음 식탁에 차리는 과정은 모두의 도움으로 훌륭한 조화를 이룬다.

저녁식사가 끝나자 다같이 가족 차인 베이지색 미니밴에 탄다. 리처드는 두번째 줄에 앉는다. 바다낚시를 갔을 때가 생각나는 묵직한 독립 좌석이다.

"다 탔어?" 동생이 묻는다.

동생의 장모는 마을 커피숍에서 전시회를 열고 있다. 뇌졸중으로 쓰러진 뒤에 그린 그림들이다. 평생 모든 것을 오른손으로 하다가 지금은 왼손에 의지해 살고 있고, 몸 오른쪽을 기가 꺾인 샴쌍둥이처럼 끌고 다닌다.

가족의 친구들이 빈 앤 브루 커피숍에 온다. 다들 동생 장모의 그림을 진지하게 받아들인다. 그리고 질문을 던진다. 그림을 그리는 데 얼마나 걸렸어요? 매일 그리나요? 과슈 화법*은 시도해보셨어요? 모두가 자랑스러워한다. 아무도 그 그림들이 숫자에 따라 색을 칠하는 과제물같이 보인다고 말하지 않는다. 다들 칭찬을 한다. 색채가 마음에 드네요. 붓질이 정말 풍성하네요.

---

* 수용성의 아라비아고무를 섞은 불투명한 수채물감을 사용한 화법.

"난 언제나 색채에 대한 열정을 품고 있었어요. 누구든 그림을 그릴 수 있어요." 그녀는 어눌한 말투로 리처드에게 말한다. "당신도요."

가족은 그녀에게 보인 것과 똑같은 열정으로 리처드를 소개한다.

"형제예요." 동생이 리처드의 등을 두드리며 말한다.

"난 자네가 외동아들인 줄 알았는데."

"형이에요, 동생이에요?"

박사 학위를 받고, 먼저 결혼을 하고, 먼저 아이를 낳으면서 동생과 리처드의 위치는 오래전에 바뀌었다. 리처드는 형에서 동생으로 바뀌었고, 일찍이 그가 형이라서 가졌을지도 모를 이득을 잃었다.

"형입니다." 테드가 말하며 리처드의 자리를 되돌려준다.

"그래서, 보스턴에는 웬일이야? 일?" 집으로 돌아가는 길에 동생이 묻는다.

침묵. 깜박하고 이야기를 만들어두지 않았다.

"다 괜찮은 거지?" 동생이 묻는다.

"그런 것 같아. 넌?"

"좋아. 다 좋아. 최소한 난 좋다고 생각해. 워낙 생각이 많아서."

동생 테드는 물리학자이자 발명가이며, 무엇으로도 막을 수 없는 몽상가이다. 리처드는 젊었을 때 사람들이 "동생이 뭘 발명했나요?"라고 물으면 "세계요"라고 대답하곤 했다.

"형이 잘 곳을 마련해야지." 동생은 그렇게 말하고 앞장서서 바스의 방으로 올라간다.

"난 어릴 적 기억이 전혀 없어." 리처드가 남자아이의 인생 기념품이 채워진 방 안을 둘러보며 말한다.

"형은 심각했지."

"그러면 넌? 심각하지 않은 아이였나?"

"난 만들기를 좋아했어. 언제나 나무토막으로 뭔가를 만들었지."

"그건 기억난다. 모형 비행기에서 나던 접착제 냄새. 우리에게 장난감이 있었던가?"

"형에겐 금전등록기가 있었던 것 같아. 빨간색 톰섬 제품이었을걸."

동생은 벽장으로 가서 이불과 수건, 베개를 꺼낸다. 이불을 들고 오는 동생의 모습이 너무나 상냥하고 가정적이다. 위대한 발명가 같지가 않다.

"재미있군. 내가 빨간색 금속 금전등록기를 친구처럼 데리고 다닌 건 기억하는데, 그게 맞는 기억인지는 확실치 않았어." 리처드가 말한다.

"형은 돈을 정말 좋아했어. 주머니에 돈이 있는 것보다 기분 좋은 일이 없었지."

"그런 기억은 안 나는데."

"또 끝내주는 장사꾼이었잖아. 거리를 오르내리면서 집집마다 방문해 만화책 뒷면을 보고 주문한 씨앗을 팔았지. 심지어 정원이 없는 사람한테까지 팔았어. 다들 감탄했다구."

"날 불쌍하게들 봤나보군."

"형은 아버지한테 형과 같이 은행에 가서 개인 계좌를 만들어 달라고 했어. 그리고 씨앗을 팔아서 얻은 점수로 '상품'을 탄 다음, 그 상품을 다시 팔았지. 나한테 현미경 췄던 것 기억 안 나?"

"어렴풋이. 그 현미경 작동은 됐나?"

"아주 잘됐지. 우린 손가락을 찔러 피를 내서 슬라이드를 만들었고."

"모든 게 조금 흐릿해."

"형은 온 마을을 돌아다니다가, 이가 없는 누군가가 '칼도 가냐?'고 묻는 바람에 겁을 먹고 그만뒀어. 아버지도 형이 집집마다 돌아다니는 걸 싫어했고."

"내가 구걸하러 다닌다고 생각하셨겠지."

"형을 행상인이라고 부르셨어. 그리고 우리 둘이 신문 배달을 했는데, 〈뉴욕 타임스〉를 배달하는 남자가 돌아다니면서 수금을 하고 노란색 영수증을 주는 걸 보고 질투했었지. 우린 맡은 신문에 광고지를 끼워넣고 말아서 고무줄로 묶은 다음, 건물마다 돌아다니며 문 앞에 놓는 일을 했거든."

"난 왜 전혀 기억이 안 나지?"

테드는 어깨를 으쓱인다. "형은 언제나 잘 잊어버렸어. 지나치게 많은 정보를 담다보니 합선이 일어나는 것 같았다니까."

"그리고 아버지는…… 어떤 분이었어?"

"그다지…… 나서려고 하지 않았어. 눈에 띄는 걸 싫어하셨지. 우리한테도 무슨 일을 하든 관심을 끌지 않도록 조심해야 한다고 말하시곤 했어."

"네 말을 듣다보니 익숙한 얘기 같다. 그 밖에 또 우리가 뭘 했지?"

"밖에 앉아서 사람들을 구경했지. 난 물건을 만들고, 형은 돈을 셌어."

"무슨 얘기야?"

"말 그대로야. 형은 한 무더기의 동전을 일일이 세서 정리한 다음 얼마인지 적었어."

"그게 몇 살 때지?"

"아홉 살쯤? 그런 게 형이 생각하는 재미였어. 다른 아이들은 구슬이나 병정 인형을 가지고 노는데 형은 잔돈을 가지고 일 센트짜리, 오 센트짜리, 십 센트짜리로 여단을 만들어서 동양풍 카펫 위에 놓고 움직이면서 지역을 따먹는 전쟁 게임 비슷한 놀이를 했어. 모든 돈을 따기 위한 전략 게임이랄까. 난 도저히 규칙을 이해하지 못했지."

"그리고 넌 뭘 했어?"

"구슬치기. 나도 카펫 위에서 노는 걸 좋아했어. 둘이 거실에 있으면 엄마가 미치려고 하셨지. 카펫이 더러워지는 게 싫다고 형에게 동전을 비누로 깨끗이 씻으라고 했어."

"어머니는 가구를 비닐로 싸두셨지. 파란색 소파도 투명한 비닐에 싸여 있었어. 그리고 비가 오면 긴 비닐을 펴서 그 위로 걸어다니라고 했고."

"엄마는 거실을 정말 자랑스러워했어. 플로리다에 갈 때 소파도 가져가려고 하셨지만, 결국 누군가가 소파에 앉았을 때 실크가 찢어졌지. 비닐을 너무 오래 씌워놓아서 약해졌던 거야. 형이 내 손가락 잘랐던 일 기억나?"

"네 손가락을 자르진 않았어. 어린이용 공구상자에 든 톱으로 뭘 자르는 동안 너에게 잡고 있으라고 했지. 그러다가 내 손이 빗나가서 네 손가락이 살짝 베었던 거잖아."

"몇 바늘이나 꿰매야 했다고."

"어쨌든 진짜 톱도 아니었잖아."

"그래. 그렇지만 손가락은 진짜였어." 동생이 손을 들어올리자 세번째 손가락이 원래보다 약간 짧은 게 눈에 들어온다.

"미안하다는 말을 천 번은 했겠다. 죄책감 때문에 신경쇠약까지 걸렸다고. 이제 와서 그 이야기를 또 꺼내다니 너무하는걸."

"오래 못 봤잖아."

"내가 호텔로 가면 기분이 나아지겠어?"

"그냥 놀리는 거야. 형이 오니 좋네. 아침에 봐."

리처드는 침대에 눕는다. 물건이 넘치는 방이다. 책, 가운데에 공을 끼운 야구 장갑, 응원 깃발, 상패, 장난감 차, 천장에 매달려 나는 새들. 인체 모형 사이로 비치는 독서등 불빛. 팔과 다리를 쭉 뻗고 서 있는 이 해부학 모형은 투명한 플라스틱으로 감싸인 인간의 장기와 혈관, 뻘건 고깃덩이를 그대로 보여준다.

그는 조카의 침대에 누워 자신의 어린 시절을 기억하려 애쓴다. 그때는 무슨 생각을 했던가? 야구, 방공호, 공습, 세상의 끝.

그는 기묘한 공허함을 느끼며 돌아눕는다. 동생의 이름을 부른다면…… 시어도어, 테드, 테디, 서머도…… 그러면 동생은 복도를 걸어 돌아와 침대 가에 앉아 말을 걸어줄 것이다. 동생은 아버지 같다. 동생은 아버지이고 아버지 노릇을 어떻게 하는지 안다. 그리고 어느 시점에선가는 메러디스가 문을 두드리고 다 괜찮은 거냐고 물을 테고, 모든 것이 말도 못하게 창피해질 테지.

그는 등을 대고 누워 천장을 올려다본다. 검은 별들 속에 끈적끈적하게 빛나는 은하수가 남아 있다.

아침, 집 안에 토스트와 커피 냄새가 가득하다. 그는 회의에라도 가는 사람처럼 차려입는다. 사실 동생 집에 무저항의 죄수처럼 혼자 앉아서 모두가 돌아오기를 기다리는 자신을 상상할 수가 없다. 그는 뉴잉글랜드 출신인 메러디스가 모는, 다른 지역에선 별 쓸모 없는 차를 얻어 타고 시내로 간다.

메러디스가 말한다. "힘든 해였어요. 우린 그이가 노벨상을 탈 거라고 생각했거든요. 거의 탈 뻔했는데 못 타고 말았어요."

"받았으면 좋았을 텐데요." 리처드는 동생이 정말로 노벨상감인지 알지 못한다. 그런 생각은 한 번도 해본 적이 없다. "내년에는 될지도 모르죠."

메러디스는 고개를 젓는다. "그렇게 가깝게 가면 다음 해엔 받을 수가 없어요. 혜성 같은 거예요. 평생 한 번만 그렇게 가까이 지나가는 거죠."

"음, 그렇다 해도 좋게 생각해야죠. 세상에 정말로 노벨상을 탈 기회가 오는 사람이 얼마나 있겠습니까?"

"그이에겐 기회가 있었어요. 테드의 친구 중에 벌써 두 사람이나 받았다고요."

"노벨상을 받으려면 스톡홀름까지 가야 하잖아요."

"아, 스웨덴에는 가봤어요. 여름마다 이탈리아, 그리스, 스페인, 프랑스에 집을 빌리거든요."

"몰랐어요."

"몇 번은 벤도 같이 갔어요. 벤이랑, 며칠 시간을 뺄 수 있을 때는 그 사람도요. 누구 얘긴지 아시죠?"

"정말입니까? 전혀 몰랐네요."

"어디 내려드릴까요?"

"어디든 괜찮아요."

"퍼블릭 가든에 내려드릴까요? 백조 보트에 인사라도 하면 어때요?"

"그거 좋겠군요."

문을 연 곳이 없다. 너무 이른 시각이다. 그는 공원을 몇 바퀴 돌고 나서 두번째 아침을 먹는다. 마침내 가게들이 문을 열고, 리처드는 보일스턴 가를 오르내리며 쇼핑을 한다. 달리 뭘 해야 할지 모르기 때문에, 한 번도 쇼핑을 안 해봤기 때문에, 뭔가 살 때마다 판매원과 대화를 나눌 수 있기 때문에. 그는 모두를 위해 선물을 산다. 아이들을 위한 선물, 동생을 위한 선물, 동생의 아내를 위한 선물, 사돈을 위한 선물, 개를 위한 선물, 집을 위한 선물.

그는 점심을 먹은 뒤 택시를 타고 브루클라인으로 돌아와 모두의 방에 선물을 놓아두고, 지친 몸으로 소파에 누워 잠든다.

그날 저녁 동생이 묻는다. "형 괜찮은 거 맞아? 형이 놀랐다는 얘긴 들었는데, 지금은 내가 형 때문에 겁이 나. 나한테 말하지 않은 거 있어?"

"큰아빠가 믹서기를 사왔어." 아이들 중 누군가가 말한다.

"집에 믹서기가 없길래." 리처드가 말한다.

저녁식사 시간, 리처드는 선물을 더 나눠준다. 동생과 동생의 아내는 곤란한 듯한 얼굴로 리처드를 본다.

"케이크는 왜 안 먹어?" 남자아이가 말한다.

"진짜 파티는 아니니까 그렇지." 어른들 중 누군가가 말한다.

"파티도 아닌데 선물은 왜 받은 거야?"

"큰아빠가 놀러와서 그런 거야."

"큰아빠 금방 또 올 거야?" 어린 남자아이가 묻는다.

전화가 울린다. 여자아이 하나가 말한다. "바스랑 벤이야! 오하이오에 있대." 그들은 전화기를 부엌 한가운데에 놓고 스피커를 켠다. 모두가 둘러선다.

"차는 잘 굴러가니? 연비는 괜찮고?" 동생이 알고 싶어한다.

"점심은 뭐 먹었어?" 여자아이 하나가 묻는다.

"즐겁게 지내고 있니?" 메러디스가 묻는다.

"동영상 몇 개 보냈어요. 이메일에 첨부되어 있을 거야." 벤이 말한다.

"큰아빠가 와 있어." 꼬마 남자아이가 말한다.

"진짜? 잠깐만, 벤 바꿀게."

"이건 이상해. 진짜 이상해. 아빠, 왜 거기 계신 거예요?"

"그냥 들렀다."

"아빠가 거기 계신 거 엄마도 알아요?"

"아니, 말해야 한다고는 생각 못 했는데."

"알고 계셔." 메러디스가 말한다. "우리가 얘기했거든요. 괜찮죠?"

"괜찮아요." 리처드가 말한다. "괜찮습니다." 그는 전처와 동생 네가 이야기를 나눈다는 사실을, 모두가 그렇게 연락하고 지낸다는 사실을 전혀 몰랐다.

그는 수화기를 들고 스피커를 끈 다음, 수화기를 귀에 갖다댄다. "그래 좀 어떠냐?" 그는 겁내지 않고 쾌활하게 말하려고 애쓴다. 갑자기 겁이 났기 때문이다. 사람들 앞에서, 지켜보는 사람들 앞에서 벤과 통화한다. 이야기를 잘하지 못할까봐 걱정스럽다.

벤이 말한다. "좋아요. 거기 얼마나 계실 거예요?"

"주말 동안만 있을 거다. 집에서 나와야 했거든. 집이 무너지고 있어서. 그래서 어떠냐? 뭔가 큰 사건은 없었고? 별을 보면서 잤니?" 대답이 없다. "듣고 있니?"

"네. 어, 아빠, 로스앤젤레스에 가면 이야기할 수 있을까요? 그러니까, 아빠랑 얘기해본 적도 없는데 갑자기 계속 이야기를 하고 싶어하시니까요."

"여행에 대해 듣고 싶다. 네가 괜찮은지도 알고 싶고."

"직접 만나서 얘기할게요. 전 괜찮아요. 언제나 괜찮아요."

"알았다, 그럼. 붙잡고 있지 않으마."

리처드는 수화기를 메러디스에게 돌려준다. "얘기 끝났어요?" 메러디스가 묻는다.

"그런 것 같군요."

메러디스와 아이들이 차례로 바스와 통화한 다음 아빠에게 수화기를 넘긴다. 리처드는 가만히 서서 듣는다. 그는 동생과 조카가 얼마나 편하게 대화하는지, 동생이 벤을 얼마나 편하게 부르는지 듣는다. 잃어버린 세월의 무게가 느껴진다. 지금의 그와 그가 되고자 했던 모습 사이의 간극을 느낀다.

통화가 끝나자 온 가족이 테드의 컴퓨터 앞에 선다. 영화가 시작된다. 매직펜으로 '나의 위대한 미국 모험담'이라고 적은 마분지를 들고 뉴욕의 고층 건물 앞에 선 바스가 보인다.

"벤이 만들었을 거야. 그애는 미술에 소질이 있거든요." 메러디스가 말한다.

바스가 말한다. "저희의 신비로운 마법 여행에 잘 오셨습니다. 이쪽이 저희 여행 버스, 믿음직한 2002년형 볼보 크로스컨트리 왜건입니다. 전륜구동에 뒷유리 성에 제거, 전 지구 위치 확인 시스템을 갖춘 이 차로 마법사를 만나러 떠납니다."

그리고 벤이 걸어 들어온다. 꿈속에서만 보던 사람을 보는 것 같다. 화면이 덜컹거린다. 초기 달 착륙 장면을 찍은 필름처럼. 그러나 벤이다. 다 자란 벤. 수염이 나고 근육이 생긴, 어른과 소년

사이에 선 벤, 뭔가 더 큰 일의 발단에 서 있는 벤. 성장한 벤이다. 리처드는 벤이 달라 보일 거라고는, 더 나이 들었을 거라고는 생각하지 못했다. 리처드는 바스와 벤이 나누는 이야기를 듣지 않는다. 그저 바라본다. 꼼짝도 하지 못하고 보기만 할 뿐이다. 벤이 이렇게나 자신과 닮았으리라고는 생각지 못했다.

벤은 리처드를 닮았다. 리처드와 전처를 닮았다. 오직 DNA만이 만들 수 있는 조합이다. 여기에서 약간, 저기에서 약간. 리처드는 벤의 음성에서 자신의 목소리를 듣고, 벤의 입매에서 전처를 본다. 입이 닮았다. 리처드는 울지 않으려고 뺨 안쪽을 씹는다.

"마지막으로 본 게 언제였죠?" 메러디스가 묻는다.

"9월에 보고 못 봤죠. 아홉 달 됐군요." 리처드가 답한다.

컴퓨터 주위에 둘러서서 보고 있는데 전화가 울린다. 메러디스가 받더니 리처드에게 넘긴다.

"저요?"

메러디스가 고개를 끄덕인다.

누가 전화를? 벤이 미안하다는 말을 하려고 전화했을까? 그렇다면 리처드와 매일 이야기하는 건 물론이고 하루에 두 번이라도 이야기하고 싶다는 건가?

"여보세요?"

"난 미움받아도 싸요. 정말 끔찍한 짓을 했어요." 울던 여자가 말한다. 그는 아무 말도 하지 않는다. "성가시게 해서 미안해요."

"괜찮아요." 그는 말한다. 그녀가 대체 무슨 짓을 할 수 있다는 건지 상상이 가지 않는다.

"내가 무슨 생각을 했나 모르겠어요. 호텔로 가족을 초대했어요. 방이 너무 크고 호화로워서. 나 혼자 있는 게 이상했고, 화해할 방법으로 괜찮다고 생각했어요. 기분이 조금 나아지니까 희망적으로 보였거든요. 아이들이 잠든 뒤에 낭만적인 분위기를 내려고 해봤어요. 남편은 그보다 더 무관심할 수가 없더군요. 나보고 당신이 원하는 것도 없이 이런 곳에 묵게 해줬을 리가 없다고, 그게 뭐였냐고 했어요. 내가 섹스는 아니었다고 말했더니 피해망상같이 굴면서 당신이 자기한테서 돈을 뜯어내려는 거래요. 내가 당신에겐 돈이 충분히 많다고 하니까 세상에 충분한 건 없다고 하더니 아침에 바로 체크아웃해버렸어요. 미니바를 털고 룸서비스를 받고 돼지처럼 먹어댄 다음에요. 정말 미안해요." 그녀는 울기 시작한다. "코끼리 떼 같았어요."

"울지 말아요. 울 만한 일이 아니에요." 그는 수화기를 들고 방을 나간다. "돈 문제일 뿐이잖아요."

"버리면 안 된다는 생각에 당신 연어를 싸서 가족이랑 같이 차에 탔어요. 그리고 몇 블록 가다 빨간 신호에 걸렸을 때 차문을 열고 뛰어내렸어요. 샌타모니카까지 달려가서, 세인트존스 건강센터 응급실로 뛰어들어가 미쳐가는 것 같다고 말했어요. 그 사람들은 내가 노숙자인 줄 알더라고요. 한 번 발이 걸려 넘어져서 흙에 처박히는 바람에 엉망이었거든요. 내가 식품점에서 만난 남자가 포시즌스 호텔에 재워줬고, 주말 동안 남편과 아이들을 호텔로 초대했는데 잘되지 않았다고 설명하려 했더니 나보고 정신 병력이 있냐고 묻더군요. 목소리를 듣거나 평범하지 않은 걸 보느냐고 말이에요. 그리고 병원에서 나오려는데, 그냥 가도 괜찮을지 모르겠다고 하는 거예요. 의사의 충고를 무시하고 나왔어요. 나오는데 간호사가 통원 치료원에 등록하래요. 아무래도 낮에만 있다가 저녁이면 집에 가는 정신병원 같았어요. 간호사가 자기 아들도 도움을 받았다고 하더군요. 난 저녁식사 시간에 집에 있는 건 애 딸린 여자에게 절대 도움이 되지 않는다고 말하고 뛰쳐나왔어요."

"지금 어디 있어요?"

"랠프 상점 밖 공중전화예요."

"호텔에 돌아가고 싶어요?"

"아마 안 될 거예요. 언제 돌아와요?"

"내일 갈 수 있어요."

"잘됐네요."

"괜찮겠어요? 다른 곳에 예약해줄 수 있어요."

"알아서 할 수 있어요. 랠프는 늦게까지 열어요. 직원들이 내가 여기 있는 것도 알고요."

"내일 얘기합시다." 그는 전화를 끊는다.

"만나는 사람이 있다니 좋네요." 그가 전화를 끊자 메러디스가 말한다.

"그런 게 아닙니다. 식품점에서 울고 있던 여자예요."

"아이들을 재워야겠어요." 메러디스가 말한다.

그는 수화기를 손에 쥔 채 울던 여자를 생각한다. 그리고 전처에게 전화를 건다. "당신이 로스앤젤레스에서 가던 그 휴양지 이름이 뭐였지?"

"어느 휴양지?"

"아무것도 가져갈 필요 없고 나이와 몸무게에 따라 식단을 만들 어주는 곳."

"골든 도어? 거긴 로스앤젤레스에서 150마일은 떨어져 있어."

"얘기하자면 긴데, 도망쳐야 할 친구가 하나 있어."

"전화해서 우리 사무실 사람인 척해. 그런데 왜 소곤거리는 거 야?"

"다들 자러 갔거든. 벤의 사진을 봤어. 많이 컸더라."

"당신을 닮았지."

"입은 당신 판박이야."

"들어가볼게."

그는 골든 도어에 전화한다.

"뜻밖의 행운이네요. 보통은 자리가 있을지 알 수 없는데. 전 예약 담당이 아니거든요. 그런데 지금 막 비행이 두렵다고 취소한 분이 계세요. 친구분이 일요일까지 도착하실까요? 비행기로 오시 나요?"

"차로 갈 겁니다. 내 신용카드로 계산할 수 있나요?"

"묵으실 분 성함은요? 성은?"

"성을 확인하고 다시 전화해야겠군요. 이름은 신시아예요."

"보통은 몇 주 전에 건강 조사표와 짐표, 어떤 물건을 챙겨 오실 지에 대한 정보를 선물로 보내드리는데요."

"괜찮습니다. 건강하고 짐도 별로 없으니까요. 특별히 챙겨 가야 할 물건이 있나요?"

"좋아하시는 잠옷, 며칠치 속옷, 그리고 스포츠브라면 됩니다. 나머지는 저희가 제공해드립니다."

"잘됐군요. 잠시 후에 다시 전화하겠습니다."

그는 자신이 무엇인가를 하고 있다는 것, 행동을 취하고 있다는 것이 기쁘다. 그는 랠프 상점 번호를 알아내 전화를 걸어 가게 안에 있는 사람을 호출해줄 수 있는지 묻는다.

"긴급한 일입니까?"

"그렇지 않다면 전화하지 않았겠지요."

"성함은요?"

"신시아."

"잠시만 기다려주세요."

"가게 안에 신시아라는 분이 계시면 가게 앞에 있는 관리인 책상으로 와주세요. 신시아, 가게 앞으로 와주세요."

"재미있네요. 세 번이나 불렀는데도 내 이름이라는 걸 깨닫지 못했어요. 막 케이크를 끝낸 참이었어요." 신시아가 말한다.

"케이크를 먹었다고요?"

"아니, 장식을 끝냈다는 얘기예요. 당의(糖衣) 입히는 걸 해보게 해주더라고요. 낮에 망친 재료들로 으리으리한 뷔페를 차려놨어요. 잘못 자른 조제용 고기, '우연히' 열린 과자 봉지. 다들 우적우적 씹어대는 중이에요. 좋은 사람들이에요. 낮에는 다른 일을 하는 사람이 많아요. 나도 여기서 일할 수 있을 것 같아요. 음식에 대해 아는 게 많으니까요."

"골든 도어라는 곳을 잡아놨어요. 휴양지인데, 하이킹하고 건강 식단을 먹고 마사지를 받는 곳일 겁니다. 에스콘디도에 있어요. 일요일 아침까지 거기 갈 수 있겠어요? 샌디에이고로 날아가거나 버스를 타고 갈 수 있어요?"

"그거 뭔지 알아요. 기네스 팰트로 같은 호사가들이 가는 데잖아요. 안 돼요. 그런 곳에 갈 순 없어요. 옷도 없다고요."

"옷은 필요 없어요. 속옷 세 벌과 잠옷 정도면 돼요." 차마 스포츠브라라는 말은 나오지 않는다. "전부 그쪽에서 제공한답니다. 랠프의 통로를 내려가면서 작은 가방 하나를 만들어요." 그는 그녀에게 주소를 알려준다. "정신병원보다야 낫겠죠."

"그럼 당신은요?"

"난 내일 집에 가서 다시 시작할 거예요. 그나저나 당신 성이 뭐죠?"

통증이 되살아난다. 그는 조카의 트윈 침대에 누워 이것이 '그' 통증이 아니라 지난번과 같은 통증이기를 빈다. 아침에도 통증은 그대로이다. 그는 작별 인사와 함께 고맙다는 말을 하고 공항으로 차를 몬다.

집은 그가 버려둔 그대로, 무너지지 않고 서 있다. 응답기가 깜박거린다. 메시지 하나가 있다. 루살디이다.

"이걸 보니까 환자분 생각이 나서요. 수양회예요. '고통 초월.' 전화번호는 이렇답니다. 궁금한 게 있으면 연락주세요."

통증이 너무 강렬해서 뭐든 해야겠다. "여보세요. '고통 초월'

입니까?"

"내일 시작합니다."

"정확히 어떤 프로그램이죠?"

"카탈로그에는 이렇게 나오죠." 여자는 빠르고 단조로운 목소리로 읽는다. "'고통 초월. 고통과 비탄, 상실에 관한 우리의 복잡한 관계성을 다루는 일주일간의 집중 과정. 침묵 속에 이루어집니다. 매일 강사의 판단에 따라 짜인 담화 수업과 개인 면담이 있습니다. 명상 경험이 있는 분들에게 적합하지만, 모두에게 열려 있습니다. 금액은 팔백오십 달러이며 도미토리 숙소와 식사가 제공됩니다.' 다른 서비스는 모두 별도 계산이에요." 그녀는 말을 끝내고 숨을 들이마신다. "강사인 조지프는 굉장히 활기차고, 나이도 많고, 인간적인 분이세요. 입실은 오후 한시부터 세시까지, 퇴실은 오후 세시부터입니다."

"예약해주세요. 안 될 것 없겠죠. 안 그래요?"

"침묵 수양에 참석해보셨습니까?"

"아니요. 하지만 침묵 속에서 살아요. 헤드셋을 끼고."

"우선 주말 수양만 해보시는 것도 괜찮을 거예요."

"아니, 좋을 것 같군요. 완벽해요. 제 주치의가 권했거든요."

"환불은 안 됩니다. 그러니까 감당 못하고 떠나실 때는 돈을 잃으시는 거죠. 아시겠습니까?"

"환불 불가, 알았습니다." 그는 여자에게 신용카드 번호를 불러준다.

그는 골든 도어의 접수원에게 신시아에게 전할 말을 남긴다.
"신시아에게 농산물 코너에서 만난 리처드가 전화했다고 전해줘요. 내일 시작하는 침묵 수양회에 갈 건데, 어디 있는지 알려주고 싶었다고요. 급한 경우에는 전화를…… 주말에는 나올 겁니다. 모든 일이 잘 돌아갔으면 하고 즐겁게 지내길 바란다고 전해줘요."
그는 루살디에게 전화한다. "메시지 받고 충고대로 갑니다."
"화장실 휴지를 챙겨 가세요." 루살디가 말한다.
"무슨 뜻이죠?"
"그쪽에서 쓰는 건 그야말로 선종(禪宗)스럽거든요. 홑겹이죠. 간식거리도 챙겨 가세요. 견과류와 단백질 바, 들키지 않고 먹으면서 에너지를 보충할 수 있는 걸로요. 그리고 혹시 카페인 중독이면 노도즈*를 가져가세요. 습관을 완전히 끊기는 어려우니까요."
"카페인 중독은 아닙니다."
"신경 쓸 일 하나 덜었네요."
그는 세실리아에게 전화한다. "보스턴에서 돌아오긴 했는데 주말에 다시 떠나요. 어떻게 지내요?"
"치석을 제거하고 유방 X선 사진을 찍었어요. 댁이 진짜 휴가를 떠난다면 엉덩이도 새로 할 수 있겠네요."
"새로운 엉덩이가 필요한 줄은 몰랐는데요."
"내가 어떻게 걷는지 본 적 있어요?"
"아마도……"

---

* 카페인 정제 알약.

"별로 편안해 보이진 않았죠?"

"얼마든지 편한 대로 해요. 때를 기다렸다면 지금이 딱이에요."

"고민해볼게요. 병원에서 그냥 깔고 앉을 엉덩이를 갖고 있진 않을 테니까."

"수표 보내줄까요?"

"다음번에 볼 때 받을게요."

"음, 혹시 뭐라도 필요하면……"

"괜찮은 거 확실해요? 무슨 일이 생기면 이 세실리아에게 전화해도 돼요. 내가 돈 받고 일한다고 해서 댁한테 신경을 안 쓰는 건 아니니까."

영화배우가 들른다. "어디 갔나 궁금했어요. 계속 초인종을 눌렀는데 집에 아무도 없더군요."

"보스턴에 사는 동생 집에 갔었어요."

"그런데 왜 다시 짐을 싸는 거죠?"

"내일 시작하는 침묵 수양회에 가요."

"그래요? 예전에 달라이 라마 역을 맡은 적이 있어요. 참고하기 위해 몸짓이며 걸음걸이를 보려고 직접 만나기도 했죠. 당신도 알다시피 달라이 라마는 뭐든지 흘려보내고 어디에도 집착하지 않는 사람처럼 여겨지잖아요. 그런데 솔직히 말하면 난 조금 실망했어요." 그는 잠시 말을 멈춘다. "당신은 방석을 사랑할 사람같이 보이진 않았는데요."

리처드는 어깨를 으쓱인다.

"개인 자푸나 자부톤* 가져가요?"

"뭐요?"

"내 걸 빌려줄게요. 그런 수양회에 있는 건 낡아빠졌거든요. 자부톤 위에 올릴 만한 좋은 메밀 방석이 있어요. 한참 앉아 있어야 할 때 엉덩이에 도움이 되죠. 그리고 개인 베개도 가져가요. 그런 곳의 베개는 끔찍해요. 이불이랑 베개, 담요를 가져가요."

"편안하자고 가는 곳이 아니잖아요."

"그렇다고 비참해지는 게 목적도 아니죠."

영화배우는 방석을 가지러 집에 가고, 리처드는 이불을 말아서 구두끈으로 묶는다. 부랑자 같다. 그는 헐렁한 바지와 양말, 티셔츠, 편안한 스웨터를 가방에 넣고 노트북과 펜, 작은 북라이트도 챙긴다. 숙박 캠프 갈 준비를 하는 기분이다.

영화배우가 돌아온다. "수양회 끝나고 저녁식사라도 같이할래요?"

"그래요. 그거 좋겠네요."

"난 상당히 솜씨 좋은 요리사예요. 영화를 찍지 않을 때는 주로 요리를 하죠. 나보고 요리책을 내라는 사람도 있었는데, 매니저가 반대했어요. 진취적인 일이 아니라고. 내리막길로 들어선 배우나 쓰는 방법이죠. 특별히 좋아하는 음식 있어요?"

"뭐든 잘 먹어요."

"아보카도와 감귤을 넣고 살사 양념을 한 황새치에 밀알과 견과

---

* 둘 다 일본어로 방석, 명상용 방석을 가리킨다.

류 샐러드를 만들게요. 점심으로 괜찮아요."

"환상적인데요."

"언제 돌아와요?"

"일요일. 몇 시인지는 모르겠어요."

"그럼 늦은 점심에 와요. 친구분을 데려와도 좋고."

울던 여자, 울던 여자를 영화배우의 집에 데려간다. 말이 안 되는 소리였다. "뭔가 가져갈까요?"

"아무것도 가져올 수 없을걸요. 명상으로 텅 비어 있을 테니까."

그는 골든 도어에 다시 전화한다. "덧붙일 말이 있습니다. 신시아에게 다음 일요일 점심 때 리처드의 집으로 오라고 해줘요."

허기. 그는 온종일 아무것도 먹지 않았음을 깨닫는다. 냉장고는 비어 있다. 떠나기 전에 세실리아가 모두 처리했다. 냉동실을 연다. 신시아를 만난 날 밤에 산 카벌 케이크가 냉동실에 있다. 숟가락을 댄다. 숟가락이 구부러진다. 포크를 가져와 초콜릿에 꽂는다.

머릿속에 조카의 목소리가 메아리친다. "케이크는 왜 안 먹어?"

멀리서 파티 소리가 들린다. 수영하는 여자네 뒷마당에 색색의 종이등이 걸려 있고, 많은 사람들이 돌아다니고 있다. 가까이에서도 그 여자를 알아볼 수 있을까?

그는 그 여자가 수영할 때면, 그녀에게 뭔가를 던지는 상상을 한다. 꽃이나 돌멩이, 뭐든 그가 그곳에 있다는 걸 알릴 만한 물건을. 언덕 가장자리에 서서 "안녕하세요. 좋은 아침입니다"라고 외치는 상상도 한다.

그는 그녀와 안면을 트는 상상을 한다. 그리고 지금 그 여자는 파티를 열고 있다. 좋은 구실이다. 그 집으로 가서 아는 사람이 하나도 없다는 사실을 깨달을 때까지만 해도 그럴싸해 보인다. "마실 것은?" 누군가가 묻는다. "포도주를. 스프리처*로." 그는 말하고 주위를 둘러본다. 햄이 눈에 들어온다. 마지막으로 햄을 먹어본 게 언제인지 기억나지 않는다. 그는 햄을 한 조각 잘라서 겨자를 얹어 입에 밀어넣는다. 맛있다. 다시 한 조각 잘라서 치즈를 얹는다.

그는 옆에 선 금발 여자에게 말을 건다. "당신은 여기 있는 사람들을 다 아십니까?"

"대부분은요. 당신은 누굴 알죠?"

"아무도요. 전 언덕 위쪽에 사는 이웃 사람입니다. 초대받지 않은 손님이죠."

그는 테이블을 돌며 햄, 치즈, 당근, 호박, 소스, 칩, 견과류를 먹는다. 얼마나 배가 고픈지 실감하며 한 바퀴, 또 한 바퀴 돌면서 계속 먹는다. 와작와작 씹으며 대화에 귀를 기울이고 즐거워한다. 이거야말로 그가 생각하는 엉뚱한 짓이다. 마침내 그는 익숙한 몸짓, 고개를 돌리고 머리카락이 물결치는 순간을 포착한다.

그는 그 여자에게 간다. "그냥 인사나 하고 싶어서요."

여자가 돌아본 순간 그는 오지 말 걸 그랬다고 생각한다. 직접 본 여자는 다른 사람이다. 그가 푸른색일 거라 생각한 눈은 갈색

---

* 백포도주에 소다수를 섞은 칵테일.

이고, 그 눈에는 리처드의 기분을 가라앉히는 무정함이 깃들어 있다. 그 여자는 그가 상상했던 그런 사람이 아니다. 그는 위화감을 느낀다. 캐슈넛이 목에 걸린다. 그는 기침을 하고 말한다. "언덕 위쪽에 사는 이웃 사람입니다."

"우리가 너무 시끄럽게 했나요?"

"아니, 아닙니다. 파티 소리를 듣고 그냥 인사나 하고 싶어 왔습니다. 매일 아침 수영하시는 모습을 보거든요. 일찍 일어나기 때문에."

"어느 집이죠?"

그는 언덕 위를 가리킨다. 이곳에서 보니 집이 근사하다. "구덩이가 생긴 집입니다. 지난주에 구덩이로 말이 들어가서 태드 포드가 헬리콥터로 구출했죠. 굉장한 모험이었어요. 텔레비전에서 보셨을지도 모르겠군요." 여자는 고개를 젓는다. "음, 희망적인 관측에 따르면 집이 언덕 아래로 떨어지지는 않을 겁니다. 떨어진다면 진짜 옆집이 되겠네요." 그는 웃는다. 여자는 웃지 않는다. "어쨌거나, 인사나 하고 싶었습니다." 그는 문 쪽으로 뒷걸음치며 말한다. "리처드라고 합니다. 매일 아침 유리창 앞에 서서 당신이 수영하는 모습을 보죠." 칭찬으로 한 말이다. 여자는 그의 영감, 그의 뮤즈, 그의 인어였다. 그는 그런 상태에, 마음의 눈으로 보는 상태에 머물 걸 그랬다는 심정으로 돌아간다.

아침, 택시를 타고 앤힐의 가게로 간다.

"왜 전화 안 했어? 공항까지 데리러 갔을 텐데."

"어제 집에 왔어."

"그렇군. 도넛 가게 안에선 하루가 아주 천천히 가거든. 고래 푸지가 산타클로스이기도 하다는 거 알고 있었어? 그 유명한 아이스크림 케이크 말이야. 케이크를 돌리면 고래가 산타클로스로 변해. 천재적이야. 지금 내가 할 수 있는 최선은, 성 패트릭 데이에는 도넛에 초록색을 더하고 밸런타인데이에는 분홍색을 더하는 것뿐인데 말이지. 난 사람을 고래로 바꿀 수 없어." 앤힐은 고개를 젓는다. "난 형편없는 아이디어를 갖고 미국에 오는 전형식적인 사람이 아니거든."

리처드는 앤힐이 한 말이 무슨 뜻인지 몰라 해독해보려 한다. "전형적인 사람이라는 뜻인가?"

"그래. 바로 그 말이야. 동생은 어땠어?"

"잘 지내더군. 지금 내 아들 벤이 자동차를 몰고 로스앤젤레스로 오고 있어."

"비행기표를 보내주지 그랬어."

"그애가 운전을 하고 싶어했어. 그리고 난 오후에 침묵 수양회에 가."

앤힐이 고개를 젓는다. "미국인은 자기한테는 아예 없다는 듯이 다른 사람의 영적인 삶을 시험해본단 말이야."

"사실 기대하고 있어. 돌아와서는 말리부에 갈 거야. 바닷가에 집을 빌렸거든. 모든 게 흰색인 집이야."

"그 집 알아."

"어떻게 그 집을 알지?"

"텔레비전에서 봤어. 하얀 카펫, 하얀 그릇과 프라이팬. 시장 소유의 집이야. 그 집을 헐고 더 큰 걸 지을 거래."

"그게 같은 집인지 모르겠군." 리처드는 말리부 해안에는 하얀 집이 하나가 아닐 거라고 생각하며 말한다.

"여자친구들을 위해 산 집인데, 시장이 되는 바람에 여자친구를 둘 수 없게 됐대. 그래서 지금은 그 자리에 아내를 위해 뭔가 지어줄 거래. 미국에는 두 종류의 정치가가 있어. 섹스를 하는 정치가와 전쟁을 하는 정치가. 어느 쪽이 좋아?"

리처드는 대답하지 않는다.

"침묵까지 태워다줄게."

"괜찮아. 택시를 타지."

"내 도요타를 타고 가. 도요타를 타는 사람에겐 아무도 신경 안써. 그리고 내가 메르세데스를 돌볼게. 내 차처럼 말이야."

"좋아. 그러지."

앤힐은 소리내어 웃는다. "당신 참 재미있는 사람이야. 명상을 하러 갔다가 말리부로 가고."

"무슨 말을 하려는 거야?"

"딱 걸렸어."

입실. 그는 얼른 침묵에 들어가고 싶다. 그는 침묵이 편할 거라고, 사람들과 함께 있을 환상적인 방법일 거라고 생각한다. 대화할 필요가 없다면 압박감도 적을 것이다.

로비에선 향 냄새와 찐 브로콜리 냄새가 난다. 사방에 게시물이 붙어 있다. '정숙하세요.' '공중전화는 이십오 센트 동전만 받습니다.' '접수원들에게는 거스름돈이 부족합니다.'

사람들이 부자연스럽게 목소리를 낮추고 조용히 이야기하고 있다. 리처드는 주위를 둘러본다. 공립 정신병원, 싸구려 공용주택에 자리한 보호 시설 같다. 그는 자기 몸을 내맡긴 채 전신 마취가 필요한 수술을 받는 것 같은 기분이 든다. 그가 생각하는 침묵이란 그런 것이다. 마취. 무감각. 그는 버티고 서서 뭔가 무시무시한 것에 대비하는 동시에 모든 것을 놓아버리고 싶다.

그들은 질문을 던지고, 다양한 색깔이 들어간 서식을 내밀면서 읽고 서명하라고 한다. 이름. 주소. 긴급 연락처. 복용하는 약은? 의사에게 치료를 받는 중인지? 지병이 있는지? 혈당이나 혈압 문제는? 우리가 당신에 대해 알아야 할 것은? 종교적 또는 영적 배경은? 명상 경험은? 이곳에 있는 동안 지압을 받을 생각이 있는지?

"다음을 읽고 서명하세요. 여기는 성행위, 약물, 알코올 금지 시설입니다. 이중 하나라도 어길 시에는 퇴실 요청을 받게 됩니다. 향수를 뿌리거나 어떤 종류의 향도 쓸 수 없습니다. 여기 계신 동안에는 무향 비누를 쓰시기 바랍니다. 명상실에서는 신발을 신을 수 없습니다. 읽거나 쓸 물건은 가져오지 마십시오. 침묵 수양의 주의 사항에는 수양 기간 동안 읽거나 쓰지 않는다는 약속도 포함됩니다."

그의 입실 수속을 맡은 여자가 지도를 쥐여주더니 노란색 형광펜을 뽑는다. "지금 계신 곳이 여깁니다." 여자는 × 표시를 한다. "명상실은 여기고요." 다시 한번 ×.

그는 입실하는 다른 사람의 말을 우연히 듣는다. 같이 여행할 사람이 누군지 확인하는 것과 약간 비슷하다. 타이타닉 호에 오르는 것 같다. 그 여자가 말한다. "일인실이요. 일인실을 신청했어요. 난 학대당한 전력이 있어요. 내 주치의가 보낸 편지가 있을 텐데요. 난 낯선 사람과 같은 방에서 못 자요."

리처드의 안내자가 조금 크게 말한다. "식당은 여기예요. 그리고 화장실은 여기와 여기. 묵으실 방은 감귤실이고 이 복도 아래쪽입니다. 웨인 씨와 같은 방을 쓰시게 되는데, 그분은 아직 도착하지 않으셨어요."

여자 접수원은 그에게 식사 시간, 음식 알레르기가 있는 사람을 위한 식품 재료 목록, 기상 시간, 대화 시간을 비롯한 다양한 활동 목록이 빽빽하게 적힌 정보지를 건넨다. "질문이 있으시면 종이에 적어 게시판에 남겨주세요. 그러면 같은 방법으로 답해드리겠습니다. 환영합니다. 좋은 수양 시간 보내세요."

그는 한 손에 지도를, 한 손에 짐가방을 들고 탐험에 나선다. 명상 건물은 그가 기억하는 초등학교 시절의 다목적실과 링컨 통나무*로 만든 오두막을 섞어놓은 것같이 생겼다. 그는 남자 숙소에서 '감귤실'이라고 적힌 방을 찾아 문을 연다. 작고 좁은 방 안에는 단순한 나무틀 위에 놓인 트윈 매트리스가 두 개, 침실용 탁자가 두 개, 등받이가 곧은 의자가 두 개, 옷장으로 쓸 금속 라커가 두 개 있다. 아주 깨끗하지는 않지만 실용적이다. 경비를 최소화

---

* 블럭 장난감.

212

한 감옥, 중독자 치료 시설 같다. 그는 침대를 정돈하고, 옷을 치워놓고, 환영품 꾸러미를 들고 앉는다.

세면도구 안에 아직 신경안정제가 들어 있을까? 이렇게 지낼 수는 없다. 갑작스러운 고요를 받아들일 수가 없다. 그는 벌써 정적의 소리가 얼마나 큰지에 놀라고 있다.

저녁식사 시간에 공지 사항을 알려준다. "환영합니다. 이곳에 여러분을 모시게 되어 기쁩니다. 식사하시는 동안 완전히 침묵하실 필요는 없습니다만, 앞으로의 시간을 준비하고 침묵을 익히는 뜻에서 대화를 최소화하시기 바랍니다. 자유로이 인사 나누십시오. 성은 말고 이름만 말씀하세요. 저녁식사 후에는 명상실에 모여 첫 번째 대화 시간을 갖겠습니다. 방석이 있으면 갖고 오세요."

그는 모두를 보고, 또 보지 않으려 한다. 주변을 둘러보며 전에 이곳에 왔던 게 분명한 사람들을 찾아내고, 접시에 담긴 모든 음식에 꿀을 떨어뜨리는 여자를 보고 놀란다. "오늘 이후로는 설탕을 먹지 않을 거야." 그 여자는 현미밥 위에, 찐 브로콜리 위에, 템페* 위에 굵고 끈적끈적한 금빛 시럽을 빙글빙글 돌리며 말한다. 이곳에 있는 모든 사람을 아는 듯한 빡빡머리 남자가 있다. 지도자이거나, 고등 과정을 거치고는 모든 것이 자기 발아래 있다고 생각하는 슈퍼 속물일 것이다. 평온해 보이는 정도를 넘어서 오만해 보일 지경이다. 그 남자의 태도는 매혹적인 동시에 짜증스럽다. 리처드 주위에 앉은 사람들은 말없이 먹기만 한다. 그래서 리

---

* 콩을 발효해 만든 인도네시아 음식.

처드도 말없이 먹는다. 그는 다른 사람들이 이야기하는 모습을 보면서, 다른 곳에 앉았으면 좋았을 거라 생각하며 앞에 놓인 건조한 쌀밥에 집중한다.

저녁식사가 끝나고, 그는 방에 돌아가 태드 포드에게 받은 방석을 가지고 나간다. 이 방석을 태드 포드가 줬다는 사실을 저 사람들이 알기만 한다면…… 그는 이런 생각을 하다가 스스로를 타이른다. 사람들이 알든 모르든 상관없다. 방석이 어디에서 왔는지는 중요하지 않다. 방석은 방석일 뿐이고, 영화배우도 사람일 뿐이며, 리처드는 냉동 보존 상태로 닷새를 지낼 참이다.

"자리를 잡으세요. 모두 자리를 잡으세요. 바닥에 점이 찍혀 있습니다. 점이 있는 곳에 앉으시면 됩니다. 시작합시다."

그들은 공을 울리고, 향에 불을 붙이고, 조용히 앉는다. 공이 다시 한번 울리고 그들은 앉아서 기다린다.

조지프가 말한다.

"고통은 정상입니다. 아픔은 정상입니다. 삶의 일부죠. 그렇다면 우리는 왜 여기에 있을까요? 우리는 왜 고통을 두려워할까요? 왜 고통을 피하고 막으려 할까요? 왜 고통이 잘못된 것이라고 생각할까요? 우리는 약을 먹고, 명상을 하고, 고통받지 않으려 애씁니다. 고통이 무엇입니까? 고통이 표현하는 것, 그러니까 감정의 깊이, 우리의 애정, 가질 수 없는 것에 대한 욕망, 자아, 그 모든 것이 우리를 끌어내릴 수 있나요? 이번 주, 여행의 첫머리에서 우리는 느끼는 그대로를 느끼고 그 느낌을 밀어내지 않으며, 그 느낌에 압도당하지 않고 오직 그에 주목하고, 숙고하고, 알기 위한 의지를 가질 것입니다. 고통의 본질은 무엇이며, 얼마나 무거운가? 고통의 의미는 무엇인가? 고통에 닿고, 고통과 가까워지고, 고통을 받아들이는 것부터 시작하십시오. 안녕, 고통, 난 여기 너와 함께 있어. 네 옆에 있어. 난 너야. 난 고통이야. 있는 그대로를 인정하세요. 바로 지금."

조지프는 복음을 전도하듯 경쾌한 어조로 말한다. 그는 이야기하고, 그들은 침묵 속에 앉아 자신의 아픔을 찾고, 그 아픔이 자신에게 스며들도록 한다. 엉덩이가 아플 정도로 오래 앉아 있는다. 공이 몇 번 더 울리고, 그들은 천천히 인사를 하고 일어나 숙소로 간다.

그의 룸메이트는 붓고 창백하고 기력이 없다. 웨인. 웨인은 말 없이 더플백을 열고 리처드의 얼굴 앞에 털이 숭숭 난 새하얀 엉덩이를 번득이며 옷을 벗을 뿐이다. 리처드는 불을 끄고 벽을 보고 잔다. 새삼 이런 짓을 하기엔 너무 늦었다는 생각이 든다.

그는 한밤중에 여기가 로스앤젤레스의 호텔인지 브루클라인의 동생 집인지 아니면 어딘가의 병원인지 알지 못한 채 잠에서 깬다. 웨인의 코고는 소리가 굵고 낭랑해서 리처드는 다시 잠들지 못한다. 새벽 네시 반, 누군가가 복도를 오가며 종을 울린다. 사람들이 일어나 화장실로 간다. 차가운 물, 차가운 샤워, 거친 수건. 그리고 모두 명상실로 향한다.

누군가가 그의 방석을 옮겨놓았다. 오늘 아침 그의 방석이 다른 곳에 놓여 있다. 빡빡머리의 '행복하고 거만한' 남자가 그의 자리에 앉아 있다. 그런데 그게 그의 자리였나? 무엇이 우리의 것일까? 그 자리가 그의 것이 아니었다면 저 남자는 왜 그 자리를 가로챘지? 왜 그 자리를 탐낸 걸까? 리처드가 찍혀서 벌을 받는 걸까? 그는 이 일을 개인적인 것으로 받아들이고 보복을 결심한다. 그리고 오전 명상 시간의 절반을 그 일에 대해 생각하면서, 방석의 이동을 별거 아닌 일로 돌려 상관하지 않으려고 노력하면서 보낸다. 누군지는 몰라도 방석을 옮긴 사람은 그것이 다른 사람의 것이라고 생각했을지도 모른다. 리처드에게 좋은 일을 해준다고 생각했을지도 모르고, 그에게 문제가 될 거라고는 생각지 않았을지도 모른다. 아니면 그냥 저쪽으로 가서 저 남자를 밀어내야 할까? 저 남자는 이유를 알 것이고, 분명 그에 대해 안 좋은 감정을 느낄 것이다. 아니면 저 남자는 수양을 너무 많이 해서 어떤 일에도 신경 쓰지 않는지도 모른다. 어쩌면 이 모든 일이 리처드가 얼마나 이 수양을 필요로 하는지 증명하려는 술책인지도 모른다. 뭔가 자제하지 않으면 어떤 일이라도 사람을 미치게 할 수 있다는 걸 증명하려는 건지도 모른다. 그는 자제할 것이다. 자제할 것이다. 그러나 자제한다면 그대로 흘려버릴 수 없게 된다. 그만, 그만, 그만. 그는 생각을 떨쳐버리려 한다. 이건 나에게 도움이 되지 않아. 뜨거운 감자같이 그 생각이 계속 맴돈다.

불편하게 앉으면, 바뀔 것이다.

명상 시간이 반쯤 지나자 도넛 생각이 간절해진다. 앤힐의 도넛이 아니라 더 옛날, 어린 시절의 도넛이. 그는 오렌지 꽈배기도넛을 생생하게 기억한다. 설탕을 바르고 속에 오렌지 껍질을 점점이 넣은…… 바삭바삭하고 돌돌 말린 부드럽고 달콤한 도넛. 그는 도넛의 맛을 느낀다. 어린 시절의 몇 안 되는 좋은 추억인 그 도넛을 기억해낸 것과 앤힐을 만난 것은 우연의 일치이다. 옛 도넛과 새로운 도넛.

배가 몹시 고프다. 모두들 아침을 먹는다. 그는 요거트가 담긴 커다란 그릇에 꿀과 건포도를 잔뜩 넣어 먹는다. 맛있다. 너무 맛있다. 아주 오랫동안 아무것도 먹지 못한 것같이 맛있다.

명상실로 돌아간다. 그는 다른 사람들을 응시한다. 몇 사람은 참 아름답다. 그는 어떤 여자의 팔을 아주 오랫동안 보다가 시선을 돌려 어떤 남자의 등을 오랫동안 본다. 그들이 얼마나 우아한 자세로 가만히 있는지 지켜본다. 그러다가 뭔가가 변한다. 무엇인지는 알 수 없지만, 주위를 둘러보자 모두가 가난하고 비참하고 흉해 보인다. 갑자기 루살디가 증오스럽다. 악의를 가지고 이 수양회를 추천한 것 같다. 그는 눈을 감는다.

불편하게 앉으면, 바뀔 것이다.

무엇으로?

방 안 어딘가에 목이 간지러운 사람이 있는 모양이다. 조용히 해결하려고 조심스럽게 기침을 하지만 그것으로는 소용이 없다. 다시 기침을 하고는, 몇 분 후에 또 하고…… 어느 순간 리처드는 비명을 지르고 싶어진다. 이 새끼야, 제대로 기침하란 말이야!

같은 자세로 앉아만 있었더니 다리와 엉덩이가 아프다. 전날 밤 조지프는 포기하고 자세를 바꾸기 전에 불편함의 핵심으로 들어가서 스스로에게 이걸 흘려보낼 수 있겠느냐고, 흘려보내고 그대로 머물 수 있겠느냐고 물어보라고 했다.

여기에서 나가면 뭘 할까? 더 나은 사람이 되어 있을까? 그는 가족에게 어디 간다고 말해놓지 않았다. 자동응답기 메시지를 바꿔놓지 않았다. 전화를 해야 할까? 말이라도 남겨야 할까?

이 모든 것이 점심식사 전의 일이다.

오후에는 걷기 명상이 있다. 그들은 빙글빙글 원을 그리며 아주 느린 속도로 걷는다. 그는 밖에 나와서, 야외에 있을 수 있어서 기쁘다. 햇빛이 밝고 찬란하다. 그는 눈을 가늘게 뜬다. 가끔은 눈을 감고 몇 걸음을 옮기기도 한다. 모든 수감자들이 한데 묶여 사슬을 끌면서 걷는 질 나쁜 감옥 영화 같다. 한 명이 쓰러지면 모두 쓰러진다. 쓰러진 사람은 교도관의 총에 맞는다. 리처드는 주위를 둘러본다. 몇 사람은 정말 몸 상태가 안 좋고, 혼잣말을 중얼거린다.

고통을 변화시켜라. 변화가 더 나쁜 쪽으로 이루어진다면 받아들여라. 뭔가가 변하면 그것을 참아내고, 인내하라. 그러나 참아낼 수 없다면?

그는 조금 빨리 걷다가 앞사람에게 부딪치고 나서야 정신을 차리고 속도를 줄인다.

셋째 날 저녁의 대화 주제는 '개에 대한 이야기'이다. 개(dog)라는 단어를 거꾸로 읽으면 신(God)이 된다는 말장난과 관련이 있을 것이다. 이것은 즐거움에 대한, 기쁨에 대한, 짜증스러운 벼룩과 몸을 긁는 즐거움과 뼈다귀의 유혹, 뼈다귀를 묻어야 한다는 강박, 목줄의 답답함, 주인의 끌어당김, 달리는 자유로움, 공을 물어다가 주인에게 주는 행동에 대한 대화이다. 조지프는 스승과 제자, 교사와 학생의 관계에 대해 이야기한다. 이 관계는 교사가 관심을 접고, 학생, 즉 개가 단절되고 버려지면서 겪는 고통에서 절정에 이른다. 일종의 부모 자식 관계의 위기이다. 위기를 겪은 학생은 현실의 홀로됨을 경험하고 나서, 자아의 한계와 주인이나 스승과 하나가 되고 싶다는 열망/필요를 초월하게 된다.

개의 이야기는 희망적이지만, 스승과 제자 이야기는 조종과 두뇌 싸움처럼 느껴진다. 리처드가 원치 않는 이야기이다. 그는 긴장을 느끼며 마음을 다잡고 스스로를 닫아건다.

조지프가 말한다. "다른 사람이 보지 못하는 가운데 베풀 수 있는 게 있을까요? 어떻게 당신 옆에 있는 사람이 알지 못하게 베풀 수 있을까요? 방석에 앉은 자기 몸을 작게 만들어서 옆사람에게 공간을 더 줄까요? 호흡을 기쁘고 부드럽게 해서 옆사람이 불쾌해하지 않게 할까요? 몸에서 좋은 냄새가 나게 만들까요? 그 사람들 옆에 앉아서 기쁘다는 감정을 발산할까요?"

리처드는 방귀를 뀐다. 식사 때마다 그는 현미밥과 렌즈콩을 먹는다. 그러면서 소고기 맛이 난다고 스스로를 설득한다. 현미밥과 생야채를 먹고, 후식으로 요거트를 먹고, 내내 주체할 수 없이 방귀를 뀌어댄다. 다른 소리가 없기 때문에 모두가 방귀 소리를 듣는다. 명상 중이기 때문에 아무도 움직일 수 없다. 그리고 침묵을 지켜야 하기 때문에 그는 사과할 수가 없다. 조지프가 말하는 동안 또 방귀가 나온다.

"좌절하거나 화가 나면 다른 사람은 뭘 원하고 필요로 하는지 묻고, 긍정적인 생각을 외부로 돌리십시오."

저녁 대화 후에 리처드는 자루걸레로 복도를 닦고 있는 남자 옆을 지나간다. 수련 중인 사람일까, 방과 식사를 제공받고(여기에서는 장학생이라고 부른다) 일하는 사람일까, 아니면 정식 직원이나 관리인일까? 리처드가 목례를 하자 그 남자도 목례를 한다. 그리고 슬그머니 말한다. "대마초 팝니다. 대마초 있어요."

그는 침대에 누워 벤을 생각한다. 여행 중인 벤과 벤의 모험을 생각한다. 벤은 여기 들어온 아빠를 어떻게 생각할까? 또 대마초 판매를 어떻게 생각할까?

넷째 날, 그는 앉아 있는 것과 일찍 일어나는 것과 형편없는 음식에 지친다. 숨을 쉴 때마다 가슴의 무게가 느껴지고, 폐와 갈비뼈와 피부가 올라갔다 가라앉는 게 느껴진다. 그는 동생을 생각한다. 동생을 봐서 얼마나 좋았는지. 하지만 동생 부부는 왜 그의 전처를 휴가에 초대했을까? 벤이 그에게 등을 돌리도록 만든 것도 동생일지 모른다. 아닐지도 모른다. 그저 친절하게 대하며 리처드의 빈자리를 채워준 것인지도. 그는 부모님을 생각한다. 죽을지도 모른다고 생각했던 병원에서의 밤을 생각한다. 그는 이 수양에서 살아남으면 더 좋은 계획을 세우리라 다짐한다. 자신의 장례식을 직접 계획해서, 아무도 그 일을 할 필요가 없게 할 것이다. 지금 죽으면 사람들은 어떻게 할까? 누군가가 누군가에게 전화를 하고, 장례식이 이루어지겠지. 부모님은 그를 브루클린으로, 조부모가 묻힌 퀸스의 공동묘지로 데려갈 것이다. 아니면 플로리다로 데려가 보카 영묘에 매장할지도 모른다. 아버지 쪽 친척들은 자신들이 묻힐 땅에 대해, 얼마나 많은 매장지를 갖고 있는지에 대해 이야기하곤 했다. 매장지는 절대 충분하지 않았다. 리처드는 여기에 땅을 살 것이다. 묻힐 곳을 구해둘 것이다. 그가 묻힐 곳과, 혹시 누군가가 같이 묻히고 싶어할 경우에 대비해 여분의 자리도 몇 곳 사둘 것이다.

왜 이런 생각을 하고 있지? 그의 마음은 바닥없는 구덩이, 깊고 어두운 굴, 속눈썹이나 촉수나 문어의 팔 같은 섬유조직이 달린 목구멍 같다. 강하고, 위험하고, 소리 없는.

"난 죽고 싶지 않아." 그는 비명을 지른다.

정말로 비명을 지른 걸까, 아니면 그저 상상만 한 걸까?

오후에는 비가 내린다. 계절에 맞지 않는 폭우이다. 하늘이 시커멓고, 온통 어두워서 그들은 명상실에 촛불을 켜고 걷기 명상을 한다. 그리고 앉는다. 몇 시간 동안 앉아 있다. 리처드는 앉은 채 잠이 든다. 그러다 자신의 코고는 소리에 퍼뜩 깨어난다.

비는 밤까지 계속 내린다. 리처드는 깨어 있다. 일정이 뒤죽박죽이다. 그는 복도를 헤매 다닌다. 감자튀김 냄새에 이끌려 접수대로 간다. 젊은 여자 경비원이 치즈버거와 감자튀김을 먹고 있다.

그가 다가가자 여자가 말한다. "난 그쪽 사람이 아니니까 말해도 괜찮아요."

"냄새가 근사하네요."

"좀 드세요."

그는 여자와 같이 사무실에 앉아 소리를 죽여놓은 작은 흑백텔레비전을 본다. 여자가 말한다. "난 완벽한 사람이 아니에요. 사실 그러려고 하지도 않고요. 새벽 세시에 내가 뭘 하고 있길 기대할까요? 책이라도 읽을 줄 알까요?"

그는 고개를 끄덕인다.

"지내긴 어때요, 괜찮아요?" 여자가 묻는다.

"이번이 처음이에요." 그가 말한다.

"잘하고 계신 것 같네요. 가끔은 무너지는 사람도 나와요. 자기가 누군지, 왜 여기 있는지 모르게 되는 거죠. 구속복과 비슷하지만 그보다는 편안한 특별 담요가 있어요, 구속 담요라고 부르는. 우리는 발작을 일으킨 사람을 구속 담요로 싸고 이야기를 해서 진정시켜요. 특별 전화번호가 있어서 그 번호로 전화하면 특별팀이 와서 도와주죠. 전 한 번밖에 못 해봤어요. 극적이었죠. 어느 여자분이 우주선이 자길 데리러 온다고 생각했거든요. 차 한잔 드실래요?"

"고맙지만 괜찮아요. 가서 다시 잠을 청해봐야겠어요. 만나서 반가웠어요."

"푹 주무세요." 여자가 말한다.

그는 그 말대로 푹 잔다.

매일 우는 남자가 하나 있다. 아침 명상 시간에 훌쩍이기 시작해서 멈추지 않는다. 훌쩍임이 흐느낌으로 변하고, 울음은 점점 심해진다. 리처드는 우는 남자를 측은하게 여기고 마음을 써야 한다는 걸 알지만, 그 남자는 모두의 기분을 망치고 있다. 왜 울음을 그치지 않는 걸까. 왜 누군가가 울음을 그치게 하지 않는 걸까. 왜 그 남자는 일어나서 방을 나가지 않는 걸까. 왜 저렇게 정신을 놓은 걸까. 왜 리처드는 그것 때문에 그 남자가 미워지는 걸까?

그리고 왜 아무도 일어나 그 남자를 달래려 하지 않는 걸까? 규칙에 어긋나나? 왜 다들 하던 일을 멈추고 가보지 않나? 그 남자를 달랠 수 있으면, 그 남자에게 무슨 문제가 있는지 알면 미움이 덜해질까? 그 남자의 울음이 당혹스러운 것은 자기들에게도 같은 일이 일어날 수 있고, 그 고통이 얼마나 깊은지 알고, 다들 자신도 울기 시작하면 그치지 못할 수 있다는 사실이 두렵기 때문일까?

마침내 그 남자가 구역질을 하다시피 헐떡거리며 울음을 억제한다.

점심시간, 식당 문에 게시문이 붙어 있다. '배앓이가 있으신 분은 이곳을 보세요.' 그 아래에 치료약 바구니가 있다. 펩토 비스몰, 카오펙테이트, 이모듐, 그리고 다양한 약초제와 차.

공동체 안에 악성 바이러스가 돌아 사방에 게시문이 붙는다. '올바른 위생법을 따르세요' '잊지 말고 손을 자주 씻으세요' '더 부드러운 화장실 휴지를 주문했습니다.'

늦은 오후에는 그 게시문 위에 휘갈겨 쓴 낙서가 잔뜩 있다. '무료 결장 세척 '화장실 가서도 명상을 하나?' '명상이 질병을 부른다' '조지프도 방귀 뀌더라' '쏟아지는 설사도 실습이냐?' 도대체 누가, 언제 이런 걸 쓴 걸까? 본 사람이 있을까? 연필이며 펜은 어디에서 난 걸까?

그의 룸메이트 웨인은 한마디 말도 없이 일찍 떠났다. 셔츠를 갈아입으려고 방에 돌아와보니 웨인은 없고 침대 시트는 벗겨져 있다. 리처드는 지갑과 소지품이 제자리에 있는지 확인한다.

지압.

리처드는 입실하면서 다섯째 날 오후에 지압을 받기로 예약해 두었다.

지압사는 리처드와 악수를 하며 너무 오래, 일 분 가까이 손을 잡고 있다. 그녀는 기꺼이 리처드를 자기 소굴로 맞아들인다. "편하게 생각하세요. 특별히 제가 알아야 할 거라도?"

"특별한 건 없습니다. 그러니까 등이 아프고, 다리도 아프고, 어깨와 목도 아프긴 해요."

"그래서 제가 여기 있는 거죠. 어서 준비하세요. 얼굴을 위로 하고 시트를 덮고 누우면 시작하죠." 그녀는 리처드가 옷을 벗는 동안 밖으로 나간다.

리처드는 시트를 덮고 말한다. "됐습니다."

"필요하다면 얘기를 해도 좋아요. 여긴 방음이 되니까. 어떤 분은 내내 말을 하기도 해요. 말할 수 있다는 게 너무 기뻐서 말이에요."

"괜찮습니다." 리처드가 말한다.

224

지압사의 손길이 닿자 너무나 마음이 놓인다. 다른 사람과의 접촉을 얼마나 그리워했는지 모르고 있었다. 따뜻한 기름, 지압사의 손길, 환상적이다. 그는 눈을 감고 깊이 숨을 들이마신다.

"이 정도 세기면 괜찮을까요?"

압력은 강하지만 여성적이다. "완벽해요."

그녀는 리처드의 두개골 아래로 손가락을 밀어넣는다. 그의 뇌를 주물러서 뒤얽힌 부분을 풀어내는 것 같다.

"원한다면 계속할 수도 있어요." 지압사가 어느 시점에선가, 리처드가 엎드려 도넛 구멍 같은 얼굴받침에 얼굴을 누르고 있을 때 말한다.

"무슨 말입니까?"

"이 뒤에 예약했던 분이 취소하셨거든요. 원한다면 연장할 수 있다고요."

"그러면 좋겠군요."

"구십 달러 추가예요."

"좋아요." 그는 얼굴받침에 눌린 채 말한다.

"대둔근이 많이 긴장했네요. 한번 풀어볼까요? 체내 마사지를 한다거나?"

"그래요." 그가 말한다.

그녀의 손가락이 그의 엉덩이 위로 미끄러져 올라가자, 그는 충격을 받고 근육을 조인다.

"미안해요. 미리 말씀드렸어야 했는데. 이게 체내 마사지예요. 괜찮으세요?"

"그런 것 같아요." 그는 자기 엉덩이가 얼마나 세게 그녀의 손가락을 조이고 있는지에 창피해져서 대답한다.

"긴장을 풀고, 괜한 판단은 마세요." 그녀는 손가락을 앞뒤로 밀며, 한 번도 누가 만진 적 없는 곳을 문지른다. 그는 성기가 단단해지는 걸 느낀다.

"걱정 마세요. 다 마사지의 일부니까요." 이 여자가 그의 엉덩이 안쪽을 문지르는 방식에는 진지함이 있다. 정말로 뭔가를 하고 있는 것이다.

"모두가 여기까지 가는 걸 허락하진 않아요. 무척 깊은 곳이니까요." 그녀가 말한다.

"환상적이에요." 그가 말한다.

"고마워요." 그는 그 목소리에서 부끄러워하는 기색을 알아챈다.

그 마사지 덕분에 울던 여자가 떠오른다. 신시아는 지금 뭘 하고 있을까. 요가겠지. 리처드가 시체처럼 누워 있는 동안 신시아는 나무처럼 서 있을 것이다.

그는 다섯째 날 밤의 대화 후에 조지프와 면담을 한다. 수양회에 참가한 사람들은 짧은 면담을 통해 몇 분 동안 질문을 던지고 사적인 이야기를 할 기회를 얻는다. 리처드는 조지프의 사무실 밖 복도에 놓인 의자에 앉아 있다. 영적인 안내자라도 사무실은 있다.

앞에 남녀 한 쌍이 있다. 복도에 앉아서 소곤거리고 쉿 소리를 내며 싸우고 있다. 갑자기 튕기듯이 문이 열리고 두 사람이 안으로 들어간다. 문이 닫힌다. 그는 4학년으로 돌아가 교장실의 호출을 기다리는 듯한 기분이 든다. 면담은 어떻게 진행될까? 조지프가 질문을 던질까? 시험 같은 걸까? 뭐든 간에 그는 통과하고 싶다. 똑똑해 보이고 싶다. 이기고 싶다.

차례가 돌아오자 그는 들어가서 조지프 맞은편 의자에 앉아, 기다린다.

조지프가 그를 본다.

모든 것이 사소해 보인다. 그의 방석을 옮겨놓았던 '행복하고 거만한 남자'에 대해 말하려다 그만두기로 한다. "내 마음이 어떻게 움직이는가가 나에겐 가장 놀라운 일인 것 같습니다. 뭔가가 너무나 중요해 보였다가도 한순간만 지나면 절대 잊을 수 없다고 믿었던 게 뭐였는지조차 기억나지 않아요."

조지프가 고개를 끄덕인다. "수련은 어떠십니까?"

"노력하는 중입니다. 난 스스로를 오래전에 버렸어요. 이 수련으로 내가 누군지 되살릴 수 있길 바랍니다. 날 자유롭게 해주고, 열어주고, 바꿔주기를요."

"이건 그저 수련일 뿐입니다. 아무것도 실제로 해주진 않아요." 조지프가 말한다.

"압니다." 리처드는 아래를 내려다보고 말한다. 아래를 내려다보는 순간 면담은 끝이라는 걸 알고 있다. 면담이 시작되기도 전에 끝난 것이다.

조지프는 앉아서 기다린다. 어떻게 저렇게 앉아서 가만히 기다릴 수가 있지?

리처드는 나가려고 일어선다.

"몸조심하세요." 조지프가 말한다.

침묵 엿새째. 오늘은 온통 폭력이다. 믿을 수 없을 정도의 폭력성이 솟아오른다. 때려 부수고, 때리고, 후려치고 싶은 충동. 그는 어떻게 폭력성이 나타나는지, 어떻게 분노가 솟아오르는지 느낄 수 있다. 그는 본때를 보여주려고, 자신을 표현하려고, 무시당하지 않으려고 학교에 총을 가져가는 아이들에 대해 생각한다. 어정어정 편의점에 들어가 점원의 머리에 총을 겨누는 남자들에 대해 생각한다. 그가 가게 안에 있는데 누군가가 총을 들고 들어오면 어떻게 할까? 대화를 시도해볼까? 어쩌다 이렇게 됐나요? 분노가 쌓이던가요? 지금 심정은 어떤가요? 누굴 죽여본 적이 있나요? 좋던가요? 힘이 솟구치고, 섹스할 때보다 천배는 나은 해방감이 들던가요? 당신이 고통받은 만큼 누군가를 고통스럽게 만드는 행위가 엑스터시를 줍니까? 그는 하루 종일 분노에 젖어서, 이곳을 나가 집에 가면 뭘 할지 걱정하면서 보낸다.

그는 누굴 죽이는 대신 화장실 바닥에서 주운 펜으로 칸막이에 낙서를 한다. '명상은 앉아만 있고 싶어하는 사람을 위한 것이다. 철학적인 명상은 고상한 게 아니다. 침묵을 멈춰라!'

오후 명상 시간에 그는 이곳을 떠나야 하기 때문에 자신이 화가 났다는 사실을 깨닫는다. 그는 이곳의 구조에, 언제나 주위에 다른 따뜻한 육체들이 있다는 사실에, 새벽 네시 반에 울리는 종소리에, 매일 똑같이 형편없는 음식에, 다른 사람의 자리를 훔치고,

다 쓴 화장지를 갈아 끼우지 않고, 마지막 남은 밥을 먹어버림으로써 적개심을 표현할 수 있다는 사실에 길이 들었다.

다음 날 아침, 그는 종이 울리기도 전에 일어나 짐을 싼다. 아침 명상 시간에 조지프가 짧게 이야기한다. "다시 들어올 때를 준비하고, 이번 경험에서 얻은 바에 대해 이야기할 시간을 가집시다. 인생은 생각에 잠겨 지나간 과거를 되씹는 게 아닙니다. 지금 이 순간에 머물며 자신의 감정과 지나가는 감정의 단계들을 알아차리고 흘려보내십시오. 마음의 동요를 끌어안으세요. 일어나는 모든 일을 받아들이세요." 리처드는 앉아 있다. 자신의 엉덩이를 또렷하게 인식하고 있다. 거의 고통스럽기까지 하지만, 환상적인 기분이기도 하다. 단 한 번도 그렇게 생생한 적이 없었던 방식으로 살아 있는 기분이다. 그는 미소를 띠고 앉아서 가끔씩 몸을 흔든다. 어쩌면 빡빡머리의 '행복하고 거만한 남자'도 매일 엉덩이를 문질렀는지 모른다.

"소리를 내어 성대를 풀어줍시다." 조지프가 시작하고, 모두가 따라 한다. 부름과 응답 같다. 그 소리에 리처드는 목덜미 털이 곤두선다.

아침을 먹은 뒤, 리처드는 한 번도 얘기해보지 않았던 사람들과 포옹한다. "당신은 등이 아름다워요." 리처드는 한 여자에게 말한다.

'행복하고 거만한 남자'가 말한다. "내가 당신 자리를 훔쳤소. 당신은 그게 당신 자리라고 생각했겠지만 실은 내 자리였거든. 늘 그 자리에 앉았지. 미안해요. 그 자리를 고집하면 안 되는 건데 그랬네요. 아직 갈 길이 먼가봐요."

"우리 모두 그렇지요." 리처드가 말한다.

그는 정문으로 걸어나가서, 주차장에서 차를 찾느라 이십 분을 보낸다. 슬슬 불안해지고, 침착성을 잃고, 침묵과 남은 삶 사이의 차이를 느낀다. 차를 도둑맞았다는 생각이 드는 순간, 문득 손에 든 열쇠를 내려다보니 도요타 표시가 있다. 그제야 자기 차를 가져오지 않았다는 사실이 기억난다. 괴상한 농담 같다.

그는 도넛 가게로 차를 몬다. 그를 보자 앤힐의 윗입술이 떨리고 눈에 눈물이 가득 고인다. 리처드는 그런 감정 표현에 놀란다. 이 남자가 이렇게나 그를 걱정하고 그리워했다니. 리처드는 앤힐을 포옹한다.

앤힐이 고백한다. "메르세데스를 연례 자동차 축복 행사에 데려갔었어. 정비가 필요 없는 주행을 기원하고 성스러운 수리 서비스를 받고 부품을 좀 교체할 수 있을까 싶어서였는데 일이 잘못되고 말았어. 너무 끔찍해. 이 행사의 정신에 완전히 어긋나는 일이 벌어졌어. 누군가가 열쇠로 자동차를 긁어서 페인트를 벗겨놓은 거야. 메르세데스가 부상을 입었어. 어떻게 사과해야 할지 모르겠네. 뭘 해야 할지 모르겠더라고. 침묵 수양 중인데 전화할 수도 없고. 정비소에 데려갔는데 고칠 수는 있지만 엄청나게 비싸대. 이 것도 보험 처리가 될까?"

"다행인 건, 고작해야 자동차라는 거지."

"아름다운 자동차야. 그런데 흠이 생겼어."

"괜찮을 거야."

"화를 내거나 내가 자동차를 잘못 다뤘다고 생각하지 않으니 다행이야."

"화나지 않았어." 리처드는 미소 짓는다. 앤힐이 보여준 애정이 그를 위한 것이 아니었다는 사실에 조금 실망했지만, 그래도 앤힐을 보니 기쁘다.

"도넛 먹겠어?"

"뜨거운 물과 레몬 조각이면 돼. 있다면."

"의식은 너무나 아름답고, 자동차에 대한 경의가 가득했어. 사람들이 경적을 울렸지." 앤힐이 뜨거운 물을 부어준다. "시리얼도 있는데."

리처드는 고개를 젓는다. "아주 일찍 아침식사를 했어."

"침묵은 어땠나? 정화가 됐어? 목소리가 들렸어? 가끔 그런 일이 일어나더라고. 위대한 종교인은 예언자든 선지자든 목소리를 듣지. 직접 가보기 전에는 아무 말도 안 하려고 했어. 걱정할 수도 있으니까."

리처드는 시계를 확인한다. "가봐야겠네."

앤힐이 같이 걸어나와 차를 보여준다. 조수석 쪽이 두껍게 긁혔다.

"굉장히 불행한 사람만이 이런 짓을 하지."

"괜찮아." 리처드가 차에 오르며 말한다. "곧 또 봐."

그녀가 있다. 잘 쉬고 원기를 회복한 듯, 머리를 새로 하고 골든 도어의 운동복 차림으로 현관에 앉아 있다. 로스앤젤레스의 숙녀 그 자체다.

그는 현관문도 열지 않는다. 집은 떠날 때 그대로이고, 구덩이도 그대로라는 것만 확인한다. 인도 옆에 오렌지색 원뿔형 표지가 두 개 놓여 있고 차도 한가운데에서 풀밭 위까지 스프레이 페인트로 일련의 표시를 해놨다는 점만 빼면 모든 것이 그대로이다.

"어땠어요?" 그가 묻는다.

"굉장했어요. 정말 멋졌어요. 당신은 마른 것 같네요."

"다들 설사를 했어요. 식중독인지, 병원균인지, 섬유소가 너무 많아서인지는 모르겠지만."

"우린 매일 아침 5마일씩 걸었어요." 그녀는 언덕을 오르는 리처드를 따라나서며 말한다. 그리고 팔을 흔들며 리처드 주위를 돈다.

"천천히 가요. 닷새 동안 앉아만 있었어요. 매일 한 시간씩 걷기 명상을 했지만 그게 다였어요." 리처드는 걷기 명상 흉내를 낸다. 달 표면을 걷는 마르셀 마르소* 같다.

"지금 우리 어디 가는 거예요?" 그녀가 묻는다.

"태드 포드의 집."

"설마, 그럴 리가요."

"아니, 맞아요."

"왜 말해주지 않았어요? 옷도 제대로 안 차려입었는데. 운동복

---

* 프랑스 출신의 세계적인 마임 배우.

차림이라고요."

"딱 좋아요."

"빙고 게임에서 땄어요. 그런데 태드 포드를 어떻게 알아요?"

"말이 구덩이에 들어갔을 때 만났어요."

"희한하네요."

리처드는 고개를 끄덕인다.

"칠천 달러짜리 휴양지에서 일주일을 보내고 방금 돌아와서는 농산물 코너에서 만난 남자랑 점심을 먹으러 영화배우의 집에 가고 있다니. 〈천사의 손길〉*에 나오는 사람 같네요. 그런데 다리는 어때요?"

"나아졌어요."

"앤디에게 네시에 데리러 오라고 했어요. 잘될까요?"

"언제 전화했어요?"

"휴대전화를 몰래 가지고 들어온 여자가 있었는데 입 다물어주는 대가로 빌려 썼어요. 전화했더니 그러더군요. '발신자 표시로 당신 번호 알아냈어'. '내 번호가 아니야'라고 했더니 '언제 돌아올지 말해. 빨래는 넘치고, 접시는 사방에 널려 있고, 먹을 것도 떨어져가'라더군요. 그래서 '세탁실에 세제 있고, 싱크대 밑에 수세미 있고, 식품점은 길 바로 아래에 있어'라고 하고는 '이제 끊어야 해'라고 했죠."

리처드는 껍질이 벗겨진 듯한 기분이다. 보는 것, 냄새 맡는 것,

---

* CBS의 인기 쇼 프로.

건드리는 것마다 깊은 충격을 준다. 모든 것이 투과해 들어온다. 마냥 좋기만 한 기분은 아니다.

태드의 여동생이 마중을 나온다. "사바나예요."

"원래 이름은 줄리인데 바꾼 거랍니다." 태드가 부엌에서 외친다.

"자유세계잖아." 사바나가 말한다.

그들은 영화배우의 거실을 가로질러 캔틸레버 공법으로 설계해 로스앤젤레스 위에 튀어나와 있는 야외 테라스로 나간다. 사바나가 두 사람에게 얼음처럼 차가운 붉은색 음료수를 건넨다.

"석류를 짜 넣은 레모네이드예요." 태드가 허리에 앞치마를 두르고 나오면서 말한다.

"놀라운 맛인데요. 어디에서 구했어요?" 신시아가 묻는다.

"직접 만들었어요. 내가 만든 라임 설탕에 갓 짜낸 레몬과 석류를 더한 다음, 거르고, 식히고, 내놓기 직전에 정원에서 딴 박하를 약간 비벼 넣은 거예요."

"완벽한 조합이네요." 신시아가 말한다.

"두 사람 닮았어요." 리처드는 마치 그 사실이 놀랍다는 듯 말한다.

사바나가 말한다. "아이리쉬 트윈*이거든요. 십일 개월 차이죠."

그들은 어딘가 아주 먼 곳에서, 아주 오래전에 만든 듯한 식기가 놓인 아름다운 식탁에 앉는다.

"토스카나 산?"

_____

* 일 년 이내에 태어난 형제자매를 일컫는 속어.

"니만 마커스 산이죠." 사바나가 말한다.

태드가 리처드에게 말한다. "모조리 듣고 싶은데요. 엉덩이가 계속 아픈가요? 기분은 달라졌어요? 기진맥진이에요?"

"기분은 좋습니다. 수양회에 가길 잘했어요. 아무 일 없이도 기분이 그렇게 바뀔 수 있다는 걸 아니 재미있더군요. 외면은 조용해도 내면은 시끌벅적했어요."

"그럴 줄 알았어요. 길에 들어섰군요."

"그 길로 가거나 아니면 약물치료를 받아야겠죠." 사바나가 말한다.

"당신이 세상을 바꾸는 거예요." 태드가 말한다.

"아참, 방석 고마워요. 있고 없고의 차이가 컸어요."

집 안에서 타이머가 울린다. "점심식사 대령이요." 영화배우가 말하며 누이동생과 같이 안으로 들어간다.

"태드 포드 정말 귀엽네요." 신시아가 소곤거린다.

"둘이 표정이 똑같아요. 당황스러운데요." 리처드가 말한다.

"두 번 구운 칠레 농어 나왔습니다." 태드가 생선 요리를 들고 오며 말한다.

"아보카도, 토마토와 양파 샐러드에 아루굴라*와 회향 열매를 넣은 샐러드예요." 사바나가 말한다.

"정말 요리책을 내야겠는데요." 리처드가 말한다.

"당신도 배우인가요?" 신시아가 사바나에게 묻는다.

---

* 샐러드용으로 많이 쓰이는 겨자과 채소.

사바나는 숨을 크게 들이쉬더니 아리아의 도입부를 부른다. 사바나의 목소리는 다른 세상의 소리 같다. 계곡을 멈추고, 언덕을 울리고, 크레바스를 채우고, 잠시 허공에 멈췄다가 메아리친다.

청중들이 갈채를 보낸다.

"와." 신시아가 감탄한다.

"이 녀석은 진짜 스타예요." 태드가 말한다.

"난 여기에 몇 주만 있다가 돌아갈 거예요."

"어디로요?" 신시아가 묻는다.

"파리 오페라로요."

리처드가 말한다. "내가 먹어본 중 제일 맛있는 식사예요. 사람을 변화시키는 요리란 이런 걸 두고 하는 말이겠죠."

태드가 대꾸한다. "그 칭찬은 에누리해서 듣기로 하지요. 어쨌든 일주일이나 제대로 먹질 못했으니까요."

"당신은 어떻게 지냈어요?" 두 사람은 신시아에게 묻는다.

"일주일 내내 골든 도어에 있었어요. 오늘 아침에 막 나왔죠."

태드와 사바나는 이구동성으로 말한다. "거기 정말 최고죠? 우린 온 가족이 같이 갔어요."

리처드는 말없이 앉아서 태드와 신시아의 대화에 귀를 기울인다. 테라스, 풍경, 모든 것의 색채와 질감이 놀랍다. 약에 취하기라도 한 것 같다. 오늘 아침 마지막으로 마시고 나온 차가 멍키주스*였던 게 분명하다고 단언할 지경이다. 태드의 테라스에 있는

---

* 도수 높은 술이나 헤로인 같은 약물을 가리키는 속어.

모든 것이 완벽하고, 모든 것이 그가 원하는 식으로 존재한다.

"괜찮아요?" 사람들이 묻는다.

"괜찮아요. 난 괜찮아요." 그가 말한다.

신시아는 태드와 사바나에게 어린 시절의 모험담에 대해, 동부 해안에서 아버지와 함께 게를 잡던 일에 대해 이야기한다. 연에 매단 생닭고기를 물속에 넣고는 게들이 협공해서 달려드는 모습을 지켜보았다는 내용이다.

"동부 출신인 줄은 몰랐어요." 리처드가 말한다.

"당연히 동부 출신이죠. 이곳에서 태어난 사람은 거의 없어요. 다들 옮겨온 거죠."

신시아와 태드는 꽤 잘 맞는 것 같다. 어떻게 영화배우와 우울한 가정주부 사이에 저렇게 공통점이 많을까?

"그러니까 영화를 찍거나 구덩이에서 말을 꺼내주지 않을 때는 뭘 하세요?" 신시아가 묻는다.

"요리를 하죠. 그리고 책을 읽어요. 하루에 한 권씩. 지금은 서부 역사에 관한 책을 읽고 있어요."

"난 북클럽에서 레지나 디트몽의 신작을 읽고 있어요."

"북클럽에 가입한 줄은 몰랐는데요." 리처드가 말한다.

"음, 북클럽이야 들어가겠다고 지원해야 하거나 그런 건 아니니까요. 누구든 북클럽에 들어갈 수 있어요. 책을 읽기만 하면 돼요."

"좋군요. 사람들과 이야기할 기회가 생기잖아요." 리처드가 말한다.

"북클럽을 과대평가하진 말아요. 두 여자친구에 대한 이야기인

줄 알고 이 책을 골랐죠. 영국 여왕과 그 동생에 대한 이야기인 줄
은 몰랐다고요."

"두 분이 어떻게 만났어요?" 태드가 묻는다.

"우린 그냥 친구 사이예요." 리처드가 말한다.

"랠프 농산물 코너에서 만났어요. 난 인생이 엿 같아서 울고 있
었고, 저 사람은 차에 치여서 다리에 얼음주머니를 달고 있었죠.
난 카벌 케이크를 사라고 권했고요."

"나도 카벌 케이크 좋아해요." 태드가 말한다.

"미식가는 아니로군요." 리처드가 말한다.

"우린 생일 때마다 카벌 케이크를 먹었어요." 사바나가 덧붙인
다.

태드는 집 안으로 들어가 쿠키 접시와 큼지막한 찻주전자를 들
고 돌아온다. "여러분을 위해 구웠습니다. 라임 쿠키와 초콜릿 머
랭 드롭스예요."

"훌륭해요." 리처드는 쿠키가 입에서 녹아내리는 가운데 말한다.

따뜻하고, 신기할 정도로 겉치레가 없는 오후이다. 어떻게 그럴
수 있는지 알 수가 없다. 그는 끊임없는 관심을 필요로 하지 않는
영화배우를 만난 적이 없다.

아주 오랫동안 테라스에 앉아 있는다. 마침내 신시아가 손목시
계를 보고 말한다. "정말 가야겠네요."

태드는 작별 인사로 두 사람을 안고 볼에 입을 맞춘다. 두 사람
은 다시 리처드의 집을 향해 언덕을 내려간다.

"태드 포드가 날 위해 점심을 만들어주다니 믿을 수가 없어요.

진짜 일어난 일 맞아요? 내가 복권에라도 당첨된 건가요?"

그는 고개를 끄덕인다.

"즐거웠어요?" 그녀가 묻는다.

"즐길 수 있는 만큼은 즐거웠지요. 모든 것이 조금 이상하게 느껴져요. 내가 어떻게 된 건지 모르겠어요. 내 자이로스코프가 고장났나봐요."

그는 집에 돌아와 다시 현관 계단에 앉는다. "난 아직 들어갈 준비가 안 됐어요."

"화장실 좀 빌려도 될까요?"

"그래요. 하지만 돌려줘야 합니다." 그는 농담을 던지고 그녀를 들여보낸다.

커다란 미니밴이 멈춘다. 리처드는 현관 계단에 앉아 외친다. "곧 나올 겁니다."

신시아가 나오자 그녀의 남편이 말한다. "우주선이 당신을 내려놓은 데가 여기야?"

"돌아가지 않아도 돼요." 리처드가 작게 말한다. 두 사람은 현관에 나란히 서서 미니밴을 본다.

"정말 그렇게 해도 될까요?"

"왜 안 되겠어요?"

"갈 곳도 없고, 직업도 없고, 스스로를 돌볼 능력도 없는데요."

"그건 별것 아니에요."

남편이 경적을 울린다. "빨리 타."

"가도 될지 모르겠어." 신시아는 거리를 유지하며 외친다.

"차에 타라니까." 남편이 날카롭게 말한다.

그녀는 고개를 젓는다. "돌아가려고 했는데, 안 되겠어. 와줘서 고마워."

"이봐, 신시아. 차에 타서 얘기하자고. 애들이 인사하고 싶어해."

아이들은 어찌할 바를 모르는 얼굴로 뒷자리에 안전벨트를 매고 앉아 있다. 독특한 나이대다. 어린아이라기에는 너무 크고, 십대라기에는 너무 어리다.

신시아가 차로 다가간다.

"왜 애들을 데려왔어?"

"돌볼 사람도 없이 집에 둘 순 없잖아."

"이젠 돌볼 사람이 필요 없는 나이야. 서로 돌봐줄 수 있어."

"차에 타, 신시아. 내가 내리면 보기 좋게 끝나진 않을 텐데."

"점잖게 굴어요." 리처드가 말한다.

"점잖게 굴라니, 그게 무슨 소리야? 내가 비열한 사람인 줄 알아? 마누라를 때리기라도 할까봐? 그러거나 말거나 네놈이 뭔데?" 남편이 차에서 내려 신시아의 팔목을 잡으며 말한다.

신시아가 비명을 지른다.

리처드가 다가가며 말한다. "놔줘요."

"나한테 이래라저래라 하지 마." 남편이 아내의 팔을 비틀며 말한다.

"놔줘." 신시아가 말한다.

"차에 타."

"난 안 타. 절대 안 탈 거야. 그러니까 놔주고 조용히 갈 길 가.

안 그러면 애들 앞에서 꼴사나운 장면을 연출할 줄 알아."

남편은 신시아의 팔을 놓고 물러선다. "뭐 하는 거야? 당신을 데리러 왔잖아. 이만하면 잘하는 거라고 생각하는데. 다같이 저녁 먹으러 가려고 했어. 가서 얘기하면 어때? 그런 다음에 돌아가고 싶지 않다고 하면 나도 강요하지 않을게."

"날 당신 마음대로 휘두를 순 없어."

"알았어."

"이 사람도 같이 가." 신시아가 리처드의 소매를 잡고 말한다.

이건 리처드가 가장 원치 않는 일이다. 그는 혼자 있으면서 모든 것에 대해 생각하고, 정리해보고 싶다.

그들은 찌그러진 침묵 속에서 차를 달려 시내에 있는 유명한 스테이크 레스토랑의 칸막이 좌석에 구겨 앉는다.

이건 완전히 다른 세계이다. 리처드는 돌연히, 그리고 친밀하게 신시아의 삶에 끼어들고 말았다.

"마실 것은요?" 종업원이 묻는다.

"전부 콜라로." 남편이 말한다.

"난 물만 주세요." 신시아가 말한다.

"주스는 없습니까?" 리처드가 묻는다.

"크랜베리, 오렌지, 자몽 주스가 있어요. 생과일주스는 없으니까 물어보실 필요 없어요."

"난 다진 샐러드를 먹고 싶어요." 신시아가 말한다.

"스테이크 먹어." 남편이 말한다.

"그렇게 배고프지 않아."

"맙소사. 우린 스테이크 가게에 왔다고. 이 사람도 스테이크로 줘요. 미디엄으로. 구운 감자와 브로콜리 곁들여서."

"나 감자튀김이랑 구운 감자 먹어도 돼?" 남자아이가 묻는다.

"안 돼." 남편이 대답한다.

"난 햄버거 먹을래, 빵은 빼고." 여자아이가 말한다.

리처드는 신시아의 귓가에 속삭인다. "주문을 바꿔요."

"못 해요."

"아니, 할 수 있어요."

"손님은요?"

"난 됐습니다. 아직 점심 먹은 게 꺼지지 않았어요."

"맙소사, 뭐든 드쇼 좀."

"야채로 하죠." 리처드가 말한다. "찐 야채 있습니까?"

"여긴 스테이크 가게지 중국집이 아니에요. 해드릴 수 있는 게 있나 보죠." 종업원이 멀어진다.

그들은 앉아서 둥근 빵과 버터를 만지작거린다.

"클리퍼드네 아빠가 클리퍼드네 엄마의 제일 친한 친구랑 바람이 나서 클리퍼드네 엄마가 가슴 수술을 받았어." 신시아의 아들이 말한다.

신시아가 그 말을 끊는다. "우린 그냥 친구야."

리처드가 팔꿈치로 신시아를 찌른다. "주문 바꿔요."

"금방 돌아올게요." 신시아가 일어서며 말한다.

리처드는 남자아이에게 미소를 짓는다. 리처드의 마음에 들지 않는 아이이다. 마시멜로처럼 포동포동하고 끊임없이 낑낑거리면서 말한다.

"우리 엄마 어디서 만났어요?" 어린 여자아이가 묻는다.

"농산물 코너에서. 너희가 자기 요리를 좋아하지 않는다고 울고 있었어."

침묵.

신시아의 다진 샐러드가 도착하자 남편은 당황한다.

"당신 스테이크를 좀 먹을 생각이었는데."

"이 샐러드라면 얼마든지 먹어."

"당신이 스테이크를 시키지 않을 줄 알았으면 다른 걸 시켰지."

"샐러드가 먹고 싶다고 했잖아."

식사가 끝나자 그들은 다시 차에 몰려 타고 언덕 위로 올라간다. 남편 앤디가 리처드에게 말한다. "집 앞에 내려주겠소."

"만나서 반가웠습니다." 차가 집 앞에 서자 리처드가 말한다. "행운을 빕니다."

"나도 반가웠어." 차가 멈추자 신시아가 안전벨트를 풀며 말한다.

그녀의 남편이 말한다. "또 시작하지 마. 저녁식사도 근사하게 했잖아. 근사했다고 생각하지 않아?"

신시아는 경고도 없이 문을 열어젖히고 뛰어내려 달려간다. 남편이 차 문을 열어둔 채 그 뒤를 쫓는다. 자동차 실내등이 부모가 앞마당에서 쫓고 쫓기는 광경을 지켜보는 아이들의 얼굴을 비춘다.

리처드가 서둘러 그들을 따라간다.

"현관문 열어요!" 신시아가 외치자 리처드는 돌길로 달려가서 잠긴 현관문을 따고 밀어 연다. 신시아가 남편을 피하자, 아내를 잡으려고 펄쩍 뛰어오른 남편이 잔디밭에 뒹군다. 현관문이 커다란 충돌음을 내며 닫힌 순간 유리창이 와장창 부서진다.

신시아가 문을 연다. "미안해요." 그리고 다시 문을 닫는다. 더 조심스럽게.

"이만하면 하룻밤 소동으로는 충분하지 않습니까." 리처드가 남편에게 말한다.

"변태 자식. 좋아, 원한다면 가져. 저 여자를 어디다 쓸지 모르겠지만. 상상도 안 가는군." 남편은 미니밴에 다시 오른다. "여기서 도망치지야 않겠지. 네놈, 너 이 개똥 같은 새끼도." 남편은 차를 몰고 떠난다.

신시아가 집에서 나오며 말한다. "정말로 나쁜 사람은 아니에요. 그렇죠?"

"알기 어렵군요." 리처드가 말한다.

"차가 움직인 순간 돌아갈 수 없다는 걸 알았어요. 겨우 탈출했고 행운을 잡은 듯한 기분이었으니까. 돌아가면 죽어버릴 거예요. 그이가 운전할 때는 토할 것 같았는데 지금은 기분이 좋네요. 내가 얼마나 강한지 봐요." 신시아가 집 쪽을 가리킨다. "돈이 생기는 대로 갚을게요. 전부 다 갚을게요. 당신 집을 부수다니 믿기지가 않네요."

"집은 벌써 부서져 있었어요."

"그이가 돌아올까요? 돌아와서 날 죽일까요?"

"어차피 여기 머물 순 없어요. 멋대로 구는 당신 남편과 부서진 집까지 생각하면 바로 말리부로 가야겠네요. 부동산업자가 열쇠를 남겨놨어요."

"이것만은 말해두고 싶어요. 언제까지나 당신에게 매달리진 않을 거예요. 지금까지 해준 모든 일에 감사하지만, 영영 그리로 들어가는 건 아니에요. 스스로 해결할 거예요."

그들은 집 안으로 들어가 깨진 유리창 위에 커다란 비닐봉지를 붙인다. 비닐봉지를 다 쓰자 찬장에 있는 쇼핑백을 있는 대로 꺼내 붙인다. 에르메스, 아르마니, 바니, 브리스틀 팜 등등. 그들은 날씨가 변할 경우에 비가 들이치지 않게 하고, 야생동물이 들어오지 못하게 하려고 소비자 콜라주를 만든다.

그는 보험 대리인에게 메시지를 남긴다. "좋아요. 이번엔 날 찾아온 누군가가 커다란 유리창 두 개를 깼어요. 이건 보험 처리됩니까?"

그는 수양회에서 입던 지저분한 옷을 바구니에 넣고 말리부에 가져갈 새 옷을 꺼낸다. 모자, 선글라스, 수영복, 흰 바지, 하늘색 스웨터, 몇 년이나 입지 않았던 청재킷. 그는 휴가를 떠나거나 유람선에 오를 사람처럼 짐을 싼다.

신시아는 작은 쇼핑백 하나를 두드리며 말한다. "난 이것밖에 없어요. 언제 집에 몰래 들어가서 옷을 가지고 나올까봐요. 처음부터 떠날 생각은 아니었으니까요, 어쩌다가 도망친 것뿐."

리처드는 어딘가로 빨리 가야 하는 사람처럼, 어둠 속에서 눈이 잘 안 보일까 걱정하는 나이 든 사람처럼 서두른다.

그들은 선셋 대로를 쭉 따라 내려가 로스앤젤레스의 미개지처

럼 느껴지는 샌타모니카 해변으로 간다. 그리고 태평양 해안 고속
도로를 타고 올라가다가 음식을 사기 위해 말리부 컨트리 스토어
에 멈춘다.

"방금 식사하지 않았어요?" 신시아가 묻는다.

"언제요?"

"식당에서요."

"사실 아무것도 먹지 않았어요. 당신은요?" 리처드가 묻는다.

"난 식이요법을 계속하고 싶어요. 쓰레기 같은 건 먹지 않을래
요." 신시아는 감자칩을 지나치며 말한다.

"나도 그래요." 그는 도넛 꾸러미를 집어들고 재료를 읽어본 다
음 다시 내려놓는다.

그들은 달걀, 빵, 버터, 물을 산다.

신시아가 행복하게 말한다. "프렌치토스트에 과일!"

"여기 과일이 있어요?"

"계산대 옆에 바나나가 쌓여 있어요."

리처드는 다시 차를 몰고 희미해지는 빛 속에서 집 번지를 찾는
다. "한 번밖에 안 와봤어요. 커다란 흰색 상잔데." 그는 고속도로
에서 빠져나오다가 목욕 가운을 입고 쓰레기통을 뒤지는 남자를
칠 뻔한다.

"이 새끼야, 지금 날 죽이려는 거야?"

"미안해요. 못 봤습니다."

"내가 투명인간이냐?"

"미안해요." 리처드는 더듬더듬 열쇠와 자물쇠와 경보기의 비

밀번호를 찾는다. 늦은 밤에 호텔에 들어가는 것 같다. 묵을 곳을 둘러보기에도 늦었고, 마음을 바꾸기에도 너무 늦은 시간에 도착하는 것이 언제나 싫었다.

그는 불을 켠다.

"좋은데요. 새 페인트칠 냄새가 나네요." 신시아가 말한다.

페인트 냄새가 그의 뇌를 팽창시킨다. 도취감과 두통 사이. 그의 일부분은 너무 지쳐서 곧장 쓰러져 잘 수 있을 것 같다. 묵직하게 가라앉은 감각이 그를 외부로부터 차단한다. 두 사람은 불법 거주자처럼 부엌 카운터에 전리품을 쏟아놓는다. 그는 프라이팬을 찾는다. 그녀는 달걀을 깨 빵을 담근다.

프렌치토스트 냄새에 기분이 나아진다. 뭔가 따뜻하고, 부드럽고, 단 것을 먹으니 좋다.

"주머니에서 스플렌다*를 찾아서 뿌렸어요. 괜찮죠?"

"정말 맛있어요."

"그 남자, 노숙자일까요?" 리처드가 묻는다.

"모르죠. 밤에 목욕 가운을 입고 쓰레기통을 뒤지는 사람은 별로 없겠지만요. 이 안은 정말 하얗네요."

"아주 하얗죠."

흰색은 희망의 색인가?

저녁을 먹은 후, 신시아가 목욕하는 사이 그는 청재킷을 들고 나가 잘 접어서 쓰레기통 위에 둔다. 목욕 가운보다야 나을 것이다.

---

* 당도가 높은 인공 감미료.

방에 혼자 남은 그는 컴퓨터를 설치하고 온라인에 접속해서, 그동안 계좌가 어떻게 되었는지 확인한다. 괜찮다. 매일 들어갔을 때보다 나을 것도 못할 것도 없다. 그다음에는 이메일을 확인한다. 동생이 아이들에게 받은 하루 기록을 보내줬다. 아이들은 미국을 관통하며 점점 가까워지고 있다. 아이들의 모험담에 참여하고 있다는 생각에 짜릿함을 느끼지만, 이 기록이 간접적으로 전달됐다는 데 낙심한다.

시골길 옆 가판대에서 어린 여자아이에게 레모네이드를 사고 있는 두 아이가 있다. "이 아이는 상자 안에 든 십 주 된 아기 고양이 열 마리를 분양하고 있었어요. 다 데리고 오고 싶었지만, 대신 놀아주고 사진을 찍었죠. 오랜 시간 동안 운전대를 잡고 있어요. CD플레이어는 훌륭해요. 어쩌다가 식당 안에 휴대전화를 놓고 나왔어요. 밤늦도록 몰랐죠. 전화를 걸어서 위치를 알아냈는데, 쏟아진 감자튀김과 크래커 포장지와 오래된 냅킨과 함께 자리 밑바닥에 떨어져 있었어요. 종업원이 페덱스에 넘겨서 다음 날 아침 뉴멕시코 사서함에서 받았어요. 지금은 스타벅스예요. 아주 좋아요. 이 메일도 스타벅스에서 보내는 거예요. 마운틴 듀 마셔봤어요? 마음에 들어서 하루 종일 마시고 있어요. 카페인이 듬뿍이에요. 우린 취했어요!"

리처드는 벤의 사진을 보고 어쩔 줄 몰라한다. 그에게 아들이 있다는 사실이 믿기지 않는다. 한 소년, 그를 빼닮았고 그의 핵심적인 일부가 전해졌다는 것만 빼면 전혀 닮지 않은 남자가 바로잡을 기회를, 다시 시도할 기회를 품고 있다.

사진을 보면서 그는 그 모든 세월의 무게를, 그가 옆에 없었던 것이 얼마나 엄청난 일이었는지를 깨닫고 울기 시작한다.

신시아가 옆에 앉아서 그를 안아준다. 그는 더 심하게 운다.

"너무 많은 걸 놓쳤어요." 그가 말한다.

리처드가 울음을 그치자 신시아는 그를 두고 나간다. 그는 포옹이 고마웠던 만큼이나 비탄 속에 홀로 있게 되어 기쁘다.

그는 일찍 일어나서 명상을 한다. 벽에 하얀 벨벳 그림이 있다. 처음에는 추상화라고 생각했는데, 자세히 보니 사랑을 나누는 두 여자를 그린 것이다. 그는 앉아서 자신의 호흡을, 등을, 몸을, 밖에서 들리는 물소리를, 불어 들어오는 서늘한 공기를 의식한다. 그는 상상 속의 공을 울리고, 부드럽게 눈을 감고, 몸속을 도는 호흡을 찾으며 수련을 한다. 아침 해가 쏟아져 들어온다. 해가 그의 위로, 그의 안으로 떠오르는 것 같다.

다른 사람의 숨소리와 헛기침 소리가 그립다. 그는 향을 사야겠다고 생각한다.

그는 앉아서 호흡하며 어둠을 빛으로 바꾸고, 호흡하며 분노를 연민으로, 용서로 바꾼다.

한 시간 정도 앉아 있자 해가 완전히 떠올라 방 안이 밝고 뜨거워진다. 바다 쪽을 내다보니 뭔가가 눈에 들어온다. 처음에는 쓰레기가 떠다니는 줄 알았는데, 나중에 보니 노란색 수영 모자이다. 그는 헤엄치는 여자가 샌타모니카 방향으로 팔을 저어 가는 것을 지켜본다. 바깥에 헤엄치는 사람이, 인어가 있다는 사실에 믿을 수 없을 만큼 기분이 좋아진다. 헤엄치는 사람이 있다면 희망이 있다.

그는 발끝으로 걸어서 거실로 간다. 신시아가 소파에 누워 있다.

"일어났어요?" 그녀가 묻는다.

"예." 그는 자기가 자면서 걷고 있다고 생각하는 걸까, 그렇다면 왜 그런 걸까 의아해하며 대답한다.

"일찍 일어나네요."

"언제나 그래요."

"산책하러 갈래요? 이른 아침에 산책하는 습관이 생겼거든요."

두 사람은 같이 창가로 가 태평양을 내다보고 선다.

"침실에서 어떤 여자가 헤엄치는 걸 봤어요. 수영장을 왕복하듯 헤엄치더군요. 바다가 40피트 수영장인 것처럼, 어느 시점에는 끝에 다다라서 벽을 치고 돌아올 것처럼 말이에요. 봐요." 그는 신이 나서 말한다. "지금 다른 걸 봤어요."

"뭘요?"

"돌고래요."

그리고 진짜 돌고래 떼가 지나간다. 물에서 빠져나와 허공으로 뛰어오른다. 마치 춤을 추는 것 같다. 마치 아침 인사를 하는 것 같다.

"내려가봐야겠어요. 같이 갈래요?" 신시아가 말한다.

"난 남아 있을게요. 전화를 좀 걸어야겠어요."

세실리아의 엉덩이가 준비되었다고 한다. "댁만 괜찮다면 가서 그 엉덩이를 붙이려고요. 육 주에서 팔 주는 일을 못할 거예요."

"수표를 보내주고 싶어요." 그가 말한다.

"지금 날 해고하는 거예요?"

"그럴 리가요. 비용이 꽤 들 것 같아서 그래요."

"당신 돈은 넣어둬요."

"세실리아, 병원에 입원하면 개인실을 잡아요. 차액은 내가 메워줄게요. 당신에게 필요한 거라면 해야죠."

"병원에서 해주는 걸로 충분해요."

그는 영양사에게 전화를 건다. "세실리아가 당신이 떠나 있다고 말해줬어요."

"침묵 수양회에 갔었어요. 스피루리나*와 아마 씨 간 것을 주더군요."

"잘됐군요. 그래서 새로 옮긴 곳은 어디에요?"

"말리부요."

"멀군요. 다니던 곳으로만 다니긴 하지만 가는 길 중간쯤에서 만날 수도 있어요. 샌타모니카 어떨까요?"

"아무래도 좋아요. 난 어디든 괜찮으니까."

"내일 두시 십오분에 프레드 시걸 주차장에서 만나요. 일주일치를 만들어드릴게요."

"좋아요. 그런데 이인분이 필요해요."

---

* 나사형 세균으로 모든 영양소를 스스로 합성한다고 알려져 건강식품으로 인기가 있다.

"임신했어요?"

"아니, 친구가 묵고 있어서요."

"친구라…… 축하해요."

그는 트레이너에게 전화한다. "와, 말리부라니 제 영역 밖이네요. 언제 돌아오시죠?"

"한 달, 어쩌면 두 달 뒤요."

"그쪽에 헬스클럽이나 요가원이 있을 거예요. 전화번호부에서 '운동' 항목을 찾아보세요."

그는 트레이너가 알려준 대로 해서 말리부 자이로토닉이라는 곳을 찾아낸다.

"필라테스, 체조, 아니면 춤에 기반한 운동을 해보신 경험이 있습니까?" 전화 받은 여자가 질문을 던진다.

"없습니다만."

"내일 세시에 있는 시드니의 수업에 넣어드릴 수 있습니다."

"완벽하군요."

"한 번 참여하는 데 팔십오 달러입니다."

"좋습니다."

"물리치료 처방전을 받으시지 않는 한 보험 처리는 안 됩니다."

"알겠어요."

이번엔 루살디의 사무실에 전화한다.

"어땠나요?" 접수원이 묻는다.

"모든 게 변했죠." 그는 웃으며 말한다. "다들 설사를 했어요. 진료 예약을 해야겠는데요."

"오늘 한시 어때요?"

"좋아요." 갑자기 모든 것이 완벽하다.

"아직도 배앓이가 있다면 샘플을 가져오세요. 저희가 배양해볼 게요."

리처드는 못 들은 척한다.

누군가가 현관문을 두드린다. 부동산업자 빌리이다. "다 잘 돌아가요?"

리처드는 고개를 끄덕인다. "이게 누구 집인지 왜 말 안 했어요?"

"뻔해 보였으니까요."

"모두에게 뻔해도 나한테는 아닌데요."

빌리는 어깨를 으쓱인다.

"어젯밤에 우리 집 유리창이 부서졌어요. 누가 가서 봤으면 좋겠는데, 어디서부터 시작해야 할지 모르겠군요."

"빌리가 아는 사람이 있죠." 빌리는 뒷주머니에서 작은 검은색 수첩을 꺼내며 말한다. 그리고 작지만 아주 깔끔한 글씨를 훑어본다. 전화번호 목록이다. "빌리는 몇 년 동안 친구를 많이 사귀었거든요."

"고마워요, 빌리."

리처드는 빌리의 건설업자 친구에게 전화한다. "모퉁이만 돌면 도착입니다. 지금 집에 계신가요? 도착하는 데 얼마나 걸리시죠?"

"사십 분…… 한 시간 정도?"

"좋아요. 가까이 오면 다시 전화하세요." 그 남자가 말한다.

신시아가 산책을 마치고 돌아온다. 리처드는 자랑스럽게 말한다. "음식을 구해놨어요. 샌타모니카에서 영양사를 만나 맛있는 음식 꾸러미를 받아올 겁니다."

"잘됐네요. 해변에서 누굴 만났는데요, 그 여자가 어떤 성형외과 의사가 시작한 프로그램에 대해 얘기해줬어요. 주부 재활원이에요. 그 의사는 사람들이 온갖 성형수술을 다 해줘도 여전히 비참해하자 우울해져서 재활원을 시작했대요. 사회복지사도 있고, 요가와 영양학 수업도 있고, 공짜로 직업도 구해준대요. 그 의사는 그게 다 사회에 대한 빚을 갚는 거라고 얘기했대요."

"무슨 종교 집단이나 사업 선전용이 아닌 게 확실해요?"

"너무 신나요. 직업을 구할 거예요. 직업을 가져본 지 너무 오래됐어요."

"멋지군요." 그는 그녀의 기분을 망치지 않으려고 조심한다. "가봐야겠어요. 건설업자와 약속이 있는데 늦었어요."

"가봐요. 난 전화해서 그 시설에 대해 더 알아볼래요."

리처드는 서둘러 차로 향한다. 지난밤의 그 남자가 또 있다. 리처드의 오래된 청재킷을 입고 소음 방지 헤드셋을 쓰고 있다.

리처드는 그 남자를 보고 자기 옆머리를 톡톡 두드리며 큰 소리로 말한다. "나도 갖고 있어요."

남자는 그를 보고 헤드셋 한쪽을 뺀다.

리처드가 다시 말한다. "나도 갖고 있어요. 헤드셋 좋죠."

"댁이 그 머저리인가?"

"예?"

"부수려고 이 냄새나는 집을 샀다는 그놈."

"아니, 난 세입자예요."

"그 머저리를 아나?"

"아니요."

"그럼 여기서 뭘 하고 있지?"

"집이 구덩이 때문에 무너지면서 부서져서 이 집을 빌렸어요. 그거 내 재킷이에요. 어젯밤에 일부러 놔뒀죠. 당신이 노숙자인 줄 알았어요."

"아니. 난 저기 살아." 남자가 옆집을 가리킨다. "잘 맞는구먼. 고마워." 남자는 재킷을 바로잡는다.

"당신이 쓰레기통 뒤지는 걸 봤어요."

"댁은 날 치어 죽일 뻔했지."

리처드는 고개를 끄덕인다.

"말이지, 난 완벽한 한 줄을 썼어. 뭔가에다 썼는데 그 물건이 지금 저 안 어딘가에 있다고." 남자는 쓰레기통 안으로 몸을 굽힌다. "어이구, 등이야. 나 좀 도와줘. 저 바닥에 있는 가방에 손이 안 닿아. 대신 좀 꺼내줄 수 있어?"

쓰레기통에선 끔찍한 냄새가 난다. 썩는 냄새가 지독하다. 리처드는 머리를 들이밀지 않고 가방을 꺼내보려고 한다.

"몸을 굽혀야 해." 남자가 말한다.

그래서 리처드는 몸을 굽히고, 상반신을 다 집어넣고 가방을 끌어당긴다. 덕분에 정체를 알 수 없는 고약한 즙이 셔츠에 묻는다.

남자는 가방을 찢어 연다. "으아아아악." 남자가 고개를 뒤로 젖히고 야만인처럼 고함을 지른다.

"그럼," 리처드는 차에 오르며 말한다. "잘해봐요."

건설업자는 집 주위를 빙빙 돌며 말뚝에 자기 무게를 실어보고, 토대를 흔들어본다.

"전기와 수도는 들어옵니까?"

리처드는 고개를 끄덕인다.

"차단해야 해요. 위험하거든요." 건설업자는 허리를 굽히고 부서진 유리조각을 한 움큼 집는다. 해변의 자갈 같다. 반짝거리고, 날카로운. "유리가 이렇게 나간 건 처음 보네요. 인상적인데요."

"그럼, 이제 어떡하죠?" 리처드가 묻는다.

"흠, 복원 수순을 밟을 수도 있고, 아니면……" 잠깐 말을 멈춘다. "요새는 많이들 이렇게 하죠. 아예 부숴버리고 새로 손보는 겁니다. 그렇게 하면 뭐든 원하는 대로 다시 만들 수 있으니까요. 언제나 신경에 거슬리던 자잘한 것들까지 모두 해결할 수 있죠. 욕실 세면대 위치, 침실 문이 열리는 방향, 침대에서 보이는 풍경도 더 멋지게 바꾸고."

"집을 부수는 건 큰일 같은데요. 그보다는 지난주 모습 그대로 돌려놓는 정도면 될 것 같군요. 창문도 달려 있고 모든 게 제대로 작동하던 그대로면 좋겠네요."

"집주인 마음이죠." 건설업자가 명함을 건네며 말한다.

리처드는 차를 몰고 다시 말리부로 가다가 식품점에 들른다. 그리고 통로를 오가며 자기가 카트에 쌓은 물건들을 보고 놀란다.

유기농 야채, 단백질 보충제, 두부치즈. 그는 깨끗한 상태에 머물고 싶다. 고통을 전환하느라 바빴던 시간 동안 얻은 것을 유지하고 싶다. 식품점에서 장작 묶음을 판다. 그는 네 묶음을 카트에 넣으며, 장작 묶음을 오 달러에 사다니 재미있다고 생각한다. 왜 일 달러에 장작 하나씩은 팔지 않을까?

가게에서 그는 쓰레기통을 뒤지던 남자가 돌아다니며 야채를 시식하고, 그 남자를 아는 듯한 사람들이 그 남자와 이야기하는 게 아주 기쁘다는 듯 대화를 나누는 광경을 본다. 고무 슬리퍼를 신고, 덥수룩하게 엉킨 장발에 독특하고 꽤 남성적이면서도 약간은 여성적인 풍채를 가진, 몇 주나 목욕하지 않은 것처럼 보이는 사람치고는 굉장한 자신감을 발산하는 키 큰 남자이다.

"난 아직도 댁이 그 머저리가 아니라는 걸 못 믿겠어." 그 남자가 말한다.

"무슨 말을 해야 당신을 설득할 수 있을까요?"

"할 수 있는 말이 별로 없지. 내 모습이 지독한가?"

"그다지 좋지는…… 않군요." 리처드가 말한다.

"주기에 들어갔거든. 지금은 내 몸과 싸우는 중이야. 내 몸에서 냄새나나?"

"여기까지 나지는 않아요."

"원고 마감 직전이야." 남자는 양상추 봉지에 손가락을 집어넣고 약간 뜯어내 입에 넣는다. "녹색 야채는 몸에 좋지." 남자는 먹고 싶어 죽을 뻔했다는 듯이, 새로 나온 사탕이나 새로운 스웨디시 피시*를 먹듯이 야채를 먹는다. "어디 갔었어?"

"피해가 어느 정도인지 보려고 집에 가서 건설업자를 만났어요."

"그래서?"

"안 좋아요."

"그전에는 어디 있었는데?"

"침묵 수양회에."

"명상가?"

"막 시작했어요."

"난 그런 거 안 믿어. 나도 하긴 했었지만. 내 생각은 이래. 사람들은 우두커니 앉아 있는 걸 그만두고 뭔가 시작해야 해. 그건 지나치게 자기에게 몰두하는 행위라고."

리처드는 아무 말도 하지 않는다.

"집까지 태워다줄 수 있나? 여기까진 걸어왔거든. 내 차는 정비소에 있어."

"그러지요. 어디 사는데요?"

"말했잖아, 머저리. 바로 옆집이라니까."

"그 집에 사는 줄은 몰랐습니다."

"내가 어디 산다고 생각했나? 거기 살지 않는다면 뭐하러 캄캄한데 쓰레기통을 뒤지고 다녔겠어? 빵조각이라도 찾으려고?"

그들은 집으로 차를 몬다.

신시아가 그를 기다리고 있다. "나보고 완벽한 지원자래요. 내

---

* 물고기 모양의 젤리.

일 시작해요."

"같이 갈까요? 진짜 시설인 건 확실해요?"

"잡지 〈셀프〉에 기사가 실렸던데요."

"그러면 진짜가 되는 겁니까?"

"난 신나요. 날 위해 좋아해줄 수 없어요?"

"나도 좋아요. 단지 당신이 미치광이 의사에게 납치당해서 최면을 당한 사이에 성형수술을 받는다거나 하는 일이 없길 바랄 뿐이에요. 점심은?"

"배고파요." 신시아가 식료품을 파헤치며 말한다.

점심을 먹은 뒤, 그는 다시 차에 올라 시내까지 루살디를 만나러 간다.

"그래서요?" 루살디가 묻는다.

"마음에 들었어요. 가치 있었고, 아주 오랫동안 어떤 것에서도 받지 못한 자극을 받았어요. 돌아오고 나니 모든 것이 이상하게 느껴지고 어색하다는 것만 빼면 아주 좋았어요. 난 내가 생각한 그런 사람이 아니었어요."

"우리 중에 그런 사람은 없죠."

"사실 난 전혀 달라지지 않았는데, 전과 같은 게 아무것도 없어요."

"통증은 어때요?"

"뭐랄까, 기분이 아주 좋습니다. 통증은 아직 있는 것 같아요. 그러니까, 분명히 그렇겠죠? 우리 모두 고통 속에 사니까요. 하지만 지금 이 순간에는 그게 신경 쓰이지 않습니다."

루살디는 그의 가슴에 청진기를 대본다. "당신은 변하지 않았어요. 단지 스스로를 받아들이고, 사는 법을 배운 거죠. 그게 제일 힘든 부분이에요." 두 사람은 입을 다문다. 루살디가 귀를 기울이더니 말한다. "괜찮은 것 같네요."

리처드는 집으로 차를 몰아 빌리의 다른 친구, 조반니라는 남자를 만난다.

조반니가 말한다. "그리 일이 많을 것 같진 않습니다. 우린 온갖 종류의 지반 거동 문제를 다뤄요. 이런 건 유리 폭발이라고 부릅니다. 어쨌든 집의 기반을 약간 당기고, 고정 장치를 몇 개 끼워서 바로 세우면 됩니다. 큰 공사도 아닙니다."

"큰 공사가 아니면 어느 정도 듭니까?"

"해보기 전에는 모르지만 1.5에서 1.75 정도겠죠."

"그러니까…… 십오만 달러에서 십칠만 오천 달러 사이란 말인가요?"

"그렇죠."

"나한테는 큰 공사 같은데요."

"늘 하는 일입니다. 공사 계획이나 처음 집을 지은 사람 이름, 설계도 같은 거 갖고 계십니까?"

"전기 기사 이름은 지하 회로판에 있을 거고, 배관공 이름도 거기 파이프 한 군데에 아마 있을 겁니다."

"그게 아니라 청사진이나 설계도, 정확한 정보를 말하는 겁니다."

이런 대화를 나누고 있는데 초인종이 울린다. 실내장식가이다. 그 뒤에 사다리와 페인트받이 천을 든 페인트공이 붙어 있다.

"당신이 온다는 걸 깜박했군요. 집에 문제가 좀 있어요." 리처드가 말한다.

"방해는 안 될 거예요." 여자는 그를 밀어내고 들어가 객실로 가려 한다.

"오늘은 페인트칠하기에 좋은 날이 아닌 것 같은데요. 집이 무너지고 있어요."

"그럼 저 사람을 어떻게 했으면 좋겠어요?" 여자는 페인트공을 가리키며 말한다. "데려오기 쉽지 않아요. 바쁜 사람이라고요."

"집을 부숴야 할지도 몰라요. 페인트칠할 때가 아니에요."

"무슨 말인지 모르겠네요."

"페인트칠 안 한다고요."

"시트록*을 또 십 년 동안 그대로 놔둔다고요?"

"나중에 해결할 거요." 그는 싸움을 피하려고 말한다.

"다른 사람을 데려와서 둘러보고 확실한 견적을 낸 뒤 다시 뵙죠." 조반니가 말한다.

"확실한 견적. 좋군요." 리처드는 조반니를 내보내며 말한다.

실내장식가가 말한다. "지금 바로 결론만 내준다면 이 사람은 바로 일할 수 있어요. 오래 걸리진 않을 거예요."

페인트공이 말한다. "며칠이면 됩니다. 아침 일찍 나와서 밤늦

---

* 종이 사이에 석고를 넣은 보드.

게까지 하면 열여덟 시간 안에 끝낼 수 있어요."

리처드는 안 된다고 말하지만, 두 사람은 받아들이지 않는다. 어느 순간엔가 리처드가 비켜서고 두 사람이 안으로 들어간다.

실내장식가가 묻는다. "제게 지불하실 수표는요? 저흰 언제나 일을 시작하기 전에 수표를 받거든요."

"하지만 난 시작하길 원치 않아요."

"그렇다면 왜 저한테 전화하셨죠?"

"당신에게 전화할 때는 집이 무너지고 있지 않았어요."

"그건 내 잘못이 아니잖아요."

"아무도 그런 말은 안 했어요."

"그런데 왜 고함을 지르고 그래요?"

그렇게 끝도 없이 이어지다가 결국 리처드가 말한다. "난 그만 가야겠어요." 그리고 밖으로 나가서, 차에 올라, 언덕 위로 달려간다. 그는 언덕 꼭대기로 가서 지켜본다. 실내장식가와 페인트공이 집에서 나오는 모습을 보게 되리라 생각하고 지켜보지만, 아무도 나오지 않는다. 그는 계속 지켜보다가 차를 몰아 떠난다.

리처드는 말리부로 돌아간다. 그날만 두번째로 돌아가는 길이다. 기분이 좋지 않다. 교통 상황 때문이다. 그는 이제야 처음으로 사람들이 항상 하던 말을 이해한다. 그는 10번 도로에 가만히 서 있다. 움직임이 전혀 없다. 고속도로는 낡고 상태가 좋지 않다. 길에 콘크리트와 아스팔트가 부스러져 있다. 어째서 동부 고속도로는 블랙탑*인데 서부 고속도로는 그냥 아스팔트일까? 열기와 관

계가 있을까? 혹은 반사면과? 아니면 추한 미국과? 그는 확실한
견적과 집을 부수는 일에 대해, 절대 안 된다는 말을 받아들이지
않는 실내장식가에 대해 생각하다가 맥이 빠진다.

모든 것이 완벽하지 않다. 추하고, 초라하고, 꾀죄죄하고, 때가
낀 것 같은 탈색된 베이지색이다. 자동차 문화만 해도 그렇다. 주
위에 있는 모든 차가 혐오스럽다. 낡고 녹슨 구형 모델들. 그는 운
전대를 잡고 앉아서 마음속으로 로스앤젤레스와 자동차에 관한
논문과 주석을 쓰다가 문득 머릿속에 SOS가 울리고 있음을 깨닫
는다. 모스부호로 SOS가 반복되고 있다. SOS. 짧게, 짧게, 짧게.
길게, 길게, 길게. 짧게, 짧게, 짧게.

앞에 있는 차를 본다. 브레이크 등이 분명한 연속성을 가지고
밝아졌다 어두워졌다 하는 게 확실하다. SOS다.

고속도로가 뚫리고, 속도가 올라간다. 앞차를 모는 남자가 차선
을 바꾼다. 자동차 미등은 계속 SOS를 칠 뿐 다른 신호는 보내지
않는다. 차선을 바꿀 때에도 연속성에서 벗어나지 않는다. SOS.
SOS.

누군가가 보내는 것이다. 누군가가 보내는데 운전자는 모르고
있다. 리처드는 속도를 올린다. 남자가 백미러로 리처드를 본다.
리처드도 마주 쏘아본다. 남자가 얼굴을 찡그리고 차선을 바꾼다.
리처드는 그 뒤를 따라간다. SOS. SOS.

리처드는 똑같은 '짧게-길게' 패턴으로 빵빵거린다. 경적을 울

---

* 도로 포장에 쓰이는 아스팔트.

리고 잠시 쉬었다가 다시 울린다. SOS. SOS. 브레이크 등이 깜박인다.

리처드가 짧게 두 번 경적을 울리자 브레이크 등도 짧게 두 번 깜박인다.

이것은 대화다. 트렁크 안에 있는 누군가가 SOS를 치고 있다. 저 차를 세워야 한다. 트렁크를 치지 않고 차를 갓길로 밀어내야 한다. 리처드는 차를 옆으로 대고 갓길 쪽으로 민다. 두 차가 입이라도 맞추듯 닿았다가 떨어진다. 상대방이 속도를 올린다. 리처드도 따라붙는다. 경고라도 날리듯 경적 위로 몸을 굽혔다가 그 차를 밀어붙인다. 세게.

상대방이 그를 노려본다. "씨팔 뭐야?"

남자가 멀어지자 리처드는 속도를 올려 다시 한번 덤빈다. 사람들이 빵빵거리며 벗어나려 한다. SOS. SOS.

남자는 리처드의 차에 마주 부딪친 다음 갓길로 나온다. 리처드는 밀듯이 그 옆으로 따라간다.

"이 새끼야, 돌았어?" 남자가 고함을 지른다. 두 차 사이가 워낙 가까워서 그 목소리가 또렷하게 들린다.

어쩌면……

저 남자가 차를 세우고 트렁크를 열었는데, 안에 든 것이라곤 스페어타이어와 기름 깡통 몇 개, 구세군에 기부하려다 깜박한 낡은 옷가지뿐이라면? 그러나 자동차가 그에게 말을 걸고 있다. 대화를 시도하고 있다. 그리고 뭔가 숨기고 있지 않다면 저 남자는 왜 도망치겠는가?

두 차는 스치듯 나란히 달린다. 남자는 속도를 올려 리처드를 앞지르려 하면서 리처드의 차 문을 후려갈긴다. 리처드는 그 차의 앞바퀴를 노리고 방향을 꺾는다. 두 차 모두 길에서 벗어나 경사진 풀밭으로 미끄러진다. 대형 메르세데스는 삐걱거리며 불평하지만, 프로답게 받아들인다. 두 차가 멈추자마자 상대 남자가 차에서 내려 뛰기 시작한다. 리처드는 뒤를 쫓는다. 그 남자가 발이 걸려 넘어져서야 겨우 따라잡는다. 리처드는 엎어진 남자의 등을 덮친다.

"쌍, 뭐야?"

리처드는 망아지처럼, 아니 사실은 껑충거리는 야생마처럼 남자를 타고 앉는다. 얼마나 오래 잡아둘 수 있을까? 리처드는 발뒤꿈치로 남자를 찍어누른다.

그리고 마침내 누군가가 비탈 위에 나타난다.

"앰뷸런스를 불러야 합니까?"

"서두르세요." 리처드가 외친다.

"911에 전화할까요?"

"날 도와줘요." 남자가 달아날 태세이다. 몸부림치며 리처드에게서 벗어나려 한다. 두 남자가 달려온다. "이 남자를 타고 앉아요." 리처드가 말하자 두 남자가 타고 앉는다. 한 사람이 묻는다. "왜 이 남자를 누르고 있어야 하죠?"

리처드는 그 남자에게 SOS 신호에 대해 이야기한다.

"트렁크 안에 누가 있소?" 남자는 두 사람의 질문에 대답하지 않는다.

"가보는 게 좋겠군요." 두 남자가 리처드에게 말한다.

리처드는 비탈을 다시 기어올라가 트렁크를 두드린다. "여보세요?"

"네." 어떤 여자가 대답한다.

"당신이 보낸 SOS 신호를 봤습니다. 그래서 차를 세우도록 했어요. 이제 괜찮습니다. 꺼내줄게요."

"트렁크 열지 마세요."

"꺼내주길 원치 않나요?"

"밖에 사람들이 있나요?"

"그래요."

"옷이 없어요."

"알았어요." 리처드는 잠시 말을 멈춘다. "트렁크 문을 살짝 열고 옷을 넣어줄게요."

"손이 묶여 있어요." 여자가 말한다.

"좋아요. 산소가 좀 들어가게 문을 살짝 열어두고 가위를 찾아볼게요." 그는 앞좌석으로 손을 넣어 트렁크 잠금을 해제한다. "어때요?"

"좋아요. 이제 밖을 볼 수 있네요."

고속도로 경찰이 오토바이를 세운다. "도움이 필요하십니까?"

"인질 상황입니다." 리처드가 말한다.

자동차 몇 대가 더 갓길로 나온다. 문제의 남자를 타고 앉았던 두 남자가 허리띠로 남자를 묶었다.

누군가에게 주머니칼이 있다. 여자가 트렁크 밖으로 손목을 내밀자 그들이 테이프를 끊어준다. 리처드는 셔츠를 벗어 열린 문 틈으로 넣어주고, 다른 사람이 운동복 바지를 넣어준다. 이윽고 여자가 말한다. "이제 열어도 돼요."

리처드가 문을 올리자 여자가 보인다. 여자는 대낮의 햇살에 적응하느라 눈을 껌벅인다. 물에 빠졌다가 나온 사람처럼 젖었고, 겁에 질려 있다.

"샤워를 하는데 저 남자가 날 잡아 끌어냈어요." 여자의 머리는 아직도 젖어 있다.

"저 사람을 아십니까?" 경찰이 묻는다.

"몇 주 전에 우리 집 텔레비전을 수리한 사람이에요."

앰뷸런스가 도착하고 그들은 여자를 도와 앰뷸런스에 태운다. 문제의 남자는 자기를 험하게 앉힌다고 투덜거리면서 경찰차 뒷 좌석에 구겨 들어간다.

보고서를 작성 중인 경찰이 리처드에게 말한다. "이 부분은 확실히 해두고 싶습니다만, 저 차 뒤에서 운전 중이었는데 자동차가 말을 걸기 시작했다고요?"

"SOS, SOS라고 모스 신호가 왔어요."

"모스 신호라는 게 뭡니까? 알아둬야 하는 건가요?"

"그래요."

"첨단 인터넷 대화 같은 겁니까?"

범인을 누르고 있던 두 남자 중 한 명이 말한다. "그놈은 여자를 죽이려고 했어요."

"그 남자가 그렇게 말했습니까?" 경찰이 묻는다.

"말하나마나, 일단 사람을 트렁크에 집어넣은 것부터가 나쁜 징조죠."

"맞습니다. 트렁크 범죄는 치사율이 아주 높지요." 경찰이 말한다.

"당신이 그 여자를 구했어요." 누군가가 리처드에게 말한다.

경찰견들이 지역을 훑고 있다. 비디오카메라를 든 구경꾼이 모든 장면을 찍는다. "갓길에서 나가십시오. 갓길에서 나가세요." 경찰 한 명이 교통을 통제하고 있다. "구경할 만한 사고는 없어요."

"그만 집에 가야겠어요." 리처드는 누구에게랄 것도 없이 말한다. 경찰이 마지막으로 리처드의 정보를 받아 적고 주소와 전화번호를 묻는 사이 한 남자가 리처드의 차를 몰아 비탈 위로 올라온다. 그들은 고속도로까지 리처드를 바래다준다. 리처드는 새하얀 오후의 섬광에 눈을 찌푸리며 차를 몰고 떠난다.

그는 부서진 부품을 덜컹거리며 차를 몬다. 자동차에서 웨딩카에 매단 깡통 같은 소리가 난다.

그는 집 앞에 차를 대고 시동을 끄고 안전해진 뒤에야 비로소 무슨 일이 일어났는지 깨닫는다. 너무나 기묘한, 텔레비전 영화에서나 보던 일이었다. 텔레비전보다 더 나쁠 뿐. 트렁크에서 냄새가 났다. 트렁크가 열렸을 때, 검은 식초나 소변 같은…… 의심스러운 냄새가 훅 끼치더니 겁에 질린 정도가 아닌, 그 이상인 상태의 여자와 눈이 마주쳤고, 리처드는 도와주려고 손을 내밀었다. 여자가 그 손을 잡았다.

리처드는 차에서 내려 토한다. 길가에, 오는 차에 대고 속에 든 것을 모조리 게워낸다. 토하고 나니 기분이 더 나빠진다. 그는 노숙자 같던 남자의 집 문을 두드린다.

"꺼져."

"애드빌* 있어요?" 그는 하얀 집의 약상자가 비어 있다는 걸 알기에 그렇게 외친다.

남자가 문을 연다. 리처드는 그의 팔을 본다. 플라스틱 튜브. 링겔을 꽂고 있다.

"아, 미안해요. 아픈 줄 몰랐습니다."

"난 아프지 않아. 이건 비타민이지. 무슨 일 있나? 얼굴이⋯⋯" 남자는 사이를 두고 말한다. "충격받은 것 같은데."

"애드빌 있습니까?"

남자는 고개를 젓는다. "간에 나쁘거든. 하지만 도와줄 순 있지. 들어와."

남자는 리처드에게 술을 한 잔 따라준다. "위스키야. 이게 나을걸." 남자가 의자를 가리키자 리처드가 앉는다. 남자는 찬장을 뒤적이더니 냉장고를 열어보고는 작은 병 몇 개를 들고 돌아온다. "나는야 유사요법 의사거든. 정신병자에 속하기도 하고 말이야." 남자는 웃는다. "입 벌려봐."

리처드는 입을 벌린다. 남자가 각 병에서 몇 방울씩 리처드의 입에 떨어뜨린다.

---

* 진통제 상표명. 주성분은 이부프로펜이다.

리처드는 구역질을 한다. "이게 뭐요?"

"치료약이야. 내가 직접 만든."

남자가 그에게 위스키를 건넨다. "도움이 될 거야."

리처드는 술을 마신다. 살해당할 수도 있었다. 그 차에 탔던 나쁜 놈은 분명히 여자에게 무슨 짓을 하려 했고, 리처드에게 같은 짓을 할 수도 있었다. 정말 좋은 일을 한 걸까? 그가 정말 누군가의 목숨을 구한 건가? 그게 세상을 달라지게 했나? 역사에, 운명에 개입한 걸까? 대체 무슨 정신으로?

"위스키 더?"

리처드는 고개를 끄덕인다. 꾸밈없는 집. 독신자용 해변 오두막이다. 나무로 만든 천장 대들보가 드러나 있고, 커다란 책상이 바다를 굽어보는 자리에 있고, 기묘한 그림들과 큰 물통을 얹은 정수기가 있다.

"왜 비타민을 맞아요?" 리처드가 묻는다.

"난 미친놈이니까. 영원히 살고 싶은데 엉덩이는 축 늘어지고 꼬락서니가 이래. 늙는다는 건 무서운 일이지. 난 내 늙은 모습을 상상할 수가 없어." 남자는 담배를 붙여 문다. 주름지고 풍상에 닳은 얼굴이다. 머리는 사자 갈기 같다. 눈은 푸르디푸른 색이다. 이목구비는 또렷하고 냉엄하다.

"당신, 배우?"

"아니. 그보다 나빠."

"제작자?"

"먹이사슬을 더 내려가야지."

리처드는 어깨를 으쓱인다.

"작가야. 또 한 명의 거지 같은 할리우드 작가. 한 방 터지기만 기다리는 통속작가지."

"아, 그래요. 재미있을 것 같은데요."

남자는 수액백을 쥐어짜서 남은 용액을 튜브로, 팔 속으로 흘려넣는다. "다 됐네." 남자는 어린아이처럼 말하고 바늘을 잡아뽑는다.

"그런 일은 간호사가 해줘야 하지 않아요?"

문을 두드리는 소리가 난다.

"그 사람 여기 있나요?" 신시아다.

"잘됐네. 마누라가 돌아왔군. 이제 집에 갈 수 있겠어."

"마누라가 아니에요." 신시아가 들어오며 말한다.

"애인인가. 미안."

"애인도 아니에요."

"비서인가."

신시아는 고개를 젓는다. "친구예요, 친구."

"아무렴 어때."

"그리고 당신 이름은요?" 신시아가 손을 내밀며 묻는다.

"닉."

리처드는 그제야 공식적으로 인사를 나눈 적이 없다는 걸 깨닫는다. "난 리처드예요."

"신시아예요. 나갔다가 라디오에서 믿기지 않는 얘길 들었어요. 그게 당신이었어요?"

그는 고개를 끄덕인다. "대체 무슨 정신이었나 모르겠어요."

"은행을 털거나 우체국에서 누굴 쐈거나 그런 건 아니지?"

"그 반대예요." 신시아가 자랑스럽게 대구한다.

"정말 무슨 생각이었는지 모르겠어요." 그렇게 말하며 리처드
는 이야기를 풀어놓는다. 집에 가서 건설업자를 만났던 일, 한 사
람은 사소한 일이라고 생각하는데 다른 사람은 집을 부숴야 한다
고 생각하다니 얼마나 이상한 일인가 하는 이야기, 그리고 우울한
기분으로 고속도로를 달리는데 앞에 달리던 차가 말을 걸어와서
뭔가 해야 한다고 생각했던 일.

"목격자들을 인터뷰하고 있어요. 두 남자가 싸우면서 짐승처럼
경사면을 굴러 내려가기에 교통 체증 때문에 열받은 사람끼리 붙
었나보다고 생각했대요. 그러다가 당신 이름이 나왔어요. 영웅으
로 추정되는 사람은 리처드 노박이라고요. 그렇게 말했어요. 영웅
으로 추정되는 사람."

"다친 데는 없나?" 닉이 리처드를 머리끝부터 발끝까지 만져보
고 위아래로 툭툭 친다. "베인 곳이나 물린 곳은?"

"물리다니, 고속도로에서 뱀에 물리나요?"

"아니, 사람에게 말이야. 사람에게 물리면 굉장히 위험해. 최고
로 지저분한 입이잖아."

"그놈이 여자한테 무슨 짓을 하려고 했는지 누가 알겠어요." 신
시아가 말한다.

"그놈은 누구래요?"

"텔레비전 수리공이요."

272

"그놈은 이런 짓을 처음 한 걸까요?"

"처음일 리가 없죠."

밖에서 고양이 울음소리 같은 소리가 들린다. 그들은 소리를 무시하다가, 꾸준히 계속되자 함께 밖으로 나간다.

도넛 상자를 든 앤힐이 하얀 집 문을 두드리다가 그들 쪽으로 몸을 돌린다. "방해해서 미안하지만, 너무 걱정이 돼서. 텔레비전에서 차를 봤어. 저 차라면 어디서든 알아볼 수 있지."

그들은 차 주위를 한 바퀴 돈다. 꽤 망가졌다. 리처드가 생각한 것보다 피해가 크다. 그들이 태평양 연안 고속도로 가장자리에서 메르세데스 주위를, 차 옆에 쏟아진 토사물 주위를 돌고 있는데 길 건너편에서 누군가가 사진을 찍는 것 같다.

"들어가지." 닉이 말한다.

"우리 집으로." 리처드가 말한다. "옷을 갈아입어야 해."

신시아가 문을 연다.

"바닐라 환상이다!" 앤힐이 말한다.

"난 한 번도 여기 들어와본 적이 없어. 오랫동안 옆집에 살면서도 한 번도 못 들어왔지. 섹스 소굴 같은 걸 생각했는데." 닉이 말한다.

"어느 방인가에 그런 도구가 있긴 했는데, 부동산업자가 떼어내게 했어. 천장에 매달린 물건이었는데." 리처드가 말한다.

"나한텐 그런 말 안 했잖아요." 신시아가 말한다.

"겁먹을까봐 그랬죠."

리처드는 양해를 구하고 옷을 갈아입으러 침실로 들어간다. 그리고 뜨거운 물로 샤워한다. 그가 다시 나오자 신시아가 묻는다.

"좀 나아요?"

"깨끗해지긴 했죠."

"아내가 오늘밤에 닭고기 스튜를 만들 거거든. 전화해서 가져오라고 할 수 있는데." 앤힐이 말한다.

"얼마나 걸리지?" 닉이 묻는다.

"사십 분, 아니면 두 시간쯤. 갑작스럽긴 하지만 아내를 만나보면 좋겠어. 정말 맛있는 닭고기 스튜를 만들거든. 난 한 냄비도 먹을 수 있어." 앤힐이 리처드에게 말한다.

"전화해. 배고프구먼." 닉이 말한다.

닉은 포도주를 따고, 신시아는 냉장고에서 간식거리를 찾아낸다. 그들은 둘러앉아서 기다린다. 전화가 울린다.

"리처드 노박 씨?"

"그런데요." 대답하자 전화가 끊긴다.

해가 지기 시작한다. 닉이 묻는다. "장작 있나? 내가 불을 피우지. 그건 내 전문이거든. 이 년 전에 오븐이 고장났는데 고칠 생각도 안 했어."

"벽난로에서 요리를 해요?" 신시아가 묻는다.

"아니, 사실은 웨버 주전자로 해."

"오늘 장작을 샀어. 현관문 바로 앞에 있는 꾸러미야." 리처드가 말한다.

"장작을 샀다고? 그건 살 물건이 아닌데. 해변에서 찾으면 돼."

274

앤힐의 동생과 아내가 공업용 단지만 한 냄비에 담은 닭고기 스튜와 커다란 재료 봉투, 다양한 소스 그릇을 들고 도착한다.

닉이 앤힐의 아내에게 포도주를 권하자 그녀는 정중하게 거절하고 살구주스 병을 꺼내 앤힐과 자기 잔에 따른다.

"이름이 뭐요?" 닉이 묻는다.

"리피."

"'신들의 원고'라는 뜻이에요." 앤힐이 말한다.

신시아가 서랍에서 흰 향초 십여 개를 찾아낸다. 그들은 어둠 속에서 촛불의 인도를 받으며 앉아서 바다를 내다본다.

리처드는 눈을 감는다. 그러자 그날 오후의 장면들이 조각조각 되살아난다. 그의 차가 범인의 차를 들이받던 순간, 기계 공장에서 나는 것 같던 듣기 싫은 소리.

"다들 코코넛 좋아해요?" 리피가 코코넛 밀크를 스튜에 넣으며 묻는다.

앤힐이 말한다. "이게 비밀 재료야. 그런데 모두에게 괜찮냐고 물어보면 어떻게 비밀을 유지하겠어?"

산들바람이 집 안을 통과하며 닉이 피운 불길을 흔들고, 리처드의 목덜미를 스친다. 그는 부르르 몸을 떨며 셔츠 맨 윗단추를 채운다. 그들은 기다란 식탁에 둘러앉는다.

"이 식탁 정말 웃겨요. 돌처럼 보이는데 무게가 안 나가." 신시아가 말한다.

"소도구요." 닉이 말한다. "언제나 이런 버려진 소도구들을 살 수 있지. 뭔가 있는 것 같아 보이지만 아무것도 아닌."

신시아는 촛불 하나를 들고 식탁 아래를 비춰본다. "이거 스티로폼 같은데요."

"조심해요. 불이 붙을지도 모르니." 리처드가 말한다.

리피가 스튜를 나눠주며 말한다. "식탁 위에 콘돔이 있어요."

앤힐과 그의 동생이 웃음을 터뜨린다. "스튜에 곁들여 먹는 걸 말하는 거예요. 작은 그릇에 담긴 토마토와 딜 소스요."

"그래요. 내 말이 그 말이에요. 콘돔이요."

다시 한번 사람들이 웃는다. 앤힐이 웃으면서 말한다. "미안하지만 너무 웃겨."

"콘디먼트*를 말하는 거군요." 신시아가 말한다.

"다를 게 뭐예요." 리피가 화를 낸다. "콘돔이나 콘도민트나."

"두 사람 어디서 만났나?" 닉이 앤힐과 리피에게 묻는다.

"같은 마을에 살았어요. 여덟 살 때 리피를 사랑하게 됐지만, 아무한테도 말하지 않았죠. 누구에게도 안 된다는 말을 듣고 싶지 않았거든요. 리피네 가족이 우리 가족보다 잘살았는데, 그 집 형편이 나빠지면서 리피를 얻었어요."

리피가 말한다. "우리 언니 남편은 언니를 버렸어요. 굉장히 나쁜 일이에요. 미국에서는 어디서나 사람들이 서로를 버리고 아무도 그것에 신경 쓰지 않지만 우리나라에선 무지 큰일이에요. 사람들은 우리 언니한테 문제가 있다고 단정 지었어요. 언니 남편 친구들이 와서 언니를 죽였어요. 나도 거기 있었어요. 옷장 속에 숨

---

* 조미료나 양념을 가리킨다.

어 나도 죽일까봐 벌벌 떨고 있었죠. 누가 그랬는지 알아요."

"난 리피를 보호해야 했어요. 우린 한밤중에 떠났어요."

"난 못 돌아가요."

"스튜 맛있네요. 올리브와 병아리콩, 조합이 완벽해요." 신시아
가 말한다.

"고마워요." 리피가 말한다.

포도주 병이 비자 닉이 집으로 뛰어가서 병을 더 들고 온다.

전화가 울린다.

"리처드 노박 씨?"

"예, 그런데요."

"뉴욕 〈투데이 쇼〉의 프리실라예요. 몇 가지 질문이 있어요. 사
건이 일어난 뒤 그 여성분과 이야기해보셨나요?"

"아니요."

"그녀를 구했을 때 무슨 생각을 하고 계셨죠?"

"사실 아무 생각도 없었어요. 백일몽 같았죠."

"전에도 이런 일을 하셨다는 보고가 있는데요."

"없는데요."

"구덩이에서 말을 꺼내주셨죠?"

"말을 끊고 싶진 않지만 이쪽은 저녁식사 중입니다."

"그렇군요. 프로듀서가 다시 전화해서 쇼에 출연할 노박 씨의
모습에 대해 세부 사항을 점검할 거예요."

"누구야?" 닉이 묻는다.

"투데이 쇼." 리처드가 수화기를 덮고 말한다.

닉이 수화기를 받아들더니 "고맙지만 됐소" 하고 끊는다.

저녁식사 후, 닉은 어마어마하게 큰 대마초에 불을 붙여 한 바퀴 돌린다. 리피만 빼고 다들 피운다.

리처드가 말한다. "이해가 안 가는군. 자넨 술을 마시고, 대마초를 피우고, 그러면서 건강을 유지하려고 정맥주사로 비타민을 맞아. 그건 모순 같은데."

닉이 대마초를 빨며 말한다. "그보다는 상쇄력이라고 해야지. 모든 게 균형에 달렸어. 균형을 맞추려면 상쇄력이 필요해."

"괜찮아요?" 신시아가 리처드에게 묻는다.

"괜찮아요."

"슈퍼맨 같은 기분 들어? 투시력을 가진?" 앤힐이 묻는다.

리처드는 고개를 젓는다. 솔직히 그는 약하고 부서진 듯한 느낌이 든다. 자기 자신 밖으로 너무 많이 걸어나가 이제는 스스로가 낯설게 느껴질 정도이다.

대마초가 다시 한 바퀴 돈다. 오랜만에 피우는 대마초다. 머리가 솜사탕 같다. 가볍고 공허하다.

후식으로 나온 도넛 상자를 열자, 앤힐이 도넛 하나하나의 핵심 재료를 자세히 설명한다. "이게 최신작이에요. '일찍 일어나기'라고 부르죠. 굉장히 '하이'한 도넛이죠." 앤힐은 킬킬거린다. "웃기죠, 하이 도넛. 지금은 내가 '하이'*한 도넛이에요."

리피가 고개를 절레절레 흔든다. "당신은 대마초를 피우면 바

---

* 대마초나 알코올, 마약의 효과로 취한 상태를 '하이(high)'라고 표현한다.

보가 돼."

그 사이 리처드는 혀에서 녹는 유리조각 같은 설탕 코팅에 매혹되어 도넛을 핥고 있다.

"난 아래로 내려가고 있어. 붙잡고 있을 수가 없어. 난 흩어지고 있어. 흩어지고 있어." 닉이 말하며 대마초를 빤다.

"나도 취하네요." 신시아가 솔직하게 말한다. "로스앤젤레스에서 자랐어요?" 그녀가 닉에게 묻는다.

"스케넥터디에서."

"어쩌다가 여기까지 왔어요?"

"진짜 알고 싶나?"

"네."

"난 열여섯이었고 형은 스무 살이었어. 군대에 갔지. 난 집에 있었고. 오후였는데, 어머니가 집으로 달려와서 연석에 선 차를 봤어. 어머니는 그 남자가 내리기도 전에 문을 열고 외쳤지. '남편이 집에 없어요.'

그 남자는 잠시 서 있다가 물었어. '들어가도 될까요?'

'아버지에게 전화해서 집에 오시라고 해라.' 어머니는 나에게 말했어. 혼자 듣고 싶지 않았던 거야.

난 부엌에 가서 아버지에게 전화를 걸었지. 아버지가 돌아올 때쯤 어머니는 그 남자에게 톰과 우리 가족에 대해 구구절절 늘어놓았고, 그 남자는 가만히 듣기만 하면서 커피나 마실 뿐 소식이 드러날 만한 말은 한마디도 안 했어. 왜 그랬을까? 친절한 마음에서? 어머니를 배려한 걸까, 아니면 상황을 더 나쁘게 만든 걸까?

난 뭘 하고 있었더라? 그리로 들어가기가 무서워서 부엌에 숨어 있었어. 울어버릴 것 같아서. 아버지는 하얗게 질려서 숨을 헐떡이며 집에 왔어. 외투를 벗지도 않고 소파에 앉았지.

부모님이 울었는지, 어머니가 남자에게 와줘서 고맙다고, 아버지를 기다려줘서, 편지를 전해줘서 고맙다고 인사하느라 바빴는지는 기억이 안 나. 아버지는 '절차'에 대해 물었고 남자는 전화번호가 적힌 명함을 줬어.

그 남자가 가자 아버지는 밖으로 나가 몇 시간이나 낙엽을 긁어 모았어. 모든 것이 내가 상상도 못 해본 종류의 어둠 속에 얼어붙었지. 난 계속해서 그 일이 나에게 일어났으면 다들 괜찮았을 거라고, 톰 형이라서 상황이 이렇게 나빠진 거라고 생각했어. 난 부모님 몰래 형 옷을 입었어. 형 양말, 형 티셔츠. 어머니는 알았을지도 모르고, 몰랐을지도 몰라. 기억 도둑으로 잡힐까봐 무서웠지만, 그래도 그래야만 했어. 형을 느끼고, 형을 기억하고, 내가 형을 좋아했다고 믿어야 했어.

스케넥터디를 떠났을 때 캘리포니아는 달처럼 멀어 보였고, 여기까지 오자 뭔가를 이루지 않고는 돌아갈 수가 없었어. 그리고 뭔가 해냈을 때는 다른 종류의 시간이 지나간 뒤였지. 난 더이상 전과 같은 사람이 아니었어. 내 인생의 노병이 되어 있었던 거야."

다들 말없이 앉아 있다. 할 말이 없다.

닉은 창가로 걸어간다. "바다가 잉크 같군. 엎질러진 검은색 잉크."

다들 좀더 앉아 있다. 그리고 나서 앤힐과 그의 동생과 리피가 밥솥과 빈 스튜 냄비를 싼다.

"남은 건 냉장고에 넣어뒀어요. 내일 먹어요." 리피가 말한다.

"고마워요. 와줘서 기쁩니다. 만나서 정말 기뻐요." 리처드가 말한다.

"사랑해요." 신시아가 누구에게랄 것도 없이 말한다.

"이건 내 꿈이었어. 말리부에 있는 유명한 집에 초대받아서 아내와 같이 가는 것. 다음번엔 다들 우리 집에 와요. 생각만큼 가난하진 않으니까." 앤힐이 말하고 나서 리처드를 끌어안는다. "몸조심해, 구출대원."

"불은 나 없이도 탈 거야." 닉이 반쯤 빈 포도주 병을 들고 문으로 향하며 말한다.

리처드가 돌아보니 신시아는 소파에 잠들어 있다. 그는 육지를 때리는 파도 소리에 귀를 기울이다 천천히 유리문을 닫는다.

그는 침실에 들어가 옷을 벗는다. 멍이 들었다. 팔에, 다리에, 옆구리에 큼지막한 녹색과 자주색 멍이 번져 있다. 그는 편한 옷으로 갈아입고 컴퓨터 앞에 앉아 계좌를 확인한다. 돈을 확인하면 언제나 마음이 편안해진다.

그는 동생에게 이메일을 쓴다. '오늘 납치되어 자동차 트렁크에 갇혔던 여자를 구해줬어. 잠을 잘 수가 없어. 아이들이 도착하길 기다리고 있어. 그나저나 정말로 노벨상을 탈 뻔했던 거냐?' 그는 노벨상에 대한 문장을 지우고 보내기를 누른다. 아이들은 하루나 이틀 뒤면 도착할 것이다. 리처드는 아무도 그가 지금 있는 곳을 모른다는 데 생각이 미친다. 벤도 모르고, 동생도 모르고, 전처도 모른다. 그는 기울어져가는 집의 자동응답기에 남겨진 메시지를 확인한다.

"페인트공입니다. 집 안에서 휴대전화로 거는 거예요. 열쇠가 없어서 그냥 여기서 잤어요. 칠을 다 끝냈으니 갑니다. 문은 닫아두겠습니다."

"루살디 진료실입니다. 의사 선생님께서 전립선 상태에 대해 의논하고 싶어하십니다."

"세실리아예요. 병원이고. 마취에서 깨어나는데 텔레비전에서 댁이 나오지 뭐예요. 꿈꾸는 줄 알았다니까요. 차는 도랑에 처박혀 있고 댁은 경사면 밑에 있던데요. CNN에 나왔어요. 보여주고 또 보여주네요. 십 분마다 댁이 비탈을 올라가려고 하는 모습이 나온다니까요. 맙소사, 몸은 괜찮았으면 좋겠네요."

"안녕하세요. 절 모르시겠지만, 전 서른아홉 살이고 누군가 멋진 사람을 만나고 싶은데요, 음, 솔직히 진짜 고상한 남자는 없는 것 같거든요. 그러니까, 관심 있으시면 어딘가에서 커피라도 했으면 해요. 저도 이상한 소리란 건 알아요."

"안녕하십니까, 리처드. 〈굿모닝 아메리카〉의 찰리입니다."

"〈헬로우 로스앤젤레스〉의 웬디예요."

"딕, 〈투데이 쇼〉의 제프입니다만……"

"아, 노박 씨, 브래독 경사입니다. 오늘 핸콕파크에 사는 남자분이 경찰서에 와서 당신이 자기 아내를 데리고 있다고, 납치했다고 주장했습니다만. 음, 최근 고속도로에서의 일로 미루어볼 때 노박 씨께서 전화를 주셨으면 합니다."

"저예요. 고맙다는 말씀을 드리고 싶었어요. 뭐라고 해야 할지 모르겠어요. 정말 감사드려요. 괜찮으시다면 선생님 셔츠를 간직하려고요. 지금 부모님 댁에 와 있어요. 한동안은 여기 머물 거예요."

"거기 있어, 리처드? 전화 받아. 당신이 이런저런 일을 하고 다닌다고 생각하는 사람들에게서 오늘만 전화를 열 통이나 받았어. 동물을 구조했다질 않나, 납치당한 여자를 구했다질 않나. 당신일 리가 없다고, 당신은 그런 일을 할 사람이 아니라고 말하려고 했지만, 어쨌든 당신도 알아야 할 것 같아서. 밖에 또 한 명의 리처드 노박이 돌아다닌다는 걸 말이야. 조심해. 그나저나 몸이 좀 나아졌으면 좋겠네. 당신에게 관심이 없는 건 아냐. 그냥 바쁠 뿐이지."

그는 침대에 눕는다. 또 누가 그 장면을 봤을까? 깜박이던 브레이크 등…… 그 여자는 어떻게 그 방법을 알았을까? 브레이크 등을 깜박이다가 리처드가 경적 소리로 답했을 때 무슨 생각을 했을까? '이제 안전해'라고 생각했을까? 다시금 안전하다는 느낌을 받을 수나 있을까? 팔이 아프다. 비탈, 거친 덤불. 그 남자를 잡느라 드센 노란 풀 위를 뒹굴었다. 그때 일을 돌이켜본다. 트렁크를 두드렸을 때 울리던 텅 빈 소리. 여자의 약한 대답 소리. 아주 먼 느낌이다. 트렁크 안에 든 여자도. 아득하고 동시에 완벽하게 선명한.

리처드는 침대에서 일어나 거실로 돌아간다. 아직 불이 타고 있다. 그는 신시아 맞은편 소파에 진을 친다.

"잘 수가 없어요." 그가 말한다.

"나도 그래요." 신시아가 말한다.

새벽 다섯시. 그는 침실에 놓인 킹사이즈 침대 한가운데에 앉아 눈을 감고 자신의 호흡을 따라가려 한다. 마음이 방황한다. 그는 마음을 좇아, 스스로에게 이 몸에 머물라고, 이 호흡에 머물라고 말한다. 명상은 이십이 분 뒤에 끝난다.

신시아는 일어나 옷을 입고 성형외과 의사가 자선을 베풀어 만든 '당신의 삶을 바꿔드립니다' 시설에 첫 출근 할 준비를 한다. 차는 여덟시 반에나 올 텐데 신시아는 벌써부터 방 안을 끊임없이 걸어다닌다. "내가 옳은 행동을 한 걸까요? 옳은 행동이어야 할 텐데. 그러니까, 생각해봐요, 난 아이들을 버렸어요. 애들을 두고 나와버렸어요. 그 일 때문에 말썽에 휘말릴 수도 있어요. 앤디가 나쁜 놈이 되려고 마음만 먹으면 다시는 아이들을 못 보게 할 수도 있어요. 하루 스물네 시간 요리하고 빨래하고 운전하는 건 사람을 녹초로 만든다고요."

"산책이라도 같이 할래요?"

"산책 좋네요. 난 움직여야 해요. 어젯밤에 취하는 게 아니었어요. 취하면 언제나 편집증적이 되거든요. 편집증으로 보이진 않았죠? 그러니까, 주의를 끌 만한 짓을 한 건 아니죠?"

"잘 자던데요."

두 사람은 해변에서 샌타모니카 쪽으로 걸어간다. 개 한 마리가 리처드의 발에 공을 떨어뜨린다. 리처드는 공을 주워서 던진다.

개는 공을 받아 물고 돌아온다. 스무 번쯤 되풀이했을까, 개가 집까지 따라와서 테라스로 올라온다.

"좋아, 녀석아. 이제 집에 가렴." 리처드의 말에도 개는 그 자리에 서 있다.

"당신이 텔레비전에 나와요." 신시아가 거실에서 말한다.

"리처드 노박에 대해 알려진 바는 거의 없습니다. 그는 오늘 아침 쇼에 출연하는 것을 거절했습니다. 로스앤젤레스 고급 주택가의 이웃들은 지난주에 말이 구덩이에 빠지기 전까지는 리처드 노박을 만난 적도 없다고 합니다. 그는 익명으로 범죄와 싸우는 현대의 슈퍼 영웅일까요, 아니면 보수적인 선한 사마리아인일까요? 리처드 노박을 아시거나, 그와 비슷한 사람을 아시는 분은 저희에게 연락주세요. '선한 사마리아인', 월요일 열한시 뉴스에서 다시 소식 전하겠습니다."

"당신 유명하네요." 신시아가 말한다.

개는 아직도 현관에 있다. 리처드는 개에게 말한다.

"내가 유명한가? 유명하다는 게 무슨 뜻이지?"

"컴퓨터 좀 잠깐 써도 될까요?" 신시아가 묻는다.

"물론이죠."

신시아는 접속해서 아이들에게 편지를 보낸다. '엄마야. 언제나 너희를 생각한다고 말해주고 싶어서. 양치질 잊지 마. 입냄새가 지독하면 친구 사귀기 힘들어. 속옷 꼭 갈아입고. 깨끗한 속옷은 특별한 날에만 입는 게 아니야.'

밖에서 경적 소리가 울린다.

리처드는 신시아를 차까지 바래다준다. "만약에 대비해 주소나 전화번호를 알려줄래요?"

운전석에 앉은 여자가 의사 명함을 한 장 내민다. "걱정 마세요. 다섯시까지는 데려다드릴게요."

"집에 일찍 오고 싶으면 전화해요."

"괜찮을 거예요." 신시아가 말한다.

차가 떠나자 닉이 문을 연다. "어이, 친구. 어젯밤에 일 쳤다면 미안해. 술 먹고 대마초까지 피우는 게 아니었는데."

"일찍 일어나는군."

"난 아침형 인간이야. 몇 시에 자든 다섯시 반엔 일어나지. 차 빌릴 수 있나? 내 차는 수리점에 있어. 몇 시간만."

"그래, 뭐. 타고 가."

"사실은 말이지, 태워다주면 더 좋은데."

"그렇군. 어딜 가는데?"

"페어팩스 쪽이야."

"좋아. 알았네. 별것 아니지."

"금방 갈 수 있나?"

"십오 분만." 리처드는 안으로 다시 들어간다. 개가 아직도 현관 앞에 있다. 리처드는 남은 음식을 주고 그릇에 물을 채워주며 말한다.

"저기, 유명인은 개에게 먹이를 주지 않아. 개를 돌봐줄 사람을 따로 쓰지." 개는 그저 리처드를 바라볼 뿐이다. 리처드가 깔고 앉을 수 있게 수건을 갖다주자 개가 수건 위에 몸을 만다.

리처드가 나가자 닉이 꽉 찬 쇼핑백을 들고 기다리고 있다.

"차가 있긴 한 건가?" 리처드가 묻는다.

"물론이지." 닉은 주머니에서 열쇠를 꺼내 버튼을 누른다. 차고 문이 올라간다. 좁은 차고 안에 크고 번쩍거리는 벤틀리가 서 있다. "그래, 사실 수리점에 있는 건 아니야. 하지만 이걸 타고 돌아다닐 순 없어."

"왜 벤틀리를 갖고 있지?"

"선물 받은 거야."

"멋지군. 누가 벤틀리를 선물로 주는데?"

"존 레논. 존의 차였는데 오래전에 나한테 줬어. 내가 팔아버리거나 그럴 수도 없지."

"왜 존 레논이 자기 차를 자네에게 줬어?"

"사실 일 달러를 내긴 했어. 차 소유주 이름을 바꾸려면 거래가 있어야 했거든."

"존 레논을 어디에서 알았는지 물어봐야 하나?"

"내가 쓴 책을 읽고 전화했어." 닉이 덤덤하게 말한다.

"정말인가. 내 전처가 출판업을 하는데." 리처드가 말한다.

닉이 화제를 바꾼다. "어젯밤은 미안해. 모두의 기분을 가라앉힐 생각은 아니었어."

"안전벨트 매." 리처드는 차를 고속도로로 몰고 나간다.

그들은 차가 덜덜거리는 소리, 팬 곳을 지날 때마다 신음하는 소리를 들으며 말없이 달려간다. 리처드는 소리가 날 때마다 값을 매긴다. 어떤 소리는 이백 달러짜리이고, 어떤 소리는 이천 달러에 가깝다. 그는 시내로 가기 위해 10번 고속도로를 탄다. 아무것도 어제처럼 보이지 않는다. 아무도 결백하지 않고, 모두가 의심스럽고 위협적이다. 어젯밤에 대마초를 피우지 말았어야 했는지도 모르겠다. 리처드도 조금 편집증적이 된 것 같다.

"그러니까 뭘 찾는 건가? 가게, 사무실?" 마침내 페어팩스에 다다르자 리처드가 묻는다.

"양로원. 두 블록 더 가." 닉이 말한다.

"특별한 사람을 만나러 가는 건가?"

"프레드." 그들은 양로원 앞에 차를 댄다. 닉이 미터기에 이십오 센트 동전을 넣는다. "같이 들어갈래?"

"그러지." 리처드가 말한다.

들어가자 냄새가 코를 찌른다. 오줌과 똥, 살균제, 탁한 공기, 좋지 않은 식단, 찐 채소에서 나는 퀴퀴한 냄새다. 밖은 화창하지만 절대 그 사실을 알 수가 없다. 커튼이 반쯤 내려져 있다. 한 번도 닦지 않은 듯한 작은 창문들이 전당포와 세차장과 쭉 늘어선 나직나직한 상점들을 내다보고 있다. 누가 이런 곳에 친척을 두는지 리처드는 상상이 가지 않는다. 닉이 정문에 있는 여자에게 묻는다.

"어디 있어?"

"구내식당."

그들은 복도를 내려가서 프레드의 방, 혹은 반쪽은 프레드의 방이 분명한 곳으로 들어간다. 닉은 가져온 가방을 풀고 싸구려 흰 양말과 박스형 속옷 상자들을 꺼낸다. 상자를 열고 방수용 검은색 잉크로 각각에 프레드라는 이름을 써넣는다. 닉이 쓰면서 말한다. "왜 싸구려를 사느냐면, 사람들이 옷을 잃어버리거나 훔치기 때문이야. 누굴 시켜서 근사한 손뜨개 스웨터를 만들어준 적이 있었지. 한 번 입고 다시는 못 봤어. 그래서 이런 싸구려를 사서 매달 바꿔주는 거야. 최소한 깨끗한 걸 입긴 하잖아." 그는 프레드의 옷장을 열고 낡은 양말과 얼룩진 속옷을 쓰레기통에 던진다.

그들은 마주치는 사람마다 손을 흔들어주며 복도를 지나 구내식당으로 들어간다.

프레드는 굽고 뒤틀린 데다 굳은 몸을 휠체어에 의지한 노인이다. "어떻게 지내, 프레드? 이쪽은 내 친구 리처드. 이 친구 차를 빌렸으니까 잠시 차를 타고 나갈 수 있어."

프레드는 미소 짓는다. 주름지고 이 빠진 미소다. 그는 할 수 있는 한 최선을 다해 손을 흔들며 "이이"라고 말한다. 닉은 프레드의 휠체어를 밀고 현관을 지나, 서명을 하고, 프레드를 들어올려 앞좌석에 태운 다음 안전벨트를 채운다.

"운전하겠나?" 리처드는 닉에게 열쇠를 건넨다. 프레드와 같이 앞에 앉을 자신이 없다.

"오늘은 뭘 먹을래? 파이? 진짜 맛있는 체리파이, 아니면 머랭을 먹을까? 간호사 달린을 위해 고구마파이를 샀다가 돌아오는 길에 둘이서 다 먹어버렸던 거 기억해? 듀파르에 가자. 듀파르 파이가 맛있지."

"이이." 프레드가 말한다.

닉은 파머스 마켓 주차장에서 프레드를 내려주며 말한다. "두려

위하지 않는 게 관건이야. 무슨 일이 일어나겠어. 내가 떨어뜨리겠어, 망가뜨리겠어? 프레드는 신경 안 써. 신경 써? 프레드는 그냥 나와서 기쁠 뿐이야."

"이이."

닉은 휠체어 앞바퀴를 들고 밀면서 프레드가 굽고 뒤틀린 손으로 가게 물건을 좀도둑질하게 종용한다.

"얼른 집어. 뭐 어쩌겠어, 체포라도 하겠어?"

프레드는 짜릿해하는 것 같다. 미소 지으며 말한다. "이이."

닉은 가판대에 가서 말한다. "카페 콘 레체* 두 개."

"그런 걸 드셔도 괜찮나?"

"프레드, 커피 마셔도 돼?" 닉은 프레드가 살짝 귀가 먹었다는 듯 큰 소리로 묻는다.

"이이." 프레드가 대답한다. 커피가 나오자 닉은 프레드에게 조심스럽게 커피를 먹인다. "맛있지?" 닉은 냅킨으로 프레드의 얼굴을 닦아준다. "그렇게 침을 흘려서야 여자들을 꼬일 수 있겠어?"

프레드는 미소 짓는다.

닉은 프레드를 방에 데려다주고 말한다. "다음 주에 봐. 그전에 필요하면 나한테 전화해달라고 하고."

프레드는 침대 옆 벽에 붙은 '닉에게 전화' 표시를 가리킨다.

리처드가 다시 밖으로 나가면서 말한다. "아버님이 정말 좋은 분이군."

---

* 스페인 식 밀크커피.

"아버지가 아냐. 아버지를 보러 갈 수 없어서 프레드를 보러 오는 거지."

"돌아가셨나?"

잠시 침묵이 흐른다. "가끔 자신을 포함해서 실제로 뭔가 해줘야 할 사람에게는 아무것도 해줄 수 없지만, 다른 사람, 모르는 사람에게는 해줄 수 있을 때가 있지. 프레드는 모르는 사람이야. 내가 택한 모르는 사람."

"근사하군."

"실상은 그래. 내 기분을 위해 프레드를 이용한다고 할 수도 있지. 사실이야."

"어떻게 찾은 거지?"

"프로그램이야. '반짝이는 노인 입양.' 면담을 하고 누군가를 얻는 거지. 노인을 원해? 전화번호 줄게. 내가 프레드를 고른 건 갇혀 있어서였어. 저 안에는 아직 누군가가 있고, 다른 사람은 아무도 프레드를 고르지 않았지. 프레드는 침을 흘리는 데다 할 줄 아는 말이라곤 '이이'밖에 없거든."

"당신은 훌륭해."

"우리 모두 마음만 먹으면 훌륭해질 수 있지만, 그렇지 않을 때는 썩을 놈의 짐승들이지. 현실에 VIP실 따윈 없어. 그리고 이 도시에는 현실이 없지. 인터넷 검색으로 답을 찾을 순 없어. 사람들은 자기 인생을 살라고 지껄이지만 이게 바로 인생이야." 닉은 숨을 몰아쉰다. "다들 알아야 할 것은 무엇이든 이미 알고 있어. 다른 나라, 다른 풍경에서 사는 게 어떨지 상상해봐. 열기, 벌레, 공포. 바로 코앞에서 누군가가 철선을 건드리고 지뢰를 밟아서 말을 하다 말고, 담배를 피우다 말고 산산조각나는 걸 상상해봐. 몸에 살점을 뒤집어쓴 광경을 상상해보란 말이야. 집에 돌아갈 수 없다는 사실을 뼈저리게 깨닫고 있는 녀석과 오 분 동안 이야기 나누는 상황을 상상해봐. 그거랑 뉴욕 북부에서 맥주를 마시고 총각딱지를 떼보려고 애쓰면서 여름 한철 조지 호수에서 구조원으로 일하는 삶의 차이를 상상해봐. 친구들을 시체 운반용 부대에 넣고 잠그는 모습을 상상해봐. 도대체 어떤 놈이 이게 좋은 생각이라고 생각한 건지 말해봐. 어떻게 아무도 화내지 않을 수 있지? 돌아버려야 마땅해."

닉은 말을 멈춘다. 침묵이 감돈다.

"혹시 나온 김에 프로듀서에게 들렀다 갈 수 있을까? 수표는 계속 받고 있지만 인사나 하고 싶어서. 얼굴을 보고 일하는 게 좋지. 이쪽, 멜로즈로 내려가서 조금만 더 가면 돼. 저 대문이야."

닉이 정문 경비원에게 인사한다. "안녕."

"안녕하십니까." 경비원이 거울을 들고 폭탄이 없나 아래쪽을 살펴보며 차 주위를 한 바퀴 돈다. 개가 킁킁거리며 냄새를 맡는다.

"트렁크 좀 열어주시겠습니까?" 경비원의 요구에 리처드가 트렁크를 연다.

"오늘은 누굴 만나십니까?" 경비원이 닉에게 묻는다.

"에번 로버츠."

"잠시만 기다리십시오." 경비원이 초소 안으로 들어간다.

리처드가 말한다. "영화 촬영장에 들어와보긴 처음이야."

"볼 거 없어. 그냥 건물이야. 좌회전." 닉은 촬영장 뒤쪽에 늘어선 방갈로 쪽을 가리킨다. 그는 리처드를 차에 두고 내린다. "몇 분이면 될 거야."

골프 카트를 탄 여자가 지나가며 손을 흔든다. 그도 마주 손을 흔든다. 여자는 차를 보고 말한다. "이봐요, 당신 어제 그 사람이 잖아요. 누굴 만나서 이야기를 팔려고요?"

"친구를 기다리는 것뿐입니다."

여자가 간 뒤, 리처드는 내려서 손으로 차를 쓸어본다. 긁힌 자국이 흉터처럼 깊다. 외형이 전혀 달라졌다. 그는 눈을 감고 장님처럼 손으로 차를 읽어본다. 마음의 눈으로 그 '사건'을 재검토하면서 차를 만져본다. 이야기라니, 무슨 이야기? 그가 뭘 하고 있는 것일까? 다시 그런 일을 하게 될까?

닉이 기운차게 걸어나와 차에 오르더니 쾅 소리가 나게 문을 닫는다. "정말 고마워. 일을 처리해서 정말 기쁘구먼. 저놈들은 두 번 다시 날 고용하지 않을 거야."

"왜?"

"사람을 직접 보고 나면 후광이 사라지는 법이지."

"그럼 왜 그런 짓을 한 거지?"

"개똥 같은 놈이라서 일해주기 싫었거든. 이게 그놈 결정이라고 생각하게 해주는 데 묘한 즐거움이 있지."

리처드는 계기판의 시계를 흘끗 본다. "늦었어. 영양사를 만나야 하는데. 샌타모니카로 가는 제일 빠른 길이 어디지? 문제될 게 없다면 말이지만."

"난 상관없어. 사실은 배가 고파."

리처드는 차마 영양사가 여분을 만들진 않는다고, 주문받은 만큼의 분량만 만든다고 말할 수가 없다.

그들은 사 분 늦게 주차장에 들어간다. "미안해요. 길이 막혀서. 실비아, 이쪽은 이웃에 사는 닉이에요."

닉은 미소 지으며 말한다. "그러니까 당신이 영양사? 영원히 살려면 뭘 먹어야 하는지 말해줄 수 있나?"

"뭘 먹으면 기분이 좋아질지는 말해줄 수 있어요."

"그런 걸 먹여줄 수 있어? 당신 하는 일이 그거 맞지? 사람들 먹여주는 거?"

"먹여드릴 수 있죠. 아기 새처럼. 하지만 스포이드가 필요하겠네요. 당장은 따뜻한 쿠키를 줄게요. 차에 갓 구운 쿠키가 있어요."

"갓 구운 쿠키 좋지." 닉이 말하자 실비아는 차에서 특제 에너지 쿠키 봉투를 꺼낸다. "내 전화번호는 상표에 적혀 있어요. 진짜 배고플 때 전화해요."

리처드가 차 안으로 돌아가서 말한다. "믿을 수가 없군."

"아, 관둬. 잡담한 것뿐이잖아. 걱정 말라고. 영양사를 훔치진 않을 테니. 샌타모니카에 필요한 게 뭔지 알아?"

"뭐?"

"도넛 가게야. 네 친구 앤힐이 도넛과 주스 파는 가게를 내야 해."

"마음에 새겨두지."

그들은 말없이 차를 달린다. "이봐, 그 여자가 날 좋아하는 게 내 잘못은 아니잖아."

"그냥 믿을 수가 없는 것뿐이야. 자넨 더할 나위 없이 괴팍하고 모습도 지저분한데 실비아가 자기 몸을 던지다니."

"여자들은 그런 걸 좋아해. 너저분한 거. 자기들이 반질반질하게 닦아줄 수 있다고 생각하거든. 그리고 일부러 화제를 돌리려는 건 아닌데 자동차 얼른 고쳐야겠다. 뭣같이 달리는 데다 엔진 온도 표시등이 저절로 켜지잖아. 원한다면 내 벤틀리 써도 돼. 그 차는 요트같이 달리지."

"자넨 고약하긴 하지만 나쁜 사람은 아니야."

"그거 칭찬이지?"

집에 돌아가서 음식을 냉장고에 넣고 있는데 유리문 앞에 개가 나타난다. 리처드는 개에게 지난밤에 남은 닭고기와 밥을 준다. "내가 보고 싶었니?"

그는 충동적으로 전화기를 들고 부모님에게 전화를 건다. 개 때문인지도 모르고, 양로원에 갔던 일 때문인지도 모른다.

"안녕, 엄마."

"네가 다시 전화하긴 하려나 싶었다. 도대체 무슨 짓을 하고 있는지 모르겠구나. 웬 미치광이 같은 생활 방식인지."

"그냥 전 괜찮다는 걸 알려드리려고요."

"당연히 괜찮지. 네가 괜찮은 건 알아. 괜찮지 않을 이유가 없잖니. 나이도 아직 젊고. 세상이 널 중심으로 도는 건 아니야. 네 아버지에게 일이 좀 있었다."

"무슨 일이요?"

"자기가 누군지 잊어버렸지 뭐니. 식품점에서 웬 여자랑 이야기를 하고 있는 거야. 그 여자가 이름을 물었는데 네 아버지가 기억을 못하더라. 그리고 아내가 있는지 물었더니 없다고 하지 뭐니. 내가 10피트 거리에 서서 내내 보고 있었는데 말이다. 내가 손을 흔드는데도 보지 못하더구나. 거기서 곧장 의사한테 데려갔는데 일시적인 발작이라고 했어. 너희에게 걱정 끼치고 싶진 않구나. 내가 누군지 모른다고 해도 네 아버지는 내가 돌볼 거다. 이렇게 오래 같이 살아왔는데 떠날 수 있겠니."

"그냥 여자를 꼬이고 계셨을지도 모르잖아요."

"그 여자한테 자긴 결혼한 적도 없고 자식도 없다고 했단다."

"지금은 어머닐 알아보세요?"

"그래. 그런 일은 일어나지도 않았다고, 다 내가 만들어낸 얘기라고 우기고 있지."

"나아지셨으니 다행이에요." 어디선가 연기 냄새가 난다. "가봐야겠어요."

"물론 그렇겠지. 넌 늘 가봐야 하잖아."

냄새가 난다. 그는 킁킁거리며 이 방 저 방 돌아다닌다. 아무것도 없다. 연기도 없다. 현관문을 연다. 길을 따라 놓인 모든 쓰레기통이, 아침에 수거해가도록 내놓은 쓰레기통들이 불타고 있다. 연기만 올라가는 것도 있고, 불길이 치솟는 것도 있다. 어떻게 된 일인가. 차를 몰고 지나가던 방화광이 쓰레기통마다 부탄가스를 집어넣고 성냥을 던졌나? 리처드는 정원 호스로 물이 닿는 거리에 있는 쓰레기통 네 개를 끈다. 지나가던 사람들이 경적을 울린다. 그는 양방향으로 얼마나 멀리 있는 쓰레기통까지 불이 붙은건지 알 수가 없어 안에 들어가 911을 부른다.

"경찰, 소방서, 구급차 중에 선택하세요."

"소방서요."

"로스앤젤레스 소방청입니다."

"태평양 해안 고속도로에 있는 쓰레기통들 때문에 전화했습니다. 연기 냄새가 나서 문을 열었더니 쓰레기통이 전부 타고 있어요. 손 닿는 곳은 껐지만 아직 더 있습니다."

"확인 중입니다. 네. 시스템에 쓰레기통에 불이 붙었다는 보고가 들어왔군요."

"그냥 불이 아니라 화재예요. 누군가 오는 겁니까?"

"성함이 어떻게 되시죠?"

멀리서 사이렌 소리가 들린다. 그는 전화를 끊고 다시 나간다. 소방차 한 대가 고속도로를 따라 달려오고 있다. 그는 자이로토닉 첫 수업에 늦고 싶지 않아 바로 차를 타고 출발한다. 덜렁거리던 부속 조각이 떨어져나간다.

말리부 자이로토닉 교실에 들어가니 다른 세상에 온 것 같다. 따뜻하지도 춥지도 않은, 완전히 균등하고 동일하고 소금 냄새가 나는 공기.

"시드니예요." 여자가 손을 내밀며 말한다. 시드니는 흔치 않은 곡선미를 지닌 여자이다. 작지도 크지도 않고, 곡선미 있는 몸을 하나로 이어진 레오타드로 감싸고 있다.

"전에 자이로토닉을 해보신 경험은요?"

"트레이너를 두고 있었어요. 근육 운동과 요가, 스트레칭을 했습니다. 그리고 매일 아침 한 시간씩 러닝머신을 뛰곤 했죠."

"했다는 건, 지금은 그만두셨다는 얘긴가요?"

"아주 최근에요. 집이 재건축 중이라서 지금은 러닝머신을 쓸수가 없거든요."

"건강상의 문제나 치료 중인 병이 있나요? 등이나 무릎, 엉덩이중에 인조인 부분은요?"

"오리지널 하드웨어입니다."

시드니는 앞장서서 방으로 들어가더니 몇 가지 간단한 동작을시켜본다.

"수영, 춤, 요가, 체조에서 따왔어요. 자이로토닉은 높낮이 있는 순환 동작을 연이어 하는 거예요. 막힌 곳을 풀어주고 신경 체계를 자극하는 동작별 호흡 패턴이 있어요."

시드니는 그의 유연성을 시험해본다. "운동은 척추 천골부에서 시작해서 접고 펴고, 수축하고 이완하는 리듬과 흐름으로 이루어져요. 우리 목표는 근육의 힘과 내구성, 운동 범위, 근육의 협력 작용, 균형 감각을 키워주는 거예요." 시드니는 말을 멈추고 리처드의 위치를 바꾼다. 그는 바꾸는 대로 움직인다. 시드니가 그에게 몸을 대고 누른다.

"골반이 닫혀 있네요. 숨을 들이마셔요. 대체로 남자들은 엉덩이가 뻑뻑하죠."

리처드는 그녀의 손이 엉덩이에 닿는 것을 느끼고, 뭔가가 우두둑하는 소리를 듣는다. 수업이 끝날 때쯤 시드니는 그를 엎드리게 하고 팔꿈치로 그의 엉덩이를 풀어준다. 그 모든 과정이 예전보다 개인적이고 친밀하게 느껴진다. 정기적으로 보던 볼품없는 트레이너와 달리 시드니가 그에게 몸을 기울일 때면 몸 어딘가가 닿는다. 그녀의 꼭 맞는 레오타드 때문인지, 부드럽지만 단단한 몸 때문인지는 몰라도 그녀를 꽉 껴안고 싶어진다. 시드니는 긴 머리카락을 말꼬리처럼 하나로 묶었다. 갑자기 말 타기가 하고 싶다. 그녀를 타고 싶다. 그리고 자신의 이런 생각에 충격을 받는다. 그는 정력적이고, 해방되고, 창피한 느낌으로 운동을 끝낸다.

돌아가는 길, '낙석 주의' 표지판과 도로 옆에 쌓인 돌무더기를 지나친다. 그는 돌무더기 옆으로 도느라 옆차선을 침범한다.

앞에 쓰레기통들이 보인다. 차도 가장자리에 눌러붙은 불탄 외계인 같은 얼룩, 기묘한 조각들. 번개라도 맞은 것처럼 전신주에서 연기가 오른다. 그는 차를 세운다. 고속도로변에 있는 집들은 서로 닿을 듯이 가깝다. 고속도로를 따라 세워진 전신주에 누군가가 종이를 붙여놓았다. '이것을 보신 적이 있습니까?' 그 밑에는 '이것'이 그려져 있다. 바닥에서 빛이 뿜어나오는 알 모양이다. 그 밑에 전화번호가 적혀 있다.

"이게 무슨 냄새야?" 닉이 창문으로 머리를 내밀고 묻는다. "번개라도 맞았나?"

"누군가가 쓰레기통마다 불을 질렀어. 어떻게 그걸 모를 수가 있나?"

"일하고 있었어."

창틀은 닉의 머리에 딱 맞는다. 닉은 목에 헤드폰을 걸고 있다.

"괜찮나?" 리처드가 묻는다.

"아, 그럼. 괜찮지. 나와봤어야 하는데, 지금 일에 열중하고 있거든. 게다가 길 건너편에선 또 누군가가 사진을 찍고 있고. 난 사진 찍을 기분이 아니야."

"저게 늘 있었나?" 리처드는 붙어 있는 종이들을 가리킨다.

"어떤 때는 잔뜩 보이고 어떤 때는 몇 달이나 안 보이지." 닉은 복사한 게시물을 말하는 걸까, 게시물에 그려진 뭔지 모를 사물을 말하는 걸까? 닉이 안으로 들어가며 말한다. "나중에 봐."

이메일로 보내온 기록을 보니 아이들이 점점 로스앤젤레스에 가까워지고 있다. 불안해진 리처드는 전처에게 전화를 건다. "내가 준비가 됐는지 모르겠어. 지금 새로운 곳에 있고, 모든 게 몹시 낯설어."

"걔가 가는 게 싫으면 보내."

"오는 게 싫다고는 안 했어. 내가 준비가 됐는지 모르겠다고 했지. 기억이 있어."

"무슨 기억?"

"모든 기억. 벤이 태어났을 때, 다같이 휴가 여행을 갔을 때, 언제나 뭔가를 갖고 뉴욕에 가던 나, 그리고 걔."

마음속에는 전부 떠오르지만 자세히 말하지는 않는다. 그는 기억한다. 어느 시점에선가 그 개는 로켓이나 스파크 같은 진짜 이름을 얻었지만, 그들은 언제나 그 개를 '네 동생'이라고 불렀다.

"네 동생은 널 사랑해. 누가 네 동생을 산책시켰지? 네 동생 봤니? 네 동생이 뭔가 물고 있는 것 같은데. 신발인가?" 그들은 벤이 여섯 살이었을 때 '네 동생'을 데려다줬다. 래브라도 레트리버 새끼였다. 나중에, 결정적인 대화가 오가고 벤에게 모든 게 바뀔 거라고 이야기했을 때도 '네 동생'은 그들의 발치에 앉아서 꼬리를 흔들고 있었다. "네 엄마와 나는……" 벤을 위로해준 것은 '네 동생'이었고, 벤과 같이 있어준 것도 '네 동생'이었다.

리처드는 벤과 '네 동생'이 무척 어릴 때 집에 들어왔더니 바닥 여기저기에 오줌 싼 흔적이 있고, 벤과 개가 조금 켕기는 기색으로 있었던 일을 기억한다. 밤에 개를 산책시키던 일, 이른 아침 뉴욕의 아름다움, 이슬이 내린 공기, 조용한 안개, 사람들을 그 집 개 이름으로만 아는 개 문화를 기억한다.

열다섯 살이 된 벤이 울면서 전화했다.

"무슨 일이냐?"

"동생이 죽었어."

리처드는 3천 마일 떨어진 곳에서 어떻게 해야 할지 몰랐다. "어쩌다가?" 아버지는 아들이 우는 소리를 들었고, 몇 년 동안 그 아이가 내는 울음소리를 듣지 못했기에, 아주 작은 울음소리조차 듣지 못했기에 같이 울기 시작했다. 처음에는 숨겼지만 이내 울음이 터져나왔고, 갑자기 수화기 저편이 조용해졌다.

"뭐 하는 거예요?" 아들이 우는 아버지를 나무랐다.

"정말 미안하다." 리처드는 울었다.

"그만 울어요, 이 멍청이." 벤은 그렇게 말하고 전화를 끊었다.

밖에 비가 내리기 시작한다. 해변의 개는 아직도 밖에서, 바닷가에서 파도에 떠밀려온 나무 조각을 가지고 놀고 있다. 리처드는 문을 연다. 개가 그 소리를 듣고 현관으로 달려오더니, 온종일 당신이 초대해주길 기다렸다는 듯 집 안으로 들어온다.

리처드는 개에게 말한다. "청소부가 없으니까 조심해."

그리고 사야 할 물품 목록에 '개 사료'라고 적는다.

네시 반, 신시아가 돌아온다. "선물을 가져왔어요. 당신이 직접 살 리 없다 싶은 걸로요."

가방을 열어보자 휴대전화가 들어 있다.

"다음에 누군가를 구하게 되면 지원 요청을 할 수 있을 거예요."

"멋져요. 고마워요." 잠깐 사이를 두고 다시 말한다. "그래, 어땠어요?"

"좋았어요. 정말 좋았어요." 신시아는 휴대전화를 가져다가 콘센트에 꽂는다. "충전을 해야 해요."

"말해봐요."

"알았어요. 도착하니까 커피를 내오고요, 예전에 치위생사였다가 학교로 돌아가서 사회복지사가 된 여자가 있는데, 이 여자가 질문을 잔뜩 하는 거예요. 어디에서 자랐느냐, 결혼한 지는 얼마나 됐느냐, 대학에 다녔느냐, 직장에 다녀본 적이 있느냐, 일 년 아니면 오 년 뒤에 자신이 어디 있을 것 같냐 등등. 그러고는 검사를 해요."

"검사요?" 그는 의학적인, 고통스러운 검사를 떠올린다.

신시아가 고개를 끄덕인다. "검사 결과에 따르면 난 사람들을 좋아하는 사람이래요. 그리고 그 여자는 날 보자마자 내 치아 상태가 좋다는 걸 알더라고요. 아마도 치위생사로서의 눈이었나봐요. 그런 다음에 사진을 찍었어요."

"그 사람들이 그리게 하면 안 돼요."

"뭘요?"

"그런 일을 하잖아요. 유성 연필로 얼굴에 고칠 부분을 그리는."

신시아는 고개를 젓는다. "제일 좋은 건요, 나만이 아니라는 거예요. 여자 다섯 명이 더 있는데, 그중 한 사람은 애가 여섯이에요. 어떤 여자는 삭스 백화점에서 시간제로 일하고, 또 어떤 여자는 컴퓨터 가게에서 일해요. 야생동물 구조 일을 하는 사람도 있어요."

"다들 남편을 떠난 건가요?"

"아뇨. 남은 사람도 있어요. 저녁을 만들다가 세 손가락 끄트머리가 잘려나간 여자가 있는데요, 가족들이 계속 식사를 하더래요. 아무도 먹는 걸 멈추고 손가락 끝을 찾아보려고 하지 않았대요. 그 여자는 가족이 먹은 것 같다고 했어요. 식인종이죠. 왜 이 일에 대해 그렇게 남자같이 구는 거예요? 방어적이 될 필요도 날 보호할 필요도 없어요. 내가 알아서 할 수 있어요."

"성형수술이라는 부분이 마음에 걸리는 것뿐이에요."

"여자들이 운영하고 그 의사와는 상관없이 돌아가요."

"그 의사가 돈을 낸다는 점만 빼고 말이죠."

"누가 좋은 일을 하면 왜 다들 의심을 하죠? 직접 가서 만나보면 어때요? 뭔가 수술받고 싶은 데가 있는 척하고요."

"이를테면요?"

"모르죠. 쌍꺼풀이라거나."

"내가 쌍꺼풀 수술을 받아야 할 것 같아요?"

"받아야 하냐고요? 음, 눈이 원하는 대로 뜨이고 감기는데 수술받을 이유가 없죠. 점심을 먹고 나서 아파트를 보러 갔어요. 샌타모니카에 있는 침실 두 개짜리 아파트예요. 동거인이 있는데, 잠시 휴직 중인 귀여운 여자예요. 상태가 나빠져서 지금은 무슨 약을 먹고 있다나봐요."

"사람들이 그 프로그램을 얼마나 오래 이용하죠?"

"필요한 만큼이요. 그리고 보습제도 받았어요." 신시아는 한 움큼의 샘플을 보여준다.

전화가 울린다.

신시아가 방을 나서며 말한다. "난 목욕할래요. 길고 기분 좋은 목욕."

리처드는 수화기를 든다. "차 때문에 전화합니다만." 자동차 판매상 대니이다.

"날 어떻게 찾았습니까?"

"방법이 있죠. 전화해주셨으면 했는데요. 법적으로 그 차는 저희 소유니까요. 제가 못해드린 게 있었나요? 노박 씨는 제 첫 출근날의 첫 손님이었어요. 덕분에 기분 좋은 하루가 됐죠. 그게 저한테 아무 의미도 없을 것 같아요?"

"고마워요, 대니."

"보험 대리인에게 전화하셨어요?"

"자동차 건으로는 안 했어요."

"대리인에게 전화하셔야 해요. 사고 경위 보고서 사본도 필요해요. 일부러 한 일이면 복잡해져요."

"좋은 일을 위해서였는데요."

"이런 종류의 파손은 차량 임대 조항에 위배됩니다만, 그 점은 모른 척해드릴 준비가 되어 있어요. 어쩌다가 차가 파손됐는지, 그리고 저희가 차 수리를 해드린다고 해서 얼마나 기쁜지에 대해 편지를 써주시면 보험으로 해결되지 않는 비용을 저희가 부담하겠습니다. 물론 공제 비용은 빼고요. 자동차 옆에 선 노박 씨 사진을 몇 장 찍어서 액자에 넣어 벽에 걸어놓으려고 해요. 저희 사장님은 사람들에게 우리도 공동체의 일부라는 걸 보여주고 싶어하시거든요. 그리고 솔직히 저희는 그 차가 놀라울 정도로 잘 작동해줬다고 생각합니다."

"앞차 트렁크를 박지 않고 차도 밖으로 빼내는 게 가장 까다로웠지요. 생각을 해봐도 될까요?"

"차를 빨리 가져올수록 좋습니다."

뭔가가 눈길을 끈다. 리처드는 집 앞쪽으로 간다. 경광등 불빛이다. 그는 창밖을 내다본다. 트레일러가 와서 벌써 메르세데스를 싣고 있다.

"저건 당신네 사람이겠군요."

"맞아요."

"열쇠는 필요하지 않은 거요?"

"저희에게 열쇠가 있어요. 언제나 열쇠를 보관해두죠."

"대체 자동차는요?"

"지금은 빌려드릴 차가 없지만, 내일이면 가능할지도 모르겠습니다. 전화하세요."

리처드는 밖으로 걸어나간다.

"달려들어서 나랑 멱살잡이라도 하려는 건 아니겠죠?" 트레일러 운전사가 묻는다.

리처드는 고개를 젓는다.

"착한 친구로구만." 운전사의 말이 리처드를 가리키는 건지 자기 트레일러를 가리키는 건지 모르겠다.

차가 없으니 빠져나갈 방법이 없다. 갈 곳도 없다. 그는 무엇인가를 빼앗긴 것 같은, 자기가 뭔가 잘못해서 벌을 받는 것 같은 무방비한 기분을 느낀다.

'이것을 보신 적이 있습니까?' 전신주에 붙은 종이에 신경이 쓰인다. 도대체 뭘까. 이 사람은 뭘 원하는 걸까? 그는 포스터를 한 장 뜯어 들고 집 안으로 들어가 전화해본다.

남자가 받는다. "예." 그리고 아무 말도 하지 않는다.

"듣고 있습니까?"

"예."

"이 포스터가 무엇에 대한 건지 알고 싶어서요."

"뭔가 봤소?"

"고속도로 아래위에 잔뜩 붙은 종이를 봤지요."

"계속 보쇼." 남자는 전화를 끊는다.

어쩌다보니 리처드는 신시아가 전화로 아이들에게 하는 이야기를 듣는다. "받아 적어. 네 치열 교정 예약은 목요일 오후 세시야. 맷은 화요일 네시에 안과에 가야 해. 안경 가져가게 챙겨. 캠프 신청용지 내야 해. 펄 박사님 사무실에 전화해서 써달라고 해. 그리고 캠프에 가져갈 알레르기 약 처방전을 보내줄 수 있는지 물어봐." 신시아는 잠깐 멈춘다. "어떻게 지내니? 깨끗한 옷이 다 떨어졌는데 세탁할 시간이 없어서 새 옷을 사야 했다고? 괜찮아. 곧 또 전화할게. 안녕."

신시아가 전화를 끊자 리처드가 말한다. "차를 가져갔어요. 나갈 방법이 없군요. 탈출할 길이 없어요."

"괜찮을 거예요. 언제든 택시를 부를 수 있어요. 아니면 차를 빌릴 수도 있고." 리처드가 갈피를 못 잡자 신시아가 덧붙여 말한다. "괜찮을 거예요. 저녁식사를 만들어 먹고 게임을 해도 돼요."

"이를테면?"

"찬장에 스크래블*이 있던데요."

"저녁을 만들 필요는 없어요. 여기 있어요. 오늘 오후에 영양사에게 보급을 받아왔어요. 일주일 먹을 음식은 있어요."

---

* 98개의 문자 타일로 영어 단어를 만들어 점수를 얻는 게임.

"당신 왜 결혼을 안 했어요?" 신시아는 칭찬의 뜻을 담아서 말한다. "우리 둘 다 같은 걸 먹어야 하나요?"

"원하는 대로 해요."

"난 둘이 서로 다른 걸 먹었으면 해요. 똑같이 먹고 똑같이 살고, 똑같아지고 싶진 않아요. 연어가 맛있어 보이네요."

"좋아요. 당신은 연어를 먹어요. 난 칠면조 미트로프를 먹죠." 리처드는 연어와 미트로프, 생강이 들어간 완두콩 요리, 비트 샐러드, 메스클룬*을 꺼낸다. "나한테 말도 안 하고 와서 차를 가져가다니 마음에 안 들어요. 아빠한테 차를 빌렸다가 빼앗긴 어린애 같잖아요."

"임대 자동차니까 그런 거겠죠."

"흠, 다시는 임대하지 않을 거예요."

"자동차를 길에서 몰아내야 할 일도 다시는 없었으면 좋겠네요."

그는 스크래블을 찾아낸다. "먹으면서 할까요, 아니면 먹고 나서 할까요?"

"문명인답게 굴자고요. 먹고 나서 해요." 그는 두 사람 몫의 포도주를 따르고, 그녀는 촛불을 켜고, 두 사람은 저녁 식탁에 앉는다. 테라스로 통하는 유리문이 열려 있다. 저녁 파도가 부드럽게 부서지고, 이웃에서 이야기하는 소리가 바람에 가늘게 실려 온다.

"난 왜 남편하고는 이럴 수가 없었을까요?"

---

* 어린 채소 잎을 섞어 만든 샐러드.

"한 번도?"

"기억할 수가 없어요. 만약 있었다고 해도 오래전이에요. 당신과 내가…… 관계를 갖지 않는 것도 이상해요."

"그럴 위치가 아니잖아요."

"대부분은 그런 이유로 못 하진 않아요."

"난 우리가 성숙해서라고 생각하고 싶군요."

"아니면 수도사 같아서거나요. 난 십팔 년 동안 새로운 사람과 자보지 못했어요. 혹시…… 아니, 잊어버려요." 신시아는 말을 중단한다. "물어보지 말 걸 그랬네요." 짜증이 난 것 같다. "앤디에게 아직 좋은 점은 그것뿐이었어요. 늘 했죠. 하루 종일 말을 안 하거나 서로를 증오하면서 침대에 누웠을 때조차도, 언제나 했어요."

"정말이에요?" 리처드는 놀란다. "하고 싶던가요?"

신시아는 고개를 끄덕인다. "그이를 미워하지 않을 방법은 그것뿐이었어요."

"당신이 남편을 근처에 두기도 싫어했을 거라 생각했어요."

"정말 나쁜 놈이지만, 밤에는 다른 구석이 있었어요. 어린아이 같았죠. 전에는 그런 점 때문에 미칠 것 같았어요. 그이는 너무 굶주리고 착 달라붙었지만, 결국에는 그런 게 좋아졌던 것 같아요."

이런 말을 들으니 혼란스럽다. 흥분이 되기도 한다. 신시아와 그 남편이 성교한다는 생각. 그는 아이들이 복도 저편에서 잠들어 있고, 전기 소켓에 꽂은 야간등이 서늘한 푸른색으로 빛나고, 앤디가 걷어올린 신시아의 긴 잠옷이 말려 올라간 장면을 상상한다.

그녀는 식탁에서 접시를 치운다. 리처드는 그녀를 지켜본다. 전과 다른 눈으로. 그는 전처의 몸을 생각한다. 솔직히 몸매랄 것도 없었다. 작고 마르고 평평했다. 그는 그런 그녀의 몸이 좋았다. 한 번 떠올리자 세세한 부분까지 기억난다. 눈봉우리 같은 젖꼭지, 구불구불한 음모. 그는 생각을 멈춘다.

"아이들 얘길 해봐요." 리처드는 마지막 남은 포도주를 따르며 말한다.

"미니밴에 대해 얘기해줄게요. 그 미니밴에 뭘 싣고 다니는지 알아요? 애들 신발과 갈아입을 옷 한 벌씩을 비닐에 넣어놓고, 여분의 양말도 챙겨두죠. 낡은 운동화도 몇 켤레. 어느 날 갑자기 생리를 시작할지 모른다고 겁내는 딸을 위한 생리대, 세탁 가방도 있어요. 시트 밑에서 지저분한 국부 보호대를 건져내는 데 질렸거든요. 더 나쁜 경우엔 그게 시트 조절기에 걸려서 잘라내야 할 때도 있어요. 거기다가 물병, 게토레이, 간식용 초코바, 치즈스틱, 먼 길일 경우에는 식사를 통째로 싣고 다녀요. 샌드위치, 샐러드…… 딸아이는 빵을 안 먹어요. 거기다가 신선한 과일. 걔네는 도리토스*를 먹고 설사할 때 빼곤 언제나 변비거든요. 아이들을 위해 넉넉하게 음식을 갖고 다니는 정도가 아니라 카풀이라도 하게 되면 무슨 바퀴 달린 식당이나 무료 급식소 같아요. 난 애들을 먹이고, 내려주고, 차에서 문자 그대로 남은 잔해를 밀어내야 하죠. 필요할 때 차에서 옷을 갈아입을 수 있도록 셋째 칸 주위에 커튼을 달았어요. 하루에 차 안에서 보내는 시간이 얼마나 되냐고

---

* 과자 이름.

310

요? 괜찮은 날에는 세 시간, 안 좋은 날에는 여섯 시간이에요. 카풀할 때는 항공회사가 된 느낌이라니까요. 제 시간에 모든 짐을 다 갖춰서 내려주지 못하면 내 잘못이거든요."

"인간으로서는 어때요?"

신시아는 고개를 내젓는다. "모르겠어요. 사람 대하는 방식에 대해 내가 잘못된 인상을 준 게 분명해요. 그애들이 철이 들어서 스스로를 돌보는 방법을 배우고, 언젠가는 다른 사람들과 더불어 살아가는 세상이니 모든 것이 자기 뜻대로 되지는 않는다는 걸 알게 되길 바랄 뿐이에요."

"샌타모니카에 얻은 아파트로 초대할 건가요?"

"아직은 아니에요. 한동안은 나 혼자 지내야 해요." 신시아는 스크래블 상자를 연다. "당신 아들은 어때요?"

리처드는 글자를 집는다. "나랑 이야기하고 싶어하지 않아요."

"여기까지 오면서 당신과 이야기하고 싶어하지 않는다고요?"

리처드는 고개를 끄덕인다. "그애가 온다는 것, 어떤 형태로든 만나길 원한다는 건 좋은 일이라고 생각하지만, 넘어야 할 산이 많아요. 난 그애를 버렸어요. 부모는 아이들을 버리지 말아야 하는데. 내가 뭘 기대할 수 있을지 모르겠어요. 그애는 강인해요. 자기 엄마를 닮았죠."

"그리고 당신도요."

리처드는 'cascade'로 게임을 시작한다.

신시아가 'sorrow'를 만든다.

리처드는 'wince'로 잇는다.

신시아는 'excel'로 점수를 얻는다. "새 아파트에 방문할 때 스크래블도 가져올래요?"

"그러죠. 정말 잘하는데요. 마지막으로 게임해본 게 언제예요?"

"막내랑 캔디랜드*를 하고 놀아야 했어요. 아무도 같이 해주지 않았거든요. 당신은요?"

"전처와 침대에서 십자말풀이를 하곤 했죠. 아내가 '찬장의 다른 말이 뭐야?' 하고 물으면 '진열장'이라고 대답하는 식이었어요. 사이가 좋았던 때죠."

열한시 뉴스는 검치 호랑이로 보이는 동물의 목격담 얘기가 주를 이룬다.

"전문가들에 따르면 검치 호랑이는 멸종한 지 만 천 년이 지났습니다. 그러나 최근 몇 달 사이에 아주 분명해 보이는 목격담들이 있었습니다. 관계 당국은 최근 늘어난 목격담이 사실인지, 아니면 '모방' 히스테리인지 판단하고자 전력을 다하고 있습니다. 이와 연관해 경찰은 일주일 전 말을 살해한 것으로 보이는 범인을 수사 중이며, 이 사건이 범인으로 지목된 대형 호랑이와 관련이 있는지도 조속히 알아낼 예정입니다. 채널 4 리포터 엘리자베스 올슨이 로스앤젤레스 페이지 박물관에서 전문가를 만나봤습니다."

"진실은 어떻습니까. 정말 검치 호랑이가 있는 겁니까?"

"그럴 가능성은 별로 없습니다. 뭔가 보았다면 퓨마겠지요."

---

* 1978년에 미국에서 유행한 보드게임.

"멸종된 동물이 다시 나타나는 경우도 있습니까?"

"만 천 년 동안 멸종되었던 종이 다시 나타나는 것은 불가능합니다. 그러나 누군가가, 이를테면 몇 종의 고양이과 동물이 목격된 남아메리카의 동물 상인이 한 마리를 밀수해들였을 가능성은 있습니다. 최근 이런 일을 많이 보았습니다. 집에 둘 목적으로 들여온 희귀 동물이 주인의 관리 소홀로 풀려나는 거죠. 뱀과 사자, 호랑이, 원숭이, 가끔은 고릴라도 그렇게 해서 나타납니다."

"아무 일이나 뉴스로 내면 안 되는데." 신시아가 말한다.

리처드는 어깨를 으쓱인다. 만 천 년 동안 멸종되었다가 되돌아온 고양이라는 발상이 마음에 든다. 불가능하다 해도.

열한시 삼십오분, 제이 레노가 리처드에 대한 농담을 날린다. "지난번에 자동차를 차도 밖으로 밀어낸 남자에 대해 들어보셨습니까? 아시죠, 트렁크에 갇힌 여자와 SOS를 주고받은 남자 말입니다. 이 사람의 차를 회수해갔다는군요. 임대 계약을 어기고 불안하게 운전했다는 죄목인 모양입니다. 사람 목숨을 구하고 차를 잃다니, 말이 되나요?"

십자말풀이의 단서가 되는 게 나을까, 〈레노 쇼〉에서 농담거리가 되는 게 나을까?

레노가 말을 잇는다. "게다가 뉴스를 보니 중국 주석이 사순절 때문에 볶음밥을 안 먹고 있다는데요. 아니 사순절이 아니라 임대료 때문일까요?"*

---

* 사순절(Lent)과 임대료(Rent)를 가지고 한 말장난.

리처드는 침실에 들어가 온라인에 접속한다. 증시 폐장 후의 일을 몇 가지 한다. 패를 섞는 일이다. 지속적인 경계라고 할 만한 일. 모든 것이 시세대로이다.

이메일을 확인한다. 아이들은 이십사 시간 거리에 있다. 신시아가 지낼 곳을 찾은 게 잘된 일인지도 모른다. 신시아가 있는데 벤과 바스가 들어오기는 힘들 것이다.

한밤중에 개가 침대 위로 뛰어오른다. 리처드는 개가 다리를 누르는 느낌에 어째서인지 전처라고 생각해버린다. 따뜻하고 안심이 된다. 아침, 개는 침대 한가운데에 누워 있다. 리처드는 개를 깨우지 않고 일어난다.

아침 일곱시, 건설업자가 전화를 건다. "유리 갈아 끼울 사람을 언제 데려가면 좋을까요? 견적을 내려면 측정을 해야 하는데요."

"오늘은 자동차가 없어요." 리처드가 말한다.

"뭐, 약속을 잡아놓고 알아서 방법을 찾으세요. 한시 반 어때요?"

신시아가 실비아의 고섬유질 캐럽 쿠키 꾸러미를 두 개의 지퍼백에 나누며 묻는다. "이것 좀 빌려가도 되죠?"

"얼마든지요."

"애들 주려고요. 오늘 시설에 가기 전에 애들한테 갖다줄 거예요. 아니, 내가 갖다줄 건 아니고요. 시설에서 날 태우러 오는 아일린이 학교까지 가서 주고 올 거예요. 치고 빠지기 영양 공격이죠. 애들이 제대로 된 걸 못 먹는 것 같아서 걱정이에요. 아마 앤디는 학교 가는 길에 맥도널드에 들러서 맥너겟이나 들려 보낼 거예요."

"아이들이 차가운 맥너겟을 먹는 모습은 상상이 안 가는데요."

"아, 보면 놀랄걸요. 애들은 아마 데울 방법을 찾을 거예요. 교사 휴게실에 있는 전자레인지나 분젠버너나. 그러려고만 하면 아주 영악한 애들이거든요."

경적 소리. 신시아가 타고 갈 차다. 신시아는 점심 봉투에 사과를 몇 개 집어넣는다.

"가다가 내려줄까요?"

리처드는 고개를 젓는다. "방법을 찾아보죠."

"좋은 하루 보내요." 신시아의 말에 리처드는 겁에 질린다. 지금 정말로 신시아가 그런 말을 한 건가?

리처드는 옷을 입고 차를 빌리러 닉의 집에 간다. 초인종을 누르고, 문을 두드리고, 쾅쾅 치다가 급기야는 손잡이를 돌려본다. "여보세요, 누구 있습니까?"

"나 여기 있어." 닉이 속삭인다.

"노크도 하고 초인종도 누르고 쾅쾅거렸는데."

"알아."

"그런데 왜 안 나오는 거야?"

"가까이 오면 단서를 주지."

"왜 소곤거리는 거지?" 집 안으로 들어간 리처드는 식탁 위에 누운 닉을 발견한다. "등 때문에. 일어날 수도 내려갈 수도 큰 소리로 말할 수도 없어."

"얼마나 거기 있었나?"

"어제가 끝날 때부터."

"무슨 일이 있었어?"

"전화로 회의를 하는 중이었어. 바닥에 떨어진 종잇조각을 주우려고 허리를 굽혔는데 일어날 수가 없더라고. 엉금엉금 여기까지 기어와서 겨우 식탁 위에 몸을 말았지. 최악인 건 말이야, 통화가 계속됐다는 거야. 놈들이 스피커폰에 대고 계속 떠들어대는 거야. 어쩌고저쩌고 이러쿵저러쿵. 내가 비명을 지르고 욕까지 했는데도 아무 생각이 없더라고."

"뭐라도 갖다줄까? 누구에게 전화라도 해줄까?"

"비닐봉지에 얼음이나 담아서 갖다줄래? 그걸 다른 비닐봉지에 담은 다음 행주에 싸서 말이야. 식탁에 물 자국 남기기 싫어. 할머니 유품이라고."

"무척 훌륭한 식탁이군." 리처드가 말한다. 구식이고, 우아하고, 닉의 성격에 전혀 어울리지 않는 식탁이다.

"우리 어머니의 어머니 거야."

리처드는 베개와 얼음을 가져온다. "그리고 냉장고에 있는 작은 유리병들 좀 갖다줄래? 녹색 뚜껑 달린 거 말이야. 내 개인 처방약을 좀 먹어야겠어."

리처드는 닉의 지시에 따라 이 병에서 두 방울, 저 병에서 네 방울을 닉의 입에 떨어뜨린다.

"거기 얼마나 누워 있을 작정이었나?"

"나아지든가 누가 나타날 거라 생각했지. 걱정은 안 했어. 한 가지만. 수화기 좀 내려놔줘. 아직도 버뱅크에 연결되어 있을 거야."

"일으켜줄까?"

리처드는 누워 있는 닉을 내려다본다. 환영이 스쳐 지나간다. 식탁에 있는 모든 것이 수술실의 일부처럼, 닉이 괴상하고 명랑한 녹색 거인처럼 보이는 환영이다. 닉의 발이 수술대 끄트머리에 늘어져 있다.

"그냥 의자를 끌어다 앉지 그래?"

리처드는 식탁 저쪽에 놓인, 그러니까 닉의 머리 쪽에 있는 의자에 앉는다. 병원 침대 옆에 앉는 것 같기도 하고, 조금은 정신과 상담 같기도 하다.

"등이 나갔을 때 새 영화에 대해 이야기하던 중이었나?" 리처드는 대화를 이어보려고 묻는다.

"'나간' 게 아니라 경련이 일어난 거야. 비참한 발작이지. 맞아, 우린 내 대본에 대해 얘기하고 있었어. 녀석들이 고칠 부분을 말해주고 있었는데 완전히 다른 대본을 써줬으면 하는 걸로 보이더라고. 그래서 속으로 계속 이건 완전히 다른 영화야, 내가 다른 대본을 쓰길 원한다면 돈을 더 줘야지, 훨씬 더 줘야 해, 이미 이 대본을 썼고, 이게 너희가 원한다고 말했던 거니까 말이야, 라는 생각을 하고 있었어. 놈들이 나한테 영향을 주는 경우는 아주 가끔밖에 없어. 보통 영화 이론을 공부하는 건 어린애지. 영화는 이론이 아니야. 믿음에 대한, 팝콘 판매에 대한 공식이지."

"대본을 몇 편이나 썼나?"

"열다섯 아니면 스물. 술 한 잔 따라줄래?"

"아침 아홉시도 안 됐는데."

"긴 밤이었어."

"애드빌을 먹는 건 어떤가?"

"소용없어."

"알았어. 진짜 근육이완제를 먹는 건 어때?"

"내 처방약에 시간을 좀 줘봐."

리처드는 고개를 끄덕이고, 둘 다 침묵에 빠진다. 리처드는 닉의 머리맡에 앉아서 말없이 닉을 지켜본다. 닉은 자기 안으로 침잠한다. 리처드는 닉의 의식적이고 자로 잰 듯한 호흡을 지켜본다. 자기도 눈을 감고 호흡을 하면서 사람들과 함께 명상하는 시간이 얼마나 그리웠는지, 자신이 호흡을 얼마나 적게 했는지 깨닫는다. 그들은 앉아서, 그저 숨을 쉰다.

"좋아." 닉이 리처드를 침묵에서 끌어낸다. "이러긴 싫지만, 짜증나는 일이지만 여기 영원히 누워 있을 순 없지. 퍼코세트와 발륨을 좀 갖다줘. 욕실 안에 있을 거야."

"퍼코세트와 발륨이라고?"

"처음 해보는 게 아니야."

리처드는 약과 물을 갖다주고 다시 닉의 머리맡에 앉는다. "그래서 전신주에 붙은 전화번호로 걸어봤는데 말이지."

"그런데?"

"웬 남자가 받더군. 정보가 더 있었으면 좋겠다고 말하니까 그 남자가 뭔가 봤냐고 물었어. 내가 아니라고 하자 '계속 보쇼'라고 하고는 끊었네."

닉이 고개를 끄덕인다. 리처드가 묻는다.

"저 밖에 뭔가가 있다고 생각하나?"

"난 가능성을 열어두자는 주의야. 믿지 않고 문을 닫아서 좋을 게 뭐 있어? 그냥 열어두고, 뭐가 들어오는지 보자구. 교류. 사람들은 서로 교류하길 원해. 여기에서 못 찾으면 다른 곳으로 가는 거지."

"검치 호랑이는 어때, 그놈이 실제로 있을까?"

"난 마음에 들어. 자연이 돌아와서 우리 엉덩이를 걷어차는 거. 그리고 놈이 아니라 년일 거야. 분명해."

잠시 침묵이 흐른다.

"어젯밤에 신시아가 남편과 항상 잠자리를 했다는 얘길 했어. 이상하게 흥분되더군. 몇 년이나 관계를 하지 않았거든."

"연 단위야?"

"이상한가? 자넨 얼마나 자주 하는데?"

"지난주에 두 번."

"누구랑?"

"여자친구들이랑. 난 괴상하긴 해도 죽진 않았어. 넌 의사를 만날 필요가 있겠는데."

"만나봤어. 아니, 지금도 만나고 있지."

어느 시점에선가 상태가 나아진 닉은 몸을 굴리고, 리처드의 손을 빌려 등에 벤게이*를 바른다. "우선 따뜻하게 해야지. 아프긴 해도 느낌이 없는 건 아니거든."

---

* 진통 완화 크림.

닉의 등은 털투성이, 땀투성이이고 살집이 좀 있다. 그 등을 만지니 기분이 묘하다. 리처드는 다른 남자의 등을 만져본 적이 없다. 그는 벤게이 크림을 잽싸게, 대충 바르고 선탠로션을 바를 때처럼 철썩철썩 때린다. 어머니가 해변에서 아버지의 털투성이 어깨에, 그리고 어린 소년이었던 리처드에게 선탠로션을 발라주고 지켜보던 기억이 스친다.

"제대로 문질러야지. 근육에 스며들도록 말이야." 닉이 말한다.

"솜씨 좋은 마사지사를 아는데."

"그만하면 잘하고 있어. 좋아. 바로 거기. 바로 거기야."

"좀 낫나?"

"훨씬. 고마워."

리처드는 불쑥 말한다. "내 아들이 여기 도착하기까지 이십사 시간도 안 남았어. 그애가 왔는데 잘 안 되면 어떻게 하지? 난 그애를 알지도 못해."

닉은 몸을 굴려서 앉는다. "비밀을 알고 싶어? 나도 애가 있어." 닉은 리처드가 무슨 말을 하는지 알 뿐만 아니라, 자신이 좋은 상담사가 아니라는 것을 알려주는 투로 말한다. "작은 여자애야. 페이스라고 하지. 일 년이나 못 봤어. 애 엄마가 다른 여자 때문에 날 떠났거든. 전처인 산드라는 흑인인데 흑인공동체로 돌아가고 싶어했고 날 경멸했어. 난 적이 됐지."

"그 아이가 네 딸이라는 것만 빼면 말이지."

"바로 그거야. 그리고 그 녀석은 네 아들이고, 무엇 때문인지는 몰라도 여기로 오고 있어. 할 수 있는 한 최선을 다해."

"당신도 딸을 봐야지."

"그래." 닉은 조심조심 식탁에서 내려서며 말한다. "딸을 봐야지. 실은 해야 할 일 목록에 올려놓을 생각이야." 닉은 머리를 툭툭 치며 그 목록이 어디 있는지 암시한다. "그래, 뭘 해줄까? 와서 문을 두드린 이유가 있을 거 아냐?"

"차를 빌릴 수 있을까 하고. 내 차는 저쪽에서 가져가버렸어."

"열쇠는 문 옆에 있어."

"여기 그냥 두고 가도 괜찮겠어?"

"소파까지만 부축해주면 자면서 회복해볼게."

"전처에게 벤이 어떤지 물어봤어." 리처드는 닉을 부축하면서 말한다. "사 년 전에 정신과 의사가 벤에게 부모가 필요하다고 말했다더군. 한 번도 그런 말은 한 적이 없는데…… 너무 늦은 거면 어쩌지?"

리처드는 포장도로를 골라서 달린다. 올림픽에서 번디로, 다시 샌타모니카로, 베벌리힐스 호텔을 지나서. 벤틀리는 아름답다. 마치 예술가가 조립한 것 같은 자동차. 그의 허리를 부드럽게 감싼 수수한 외줄 안전띠는 충돌 사고가 나면 그의 몸을 현장 근처에서 발견할 수 있으리라는 것만을 보장할 뿐이다.

벤틀리의 주행에는 설명하기 힘든 우아함이 있다. 이 자동차의 아름다움 때문에 리처드는 천천히, 퍼레이드라도 하듯 느긋하게 달린다. 존 레논이 실제로 이 차를 몰아본 적이 있을까? 아니면 그저 타기만 했을까? 리처드는 어깨너머로 뒷좌석을 돌아보며 흰 양복을 입은 장발의 비틀스 멤버가 오노 요코와 함께 앉아 있는 모습을 그려본다.

BMW와 메르세데스로 가득한 도시, 겸손한 족속들조차 자기 분수에 넘치는 차를 모는 도시에서 벤틀리는 부유하면서도 별나고, 조금은 괴상하다. 사람들이 차를 바라본다. 리처드는 손을 흔든다. 달리 어떻게 해야 할지 몰라서.

언덕을 오르다보니 수영하는 여자의 집에 '판매' 표시가 붙어 있다. 그는 남몰래 기뻐한다. 잘됐다. 누군가 새로운 사람이 오겠구나. 새로운 뮤즈가.

그는 집 앞에 차를 세운다. 벤틀리의 앞유리를 통해서 보니 집이 작아 보인다. 모두 관점의 문제이다. 누구나 아파트에 사는 뉴욕에서 온 직후에 이 집을 샀고, 뉴욕에 비하면 이 집은 넓고 사치스러워 보였다. 밖에 태평양이 쫙 펼쳐진 말리부에서 온 지금, 이 집은 햄스터 둥지처럼 거북하게 느껴진다. 그는 안으로 들어간다. 세실리아가 있을 때 나던 깨끗하고 기분 좋은 냄새와 광택이 없다.

그는 우편물을 수거한다. 카탈로그, 청구서, 그리고 골든 도어에서 온 봉투가 하나. 발송인 주소 위에 신시아의 이름이 적혀 있다. 포시즌스에서, 골든 도어에서 얻은 편지지에, 어디선가 집어든 무료 엽서에, 기다란 현금영수증 뒷면에 적은 편지이다. 각 페이지와 엽서에 번호가 매겨져 있다.

이 글을 쓰면서도 난 계속해서 그만두라고, 찢어버리라고, 지금 하려는 말을 14번 통로에 있는 근사한 카드 중에서, 빗속에서 춤추는 오리 그림이 그려진 카드 중에서 찾으라고 스스로에게 말하고 있어요. '당신을 생각하며'라고 적힌 카드 중에서 말이에요. 난 계속 이걸 찢어버려야 한다고 생각하지만 계속 쓰고 있어요. 그저 당신에게 오랫동안 닫혀 있던 내 인생을 다시 열 기회를 줘서 고맙다고 말하고 싶어요. 난 해방된 느낌이에요. 구원받았다고 해도 지나치지 않을 거예요. 당신은 느닷없이 농산물 코너에 나타나서 날 돌봐줬고, 보답도 바라지 않았어요. 어느 누구도 나에게 그렇게 마음 써주지 않았어요. 마음 쓰는 건 내가 하는 일이었죠!

이것이 리처드가 되고 싶어하는 사람이다. 그는 모르는 사람들에게, 누구든 상관하지 않고 이런 일을 해주는 사람이고 싶다. 그리고 스스로를 위해서도 그럴 수 있었으면 좋겠다. 그는 문득 아버지를 떠올린다. 왜 오늘만 두 번이나 아버지를 떠올리는 걸까? 아버지가 거의 모두 A를 받은 리처드의 성적표를 보면서, "그래서 이만하면 충분하다고 생각하냐? 더 잘하는 사람이 없을까?"라고 말하던 모습을.

그는 다시 한번 그 편지를 읽는다. 덕분에 기분이 좋아진다. 훨씬 나아졌다.

"잘 해결해서 다행이네요." 건설업자가 노크도 없이 들어오며 말한다.

"자동차는 수리 중이에요." 리처드는 편지를 접어 주머니에 넣으며 말한다.

"이쪽은 루이지예요. 근처에 있는 다른 집 일도 같이 하고 있죠. 안이 들여다보이는 창이야." 건설업자는 루이지에게 깨진 유리창을 가리키며 말한다.

"왜 이런 유리를 쓰셨습니까?" 루이지가 리처드에게 묻는다.

"집을 샀을 때 이미 있었어요."

"이 유리는 좋지 않아요. 이런 일이 일어나도 놀랄 게 없습니다. 이젠 아예 만들지도 않는 유리예요. 특별히 주문해드릴 순 있지만, 똑같은 건 나오지도 않고 아무도 그걸 원하지 않아요. 다들 이중창을 원하죠."

"더 비싸지." 건설업자가 말한다.

"그래요. 하지만 가난한 집이 아니잖습니까."

"좋아요. 그러면 이중창을 넣어요." 리처드가 말한다.

건설업자가 고개를 젓는다. "한군데만 이중창을 할 순 없어요. 너무 튀거든요. 온 집에 다 해야 해요."

"그러면 관둬요. 그냥 예전 그대로 해줘요. 그게 내가 정말 바라는 거요. 이 일이 없었던 것처럼 지내고 싶어요."

"정말 미국인답네요. 일어나지 않은 척이라. 그러다가 말썽에 휘말리는 겁니다. 언제나 '척'하다가 휘말리는 거예요. 신경 써서 더 낫게 만들어야죠."

"그러면 비용이 얼마나 듭니까?"

"이만큼 큰 창이라면 칠만 오천 달러 정도겠죠. 전 일을 잘합니다. 그럼요."

"아니, 그냥 깨진 창만 복구해줘요."

324

"알겠습니다. 결정이야 주인이 하는 거죠. 싸우진 않겠어요."

루이지는 금속 줄자를 꺼내 창에 대보고, 가지고 있던 작은 녹음기에 측정 결과를 녹음한다. 그는 창에서 창으로 금속 줄자를 움직이며 말한다. "난 실수는 안 합니다."

더 좋은 창문으로 바꿔야 할까? 이 집에서 얼마나 더 살까?

건설업자가 말한다. "생각을 너무 하시네요. 멋있어 보일 거예요. 편하게 생각해요."

자동응답기에 불이 깜박인다. 누군가가 그의 집 굴뚝을 청소하고 싶어한다. 리처드는 집에 굴뚝이 있는지조차 몰랐다. 그리고 텔레비전 프로듀서의 전화가 또 몇 통. 벤의 메시지가 있다. "내일이면 도착해요. 도착할 때쯤 전화할게요."

리처드는 안내 메시지를 바꾼다. "벤이라면 내 휴대전화로 걸 것. 다른 사람들은 삐 소리를 기다려주세요."

리처드가 집을 나서는데 신시아의 남편 앤디가 덤불 뒤에서 튀어나오더니 리처드의 면전에 달려든다. "뭐 하는 짓이야, 내 마누라랑 도대체 뭘 하고 있냐고?"

"아무것도 하고 있지 않아요. 덤불 뒤에 숨어 있었던 거요?"

"네놈이 뭔가 하고 있는 게 분명해. 그렇지 않고서야 내 마누라가 떠날 리 없어. 나랑 애들을 버리고 나갔다고. 이젠 그년이 어디 있는지조차 몰라." 앤디가 리처드를 민다.

"지금 싸우자는 거요? 난 싸울 생각 없어요."

"싸울 생각이 없으시다 이거지." 다시 리처드를 민다.

"이봐요, 당신 문제는 내가 아니오. 당신과 신시아 둘이서 해결해야지."

"네놈이 신시아랑 붙어먹지 않았다곤 못 하겠지."

리처드는 뭐라고 말해야 할지 모른다. 당신은 여기 있으면 안돼. 일을 하러 가야지. 진짜 얼간이처럼 구는군.

"정의의 사자? 망할 놈의 선한 사마리아인!" 그 얼간이가 리처드를 한 번, 두 번 밀면서 마당을 가로지른다. "트렁크 안에 있던 여자도 네가 지나가다 주운 물건이냐? 내 마누라를 트렁크에 넣었다간 내가 널 죽여버리겠어."

"공식적으로 난 그 여자를 트렁크에 넣은 사람이 아니라 꺼내준 사람이에요. 그래서 선한 사마리아인이 된 거고."

"내가 사물을 부정적으로 본다 이거지? 이십사 시간 내내 네놈을 감시할 거야. 그리고 내 마누라한테 공짜 밥은 오래가지 않는다고 말해줘. 그년이 아직 내 신용카드를 갖고 있거든. 전화 한 통이면 쓸 돈도 없어지는 거지."

"이거 아나? 당신은 날 귀찮게 하고 있어. 당신은 깡패고 내 사유지 안에 있어. 그러니 나가줘. 날 놔두고 꺼지라고."

"어이쿠 무서워라."

"내 땅에서 나가라고 하잖아."

앤디가 리처드에게 주먹을 날린다. 리처드는 몸을 숙여 피한다. "나쁜 자식, 내 몸에 손만 대봐. 고소할 줄 알아. 여기 다시 오거나, 신시아를 힘들게 하거나, 무슨 짓이든 하면 네놈인 줄 알 테니까." 리처드는 얼간이에게 얼간이의 언어로 말한다. "네놈에게 콩밥을 먹일 테니까. 애들은 위탁아가 되겠지. 그게 좋은 인생일 것 같아?" 리처드는 말을 멈추고 숨을 들이쉰다. "좀 점잖게 굴라고. 이 상황을 받아들여."

노란색 경광등이 달린 작은 흰색 차가 멈춘다. 공무원이다.

"저건 뭐야, 네 개인 경찰이냐? 폭력배라도 거느리고 있어? 혼자서는 감당이 안 되나보지?" 앤디는 잔디에 걸려 비틀거리며 외친다. "고소할 테다. 내 발목!"

"도움이 필요해요?" 공무원이 연석에서 묻는다.

"망할 놈들." 앤디가 욕을 하며 쏜살같이 거리를 내려간다.

"저 사람 취한 겁니까?"

"슬픔 때문에 제정신이 아니에요." 리처드가 대답한다.

공무원은 혼란스러운 얼굴이다.

"저자가 돌아올까요? 무장해야 하는 거 아닙니까?"

"차고에 골프채가 있어요. 그래서, 어떻게 지내요?"

"아주 좋아요. 이 작은 오락 도시에서 해야 할 일이 좀 있었고, 아직도 이걸 가지고 다니죠." 그는 차 안에서 영화 대본을 꺼내 리처드에게 흔들어 보인다. 리처드는 이제 그 대본을 받아야 할 것 같은 기분이 든다. "〈그라운드 모션〉."

"기대되는군요."

"비웃지 말아요. 그냥 비공식적인 정보를 알려주려고 들렀어요. 그 구덩이는 처음에 생각한 것처럼 우연히 나타난 게 아니에요. 물 때문일 가능성이 높아요. 로스앤젤레스의 역사에선 모든 게 물과 관련이 있죠. 권리를 주장할 수도 있을 거예요. 일부라도 보상받을 수 있을지 몰라요. 약속은 못 하지만, 전속 변호사가 도로국과 연락하도록 해두는 게 좋겠어요. 참고로 이 말은 나한테서 들은 게 아닙니다."

리처드는 고개를 끄덕인다. "고마워요."

"내 전화번호는 대본에 있어요. 뭔가 할 말이 있으면 연락하세요."

리처드는 벤틀리에 올라 언덕을 내려간다. 내려가는데 미니밴이 속도를 올려 다가온다. 리처드가 반원형 진입로로 빠지자 얼간이는 미니밴을 끌고 주차된 자동차를 들이받는다. 에어백이 터지면서 얼간이의 가슴을 후려친다. 리처드는 주머니에서 휴대전화를 꺼내 911을 누르고 구조를 요청한다. "어떤 남자가 미니밴으로 주차된 차를 들이받았어요. 상처를 입었을지도 몰라요. 샌도 힐 도로예요."

"혹시 선한 사마리아인 아니세요?" 교환원이 묻는다.

"맞아요."

"목소리가 귀에 익더라고요. 곧 구조대를 보내겠습니다."

그는 차를 몰아 앤힐의 가게로 간다. 손님이 없다. "점심 먹었나?"

앤힐이 냉장고에서 플라스틱 용기를 꺼낸다. "리피가 만들어줬지. 좀 먹겠어?"

"나가서 먹으면 어때. 내가 사지."

"좋아."

"그리고 전화번호부를 빌릴 수 있을까?"

"하얀 책, 노란 책?"

"더 두꺼운 쪽으로."

앤힐은 '영업 중' 표시를 '외출 중'으로 바꾸고 문을 잠근다. "우리 아름다운 여왕님은 어디 계셔?"

"수리점에. 미용 치료를 받고 계시지."

"내 차로 갈까?"

"차를 빌렸네." 리처드는 태연한 척 말한다. 그는 앤힐을 데리고 벤틀리가 있는 곳으로 간다.

"오, 이런 세상에. 무슨 영국 왕 같잖아. 굉장해. 내가 운전해도 될까?"

"이 위에 앉는다면." 리처드는 전화번호부를 건네며 말한다.

앤힐은 전화번호부 위에서 튀어올랐다 떨어지며, 뉴욕 택시 운전사처럼 액셀에 발을 올렸다 내렸다 하며 운전한다. 감당할 수 없을 만큼 흥분한 앤힐이 액셀을 밟으며 말한다. "최고가 된 기분이야."

"이게 누구 차였는지 아나?"

"누군데?"

"존 레논."

"설마."

리처드는 고개를 끄덕인다.

앤힐은 〈렛 잇 비〉를 부르기 시작한다. "존 레논이 죽었을 때 정말 기분이 나빴어. 아주 나빴어. 누구도 좋지 않았겠지만."

앤힐은 워싱턴 대로에 있는 인 앤 아웃 버거의 드라이브 스루로 자동차를 몰고 들어간다. "겨자를 더 넣은 4×4 하나에……" 앤힐이 리처드를 돌아본다.

"더블더블, 단백질 스타일." 리처드가 말한다.

"단백질 스타일이 뭐야?"

"빵이 없는 버거. 4×4는 뭔가?"

"패티 네 장, 치즈 네 장. 이렇게 먹으면 일주일은 배가 안 꺼질 거야."

그들은 드라이브 스루를 지나 차를 세운 다음 워싱턴 대로가 보이는 야외 탁자에서 버거를 먹는다. 앤힐이 말한다. "차 안에서 먹을 순 없지. 그건 이 차를 화장실로 쓰는 거나 같아. 그리고 리피한텐 말하지 마. 난 소고기를 먹으면 안 되거든. 신앙에 어긋나. 그렇지만 정말 맛있는 데다 암소랑 관계도 없으니까 뭐."

"벤이 내일 도착해." 리처드가 말한다. 누군가에게 말해야만 한다.

"만나볼 날이 정말 기대되는데."

"고맙네."

"아니. 내가 고맙지. 내 전화번호부가 존 레논의 차에 앉아 있다니 믿기지 않아."

집으로 돌아가는 길에 리처드는 파티용품점에 들러 현관에 걸 '환영' 팻말을 산다. 네 살짜리 아이나 집에 돌아온 인질을 위해서나 걸 물건 같지만, 사지 않을 수가 없다.

그는 파티용품점을 나와 식품점에 간다. 통로를 오르내리며 신시아가 아이들을 위해 점심식사를 만들어준다는데, 그도 뭔가 자기 아이들을 위해 적당한 음식을 구비해두는 게 좋지 않을까 생각한다. 유기농 땅콩버터, 유기농 젤리, 샌드위치 빵, 콩과자, 치즈스틱……

그는 가게에서 전처에게 전화를 건다.

비서가 받는다. "회의 중이십니다. 메시지를 남기시겠습니까?"

"난, 벤의 아버지인데요." 그에게는 전남편이라고 말할 용기가 없다. "벤이 점심으로 뭘 먹는지 알아보려고요."

"흰살 참치를 먹어요. 제가 주문할 때가 있어서 알죠. 아보카도, 바나나…… 꽉 짜인 식단이죠. 주문한 목록을 쭉 불러드릴까요?"

"그래주시면 좋겠군요."

"다이어트 루트비어, 저민 칠면조 가슴살, 국수를 넣은 칠면조 고기 수프, 영국식 머핀, 그리고 나머지는 사장님이 드실 물건 같아요. 벤이 자몽을 먹고 락타아제 우유를 마실 것 같진 않네요. 전화하셨다고 전해드릴까요?"

길 건너편에서 두 사람이 사진을 찍고 있다. 누굴 위해 일하는 사람들일까? 리처드는 고속도로에서 나와 닉의 차고를 열고 벤틀리를 주차한다. 차고에서 나오려는데 영양사 실비아가 닉의 집에서 나오는 모습이 보인다.

"어, 안녕하세요." 실비아가 어색하게 말한다.

"미트로프 맛있었어요." 리처드는 할 말을 찾지 못해 그렇게 말한다. "닉의 등은 어때요?"

"나아졌어요. 경혈을 눌러주고 호랑이 연고를 발랐어요."

리처드는 고개를 끄덕인다. "닉에게도 음식을 가져다주나요?"

"아뇨. 사실은 닉이 요리를 하고 있어요. 스테이크요. 지금 고추냉이를 사러 가는 길이에요. 전 고추냉이 양념 없인 스테이크를 못 먹거든요."

"고기도 먹는 줄은 몰랐네요."

"가끔 너무 먹고 싶을 때가 있어요. 하지만 거의 피가 떨어질 정도로 살짝만 구워야 하죠."

"닉에게 인사 전해줘요. 차 다시 갖다줬다고도요."

"그럴게요." 실비아는 미니 SUV를 고속도로로 몰고 나간다.

저녁식사 후에 리처드는 신시아의 이사를 돕는다. 신시아가 가진 물건이 거의 없어 벤틀리를 다시 빌려 타고 가까운 타깃 스토어에 먼저 들른다.

벤틀리를 몰고 타깃 스토어에 가다니, 이런 짓이 가능한 곳은 로스앤젤레스뿐이다.

그들은 통로를 오가며 치약, 샴푸, 면도기, 드라이기, 데오도란트를 산다. 신시아가 고백한다. "이제까진 당신 걸 썼어요."

리처드는 그의 데오도란트 스틱이 신시아의 겨드랑이를 문지르면서 작은 털조각이 묻고, 그녀의 겨드랑이에 그의 일부를 묻힌다는 생각이 마음에 든다.

"내 소파를 따로 사야 할까요?" 신시아가 가구 코너를 지나면서 농담 삼아 묻는다.

"침대에서 자는 연습도 해야죠."

이불, 수건, 베개, 커피잔. 그런데 그 아파트에 커피메이커가 있을까? 커피메이커, 자명종 시계, 슬리퍼, 속옷 두 벌. "이 속옷 진짜 괜찮은 거예요, 아니면 다른 게 전부 엉망이라서 괜찮아 보이는 거예요?"

"좋은데요."

리처드는 말리부 집에 둘 DVD플레이어를 담고 벤이 왔을 때 볼 수 있도록 영화도 몇 개 집는다. 그리고 개에게 줄 장난감도 산다.

"사람들은 자기 아이들보다 애완동물을 더 사랑한다니까요." 신시아가 말한다.

계산대에서 신시아는 모든 물건을 남편 카드로 계산하고 싶어 한다.

"작별 선물로 내가 살게요." 리처드가 우긴다. 그는 신시아를 스토킹하는 앤디를 생각한다.

"작별이란 말 하지 말아요."

"알았어요. 이사 선물이라고 하죠."

"여전히 저녁 먹으러 가도 되는 거죠?"

"언제든 와요."

아파트 건물은 수수하고 괜찮아 보인다. 리처드는 현관에서 룸메이트와 마주친다. "댁이 남편?"

"친구입니다만."

"난 남자들이 싫어."

"누군가는 무거운 물건을 들어야지요." 리처드가 말한다.

"이 사람이 들어올 필요는 없잖아." 룸메이트가 말한다.

"들어올 거예요." 신시아는 그 여자를 밀어내며 말한다. "내가 사는 곳을 보여주고 싶어요."

"흠, 그럼 신발이라도 벗어."

그는 신발을 벗고 양말만 신은 채 여섯 번이나 계단을 오르내리고 건물을 들락날락한다. 끝난 후에는 양말을 벗고 신발만 신은 채 집으로 차를 몬다.

그는 벤틀리를 차고에 넣고 닉의 열쇠를 우편함 안에 떨어뜨린다. 실비아의 차는 떠나고 없다.

닉이 큰 소리로 말한다. "거기 있는 거 알아. 들어와도 돼."

"상태는 어때?"

닉이 눈을 찡긋한다.

"꽤 빨리 진전됐군."

"엉망이면 어때. 여자들은 자신들이 말쑥하게 만들 수 있는 남자를 사랑한다니까."

"자동차 고맙네."

"차 좋지?"

"왕자가 된 기분이었어."

"왕자 맞잖아."

집에 홀로 남겨진 리처드는 개가 있어서 기쁘다. 밤은 고요하다. 창문을 열고, 밖에서 굽이치는 파도 소리를 들으며 잔다.

막 잠이 들려는데 전화가 울린다. 신시아다. 소곤거리며 말한다. "냉장고에 각자의 선반이 있어요. 저 여자는 자기 음식에 모조리 자기 것이라고 써놔요. 그리고 욕실에도 할당된 수건이 있고 약장에도 각자 선반이 따로 있어요. 저 여자 선반엔 약이 열 종류나 있어요."

"자요." 리처드가 말한다.

"한쪽 눈은 뜨고 잘 거예요." 신시아가 말한다.

아침, 오늘도 노란 수영 모자를 쓴 여자가 바다에 나가 있다. 리처드는 그녀가 얼마나 멀리 헤엄치는지, 언제 돌아오는지, 그리고 돌아오기는 하는 건지 알아보려고 쌍안경으로 지켜본다. 그녀가 노란 점이 될 때까지. 시간이 좀 지나 다시 헤엄쳐 오는지 지켜보지만 돌아오는 건 아무것도 없다. 일방향 수영이라는 것도 있나? 어쩌면 그녀는 수영해서 갔다가 달려서 돌아오는지도 모른다. 하지만 신발도 없이, 옷도 없이, 수건도 없이 어떻게 달리지? 어쩌면 다 준비해두고, 수영해 내려간 뒤 바다에서 나와 사무실까지 걸어가는지도 모른다. 엘리베이터를 타고 올라가서 물 발자국을 남기며 복도를 지나 사무실로 들어간 다음 머리를 말리고 옷을 갖춰 입는지도 모르고 샌타모니카 부두에서 운전사가 기다리고 있을 수도 있겠지. 어쩌면 아침 커피 데이트가 있는지도 모르고. 아니면 훈련 중인 올림픽 선수일까? 어쩌면, 어쩌면.

자동차 대여점에서 전화가 온다. "〈레노 쇼〉에서 당신에 대한 농담을 하더군요."

"들었어요."

"웃기진 않았어요. 안 그래요? 그래서 편지는?"

"차는 언제 준비됩니까?"

"며칠 걸려요."

"차를 가져다주면 편지를 주죠."

"내가 잘해드리고 있는 거죠?"

"그래요. 잘해주고 있습니다." 리처드는 통화를 끝낸다.

전화가 다시 울린다. "리처드 노박 씨죠?"

"어떻게 내 연락처를 알았습니까?"

"당신 서류를 받았거든요. 전 치유 발산을 위한 센터와 연결된 고객 만족도 조사 기관에서 일하는 사람입니다."

"지금은 때가 좋지 않네요. 내가 다시 걸면 안 될까요?"

"저희는 그저 저희와 보낸 시간이 어떠셨는지, 그리고 명상 경험과 제공된 서비스를 어떻게 평가하시는지 알고 싶을 뿐입니다. 첫번째 질문은 음식에 대한 것입니다. 음식의 질과 양은 만족스러우셨나요?"

"괜찮았어요. 아주 거칠더군요. 흙을 먹는 것 같았어요."

"조지프가 이야기했으면 하시는 내용이 있었습니까?"

"아니, 아니요."

"센터에서 더 보고 싶으신 것은요?"

"전화를 계속할 수 없다니까요."

"또한 치유 발산을 위한 센터는 401C 비영리 조직이라는 사실을 알려드리고 싶습니다. 소정 금액을 기부할 생각이 있으십니까?"

"얼마나 원합니까?"

"얼마라고 말씀드릴 수는 없습니다."

"좋아요. 수표를 보내지요. 끊어야겠습니다."

다시 전화가 울린다. 벤이다. "계속 전화했는데 통화 중이었어요."

"안다, 미안하다. 어디니?"

"도착했어요. 말리부 마켓이에요. 놀래드리려고 했죠."

"지나쳐 갔구나. 샌타모니카 쪽으로 돌아오거라. 내가 나가 있으마."

리처드는 길가에 선다. 길 건너편에 있는 사진사들은 보지 않으려 한다. 그는 오는 차들을 마주하고 서서 가까이 오는 차마다 손을 흔든다. 교회 세차장을 광고하는 사람처럼, 혹은 차를 세워 도움을 청하는 사람처럼 무작위로 손을 흔든다. 그러다가 그들을 본다. 각진 볼보, 이를 드러낸 분방한 얼굴 표정 같은 라디에이터 그릴.

그는 항공관제사처럼 볼보를 안내해 주차시킨다.

아이들은 아직 창도 내리지 않은 차 안에 있고, 리처드는 밖에 서 있는 짧은 순간, 리처드가 결코 바라는 만큼 벤과 가까워질 수 없을 거라고, 리처드가 벤에게 필요로 하는 것을 벤은 필요로 하지 않을 거라고 느껴지는 순간이다.

차문이 열린다. 바스가 빨간색 '녹화' 불이 깜박이는 비디오카메라를 들고 내린다. "촬영 중이에요."

바스는 벤 뒤에 있다. 벤의 어깨너머로 촬영하고 있다.

리처드는 다가가서 벤을 안으려 하고, 벤은 손을 내민다. 두 사람은 악수를 나눈다. 아무것도 없는 것보다는 낫다.

"너희가 와서 정말 기쁘구나. 안녕, 바스, 안녕, 카메라. 이제 나도 너희 이야기에 속하게 된 건가?"

"편집을 잔뜩 할 거예요." 벤이 말한다.

카메라는 벤의 도착이 내포하는 복잡성, 육체적인 반응, 뭐가 뭔지 모를 만큼 순식간에 지나간 리처드의 감정의 흔들림을 포착한다. 그도 나중에 테이프에서 보게 될 것이다.

"들어와라." 리처드는 두 사람을 집 안으로 데리고 들어간다.

안에서 바스는 카메라를 눈 삼아 한 바퀴 둘러본다. "굉장히 하얗네요. 데어리 퀸* 바닐라 맛 같아요. 이거 진짜 큰아버지 집은 아니죠?"

"빌린 거다. 들었는지 모르겠다만 집에 문제가 좀 있거든. 구덩이 같은 게 생겼어. 그래서 임시로 여기 와 있는 거다."

그리고 이제 통제권을 쥘 때라고 판단한 그는 바스에게 말한다. "집 안에서는 촬영 금지다." 놀랍게도 바스는 카메라를 내려놓는다.

벤이 말한다. "좋네요. 여기에 아빠 물건이 있긴 해요?"

"특별히 찾는 거라도 있니?"

"아뇨. 그냥 이게 아빠 물건인가 궁금해서요."

"전부 대여한 거다. 다 딸려온 거지."

개가 해변에서 달려오더니 유리문으로 들어온다.

_____

* 아이스크림 이름.

"언제부터 개를 키웠어요?"

"키우지 않았다. 그냥 나타났고, 그대로 놔둔 거지."

벤은 무릎을 꿇고 개에게 인사를 건넨다.

"주변을 보여주마." 리처드는 아이들을 목제 테라스로 데리고 나간다. 고전적으로 아름다운 로스앤젤레스 날씨이다. 멀리까지 선명하게 보인다. "저 아래쪽이 샌타모니카고, 저게 부두야. 놀이공원이 있는. 불이 켜지는 밤이면 꽤 멋있단다. 공항은 저쪽이고, 산맥은……"

"옆집이 바싹 붙어 있네요." 바스가 닉의 테라스를 보며 말한다.

"다 부동산 문제지. 사용 가능한 부동산이 얼마나 되느냐의 문제야."

"저 여자 아세요?"

리처드는 그쪽을 흘끗 본다. 실비아다. 처음에는 못 알아본다. 그녀는 가슴을 드러내고 눈을 감고 누워 있다. 몸은 가늘고, 그가 생각했던 것보다 더 균형 잡힌 몸매이다. 짙은 포도주색 젖꼭지에 반쯤 늘어진 가슴은 믿기지 않을 만큼 섹시하다. 그는 흥분한다. 그리고 가슴을 드러낸 실비아를 본다는 것, 흥분한다는 것, 바스와 벤이 서 있는 곳에서 이런 일이 벌어진다는 것 모두가 그에게는 벅차다. 통증이 그를 관통하고 지나간다.

"그래, 안다." 리처드가 말한다.

"사람들과 이렇게 가까이 지낸다는 것, 이상하죠?" 바스가 묻는다.

리처드는 잠시 대답할 수가 없다.

벤이 말한다. "사생활이라는 건 과대평가되고 있어. 멋진 바다 네요. 생각보다 더 잔잔해요. 난 물만 보면 오줌 싸고 싶더라. 화 장실 어디예요?"

"복도 오른쪽이다. 너희 물건은 끝에 있는 침실에 두면 돼. 가운 데 침실은 친구가 쓰던 곳이라서."

"애인이 있어도 괜찮아요. 굳이 다른 데 묵게 하거나 친구라고 부를 필요 없어요."

"애인이 아니야. 그리고 자기 집도 얻었어. 만나게 될 거다."

리처드는 바스에게 말한다. "사람들끼리 가까이 지내는 걸로 말하자면, 난 브루클린의 아파트에서 자랐다. 사방이 사람들이 었지."

"예, 알아요. 우리 아빠도 그랬죠." 바스가 말한다.

그리고 침묵이 흐른다. 리처드는 복도에 서서 화장실에서 나오 는 벤을 바라본다. 그러니까 이런 건가. 그가 고대하고 두려워하 던 엄청난 만남이 이건가. 조금은 김이 빠진다.

리처드가 말한다. "참치 사뒀다."

벤이 말한다. "참치는 물렸어요. 삼 주 동안 매일 먹었거든요."

"루트비어 마실래?"

"고마워요." 벤은 리처드가 뭔가 그가 좋아할 만한 물건을 찾으 려고 애쓰는 걸 알아채고 말한다.

"데리고 나가서 구경을 시켜주려고 했다만."

바스가 대꾸한다. "며칠이나 운전을 했다구요. 난 깨끗한 수건 과 깔끄럽지 않은 화장실 휴지가 필요해요. 화장실이 어느 쪽이라고요?"

"복도 저쪽."

바스가 없어지자 벤이 말한다. "아빠 알아볼 수 있을까 궁금했어요."

"나도 그랬다. 거의 일 년 만이구나."

"달라 보이시네요."

"너도 그렇구나."

한쪽 눈썹에 피어싱을 한, 짙푸른 눈에 검고 숱 많은 머리의 벤은 아름답기까지 하다. 양팔을 들자 청바지 허리 위로 속옷 밴드가 보인다. 리처드는 자신에게도 저렇게 편하고 자신만만해 보이던 시기가 있었는지 생각한다.

바스가 화장실에서 나오더니, 파이어러츠 부티* 봉지를 들고 먹으면서 집 안을 돌아다닌다. 바스에겐 뭔가 신경을 건드리는 데가 있다. 청소년기의 오만함이 뭔가를 생각나게 하는 무신경함과 결합한 느낌. 바스는 리처드의 동생과 꼭 닮았다. 단지 좀더 크고 털이 더 많을 뿐.

리처드가 말한다. "점심 먹으러 가자. 조금만 걸어가면 식당이 있어."

태평양 해안 고속도로를 터벅터벅 걸으며 벤이 묻는다. "이건 미친 짓 같은데요. 자주 이렇게 걸어가세요?"

"아니. 그리고 밤에는 절대 안 하지. 아무도 날 못 보니까."

---

* 유명한 치즈 과자 상표.

점심식사는 꼭 데이트 같다. 리처드는 좋은 인상을 주기 위해 최대한 멋지게 행동하려고 노력하는 자의식과, 누군가와 연결되어 있다는 기묘한 친밀감을 동시에 느낀다. 춤을 추는 것 같다. 벤은 이게 춤이라는 걸 알기나 할까? 신경이나 쓸까? 리처드는 폭스트롯*을 추는 기분이다. 땀이 난다.

가까운 자리에서 한 무리의 아이들이 생일잔치를 열고 있다. 빽빽 소리를 지르는 아이들이 많다. 케이크가 나오고 다같이 "생일 축하합니다"를 부르는 중요한 순간이 오자 식당 안의 모든 사람들이 노래를 거든다.

생일인 남자아이의 엄마가 묻는다. "윌리, 첫번째 조각을 자를래?"

아이는 엄숙하게 고개를 끄덕이고 빵칼을 받아 케이크를 찌르기 시작한다. 모두가 보고 있는 가운데 되풀이해서 케이크를 찌른다. 아빠가 아이의 손목을 잡고 빵칼을 빼앗을 때까지 찌르고 또 찌른다. 케이크를 찌르면서 내내 새된 목소리로 고함을 지른다.

"괜찮다, 윌리." 아이 아빠가 칼을 빼앗으며 말한다. "괜찮아."

"그래서 바스, 대학 생활은 어떠냐? 전공이 뭐지?"

"정치학이지만, 사실은 다큐멘터리 제작자가 되는 과정이에요."

"바스는 초기작으로 상을 한 무더기 탔어요."

"초기작이라니, 열두 살 때 만든 것 말이냐?"

---

* 1910년대 초에 미국에서 유행한 사교댄스로 비교적 템포가 빠른 편이다.

"열한 살이죠, 정확히는. 백혈병으로 죽어가는 학교 친구에 대한 영화를 찍었어요. 아카데미상 후보에 올랐고 8개국에서 상영됐어요."

리처드는 고개를 끄덕인다. "그래, 네 어머니가 크리스마스 소식지에 쓰셨던 것 같구나."

바스가 계속 떠든다. "우리 아빠 열두 살 때 딱풀을 발명했죠."

"그랬나? 녀석이 열두 살 때 직업이 있었던 것 같진 않은데."

"아빠가 말해줬어요."

왜 이렇게 못되게 굴고 있는 걸까? 바스에겐 리처드의 경쟁 심리를 부추기는 구석이 있다. 리처드는 자신이 하는 짓이 마음에 들지 않는다. 이건 퇴보다.

음식이 나온다.

그는 벤에게 말한다. "그래 넌 어떠니? 네 일은 언제 시작하지?"

"오늘 오후에 전화해봐야 해요."

"흥미롭구나. 청소년 에이전트라니." 그는 낙관적으로 행동하려고 하지만, 조금 지나쳤다.

벤이 말한다. "에이전트가 되는 건 아니에요. 그보다는 우편실 심부름꾼 같은 거죠. 아직도 우편실 같은 게 있는지는 모르겠지만. 모든 게 이메일로 오가니까요."

바스가 묻는다. "그래서 딕 아저씨는 어때요? 종일 뭘 하세요?"

"딕이라고 부르지 마라." 리처드는 무뚝뚝하게 말한다. "난 딕이라고 불려본 적이 없다." 이건 거짓말이다. 아주 오래전에 한동안 어머니가 디키라고 부른 적이 있다. 그는 그게 싫었다. "디키

어딨니? 오늘은 디키가 뭘 하나?" 어머니는 높고, 짐짓 자기를 낮추는 척하는 목소리로 그렇게 묻곤 했다. 생각만 해도 어머니의 목소리가 들리고, 귀가 아픈 느낌이다. 대체 왜 리처드라는 이름을 붙였을까? 이 얼마나 무기력한 이름인가. 리처드 네이선 노박이라니. 거창한 아무개 씨이다. 리처드 네이선 아무개 씨. 그는 급격히 우울해진다. 그래서 큰 소리로 되묻는다. "종일 뭘 하냐고? 흠, 일단 오후에는 자이로토닉을 하러 가지."

바스가 묻는다. "그거 무슨 내장 이름 아니에요?"

"운동 종류다. 너희 둘은 집에서 빈둥거려도 좋고, 해변에 내려가도 좋고, 나랑 같이 가도 좋아. 집에서 금방이거든."

"난 낮잠을 자야 할 것 같아요. 정말이지 긴 자동차 여행이었어요." 벤이 말한다.

벤은 언제나 낮잠을 좋아했다. 리처드는 벤을 바라본다. 어떻게 어린 남자아이가 어른이 되는지 짐작하기 어렵다. "엄마에게 전화해서 잘 도착했다고 말씀드려라."

벤은 고개를 끄덕인다.

태평양 해안 고속도로를 걸어 집으로 가는 길에 리처드는 운이 나쁘다는 느낌을 받는다. 한꺼번에 너무 많은 선택지가 주어진 것 같기도 하고, 얼간이가 된 것 같기도 하다. 트럭을 타고 가던 남자 하나가 속도를 줄이더니 태워줄지 묻는다.

집에 돌아간 리처드는 아이들에게 수건과 선크림, 물을 챙겨준다. "동부 해안과는 달라. 로스앤젤레스의 해는 아주 뜨겁지. 최근에는 평소보다 더 뜨거워졌단다. 그리고 여기는 안전요원이 없고 바위가 많고 조류를 읽기 힘들다. 가끔 상어도 나오고."

"알아먹었습니다." 바스가 말한다.

자이로토닉에서 그는 거꾸로 회전하고, 다시 거꾸로 회전한다. 마음이 다른 곳에 가 있다보니 강사의 말이 귀에 들어오지 않는다.

마음이 자꾸 닉에게, 닉과 실비아에게로 향한다. 몇 년이나 성생활을 하지 않고도 신시아와 닉이 말하기 전까지 그 문제에 대해 생각조차 하지 않았다니 얼마나 이상한가 생각한다. 계속 실비아의 젖꼭지가 어른거린다. 맛있는 적포도주처럼 그 젖꼭지를 마시는 상상을 한다.

원하면 할 수 있을까? 도움이 필요할까? 발기하는 데 뭔가 필요한 게 있을까? 그는 스스로는 괜찮다고 생각하는데, 갑자기 모두가 나서서 성생활을 큰 문제로 삼아버리자 걱정이 된다.

자이로 기술자가 그를 잡아 늘리고, 그의 다리를 들어올린다. 그녀의 머리가 그의 다리 사이에 있다. 갑자기 그쪽으로 관심이 쏠리고, 흐트러진 주의를 다시 흐트러뜨린다. 그는 대화를 시도한다. "이 일을 한 지 얼마나 됐죠? 늘 자이로토닉에 관심이 있었어요?"

집으로 가는 길, 말리부 가판대에 들러 〈타임〉〈뉴스위크〉〈소프모어 프렌지〉〈허슬러 베스트〉를 산다. 그는 아무도 보지 않길 바란다. 포르노를 사는 것은 이십 년 만이다. 우스꽝스럽고 비참하면서도 그게 효과가 있는지 알아보고 싶다.

집에 도착한 그는 곧장 침실로 가서 잡지 봉투를 이불 깊숙이

밀어넣는다. 벤은 끄트머리 방에서 자고 있다. 바스는 아직 해변에 있다. 리처드의 침실 창으로 바스가 보인다. 뚱뚱하고 하얗고 털 많은 생물.

여섯시, 그는 문을 두드려 벤을 깨운다. "종일 자다간 밤새 깨어 있게 될 거다."

아이들은 저녁식사로 냉장고에 든 음식을 모조리 꺼내 데운다. 실비아가 일주일치라고 갖다준 음식을 모두 먹어치운다. 연어, 미트로프, 강낭콩 요리, 당밀 쿠키까지.

대화는 영화 〈레인 피플〉에 누가 출연했느냐를 두고 리처드와 바스 사이에 벌어진 토론으로 흘러간다. 리처드는 셜리 나이트라고 단언하고 바스는 셜리 맥클레인이라고 주장한다. 어느 시점에선가 자신이 옳다는 것을 증명하기로 마음먹은 리처드는 식탁에서 일어나 인터넷으로 검색해본다.

리처드가 결과를 가지고 돌아가자 바스가 말한다. "큰아버지가 이겼어요. 행복하세요?"

바스는 저녁을 먹고 나서 산책을 나간다. 벤이 말한다. "담배 피우러 나가는 거예요. 그냥 모르는 척하세요."

"넌 바스와 같은 방을 써도 괜찮은 거냐? 원한다면 가운데 방을 쓰라니까."

"아버지 애인 방이요?"

"애인이 아니라니까."

"바스랑 같이 있어도 괜찮아요."

"너희 둘이 어쩌다 그렇게 친해진 거지?"

"해마다 워윔 캠프에 같이 갔거든요."

"누가 거기 보냈니?"

"엄마가 테드 삼촌과 메러디스 숙모에게 날 어디에 보내는 게 좋을지 물어봤어요. 두 분은 워윔으로 가면 제가 안정적인 느낌을 받을 거라 생각하셨죠."

"몇 년이나?"

"여덟 살 때부터요. 이 년 전에는 일곱 살짜리들 숙소의 주니어 상담원을 했어요."

리처드가 고개를 끄덕인다. "내가 위문품을 보냈지?"

"네."

"테드와 나도 워윔에 갔었지."

"알아요."

"같은 곳인 줄은 미처 몰랐다."

바스가 돌아와 샤워를 하더니, 욕실을 물바다로 만들고 나간다.

리처드는 욕실 안을 보자마자 바스를 소리쳐 부른다. "여긴 호텔이 아니고 호수도 아니다. 우린 바닥에 수건을 버려두지 않고, 물웅덩이를 남기지도 않아. 저게 물이라는 가정하에 하는 말이다만. 욕실용 매트를 말아놓고, 샤워 커튼을 펴서 곰팡이가 피지 않게 하고, 모든 게 깨끗하고 깔끔한지, 다음 사람이 들어갈 준비가 됐는지 확인하고 나와야지."

"알았어요." 바스가 끄트머리 방에 들어가서 큰 소리로 벤에게 말한다. "너희 아버지 게이인가봐."

"난 게이가 아니다!" 리처드는 고함치고 나서 그런 대답을 한 스스로를 혐오한다.

침실에 들어간 그는 전처에게 전화를 걸어 숨을 내쉬며 말한다. "바스." 바스가 아니라 '바프'*라고 말한 것 같다.

"무시해." 전처는 리처드가 더 말하기도 전에 말한다.

"녀석들이 저녁으로 일주일치 음식을 다 먹었어."

"양 조절의 문제야. 당신은 어른이잖아. 벤은 이제 겨우 조절하게 됐어. 바르 미츠바** 때 벤이 얼마나 통통했는지 기억 안 나? 벤에게 허스키 사이즈 양복을 입혀야 했어."

"허스키 사이즈가 뭐야?"

"플러스 사이즈와 같은 말이야. 뚱뚱한 사람이 입는 옷이지."

"정말이야?"

"벤은 거기서 벗어났어."

"그 양복에서?"

"그리고 뚱뚱한 시기를."

리처드는 그 바르 미츠바를 떠올린다. 벤이 '허스키' 했다니, 기억나지 않는다. 리처드는 완전히 외부인 같은 느낌으로 부모님과 테드와 처제와 같이 앉아 있었다. 전처와 벤이 이백 명의 친한 친구들과 앉아 있는 동안 그는 부모님과 같이 앉아 있었고, 계산서는 그가 지불했다. 화가 나야 했지만, 초대받은 것만도 감지덕지

---

* '불쾌하다'는 뜻의 속어.

** 유대인 소년의 성인식.

였다.

"당신이 한계치를 정해."

"열일곱 살이면 뭘 원하는지, 뭘 필요로 하는지 알 거라 생각했지."

"바로 그래서 벤이 참치만 먹은 거야."

"참치만 너무 먹었다던데."

"그래서 내가 칠면조도 산 거고."

"뚱뚱해 보이진 않아."

"벤은 뚱뚱하지 않아. 완벽해지고 싶어하지."

"벤을 내가 옛날에 다니던 캠프에 보냈어?"

"응."

"일부러?"

"응."

"내가 그 캠프를 좋아했나?"

"난 모르지. 벤은 좋아했어. 팔 년 동안 여름마다 그 캠프에 갔어."

리처드는 기진맥진해서 침대에 눕는다. 동생에게 전화해 캠프에 대해 물어볼까 하다가 무심결에 바스에 대해 안 좋은 소리를 할까봐 그만둔다.

멀리서 희미한 벨소리가 들린다. 바지가 그를 부르고 있다. 신시아가 휴대전화로 전화한 것이다. "집 전화는 한 시간이나 통화 중이던데요."

"벤의 엄마와 이야기하고 있었어요."

"벤이 도착했어요? 괜찮아요?"

"벤을 보면 나 자신이 생각나고 또 한 녀석, 조카를 보면 때리고 싶어져요. 이제야 당신이 어떤 일을 해왔는지 이해할 것 같아요. 요리, 청소, 걱정. 기진맥진이에요."

신시아는 일 분 동안 말이 없다. "하루 이십 시간, 일 년 삼백육십오 일씩 십육 년이에요."

"짐작도 못할 일이죠. 오늘 어땠어요? 룸메이트는 어때요?"

"직업 프로그램은 좋아요. 사람이 많이 오가는 소매점을 생각하고 있어요. 난 활동이 많은 게 좋아요. 룸메이트는 미치광이지만 위험한 것 같진 않아요."

"언제 같이 나가서 저녁이나 먹죠. 애들이 음식을 다 먹어치웠어요. 그건 무슨 소리예요?" 리처드는 전화 저편에서 들리는 무슨 소리를 듣고 물어본다.

"그 여자예요. 벽에다 머리를 찧는 건지도 모르겠지만, 그보다는 밤 열시가 넘으면 전화하지 말라고 저러는 것 같아요. 내일 얘기해요. 참, 저 여자 방을 봤는데 베개 위에 곰 인형을 두고 있더라고요."

그는 방문을 걸어잠그고 숨겨둔 물건을 꺼내 시도해본다. 여자들 가슴이 늘 저렇게 컸던가? 그는 눈을 감고 처음 로스앤젤레스에 왔을 때 데이트했던 여자들을 생각한다. 결혼을 기다리는 여자들. 이미 결혼한 경험이 있고, 다음번에는 더 부유한 사람에게 안착하기를 기대하며 위자료로 살아가는 여자들. 하나같이 지나치게 완벽한 방식으로 매력적이었다. 유독 한 사람이 기억난다. 갈비뼈와 엉덩이의 굴곡. 그는 한 번 그녀와 사랑을 나누면서 또 하게 될 거라 생각했고, 그녀는 한 번 사랑을 나누면서 그걸로 끝이라고 생각했다. 그는 그 앞에 무릎을 꿇고 있던 그녀를 기억한다. 그녀의 입에 사정한 순간도. 그녀는 그에게 나비를 달라고 했고, 그는 그 말대로 했다. 밤중에 살아 있는 나비를 한 상자 주문해서 보냈다. 그는 신시아를, 신시아와 남편이 뒹구는 모습을 생각한다. 기묘하게도 끓어오른다. 무릎을 꿇고 있는 신시아와 그 뒤에 있는 남편을 생각한다. 명상 시설의 마사지사와, 그녀의 손가락이 엉덩이로 올라오던 것을 생각한다. 그리고 전처를 생각한다. 갑자기 모든 것이 맞물린다. 그는 스스로도 놀랄 만큼 빨리 절정에 이른다.

아침, 명상을 하면서 그는 조지프가 했던 말을 떠올린다. 불편함을 해소해야 한다고 생각하지 말고, 그저 불편을 참으라고 했던 이야기. 다시 침묵 수양을 하고 싶다. 매달 일주일씩 앉아만 있는 자신의 모습을 그려본다.

소리가 난다. 문고리이다. 그러더니 문을 두드리는 소리가 난다. 리처드는 벤을 안에 들인다. 고맙게도 벤은 문이 왜 잠겨 있었는지 묻지 않는다. 벤은 속옷 차림으로 리처드의 침대에 기어오른다. 그래도 가족의 친밀함과 편안함은 아직 남아 있다. 리처드는 포르노 잡지를 바닥으로 밀어넣는다.

"뭔가가 벌어지고 있는데 찾아온 것 같네요." 벤이 말한다.

"이를테면?"

"모르죠. 아빠의 중년 위기라거나."

"음, 알다시피 난 한 달 전쯤 이상한 기분으로 깨어났고, 지금 그걸 해결하려 하고 있단다."

벤은 고개를 끄덕인다. "뭐가 잘못됐는지 알아냈어요?"

"이상한 곳은 없었어. 특정한 시점이 오면 모든 게 변하고, 다르게 움직이지. 전립선 검사를 해야 할지도 모르겠다."

"남자는 다 전립선암에 걸려요."

"아니, 그렇지 않아."

"그렇게 들었어요. 모든 남자가 전립선암을 갖고 죽는대요. 전립선암으로 죽지는 않더라도요."

"어디서 그런 얘길 들었니?"

"엄마 친구 중에 누군가에게서요."

벤이 제 엄마 앞에서도 속옷 바람으로 돌아다닐까? 벤은 메리야스 팬티를 입고 있다. 가게에서 그런 속옷을 본 적은 있지만 입었을 때 어떤지는 몰랐다. 벤이 입으니 좋아 보였다. 벤은 몸이 좋았다. 근육질이다. 리처드는 여자애들이 벤에게 열광하는 모습을 상상한다.

"같이 차 타고 갈래? 세실리아를 보러 갈 건데."

"청소하는 아줌마 말이죠?"

"엉덩이를 교체했거든."

"그 아줌마를 잊고 있었어요."

"문병 갈 거다. 네가 같이 가고 싶어할 것 같아서."

"차는 어디 있어요?"

"수리점에. 지난주에 작은 사고가 있었거든. 옆집 남자 차를 빌려 쓰고 있지."

"생각해봐도 돼요?"

"물론이지. 어제 에이전시에는 전화했고?"

"메시지를 남겼어요."

바스가 욕실 문을 열어놓고 들어가 있다.

"문 닫아라." 리처드가 외친다.

바스는 문을 닫는다.

리처드는 차를 빌리러 닉에게 간다. 닉은 헤드폰을 쓰고 책상 앞에 앉아서 바다를 노려보고 있다.

"로스펠리스에 누구를 보러 가야 해. 필요한 거 있나? 나가고 싶어? 프레드를 보거나, 애를 보러?"

닉은 고개를 젓는다. "통과."

"내가 차를 빌려가도 괜찮겠어?"

"제발 가져가."

"혼자 가기 싫으시면 같이 가드릴게요." 벤이 말한다.

"저 부두에 내려줄 수 있어요?" 바스가 묻는다.

리처드는 벤하고만 같이 있게 되어 기쁘다. 차에 대해서는 설명하지 않는다. 그 차가 존 레논의 차였다는 이야기를 하지 않는다. 벤에게 으스댄다는 인상을 주고 싶지 않고, 알 수 없는 이유로 바스에게는 알리고 싶지 않다. 또한 그는 세실리아에게 미리 전화하지 않는다. 세실리아는 관두라고 할 것이다. 그는 파이를 사들고 가는 길에 전화할 생각이다. 그러면 세실리아도 거절하지 못할 것이다.

그들은 10번 도로를 타고 시내로 들어가서 페어팩스로 빠진 다음, 파머스 마켓에 잠시 멈춘다. "세실리아는 파이를 좋아하지." 리처드는 산딸기와 복숭아가 든 파이를 사고 벤에게 시장을 구경시켜준다. 한때는 진짜 농부들이 농산품과 잡화를 가지고 시내에 들어와서 팔던 곳이었지만, 지금은 관광객을 끌어들이는 장소가 되었다.

벤은 고개를 끄덕이고 엽서를 산다. 리처드는 버몬트 부근 주차장에서 세실리아에게 전화한다. 세실리아는 올 필요 없다고 말한다.

"하지만 가고 싶어요. 벌써 버몬트까지 왔고, 듀파르의 파이도 가져왔어요."

세실리아의 남편 월터가 두 사람을 맞이한다. "쉬는 날이라서요."

"파이를 가져왔습니다." 리처드는 상자를 내밀며 말한다.

"들어오시오."

"이쪽은 벤이에요."

"뉴욕에서 온?"

벤이 고개를 끄덕인다.

"뉴욕은 어떠냐? 지저분하지? 시끄럽고?"

벤이 말한다. "좋아요. 언제나 무슨 일이 일어나죠."

월터는 고개를 젓는다. "상상이 안 가는구나. 우리 우체국엔 동부에서 이리로 전근하고 싶어하는 사람들이 많아. 좀 험한 동네긴 해도 로스앤젤레스엔 언제나 태양이 빛나니까. 모두 삶의 질 문제지. 뉴어크에 친척이 있는데 한 번도 본 적이 없단다. 내가 추위를 싫어하거든."

세실리아가 보행보조기를 밀면서 방에 들어온다. "차 좀 드실래요?"

세실리아는 노인 같다. 머리 꼭대기 부분이 갑자기 회색이 되었다. 삼 주 전에도 회색이었나, 아니면 염색을 미처 못 한 건가, 아니면 하룻밤새 머리가 샌 건가? 리처드는 세실리아를 꼭 끌어안는다. "기분이 어때요?" 세실리아의 어깨너머로 부엌 카운터에 놓인 소음 방지 헤드셋이 보인다.

"의사들이 수술 뒤에 어떻게 될지 제대로 말해주지 않았다고만 해둡시다. 트럭에 치이는 것과 비슷하다고 하면 아무도 수술받지 않으려 할 테니까 그런 거겠지만."

"곧 나아질 거예요."

"다른 선택이 있나요? 수술을 무르고 환불받을 수도 없으니."

잠시 침묵이 흐른다.

리처드가 말한다. "그러니까 여기가 집이군요."

"댁이 돈을 낸 집이에요."

"열심히 일해서 번 돈이잖아요."

"아니에요. 일한 지 육 개월도 채 안 됐는데 내 첫 할부금 이만 달러를 내줬잖아요."

"내가 그랬어요?"

"그리고 내가 갚지도 못하게 했고."

월터가 말한다. "솔직히 빚지는 기분이 좋지는 않소."

리처드는 어깨를 으쓱인다. "난 전혀 기억이 없는데요."

"그럼 그 세월 동안 내가 이유도 없이 잘해주는 줄 알았나보네." 세실리아가 그를 놀린다.

"집을 청소하는 일만 아니었어도 골반이 훨씬 오래 버텼을 거요." 월터의 말에 세실리아가 입 다물라는 신호를 보낸다. 월터는 계속 말한다. "새 엉덩이를 달 수 있다는 건 좋은 일 같소. 예전에는 그럴 수 없었지. 내가 한국에 갔을 때, 많은 병사들이 신체 일부를 잃었지만 어떻게 하지 못했소. 그거 아시오? 2차 세계대전과 한국전쟁에 참전했던 우리 흑인 병사들이 아직도 훈장을 받지 못했다는 거. 친절한 흰둥이 양반들이 그 사실을 아는지 모르겠소."

"몰랐습니다." 리처드가 말한다.

"그럴 거라 생각했지." 월터가 말한다.

세실리아가 말한다. "이 사람한텐 이게 뼈다귀예요. 같은 뼈다귀를 매일 씹죠."

월터가 말한다. "이렇게 한번 생각해봅시다. 난 조국에 봉사한 게 자랑스럽소. 조국이 자랑스러워하지 않더라도 말이지. 내가 죽기 전에 훈장이 오길 바랄 뿐이오. 그건 인종차별이 없는 군대였소. 엄청난 일이었지. 1948년 해리 트루먼 대통령이 서명한 행정

명령 9981. 난 평생 정부의 일꾼으로 살아왔소. 군대에서, 그리고 우체국에서."

세실리아가 월터에게 묻는다. "파이 먹을래요?"

"한 조각만. 혈당치 신경 써야지."

리처드가 세실리아에게 묻는다. "필요한 거라도 있어요?"

"다 있어요. 물리치료를 받을 거고 다음 주에는 이 보행보조기를 돌려줄 거예요."

"뭔가 생각나면 알려줘요. 이젠 휴대전화가 있으니 언제든 전화할 수 있어요." 그는 전화번호를 적어준다.

"집은 어때요?"

"작업 중이에요."

"그리고 넌, 여름방학 아르바이트는 구했니?" 세실리아가 벤에게 묻는다.

벤은 고개를 끄덕인다. "내일 시작해요."

"어떻게 되어가는지 알려다오."

"그럴게요. 곧 또 봐요." 벤이 나가면서 말한다.

"기억해두겠다." 세실리아가 말한다.

집으로 돌아가는 차 안에서 리처드는 벤에게 같이 와줘서 고맙다고 말한다. "문병 가길 잘했어. 세실리아는 날 위해 십 년 넘게 일해줬는데 그냥 지나칠 순 없지."

"왜 버스를 싫어해요?" 벤이 묻는다.

"싫어하지 않는다."

"싫어하잖아요."

"모르겠구나."

"다행인 건 버스가 눈치를 못 챈다는 거예요."

리처드는 고개를 끄덕인다. 그것도 버스의 싫은 점이다.

리처드는 고속도로를 타는 대신 경치 좋은 길로 돌아서, 벤과 함께 점심을 먹으러 차이나타운에 간다. 오 년쯤 전에 어떤 여자와 데이트할 때 갔던 호프 루이 식당으로 들어간다. 식당 안에는 엄청나게 큰 식탁에 둘러앉은 한 무리의 중국인밖에 없다.

"영업합니까?"

"물론이죠. 모든 준비가 되어 있습니다."

그들은 아낌없이 주문한다. 탕, 탕수육, 고기만두, 볶음밥. 리처드는 바로 죄책감을 느낀다. 주문을 너무 많이 했다. 벤이 이렇게 과식하다간 다시 '허스키' 매장으로 돌아가야 할 것이다.

리처드가 묻는다. "아직 피아노 치니?"

벤은 고개를 끄덕인다. "어느 날 밤엔 해리 코닉*과 이중주를 하기도 했어요. 엄마와 같이 파티에 갔는데 제가 해리 코닉보고 같이 연주해줄 수 있냐고 물었죠."

음식이 나온다.

"올해 생일에는 뭘 했어?"

"엄마가 새로 문을 연 최고급 식당에 사무실 사람들이랑 같이 데려갔어요. 한 입에 이십 달러는 하는 곳이었어요. 계산해봤거든요."

---

* 재즈 피아니스트.

두 사람은 배부를 때까지 먹고, 행운의 과자를 쪼개본다. '행복이 눈앞에.' '좋은 친구는 때로 아무 말도 하지 않는다.'

집까지 가는 길이 멀다. 리처드는 벤을 라브레아 타르 피츠로 데려가서 라브레아 여자*에 대해, 그리고 멸종했을 수도 안 했을 수도 있는 검치 호랑이에 대해 말해준다. 두 사람은 숨을 깊이 들이쉬고 아스팔트 냄새에 취하는 사람이 있을까에 대해 이야기한다.

리처드가 말한다. "이상한 도시야. 분명치 않은 것들로 가득하지. 타르가 반경 5마일 안 어디서든 터질 수 있다는 거 알고 있니? 그리고 베벌리힐스에는 뒷마당에서 석유가 나는 집이 있다는 건?"

"여기 디즈니랜드에서 가까워요?"

"디즈니랜드?"

"응, 언제나 디즈니랜드에 가고 싶었어요."

"정말 가고 싶어?"

"네."

"좋아, 가자."

"좋아요."

무슨 일이 일어나기라도 한 것처럼 짧은 정적이 흐른다.

"아빠가 떠났을 때, 둘 중에 누가 바람을 피웠어요?"

"둘 다 피우지 않았다."

---

* 핸콕파크에 있는 라브레아 타르 피츠에는 수만 년 동안 새어나온 타르가 우연히 들어온 동물들을 화석화하여 엄청난 양의 화석이 보관되어 있다. 라브레아 여자는 이곳에서 발견된 유일한 선인류 화석이다.

"그랬으면 설명은 됐을 텐데."

그리고 화제가 바뀐다.

"네 삼촌은 정말로 노벨상을 탈 거라고 생각한 거냐?"

"그런 것 같아요."

"힘든 일일 텐데."

"바스 말로는 삼촌이 이때까지 해온 모든 일이 그 순간을 위한 거였는데, 지금은 그게 다 개똥이라고 생각하신대요. 그리고 돌아다니면서 중얼거리신대요. '충분치 않았어. 누군가가 이겼어. 누군가는 늘 이기지.'"

"어렸을 때 네 삼촌은 화가 나면 발작을 일으키곤 했다. 우리 부모님은 거실에 앉아서 서로에게 어떻게 해야 할지 물어보고 계셨어. 경찰을 불러야 할까? 우리 아이인데? 네 삼촌의 폭발은 정말 인상적이었지. 벽을 때리고, 물건을 부수고. 아버지는 '유대인은 경찰을 부르지 않아. 경찰은 아일랜드 놈이고 우리 문제엔 관심이 없어'라고 하시곤 했어."

"괴상하네요."

리처드는 고개를 끄덕인다.

그들은 집에 가는 길에 앤힐의 가게에 들른다. 리처드가 벤을 소개한다. 벤은 젤리 도넛을 고른다.

"도넛 먹지 않아도 돼. 막 점심을 먹었잖아." 리처드가 말한다.

"알았어요. 관둘게요."

"닉이 전화했어. 오늘밤 해변에서 와우와우를 한다고 초대하던데. 다들 가?"

"우리가 초대받았는지 모르겠는데."

"당연히 초대받았지. 단지 아직 모를 뿐이야."

"종일 밖에 있었거든. 자넨 갈 건가?" 리처드가 묻는다.

"당연하지. 일찍 문 닫을 거야. 특별 모자가 있어." 앤힐은 뒤로 들어가서 낡은 신관 모자를 쓰고 나온다. "와우와우야. 바니와 프레드*가 오두막에 갈 때 쓰는 거라고."

리처드는 앤힐이 무슨 소릴 하는 건지 감이 잡히지 않고, 분명한 뜻을 알아낼 힘도 없다. "알았네, 그럼."

집에 들어가니 자동응답기에 에이전시에서 벤에게 남긴 메시지가 있다. "내일 아침 여덟시에 보고하도록 예정되어 있습니다. 질문 있으면 전화주세요."

리처드가 묻는다. "주소는 알아?"

"어디 있을 거예요. 제가 쓸 수 있는 차 있어요? 볼보는 바스가 쓰게 두고 싶은데."

"내 차가 언제쯤 올지 물어보마. 이제 거의 다 됐을 거야."

리처드는 벤틀리 열쇠를 닉에게 돌려주러 간다. 전화 통화를 하던 닉이 리처드를 손짓으로 가까이 부른다. "오늘밤에 와? 내 메시지 받았어?"

리처드는 고개를 젓는다.

"집 밖에 쪽지를 붙여놨는데. 못 봤어? '배고프고 지루하고 뭘

---

* 만화 〈플린스톤〉에 나오는 청소년 캐릭터.

가 찾고 싶거든 오늘밤 우리와 같이하자'라고 말이야. 핫도그를
몇 개나 사야 할지 알아야 하거든. 소고기 먹어? 소고기 핫도그,
칠면조 핫도그, 두부 핫도그를 준비할 거거든. 한 사람당 몇 개나
필요할까? 옥수수는 얼마나 먹지?"

"정확히 무슨 행사인가?"

"뭐든 원하는 대로 하는 행사. 남자들이 떼거리로 모여서 해변
에 불 피우고 노는 거지. 애들도 데려오라구."

"누가 오는데?"

"아, 여보시오." 닉이 전화기에 대고 말한다. "맥주, 보통 맥주랑
무알코올 맥주로, 그리고 다이어트 콜라하고, 콩과자도 맛에 따라
두 봉지씩. 내 계좌에 달아놓을 수 있나? 그리고 사람을 보내서
그걸 다 실어오면? 고마워." 닉은 전화를 끊는다. "남자들. 아무
나. 해변에 사는 사람들. 스튜디오 사람들. 내 회계사도 한번 왔는
데 지저분한 꼴로 돌아갔더니 마누라가 다시는 안 보내주더군."

"영화배우 친구를 초대해도 될까?"

"배우는 사절이야. 유일한 규칙이지."

"규칙이 다 있다니 믿을 수가 없군."

"어떤 사회든 규칙은 있는 법이지."

"몇 시?"

"여덟시에 불을 피울 거야."

"뭐 가져갈 건 없나?"

"마시멜로하고 꼬챙이."

리처드는 자동차 대여점에 전화를 건다.

"전화 안 하시길 빌고 있었는데요."

"무슨 말입니까?"

"차를 돌려드리러 가던 길에 사고가 났어요. 완전히 부서졌어요."

"내 차를 부쉈다고요?"

"내가 부순 건 아니고요. 애초에 그렇게 멀리까지 이사하시지 않았다면 일어나지 않았을 일이잖아요. 아무 일도 일어나지 않았겠죠. 그 문제는 논하고 싶지도 않습니다. 아무래도 피장파장으로 치고 임대를 취소하고, 당신이 오천 달러를 지불하고, 우리가 첫 번째 수리 비용을 보험 청구하지 않는 걸로 해야 할 것 같네요."

"내 차를 부쉬놓고 이젠 오천 달러를 내라는 거요? 어떻게 아무 일도 일어나지 않았을 거라고 장담하죠? 더 나쁜 일이 일어났을지도 모르지. 저녁 뉴스에서 토막 시체로 발견된 여자에 대한 보도를 봤을 거요."

"아, 맞아요. 그 여자를 잊고 있었군요. 알았어요. 돈 내지 마세요. 새 차를 보내드리죠. 새로운 임대 계약으로 치고, 처음부터 다시 시작하는 겁니다. 편지만 쓰세요. 알았죠?"

"언제 차를 받게 됩니까?"

"이번 주말쯤."

"그보다 빨리 필요해요. 내일 아침."

"불가능해요. 할당할 차가 있는지도 확실치 않아요."

"내일 저녁."

"최선을 다해보죠."

리처드와 두 아이, 그리고 닉은 차를 얻어 타고 파우와우*에 간다. 리처드는 성실하게 마시멜로와 길 위쪽에 있는 비싼 가게에서 산 시시케밥용 꼬챙이를 챙겨간다. 그들이 탄 밴 뒤에는 핫도그, 맥주, 얼음이 가득 실려 있다. 벤은 2마일쯤 달려가서 태평양 해안 고속도로 가장자리에 차를 세운다. 서퍼들이 보드를 실으면서 오늘은 이만하자고 외치고 있다. 그들은 셰르파 족**처럼 짐을 지고 해변으로 나른 다음 전기 핫도그 그릴을 설치하고, 맥주를 넣을 쿨러와 쓰레기통을 놓는다.

"사람이 얼마나 올 것 같나?"

"난 늘 셈을 잊어. 열다섯인가, 마흔인가."

"이런 행사를 얼마나 자주 하지?"

"일 년에 서너 번."

"입장료는 받나?"

"내가 한턱내는 거야."

"내가 좀 보태지."

"난 돈 안 받아. 이 접이식 탁자 펴는 거나 도와줘. 우린 이걸 크래프트 서비스라고 부를 거야."

"병에 든 배나 가죽 지갑 같은 걸 만드는 건가?"***

"영화 촬영장에서 크래프트 서비스란 음식 공급을 말하는 거

---

* 북미 인디언의 주술 의식.
** 히말라야에 사는 소수민족.
*** 크래프트 서비스에는 '종이 공작'이라는 뜻이 있다.

야."

닉과 리처드는 나무를 모으러 해변으로 내려간다.

"모닥불을 피우는 건 불법인 줄 알았네. 불똥이 튀어서 화재가 날 수도 있으니까."

"불법 맞아. 영화 촬영 허가를 받았지. 이 동네에서 무조건 허가 해주는 게 하나 있다면 바로 영화 일이거든."

사람들이 도착하고 각자 자기소개를 한다. 하와이안 셔츠를 입은 남자가 잔뜩이다. 필립, 릭, 론, 래리, 밴스, 사이먼, 텐지, 플리니, 그렇지만 날 조라고 불러도 좋아 등등. 그들은 서로를 포옹하고, 등을 두드리고, 서로를 "여어" "친구" "형제"라고 부르며 "어디서 지냈어?"라고 묻는다. 리처드는 자신이 무리 지어 여는 행사를 얼마나 싫어하는지 새삼 떠올린다. 여기에서 집까지 어떻게 갈지 모르겠다. 택시를 부를 수 있을까? 택시 기사에게 어디로 오라고 하지?

나이를 가늠할 수 없는 가죽 같은 얼굴의 남자가 손을 내민다. "난 텐지야. 이십오 년 동안 하루도 빠짐없이 바다에 들어갔지. 상어에게 세 번 물렸어." 그는 리처드에게 팔에 하나, 다리에 하나, 허벅지에 하나 있는 흉터를 보여준다. "행운의 카드를 썼지. 닉을 어떻게 알아?"

"옆집에 살아요. 당신은?"

"바다에서 알았지. 오래전에 닉에게 서핑을 가르쳐줬어."

"노란색 수영 모자 쓴 여자 알아요?"

"매들린 말이군. 아침마다 수영을 하지."

리처드가 고개를 끄덕인다.

"그 여잔 판자 산책로 밑에 신발을 넣어놔."

리처드는 미소 짓는다. 비밀을 알게 되어 기쁘다.

핫도그가 돌아간다. 큼지막한 옥수수 솥이 끓는다. 앤힐이 도넛 상자를 여러 개 들고 도착한다. "밖에다 '개인적인 파티로 닫습니다'라고 걸어놨지. 진열장에 있는 거 다 쓸어왔어." 앤힐은 모자를 쓰고 모래밭에서 지그 춤을 춘다. "난 바닷가 건달, 원시인이야."

리처드는 발을 내려다보고 좋은 신발을 신고 왔음을 깨닫는다. 그는 신을 벗어서 장작더미 옆 모래 속에 쑤셔넣는다. 맨발로 발가락을 꼼지락거려본다. 좋다. 바스와 벤은 멀리서 원반던지기를 하고 있다. 해가 진다. 오래전 여름, 전처와 같이 롱아일랜드에 살던 때를 떠올리게 하는 저녁이다.

누군지 모를 남자가 리처드에게 말한다. "얼마 전에 자동차 보험을 바꿨는데 말이야. 나한테 알리지도 않고 사백 달러나 올린 거야. 얼른 다시 내리는 데 십이 분 삼십 초가 걸리더군. 시계를 들고 쟀지. 자넨 얼마나 내고 있나?"

"전혀 모르겠군." 리처드가 말한다.

누군가가 그에게 맥주를 건넨다. 그 남자가 말한다. "화학 문화라니까. 우리 아들은 리탈린을 먹지 않고는 숙제도 못해. 그리고 딸은 항우울제를 먹기 시작했는데 그게 자기가 다 큰 여자라는 뜻인 줄 알아. 씹는 약에서 캡슐로 바꾼 것과 비슷한 거지. 옛날에 멜빵 매던 거랑 비슷한 통과의례라구."

또 누군가는 저녁 내내 휴대전화로 떠들거나("여보세요, 여보

세요, 내 말 들려? 신호가 안 좋아. 여보세요? 들려?"), 그러지 않
으면 메시지가 와 있나 확인하느라 여념이 없다. "지금 중요한 일
을 하는 중이거든."

엄청나게 큰 구덩이를 파고 불을 붙인다. 핫도그가 구워진다.
바스가 촬영을 하고, 당연하게도 경찰관이 지나가다가 허가증이
있는지 묻는다. 닉은 허가증을 보여주고 핫도그와 캔콜라 몇 개를
안긴다. 경찰관은 한동안 주위를 어슬렁거린다.

"핫도그 몇 개나 먹었어?" 리처드가 벤에게 묻는다.

"칠면조 두 개, 빵 하나, 옥수수는 안 먹었어요. 아빠는요?"

"칠면조 한 개, 두부 하나. 빵은 안 먹었고 옥수수는 반 개 먹었
구나."

어두워지자 으슬으슬하다. 리처드는 비닐 식탁보를 담요처럼
두른다.

"나 흔들려." 앤힐이 말한다. "맥주를 다 마셨어. 하나를 다 마
신 적이 없는데. 난 술에 참을성이 없어. 미친다고."

"가짜 맥주를 드셨어요." 벤이 말한다.

"가짜 맥주라니 무슨 소리지? 한 병을 다 마셨다니까." 앤힐은
빈 병을 들어올린다.

"무알코올 맥주예요." 벤이 라벨을 보여준다.

"그런 거 못 들어봤는데."

"알코올에 문제가 있는 사람을 위한 맥주예요."

"왜 그냥 사과주스를 마시지 않고?"

"진짜 맥주 맞아." 리처드는 쓰레기를 치우는 척하면서 다른 사

람들의 맥주를 낚고 있는 서퍼를 가리킨다. 병을 집어서 입가에 댔다가 쓰레기봉투에 넣고 있다.

"저건 위상적이지 않은데." 앤힐이 말한다. 위생적이지 않다고 말하려던 것이다.

"그래. 위생적이지 않지."

그들은 세이지 횃불을 밝히고 둥글게 앉은 사람들에게 돌린다. 북이 울리기 시작한다. 허공에 향이 가득하다.

"이게 바로 와우와우 부분이지." 앤힐이 말한다.

"숨을 깊이 들이마시고, 북소리와 바다가 부서지는 소리에 귀를 기울이라. 그리고 우리가 혼자이면서 함께임을 알라." 닉이 말한다.

리처드는 몸을 기울이고 벤의 귓가에 속삭인다. "네가 원하면 언제든 갈 수 있다."

"괜찮아요. 그리고 바스는 정말 즐거워 보이는데요."

리처드는 계속해서 벤의 귓가에 속삭인다. "사과하고 싶구나. 어떤 건지 전혀 몰랐어."

토킹스틱이 손에서 손으로 넘어간다. "너는 독수리이며, 숲 속을 걷는 호랑이다. 토킹스틱에게 말하라." 닉이 말하며 막대기를 옆에 앉은 남자에게 건네고, 남자는 막대기를 쥐고 고개를 숙인다.

진부하고 촌스럽지만, 리처드는 목덜미 털이 곤두선다.

"이건 오래전에 죽은 아버지에게 하는 말입니다. 용서와 해방의 메시지예요. 분노를 놓으면서 당신에 대한 미움도 사라졌지만, 대신 다른 걸 얻었어요. 자유. 그 점에서 감사드립니다." 남자는 막

대기를 넘긴다.

"죽어라, 프랭크. 넌 네가 누군지 알고, 내가 무슨 말을 하는지
도 알아."

"제니, 사랑해."

"꼭 무슨 말을 해야 할 필요는 없어." 리처드가 속삭인다.

벤은 막대기를 받자 말한다. "낳아주셔서 고마워요."

바스는 막대기를 찍느라 분주하다.

막대기가 넘어오자 리처드는 불붙은 감자처럼 얼른 옆으로 넘
긴다.

리처드 다음 사람이 말한다. "바다에 사시는 위대한 흰 상어에
게. 당신을 기린다. 당신을 경외한다. 우리는 누가 더 오래 사는지
경쟁하고 있지만, 오늘밤은 내가 바다다."

북이 계속 울린다. 몇 사람이 원에서 벗어나 가운데로 가더니
불 주위에서 춤을 춘다. 닉이 춤을 춘다. 야생동물처럼 춤추며 머
리를 뒤로 젖히고 소리를 지른다. "이건 내 안의 곰, 원시인, 화난
머저리다." 닉은 불에 달려들었다 물러서고 달려들었다 물러서면
서 몸으로 불에 부채질을 한다.

"볼링보다 좋은데." 앤힐이 춤추러 나가면서 말한다. 앤힐은 뜨
거운 석탄을 밟은 사람처럼 춤춘다.

이십오 년 동안 바다에 나갔던 서퍼 텐지가 미친 사람같이 무서
운 소리로 웃으면서 횃불을 움켜쥐더니 물 쪽으로 달려가서 사라
진다.

리처드는 반사적으로 그 뒤를 쫓아간다. 몸이 뇌보다 먼저 반

응한 것이다. 어디서부터가 바다인지 보이지 않는다. 그저 마지막으로 텐지가 보인 지점에 초점을 맞출 뿐이다. 불꽃이 꺼진 지점. 그는 발이 젖자마자 팔을 길게 뻗어 바다 속에 뛰어든다. 뛰어드는 순간 정신이 번쩍 들면서 내가 뭘 하고 있는 건가 자문한다. 그는 텐지를 생각한다. 허위허위 검은 물속으로 들어간 남자를 생각한다.

그는 그 남자를 찾으며 다리를 오므렸다가 펴고, 바닥을 치고 몸을 밀어올려 물고기처럼 물 위로 반원을 그리며 튀어나갔다가 텐지를 잡는다. 발목과 손목을. 텐지는 리처드와 싸우려 든다. 리처드는 손목을 놓치고 발목만 잡고 있다. 물가에서 하얀 점들이 보인다. 손전등 빛이다. 만화에서 까만 바탕에 그려진, 밖을 내다보는 눈동자들 같다. 남자들이 물속으로 걸어 들어온다. 그리고 리처드와 텐지를 데리고 해변으로 돌아간다.

벤이 해변에서 소리를 지른다. "망할, 젠장! 알지도 못하는 망할 놈의 주정뱅이를 구하려고 뛰어들다니, 아빠가 빠져 죽는 건가 걱정하고 서 있는 내 생각은 좆만큼도 하지 않아요? 죽었으면 어쩌게요? 빌어먹을. 아빠 죽는 꼴 보려고 여기까지 차 몰고 온 줄 알아요!"

"난 안 죽었다. 괜찮아. 젖었을 뿐이야. 그리고 사람을 도운 거야."

"아빠 망할 놈의 슈퍼 히어로가 아니라고요, 젠장."

"날 봐라." 리처드가 말한다. "난 괜찮아."

리처드는 어떻게 해야 할지 몰라 젖은 몸으로 벤을 안는다. 벤

370

은 리처드보다 15센티미터는 크고, 더 근육질이다. 리처드는 벤을 최대한 꽉 끌어안는다.

"놔줘요." 벤이 말한다. "이제 놔도 돼요. 됐어요."

집에 돌아가서, 아무도 아무 말도 하지 않는다.

아침에 벤은 장의사처럼 검은색 정장을 입고 나온다.

"멋지구나. 진지하고 만만찮아 보여."

"엄마가 정장을 세 벌 사줬어요."

"아침 먹을래?" 리처드는 실비아의 특제 곡물 플레이크 봉지를 흔든다. "수제다. 맛있어." 그는 그릇에 플레이크를 붓는다.

"우유 있어요?" 벤이 묻는다.

닉은 곯아떨어져 있다. 리처드는 슬쩍 들어가서 열쇠를 들고 나와 벤을 시내까지 태워다준다. 에이전시는 자체 건물을 갖고 있다. 자기네 깃발을 휘날리는 축소판 대리석 펜타곤이다.

"군사 시설 같구나." 리처드가 말한다.

"액션 모험 영화를 찍고 싶어한 전직 CIA 요원 두 명이 시작한 회사거든요."

"집에 올 준비가 되면 전화해라. 다섯시 반쯤부터 이 부근에 있을 테니."

그는 앤힐의 가게로 차를 몬다. 불이 꺼져 있다. 문에는 아직도 '개인적인 파티로 닫습니다'가 걸려 있다. 그는 기다린다. 손님들이 왔다가 빈손으로 간다. 아홉시 십오분, 앤힐이 나타난다.

"사람들이 자넬 찾던데."

"밤새 불가에서 놀았어. 자넨 제일 재밌는 부분을 놓친 거야. 기타를 가져온 사람이 있었거든. 〈쿰바야 주님, 쿰바야〉랑 〈벽에 맥주병이 아흔아홉 개, 맥주병이 아흔아홉 개〉를 불렀지. 해가 뜨는 걸 봤고, 성기로 팬케이크 만드는 법도 배웠어."

"뭐?"

"론이라는 친구가 희극배우야. 자기 거시기로 빵에 끼운 핫도그를 만들 줄 알더라고. 정말 웃겼어. 집에 가서 리피한테 보여줬더니 비명을 질렀지만, 리피는 항상 비명을 지르니까 뭐. 그렇게 오래 자보긴 처음이야. 그리고 동생 아들 말이야."

"바스?"

"응. 리피와 나와 같이 지내자고 초대했거든. 바스가 말 안 했어? 나에 관한 영화를 찍을 거래. 그러면 난 유명해질 거야."

"그쪽에 가서 지낸다고?"

"응. 말하지 말았어야 했나. 걔가 놀래주려고 했을지도 모르는데."

"아니, 괜찮아. 잘됐어. 훌륭한 영화가 나올 거야."

"나도 그렇게 생각해. 내가 곧 영화 아니겠어."

리처드는 루살디의 사무실로 가서 주차장에 차를 세우고 기다린다. 그는 접수원이 도착해서 청동색 닛산을 주차하고 안으로 들어가는 것을 지켜본다. 몇 분 후, 루살디가 낡은 재규어를 타고 들어선다.

리처드는 사무실 초인종을 누른다.

"일찍 오셨네요." 접수원이 말한다.

"잠깐 끼워넣어줄 수 있을까요?"

"일정이 굉장히 빡빡하신데." 접수원은 말하면서 손짓해 그를 불러들인다. "서두르세요."

루살디는 책상 앞에 앉아 상자에 든 아침식사용 시리얼을 집어 먹고 있다.

"자살하려고 한 건지도 모르겠다는 생각이 들어요." 리처드는 바다에 뛰어든 일, 파우와우, 토킹스틱, 그리고 자신이 그 모든 것을 얼마나 짜증스러워했는지 얘기한다.

"왜 당신이 자살하려고 하겠어요?"

"모르죠. 난 수영을 잘해요. 고등학교 때 내내 수영을 했고, 여름에는 구조대원으로 일했고, 바다에서도 수영하곤 했죠. 어렸을 때 온 가족이 해변에 놀러갔던 적이 있어요. 어머니는 머리카락이 젖는 걸 싫어해서 해변에 앉아 있었죠. 아버지는 무릎까지만 들어갔고, 결코 수영을 배우지 않았어요. 내 아들 벤이 와 있어요. 그 얘긴 벌써 했던가요? 내가 물에서 나왔더니 벤이 고함을 지르더군요. 정말 심하게 화를 냈지만 아무 말도 하지 않았어요."

"아마 무서웠겠죠."

침묵. 리처드는 이제 스스로에게 더 화가 난다. 그렇게 자기중심적으로 굴다니. 벤이 아빠가 위험한 일에 뛰어들었다고 느낄 거라고는 전혀 생각지 못했다.

"내가 수영선수였다는 걸 잊은 게 이상하지 않아요?"

"우린 잊을 필요가 있는 것을 잊어요. 당신은 스스로를 죽이려던 게 아닐 거예요. 정말로 누군가를 구하려고 한 건지도 모르죠. 어쩌면 스스로를 구하고 있었는지도 모르고."

"배고파 죽겠어요." 리처드가 말한다.

"당연히 그렇겠죠. 오늘 아침에 뭘 먹긴 했어요?" 루살디는 책상 위에 흩어진 부스러기를 쓸어내며 묻는다.

리처드는 고개를 젓는다. "벤에게 시리얼을 주면서 내가 먹는 건 잊었어요."

리처드가 루살디의 진료실에서 나오자 접수원이 묻는다. "주차증 찍어드릴까요?"

"주차증을 안 받아왔어요. 문이 열려 있던데요."

"저런." 접수원은 고개를 흔들며 서글프게 말한다. "그러면 주차 요금을 물릴 거예요. 하루 종일 주차한 요금으로요."

"어떻게 하루 요금을 물릴 수가 있어요? 아직 열시 반도 안 됐는데."

접수원은 고개를 젓는다. "그 사람들은 말이 안 통해요."

"앤더슨 박사님도 아직 계시긴 한 겁니까?"

"늦게 오세요. 사모님이 알츠하이머에 걸리셨거든요."

"몰랐어요."

"앤더슨 박사님도 모르셨어요. 사모님은 이제 겨우 쉰셋인걸요."

"어떻게 알게 된 거죠?"

"이젠 자기가 누군지도 모르신대요."

그는 나가다가 대기실에서 스웨터를 입은 할머니를 돕는다. 다리에는 붕대를 감았고, 말할 때면 목에 있는 모든 근육이 튀어나오는 노인이다.

"집까지 가실 수 있겠어요?"

"당연하지. 여기까지 왔잖아. 아닌가?"

"제가 태워다드릴게요."

노인은 고개를 젓는다. "그럴 만큼 오래 살진 않았어."

리처드가 돕자 대기실에 있던 다른 사람들도 나선다. 한 여자는 할머니의 보행보조기를 접어주고 다른 사람은 문을 열어준다.

"바로 그거예요. 그렇죠." 리처드는 누구에게랄 것도 없이 중얼거린다.

그는 노인에 대해, 노인의 다리에 대해, 보행보조기에 대해, 독립성에 대해 생각하며 떠난다.

가다보니 비틀이 가득한 폭스바겐 판매점이 보인다. 리처드가 벤 나이였을 때 갖고 싶었던 차가 바로 비틀이었다.

그는 판매점 쪽으로 차를 꺾는다. 비틀은 즐거운 차다. 정말 유쾌하고 우울한 구석이 없으며, 가족 차도 합승차도 아닌 오락용 자동차이다. 꽃을 든 판매원이 곧장 그에게 다가오더니 꽃을 내민다. 거베라 데이지이다.

"저희 할리우드 폭스바겐에서는 특별한 선물을 드립니다. 들어오시는 모든 분께 차에 꽃을 신선한 꽃을 드리죠. 언제까지나요.

자동차에 꽃을 꽂을 자리가 있습니다만, 그 점은 이미 아시겠지요? 지금은 무슨 차를 몰고 계신가요?" 판매원이 묻는다.

"빌린 차요."

"비교를 위해 한번 살펴보죠."

"아니, 그러지 맙시다."

"부끄러워하실 것 없습니다. 제가 이 일을 하기 전에 몰던 차를 보셔야 하는데요. 저희 아버지의 닷선이었죠. 아버지가 관리를 잘 하시긴 했지만 저보다 나이 많은 차였어요."

"잠깐만요. 난 차를 사고 싶습니다. 그러니 거기에서부터 시작하죠. 정확히 말하면 두 대를 원해요. 두 대를 사면 할인이 좀 됩니까?"

"여지가 있지요."

"컨버터블로 두 대. 하나는 내 아들 벤을 위해 검은색으로. 또 한 대는 분홍색으로. 분홍색이 있나요?"

"아주 예쁜 파란색은 있습니다."

"좋아요. 한 대는 검정, 한 대는 예쁜 파랑으로."

그는 신용카드를 꺼낸다.

"신용카드로 차를 사실 순 없습니다."

그는 수표를 꺼낸다.

"개인 수표도 받지 않습니다."

"그럼 뭐가 가능하죠?"

"은행 수표로 하시죠. 차를 아드님 성함으로 사시겠습니까?"

"그래요. 선물이니까."

"아드님이 몇 살이죠?"

"열일곱."

"그러면 농기구가 아닌 한 아버님 소유로 하셔야 합니다."

"왜요?"

"정말 이유를 알고 싶으세요?"

리처드는 전처에게 전화를 건다. "얼른 묻고 끝내지. 벤의 사회보장번호는?" 그는 차 얘기는 하지 않는다. 그 문제로 말을 듣고 싶지 않고, 허락이나 반대도 원하지 않는다.

다음으로 신시아에게 전화해 운전면허번호와 사회보장번호를 알아낸 뒤, 보험회사에서 대마초를 피우는 폴에게 전화해 두 사람을 그의 자동차보험에 포함시킬 수 있느냐고 묻는다.

"사업이라도 시작하십니까?" 폴이 묻는다.

"사람들을 해방시키는 중이죠."

그는 판매원에게 묻는다. "오늘밤에 차를 배달해줄 수 있습니까?"

"보통 그렇게 빨리 해드리지는 않는데요."

"예외를 만들어보세요."

"그게 판매를 취소할 정도로 큰 문젠가요?"

"그래요."

"알겠습니다. 배달해드리죠."

리처드는 뭔가 한 것 같은 뿌듯함을 느낀다. 뭔가 예상치 않은 일, 뭔가 좋은 일을 한 기분이다. 하나는 벤을 위해, 하나는 신시아를 위해.

"차는 샌타모니카에 있는 '디 아이비' 식당으로 갖다줘요. 대리 주차원에게 맡기면 돼요. 깜짝 선물이니까. 필요하면 여기 내 휴대전화로 연락해요. 일곱시까지는 왔으면 좋겠군요. 그리고 배달원에게 조심해서 운전하라고 해줘요."

생각보다 오래 걸린다. 서류 작업이 끝나자 벤을 데리러 가기 전에 말리부까지 갔다올 시간이 없다. 리처드는 언덕을 올라 집으로 간다. 깨진 창문에는 판자만 붙어 있을 뿐 아무 작업도 이루어지지 않았다.

그는 안으로 들어가 운동복으로 갈아입고 러닝머신에 오른다. 차에 돈을 많이 쓰고 나니 집 수리비가 얼마나 들지 불안해진다. 그는 인터넷에 접속한다. 자산이 하락했다. 지속적으로 감시하고 조정하지 않으면 문제가 생긴다. 현재 그는 괜찮고, 앞으로도 늘 괜찮겠지만, 지속적으로 살펴보기는 해야 한다. 새로운 정책이다. 명상하고, 계산할 것.

러닝머신 위에서 걸으며 그는 공무원이 쓴 대본 〈그라운드 모션〉을 읽는다. 화재, 홍수, 지진, 역병, 산사태를 결합한 재난 영화이다. 영화는 해설자의 목소리로 시작한다. "이제부터 보실 것은 허구입니다. 아직 일어나지 않은 일입니다. 그러나 여기 나오는 재난들은 실제입니다. 이것은 우리가 살고 있는 세계의 상태에 대해 내가 아는 모든 것을 동원해 쓴 이야기입니다. 즉, 곧 일어날 일이라는 뜻입니다."

리처드는 중간쯤 읽다가 뒤에서 나는 발소리를 듣는다. 가슴에 통증이 퍼져나간다.

영화배우가 들어오면서 말한다. "미안해요. 놀라게 할 생각은 없었어요. 초인종을 눌렀는데 대답이 없기에 깨진 창문 틈으로 들어왔어요. 차를 봤거든요. 저런 차를 몰고 다니는 작가를 알고 지냈는데…… 예전에 엘튼 존의 차였다더군요."

"존 레논이에요." 리처드가 말하자 영화배우는 아무 말도 하지 않는다.

가슴이 아직도 욱신거린다. 그는 이게 진짜 '그것'일까 생각한다. 유명 영화 스타가 집에 침입하는 바람에 심장마비가 일어나서 죽다니. 그는 러닝머신의 속도를 줄이면서 계속 걷는다. 갑작스러운 변화는 주지 않는다.

"어디 있었어요?" 영화배우가 묻는다.

"말리부에요. 아들이 조카와 같이 왔어요. 어젯밤엔 해변에서 하는 파우와우에 갔는데 남자들 한 무리가 막대기에 대고 말을 하더군요."

"아, 알아요. 한 번 가봤어요."

리처드는 문득 이 영화배우는 무슨 얘길 해도 이미 해봤다고 대답한다는 사실을 깨닫는다.

"그런데 아들놈 발에 무좀이 생긴 것 같아요." 리처드는 시험 삼아 말해본다. 물론 사실이 아니다.

"그거 없애기 정말 힘들어요. 나도 일 년이나 약을 먹어야 했어요." 영화배우가 말한다. 병이 득실거리는 사람이거나, 엄청난 거짓말쟁이이거나, 아홉 번 살아본 고양이이거나, 동정심이 깊은 사람인 모양이다.

"뭘 읽고 있어요?" 영화배우가 묻는다.

"구덩이 문제로 도와준 공무원이 쓴 대본이에요."

"괜찮아요?"

최소한 그 대본을 벌써 읽어봤다고 하지는 않는다. 리처드는 그에게 대본을 건넨다. 영화배우는 러닝머신 옆에 서서 읽기 시작한다.

다섯시, 리처드는 언덕을 내려가 에이전시 주위를 돌기 시작한다. 가만히 지켜보니 에이전시의 차고에서 나오는 차는 모두 BMW이다. 745Li, SUV 5 시리즈, 컨버터블 3 시리즈.

휴대전화가 울린다.

"와 계세요?" 벤이 묻는다.

"그래, 어디니?"

"길 건너편 조니 로켓* 안이에요."

벤은 커다란 셰이크 컵을 들고 차에 탄다. 빨대를 빨자 투명한 플라스틱 빨대로 초콜릿이 딸려 올라간다. 컵에 물방울이 맺혀 있다. 리처드는 셰이크에 대해 뭐라고 하려다가 참는다. 건강하기 이를 데 없는 아이가 처음 일한 날 셰이크 한 잔 마시지 못할 이유가 뭔가? 그는 입을 다문 자신이 자랑스럽다.

"점심도 못 먹었어요." 벤이 말한다.

"나도 못 먹었다."

---

* 1950년대풍 햄버거 레스토랑.

벤이 한 모금 마시라면서 준다.

"맛있구나. 정말 맛있어. 밀크셰이크를 마셔본 게 백만 년 만인 것 같다."

"사람들이 아이스크림을 좋아하는 데엔 이유가 있죠. 바스는요?"

"모르겠구나. 집에 들어가지 않았거든. 일은 어땠어?"

"괜찮았어요."

"생각한 것보다 좋았어, 나빴어?"

"더 긴장됐어요." 벤은 셰이크를 빤다. 빨대가 공기방울로 꾸르 륵거리기 시작한다.

"다같이 저녁 먹으러 나가서 축하했으면 좋겠구나. 너랑 나랑 바스랑, 내 친구 신시아까지."

"친구가 아니라 애인이겠죠."

바스는 테라스에 엎드려서 자고 있다. 등이 삶은 갯가재처럼 빨 갛게 탔다.

"도대체 무슨 생각을 하고 있었던 거냐?" 리처드가 말한다.

"굉장한 걸 봤거든요. 돌고래들과 같이 헤엄치는 여자요. 인어 같았어요. 여기서 그 여자가 헤엄쳐 돌아오는 걸 보려고 기다리고 있었어요."

"그 여자는 걸어서 돌아와." 리처드는 권위를 담아서 말한다.

"그리고 머릿속으로 영화를 구상했어요. 앤힐에 대한 거요. 발 리우드와 할리우드의 만남, 도넛 가게에서의 코미디."

"넌 다큐멘터리를 찍는 줄 알았다만."

"맞아요. 하지만 뼈대가 필요하거든요. 두번째 이야기가 있어야죠. 그렇게 생각 안 하세요?"

"난 모르겠다. 전에 볕에 나가 있어본 적 있어? 햇빛이 얼마나 강한지 알아?"

"할아버지처럼 말씀하시네."

"그렇겠지."

벤이 부엌에서 알로에 베라를 가져오더니 잎에서 즙을 짜낸다.

"그런 방법은 어디서 배웠니?"

"유모한테서요. 무슨 일만 있으면 알로에 베라를 짰거든요."

리처드는 알로에 베라 즙을 바스에게 발라준다. 살집이 많아서 베이컨에 꿀을 바르는 것 같다. 그는 바스에게 묻는다. "우린 저녁 먹으러 나갈 거다. 같이 갈래?"

"아뇨, 별로 기분이 안 좋아요."

그는 바스에게 게토레이 병을 쥐여준다. "마셔라. 많이 마셔. 등에 물집이 잡히면 의사를 만나러 가야 해." 그는 고개를 젓는다. "어떻게 화상이 입도록 엎드려 있을 수가 있지?"

"그냥 볕이 얼마나 기분 좋은지 생각하고 있었어요."

리처드와 벤은 디 아이비 식당에서 신시아와 만난다. 신시아는 멋져 보인다. 타깃 스토어에서 산 드레스가 잘 맞는다.

"그러니까, 가족을 떠나서 지금은 재활 시설에 있는 건가요?" 벤이 묻는다.

"사실 재활 시설은 아니야. 그보다는 오랫동안 바깥일을 하지 않은 여자들을 위한 직업 훈련 프로그램 같은 거지."

"거기서 뭘 하는데요?"

"계산과 컴퓨터 일. 지금은 '가게'라고 부르는 곳을 운영해보고 있어. 실제로는 가게가 아니라 그냥 창고지만 물건이 있거든. 나무로 만든 장난감 음식, 바비인형 옷, 뭐 그런 축소판 물건들. 전부 바코드가 붙어 있어서 그걸로 스캔하는 법을 배워. 그리고 물건 진열하는 방법, 재고 목록 작성하는 방법, 손익분기점 잡는 방법도 배운단다. 난 십오 년이나 바깥일을 안 했거든. 다행히 애들과 같이 논 덕분에 컴퓨터게임은 모르는 게 없지. 세 손가락의 끝부분이 잘린 여자가 있는데, 음식을 만들다가 잘린 걸 가족들이 먹어버렸다고 생각해. 그 여자는 타이프 치는 법을 다시 배우고 있어."

"전 열네 살 때 재활원에 갔었어요." 벤이 말한다.

"네가?" 리처드가 묻는다.

벤은 고개를 끄덕인다. "삼 주 동안요. 가족 상담도 받고 그랬죠."

"어떻게 그걸 내가 모를 수 있지?"

"그때는 엄마가 모든 것에 너무 화가 나서, 시설에서 아버지 이름을 묻는데 아버지가 없다고, 혼자 낳아 키웠고 정자 기증을 받았다고 말해버렸거든요. 그 말을 취소할 수도 없었어요."

"에이전시는 어때?" 신시아가 벤에게 묻는다.

"회의실로 데려가서 이러더라고요. '여긴 에이전시다. 규칙은 이렇다. 상사와 눈을 마주치지 마라. 우리는 너희에게 명령하는 것이지 말을 거는 게 아니다. 의자에 등을 대지 마라. 등을 대고 있다면 일하지 않는 것이다. 너희에겐 백일몽에 잠길 특권이 없다. 너희 자신과 상사가 수분을 잘 섭취하도록 하고, 방문자에게는 언제나 마실 것을 제공해라. 상사보다 먼저 사무실을 떠나지 마라.' 그러더니 다른 사람이 들어왔어요. 현장 보모라나 그랬는데, 우리에게 기밀 서류와 주차증, 그리고 최고 에이전트들의 사진과 이름과 배경과 고객 명단이 든 에이전시 놀이카드를 나눠줬어요. 그런 다음엔 전화 굴리는 방법을 배웠어요."

"전화를 굴리다니?"

"음, '이러저러해서 전화드립니다' 이런 거요."

음식이 나온다. 양이 엄청나다.

"나눠먹을 수도 있는데." 신시아가 말한다.

벤이 말한다. "더 팜 식당이 생각나네요. 할머니 할아버지는 언제나 특별한 일이 있으면 그리로 데려가셨어요. 조명도 밝고 도시마다 하나씩은 있으니까요. 뉴욕에 있는 더 팜, 보스턴에 있는 더 팜."

신시아가 잠시 화장실에 간다.

"좋은 분이네요."

"애인이 아니야. 신시아와는 농산물 코너에서 만났고, 힘든 시기를 이겨나가게 도와주고 있어. 뭘 어쨌기에 재활원에 갔지?"

"전부 다요. 한 달 남짓이나 내가 너무 아파 보여서 엄마는 사람들에게 아들이 전염성 단핵증*에 걸렸다고 해야 했어요."

신시아가 돌아와서 룸메이트가 '알약'을 하나 잃어버리더니 거실 카펫에서 그걸 발견할 때까지 신시아를 비난했다고 이야기했다. "아무래도 다른 곳으로 가야 할까봐요."

"와서 같이 지내셔도 돼요. 쓰시던 방은 아직 비어 있어요." 벤이 말한다.

"고맙지만 너희 아버지랑 보내는 여름이잖니. 게다가 난 혼자 있을 필요가 있어. 지금 나에게 제일 신나는 건 혼자, 철저히 혼자 지내는 거야. 아무도 나한테 말 걸지 않고, 아무하고도 욕실을 같이 쓰지 않는 것."

"외롭지 않겠어요?"

"전혀."

리처드의 휴대전화가 울린다. 그는 정중하게 실례하고 밖으로 나간다. 리처드는 자동차를 받았다는 종이에 서명하고, 배달한 사람들에게 팁을 주고 다시 안으로 들어간다.

웨이터가 초가 꽂힌 디저트를 가져온다. "생일 축하드립니다. 제가 노래를 부르는 건 원치 않으시겠죠."

"아, 내 생일이 아닌데요." 리처드가 말한다.

"생일 맞잖아요. 부끄러워하지 말아요." 신시아가 말한다.

"촛불을 불어 끄세요." 웨이터가 말한다.

세 사람은 디저트를 같이 먹는다. 리처드는 계속 항의한다. "생일이 아니라니까요."

신시아가 말한다. "당연히 아니죠. 생일이라고 하면 공짜 디저

---

* 성인과 청소년이 걸리는 바이러스성 질환.

트를 주는 식당이 많아서 그렇게 말했어요."

식사가 끝난 뒤 리처드는 계산서를 집어들고, 벤과 신시아는 잘
먹었다고 말하고, 다같이 걸어나간다.

리처드는 흥분을 감추고 침착하게 행동하려 한다. 그들은 인도
에 서서 차가 나오기를 기다린다. 그가 신시아에게 묻는다. "우리
가 집까지 데려다줘도 될까요?"

"그럼요."

대리 주차원이 차를 끌고 나온다. 벤과 신시아는 벤틀리를 기다
리면서 서성인다.

"두 사람에게 줄 게 있어요." 리처드가 차 두 대를 가리키며 말
한다. 두 사람 다 이해하는 데 잠시 시간이 걸린다.

"검은색은 벤, 파란색은 신시아 거예요. 분홍색을 원했는데 없
더군요."

"정말이에요? 우릴 위해 차를 임대했어요?" 신시아가 말한다.

"임대한 게 아니에요. 샀어요."

"열여덟 살 이후로는 내 차가 없었어요. 그때 가졌던 차도 유방
암으로 죽은 고모가 몰던 녹색 포드 팰컨이었죠. 난 언제나 그 차
에 병균이 묻어 있는 게 아닐까 걱정했어요." 신시아는 리처드에
게 입을 맞추고 울기 시작한다.

"애인 맞잖아요." 벤이 말한다.

주차원이 벤에게 열쇠를 던지고, 리처드는 조수석에 탄다. 그들
은 오션 가를 달리며 두 차에서 앞뒤로 고함을 질러댄다.

"그 차에도 꽃이 있어요?"

"그래요." 신시아는 라디오를 틀고 자리에 앉아서 춤을 춘다.

벤이 말한다. "히팅 시트를 시험해봐요. 지붕이 어떻게 젖혀지는지 보세요."

"야호!"

리처드는 기분이 좋다. 겁이 날 정도로 기분이 좋다.

신시아가 벤에게 외친다. "넌 행운아야. 굉장한 아버지를 뒀어."

"그건 좀 복잡한데요."

나중에, 집에 돌아가서 벤이 묻는다. "어떻게 애인도 아닌 사람에게 차를 사줄 수가 있어요?"

"스스로를 위해서 할 수 없는 일을 남에게 하는 거지."

벤이 잠든 후, 그는 벤틀리 열쇠를 돌려주러 옆집으로 간다.

"한잔하겠나?"

"그러지."

닉이 리처드에게 스카치위스키를 따라준다.

"어젯밤에 초대해줘서 고마워." 리처드가 말한다.

"나야말로 내 친구를 따라가줘서 고맙다고 해야지." 닉이 스카치위스키를 한 번에 넘기고 새로 부으며 말한다. "그 친구는 어떤 상황에서도 술을 마시지 말아야 할 표본이야." 닉은 굉장히 숙련된 솜씨로 담배를 말아 불을 붙인다.

"와우와우를 다 좋아하나? 앤힐 표현을 빌리자면 말이야."

"핫도그와 불 주위에서 추는 춤은 좋아하지. 그리고 꽥꽥 소리 지르는 것도 좋아해. 난 방화광이나 다름없어. 우리가 불꽃을 백

개나 붙일 때까지 남아 있지 않았지?"

"론이라는 친구 이야기는 뭔가?"

"성기 인형 말이지? 개인적으로 나는 과일파리를 좋아하지."

"배우는 안 된다면서."

"배우가 아니야. 웃기는 사람이고 곡예사지." 닉은 등을 기대고 담배를 한 모금 빤다. 담배에서 지지직거리는 소리가 난다.

"어렸을 때에 대해 기억나는 게 있나?" 리처드가 묻는다.

닉은 담배 연기를 뿜는다. "어디 보자. 모기에 뜯긴 일, 높은 습도, 에어컨 없음, 문 잠그기 금지, 베란다, 밤에 나가 앉아 있기, 신문 돌리기, 트랙 달리기, 다른 사람 손에 배턴 쥐여주기, 축구 시합, 형 따라다니기 정도. 우리 어렸을 때 전쟁은 '빵빵, 넌 죽었다' 장난감 권총 싸움과 눈싸움, 사과 과수원에서 하는 '셔츠와 맨살'* 놀이였지. 십오 년 전에 베트남이 형이 죽은 곳으로 우릴 초대했는데, 우린 가지 않았어."

"난 아무것도 기억이 안 나. 계속 생각하다가 어, 기억이 안 나네, 이런 게 아니야. 아무것도 떠오르지 않다가 갑자기 작은 부분이 떠오르고 이거 재미있군, 완전히 잊고 있었는데, 하는 식이지."

"우린 아무도 기억하고 싶어하지 않는 시대에 살아. 우리가 시작 지점에 있는 척 굴지. 우리가 사는 방식을 봐. 절벽 끝에, 단층선에, 지나다니는 길 위에 집을 짓고선 무슨 일이 생겨도 역사에

---

* 같은 스포츠 팀이 둘로 갈라 싸울 때 한쪽이 유니폼을 벗어 팀을 구분하는 것을 말한다.

서 배울 줄을 몰라. 똑같은 장소에 다시 짓지. 더 크게, 더 좋게."
닉이 술을 따른다. "몰락만 더할 뿐이야. 지금 우리가 가진 건, 사실과 우리가 현실이라고 부르기로 한 허구의 혼합이야."

"이제까지 해본 제일 나쁜 짓은 뭔가?" 리처드가 묻는다.

닉은 바로 대답한다. "형의 애인과 잔 것. 형이 죽은 후에. 잠시 동안은 형이 된 기분이었고 놀랄 만큼 강렬한 기분이었지만, 그다음엔 끔찍해졌지. 넌?"

"아버지에게 대마초를 권한 적이 있어." 리처드는 웃음을 터뜨린다. "대마초를 보여드렸더니 '넌 네가 꽤 거물인 줄 아는구나'라면서 밖에 가지고 나가서 묻어버리길 바라시더군. 우리 모두 감옥에 갈까봐 두려워하셨지. 경찰이 브루클린 거리를 오가면서 사람들 주머니를 킁킁거리기라도 한다는 듯이 말이야."

그들은 술을 마시고 파도 소리에 귀를 기울인다.

닉이 말한다. "아는 여자가 하나 있는데 말이야, 2차 세계대전에서 살아남은 사람이야. 그 여자는 가는 곳마다 무언가를 챙겨서 다녀. 다음 장소로 갔을 때 아무것도 없을까봐 걱정하는 거지. 핸드백 안에는 언제나 냅킨에 싼 물건이 들어 있어. 늘 식품점에서 가져온 여분의 뭔가가 말이야. 그 여자가 한번은 이런 말을 하더군. '문가에 공짜 물건이 있으면 더 편하지, 그 왜 아메리카 온라인 회사의 디스크 같은 거 말이야.' 그 여자는 그 디스크를 수백 장 갖고 있었어. 가방에 한 장 집어넣고 잠시 안심하는 거지. 위스키 더?"

"조금만."

"이건 어떻게 생각해? 구십구 센트 가게 테이프 코너에 자살 폭파범이 있는 꿈을 되풀이해서 꿔. 그 남자는 허리에 폭탄을 테이프로 둘둘 감고 통로에 서 있어. 그런데 그걸 보는 사람은 나뿐이야. 다른 사람은 다 쇼핑 중이고."

"취했나?"

"취하고말고. 그래도 그 꿈은 진짜야. 세 번이나 꿨어." 닉은 잠시 숨을 돌린다. "도넛 파는 친구가 샌타모니카에 지점을 내지 않아 유감이야. 그 설탕 뿌린 도넛을 먹으러 갈 수 있을 텐데."

토요일, 그는 벤과 디즈니랜드에 간다. 바스는 앤힐의 집에 가 있다. 운전은 벤이 한다. 벤은 동부 해안에서 온 아이답게, 그러니까 주말에 운전을 배우고 여름에만 운전해본 아이답게 운전을 한다.

고속도로에서 벤은 오른쪽 차선을 고수한다. 수백만 명이 그 차선을 들락거리는데도 바꾸지 않는다.

"내가 뭔가 잘못하고 있는 건가요?"

"아니, 전혀 그렇지 않아. 그냥 속도를 조금만 올리면 어떨까. 사람들이 돌아서 갈 필요 없게 말이다. 이 차선으로 차들이 계속 들어왔다 나가는데 시속 45마일을 유지하고 있으니 힘들지."

벤은 고개를 끄덕이더니 속력을 48마일로 올린다. 꽂꽂이 통에 든 데이지가 시들고 있다. 디즈니랜드까지 가는 데 시간이 꽤 걸린다. 디즈니랜드, 미합중국의 중심가이다.

벤이 말한다. "생각했던 거랑 똑같네요. 너무 깨끗해서 매일 새

390

것처럼 보이게 하려는 것 같아요."

미친 듯이 비싸다. 가난한 사람이나 아이가 하나 이상인 사람들이 이 가격을 감당할 수 있을까? 리처드는 의아해한다. 여긴 오 달러로 하루의 즐거움을 살 수 있는 라이플레이랜드나 코니아일랜드가 아니다.

"이 오래된 쥐가 아직도 이렇게 인기가 있다니 놀랍지 않아요?" 벤이 쥐 모자 뒤에 이름을 새기면서 말한다. 이십이 달러다.

플루토가 어슬렁거리며 걸어와 리처드에게 팔을 두르고, 리처드는 으르렁거린다. 그는 지르퉁한 자신을 의식한다. 묘하게도 그의 아버지와 똑같다. 어렸을 때 가족이 함께 어딘가 겨우 가서 뭔가 재미있는 일을 할라치면 아버지는 비참해했고, 나머지 사람들은 아버지의 기분을 달래느라 하루를 날리곤 했다.

"아무도 디즈니랜드에 데려가주지 않았단 말이냐? 플로리다에 가서 할아버지 할머니랑 있을 때도?"

"안 갔어요."

"학교에서도?"

"우린 프랑스의 노르망디 아니면 누군가의 가족이 하는 유기농 농장에 갔어요."

그들은 자동차 놀이기구 줄에 선다. 세 살 이상이어야 이 놀이기구에 탈 수 있다.

"우리 나이가 너무 많지 않니?"

"어떻게 나이가 너무 많을 수가 있어요? 한 번도 안 타봤는데." 벤이 말한다.

"여기 있는 사람들 가운데 우리 키가 제일 크잖아."

자동차는 금속 선로 위로 달리기 때문에 완전히 자유롭지는 않지만, 운전하는 감각을 맛볼 수는 있다. 각 방향마다 10센티미터 정도의 자유 재량권이 있다.

벤이 자동차를 출발시키며 묻는다. "서로 사랑하셨어요?"

"그래." 커브를 도는데 미치광이 같은 여섯 살짜리가 리처드의 차 뒤를 들이받는다. 리처드는 전속력으로 달리고 있고, 사방에 '들이받지 말 것'이라는 글귀가 있는데도. "난 네 엄마를 무척 사랑했다. 아직도 빠져 있지."

"무슨 일이 있었던 거예요?"

"엄마에게 물어보지 않았니?"

"물어봤죠."

"뭐라고 하든?"

"아빠가 엄마가 줄 수 있는 것 이상을 원했대요."

"한 가지만 수정하면 그 말이 맞다. 난 네 엄마가 주고 싶어하는 것 이상을 원했지. 그건 똑같지 않아. 그 사람은 줄 수 없었던 게 아니라 주고 싶지 않았던 거야."

"사람을 하나 낳아놓고 결혼이 깨지니 아무도 그 사람을 원하지 않는다는 거 이상하죠?" 벤이 묻는다.

"우린 널 원했어. 그 점에는 의문의 여지가 없다. 우린 널 원했어."

"그걸 내가 어떻게 알겠어요?"

벤은 신나게 이 놀이기구에서 저 놀이기구로 뛰어다닌다. 냉소적인 아이라고 생각했는데 벤에게는 아직 손상되지 않은, 순수하게 사랑스러운 구석이 있다. 리처드는 그 점이 정말 마음에 든다.

그들은 '미친 모자장수의 찻잔'을 타고 돈다.

"그래서 왜 날 데려가지 않았어요?"

"내가 어디로 갈지 몰랐다."

"내가 아빠를 필요로 한다는 걸 몰랐어요?"

"자식을 둬본 적이 없었잖니."

"하지만 아빠도 한때는 아이였잖아요. 아버지도 있고 어린 시절도 있었잖아요."

심문하는 것 같다. 모든 것이 떨어져나가고 남은 것이 없을 때까지 뺑뺑 돌리려는 것 같다. 리처드는 생각한다. 좋아. 그렇게 하렴. 난 그래도 싸지. 그들은 한 번도 나눠보지 못한 대화를 하고 있다.

'스페이스 마운틴'에서 그들은 이십오 분 동안 줄을 서서 기다린다. 차례가 왔을 때쯤에는 앞뒤에 선 사람들이 그들에 대해 그들 자신보다 더 잘 알게 되었을 것이다.

"널 위험한 곳에 두고 떠났다고 생각하진 않았다. 네 엄마 곁에 뒀으니까."

"떠났잖아요. 중요한 건 그거예요."

탈영. 표류. 그는 싸우지 않았다. 어떤 극적인 상황도 견딜 수 없었다. 호텔로 갔다. 그 모든 상황은 그가 의도한 바가 아니었다. 그저 그런 식으로 벌어진 것뿐이었다. 그는 호텔로 갔고, 누워서 자신이 죽었다고 생각했다. 사람을 마비시키는 고요함. 산소 부족. 육체적인 통증. 그는 육체적인 통증을 떠올린다. 저도 모르게 주머니에서 휴대전화를 꺼내 루살디에게 전화해 연결점을 알아냈다고 말할 뻔하지만, 스페이스 마운틴에 오른 모두가 그에 대해 지금보다 더 알게 되는 것은 참을 수 없다. 그는 통증을 떠올린다. 이제는 잊지 않을 것이다. 그는 일주일 동안 전화하지 않았고, 겨우 전화했을 때 그녀는 "뭘 원해? 내가 돌아오라고 말하길 원하는 거야? 떠나기로 한 사람은 당신이야. 아무도 당신보고 가라고 하지 않았어"라고 말했다.

"우리가 롤러코스터에 대해 이야기한 적이 있어요?" 벤이 묻는다.

"안 한 것 같은데."

"난 롤러코스터를 굉장히 좋아해요."

스페이스 마운틴에서 리처드는 근육 섬유가 떨리고 몸이 폭발할 것만 같다. 올라갔다 내려갈 때마다 속이 요동친다. 고문당하는 기분이다.

벤은 내리자마자 다시 타고 싶어한다. 리처드가 말한다.

"나한테 좋은 생각이 있다. 같이 줄을 섰다가, 차례가 오면 너는 타고 나는 돌아가서 다시 줄을 서는 거야. 그렇게 하면 넌 계속 탈 수 있잖아." 그들은 누군가가 알아차리고 화를 낼 때까지 여섯 번이나 반복한다.

리처드는 발이 아파 죽을 지경이다. 주위에서 구할 수 있는 음식이라고는 핫도그와 햄버거와 괴상한 치킨너겟뿐이고, 샐러드라는 물건은 플라스틱 그릇에 담긴 얼어붙은 양상추와 당근 조각이 전부이다. 그는 아이스크림 샌드위치를 사고, 태양이 너무 뜨거워 모자도 산다. "이름을 뭐라고 적어드릴까요, 딕워드*?" 지금 저 사람이 '딕워드'라고 한 건가, 아니면 리처드 혼자 그렇게 생각한 건가? 혹시 혼자 생각을 크게 말했나?

"비워둬요. 그냥 비워둬요."

그리고 지금 그는 덥고 땀 흘리고 질린 쥐처럼 보인다. 디즈니 랜드에 있는 모든 사람과 똑같다.

기념품 가게에서 벤은 엄청나게 큰 동물 인형을 사고 싶어한다. 백칠십오 달러가 든다.

"낙타는 내 수호 동물이에요." 벤이 말한다.

그리고 리처드는 동의할 수밖에 없다.

말리부로 돌아가는 길에는 리처드가 운전대를 잡는다.

벤이 말한다. "아직 모자라요. 계속 놀고 싶어요."

"무슨 뜻이냐?" 실내 게임장이 있는 쇼핑센터에 가서 서바이벌 게임에 등록해야 한다는 뜻이다. 다시 한번 기다림이 이어진다. 사방에서 아이들이 펄쩍펄쩍 뛰고 기어오르고 아우성을 친다.

"전에 해본 적 있어?"

"몇 번이요. 타임스 광장에 게임장이 있어서 생일에 가곤 했어요." 자판기에 이십오 센트를 서로 넣겠다고 싸우는 두 소년을 지켜보느라 잠시 대화가 끊긴다. 벤이 말한다. "아빠 날 아무 데도

---

* '놈팽이'라는 뜻의 속어.

안 데려갔고, 내 친구들을 만난 적도 없고, 나한테 어른이 되는 방법이나 물건 고치는 방법을 가르쳐준 적도 없어요."

리처드는 그 말을 들으며 뉴욕으로 갈 때마다 한 아름씩 물건을 들고 갔던 일을 생각한다. 뉴욕에 갔다 와서 다음에 가기 전까지 몇 달 동안 사 모으고 마지막 순간에 부족할까 싶어 더 산 선물들. 자전거를 가져가고, 컴퓨터를 가져가고, 공룡 뼈를 가져가고……

그는 생각할 수 있는 모든 것을 사들고 갔고, 언제나 그 선물들은 정답이 아니었다. 왜 너에게 축구공을, 야구장갑을 사들고 가지 않았을까. 그랬으면 같이 공원에 나가서 놀 수 있었을 텐데. 비가 와요. 공원에 나갈 수 없어요. 눈이 와요. 썰매 탈 수 있겠다. 썰매는 있니? 하나 구할 수도 있겠지. 그는 전화를 건다. 매진, 매진이다. 다음 주요? 눈은 일주일씩 기다려주지 않는다. 하나 빌릴 수도 있겠지. 네 친구 중에 썰매가 두 개인 애 없니? 빈 상자는 어때. 빈 과자 상자로 마법의 양탄자를 만드는 거야. 그래, 어쨌든 핫초콜릿을 마시도록 하자.

"아빠 목에 상처를 내지 않고 면도하는 법도 가르쳐준 적 없고, 내 숙제를 도와준 적도 없고, 날 게임장이나 콘서트나 쇼에 데려가준 적도 없어요."

"그건 아니야." 리처드는 스스로를 변호한다. "크리스마스 쇼를 보러 한 번 라디오시티에 갔잖니."

"그래요. 그날 난 사탕을 너무 먹는 바람에 여자 화장실에서 토했어요. 내가 기분이 나쁘다고 했는데도 아빠가 일어나질 않아서, 어떤 아줌마가 불쌍하게 여기고 화장실에 데려다줬거든요."

"난 널 찾아 헤맸다. 모든 곳을 뒤졌지. 널 잃어버린 줄 알았단다. 여자 화장실을 들여다볼 생각은 하지도 못했어."

그들의 예약 번호가 호명된다. 리처드가 돈을 내고 두 사람은 무기고로 안내받는다.

"부딪치기 금지, 밀기 금지, 눈에 사격 금지입니다. 앞서 말한 것 중에 하나라도 어기면 게임장에서 퇴장당합니다. 총에 맞으면 조끼가 반짝일 겁니다, 십오 초 동안. 그동안은 다시 맞을 수 없고, 사격할 수도 없습니다. 점수는 전자동으로 기록됩니다. 이상입니다."

그들은 흉갑처럼 묵직하고, 돌돌 말린 전화선으로 연결된 총이 달린 조끼를 입는다. 어떤 남자가 리처드의 조끼를 몸에 맞춰준다. "처음이십니까?"

리처드는 고개를 끄덕인다.

"천천히 움직이세요. 아이들에게 잡힐 겁니다."

리처드와 벤은 서로 다른 팀이다. 리처드는 붉은색, 벤은 녹색. 벤이 쾌활하게 말한다. "아빠를 죽일 수도 있겠네요."

그들은 게임장으로 들어간다. 카운트다운이 시작되고, 번쩍이는 불빛과 안개 뿌리는 기계가 보인다. 모두들 숨어 있다. 게임은 커다란 방귀 소리 같은 압축공기 발진으로 시작한다. 아이들이 리처드 옆으로 달려간다. 그는 타닥타닥하는 플라스틱 총소리에 둘러싸인다. 누군가가 옆으로 달려가나 싶더니 다리를 때린다. 리처드는 그 아이의 셔츠를 잡고 흔든다. "부딪치기 금지다."

조끼가 번쩍이기 시작한다. 맞은 것이다. 총알이 날아오는지도 몰랐다. 둘러보아도 어디에서 날아왔는지 알 수 없다. 리처드는 엄폐물을 찾는다. 안전한 자리에서 총을 쏴 크고 뚱뚱한 아이를 맞힌다. 쉬운 목표물이다. 그는 다른 아이를 하나 잡고, 다시 맞는다. 조끼가 아직 반짝이는 동안 다리에서 벤과 마주친다.

"괜찮니?" 리처드가 묻는다.

"응." 벤이 어둠 속으로 달려가며 말한다.

리처드는 낮은 수준을 그럭저럭 극복하고, 모퉁이와 은신처에 몸을 숨겼다가 나오며 총알을 반사해주는 거울을 이용해 사격하는 방법을 익힌다. 탄환이 튀며 누군가를 맞힌다. 그는 거칠게 숨을 몰아쉰다. 조끼가 다시 반짝인다. 웃음소리가 들린다.

"벤?"

"응."

"어디 있니?"

"숨어 있죠."

리처드는 조끼가 살아나기를 기다린다. 벤이 정확히 어디 있는지 모르겠다. 왼쪽인지, 오른쪽인지. 그는 조끼가 살아나자마자 다시 총에 맞는다.

"잠에서 깨어나 '내가 망쳤어'라고 생각한 적 없어요?" 벤이 화학 연기 속에서 말한다.

"있지."

리처드의 조끼가 되살아난다. 벤이 튀어나와서 쏜다. 직격이다. 벤은 그를 다시 죽이려고 기다린다.

"살아나자마자 쏘아대면 무슨 재미가 있니?"

"점수가 오르죠."

"나에겐 두번째 기회도 없는 거냐?"

"기회를 놓치셨어요."

리처드는 기둥 주위로 몸을 숙이고 지나가던 사람을 쏜다. 직격이다. "나한테 계속 화를 내서 좋을 게 뭐냐?"

"발로 대화하는 거예요."

"그게 무슨 뜻이냐?"

"행동이요. 말보다 행동이라고요."

리처드는 게임에 능숙해진다. 총알을 피하면서 저격수처럼 몇 사람을 순식간에 맞히는 법을 익힌다.

게임이 끝난다. 그들은 땀에 젖고 흥분해서 밖으로 나간다. 리처드는 심지어 한 번 더 하자고까지 한다. "또 나한테 말할 게 있니?"

"지금 당장은 없어요." 벤이 말한다.

그들은 총을 반납하고 집으로 간다.

가는 길에 리처드는 PC 그린에 멈춘다. 벤을 차 안에 두고 달려 들어간다. 배가 고프다. 그는 바구니에 온갖 것을 쓸어넣는다. 녹색 채소를 모조리, 칠리용 유기농 칠면조, 콩, 콩 아이스크림, 루트비어까지.

통로 저쪽에 수양회에서 만난 조지프가 있다. 조지프의 바구니에는 골파밖에 없다.

"안녕하세요." 리처드가 말한다.

조지프는 고개를 까딱한다. 리처드가 누군지 전혀 모르는 눈치이다. 같이 있던 젊은이와 이야기를 계속할 뿐이다. 리처드는 두 사람을 따라 다음 통로까지 가면서 귀를 기울인다. "제자의 사랑은 맹목적이라네. 그리고 제자가 스승을 가장 필요로 하는 순간, 스승은 제자에게 아무것도 주지 않아. 더는 주지 않는다네. 제자는 배신감에 괴로워하지. 하지만 이 관계의 목적이 바로 제자의 자아가 깨질 정도로 믿기지 않는 상실을 야기하는 거라네. 그런 다음에야 제자는 자의식의 한계를 초월하여 무한과, 스승과 하나가 될 수 있지. 아름답지 않나?"

"회원이세요?" 계산대에서 여자가 묻는다.

"아닌 것 같군요." 리처드가 말한다.

그는 트렁크 안에 봉투를 넣는다. "내가 다닌 명상 시설을 운영하는 남자를 봤다. 일주일 동안 하루 열 시간씩 그 남자를 쳐다보면서 지냈지. 그 남자와의 개별 면담에서 속을 털어놨고. 그런데 날 한 번도 본 적 없는 사람처럼 구는구나."

"아마 학생이 아주 많겠죠." 벤이 말한다.

"그래서 대규모 수업에서 사람이 얼마나 하찮아지는지 모른다는 거다."

"아빠 개인의 문제가 아니에요. 우리 모두 하찮아요."

잠시 후 리처드가 곁눈질해보니 벤이 울고 있다.

"더요. 더 원해요."

"뭘?"

"모든 것을요."

집으로 차를 모는 대신 리처드와 벤은 샌타모니카 부두로 간다. 콩 아이스크림 한 통을 나눠 먹고, 유아용 찻잔 놀이기구에 억지로 몸을 쑤셔넣고, 마터호른을 탄 다음 대관람차에 올라 넓고 우아하게 한 바퀴 돈다.

집에 돌아와서 벤이 말한다. "재미있었어요."

리처드는 그 말을 잘못 받아들인다. "지금 날 엿 먹이는 거냐? 하루 종일 무자비하게 굴다니. 난 아무 말도 하지 않고 듣기만 했다. 그래도 싸다고 생각했지. 하지만 그것도 정도가 있다."

"아니에요." 벤이 진지하게 말한다. "정말로 좋았어요. 재미있었다는 얘기예요."

"그래? 나도 재밌었다. 디즈니랜드가 좋더구나."

그리고 두 사람은 쥐 모자를 쓰고 소파 뒤에 웅크리고 앉아서 서로에게 물건을 던지기 시작한다. 양말, 행주, 베개…… 개가 짖는다.

그날 밤, 저녁 뉴스에 수수께끼의 거대 고양이와 트레일러 트럭의 충돌 소식이 나온다. 이 거대 고양이는 놈을 "사자"라고 표현한 운전자가 피하려고 차선을 바꾸자 차를 할퀴었다. "이 사고로 동물이 발가락 하나를 다쳤고, 고속도로는 카운티 검시관과 동물 보호 운동가들이 교대로 발가락과 혈액 표본을 포함한 증거물을 모으고 이 증거물의 소유권을 두고 싸우는 동안 한 시간 넘게 폐쇄되었습니다. 로스앤젤레스 동물원의 수의사에 따르면 문제의 동물은 사고에서 살아남아 언덕 지대로 도망간 것 같습니다. 오늘 밤, 로스앤젤레스 언덕 지대는 상처 입은 동물을 먼저 찾기 위해 혈안이 된 수색견들과 야생동물 옹호자들로 들끓고 있습니다. 분명 이 동물을 찾는 사람은 할 말이 많을 것입니다. 이 동물을 보는 대로 사살해야 한다고 주장하는 사람들이 있고, 덫을 놓아 생포해서 연구하자는 사람들도 있으며, 함부로 길을 막은 것은 사람들이라고 주장하는 이들도 있습니다." 카메라가 국립 자연사박물관 앞으로 옮겨간다. "'그가 이곳에 먼저 있었다' 캠페인 참여자들은 이곳 타르 피츠에 모여서 문제의 동물을 지지하는 밤샘 농성을 할 예정입니다."

"말리부가 저녁밥을 건드리지도 않았어요. 너 괜찮아?" 벤이 개에게 묻는다.

"괜찮지 그럼. 가끔 죽은 물고기를 너무 먹어서 배앓이를 하는 것뿐이야."

"문을 계속 열어두면 안 되는 거 아니에요?"

"이 녀석은 해변에 사는 개다. 갇힌 느낌을 받게 하고 싶지는 않구나. 자유롭게 오갈 수 있어야지. 그 녀석이 얼굴 핥게 두지 마라."

"왜요?"

"죽은 물고기 사이에서 뒹굴고 자기 불알을 핥은 혀로 네 얼굴을 핥게 하고 싶니?"

리처드의 휴대전화가 울린다. 신시아다. 새 차를 타고 아이들의 축구 시합을 보러 갔다고 한다. "환상적이었어요. 모두에게 환호를 보내고, 핫도그를 먹은 다음 작별 인사를 하고 떠났죠. 최고는 아무도 집에 데려다줄 필요가 없었다는 거예요."

"애들 아빠는 봤어요?"

"출장 가 있어요. 정원사네 부인이 아이들과 같이 있구요."

리처드는 뭔가, 신시아가 말하지 않은 무언가가 더 있음을 감지한다.

"그리고?"

"나 데이트했어요."

"누구와?"

"일기예보 아나운서예요. 헬스클럽에서 만났어요."

"그래요?" 그는 조금 질투심을 느낀다.

"사이클을 타고 있었어요. 내가 일기예보를 좋아한다고, 정말 긴장이 풀린다고 말하는데 그 사람이 일기예보를 한다는 거예요. 그러고는 사이클이 가파른 코스여서 이야기를 멈춰야 했고, 그게 끝난 다음 그 사람이 데이트 신청을 했어요. 헉헉거리면서."

"그래서?"

"생각만큼 나쁘진 않았어요. 영화를 보러 갔죠."

"다시 만날 것 같아요?"

"당신 질투하는군요."

리처드는 아무 말도 하지 않는다.

"인정해요."

"알았어요. 인정해요."

신시아가 깔깔거린다. "나랑 자고 싶어하진 않으면서 다른 사람과 데이트하는 건 원치 않는다니, 참."

"나도 그게 건전하다고는 안 했어요. 그 남자가 좋아요?"

"모르죠. 그냥 데이트 신청을 하기에 나가야 한다고 생각했어요. 재활원에 있는 여자들은 그걸 데이트 연습이라고 불러요. 당신도 시도해봐요."

벤은 아직도 쌍안경을 들고 테라스에 나가 있다. 말리부가 어디로 가는지 지켜보기 위해서이다. 고속도로로 향할까봐 걱정하는 것이다.

"그 녀석은 고속도로에 관심이 없어. 여기 오랫동안 살았으니 자기가 할 일은 안다고 봐야지."

"그 녀석은 개잖아요. 자동차에 대해 모른다고요."

벤이 닉의 집으로 쌍안경 방향을 돌린다. "아빠, 아빠, 이것 좀 봐요."

리처드가 얼른 달려간다. 벤이 쌍안경을 건넨다. "제가 제대로 본 게 맞아요?"

리처드는 쌍안경으로 닉의 거실을 들여다본다. "곱슬머리의 여자? 청소부인 것 같은데."

"청소부가 아니에요. 밥 딜런이에요. 코를 봐요."

리처드는 다시 본다. "늙어 보이는구나."

그때 밥 딜런이 테라스로 나오더니 15피트 거리에서 그를 마주본다. "이보쇼, 들여다보지 말고 내다봐요. 물개쇼는 저쪽이오." 그는 바다를 가리킨다.

리처드는 쌍안경을 내리고 사과하듯 손을 흔든다. "개를 찾고 있었어요."

벤이 외친다. "말리부, 말리부!"

개가 짖더니 꼬리를 흔들며 계단을 달려 올라오고, 밥 딜런은 닉의 집으로 들어간다.

"좋아, 아주 적절한 행동이었다. 네 덕분에 다른 사람 집을 엿봤잖아." 리처드가 말한다.

벤은 현관으로 가서 문을 연다.

"뭘 하는 거냐?"

"밥 딜런이 무슨 차를 타고 왔나 보려고요." 리처드도 함께 밖을 내다본다. 믿을 수 없을 만큼 긴 검정 리무진이 두 집 사이를 꽉 채우고 서 있다. 옆면 아래에 하얀 불빛이 줄지어 있다. 항공모함 퀸 메리 호나 니미츠 호처럼 보인다.

"닉이 밥 딜런을 어떻게 알지?" 리처드가 말한다.

"옆집 사는 닉이 누군지 알아요?" 벤이 묻는다.

"무슨 일을 하는지 말하는 거냐?"

"누군지요."

리처드는 멍한 얼굴이다. "시나리오 작가지."

"니컬러스 톰프슨이에요. 〈내 형제 나라〉를 쓴."

"그거 영화냐?"

"책이에요, 아빠. 엄청 유명한 책이에요." 벤은 리처드를 컴퓨터 앞으로 끌고 가서 니컬러스 톰프슨을 검색한다. 오만 칠천 개의 결과가 뜬다. "저게 닉이에요."

"네가 그 말을 하니 알 것도 같구나, 어렴풋이."

"어렴풋이요? 도대체 어느 행성에서 자라셨어요? 저 사람은 아빠 세대의 대변인이었다고요."

벤이 클릭해서 가장자리에 술이 달린 사슴가죽 재킷을 입은 금발이 무성한 아름다운 청년의 사진을 띄운다. 축구선수와 신(神)을 섞어놓은 듯한 젊은이다.

"흠, 닉은 저 친구와 하나도 안 닮았는데. 저 친구는 환상적으로 생겼잖아."

"지금보다 젊었으니까요." 벤이 말하더니 〈롤링스톤〉지 링크를 누른다. 표지에 '그가 당신을 위해 말한다'라는 헤드라인과 함께 닉의 사진이 실려 있다. 그런 다음 또다른 링크를 찾는다. 비교적 최근의 〈타임〉지이다. '행방불명'이라는 제목으로, 닉이 왜 지하로 숨어 들어갔고 로스앤젤레스 어딘가에 은둔해 살고 있는지에 관한 기사이다.

"실종되지 않았어. 바로 우리 옆집에 살면서 영화 촬영장에도 다니고, 수많은 사람이 닉이 어디 있는지 알잖아."

"글쎄요. 팬들은 닉이 어디 있는지 몰라요. 명성을 버리고 숨어버린 셈이거든요."

"난 닉이 작가가 되고 싶어했던 것 같지 않구나."

"하지만 작가예요. 마이클 K. 스톤이라는 필명으로도 수십 권을 썼어요. 『콘크리트 성』『그리고 내가 있었다』 등등."

옆집에서 닉이 밥 딜런과 맥주를 마시는 동안 리처드와 벤은 컴퓨터 앞에 앉아 닉에 관한 글들을 읽는다. 조금은 괴상한 일이다. 리처드는 간첩이나 사기꾼이 된 기분이다.

아침, 리무진은 사라졌고 리처드는 닉의 문을 두드리고 싶지만, 당혹스럽고 조금은 사기당한 기분이라 그만둔다. 그는 닉을 친구로 여겼고, 같은 나이대에 뭔가 공통점이 있는 남자와 우정을 키우게 되어 기뻐했는데 이제는 닉이 누구인지, 누구였는지, 혹은 닉이 무슨 장난을 치고 있던 건지 모르겠다.

리처드는 앤힐의 가게로 간다. "알고 보니 닉이 유명인이었어."

"당연하지. 미국에선 모두가 유명해. 유명한 사람만이 그런 멋진 와우와우를 던질 수 있지."

앤힐은 유명하다는 게 멋지다는 뜻인 줄 아는 걸까?

바스는 가게에서 앤힐을 도와 도넛을 만들고 있다. "도넛 만드는 법도 모르면서 도넛 만드는 사람에 대한 영화를 만들 순 없다고 말해줬어." 앤힐은 말하면서 리처드에게 눈을 찡긋한다. "도넛 만들기 두 시간이 영화 찍기 삼십 분과 같아."

"너희들 왜 닉에 대해 말해주지 않은 거냐?" 리처드는 가게 뒤에서 도넛 반죽을 만들고 있는 바스에게 외친다.

"모르실 거라고는 생각도 못했죠. 전 보자마자 알아봤는데요."

"그 책을 읽었니?"

"옙. 중학교 다닐 때요. 젊은이가 모험을 통해 자기 자신을 찾는 이야기예요."

"큰 설탕 봉투 하나는 어디 있지?" 앤힐이 묻자 바스가 창고에서 커다란 설탕 봉투를 꺼내온다.

"그 책이라는 게 우리말로도 번역됐나? 난 영어로 읽는 걸 좋아하지 않아. 영어는 그렇게 다양하지가 않거든."

"자네 언어가 뭔데?"

"산스크리트어, 불어, 영어를 읽고 영어, 힌두어, 우르두어, 벵골어, 불어를 말하고 이탈리아어도 조금 하지. 우리가 자라면서 뭘 했을 거라고 생각해? 우리에겐 다이렉티브이*가 없었다고." 앤힐은 고개를 흔든다. "미국인은 언제나 자기들이 더 똑똑한 줄 알아. 당신들의 아이비리그가 포이즌 아이비이고, 그래서 다들 머리랑 등을 긁느라 바쁜 거란 얘기 해준 사람 없었어?" 앤힐은 자기 농담에 자기가 웃는다.

리처드가 말한다. "난 전혀 몰랐어. 닉은 특별한 사람처럼 굴지 않으니까. 그래서 닉이 그냥 옆집에 사는 망가진 남자인 줄만 알았지."

"돈은 있는 게 틀림없어. 와우와우 끝날 때 나보고 부동산을 찾아봐야 한다고. 내가 샌타모니카에 도넛 가게를 냈으면 한다고 했거든. 닉이랑 둘이서 날 밀어주면 어때?"

앤힐은 가게 뒤로 들어가 바스와 함께 엄청 큰 주발에 재료를 담는다. "도넛을 잘 만들려면 똑같은 일을 견실하게 하고 또 하는 법을 배워야 해. 매일 똑같은 도넛을 만들어야 하니까. 사람들은 똑같은 도넛을 먹고 싶어서 다시 오는 거야, 실험 대상이 되려고 오는 게 아니라."

바스가 믹서기를 켠다. 밀가루가 사방에 날린다.

---

* 캘리포니아에 기반한 위성방송.

"너무 빨라. 모든 재료가 섞일 때까지 천천히 돌려야 해." 앤힐이 말한다.

바스가 불쑥 말한다. "우리 아빠 과학자예요. 노벨상을 탈 뻔하셨죠."

앤힐은 고개를 끄덕인다. "좋군. 리피의 동생이 올 거야. 굉장히 예쁜 아가씨야. 너랑 그애가 결혼할 수도 있겠는걸. 그애는 UCLA에서 박사과정을 마치려고 온 수학자야. 여신 같지. 리처드, 가기 전에 자네에게 보여줄 게 있어." 앤힐은 리처드를 데리고 가게 지하실로 간다. "시꺼먼 게 스며들고 있어. 무서워."

검고 끈적한 물질에서 도로에서 나는 냄새와 비슷한 코를 찌르는 냄새가 난다. 타르다.

"누구에게나 일어날 수 있는 일이야. 경찰이 몇 년 동안 쫓던 사람을 어디에서 잡았는지 들은 적이 있어. 살인하고 도망치면서 흔적을 남긴 거지. 검은 물질이 스며나오는 땅이 있거든. 풀 아래에 스며들었다가 다시 올라와 넘치지. 개며 고양이가 달라붙어. 수영장이 갈라져서 시꺼멓게 물들기도 하고."

"그 얘길 들으니 기분이 더 나빠지는걸." 앤힐이 말한다.

"배관공이나 기초공사 하는 사람을 불러."

리처드는 돌아가는 길에 집에 들른다. 지금쯤이면 작업을 시작했어야 하는데, 아직까지 아무것도 이루어지지 않았다. 시 정부는 '비공식적으로' 구덩이에 대한 책임 일부를 지기로 한다. 그들은 구덩이를 메울 인부를 보내주기로 합의했지만, 재산 피해에 대한 책임은 부인했다.

말리부로 돌아와 냉장고를 여니 텅 비었다. 그는 실비아에게 전화해 모든 재료를 이인분씩 갖다달라는 메시지를 남긴다. 고단백, 저탄수화물로. 그리고 여분의 간식거리도 필요하다. "아이가 같이 있는데 말처럼 먹어대는군요. 아참, 녀석이 당신 쿠키를 아주 좋아해요."

정오에 실비아가 전화를 건다. "오늘 오후에 그리로 가니까 배달해드릴게요."

"잘됐군요. 내가 여기 있어야겠네요."

"안 계시면 닉에게 맡길게요."

"좋아요. 그런데 두 사람, 진지한 건가요?"

"사실은, 아니에요. 그래도 닉은 재미있는 사람이에요."

그는 재활용 쓰레기를 들고 나가다가 닉과 마주친다.

"날 피하는 거야?" 닉이 묻는다.

"뭐라고 해야 할지 모르겠군."

"집 안을 엿본 데 대해 사과하는 건 어때?"

"아, 그건 미안해. 벤이 와서 보라고 했는데, 난 그 집 청소부나 그런 사람인 줄 알았어."

닉이 웃음 짓는다. 그런 다음 둘 다 잠시 말이 없다. "뭐가 문제야?"

"그저 이해가 안 갈 뿐이야."

"뭐가 이해가 안 가?"

"난 우리가 친구인 줄 알았어. 나와 똑같이 망가진 사내와 어울리게 된 줄 알고 좋아했지."

"그런데?"

"당신이 누군지 모르겠어. 사실은 몰랐다고 해야겠지. 지금은 알아. 왜 아무 말도 하지 않았지? 무슨 장난 같은 건가? 옆집 남자로 가장하는 놀이?"

닉은 고개를 흔든다. "그 반대야. 난 내가 누군지에 관심도 없는 친구가 생겨서 좋아하고 있었어. 나에게 진짜 친구가 없다는 걸 눈치 챘을지도 모르겠는데."

"밥 딜런이 있잖아."

"밥은 내 친구가 아니야. 그냥 들은 거지."

"존 레논."

"못되게 굴고 있구만. 내가 누군지가 뭐 중요해?"

"아는 편이 좋았겠지."

"나에겐 자네가 모르는 게 더 좋았어. 프렌치토스트 만드는 중인데 먹을래?"

리처드는 고개를 젓는다. "이미 꽈배기도넛을 먹었어."

"그럼 들어오기라도 해. 청중 앞에서 이런 대화를 나눌 순 없잖아." 닉은 고갯짓으로 길 건너편 사진사들 쪽을 가리킨다.

"저 사람들이 그래서 와 있는 건가? 당신 사진을 찍으려고?"

"사랑의 둥지로 놀러오는 시장을 잡으려는 건 줄 알았는데, 시장이 가고 나서도 여기 있더라고. 그래서 알았지."

리처드는 닉을 따라 집 안으로 들어간다. 식탁에 앉아서 모든 것을 다르게 본다. 난장판에 새로운 의미가 생겼다. 그냥 난장판이 아니라 니컬러스 톰프슨의 난장판이다.

"정말 안 먹어?" 닉이 계란을 그릇에 깨며 묻는다.

"뭐가 뭔지 도통 모르겠어." 그는 닉의 책상, 닉의 컴퓨터 화면을 흘끗 본다. "뭘 쓰고 있나?"

"책을 쓰는 중이야."

"그리고 영화를 쓰고?"

"그리고 이동에 대해서 쓰지. 알지도 모르겠지만 미국의 위대한 예술가 대부분이 집값을 내리려고 영혼을 팔았어."

"소설을 썼나?"

"필명으로 헛소리를 한 무더기 썼지. 그걸 묻는 거라면. 지금 이건 진짜 책이야. 내가 신경 쓰는 물건이지."

"어떤 내용인데?"

"탈바꿈에 대한 것이었으면 해." 닉은 책상 서랍을 두드린다.

"사본이 있나?" 리처드가 묻는다.

닉은 킬킬거린다. "아니. 타자기를 쓰거든."

"그걸 아는 것만으로도 마음이 불안해지는군."

"살아 있는 모든 것은 위험하게 살아." 닉이 히죽 웃으며 말한다. "난 컴퓨터에 쓴 건 진지하게 생각할 수가 없어. 나에게 의미가 있으려면 한 단어 한 단어, 한 줄 한 줄을 두드려 넣어야 해. 타자기의 진동, 키를 때리는 방식을 좋아한다네." 닉이 옷장을 열자 IBM 타자기가 층층이 쌓여 있고, 잉크 리본과 수정테이프 상자가 가득 있다. "타자기를 고치러 오는 사람이 있어. 지난번에 왔을 땐 LA 카운티 시체보관소에 있는 타자기를 고치고 온 참이었어. 타자기가 끈적거려서 발가락 꼬리표를 만드는 데 문제가 있었다나."

"앤힐에게 도넛 가게에 투자하겠다고 했나?"

"그래. 샌타모니카에 적당한 곳을 찾아줄 생각이야. 앤힐의 도넛, 실비아의 건강식품, 한곳에서 다 해결하는 거지."

리처드는 머뭇거린다. "그래서 뭐지? 은둔 중인가? 실종된 건가? 밖에 있는 사람들이 당신을 찾고 있나? 도대체 왜 당신이 그렇게 특별한 거지? 미안하지만 내 눈에는 다른 사람과 똑같이 엿먹은 사람으로 보이는데. 그런데도 사람들은 당신이 신인 줄 알잖아."

"그들은 날 몰라. 오래된 농담 알아? 어머니에게는 네가 대장이고 아버지에게도 네가 대장이지만, 대장에게 넌 대장이 아니다. 난 사람들이 나에게 자신들의 삶을 고쳐주길 기대하는 게 싫어. 나한테 특별한 힘이 있거나 옆 사람이 모르는 뭔가를 내가 아는 건 아니야. 우리 아버지는 보험 영업을 하고, 난 죽은 형 덕에 유명해진 남자야. 내가 유명해진 게 가족에겐 더 나쁘기만 했어. 어느 날 아침 나와보니 앞마당에 사람들이 진을 친 거지."

닉은 프렌치토스트를 접시에 담아 시럽을 끼얹은 다음 리처드에게 건넨다. 리처드는 꽈배기도넛을 먹었음에도 토스트를 게걸스럽게 먹는다.

"그게 어떤 짐인지 상상이 가? 스스로를 위해서는 거의 아무 말도 할 수 없었어. 모든 게 나 자신이 무슨 생각을 하는지 알아내려는 시도였는데. 그러다보니 의회에서 증언을 하고, 학위 수여식 연설을 하고, 결혼식을 진행하고, 태어난 아이들을 축복하고 있는 거야, 내가. 켈로그는 내 이름을 딴 시리얼을 내놓고 싶어했지. 난 견딜 수가 없어서 집을 떠났어. 뭘 해야 할지, 어떻게 느껴야 할지 몰랐어. 무서웠어. 우리 가족은 영웅을 잃었어. 난 뭐라도 하지 않으면 터져버릴 것 같아서 도망쳤어. 그리고 걸었어. 자동차가 없었기 때문에, 몇 마일이고 걸으며 화를 삭여야 했기 때문에, 내 손이 닿지 않는 바깥에는 뭐가 있는지 보고 싶었기 때문에 걸었어. 난 미국이라는 나라가 어떤 나라인지 알고 싶었어. 가는 곳마다 누군가가 뭔가를 주더군. 바지, 셔츠, 자신들의 일부, 자신들의 이야기를 줬지. 난 낡은 휴대용 타자기로 카본지에 그 이야기를 쳐서 카본지들을 집에 보내고 원본은 내가 보관했어. 그 이야기들을 잃어버릴까봐 늘 괴로워했지. 상상이 가? 지금은 어디서든 킨코스에 걸어들어가 복사하고, 이메일로 보내고, 팩스로 보내고, 빔을 쏴서 가상공간에 저장할 수 있지."

닉은 프렌치토스트를 먹고 비타민 링거액을 걸면서 계속 이야기한다.

"미국엔 어둠이 찾아왔고, 난 떠돌이 소년이었어. 시인이고 예언자이고 사기꾼이었지. 나는 뉴욕 변두리 시골의 추위와는 다르게 언제나 태양이 빛난다는 사실이 마음에 들어 캘리포니아로 온 거야. 난 자신을 찾기 위해 동부에서 서부까지 걸었는데, 사람들은 나에게 내가 아닌 것, 구루*나 지도자가 되어주길 원했지. 그래서 자아를 다시 잃어버렸어. 난 그냥 한 남자였어. 지금도 그냥 한 남자야."

---

* 힌두교, 불교 등에서 일컫는 스승으로 자아를 터득한 지도자를 가리킨다.

"파우와우에 왔던 사람들은?"

"아무것도 몰라."

"정말인가?"

"그래. 그 친구들이 어떻게 알겠어? 그치들은 날 그냥 운 좋은 예술가로 알지."

"자식과 전처 얘기도 사실인가?"

"그래. 전처가 다른 여자 때문에 날 떠난 것도 사실이야. 난 괴짜지만 거짓말쟁이는 아니라고. 한 가지만 부탁하지. 모르는 척해. 고뇌하는 거 뻔히 보여."

리처드는 화제를 바꾸는 척한다. "도넛 가게는 뭐야? 좋은 생각일까?"

닉은 고개를 끄덕인다.

"어떻게 운영하게?"

"우리가 앤힐과 동업하는 거지. 셋이서 임대 계약에 서명하고, 이윤도 나눠 갖고."

"위험 대 보상 비율은?"

"몰라. 이건 사람에 대한 투자야. 네 친구 신시아가 일할 수도 있겠지. 꾸려갈 수 있을 거야."

리처드는 웃음 짓는다. "그거 좋은 생각이군. 신시아는 소매점에서 일하고 싶어해."

"뭐 물어봐도 돼?" 닉이 앞으로 몸을 숙인다.

"그럼, 물론이지."

"넌 그때 뭘 하고 있었어? 거의 모든 사람들에게 꽤 격렬한 시대였잖아."

"난 당신보다 약간 어려."

"그렇게 차이가 나진 않아. 세상과 단절되어 있기라도 했나?"

"피난 가 있었지. 우린 두 주 동안 케이프메이 해변에 있었고 우리가 특별하다고 생각했어."

"징병될까 두렵지 않았어?"

"난 평발이었어. 아주 어렸을 땐 다리에 금속 지지대를 차고 갈색 정형외과 신발을 신고 지냈지."

"무슨 문제였는데?"

리처드는 어깨를 으쓱인다. "몰라. 그리고 내 동생은 한쪽 귀가 들리지 않아." 그는 말하면서 갑자기 되살아나는 기억에 어리둥절해진다. 그는 고개를 흔든다. "지금 말하기 전까지만 해도 기억하지 못했어." 신을 벗고 발을 살펴본다. 창백하다. 몹시 창백하다. 발가락 마디가 털투성이이고, 발바닥에 팬 부분이 없다. "내가 육상선수가 아니라 수영선수였던 것도 그래서인가봐."

"오른쪽 종아리가 왼쪽보다 조금 가늘군." 닉이 리처드의 다리를 살피며 말한다.

"그래, 알아. 언제나 그랬어." 리처드는 신을 다시 신는다. "내가 뭘 하고 있었냐고? 책을 잔뜩 읽었어. 발명가들, 창업자들의 자서전을 읽었지. 난 아인슈타인과 컴퓨터를 발명한 사람이 정말 좋았어."

"발명가는 동생 쪽인 줄 알았는데."

"시작은 내가 했는데, 난 사업에 더 관심이 있었던 것 같아. 언

416

제나 작은 회사를 세웠지. 열두 살 때부터 돈을 벌었고." 그는 말을 중단한다.

침묵. 고찰. 방향이 빗나갔다. 닉의 이야기에서 자신의 이야기로 돌아왔다.

닉이 말한다. "자신에게서 도망칠 순 없어. 누구에게나 역사가 있지."

리처드는 부모님에게 전화를 건다. 어머니가 받는다.

"베트남전쟁 기억하세요?"

"뭐니. 안녕하세요, 잘 지내세요는 없는 거야? 이거 퀴즈쇼니? 정답을 맞히면 새 차를 받거나 백 달러어치 식료품을 공짜로 얻는 거니?"

"그냥 짜맞춰보려는 중이에요. 제가 자랄 때 두 분이 전쟁에 대해 이야기하신 적이 있던가요?"

"아니. 우린 집에선 그런 문제를 꺼내지 않았다. 너희가 겁먹을까봐."

"왜 제가 겁을 먹어요?"

"너희 아버지는 전쟁 때문에 몹시 불안해했단다. 보험 사업에는 좋았지만, 유대인에게는 나빴어. 루스벨트가 소위 '유대인 문제'를 다루는 방식 전체가 말이다. 루스벨트는 이 문제를 막기 위해 뭔가 하기 한참 전부터 나치놈들이 유대인을 죽이고 있다는 걸 알았지. 아직도, 바로 여기 아파트 단지에도 그런 일은 일어난 적이 없다고 말하는 사람들이 있어. 우린 그 사람들과 말도 섞지 않

아. 베트남인은 우리 동포가 아니었어. 우린 아직 우리의 전쟁에서도 회복되지 못한 상태였단다." 어머니는 말을 잠시 멈춘다. "내가 말할 수 있는 건 그 전쟁이 더 빨리 끝났어야 했다는 것뿐이다. 사후에 밝혀지는 일은 언제나 흥미롭지."

"그리고 제 다리와 지지대는 뭐였어요? 제가 뭔가 병을 갖고 태어났나요?"

긴 침묵이 흐른다.

"바이러스에 감염됐지. 그게 네 다리로 전염됐단다."

"무슨 바이러스요?" 그는 묻는다. 이건 말이 안 된다.

다시 침묵. "소아마비였다. 너와 네 동생…… 난 너희를 잃을까봐 무서웠어. 둘 다 말이다. 처음엔 감기인 줄 알았는데 네가 엄청난 통증에 시달리는 것처럼 울고 또 울더구나. 그러더니 다리에 문제가 생겼단다. 난 누굴 원망해야 할지 몰랐다. 너희 아버지는 넋을 잃었어. 도시를 떠나자고, 다 비위생적인 도시 환경 탓이라고 하면서 누군가가 책임을 인정하길 원했지. 그게 죄책감 때문이었지 싶구나."

"전 바르 미츠바를 받지 않았나요?"

"그래. 그게 너에게 뭔가 의미가 있다면 지금이라도 받을 수 있다. 넌 할례를 했어. 그게 중요하지. 할례 때 근사하게 잔치도 열었어."

"기억이 안 나요."

"주님께 감사드릴 일이구나."

"네 동생은 바르 미츠바를 받았다." 아버지가 어머니에게서 전화기를 넘겨받는다. 듣고 있었던 게 분명하다. "개혁파 회당에서 그룹으로 바르 미츠바를 받았지. 끝나고 오찬 모임이 있었는데 계란 샐러드 때문에 앓은 사람이 많았어. 나중에 알고 보니 마요네즈가 상해서였더구나. 대체 언제부터 종교적이 된 게냐?"

"종교적이지 않아요. 그냥 기억을 되살려보려는 거예요."

"역사는 바뀐다. 기억을 붙잡을 순 없어."

그는 부모님이 나이가 드셨다는 사실에 대해, 이미 얼마나 많은 것을 잃었는지에 대해, 어째서 영영 돌려받을 수 없는지에 대해 생각하며 통화를 끝낸다. 그는 부모님과 얼마나 오래 떨어져 살았는지 생각한다. 마치 스스로를 보호하려는 듯이 두 분을 멀리했지만, 지금 그들은 예전의 그들이 아니고 두 분이 간직했던 비밀 역시 이미 사라져버렸다. 그들은 아들에게 잊고 말하지 않은 게 무엇인지도 기억하지 못한다.

아침에 건설업자에게서 전화가 온다. "작업을 중단해야 했어요. 집에 불개미 서식처가 있더군요. 몇 사람이 물렸어요. 그 친구들이 고소하지 않기만 바랄 뿐입니다."

"뭘 가지고 고소를 합니까?"

"당신이 서식처가 있는 줄 알고 있었다고 주장할 수도 있어요."

"무슨 서식처! 난 당신이 무슨 얘길 하는지도 못 알아듣겠는데요."

"보세요, 우선 해충 구제업자부터 부르세요. 그리고 안전하다고 하면 다시 전화주세요. 급할 것 없으니까."

"급할 게 있어요. 그건 내 집이고, 무너지고 있단 말입니다."

불개미라니. 그는 육중한 외투에 단단한 헬멧을 쓴 소방대원 복장의 작은 개미 무리를 상상한다. 하와이나 뉴기니 부족민 같은 옷을 입고 깨진 병유리 조각과 마른 잎으로 피운 불 주위에서 춤을 추며, 사람을 문 것을 자축하면서 해안 위아래에 퍼진 다른 서식처에 연기 신호를 보내는 빨간 개미들을 상상한다.

그는 여섯 곳에 전화한 다음에야 불개미 구제업체를 찾아낸다. 보험 대리인, 대마초 중독자 폴에게서 알아낸 업체이다. 폴이 묻는다. "사람을 직접 만나기는 하는 겁니까, 아니면 무작위로 인간미 없이 전화만 거는 겁니까?"

"모르겠군요. 댁은 실제로 존재하긴 합니까?"

"그럼요. 다음에는 사무실에 들르시죠." 폴의 목소리는 높고 가늘다. 리처드는 캘리포니아 나무처럼 엄청나게 길고 키가 큰 모습을 상상한다.

수업이 끝났을 때 자이로토닉 강사 시드니가 데이트를 청한다. 그들은 저녁을 먹고 춤추러 간다. 시드니는 그를 자기 집으로 초대한다. "내 복숭아가 마음에 들지 않는다면 나무를 흔들지 말아요." 그녀는 노래를 부른다. 그리고 말한다. "말해둬야 할 게 있어요. 난 가슴이 한쪽밖에 없어요."

"괜찮아요." 그는 고환이 한쪽밖에 없는 남자처럼 유전적인 문제를 생각하며 말한다.

"암에 걸렸거든요."

그는 고개를 끄덕인다.

"그래서 수술을 받았어요."

그는 다시 고개를 끄덕인다.

"그래서, 가슴이 한쪽밖에 없어요. 이것도 오랫동안 안 했어요."
시드니는 머뭇거린다. "당신이 알아야 할 것 같아서요."

"나도 오래 안 했어요."

"수술받은 후 쭉이에요."

"괜찮아요?"

"난 괜찮아요."

그는 시드니를 안는다. 오랫동안 그렇게 안은 채 서 있다. 그
들은 입을 맞춘다. 시드니는 키스를 잘한다. 자신이 전에도 키스
를 좋아했는지 잘 모르겠지만, 시드니의 입술은 느낌이 좋다. 맛
이 좋다. 그녀의 촉촉한 입과 혀의 활기에 그의 방어벽이 무너진
다. 피가 몰리는 느낌이다. 뜨겁고도 차갑고, 무서우면서도 갈망
한다. 그녀의 열기에 감싸인 그는 낯설고 익숙지 않은 향기를 맡
으며 아내의 몸 냄새를 얼마나 좋아했는지 떠올린다. 그는 떠나면
서 아내의 향수를 가져왔고, 가끔 그 향수를 허공에 뿌리고 아내
의 냄새를 들이마시곤 했다.

"이래도 괜찮겠어요?" 그가 묻는다.

"아주 좋아요." 그녀가 대답한다.

한쪽 가슴이 없어서 균형이 잡히지 않아 처음에는 힘이 든다.
뭔가 맞지 않는다. 먼저 그가 위에 올라보지만 불안정하다. 다음

에는 위치를 서로 바꿔보지만, 빈 젖가슴처럼 늘어진 한쪽 가슴을 의식하게 된다. 길고 검게 흉터가 나 있다.

그들은 겨우 적절한 자세를 찾아 달라붙는다. 그가 뒤로 간다.

"끔찍한 경험이었겠어요."

"예. 처음에는 아무것도 아니라고 생각했어요. 그리고 기다렸죠. 그러고 나니 아무것도 아닌 게 아니더라구요. 그때 새로운 가슴을 만들 수도 있었지만, 준비가 되어 있지 않았어요. 이런 생각을 했던 기억이 나요. 여기에 뭔가 다른 걸 달면 안 되나? 모자걸이라든가 화분걸이 같은 것? 내 가슴벽에 제라늄을 매달면 안 되는 걸까? 의사들에게 생각해보겠다고 말하고, 다시는 그 문제를 생각하지 않았어요."

그는 그녀의 한쪽 가슴을 과일처럼 감싸쥔다.

그들은 욕실 거울 앞에 나란히 선다.

"보기 좋아요. 믿을 수 없을 만큼 맵시 있는 몸이에요." 그가 말한다.

"고마워요. 당신도 그래요. 아주 잘 빠졌어요." 그녀가 말한다.

그들은 나란히 서서 거울을 본다.

"당신은 정말 용감해요." 그가 말한다.

그들은 다시 한번 사랑을 나눈다.

그는 혀로 그녀의 흉터를 핥는다. 그녀는 몸을 부르르 떤다. "아파요?" 그가 묻는다.

"아뇨."

그는 그녀의 모든 부분, 가슴과 없어진 가슴, 나온 부분과 들어간 부분 모두에 사랑을 쏟는다. 이 느리고 깊이 있는 행위로부터 마침내 타오른 오르가슴은 깊고 현실이 아닌 것처럼, 이름 붙일 수 없는 무언가처럼, 신들의 그 무엇처럼 경이롭다. 그는 멈추지 못하고 소리를 지르고 만다.

그리고 행위가 끝났을 때, 그들은 서로 결혼한 것인지, 영혼이 하나로 묶인 것인지, 아니면 다시는 보지 않을 것인지 알 수가 없다. 그들은 서로에게 엄청난 선물을 주었다. 텅 비고 동시에 새로 채워졌다.

그는 몸을 굴리며 묻는다. "당신 유대인이에요?"

"반은요." 그녀가 대답한다.

그는 집으로 간다. 늦은 시간이다. 집이 캄캄하다. 걸어 들어가자 식탁에 놓인 음식이 보인다. 손대지 않은 상태이다. 양초가 녹아내려 촛농 웅덩이에서 촛불이 흔들리고 있다. 집 안에서 토사물 냄새가 난다. 벤은 부엌 카운터에 걸터앉아 있다. 얼굴이 흙빛이다. 취했다.

"파티에 잘 왔네요, 아저씨. 전화했는데 받지도 않고, 그래서 혼자 마셨어요. 기다리다가 다시 걸어보고, 계속 걸면서 계속 마셨어요. 포도주 한 병을 다 마셨어."

"전화기가 바지 안에 있었나보다."

"황송한 가르침이시네요."

"무슨 일 있었니? 바스는? 너희 둘이 영화 보러 간 줄 알았는데."

"앤힐이 도넛쇼인지 뭔지에 데려갔어요. 난 아빠한테 무슨 일이 생긴 줄 알았어요. 차가 부서졌거나, 심장마비가 왔거나, 그냥 가 버렸거나. 저녁식사를 만들었어요. 빌어먹을 식품점까지 걸어가서 재료를 사다 요리를 했더니 안 왔어요. 오지도 않고 빌어먹을 전화 한 통도 없었죠."

"미안하다."

리처드의 말에 침묵이 흐른다.

"포도주를 다 마시고 스카치위스키도 다 마셨어요. 이유는 모르지만 아빠 위스키를 마셨어요. 어쨌거나 위스키가 뭔데 사람들이 집에 두는 거죠? 맛이 지독하던데. 위스키를 마지막 한 방울까지 마셨는데 기분이 별로 안 좋네요. 아빠 욕실에 토했어요. 꽤 튀었을걸요." 벤은 낄낄거린다. "아직 안 치웠어요. 아직 안 끝났거든요. 위스키는 다 마셨지만 말이죠. 더 마실 수 있어요. 지금 당장이라도 미스터 클린*에 손을 넣을 생각이었어요. 젠장맞을." 벤은 카운터에서 미끄러져 바닥에 널브러진다. 카운터가 생각보다 높았다는 듯한 동작이다. "아빤 자신 말곤 아무 데도 신경을 안 써. 모든 게 아빠 중심이죠. 내가 게이인 거, 남자들이 나한테 관심을 갖고 박아줬으면 하고 돌아다니는 거 당신 탓이야." 벤은 강조하듯 빈 병을 흔든다. "아, 그리고 또 있는데 사랑해요. 빌어먹게도 많이 사랑해. 당신한테 무슨 일이 생기면 난 미쳐버릴 거야. 벌써 반은 미쳤고, 그래서 당신이 미워. 나에겐 아빠가 제대로 있었던

---

* 세제 이름.

적이 없어. 난 평생을 엄청난 구멍을 안고 살았어. 아, 그리고 말
나온 김에 말인데 당신하고 섹스하고 싶어. 안 될 게 뭐야? 사람
을 아는 데 그보다 좋은 방법이 어딨어?" 벤은 개처럼 몸을 굽히
고 리처드에게 달려든다.

리처드는 벤을 밀어낸다. 말리부가 짖는다. "네가 컸다고 해서
때릴 수 없는 건 아니다."

"그거 좋네. 싸우고 싶어요? 뭘 원해? 내 엉덩이를 때릴래? 묶
어놓고 허리띠로 때리고 싶어? 맞으면서 내가 정액을 뿌려도 괜
찮아? 어쩌면 그래야 할지도 모르겠네. 어쩌면 통과의례로 아빠
가 나한테 박아줘야 할지도." 벤은 바지를 내리고 몸을 구부려 리
처드 앞에 엉덩이를 들이댄다. "아니면 내가 할까? 그러면 이 비
참한 기분이 사라질지도 모르잖아. 당신을 강간하면 기분이 나아
질까? 아들이 아빠에게 하기엔 너무 끔찍한 짓이려나. 그런 게 책
에 나오긴 하나? 고소할 거야?"

"바지 올려라."

"난 아무한테도 말 안 했어. 당신 때문에 미칠 것 같을 때마다
나가서 나이 많은 남자에게 입으로 해줬지. 그게 날 지탱하는 방
법이었어. 가끔은 당신과 엄마가 아는 사람한테도 해줬어. 그러면
더블 스코어잖아. 가산점이라고. 난 항상 당신이 내가 불행하다는
걸 알 거라고, 당신을 필요로 한다는 걸 알 거라고, 그래서 날 데
려갈 거라고 생각했어. 날 구하러 올 거라고. 그런데 빌어먹을 전
화 한 통도 안 했지."

"시차가 있었다. 네가 자고 있는 줄 알았어."

"사람들은 빌어먹을 우주선에서도 집에 전화를 해. 그걸 변명이라고 해?"

"네 말이 맞다. 화내는 게 당연해."

"당연하다니, 뭐가 당연해. 무슨 의미라도 있는 것처럼 미안하다고 하면 다인 줄 알아? 난 화가 나다 못해 아프기까지 했어. 그래서 재활원까지 갔다구. 없애보려고, 겁에 질리지 않으려고 대마초도 피웠어. 이해 못 하겠어? 나한테 상처 주고 있다는 걸? 아직도 날 아프게 하잖아. 전화해서 가슴이 아파 병원에 갔다고 하다니. 난 매일 가슴이 아팠는데. 골수까지 아팠는데. 당신에게 어떻게 말해야 할지조차 모르겠는 게 잔뜩이야. 씨발, 당신을 죽일 수도 있어." 벤은 술김에 크게 화를 내며 그런 말을 내뱉고는 리처드에게 달려들었다가 물러서서 조용해진다. "누군가가 다시는 돌아오지 않을 거라는 사실을 아는 게 어떤 건지 알고 싶어?" 벤은 뒷문 계단으로 뛰어 내려간다. 어둠 속으로 뛰어나간다.

리처드는 벤을 쫓아간다. 계단을 다 내려가 멈춰 서서 실마리를, 방향을 찾아 멀리서 나는 소리에 귀를 기울인다. 해변을 두드리는 파도 소리밖에 들리지 않는다. 벤이 바다에 들어간 걸까? 차도 쪽으로 올라간 걸까?

"벤? 벤, 거기 있니? 내 말 들려? 이러지 마라, 벤! 돌아와! 얘기를 하자. 미안하다. 정말 죽도록 미안해. 더 미안해할 수가 없을 만큼 미안하다." 그는 해변 쪽으로, 샌타모니카 쪽으로 달려간다. 평발이 부드러운 모래를 걷어찬다. 그는 달리기를 잘 못하지만, 계속 달린다.

"벤? 벤, 제발."

그는 고속도로에서 커브 도는 차들을 보며 생각한다. 벤이 차도로 달려 올라갔을까? 히치하이크를 하려고 엄지손가락을 들었을까? 지독한 일은 이런 식으로 일어난다. 돌이킬 수 없는 길이란 이런 거였다. 이렇게 해서 누군가를 영원히 잃을 수도 있는 것이다.

"벤!" 리처드는 고함을 지른다.

습기가 가득 찬 밤이다. 공기가 짙은 안개를 매달고 있다. 그는 다시 차도 쪽을 보고 바다 쪽을 본다. 멀리 놀이공원에서 대관람차가 돌면서 반값에 행복을 제공한다는 듯 색을 뿌리고 있다. 호객꾼들은 다트 네 개에 삼 달러, 하나엔 일 달러라며 흥정을 하고 있다. 이런 일이 일어나다니. 그는 검치 호랑이를 생각한다. 검치 호랑이가 실제로 있다면, 그놈이 저기 어딘가에서 기다리고 있다면? 아마 배가 고플 것이다. 아직 사람을 먹은 적은 없지만, 그건 거리에 사람이 없기 때문이다. 모두 차에 타고 있기 때문이다. 검치 호랑이가 차도 먹을까? 리처드는 구멍난 바퀴와 잇자국을 떠올린다. 다시 해변을 달려 내려간다.

"벤! 벤, 어디 있니? 미안하다, 벤. 전부 다 미안해. 벤, 내 말 들리니? 들리면 대답해. 벤!"

그는 뭔가에 걸려 넘어진다. 육중한 쿵 소리가 나며 바닥에 세게 부딪힌다. 무엇에 걸렸지? 동물인가? 그는 그 동물을 더듬어본다. 거칠고 뻑뻑하고 질긴 촉감. 동물이 움직이며 소리를 낸다. 바다사자 떼인가? 바다사자들이 서로 포개져서 쉬고 있다. 그는 바다사자들이 그를 침입자로 간주하고 공격할까봐 서둘러 일어선다. 다시 모래밭으로 돌아간다.

그는 버둥거린다. 길을 잃었다. 더 멀리 가다가 돌인지 막대기인지에 걸려 넘어진다. 베인 것처럼 무너진다. "마르코." 그는 정적 속으로 소리를 지른다. "마르코!"

"폴리오."* 동생은 그렇게 답하곤 했다. 리처드는 동생이 "폴리오"라고 외치던 순간을 기억하고 흐느끼기 시작한다. 모든 게 너무 지나치다.

어둠 속에서 벤이 나타난다. 스카치위스키가 용매가 됐는지 얼굴이 녹아들고 있다. 벤은 리처드에게 다가가서 입을 벌리더니 토한다. 리처드의 발목에 토사물이 튄다. 벤은 토사물 위로 모래를 차더니 리처드 옆에 앉는다.

"아빠가 오기로 한 날 눈보라가 쳤어요. 난 그래도 올 거라고, 방법을 찾을 거라고 계속 생각했어요. 아무것도 아빠를 막진 못할 거라고. 그런데 나타나지 않았어요. 돌턴 학교에 다닐 때 같은 반에 아빠가 와서 브라질로 데려가버린 애가 있었어요. 다시는 돌아오지 않았어요. 그애 엄마는 미쳐버렸어요. 난 매일같이 뭔가를 기대했지만 아무 일도 일어나지 않았어요. 아빠 없는 사람이었어."

리처드가 일어서자 벤이 그를 때려눕힌다.

"미안하다." 리처드가 다시 일어서서 벤에게 손을 내밀자 이번

---

* '소아마비'라는 뜻.

엔 정강이에 발을 건다.

리처드는 벤과 드잡이를 할 수밖에 없다. 두 사람은 좌절감 속에서 모래밭을 파고들며 이리 구르고 저리 구르고 서로 발길질을 한다. 마침내 벤이 싸움을 멈추고 아버지 팔 안에 늘어진다.

"추워요." 벤이 말한다.

"로스앤젤레스가 그래. 장미밭에서 얼어 죽을 수도 있어."

벤은 리처드의 무릎을 베고 잠든다. 리처드는 벤을 끌어안으며 그저 벤이 여기 있다는 사실에, 숨결이 느껴진다는 사실에, 가슴이 고르게 오르내린다는 사실에, 연약한 이목구비와 긴 속눈썹에 감사한다. 컸다고 해도 벤은 여전히 아이다. 어린아이다.

춥지는 않지만 몸이 떨리기 시작한다. 땀이 증발해서이다. 습기찬 밤공기 때문이다. 리처드는 일어서서 벤을 반쯤은 끌고, 반쯤은 지고 집으로 돌아간다. 벤의 옷을 벗기고 침대에 밀어넣는다.

리처드는 벤이 일어나면 알 수 있도록 문고리에 은식기를 한 묶음 매단다. 토하려고 일어나든, 리처드를 죽이려고 일어나든 소리가 들릴 것이다.

그런 다음 그는 욕실로 들어간다. 사방에, 변기와 욕조와 벽에 토사물이 흩어져 있다. 그는 종이타월과 모든 청소 도구를 동원해 토사물을 닦는다. 모든 것을, 무엇이든 닦는다. 미스터 클린과 바비큐 그릴을 닦는 솔로 타일을 문지르고 시멘트 벽을 문지르고 샤워 커튼을 닦은 다음 샤워를 하며 스스로를 닦는다.

샤워를 하는데 가슴이 한쪽뿐인 자이로토닉 강사의 향기가 난

다. 벌써 오래전 일 같다. 그녀의 향기는 동물의 체취처럼 그에게
달라붙어 있다. 그의 가슴털에 묻어 있고, 음경과 고환에 두 사람
의 체액이 뒤섞여 붙어 있다. 그는 비누 거품으로 깨끗하게 몸을
닦는다. 성교의 냄새를 비누 냄새로 바꾼다.

샤워를 끝낸 그는 창가로 가서 닉의 집 불빛을 바라본다. 누군
가 이야기할 사람이 있었으면 좋겠다. 수영장처럼 파르스름하게
빛나는 컴퓨터 스크린을 빼면 집 안은 캄캄하다.

그는 그 여자에 대해 생각한다. 멋지지 않았나. 좋지 않았나. 그
건 불구의 섹스가 아니었나? 두 사람 다 불구를 안고 있어서 좋았
던 게 아닐까? 그는 좋았다고, 두 사람 모두에게 뭔가 의미가 있
었다고 생각한다. 다시 하게 되지 않을까 싶다.

생각이 벤에게로 돌아간다. 바지를 내리고 리처드 앞에 엉덩이
를 내밀던 벤의 모습. 남자들에게 입으로 해줬다고 말하는 벤의
모습. 아버지에게 강간당하고 싶어하는 건 대체 무슨 심리일까?

그는 전처에게 전화를 걸고 싶지만, 기다린다. 그리고 가슴이
한쪽뿐인 여자와, 그 여자가 말하던 방식을 생각한다. 생각만으로
도 울고 싶어진다. 그는 포르노그래피를 보면서 사정한다. 그러면
잠을 잘 수 있을지도 모른다.

새벽 네시, 뉴욕은 일곱시가 되자 그는 전처에게 전화를 건다.
"벤이 게이야."

"좋은 아침."

"벤이 나와 자려고 했어."

"아버지가 필요한 거야."

"위스키 한 병을 다 마시고 사방에 토하고 나한테 수작을 걸었어. 나한테 하고 싶어한 건지 당하고 싶어한 건지는 분명치 않지만, 뭐든 간에 진심이었어."

"그건 혼란스럽다는 뜻이야. 그애의 상황이 혼란스럽다는 뜻이라고. 벤은 당신을 시험하고 있어. 아이들은 끊임없이 부모를 시험해. 이 여행이 벤에겐 큰 의미가 있어. 날려버리지 마."

리처드는 말소리 너머로 종이가 바스락거리는 소리와 연필이 사각거리는 소리를 듣는다. "지금 얘기하면서 편집 중이야?"

"여섯시부터 하고 있었어."

"벤은 돌아버릴 것 같을 때마다 우리 친구들, 그러니까 당신과 내 친구들에게 펠라티오를 해줬대."

"사실일 거야. 참 쉽지가 않아. 쉬운 적이 없었지. 난 뉴욕에서 일하는 엄마였고, 이혼 가정이었어. 십삼 년 동안. 난 최선을 다했어. 아침 일곱시부터 비난하려고 전화한 거야?"

"날 죽이고 싶다고 했어."

"그렇다고 비난할 수 있어? 완벽하게 이해가 가는데." 전처는 벤 편에 서서 말한다. "리처드, 그애는 몇 년 동안이나 그 모든 감정을 안고 지냈어. 배출해야 해. 그게 기분 좋을 리는 없지만, 그렇다고 당신을 죽이진 않을 거야. 무서우면 당신 방문을 잠그든가."

"벤의 방문을 잠갔어."

"멋지네. 벤을 가두다니."

순간적인 통증. 리처드는 벤을 안전하게 지키고 싶었을 뿐 가두려 한 것은 아니다. "난 최선을 다하고 있어." 리처드는 최선만으로 충분치 않다는 걸 알면서도 그렇게 말한다. 상황이 최선 이상을 요구하고 있다.

"책상에 쌓인 일을 몇 개 해치울 수 있으면 하루나 이틀 정도 그리로 갈게. 셋이 같이 시간을 보내면 도움이 될 거야. 벤에게 잘해줘. 그애는 당신을 정말 사랑해. 무슨 말을 했든 그래. 그리고 한계를 정해. 그애에게 당신이 참을 수 있는 것과 참을 수 없는 것을 알려줘."

"노력 중이야."

오전 일곱시, 리처드는 벤을 위해 아름다운 달걀 요리를 만들다가 문득 숙취로 깨어났을 때 속이 어떤지 생각한다. 위가 뒤틀린다. 리처드는 달걀 요리를 개에게 주고, 벤을 위해 토스트를 만들어서 주스 한 잔과 같이 들고 방으로 간다.

"벤, 일어날 시간이다." 그는 주스를 침대 옆 탁자에 놓고 아들의 어깨를 흔든다. "일어나라니까."

벤이 조금 움직인다. 리처드는 계속 벤을 흔든다.

"알았어요, 일어나요." 벤이 눈을 뜬다. 그리고 마치 누구냐고 묻는 듯한 눈길로 리처드를 보며 얼굴을 찌푸린다.

"기분이 어떠냐. 긴 밤이었지?"

벤이 일어나 앉는다.

"괜찮니?"

"응." 벤이 말한다. 그것으로 끝이다.

더는 없다. 설명도, 자세한 변명도 없다. 무슨 일이 있었는지 기억하는 것 같지도 않다.

"토스트를 만들었다." 리처드가 말한다.

벤은 일어나서 샤워를 하고, 토스트를 먹고, 물을 마신다.

"아직 취해 있나봐요." 벤은 바지를 입으려다가 넘어지고서 말한다. "기분이 이상해."

"차를 몰고 일하러 갈 수 있겠니?" 리처드가 묻는다.

벤은 거실을 똑바로 가로지른다. 한 발 한 발 디디며 걷는다. 그리고 반대 방향으로 다시 한번 걸어본다. 눈을 감고 손가락으로 코를 만져본다.

리처드가 말한다. "괜찮을 것 같구나. 수분을 많이 섭취해라. 다 씻어내야 하니까."

"뭔가 끝내주게 괴상한 짓을 했어요?"

아빠는 어깨만 으쓱인다.

"아빠는 어렸을 때 망가진 적 있어요?"

리처드는 고개를 젓는다. "없었던 것 같구나. 술도 마시지 않았고, 마약도 안 했거든. 이십대에 대마초를 피우긴 했지. 그때는 그게 정말 급진적인 일이라고 생각했어."

"욕실에 토해놓은 거 치우지 않아도 됐는데요. 내가 하려고 했어요. 누구도 다른 사람이 토한 걸 치울 필요는 없어요."

"네가 일어날 때까지 기다릴 수도 없었고, 개가 토사물을 먹는 것도 원치 않았다."

"멋지네요. 아주 아빠다워요."

"난 즐거웠다." 리처드는 진실 그대로를 말한다. "아주 아빠다운 기분이었어. 부모다운 기분 말이다."

벤은 주스를 한 잔 더 따르고, 냉장고 안에 대고 말한다. "여자
랑 잤죠?"

"그래."

"아버지가 뭘 하고 있는지 알고는 흥분한 것 같아요. 일단 애인
이 생기면 날 버릴 거라고 생각했어요."

"난 널 버리지 않는다. 이제 일하러 가야지. 나중에 전화하고."

벤이 나가고, 리처드는 기진맥진해진다. 진이 빠졌지만 흥분은
가라앉지 않은 채라 누워서 호흡을 가다듬으려 해도 잘 되지 않는
다. 그는 헤엄치는 매들린이 지나가는 걸 보고 왜 그 생각을 미처
못 했는지 의아해한다. 수영이다. 물가에 나가자 고등학교 때 수
영장에 들어가기 전 청백색 살균 욕조에 발을 담그던 기억이 난
다. 물에 염소를 지나치게 많이 넣어 피부가 늘 텄다. 물속으로 뛰
어든다. 가라앉는 움직임, 발을 빨아들이는 모래, 눈을 쏘는 소금
기가 감미롭다. 그는 샌타모니카를 향해 헤엄친다. 자유형이다.
숨을 쉬려 고개를 돌리면 물밖에 보이지 않는다. 가끔 해변이 언
뜻 보이기도 한다. 물의 저항이 묘하게 안도감을 준다. 그는 지난
밤의 소란으로 아직도 격앙되어 있는 것 같다. 그의 어머니라면
소란이 아니라 괴로움이라고 했을 것이다. 바다가 출렁이고, 그는
헤엄친다. 호흡이 가빠지면 누워서 천천히 움직인다. 그는 혼자가
아니다. 서퍼들과 돌고래들이 있다. 그리고 처음에 느꼈을지도 모
를 불편함은 흥분으로, 긍정적인 흥분으로, 살아남았다는 의식으

로 바뀐다.

그는 더이상 팔과 다리를 움직일 수 없을 때까지, 머리를 들 수 없을 때까지 헤엄친 뒤 파도에 몸을 싣고 바닷가로 돌아온다. 해변을 걸어서 집으로 돌아온 그는 샤워를 하고, 옷을 입는다. 오전 열시 반이다. 도대체 사람들은 온종일 뭘 하고 보낼까?

그는 직장에 있는 동생에게 전화를 건다. "내가 방해한 건 아니지?" 동부는 오후 한시 반이다.

"이메일 답장 쓰던 중이야. 하루에 칠팔십 개는 받아. 전화는 절대 받지 않고 이메일은 행복하게 이용하는 사람들이지. 벤은 어때?"

"제대로 망가졌어."

"열일곱이잖아."

"벤이 게이래."

잠시 침묵. 동생은 이미 알고 있었거나 의심했던 게 분명하다. "이젠 게이가 이상한 취급을 받는 시대가 아니야."

"그래도 아버지가 바랄 만한 일은 아니지."

"그렇다고 질병도 아니잖아. 애들은 다 달라. 바스는 괜찮은 걸로 판명됐지만, 페니를 봐. 무슨 섭식장애에 도벽도 있어. 두 번이나 아이섀도를 훔치다가 들켰어. 메러디스는 미칠 뻔했지. 페미니스트의 딸이 화장품을 훔치다니, 믿겨?"

"왜 화장품을 훔치지?"

"모르겠어. 페니가 화장한 모습을 본 적도 없거든."

"몰래 하는지도 모르지."

"그리고 메러디스의 아버지는 세금 포탈로 감옥에 갈 뻔했어. 우리가 보석금을 냈지."

"변호사시잖아?"

"십 년 전쯤에 그냥 세금을 더 내지 않기로 마음먹었대. 이유도 따로 없어. 장인어른이 잡혔을 때 우린 구속되지 않도록 돈을 빌려드려야 했고, 장인어른은 변호사협회에서 쫓겨났고, 우리에게 돈도 갚지 않으셨어. 그 돈은 메러디스가 할머니에게 받은 유산이었는데 말이야."

"난 전혀 몰랐어."

"우리가 말하지 않았으니까. 가족이란 원래 쓰레기 더미야."

"우린 어땠지? 우리가 뭔가 나쁜 짓을 했었나?"

"한번은 형이 아버지한테 심술궂다고 했는데, 그때 아버지는 형을 죽이고 싶어했던 것 같아. '배은망덕한 후레자식'이라고 하셨거든."

"우리가 소아마비에 걸렸던 거 알고 있었어?"

"형이 뭔가에 감염돼서 다리 병을 앓았고, 의사가 형이 지지대 없이는 못 걸을지도 모른다고 생각했다는 건 알고 있었어. 기억 안 나? 형이 신고 다니던 신발?"

"우린 언제나 좋은 신발을 신었잖아."

"이유가 있었지."

"아무도 우리에게 말해주지 않은 게 이상하지 않아?"

"부모님은 우리가 살아남아서 다행이라고 생각했고, 병자라는 낙인을 찍고 싶지 않으셨던 거야. 내 생각엔 엄마가 주치의를 바꾼 것도 기록을 남기기 싫어서였던 듯해."

"넌 그게 용납이 되니?"

"엄마는 사람들이 우리에 대해 나쁘게 생각하길 원치 않았어."

"그게 왜 나빠? 우리 잘못도 아니고 바이러스에 감염된 건데."

"엄마는 그걸 나쁜 위생 상태와 연결 지었어. 지저분한 유대인, 그런 거지."

"네가 화가 나서 발작을 일으켰던 건 기억나? 엄청 심하게 화내면서 물건을 부쉈잖아. 아버지가 경찰을 부르려 했는데 엄마가 막았지."

"그랬어?"

"그래. 아버지는 네가 미친 줄 알고 겁을 먹었어. '너 병원에 가야 하는 거 아니냐?'라고 하셨지."

"그건 기억 안 나는데."

침묵이 흐른다. 이 얘기는 하지 말 걸 그랬다. "메러디스가 상에 대해 얘기해줬어. 뭐라고 해야 할지 모르겠다."

"굉장히 실망했지, 뭐. 내가 원하던 한 가지 목표가 실현되지 않았으니. 그렇다고 내가 패배자가 된 걸까?"

"난 그렇게 생각하지 않아."

"메러디스는 애들이 그 일 때문에 울면, 열심히 일하고, 인정받고, 많은 것을 이루는 게 얼마나 멋지냐고 말하래. 한 사람밖에 받을 수 없는 상이니 당연히 받기 힘든 거라고, 상을 받지 못했다고 패배한 건 아니라고 말이야."

"그 말이 맞아."

"알아. 그래도 수긍이 안 가. 그리고 받을 수도 있었다는 생각만 하면 스스로에게 화가 나." 동생은 화제를 바꾼다. "아직도 농산물 코너에서 만난 여자랑 사귀어?"

"우린 그냥 친구야." 리처드가 말한다.

그는 동생과 통화를 끝낸 뒤 신시아에게 전화한다. "점심시간 괜찮아요?"

"그럼요. 아마도요. 별일 없는 거죠?"

"열두시 반. 데리러 갈까요?"

그는 신시아를 주부 재활원 근처에 있는 건강 식당에 데려간다. "귀리가 뭐죠?"

"통밀 같은 곡식이에요."

"글루텐이 뭔데 어떤 사람은 먹으려 하고 어떤 사람은 싫어하는 걸까요?"

"소화가 잘 안 돼요." 손님 가운데 누군가가 리처드의 질문에 답한다.

그들은 구석에 있는 작은 식탁에 앉는다. 신시아가 샐러드에 참깨를 뿌린다.

리처드가 묻는다. "룸메이트는 어때요?"

"누군가가 그 여자 컴퓨터를 털었지 뭐예요. 온라인으로요. 모든 걸 잡아먹는 웜 바이러스를 넣은 거예요. 아침에 보니 텅 빈 화면에 커서만 깜박일 뿐, 하드 드라이브도 읽을 수 없었어요. 그 여자한텐 이 사건이 한계였나봐요. 아무래도 모든 일이 그런 식으로 시작된 모양이에요. 신분 도용 범죄요. 이전 남자친구의 새 애인이 그 여자의 신용카드, 신분증 등을 훔쳐서 엄청 긁어댔대요. 결백을 밝히는 데만 이 년이 걸렸고요. 어쨌거나 그래서 그 여자를 병원에 데려다줘야 했어요. 웜이 자기 뇌 속에 있다고, 자기 뇌를 공격하고 있다고 계속 중얼거렸거든요."

"그리고 일기예보 리포터는요. 아직도 만나요?"

"불규칙하게요. 룸메이트를 병원에 데려갈 때도 도와줬는데, 끝내야겠어요. 그 남자 머리가 마음에 안 들어요. 너무 정돈을 잘해놔서 손으로 쓸어도 움직이지 않는다니까요. 그래서…… 무슨 일이에요? 점심 먹자고 부른 건 당신이잖아요."

"온통 엉망이에요. 옆집에 사는 닉은 숨어 있는 문화 영웅으로 밝혀졌어요. 길 건너편에 진을 친 사진사들도 닉 때문에 있는 거예요."

"당신은 괴짜 자석 같아요. 처음엔 나, 그다음엔 영화배우, 그리고 이젠 J. D. 샐린저의 유령이라니."

"샐린저를 다 알아요?"

"주부라고 해서 문학을 아예 모르는 건 아니에요."

"어쨌거나 벤이 닉의 집에 온 밥 딜런을 알아봤고, 지금 난 닉에게 말을 걸 수가 없을 것 같아요. 내가 겁이 난 건지, 아니면 나한테 아무 말도 안 해서 화가 난 건지 모르겠어요." 신시아는 고개를 끄덕인다. "그리고 벤 말인데, 음, 벤이 게이라는군요." 리처드는 심호흡을 한다. "섬뜩해요. 벤이 다른 남자와 어울린다고 생각하면. 내가 벗고 있는 걸 봐도 흥미를 가질까요?"

"아뇨."

"왜요?"

"당신은 그애 아빠잖아요."

"게이가 무슨 생각을 하는지 누가 알아요?"

"게이라고 해서 모든 남자에게 끌리는 건 아니라구요."

"녀석이 나한테 집적거렸어요. 장난이 아니었어요. 폭력적인데다 정말 무서웠다고요."

"슬프네요. 벤이 정말 화가 난 게 분명해요."

"그야 물론 화가 났겠지만, 그렇다고 아버지를 강간하려고 한답니까!" 리처드가 큰 소리로 말하자 식당 전체가 조용해진다.

신시아가 목소리를 낮추어 묻는다. "데이트는 해볼 생각이에요?"

"당신 충고를 받아들여서 시도해봤어요."

"그래요?"

"이 모든 일이 그 때문에 일어난 거예요. 늦게까지 그 여자 집에 있었거든요."

"어땠어요?"

"좋았고 기묘했어요." 그는 더 말하려다가 신시아의 표정을 본다. 마음이 상한 얼굴이다. 그는 화제를 돌린다. "그나저나 내가 어렸을 때 소아마비에 걸렸는데 어머니가 말해주지 않았던 걸 알게 됐어요."

"이 모든 일이 이번 주에 일어난 거예요?"

"지난 사흘 동안 일어난 거죠. 기진맥진이에요."

뒷탁자에 앉은 사람이 말한다. "생강 인삼 스무디를 먹어봐요. 좋은 회복제예요."

"고맙습니다." 리처드는 대답한 다음 더 부드럽게 말한다. "롤러코스터를 탄 기분이에요. 다음에 무슨 일이 일어날지 모르겠어요. 말이 나왔으니 말인데, 도넛에 관심 있어요?"

"방금 샐러드 한 접시를 다 먹었는데요."

"앤힐과 닉과 내가 샌타모니카에 도넛 가게를 낼 장소를 찾고 있거든요. 당신이 가게를 운영해보고 싶어할지도 모른다고 생각했어요."

"밑에 일하는 사람을 두게 되나요?"

"그럴 거예요. 한두 명 정도."

"내 가게가 생기는 거예요? 내가 23번가의 도넛 아줌마가 되는 건가요?"

"대충 그렇죠."

"그 도넛 맛있어요?"

"아주 맛있어요. 갓 만든 도넛이고, 매일 새로운 맛이 나오죠. 라즈베리, 복숭아, 레몬."

"일정은 어떻게 잡고 있어요?"

"장소를 찾는 대로 장사할 채비를 갖출 거예요. 앤힐이 시내에서 도넛을 만들어 배달할 거고, 실비아의 시리얼과 과자도 함께 팔 거예요. 즐거울 거예요."

"멋지네요. 당신도 알죠. 내가 소매점을 생각하고 있었던 거."

점심을 먹은 뒤 그는 자이로토닉 강사 시드니에게 전화를 건다.

자동응답기가 받는다. 그는 메시지를 남긴다. "안녕, 나예요. 어떻게 지내는지 궁금해서요."

말하는 도중에 시드니가 수화기를 든다. "미안해요. 못 들었어요. 누구라고요?"

"나예요. 어젯밤에 데이트했던 남자. 확인해두고 싶어서요." 그렇게 말하니 꽤 직업적인 느낌이다. "어떻게 지내나 하고 걸었어요."

"아, 난 아주 좋아요. 당신은요?"

"좋아요. 집에 왔더니 애가 화가 많이 나 있었지만, 괜찮아요."

"몇 살인데요?"

"열일곱. 하지만 같이 산 적은 없어요. 저녁을 준비해놨는데 내가 늦게 들어간 거죠."

"수요일 어때요? 수요일에 같이 지낼 수 있을까요?"

"물론이죠."

"우리 집으로 오면 저녁을 대접할게요. 괜찮으면 일찍 와요."

"그럴게요." 리처드는 전화를 끊는다.

앤힐과 리피는 미국에 오는 리피의 동생을 위한 환영파티를 마련한다. "리피가 일주일 동안 요리를 했어." 리처드는 환영파티를 기대하고 있다. 벤과 둘만 있지 않아도 되는 시간을 기대한다는 게 맞을 것이다. 앤힐과 리피의 집은 할리우드 공동주택가에 있는 세낸 방갈로다. 주위에는 손질이 잘된 집들과 커튼 대신 이불을 내걸고 개들이 짖어대고 창마다 창살이 달린 집들이 번갈아가며 있다. 앤힐의 집은 천장이 낮고 방은 작고 어둡지만, 동굴 같다기보다는 마법의 휴식처 같은 느낌이다. 티끌 하나 없이 깨끗하고, 따뜻하고, 공기 중에는 각종 향료 냄새와 김이 오르는 음식 열기가 가득하다. 리처드는 숨을 들이마시는 것만으로도 황홀해진다.

그들은 리피의 동생이 공항에서 오기를 기다리고 있다. 앤힐이 말한다. "장담한다니까. 처제는 여신이야."

그리고 그 말대로다. 리피의 여동생 락슈미는 눈부신 여자다. 공항으로 마중 나갔던 앤힐의 동생과 함께 락슈미가 들어서자 리피가 앞치마를 벗고 동생을 끌어안는다.

리처드는 두 자매를 바라본다. 한편으로는 닮았고, 다른 한편으로는 락슈미가 천배는 더 아름답다.

앤힐이 리처드의 눈길을 보며 말한다. "처제는 저렇게 태어났어. 그리고 굉장히 똑똑하지. 미국에도 수학과 물리학 박사학위를 동시에 끝내려고 온 거야."

리처드는 락슈미에게 묻는다. "미국에는 얼마나 있을 겁니까?"

"앞으로 평생이요."

접시와 그릇이 계속 지나간다. 향료를 듬뿍 친 음식들. 뜨겁고 든든한, 차갑고 말랑말랑한 음식, 처트니*, 요거트와 병아리콩을 곁들인 음식, 그리고 어울리지 않게도 삶은 갯가재. 앤힐이 집게발로 자기 몸을 꼬집는 시늉을 하며 말한다. "락슈미가 제일 좋아하는 음식이거든. 묻지 마."

---

* 카레에 넣는 조미료의 일종.

리처드가 말한다. "쌀이 맛있군. 모든 게 굉장해요."

"쌀일 뿐이에요." 리피가 말한다.

"하지만 완벽해요."

"여기 있는 모든 게 보이는 것 이상이지. 리피의 손을 거쳤거든." 앤힐이 리피를 향해 건배하며 말한다.

그들은 배가 너무 불러 식탁에서 일어나지 못할 때까지 먹는다. 식사가 끝나자 그 자리에서 접시도 치우지 않은 채 바스가 일어서서 진행 중인 작업 일부를 소개한다.

"두 분의 삶으로, 두 분의 집으로 초대해주셔서 감사드립니다. 정말 멋진 시간을 보냈다는 것 외에는 드릴 말씀이 없습니다."

영화는 에롤 플린* 식으로 가슴을 내밀고 뻐기는 앤힐, 칼을 앞뒤로 휘두르며 보이지 않는 악당과 싸우는 앤힐의 모습으로 시작한다. 배경으로 멀리 숲과 푸른 하늘이 보인다. 카메라가 당겨지면서 앤힐이 공기를 넣어 부풀린 사람 인형과 싸우고 있음이 드러난다. 도로 옆에 서서 엉덩이 밑에서 돌아가는 선풍기 바람에 따라 춤을 추는 인형이다. 카메라가 더 당겨지자 촬영장이 색칠한 세차장 콘크리트 벽 앞이라는 사실이 드러난다. 앤힐의 차가 세차장에서 나오자 남자들이 차의 물기를 닦는다. 허세꾼 앤힐은 그들에게 팁을 주고 차를 몰아 떠난다. 다들 웃음을 터뜨린다.

다음 장면은 도넛 가게에 있는 앤힐이다. 앤힐이 말한다. "미국에는 자기 나라에서는 왕자지만 여기서는 주차장 일꾼일 뿐인데

---

* 1930~1950년대에 활동한 배우로 〈캡틴 블러드〉에 출현했다.

도 더 행복해하는 이민자들이 있죠. 왕국 없는 왕이 무슨 소용이에요?" 앤힐의 동생이 도넛 가게 보급품을 들고 들어오더니 말한다. "난 레몬 같아. 나무에서 멀리 떨어지지 않지."

바스와 앤힐이 벨에어에서 메르세데스를 시험 운전하는 장면으로 넘어간다. 두 사람은 거대한 대문이 있는 집들을 지나친다. 바스가 묻는다. "이 사람들에 대해 어떻게 생각해요?"

"아주 드물게 운 좋은 사람들이지. 카우보이이고 쌍둥이들이야." 앤힐이 대답한다.

이윽고 핫도그 가판대 앞에 선 앤힐이 바스와 카메라를 향해 말한다. "당신을 위해, 당신에게 내가 얼마나 미국적인지 보여주려고 핫도그를 먹는 거야. 좋은 행동은 아니지. 집에서 할 짓도 아니고. 핫도그를 먹으려면 코셰르인지 꼭 확인하라구."

앤힐과 바스는 메르세데스 영업사원에게 돌아간다. 영업사원은 그 차를 어떻게 생각하는지 묻는다.

앤힐이 대꾸한다. "안 좋아할 수 있겠어요? 한 달에 얼마죠?"

"삼 년 임대면 한 달에 칠백오십 달러입니다. 관심 있으십니까?"

"고마워요. 전화하죠."

대리점을 떠나면서 바스가 묻는다. "그 돈이면 도넛이 몇 개죠, 앤힐?"

"이거 시험 문젠가? 정답을 맞히면 차를 얻을 수 있는 거야?"

바스가 웃는다. "진지하게요. 하루에 도넛을 몇 개나 파세요?"

"사백 개를 팔 때도 있어. 정해진 주문량이지. 소방서, 미용실, 양로원, 한 번에 스물네 개를 사는 사람들. 내일은 값을 올릴 거야. 한 개에 십 센트씩은 올려야지. 영원히 도요타를 몰 순 없으니까." 영화는 첫 장면으로 돌아간다.

"이게 나의 미국이야." 앤힐은 공중에 검을 휘두르다가 차에 달린 안테나를 친다. "이럴 때 참 싫더라." 배경에서 웃음소리.

"고마워요, 고맙습니다." 앤힐이 식탁에 앉은 사람들에게 인사하며 말한다. 다들 박수를 치며 바스에게 갈채를 보낸다. 물론 바스는 이 장면도 찍고 있다.

리처드가 묻는다. "영화를 어느 정도 끝낸 거냐?"

"다큐멘터리 촬영 부분하고 앤힐과 제가 신화에 대해 밝히는 환상적인 부분들을 오가고 있어요. 카우보이, 할리우드, 미국의 약속, 꿈 같은 거요."

"멋지구나. 정말로 뭔가를 잡아낸 영화야."

집에 가는 길에 리처드는 계속 영화 이야기를 한다. "바스가 그렇게 재능이 있는 줄은 몰랐구나. 앤힐의 경험이 지닌 부조화, 환상과 현실의 대립을 잘 잡아냈어. 그러면서 앤힐이 보는 자신과 다른 사람이 경험한 앤힐을 동시에 보여주고."

벤이 말한다. "바스는 주의 깊게 주변 사물을 바라봐요."

"그런 티는 나지 않던데."

"그래서 뛰어난 거죠. 사람들은 바스와 있을 때 편안해해요. 카메라를 도구가 아니라 바스의 연장으로 보게 되거든요. 어렸을 때부터 해온 일이잖아요. 캠프에서도 바스에게 홍보 비디오를 만들게 했어요. 바스는 모든 사람이 그 과정에 참여하게 만들었고요. 캠프 참가자, 요리사, 양호실의 심술궂은 간호사까지요."

"대단하구나. 너 어렸을 때 같이 애완동물 가게 앞을 지나다가 내가 강아지들을 다 구해주지 않는다고 화냈던 것 기억나니?"

"바스의 영화와 내 불우한 어린 시절 사이에 무슨 관계가 있나요?"

"그냥 생각이 나서 말이다. 넌 자랄 때 수의사가 되고 싶어했지."

"이젠 아니에요."

"왜?"

"안락사 때문에요. 동물이 죽는다는 걸 알지도 못한 채 죽어가는 게 괴로워요. 개를 산책시키고 돌봐주는 일을 한 적이 있는데, 솔직히 그 집에 있는 술이나 마시라고 돈 주는 거나 다름없었어요."

"정말로 술을 마셨니?"

"가끔은요."

"흠, 그럼 뭐가 되고 싶으냐?"

"자기 손을 더럽힐 필요가 없는 일이요."

"내가 휴가 여행 데려갔을 때 기억나니? 런던에 가서 하룻밤을 보냈는데 네가 집에 가고 싶어했지."

"여덟 살이었잖아요."

"넌 모든 것이 늘 그대로 있는 걸 좋아했어. 꽤 완고했지."

"그게 편했으니까요."

"집에 갔더니 네 엄마가 여행을 가고 없어서 일주일 동안 그 아파트에서 함께 지냈지. 참 재미있었어. 같이 자연사박물관에도 가고 동물원에도 가고 공원에도 가고 말이다."

벤은 고개를 끄덕인다. "왜 그런 얘길 하는 거죠?"

"그냥 이것저것 생각하는 거야."

그들은 몇 분 동안 말없이 달린다.

"너 정말 게이냐?"

"네."

"게이로 태어난 것 같니, 아니면 게이가 된 것 같니?"

"그게 아빠 탓인지 알고 싶은 거예요?"

"그런 것 같다."

"어느 쪽이든 아빠 잘못인 건 분명해요. 기분이 좀 나아졌어요?"

아침, 빌리가 커다란 SUV에 닉과 앤힐과 리처드를 태우고 가게 자리를 알아보러 나간다. 바스도 카메라를 챙겨 들고 따라나선다.

앤힐이 말한다. "이거 정말 신나는데. 미국의 후원자들과 같이 쇼핑이라니."

닉이 앤힐에게 묻는다. "가게는 누가 봐?"

"동생이."

"그러니까…… 창업을 하는 겁니까?" 빌리가 묻는다.

"그래요, 미스터 힐." 앤힐은 빌리의 이름을 '미스터 힐'이라고 결정했고, 아무도 이를 바로잡으려 하지 않는다.

"정확히 말하면 이미 존재하는 가게의 분점이지." 닉이 말한다.

"도넛 가게예요." 앤힐이 말한다.

"거기서 도넛을 만듭니까? 냄새를 가지고 따지는 사람이 많아서요. 알잖아요. 드라이클리닝에 빵집에."

"요리는 안 해요. 도넛은 시내에서 새 가게로 배달할 겁니다."

확정된 일은 아니지만 리처드는 확고하게 말한다.

그들이 같은 블록을 세번째 돌 때 길거리에서 누군가가 묻는다. "장소 찾는 중이쇼?"

"그래요."

"영화 찍으시게?"

"아니, 도넛 가게를 내려고요. 여기가 도넛 가게를 내기에 괜찮은 것 같습니까?"

그 남자는 어깨를 으쓱한다. "난 밀가루 음식을 못 먹어서."

그들은 주차장이 있는 곳과 없는 곳을 둘러본다. 예전에 빵집이었던 곳, 드라이브 스루가 있는 은행이었던 곳, '상상력의 소산'을 팔다가 순식간에 망한 가게.

"돈을 많이 벌 수 있으리라 확신했던 게 분명해요. 리노베이션에 이렇게 돈을 쓴 걸 보면." 빌리가 말한다.

닉이 말한다. "쉬워야 해. 이 가게는 모든 면에서 쉬워야 해. 어렵게 도넛을 사고 싶어하는 사람은 없다고. 차라리 안 사고 말지."

그들은 가는 곳마다 커피를 산다. 뜨거운 커피, 차가운 두유라테.

"그 집 냅킨 봤어? 진짜 두꺼운 냅킨을 쓰던데. 얇고 거친 거 말고. 얇은 냅킨을 많이 쓰는 것과 두껍고 좋은 냅킨 한 장을 쓰는 것 중에 뭐가 더 경제적일까?" 닉이 묻는다.

그들은 십대 소년처럼 돌아다닌다. 나이 많은 남자가 할 법한 요구만 뺀다면. "화장실 있나? 커피를 계속 마셨더니 오줌이 마렵네." 그들은 돌아다니며, 차에 탄 남자들이 다 그렇듯 여자 얘기를 나눈다. 빌리만 빼고. 빌리는 남자에 관해 이야기한다. 마치 그 남자들이 여자인 것처럼 "그놈은 진짜 잡년이었어"라고 해가면서. 그들은 그들을 찬 여자에 대해, 그리고 거절의 신호를 알아차리지 못한 경우에 대해 이야기한다.

"열네 살 때 어느 파티에서 여자한테 차였어. 더 마음에 드는 다른 놈과 만나더라고. 그래서 그놈이 뭐가 그렇게 좋으냐고 물었더니 돌아서서 모두가 듣도록 내 얼굴에 대고 '넌 개똥 같은 놈이야!'라고 외친 거야. 회복하는 데 일 년이나 걸렸지." 닉이 말한다.

"난 여자를 갈망해. 충분할 수가 없어." 앤힐이 말하면서 닉을 돌아본다. "유명했을 때 주변에 여자가 많았나? 한 번에 두 명이랑 해본 적 있어? 그게 내 꿈인데."

"많았지." 닉이 말한다.

"그 여자들 사진 찍은 적 있어?" 앤힐에겐 다른 사람이 했다면 무례할 질문을 쉽게 던지는 능력이 있다. 그 억양과 꾸밈없는 태도 때문에 닉은 그저 웃으면서 대답한다.

"사진은 안 찍어."

앤힐은 미국에 와서 쇼핑몰 주차장에 사진현상소를 낸 친척 이야기를 한다. "운이 없었어. 다들 디지털로 가서 사업이 엉망이었지. 그러다가 어느 날 가구점에 배달을 하던 트레일러 트럭이 후진하다가 사진현상소를 들이받으면서 내 친척도 뭉개버렸어. 무슨 일이 일어나는지도 몰랐지. 사각지대에 있었던 거야."

그들은 몇 시간을 돌아다니다가 마지막으로 몬태나 가에 있는 가게를 찾는다. "일부러 처음에 보여주지 않았습니다. 작지만 위치가 좋아요. 바깥에 테이블을 놓을 수 있고, 주차장도 있죠. 모퉁이 가게고. 난 모퉁이가 카페를 내기에 좋은 위치라고 생각해요."

"이 나무들이 맘에 드는군. 한참 앉아 있을 만한 곳이야." 닉이 말한다.

"아, 굉장히 예쁜데. 고전이야." 앤힐이 감탄한다.

"고급이라는 뜻이겠지." 닉이 말한다.

"그것도 그렇고. 이 앞에 오토릭샤 정류장을 만들 수 있겠어. 배달을 위해서." 앤힐이 말한다.

"오토릭샤가 뭡니까?" 빌리가 묻는다.

"바자즈* 오토릭샤. 바퀴가 세 개인데 하나는 앞에 달렸고 두 개는 뒤에 달렸지. 이런 농담이 있어. 릭샤가 앞바퀴를 주차장에 넣을 수 있으면 나머지 부분도 밀어넣을 수 있다는. 주로 붐비는 곳에서 사용하지만, 여기에서는 재미있는 배달을 위해 쓸 수 있을 거야."

"그렇게 하지." 리처드가 말한다.

"고마워요." 앤힐이 모두에게 말한다. "고마워요. 내 꿈이 실현됐어요."

수요일, 리처드는 아침을 먹으면서 선언한다. "오늘밤은 늦을 거다. 너만 괜찮다면."

"그 여자를 집으로 데려와도 돼요." 벤이 말한다.

---

* 인도의 오토바이 및 삼륜차 생산업체.

"아니, 그럴 순 없어. 난 몇 년이나 데이트를 안 했다. 모든 게 너무 낯설어. 이건 기껏해야 실험일 뿐이란다."

"전화해서 도움을 좀 드릴까요?"

"그럴 것까진 없다. 단지 네가 괜찮을지 확인하고 싶을 뿐이다."

"전 괜찮아요."

오후, 리처드는 주류 판매점에 가서 통로를 오가며 딱 맞는 포도주를 찾는다. 마침내 그는 아주 비싼 포도주 하나를 고른다. 훌륭하지만 호화로울 정도는 아니다.

도착하니 그녀가 정원에서 일하고 있다. 그녀는 입맞춤으로 그를 반긴다. 그녀의 체취가 느껴진다. 정향처럼 톡 쏘는 향기. 그녀는 그를 이끌고 집 안으로 들어가 곧장 침실로 향한다. 그리고 급하게 그와 자신의 옷을 벗긴다. 그는 포도주 병을 든 채 알몸이 된다. 그녀가 침대에 누우면서 포도주 병을 받아간다. 그들은 사랑을 나눈다. 그는 흉터에, 없어진 가슴에 특별히 관심을 기울이다가 너무 애쓴다는 느낌이 들자 다시 하나뿐인 가슴에 매달린다. 이제는 모든 관심을 한몸에 받고 있으니 그 가슴도 그다지 외롭지 않을 것이다. 그들은 몇 시간이나 사랑을 나눈 것 같은 기분이 든다. 해가 지고, 달이 뜬다. 그들은 동물처럼 사랑한다. 오로지 육체, 가장 원초적인 욕구를 위한 행위이다.

관계를 가진 뒤에 솟아오르는 애정 속에서 그는 무심코 "사랑한다"고 내뱉고 만다. 그 말이 허공에 매달린다. 대답 없이 허공에 머문다. 그녀는 침대 아래로 손을 넣어 지진 대비 장비를 꺼낸다.

"안에 뭐가 들었어요?" 그가 묻는다.

"지금은 대마초가 들었죠."

"그 외에는?"

"일 달러짜리 지폐 백 장, 화장품. 화장을 전혀 안 하고 대피소에서 견딜 순 없으니까요. 아침이면 몰골이 말이 아니거든요. 그리고 초콜릿 바, 태양열 휴대전화 배터리, 정수 알약, 아스피린. 계속해요?"

"그 안에 대마초는 얼마나 넣어뒀어요?"

"많지는 않아요. 열 개비쯤." 그녀는 한 개비에 불을 붙여 그에게 건넨다.

그녀는 침대로 저녁식사를 가져온다. 먹기 좋게 숙성된 치즈, 아보카도, 올리브, 직접 말린 토마토, 직접 만든 카포나타*, 공예반에서 만든 그릇에 담아 으깨 만든 페스토 소스. 그는 명상 시간에 조지프가 했던 말을 떠올린다. "매일 의식처럼 정원에서 딴 야채로 배를 채우면 굉장히 마음이 편안해져요." 식사를 하면서 그녀는 하이킹을 할 때면 길에서 발견한 버섯이며 양치류 등을 먹는다고 이야기한다. 자기 머리색이 구릿빛인 이유가 직접 만든 염색약을 쓰기 때문이라는 이야기도 하고, 벨리 댄서가 되려고 공부했었고, 키우는 식물마다 마거릿, 조너스, 이베트 같은 이름을 붙여준다는 이야기도 한다. "이름이 있으면 모든 게 더 좋아져요." 그 말에 그는 다시 한번 조지프를 생각한다. 조지프는 우리가 육체를 가진 채 삶에 '놓였다'는 사실을 거스르며 초월성을 얻으려 애쓴

* 야채로 만든 이탈리아 요리.

다는 이야기를 했다.

그녀의 말이 그의 생각을 자르고 들어온다. "당신 덕분에 굉장히 자신감이 생겼어요. 다음에는 공공장소에서 해요."

아침, 오줌을 누는데 통증이 느껴진다. 리처드는 루살디 박사와 약속을 잡으려고 전화를 건다.

"제가 해드릴 수 있는 게 없네요." 접수원이 말한다.

"빈 시간이 날지도 모르잖아요?"

"루살디 박사님은 이제 여기 안 계세요. 잠시만 기다려주세요." 그는 루살디에게 무슨 일이 생긴 걸까 의아해하며 기다린다. 접수원이 돌아온다. "앤더슨 박사님께서 오셨으면 하시네요."

"잘됐군요. 언제요?"

"두시요."

"무슨 일로 오셨습니까?" 드디어 방에 들어가자 앤더슨 박사가 묻는다. 리처드는 대기실에서 〈모던 머츄어리티〉의 모든 기사를 샅샅이 읽은 뒤이다.

"루살디 박사와 상담을 했습니다."

"그래서요?"

"그분에게 진찰을 받고 싶은데요. 이것저것 얘기할 게 있어서요."

앤더슨 박사는 리처드의 파일을 훑어본다. "그동안은 어떠셨습니까?"

"괜찮았습니다."

454

"가슴 통증이나 현기증은 더이상 없었나요?"

"예. 그날 하루밤에."

"그리고 전립선은요. 응급 상황이나 큰 문제는 없었습니까?"

"예전과 똑같습니다. 단지……"

"제가 들어보면 어떨까요?" 앤더슨 박사는 리처드의 말을 끊고, 차가운 청진기를 가슴에 댄다. 리처드는 루살디가 더욱 그리워진다. 앤더슨 박사는 리처드에게는 관심이 없다. 오직 몸의 역학에만 관심을 둘 따름이다.

"작게 무슨 소리가 들린 것 같은데, 그냥 판막의 움직임일지도 모르겠군요. 승모판 질병이 있습니까? 그런 얘기 들은 적 있어요?"

"없습니다."

"만약을 위해 몇 가지 검사를 다시 하지요. 심전도 측정도 다시 하겠습니다. 최근 심전도 기록이 없군요."

"루살디 선생님이 검사했는데요."

"파일에 없습니다. 가지고 간 모양입니다. 걱정 마세요. 검사비는 청구하지 않을 테니까." 앤더슨 박사는 간호사를 부른다.

주머니에 리처드의 심전도 기록을 쑤셔넣고 로스앤젤레스를 돌아다니는 루살디의 모습을 떠올리자 당황스럽다. 심전도 기록이 파일 안에, 원래 있어야 할 자리에 있었으면 좋겠다.

"응급실에 갔을 때 무슨 검사들을 했습니까?"

"별로. 뇌졸중이 아닌지 확인하려고 스캔을 했어요."

"하지만 초음파 심장 검사는 안 했지요?"

"안 한 것 같네요."

"그 검사를 받도록 해드리겠습니다."

리처드는 스트레스를 받기 시작한다. 앤더슨 박사가 말한다. "긴장 푸세요. 긴장하면 검사 결과가 좋을 수 없습니다." 그는 심전도 전극을 붙여주고, 말을 하면서 리처드의 심장이 내놓는 전파의 흐름을 지켜본다. "올해 초에 저도 조금 문제가 있었습니다. 뭔가 이상하다 싶으면서도 뭔지 몰랐는데, 심장 근육 한 가닥이 파열된 것이었죠. 이 나이가 되면 고치지도 못해요. 낡은 차처럼 그냥 달려가는 거죠."

"루살디 선생님이 정말로 제 심전도 결과를 가져갔습니까?"

"아니요. 분명 여기 어딘가에 있을 겁니다. 엉뚱한 파일에 끼어 있겠죠."

"그러면 루살디 선생님은 어디 있습니까?"

"제가 아나요."

"무슨 얘기죠?"

"떠나버렸습니다. 사라졌죠. 의사 자격이 없는 사람으로 밝혀졌거든요. 그걸 추궁하니까 도망친 겁니다."

"의사가 아니라고요?"

"자기가 말한 그 분야의 의사가 아니었어요. 예일 대학에는 심리학적 내과라는 분야가 없거든요."

"그러면, 그 사람은 뭐였습니까? 바보는 아니었어요. 틀리지 않았다고요."

"틀리지는 않았지만, 의사 면허는 없었지요. 시카고 대학 철학과를 중퇴한 사람이었습니다."

456

"좋은 대화 상대였어요. 귀를 기울이고, 이해할 줄 아는."

"교활한 놈이었죠." 앤더슨 박사는 기계에서 심전도 기록 테이프를 뽑아 가까이 들여다보며 말한다.

"어떻게 알게 된 겁니까?" 리처드가 묻는다.

"보험회사에서 알려줬습니다. 루살디가 어느 시스템에도 들어 있지 않았던 거죠. 루살디는 보험회사에서 개인 정보를 잘못 입력한 거라고, U와 Z를 반대로 쓴 거라고, 전에도 그런 일이 있었다고 주장했어요. 난 그 친구를 좋게 생각했습니다. 부모 같은 심정이었지요. 내 자식으로, 병원을 물려줄 사람으로 여겼습니다. 우리 부부에겐 아이가 없거든요. 일 년 전 어느 의학회의에서 루살디를 만났습니다. 아는지 모르겠지만, 그 당시 난 스트레스가 심했어요. 아내의 상태가 좋지 않았거든요."

"부인은 어떻게 지내세요?"

"무슨 일이 일어나는지 모를 때는 최선을 다하지요. 그러다가 의식을 찾으면 겁에 질려요. 그게 제일 힘든 부분이죠. 겁에 질린 모습을 보면 가슴이 찢어집니다. 아내가 개를 물었어요. 잠은 잡니까?" 의사가 리처드에게 묻는다.

"불규칙하게요." 리처드는 시카고에서 자랐고 홀어머니 밑에서 컸으며, 모든 것을 당연하게 여기는 특권층 아이들 사이에서 고학으로 대학에 다니고 의과대학에 진학했던 루살디의 이야기를 떠올린다.

"지금까지는 별로 걱정하지 않았습니다. 오진을 하지 않았는지 확인하려고 환자 기록과 처방전, 검사 기록 등 모든 자료를 살펴보는 중입니다만, 그 친구 사기꾼이긴 해도 가져간 건 없더군요."

"제 심전도만 빼고 말이죠."

"그건 아마 그냥 잃어버린 걸 겁니다."

"고소하실 건가요?"

"루살디가 아무 해도 끼치지 않았길 바랄 뿐입니다."

"진짜 의사가 아니었다고 해도 그 사람 말이 다 틀린 건 아니겠죠?"

"나라면 가감해서 받아들이겠습니다."

"그게 처방인가요?"

"직업적인 조언이에요."

"오줌을 눌 때 아프더군요. 그래서 온 겁니다. 누군가와 잤는데, 음."

"뭔가가, 그러니까 결장이나 당뇨나 심장병이 나타나는 순간에야 무슨 일이 벌어지고 있는지, 어디로 가고 있는지 알겠다고 생각하게 되지요. 그건 언제나 놀라운 일입니다." 의사는 생각에 잠겨 말한다. "삶은 예상대로 진행되지 않아요. 점쟁이조차도 나쁜 소식은 알려주지 않는 법이죠. 알고 있다 해도 말입니다. 그리고 안다 한들 어쩌겠습니까? 평온하게 받아들이겠어요? 좋은 삶, 좋은 죽음이라는 게 있긴 할까요? 엉뚱한 데로 샜군요. 미안합니다. 그러니까 다시 정리하죠. 관계를 가졌는데, 그 과정에서 뭔가 다른 것도 얻었을까 의심하는 겁니까?"

리처드는 고개를 끄덕인다.

"그 문제라면 모든 검사를 다 해드릴 수 있습니다. 걱정 마세요.

크랜베리주스를 많이 마시고요. 아침이면 결과가 나올 겁니다. 원한다면 지금 페니실린을 놓아드릴 수도 있습니다. 엉덩이 주사로 한 방."

"결과를 기다려보죠."

"신중하군요. 전화드리겠습니다."

리처드는 루살디를 찾아서 진짜 이야기를 듣고 싶다고 생각하며 나온다. 루살디에게, 잘못하긴 했지만 당신은 누구의 대역도 아니라고 말해주고 싶다.

기묘한 여름날이다. 여기저기 할 것 없이 믿기지 않을 만큼 고요하고, 빛은 환하면서도 약하다. 계절이 지나가는 건지 공기가 안 좋은 건지 모르겠다. 시내는 바싹 말랐다. 빠져나갈 수 있는 사람은 다 나갔다. 캐나다로, 유럽으로, 메인 주로 떠났다.

리처드는 잠에서 깨어나 소규모 지진이 있었다는 소식을 듣는다. "간밤에 텀블타운에 소규모 진동이 있었습니다. 일찍 깨신 분도 있을 텐데요. 리히터 진도 3.6 정도입니다. 접시가 몇 개 깨지고, 벽에 약간 금이 갔지만 심하지는 않습니다."

한낮에 벤이 일터에서 전화를 건다. "데리러 올 수 있어요?"

"벤? 괜찮니?"

"데리러 왔으면 좋겠어요. 지금요."

"무슨 일 있었어? 자동차에 문제라도 생겼니?"

"아빠!"

"가고 있다. 지금 신발 신고 있어. 어디로 가면 될까?"

"몇 분 있다가 전화할게요. 끊어야겠어요."

리처드는 태평양 해안 고속도로를 질주해 선셋 대로로 접어든 뒤 시내로 들어간다. 그는 차선을 바꿔가며, 액셀에서 발을 떼지 않고 달린다.

이십 분 후, 전화기가 울린다. "어디냐?" 리처드가 묻는다.

"밖이에요. 공중전화요. 얼마나 왔어요?"

"십 분만 있으면 된다."

"다시 걸게요."

"벤?" 전화가 끊긴다.

리처드는 에이전시 근처 골목을 배회하는 벤을 발견한다.

"무슨 일이 있었어?" 리처드가 묻자 벤이 울기 시작한다.

"무슨 일이야?" 리처드는 상상이 가지 않는다.

벤은 우느라 말을 하지 못한다. "남자가, 리더 중에 한 명이 나랑 같이 엘리베이터에 탔는데, 날 엘리베이터 벽에 밀어붙이고 고환을 움켜쥐는 거예요, 꽉. 지저분한 말을 하면서 여기, 귀 근처에 입을 맞췄어요. 아직도 아파요. 화장실에 가보니까 아래가 다 빨갰어요. 내가 뭘 잘못한 걸까요? 내가 우스워 보였나? 내가 게이라는 건 아무도 모르는데."

"그 남자 이름이 뭐냐?"

벤은 소매로 눈물을 닦는다.

"하삼. 로저 하삼이에요. 그런데 내가 엘리베이터가 열렸을 때 진짜 이상한 행동을 했어요. 계단으로 달려 내려가 보안 창구에 신분증을 내밀고 '테이프를 가져오래요. 1번 엘리베이터를 찍은 테이프가 필요해요. 당장!'이라고 했어요. 그랬더니 보안 경비원이 테이프를 꺼내줬어요. '날 못 본 거예요. 아무것도 안 준 거고요'라고 말하니까 경비원이 고개를 끄덕였어요. 이런 일이 매일 일어나는 것처럼요." 벤은 리처드에게 테이프를 건넨다.

"네가 이걸 가져온 걸 아는 사람이 또 있니?"

"없어요. 차는 그 망할 곳의 주차장에 아직 있어요."

"이 직장이 너에게 얼마나 중요하냐?"

"다시 갈 생각은 없어요. 그걸 묻는 거라면."

"그래, 알았다. 내가 다녀오마. 몇 층이지?"

"그 사람 예전에 CIA에서 일했대요. 아빨 죽일지도 몰라요. 일하러 간 첫날에 경고해준 사람이 있었어요. 엘리베이터에 혼자 타지 말라고. 그때는 그게 무슨 뜻인지 몰랐어요."

리처드는 시동을 켠 채 연석에 세워둔 차에 벤을 태운다. "내가 이십 분 안에 돌아오지 않으면 경찰에 전화해라." 그는 건물 안으로 성큼성큼 걸어 들어가 엘리베이터를 탄다. 그는 접수원에게 말한다.

"하삼을 찾는데요. 어느 쪽이오?"

"성함이 어떻게 되시죠?" 접수원은 호출하려고 전화기를 들며 말한다.

"이쪽?" 리처드는 복도를 가리킨다.

"지금 회의실에서 고객과 상담 중이신데요."

리처드는 누가 어떻게 하기도 전에 회의실로 들어간다. 회의 테이블 끝쪽에 굉장히 낯익은 노인이 앉아 있고, 그 주위로 몇 명이 더 앉아 있다. 뭔가가 진행 중인 곳에 쳐들어간 것 같다. 리처드답지 않은 행동이다. 믿을 수 없을 만큼 어색하다.

"하삼." 그가 부르자 중간에 있던 남자가 고개를 든다.

"네놈 딱 걸렸어."

"무슨 말인지 모르겠군."

"내 아들. 아까 네놈이 엘리베이터에서 내 아들 사타구니를 잡았잖아. 그애한테 무슨 짓을 했든지 변명할 시간을 이 분 주겠다. 아니면 로스앤젤레스 경찰이 와서 네놈 컴퓨터를 가져갈 거야. 네놈이 설립자라는 걸 감안하면 이 회사 컴퓨터를 모조리 가져갈지도 모르지. 분명 재미있는 게 나올 것 같군."

하삼이 일어선다. "나가시오."

"나한테 테이프가 있어." 리처드는 테이프를 뒤에 있는 플레이어에 집어넣으며 말한다.

"그만." 하삼이 테이프를 돌리기 전에 말한다.

문간에 총을 뽑아든 남자 네 명이 나타난다.

"그만." 하삼이 다시 말한다. 그리고 방 안이 조용해진다.

총을 든 남자들이 묻는다. "각하, 괜찮으십니까?"

"괜찮네. 우리와 무관한 일이야." 테이블 끝에 앉은 남자가 대답한다.

하삼이 말한다. "그 테이프를 사겠소."

"파는 게 아니야."

"돈이 아니면 뭘 원하나?"

"아이에게 사과해. 그애 잘못이 아니라는 걸 확실하게 알려줘. 네놈이 그애의 인격과 권리와 경계를 침범했다는 걸 분명하게 말해주고 이 회사에서의 인턴 근무에 대해 화려한 추천사를 써줘."

"그리고?" 하삼은 타협 불가능한 조건을 기다리며 묻는다.

"그게 다야."

"내가 테이프를 받을 수 있소?"

리처드는 고개를 젓는다. "테이프는 아무도 못 가져. 이걸 온당한 경고로 생각해. 다른 사람에게 또 무슨 일이 생기면 내 아들이 증언할 테니까." 리처드는 플레이어의 '녹화' 버튼을 누르고 밖으로 나간다. 엘리베이터를 타고 내려가 벤의 차를 몰고 주차장을 나와 거리로 올라간다. 자기가 타고 온 차 뒤에 벤의 차를 대면서 리처드는 덜덜 떤다. 폭스바겐을 주차해놓고 벤이 타고 있는 큰 차 조수석으로 들어간다.

"어떻게 됐어요?"

"그놈을 물 먹였지. 당당하게 들어가서 네놈은 빌어먹을 개새끼라고 말해줬어."

"그 사람 사무실에서요?"

"회의실에서. 사람이 꽤 있었어. 한 명은 낯이 많이 익던데."

"세상에. 오늘 오전에 포드 전 대통령이 회의하러 온다고 했어요."

"경호원이 더 많지 않았던 게 놀랍구나." 리처드는 말하고 나서야 총을 뽑아 그를 겨눈 사람들이 있었음을 깨닫는다. 준비 태세를 갖추고 그를 쏘려 했던 정보국 경호원들.

"그래서 어떻게 됐어요?"

"나보고 얼마면 테이프를 팔겠냐고 하더구나. 파는 게 아니라고 했지."

"그 부분은 엄청 좋아했겠는데요."

"팔 수는 없지. 그건 협박이잖아. 어쨌든 넌 공식적인 사과와 아주 훌륭한 추천장을 받게 될 거다. 그런데 제럴드 포드였던 게 확실하니? 해리슨 포드 같기도 했는데."

"그 사람도 있었을 거예요. 해리슨 포드가 제럴드 포드와 아들 잭 포드를 만나는 거였어요. 포드 대통령 가에 관한 영화를 만든대요."

리처드는 고개를 끄덕인다. "그래. 네 말을 듣고 보니 젊은 사람도 있었던 것 같다. 속이 울렁거리는구나. 마실 게 필요한데, 운전할 수 있겠니?"

벤은 시동을 걸고 조니 로켓으로 향한다.

"그래서 포드는 거기서 뭘 하고 있었던 거냐?"

"거기가 정부 쪽으로 막강한 연줄이 있는 에이전시거든요. 제가 말한 게 그거예요."

조니 로켓에 들어간 두 사람은 칸막이 좌석에 앉아 초콜릿 밀크셰이크를 마신다.

리처드가 말한다. "내가 그런 짓을 했다니 믿기지 않는구나. 나답지 않았어."

"날 위해 하신 거잖아요. 고마워요."

"태드 포드와 해리슨 포드와 포드 대통령 사이에 무슨 관계가 있을까?"

"없을걸요."

"포드가 많기도 하구나."

그들이 앉은 자리에서 전직 대통령의 자동차 행렬이 건물을 나서는 게 보인다. 차 한 대는 '미국 정부' 번호판이 붙은 대형 SUV이고, 또 한 대는 아무 표시도 없는 세단이다.

"저기 가는구나." 리처드는 말하면서 다시 한번 자신을 겨누던 총구를 생각한다.

"엄마한텐 말하지 마세요."

벤의 말에 리처드는 고개를 끄덕인다.

다음 날 아침, 둘은 며칠 쉬면서 해안을 따라 드라이브를 하기로 한다. 탐험이다. 리처드는 잠시 떠난다는 사실을 알리러 닉에게 간다. 닉과 실비아는 각각 비타민 링거를 하나씩 꽂고 테라스에 나가 있다. 실비아가 말한다. "비타민 주입. 섹스 다음으로 좋아요."

"섹스 직후에 최고지." 닉이 웃는 얼굴로 담배에 불을 붙이며 말한다.

실비아가 말한다. "안색이 안 좋네요. 다음 주에는 간과 사탕무를 드릴게요."

닉이 일어서더니 링거대를 끌며 리처드를 부엌으로 데려간다. "안 그래도 자네한테 가려던 참이었어. 애한테 전화를 받았거든. 내 딸 말이야. 그애가 날 보고 싶어해. 정확히 말하면 내가 학교 주제토론 시간에 참석해주길 바라는 거야."

"무슨 자격으로?"

"아빠 자격으로. 전처 말로는 걔네 반 애들이 그애한테 아빠가 있다는 걸 믿지 않고, 엄마만 둘이라는 게 뭔지 이해를 못 해서 힘들게 한대. '너희 아빠가 엄마 둘이랑 결혼한 거야?' 뭐 이런 거지."

"꼭 가야겠군."

"잘 차려입어야 하나? 난 학교 행사에 가본 적이 없어. 정장도 없고."

"그냥 바지에 셔츠만 입어." 리처드는 닉의 등을 탁 친다. "딸이 전화하다니, 정말 잘됐군."

리처드와 벤은 폭스바겐을 타고 지붕을 젖힌 채 해안을 달린다. CD플레이어에서는 마일스 데이비스의 음반이 돌아가고, 말리부는 뒷좌석에 몸을 말고 엎드려 있다. 한참 달리자 산을 오르는 느낌이 든다. 길이 구불구불해지고 커브 각도가 날카로워진다. 낙석 주의, 미끄럼 주의, 가파른 경사면 주의 표지가 나타난다. 울퉁불퉁한 벼랑은 꽤 극적이다. 커다란 날개를 펼친 새 한 마리가 머리 위로 날아간다.

그들은 달리고 또 달린다. 그냥 달리고, 음악을 듣고, 바람을 맞으며 어디로 가는지 보려고 움직인다.

그들은 차 안에서 벤의 엄마에게 전화해 교대해가며 통화를 한다. 그녀가 말한다. "무슨 말인지 안 들려. 소리가 너무 먼데. 나중에 전화할게. 회의 들어가야 해."

그들은 주유소에서 산 과자를 먹고, 포도밭에 멈춰서 냄새를 쫓도록 말리부를 풀어준다. 리처드가 말한다. "녀석은 물가에서만 살았을지도 몰라. 생전 처음 토끼를 쫓아보는 거겠지."

그들은 샌타바버라를 지나 개도 받아주는 여관을 찾아낸다. 이 여관에서는 다른 투숙객과 함께 저녁식사를 한다. 여관 주인의 정원에 식사가 차려진다. 리처드와 벤은 다른 투숙객을 보고 잠시 서로를 본다. 둘 사이에 뭔가가 생겼다. 끈이 생겼다. 이제 리처드는 정말로 아빠이고 벤은 아들이며, 둘은 한 팀이다. 셋은 킹사이즈 침대에서 같이 잔다. 말리부가 가운데 누워서 리처드와 벤을 가장자리로 밀어낸다.

새벽, 아버지와 아들은 태평양 위로 높이 솟은 낭떠러지에 앉아 있다. 말리부는 밑에서 바위 위를 뛰어다니며 펠리컨을 쫓는다.

"이보다 더 좋을 순 없구나."

"말리부는 휴가를 가져본 적이 없는 것 같아요." 벤이 말한다.

로스앤젤레스로 돌아가는 길이 힘겹다. 자동응답기에 메시지가 들어와 있다. 건설업자다. 일을 거의 끝냈는데 문제가 있단다. 구덩이를 메우고 새 흙으로 덮었는데, 눈에 띄는 밝은 녹색이라 관목과 야생화에 어울리지 않는다는 것이다.

세실리아는 다시 일하러 나오고 싶다고 메시지를 남겼다. 시간 제로. 사실은 어떤 일도 하면 안 되지만, 집에서 나오고 싶단다. 리처드는 청소 용역회사에 전화해 청소할 사람 네 명을 고용한다.

집 안은 흙과 죽은 불개미와 살충제투성이이다. 세실리아에게 지저분한 집을 돌려줄 순 없다.

리처드와 벤은 집을 살펴보러 간다. 다른 모든 것에 더하여 지하 옹벽 같은 것을 설치한 덕분에 집 주위에 커다란 두더지굴을 빙 두른 것처럼 흙 둔덕이 생겼다.

그곳에서 영화배우가 일꾼들과 같이 일하고 있다. "멋지지 않아요? 꽤 보기 좋죠?"

"지금 뭘 하고 있는지는 알아요?" 리처드가 묻는다.

"흠, 그럼요. 이 친구들이 알려주잖아요. 내가 당신 집에 아무렇게나 못을 박게 내버려두진 않는다구요. 다음 출연작에서 목수일을 했던 남자 역을 맡았거든요. 감을 잡아야겠다 싶어서요. 아참, 불개미는 미안해요. 아무래도 우리 집에서 온 것 같아요. 동생이 멕시코에서 식물을 샀는데 불개미가 붙어 있더라고요. 당신 친구, 그 구덩이 때문에 온 공무원이 쓴 대본 봤어요. 나쁘지 않던데요. 권리 옵션을 얻어줄 생각이에요. 그 사람 아내는 본 적있어요?"

"아니요."

"호텔 전화교환원인데 유망주 같더군요. 영화에 출연시켜야겠다고 생각하는 중이에요."

실내장식가가 페인트공과 함께 나타난다. 리처드 생각에는 아무래도 그 페인트공이 여자의 성노예 같다. 여자가 말한다. "살아남으셨네요."

리처드는 그 여자가 도대체 무슨 말을 하는 건지 알 수가 없다.

"그래요."

"이젠 뭘 생각할 차례죠?" 여자가 묻는다.

"모르겠군요. 당신이 말해봐요. 아, 그리고 이쪽은 내 아들 벤이에요. 당신이 작업했던 방이 이 아이 방이죠."

여자는 벤 앞에 서서 찬찬히 들여다보더니 눈을 감고 벤 앞, 옆, 위로 손을 흔든다. "읽는 중이에요."

그 광경에 놀라면서도 리처드는 네일건을 들고 집 주변을 오르내리는 영화배우 때문에 정신이 산만하다.

실내장식가가 말한다. "책상이 보여요. 그리고 크고 두꺼운 벨기에 산 수제 카펫, 아름다운 회색 톤의 벽." 여자는 눈을 반짝 뜨고 벤에게 묻는다. "마음에 드니?"

벤은 그 여자와 교신하듯 말한다. "평면 텔레비전, 초고속 무선 인터넷."

토요일 아침, 닉이 현관문을 쾅쾅 두드린다. "프레드가 죽었어. 요양원에서 전화가 왔는데 어제 상태가 악화되어 병원에 데려갔대. 그런데 밤사이에 죽었대. 왜 날 부르지 않았는지 이해가 안 가. 나한테 전화하기로 되어 있는데."

"태워다줄까?" 리처드가 묻는다.

병원에서 닉은 사람들에게 자기가 프레드의 아들이라고 말한다. 간호사가 당황한다. "아무도 오지 않을 줄 알고 시체보관소에 내려보냈어요. 안내해드릴 수 있습니다."

"어떻게 된 거요?"

"밤사이에 뇌졸중이 온 것 같습니다. 산소와 수분을 공급하고 격려를 해드렸지만, 아시다시피 환자분은 심폐소생술 금지 결정을 해두셨어요. 저희가 옆에 있는 동안 발작이 다시 온 것 같습니다. 평온한 임종이었어요."

"보고 싶은데."

"알겠습니다." 간호사는 전화를 걸어 프레드의 시신을 저장실에서 꺼내놓으라고 한다. 닉과 함께 지하실로 내려간 벤과 리처드는 '관계자 외 출입 금지'라고 적힌 육중한 문 밖에서 기다린다. 사람이 들어가고 나올 때마다 언뜻언뜻 몸을 숙이고 프레드에게 말을 거는 닉의 모습이 보인다. 닉은 프레드 옆에 오랫동안 머문다. 밖에 나온 닉의 옷에서 포름알데히드인지 요새 쓰는 약품인지 모를 냄새가 난다.

그들은 요양원으로 간다. "장례식 계획은?" 닉이 말린 과일처럼 수척한 얼굴을 한 쌀쌀맞은 여자 원장에게 묻는다.

"장례식 계획은 없습니다. 델라웨어에 사는 프레드의 조카에게 통보했습니다. 화장해서 앞서 떠난 아내와 같은 곳에 묻힐 겁니다."

"난 왜 전화를 못 받았지?"

"가족에게 전화가 갔습니다."

"프레드가 서명한 서류엔 내 이름이 들어 있어요. 내가 프레드의 소원을 들어줄 사람이라고."

"제가 어떻게 해드릴까요?"

"프레드의 친구들에게 작별 인사를 할 기회를 줬으면 좋겠는데."

"실례지만……" 원장은 말끝을 흐리며 닉이 이름을 말하길 기다린다.

"톰프슨."

"톰프슨 씨, 저희는 죽음을 크게 다루지 않으려고 합니다. 이곳에 있는 모든 사람이 죽을 것이고, 다들 그 사실을 압니다. 그들의 감정을 휘젓거나 공황 상태를 일으키고 싶지 않습니다."

"존중이라고 하면? 자기들에게 무슨 일이 생길지 정확히 아는 성인으로 대우하고, 그 사람들이 괜찮은 방식이라고 생각할 수 있게 추도회를 여는 건?"

"당신은 이곳 손님이고, 입주자 가운데 친구도 두었지만, 규칙을 만드는 건 당신이 아닙니다. 나죠."

"댁의 허락을 받아서 추도회를 열고 입주자들을 초대하고 싶다면?"

"여기에서는 안 됩니다."

"좋아. 밖에서 하지. 내일. 가고 싶어하는 사람 모두를 위한 차량과 도우미를 제공하지. 그러면 되겠지?"

원장은 고개를 끄덕인다.

"그리고 입주자들에게 좋은 시간은?"

"입주자들은 아침형입니다."

"오전 열한시? 점심 전에 데려다주리다."

"좋습니다."

"프레드의 소지품은?"

"보통은 재활용합니다. 직접 치우시겠다면 봉투 몇 개를 드릴 수 있습니다만."

닉은 복도를 내려가서 프레드의 소지품을 그러안고 돌아다니며 입주자 한 명 한 명에게 말을 건다.

"프레드가 빨간 스웨터를 당신에게 주랬어. 내일 프레드의 인생을 축하할 거야. 파이를 먹으러 갈 거야. 열시 반에 출발해."

그는 프레드의 슬리퍼, 새 양말, 깨끗한 목욕 가운, 지팡이를 나눠준다. 닉은 프레드가 얼굴을 붉히며 바라보던 노파 릴리안에게 프레드의 사진을 몇 장 준다. 프레드의 방에서 정말로 개인적인 소지품은 그 사진들뿐이다. 군대에 간 청년 시절의 프레드, 부모와 함께 있는 프레드. 닉이 말한다. "프레드는 당신을 좋아했어. 알고 있겠지만."

"사랑스러운 남자였지. 고마워." 릴리안이 말한다.

닉은 벤에게도 사진을 준다. 프레드의 결혼식 사진, 프레드와 아내가 결혼 25주년 기념식에서 찍은 사진. "하나는 바스에게 주고 하나는 네가 가져라. 알든 모르든 사람은 어딜 가나 과거를 지고 가는 법이야. 그걸 알아두는 게 좋아."

닉은 프레드의 빗을 자기 뒷주머니에 꽂고, 프레드의 라디오를 머리도 거의 들지 못하는 남자에게 안겨준다.

"프레드는 이 라디오가 당신에게 가는지 확인하라고 했어. 당신이 음악을 사랑한다면서." 닉은 거짓말을 한다.

그 남자는 뭔지 모를 말을 중얼거린다.

"자동차를 타고 파이 먹으러 갈 거야. 프레드가 파이를 얼마나 좋아했는지 알지?" 닉은 모두에게 말한다. 입주자들은 흥분한다.

선물을 받았을 뿐 아니라 기대할 파이까지 생긴 것이다.

"마실 건? 맛있는 커피 한 잔 마실 수 있어?"

"그럼. 커피든 홍차든 원하는 대로 마실 수 있어."

닉은 미니밴을 두 대 빌리고 요양원에서 비번인 도우미 두 명을 고용한다. 리처드는 신시아에게 전화해 와줄 수 있는지 묻는다. "챙겨줄 사람이 필요해요. 이리저리 돌아다니는 분들도 있어서요."

오전, 닉과 리처드와 바스와 벤과 신시아와 열세 명의 입주자가 파머스 마켓으로 여행을 떠난다.

"이런 델 뭐라고 불러?" 입주자 하나가 묻는다.

"오래된 파머스 마켓이야." 다른 입주자가 대답한다.

"저것 봐, 싹양배추가 있네. 우리 집 마당에서 키웠는데. 딱 저렇게 말이야. 나 저거 잠깐만 만져봐도 돼?"

리처드는 이 달러를 주고 그 노파에게 싹양배추 하나를 사준다. 바스는 노인들이 차에 오르고 내리는 모든 과정을 찍는다.

추도회에서 리처드는 신시아 옆에 앉는다. "와줘서 고마워요. 룸메이트는 어때요?"

신시아가 고개를 젓는다. "좋지 않아요. 아직 병원에 있어요."

"새 룸메이트를 받을 거예요?"

"아뇨. 그 침실은 비워두고 아이들을 부를 거예요. 한 명씩 하룻밤이나 주말 정도요. 애들이 그리워요."

리처드가 고개를 끄덕인다. "그거 좋겠네요."

"흠, 난 애들 엄마잖아요."

이야기하는 중에 리처드는 노인 하나가 의자에 오줌을 싼 것을 알아차린다.

닉이 운을 뗀다. "내가 아는 한 프레드가 가진 것이라곤 볼링공과 마누라의 틀니, 그리고 둘이 같이 춤추러 다니던 시절의 낡은 구두 몇 켤레뿐이었어. 크고 맛있는 파이를 좋아했고, 사람들을 좋아했지. 당신들 모두를 좋아했어. 누가 말만 걸면 표정이 밝아지는 걸 당신들도 알았을 거야. 누구 또 프레드에 대해 말하고 싶은 사람?"

"프레드가 처음 왔을 때는 아직 걸을 수 있었지. 보행보조기에 의지해서 말이야. 하지만 걸으면서 복도에 자국을 남겼어." 입주자 하나가 말한다.

"난 프레드를 기억해." 또 누군가가 그렇게만 말하고 입을 다문다.

"내가 죽으면 중국 음식 먹을 수 있나?" 노인 하나가 묻는다.

요양원으로 돌아가자 릴리안이 닉의 팔을 잡고 끌어당긴다. "그러면 이제 당신을 다시 못 보는 거야?"

"아니, 릴리안. 지금부터는 매주 릴리안을 보러 올게."

"고마워라."

"수요일에 봐."

"아, 그리고 난 레몬 머랭이 좋아."

"미리 알아서 좋네."

프레드의 장례식이 끝난 뒤 리처드는 시드니에게 전화를 건다. 절실하게 위안을 받고 싶은 데다, 의사에게 그냥 염증일 뿐 감염된 게 아니라는 좋은 소식도 들은 참이다. 두 사람은 샌타바버라까지 차를 몰고 가서 저녁을 먹기로 한다. 샌타바버라는 중립지대이다. 가는 길에 시드니는 운전하는 리처드에게 펠라티오를 해준다. 오르가슴이 온 순간 그는 앞에 달리던 화물차를 들이받을 뻔한다. 샌타바버라에서 두 사람은 해변을 따라 산책한다. 어느 순간 그녀가 명령한다. "해줘요. 지금, 여기에서."

시드니의 성욕은 강하고 압도적이다.

리처드는 오로지 이걸 시도하고 싶은 마음에 인터넷으로 주문한 비아그라를 먹고 나왔다. 그는 바위처럼 단단해져서 위에 자리를 잡는다. 심장이 아픈 것 같다. 아니면 그냥 자세 때문인지도 모르겠다.

뒹굴고 또 뒹구는데도 그는 절정에 이르지 못한다. 어느 시점에선가 행위 자체가 고통스러워진다. 그녀는 이미 여러 번 고함을 질렀고, 그는 행위를 끝내보려고 노력한다. 간지러워서 계속 긁어야만 하는 상황과 비슷하다. 끝은 보이지 않고, 설령 지금 절정에 이른다 해도 너무 심한 흥분과 전율로 심장이 터져버릴 거란 생각이 든다.

마침내 공포가 그를 이긴다. 그는 성기를 빼고, 흠뻑 젖은 채 저절로 해결되기를 바라며 물러난다.

그들은 산책을 계속한다. 그는 그녀가 자신에게 빠지기 시작했다는 생각이 들자 뒷걸음치고 싶어진다. 그 순간 그녀가 그의 생각은 어떤지 모르지만 자기는 솔직해야 할 것 같다고, 오해하지 말았으면 좋겠다고, 일전에 PC 그린에서 다른 사람을 만났다고 말한다.

그는 조금 허탈해지지만, 그보다는 부담감이 사라지는 느낌이다. 성적인 긴장도 풀리면서 갑자기 미친 듯이 오줌을 싸고 싶어진다. 리처드는 실례한다고 말하고 해변 멀찍이 가서 오줌을 눈다. 누군가가 그를 보고 외친다. "세상이 네 화장실인 줄 아냐, 미친놈아."

그녀는, 그가 깊이 사랑했던 옛 여자는 아무 경고도 없이 도착한다. "지금 차 안이야. 공항에서 호텔로 가는 길이야. 늦은 비행기를 탔거든."

"여기 와 있다고?"

"간다고 했잖아. 맙소사, 전화 왔네."

"온다고 한 게 아니라 노력해보겠다고 했지."

"어쨌거나 왔어. 사무실 전화야. 받아야겠어."

"같이 아침 먹을 수 있어?" 리처드가 묻는다.

"아침 약속이 두 개나 있어."

"점심은?"

"그것도 두 개."

"저녁은?"

"난 뉴욕 시간대로 움직이려고 해. 여섯시 괜찮아?"

"괜찮아. 좋아. 그때 봐."

그는 벤에게 말하러 간다.

"벌써 알아요. 여섯시에 저녁식사요."

"네 엄마한테 차를 사줬다는 말은 안 했다. 안 된다고 할까봐."

"제가 말했어요. 아버지가 그 정도는 해줘도 된댔어요. 그리고 어떻게 같이 자지도 않는 여자에게 차를 사줄 수 있는지 이해하지 못하겠다고도 했어요. 어쨌든 버스가 엄마 볼보를 돌려줄 테니 잘 됐죠 뭐."

리처드는 소리내어 웃는다. 그리고 호텔에 전화해 그녀의 방으로 보낼 꽃을 주문한다. 갑자기 수줍어진 그는 카드에 벤의 이름만 적는다. '로스앤젤레스에 온 것을 환영하며.'

그는 문득 마지막으로 갔던 가족 여행을 떠올린다. 벤이 세 살 쯤이었을 때 세인트바츠로 갔던. 그는 매일같이 벤과 함께 수영을 했고, 그녀는 거의 내내 원고 편집만 했다. 그는 수영 튜브를 낀 벤, 발가벗은 채 수영장에 오줌을 누던 벤과 깨끗한 물을 가르고 퍼지던 가느다란 노란 호선을 기억한다.

세 사람이 같은 시간 같은 장소에 있은 지 십일 년 가까운 시간이 지났다. 만날 시간이 기대된다. 그는 아침 신문을 사러 가판대에 갔다가 이발소에 들러 머리를 깎는다. 이발사는 그의 목을 털면서 따끔거리는 머리카락들을 셔츠 깊숙이 밀어넣는다.

오후에 호텔 컨시어지가 집으로 전화한다.

"실례합니다. 몰래 전화드리는 겁니다만."

"그런데요." 리처드가 말한다.

"작은 사고가 있어서요. 손님이 더그에게 물렸습니다."

"더그라고요?"

"네. 더그에게 물렸답니다."

더그가 뭐지? 사람인가? "벌레인가요? 벌에게 쏘인 것과 비슷한가요?"

"아뇨. 더그라니까요. DAWG*요."

"그 사람은 괜찮습니까?"

"얼음을 대고 계십니다. 아셔야 할 것 같아서요. 아드님 맞죠?"

"그래요." 아니라고 하는 것보다 이쪽이 쉽다.

"기억하고 있습니다." 그 말에 리처드는 이 말은 듣지 않았으면 좋았을 걸 싶다.

"그래요. 지금 가겠습니다."

도착하는 데 한 시간이 걸린다. 교통 상황이 끔찍하다. 그는 차에서 그녀에게 전화를 건다. 그녀는 개에게 물렸다는 말을 하지 않는다. 혹시 컨시어지가 벤을 다시 보려고 꾸민 얘기가 아니었나 의심이 든다. 그는 그 생각을 얼른 지운다.

"오후에 호텔 부근에 갈 건데 들러도 될까?"

"아. 그러면 좋지." 그녀가 말한다.

그는 누구의 눈에도 띄지 않고 로비를 지나 그녀가 묵는 방으로 가 벨을 누른다. 그녀가 외친다. "들어와. 문 열렸어."

예전과 똑같은 모습일까? 달라졌을까? 나이가 들었을까? 아무 생각이 들지 않는다. 불안한 나머지 방 안에서 그녀만 보이지가

---

* 구어로 개를 가리킨다.

않는다.

방 자체는 낯익다. 집이 무너지려고 했을 때 신시아와 같이 지낸 방이다. 그녀는 거실에서 신을 벗고 얼음에 감싼 다리를 커피 테이블에 올리고 있다.

"방 좋네." 그가 말한다.

"내가 늘 묵던 방이야."

"그래?"

그녀는 고개를 끄덕인다.

"발목이라도 삐었어?"

"벤에게 줄 선물을 사러 가고 있는데 그놈들이 날 쫓아오는 거야. 이리 떼를 축소시켜놓은 것 같은 작은 들개들이 말이야. '앉아. 멈춰. 거기 서'라고 외쳤는데 듣지도 않더라고. 도망치려고 했지만 뛸 만한 신발이 아니잖아." 그녀는 문 가까이 팽개쳐진 마놀로스 구두를 가리킨다. "녀석들이 로데오 거리를 지나 삭스 백화점 안까지 쫓아왔어. 녀석들을 걷어차고 매장 안으로 뛰어들었는데 한 놈이 내 발목을 무는 바람에 다리를 흔들어서 떼내야 했다니까. 다른 놈들은 유리문에 몸을 던지고 긁고 짖어대고. 경비원이 멋지게 처리했어. 녀석들을 커다란 가방에 넣어서 경찰에 갖다줬지. 아무래도 처음 일어난 일이 아닌가봐. 베벌리힐스를 돌아다니는 들개 떼라니. 날 산 채로 잡아먹으려고 했다니까."

"한 놈에게 물린 거야?"

"최소한 한 마리. 차마 들여다볼 용기가 안 나."

"의사는 불렀어?"

"뉴욕에 있는 찰리와 얘기해봤는데 광견병 예방주사를 맞아야 한대. 당신 아는 의사 있어?"

"아프겠는데." 리처드가 얼음주머니를 들고 그녀의 다리를 보며 말한다.

팬티스타킹이 찢어지고 다리에 이빨 자국이 났다. 그녀의 종아리와 발목은 여전히 가늘지만, 발은 그의 기억과 다르다. 더 두꺼워졌고, 발가락은 망치 모양으로 꺾였다. 꼭 그녀의 어머니 발 같다. 발가락에 뭔가 하얀 것이 있다. 곰팡이처럼 보인다.

"광고에 나오는 그 약 발라야 하는 거 아냐, 당신? 라미실인가?"

그녀는 깔깔 웃는다. "무좀이 아니야. 매니큐어를 잘못 칠한 거지. 발톱을 칠해달라고 했더니 이래놨지 뭐야."

그는 앤더슨 박사 사무실로 전화해 접수원에게 말한다.

"리처드 노박입니다. 아내가 개한테 물려서 전화하는 건데요."

"결혼하신 줄 몰랐네요." 접수원이 말한다.

"광견병 예방주사를 맞아야 해요."

"잠시만 기다리세요." 접수원이 돌아와서 말한다. "퇴근하실 참이었지만 기다리시겠다고, 부인을 만나보고 싶다고 하시네요."

아내가 말한다. "찰리가 다리를 계속 올리고 있으랬어."

그는 그녀를 안아든다. 허리가 아프지만, 아무 말도 하지 않는다. 그녀가 얼음주머니를 든 채 그의 목에 팔을 감는다. 덕분에 어깨뼈 부근이 차갑다. 그녀는 그의 가슴에 머리를 기댄다. 그는 깊이 숨을 들이마신다. 그는 그녀의 체취를 사랑한다. 그녀를 사랑한다. 언제나 사랑했고, 그래서 떠나야 했다.

"얼굴 보니 좋네." 엘리베이터를 기다리면서 그가 말한다.

그녀는 미소 짓는다. "벤은 어때?"

"좋아. 아주 좋아."

내려가는 엘리베이터 안에서 실체 없는 음성이 들려온다. "들립니까? 시험 가동 중입니다. 시스템 시험 가동 중입니다. 들립니까?"

"들려요." 두 사람은 동시에 대답한다.

"잘 들리는지 확인할 수 있게 몇 마디만 해주시겠습니까?"

"우린 엘리베이터를 타고 있습니다. 내려가는 중이에요. 어디에서 말하는 거죠?" 리처드가 말한다.

"버뱅크에서 위성 송신 중입니다. 협조해주셔서 감사합니다. 시험 종료합니다."

"부인이 상당히 맛있어 보였나봅니다." 앤더슨 박사가 그녀의 다리를 살펴보며 말한다. "무슨 종이었는지 기억하세요?"

"귀가 뾰족하고, 얼굴이 길고, 멕시코 음식 광고에 나오는 종이었어요."

"치와와요?"

그녀는 고개를 끄덕인다.

"검치 호랑이가 아니었던 게 확실해요?" 의사는 반쯤 농담으로 묻는다.

"로데오 거리에 검치 호랑이가 있어요?"

"여기엔 뭐든 다 있답니다."

"개였어요. 작은 개요."

"파상풍 주사는 맞았나요?"

"아무것도 안 맞았어요."

"전에도 이런 환자 본 적 있으세요?" 리처드가 의사에게 묻는다.

"본 적은 없지만, 들은 적은 있어요. 길들지 않은 개 떼가 있다고 하더군요. 광견병 예방주사를 맞아본 경험이 있습니까?" 의사는 리처드의 전처에게 묻는다.

"배에 한 번 맞았어요. 광견병 예방주사가 그거 맞죠?"

"사실 이제는 팔에 놓습니다."

"그런 약을 비치해둘 줄은 몰랐습니다."

"뭐든 하나씩은 보관해둡니다. 모든 사태에 대비하는 걸 좋아해서요. 달걀이나 조개나 견과류에 알레르기 같은 게 있습니까?"

그녀는 고개를 젓는다. "메이크업 리무버 때문에 발진이 생긴 적은 있지만, 오래전이에요."

"좋습니다. 그러면 오늘 주사 두 대를 놓겠습니다. 파상풍과 광견병 예방주사요. 그리고 앞으로 사 주 안에 광견병 예방주사를 다섯 번 더 맞으셔야 합니다. 여섯 번을 이어서 맞는 게 중요해요. 광견병은 치명적이지만, 주사는 그렇지 않지요."

리처드는 그녀를 본다. 그녀의 얼굴선, 피붓결, 그녀가 어떤 세월을 보냈는지. 지금 그녀의 모습은 대체로 그가 기억하는 것보다 부드럽고 따뜻하다.

"그나저나 노박 씨의 심전도 기록을 찾았습니다. 루살디의 책상

위 파일에 있었어요." 앤더슨 박사는 백신을 준비하러 나간다.

갑자기 그녀가 말한다. "나가고 싶어. 주사는 싫어."

"이건 선택의 문제가 아니야." 리처드가 말한다.

"상관없어."

"여기 있어야 해." 리처드는 말하면서 그녀의 손을 꼭 잡는다.

"언제부터 이랬어, 당신?"

"이렇다니 뭐가?"

"언제부터 이렇게 상냥했냐고."

"모르겠어." 그는 대답한 뒤 침묵을 메우기 위해 말한다. "내가 소아마비에 걸렸던 거 알고 있었어?" 좋은 화제는 아니지만, 마음속에 있던 일이 튀어나온다.

"당신이 무슨 소아마비야."

"소아마비였어. 내가 몰랐던 것뿐이지. 왜 내가 소아마비에 걸렸을 리 없다는 거지?"

"걸렸을 리 없으니까. 철제 호흡 보조 장치를 달지도 않았고 휠체어를 타고 다니지도 않잖아."

"소아마비에도 여러 형태가 있어."

의사가 돌아온다. "오늘 아침에 소규모 지진이 있었다는데, 느꼈어요?"

"아무것도 못 느꼈는데요." 리처드가 대답한다.

의사가 주사를 놓는다. "알레르기 반응이 없는지 확인하게 이십 분쯤 대기실에 앉아 계세요. 두번째 주사는 사흘 안에 맞아야 합니다. 주치의가 준비해주겠지만, 혹시 여기 머문다면 전화하세요."

"고맙습니다. 정말 감사해요."

"만나서 반가웠어요."

리처드는 진료대에서 내려오는 그녀를 부축해서 대기실로 데려 간다.

"비행기가 늦게 도착했어. 오하이오 상공에서 엔진이 고장나는 바람에 JFK 공항까지 돌아가서 새 비행기를 타야 했거든."

리처드는 마지막으로 사랑을 나눴던 순간을 떠올린다. 그는 떠 날 생각을 하고 있었고, 그게 마지막이라는 걸 알면서 그녀의 뺨 과 목과 머리카락에 입을 맞췄다. 그는 묻는다. "결혼했을 때 당신 은 무슨 생각을 했어?"

"희망에 부풀어 있었지."

"우리 신혼여행에서 무슨 일이 있었는지 기억해?"

"화산이 폭발해서 떠나야 했잖아. 재가 날리고 용암이 흐르고." 이것은 예전에 했던 놀이였다. 사귀면서 있었던 일들을 계속 다시 이야기하는 것.

"백오십 년 만에 처음 있는 일이랬지. 우린 가까스로 빠져나와 파리에 갔지." 그가 말한다.

그녀는 잠시 말이 없다.

"무슨 생각해?" 그는 그녀가 그에 대해, 혹은 벤에 대해 무슨 말을 하리라 생각하고 묻는다.

"미치겠어. 사무실에 아무 일도 안 하는 사람이 있어. 다른 사 람은 모두 개처럼 일하는데 이 작자는 아무 일도 안 하는 거야. 그 런데 난 뭐라고 할 용기가 없어."

배를 걷어차인 것 같다. 언제나와 똑같다. 오래전에 받았던 느낌, 그가 알고 있던 것을 다시 확인한다. "일을 쉬기는 해?"

"내가 왜 쉬어야 해?"

"그 일을 사랑해? 만족스러워?"

"그런 생각 할 시간 없어."

"그래서 그러는 건가? 생각하지 않으려고?"

그녀는 대답하지 않는다.

"그런 거야?"

"난 활동적인 게 좋아."

대기실 텔레비전은 지역 뉴스 방송에 맞춰져 있다. "오렌지 카운티에 사는 한 어머니가 영웅적인 행동을 보여줬습니다. 식품점 주차장에서 그녀의 자동차가 아이 위로 굴러 팔이 바퀴에 깔렸습니다. 마리아 산티아고는 차를 들어올렸고, 아이는 한쪽 팔만 부러진 채 기어나올 수 있었습니다. 이 장면이 가게 밖에 있는 감시 카메라에 잡혔습니다. '자동차가 따님의 팔 위로 굴렀을 때 무슨 생각을 하셨나요?' '그저 우리 딸을 구해야 한다는 생각밖에 없었어요. 주님께 힘을 달라고 기도드렸죠.'"

리처드는 화제를 바꾼다. "요전에 자동차에 치인 다람쥐를 봤어. 죽지는 않고 누워서 미친 듯이 다리를 차고 있더군."

"깔아뭉갰어?"

"무슨 소리야?"

"다람쥐를 깔고 지나가서 그 비참함을 끝내줬느냐고."

"아니. 왜?"

"흠, 당신이 길가에 그렇게 누워 있다면 누군가가 그렇게 해주길 바랄 것 같지 않아? 비참한 순간을 끝내주길?"

"아니." 그는 충격을 받는다. 한 번도 그런 생각은 해본 적이 없다. "아니야." 그는 분명히 하려고 다시 말한다. "나에게 말을 걸어줘. 내 손을 잡아줘. 깔고 지나가지 말고."

의사가 돌아와서 그녀의 혈압을 재보더니 가도 좋다고 한다. "타이레놀을 먹고 다리는 계속 올려두세요. 혹시 체온이 39도까지 올라가면 전화하고요."

여섯시가 되자마자 벤이 도착한다. 벤은 엄마의 다리에 두른 얼음주머니와 붕대를 본다. "무슨 일 있었어요?"

"야생 치와와에게 물렸어." 그녀가 대답한다.

"괜찮아요?"

"괜찮아. 다 씻어내고 백신도 맞았어."

"괜찮은 거 분명해요?" 벤이 다시 묻는다.

"그래. 너는 어떠니? 직장은 어때?"

"어, 내가 차기 슈퍼 에이전트가 되는 일은 없을 거라고만 해둘게요."

"뭐든 경험이지." 리처드가 말한다.

세 사람은 벤의 바르 미츠바 이후 한 방에 있었던 적이 없다. 심지어 그때도 백 명 정도의 사람들이 같이 있었다. 리처드는 누군가 중재자가 나타나서 모든 걸 해결해주길 반쯤 소원한다.

그들은 무대 위에 오른 배우처럼, 극적인 효과를 주기 위해 세운 벽에 가로막히기라도 한 것처럼 각자 외따로 떨어져 있다. 두 남자는 서 있고, 한 여자는 소파에 앉은 채. 서로의 사이에 모든 것을 담은 채.

"그래서, 이제 어쩌죠?" 벤이 묻는다.

"내 비서가 오르소에 예약해놨어." 그녀가 대답한다.

"다리를 계속 올리고 있어야 하잖아, 당신은." 리처드가 말한다.

"네 사람 자리에 셋이 앉는 거니까 남는 자리에 얹어두지 뭐."

벤은 고개를 갸웃거리며 두 사람을 번갈아 바라본다.

"특별히 찾는 거라도 있니?" 리처드가 벤에게 묻는다.

벤은 두 사람을 끌고 침실로 들어가, 커다란 거울 앞에 놓인 침대 가장자리에 셋이 나란히 앉는다. 벤이 가운데다.

"보여요?" 벤이 묻는다.

"뭘 찾는 건지 모르겠는데." 리처드가 말한다.

"매트리스가 딱딱하네. 새로 깔았나봐." 그녀가 말한다.

"내 얼굴이요. 내 얼굴을 봐요. 이마 선은 아빠를 닮았고, 눈은 딱 엄마랑 판박이에요. 그리고 턱은……"

"네 할아버지 턱이지." 리처드가 말한다.

"전부 어디에서 왔는지, 누구 것인지 알 수 있어요."

그렇게 세 사람은 앉아서 거울을 보고, 벤을 보고, 자신을 본다. 그렇게 앉아 있는데 진동음이 들리더니 불이 흐릿해졌다가 밝아 졌다가, 몇 초 후에 깜깜해진다. 냉방 장치가 멈춘다.

비상등이 켜진다. 방 안에 생기 없는 오렌지색 불빛이 가득 찬다.

"뭐라고 생각해?" 그녀가 묻는다.

"더웠잖아. 전력 소비가 과했던 거야." 리처드가 말한다.

벤이 창가로 걸어간다. "좋은 소식은 밖에 불빛이 보인다는 거예요." 그는 20층 아래를 가리킨다.

"저녁을 먹으러 가야지. 가까운 곳에라도. 여기 그냥 앉아 있는 건 숨 막히잖아." 그녀가 말한다.

"전기가 나갔으니 엘리베이터도 움직이지 않을 텐데, 당신은 백신을 맞았잖아." 리처드가 말한다.

"아, 깜박했어."

그는 텔레비전을 켜고 무슨 일이 일어났는지 보고 싶다. 영상이나 정보, 지금 상황에 대해 알려줄 모든 것을 확인하고 싶다. 리처드는 수화기를 들고 0번을 누른다. 프런트 직원이 대답한다.

"저희만이 아니라 이쪽 길이 다 정전입니다. 아무래도 전력망이 잘못된 것 같아요."

"언제 전기가 다시 들어올까요?" 리처드가 묻는다.

"전력망이 복구되면 들어오겠죠. 그사이에 뭘 좀 보내드리겠습니다. 백포도주 한 병과 파스타를 올려드리죠. 아직 가스는 들어오고 물도 끓고 있으니까요."

경비원들이 손전등을 들고 복도를 오가며 방마다 들러 사람이 몇 명인지 확인한 뒤 손전등을 나눠준다. "불이 다시 들어올 때까지 방 안에 계시기 바랍니다. 나가셔야 할 경우에는 복도 끝에 있는 비상계단을 이용하시고 손전등을 가져가십시오. 비상계단은 직원들이 지키고 있으며 안전합니다."

벤이 말한다. "내가 내려가서 뭘 좀 사올까요? 난 계단으로 내려갈 수 있으니까요. 뭐 드실래요? 피자, 초밥, 중국 음식?"

그녀가 묻는다. "메뉴가 있니? 메뉴 없이 주문하긴 힘들구나."

"좋아하는 걸 생각하고 말하면 돼." 리처드가 말한다.

"생강 양념 새우. 그게 없으면 다른 매콤한 양념 새우. 토마토소스만 빼고."

"그리고?"

"소스를 곁들여 찐 야채와 닭고기, 그리고 현미밥과 갈비."

"아빠는요?"

"흠, 찐 야채만두, 그리고 혹시 있으면 부드러운 껍질의 게 요리."

"당신 아직도 중국 음식점에서 부드러운 껍질의 게를 먹는구나?" 그녀가 말한다.

"응. 왜?"

"이십 년 전에도 먹던 거잖아."

"지금도 좋아해." 그는 벤에게 지폐 다발을 주며 말한다.

"그리고 타이레놀. 타이레놀 좀 사다줄래?" 그녀가 말한다.

벤이 나가자 그녀가 말한다. "착한 애야."

"훌륭하게 자랐어."

둘만 남는다. 그는 의식적으로 창가에 다가간다. 창가에 서서 밖을 내다본다. 휘황한 도시는 아니지만, 모든 미국 도시가 다 그렇듯 어둠 속에서 빛을 발하고 있다. 어두워지면 자동으로 켜지는 등대 같은 거대한 전광판이 사람들의 눈을 40피트 높이에 걸린 영화배우 얼굴로 끌어당긴다. '개봉 박두.' '금요일 개봉.'

그는 창가에서 물러나 그녀를 바라본다. "불안해 보여."

"이상한 하루였어."

"숨을 들이쉬어."

"뭐?"

그는 다가가서 한 손을 가슴에, 한 손을 배에 올리도록 해준다. "눈을 감고 이 손을 댄 부분으로 숨을 들이마셔. 등과 배를 꽉 채워. 그런 다음 천천히 숨을 뱉어내. 그리고 준비가 되면 다시 들이마시는 거야."

"열이 좀 있나봐."

문 두드리는 소리가 난다. 얼굴이 시뻘건 짐꾼이 리처드에게 포도주 병을 건넨다. "컨시어지가 보내는 겁니다. 가슴에 안고 와서 뜨거워지지는 않았나 모르겠네요." 복도는 비상등과 빨간색 '비상구' 표시등으로 윙윙거린다. 카펫의 소용돌이무늬가 흔들리는 것 같다. 리처드는 짐꾼에게 이십 달러를 준다.

벤이 커다란 쇼핑백 두 개에 음식과 구십구 센트 상점에서 산 야외용 양초 한 묶음을 들고 돌아온다. 그들은 커피테이블에 음식을 펼쳐놓고, 양초에 불을 붙인다. 리처드는 포도주를 한 잔씩 따라준다.

"잔치네." 그녀가 다리를 소파에 얹으며 말한다.

"실내 소풍이지." 리처드가 그녀의 다리 밑에 베개를 받쳐주며 말한다.

방 안에 따뜻한 버터색 빛이 들어찬다.

"맛있는데. 어디에서 사왔니?" 그녀가 묻는다.

"가게를 보면 엄마는 안 좋아할걸요." 벤이 말한다.

"가게 이름이 그거야?"

490

"아뇨. 하지만 괜찮을 거예요. 보건국에서 A등급을 받았고 식당에서 먹는 사람도 많더라고요."

그녀는 타이레놀 두 알을 입에 넣고 포도주로 넘긴다. 리처드가 잔을 다시 채운다. 차츰 온 가족이 어둠과 분위기, 화학조미료와 포도주에 취한다.

그리고 세 사람 사이에 넘을 수 없는 엄청난 간극이 있다 해도 지금 그들은 함께 있고, 어느 정도는 서로를 위해 존재한다는 느낌이 있다. 그것이 원하는 만큼의 충족감에는 미치지 못할지라도, 충분하지는 못할지라도 의미는 있다. 아무것도 없는 것보다는 훨씬 낫다.

"두 분이 이혼하지 않았다면 얼마나 달라졌을지, 내 인생이 어땠을지 생각해본 적 있어요?" 벤이 둘 중 누구에게랄 것 없이 묻는다.

"우리가 이혼을 하긴 했나?" 리처드는 전처에게 묻는다.

"무슨 소리야?" 그녀는 포도주를 튀기며 일어나 앉는다.

"이혼 서류에 서명한 기억이 나질 않아서 그래."

"난 몇 년 전에 이혼 서류에 서명했어."

"누가 요구한 거지?"

"내가. 난 뭐든 제대로 정리된 게 좋아. i에 점을 찍거나 t에 작대기를 긋는 것처럼."

"나에 대해 묻고 있었잖아요. 내 삶이 얼마나 달라졌을지 생각은 해봤어요?" 벤이 말한다.

"했지. 많이 생각해." 리처드가 말한다.

"만약 이게 세상의 종말이라면, 우리가 하는 마지막 대화라면 무슨 얘길 할까요?" 벤이 묻는다.

"그런 걸 생각하는 거냐? 세상이 끝난다면 어떨까? 우리가 여기 있는 시간이 언제 끝날지 모른다?" 리처드가 묻는다.

"난 이런 놀이 싫어." 그녀가 말한다.

"음, 난 그저 지금이 세상의 끝이라 해도 괜찮다고 말하고 싶었을 뿐이에요." 벤이 말한다.

"이게 세상의 끝이라면, 나는 아마도 그다음엔 무슨 일이 일어날까 궁금해할 거다. 내가 아는 세상이 다는 아니니까. 더 있지. 우리가 아는 것보다 더 큰 세계가 있어." 리처드가 말한다.

그녀가 끼어들어 말한다. "이게 세상의 끝이라면 두 사람과 계속 이야기를 하겠지만, 세상의 끝이 아니니 난 누워야겠어." 리처드가 소파에서 일어나는 그녀를 부축한다. "정말 긴 하루였어. 일찍 일어나야 해. 지금 자지 않으면 모든 게 엉망이 될 거야."

리처드와 벤은 그녀를 따라 침실로 들어가서, 그녀가 욕실에 들어간 사이 침대에 눕는다.

"여기에서 밤을 지내야겠다." 리처드가 벤에게 말한다.

"말리부는 어쩌고요?"

"괜찮을 거야. 물과 음식이 있고 나갈 수 있게 문도 살짝 열어뒀으니까."

벤은 자기 침대에 누워서 조용히 말한다. "엄마랑 같이 가야 할 것 같아요. 여름도 거의 끝났고, 도넛 가게 일도 다 정리됐고, 설비 일은 언제든 날아와서 도울 수 있어요."

"난 더 많은 걸 원한다." 리처드가 자기 침대에서 말한다. "디즈니랜드도 다시 가고 싶고, 너츠베리 팜*에도 가고 싶구나. 끝내주는 롤러코스터가 있다더라. 너와 함께 많은 곳에 가보고 싶다. 자전거로 프랑스 일주를 하는 것도 좋을 거야. 자전거 좋아하니?"

"아마도요."

"열차를 탈 수도 있지. 지금 시작하면 내년 봄까지는 준비가 될 거다."

"좋아요."

"말리부를 뉴욕에 데려가고 싶니?"

"말리부가 하루 종일 아파트에 혼자 있는 걸 좋아하지 않을 거예요. 게다가 아빠한텐 말리부가 필요하잖아요."

그녀는 티셔츠 차림으로 욕실에서 나와 리처드가 누운 침대로 기어오른다. "잘 자."

벤은 말이 없다. 리처드는 벤이 잠들었음을 깨닫는다.

리처드는 일어나서 나갈까 생각하다가, 대신 이불 안으로 기어들어간다. 그녀가 그에게 맞춰 몸을 구부린다.

아침 여섯시. 그녀는 속옷 차림으로 다른 침실에 놓인 러닝머신을 달리고 있다. 그녀가 자기 옷차림을 가리키며 말한다. "다른 사람과 같이 있게 될 줄 몰랐거든."

---

* 놀이공원.

"귀여워." 리처드가 말한다.

"전기가 다시 들어왔어." 그녀가 경사를 높이며 말한다. 그녀는 이미 자몽 반 개와 디카페인 카푸치노를 먹은 뒤이다. 벤은 아직 저쪽 방에서 자고 있다.

"뉴욕은 오전 아홉시야. 나 늦었어."

"어디로 가는데?"

"아침 약속이 두 건 있어. 일곱시 반과 아홉시. 그다음에는 열시 반에 회의가 있고 한시에 점심 약속이 있어."

"다리는 괜찮아?"

"괜찮아. 팔은 주사 때문에 아프지만."

그는 침실로 돌아가서 그녀가 옷 입는 모습을 지켜본다. 그는 언제나 그녀가 침대 가에 앉아서 팬티스타킹을 올린 다음 일어서서 뒤로 손을 돌려 스커트 지퍼를 올리는 모습이 끔찍하게 섹시하다고 생각했다. 그는 갈망에 사로잡혀 그녀를 지켜본다.

"오늘밤에 뉴욕으로 돌아가야 할지도 몰라. 제작에 문제가 있어서. 나중에 전화할게." 그녀가 방을 나서며 말한다. 개에게 습격당한 흔적이라곤 발목에 붙은 밴드 두 개뿐이다.

밤사이 야산에서 불이 났다. 버려진 성냥불 때문인지, 벼락 때문인지, 깜부기불 탓인지는 모른다. 불은 순식간에 번진다. 마른 수풀 지대가 화염에 휩싸인다. 불길은 땅을 타고 번져 나뭇가지에서 나뭇가지로 옮겨붙기 시작한다. 처음에는 작은 불씨였지만, 무서운 기세로 퍼져나간다.

리처드와 벤은 베벌리힐스에서 샌타모니카로 차를 달리면서 멀리 불붙은 언덕 위로 높이 치솟는 연기를 본다.

"엄마가 갈 때 같이 갈 거니?" 리처드가 묻는다.

벤은 고개를 끄덕인다. "돌아올게요. 나 믿죠?"

"평면 텔레비전에 초고속 인터넷." 리처드는 벤이 새 방에 원했던 것을 상기시킨다.

"프랑스 자전거 일주요."

"꼭 데려갈 거다." 리처드는 벤을 새 도넛 가게에 내려주면서 말한다. 페인트공이 와 있고 카운터에서 일하는 사람도 오고 있다. 작업이 진행 중이다.

"난 작별 인사 잘 못해요." 벤이 말한다.

"전화해라." 리처드가 말한다.

벤은 손가락으로 전화하는 시늉을 한다. "전화할게요."

말리부에 가보니 닉이 집 밖에서 쓰레기를 뒤지고 있다. "뭔가를 잘못 버린 것 같아."

"뭘?" 리처드가 묻는다.

"모르지. 쓰레기통을 비우는데 뭔가 버려선 안 될 걸 버린 것 같다는 느낌이 들었어. 문서분쇄기를 샀거든." 닉은 분쇄된 종이 뭉치를 쓰레기통에 다시 집어넣는다.

"며칠이나 못 잔 것 같은 얼굴인데. 다 괜찮나?"

"미친 듯이 일했어."

"시나리오?"

"소설. 불이 붙은 것 같아."

리처드는 닉을 따라 집 안으로 들어간다. 난장판이다. 커피잔과 먹다 만 샌드위치, 구겨진 종이가 사방에 널려 있고 타자기 두 대가 진동하고 있다.

"마지막 장이 확실해지길 기다리는 중이야." 닉은 말하면서 문서분쇄기에 종이를 집어넣는다. 종잇조각이 쏟아져나온다. "초고야. 그래서 집에 전화했어."

"그래?"

"그래. 왠지 프레드 일 때문에 겁이 났어. 전화하자마자 아버지가 한 말이 '언제 집에 오냐?'였어. 난 '첫 비행기로요'라고 대답했지. 그 말밖에 할 수 없었어. 마치 두 분이 몇 년이나 전화기 옆에 앉아 계셨던 것 같아. 어머니는 재킷은 있냐고, 저녁에 추워진다고, 그쪽은 날씨가 다르다고 하셨어. 통화를 하고 있으려니 왜 그렇게 오랫동안 떠나 있었는지 기억이 나지 않더군."

"그쪽에 가자마자 다시 기억날 거야." 리처드가 장담한다.

닉은 걱정스러운 얼굴이다. "내가 비행을 얼마나 싫어하는지 말했던가?"

"아니."

"돌처럼 굳어. 몇 년 전 뉴저지에서 박살났던 소형 비행기의 영상이 반복해서 떠올라. 좌석에 묶인 채로 KFC 주차장에 팽개쳐진 사람들 모습이 말이야."

"같이 가줄까? 올버니까지 날아가서 며칠 호텔에 묵다가, 자네가 돌아올 준비가 되면 함께 돌아오지."

"내가 들어본 중에 제일 친절한 제안이군."

"그냥 제안이 아니야."

"공항까지 태워다주는 건 어때?"

"말만 해."

"몇 시간만 기다려."

말리부가 리처드를 보고 기뻐한다. 얼굴과 귀를 핥으며 열광적으로 환영한다. 리처드는 개에게 먹이를 주고 오랫동안 산책을 시켜준다. 바다가 높다. 파도가 집 아래 목조부를 때린다. 해초가 리처드의 발목을 감아 붙잡고 간질인다. 리처드는 벤을 생각한다. 뉴욕에 돌아간 벤, 고등학교 졸업반인 벤, 수학능력시험을 보고 대학에 진학하는 벤. 벤은 무엇이 되고 싶은 걸까? 리처드는 언덕 위에 있는 집과 그리로 돌아갈 일, 다시 혼자가 될 순간을 생각한다. 이전의 나날들로, 아무것도 하지 않고 집 안에서 시간을 보내던 때로 돌아간다고 생각하니 견딜 수가 없다. 아무것도 하지 않을 수는 없다. 그러나 무엇을 한단 말인가? 그에게는 좋은 차가 있다. 앤힐의 가게에서 새 가게로 도넛을 배달할 수 있을 것이다. 트렁크에 선반을 달고, 선반에 따끈한 도넛 쟁반을 밀어넣고 하루에 두 번 샌타모니카까지 차를 모는 것이다. 도넛을 배달한 뒤에는 뭘 하나? 그래봐야 아침 여섯시 반 정도일 텐데. 명상을 하자. 샌타모니카에 있는 요가 강좌를 듣는 것이다. 완벽하다. 그는 샌타모니카를, 그곳의 분위기를 좋아한다. 그러고 나면 아침 여덟시. 헬스클럽에 가서 운동을 하고, 도넛 가게에서 아침을 먹고, 그러고 나면…… 방문을 하자. 한 사람이 아니라 열 명을 방문하는 것이다. 노인들, 약한 사람들의 집에 도넛을 배달할 것이다. 아니, 도넛 배달은 아니다. 노인들이 도넛을 좋아할 것 같진 않다. 나이 든 사람들에게 급식을 배달하자. 급식 배달 업체에 이야기해서 좋은 영양식을 필요로 하는 노인들을 위해 실비아의 특별식을 만들게 할 것이다. 그것은 그의 선물이 될 것이다. 그가 값을 치르고 음식을 들고 직접 노인들을 찾아갈 것이다. 문을 두드리고 초인종을 누르는 자신의 모습이 보인다. "던지거 부인, 급식 배달원 리처드예요." 노인들이 대화를 원하면 앉아서 이야기를 나눌 것이다. 그렇지 않다면 음식과 안부 인사만 건넨다. 그는 전율을 느낀다. 마침내 뭔가 할 일을 생각해냈다. 이제 그는 쓸모 있는 사람이다. 그는 플로리다에 있는 부모님에게 전화해 이 좋은 소식을 전하는 상상을 한다.

어머니는 이렇게 말할 것이다. "그 사람들이 왜 널 필요로 하니? 돌봐줄 자식이 없대?"

"때로는 스스로를 위해 할 수 없는 일을 남에게 해줄 수도 있는 거죠."

정오가 지나자마자 닉이 전화한다. "지금 안 가면 영영 못 가."

리처드는 짐 옮기는 것을 도우러 간다. 집이 완전히 변했다. 모든 것이 깨끗하게 정돈되어 있다. 공기까지 달라진 것 같다. 마지막 쓰레기봉투 몇 개가 문 옆에 놓여 있다.

"내 안에 사는 주부가 폭발했어." 닉이 말한다.

"바닥도 닦은 건가?"

"물론. 베란다도 문지르고 내 몸도 문질렀지." 닉은 샤워하고 수염도 깎았다. 목에 갓 생긴 상처가 보인다. 머리도 말끔하게 빗어 넘겼다. 달라 보인다. 더 나이 들고 지쳐 보인다. "책을 끝냈어."

"어디 있어?"

닉은 서류함 맨 밑에 서랍을 걸어찬다. "쓰는 데 이십 년이 걸렸어."

"사본은 있나?"

"아니. 공항까지 얼마나 걸릴까? 한 시간 안에 갈 수 있어?"

"옷, 칫솔, 등 경련에 대비한 약, 비타민 다 챙겼나?"

"녀석들은 여행을 잘 못해." 닉은 재킷에서 스카치위스키 병을 꺼낸다. "여행 음식이지." 닉의 여행가방은 작은 더플백이다.

"얼마나 오래 가 있을 건가?"

"며칠 정도. 부탁 좀 들어줄래?"

"그럼, 물론이지."

"릴리안을 찾아가봐. 내가 가겠다고 했거든. 릴리안은 레몬 머랭을 좋아해."

차 안에서 닉은 비지땀을 흘린다. 그는 재킷을 벗고 셔츠를 편다. 얼굴이 창백하다.

"구역질나나?"

"아니. 보안대를 지날 때 날 옆으로 밀어낼 것 같아. 선물을 안 가져왔어. 그래도 괜찮을까?"

"공항에서 시즈 캔디 한 상자 사. 어머니들이 좋아하지."

닉은 고개를 끄덕인다.

"뭐가 제일 두렵나?" 리처드가 묻는다.

"죽는 것."

"비행기 사고?"

"그래. 비행기 아니면 부모님 집에서 죽는 것. 어느 쪽이 더 나쁜지 모르겠군." 닉은 잠시 말을 멈춘다. "이봐, 내가 일주일 안에 돌아오지 않으면 데리러 와." 그는 종이에 주소와 전화번호를 적는다.

"언제든 전화해도 되는 거 알지?"

"내가 죽으면 책은 네가 책임져."

"안 죽을 거야."

"맨 밑 서랍이야."

공항에서 돌아오는 길은 남겨진 사람들로 혼잡하다. 물건을 높이 쌓아올린 차들이 달리는 게 아니라 숫제 무리 지어 서 있다. 공기 중에 극적인 느낌과 바비큐 냄새가 난다. 불길이 말리부 근처로 번지고 있다.

말리부로 돌아가보니 벤이 가고 없다. 그는 들어서자마자 안다. 부재의 존재를. 쪽지도, 응답기에 남긴 메시지도 없다. 그는 시내 집에 전화해 응답기를 확인한다. 해충 구제업체와 페인트공, 911 교환원 패티가 '확인차' 메시지를 남겼다. "한동안 소식을 듣지 못했으니 좋아지신 걸로 생각할게요. 잘된 일이에요. 내 기억이 맞다면 지금 말리부에 계시죠. 그쪽은 산불이 아주 심각한 데다 앞바다에 온 폭풍으로 파도가 높아질 거라던데요. 911 직원으로서 침착하고 초연한 태도를 보여야 하지만, 이런 일이 일어나면 불안해져요."

벤이 남긴 메시지는 없다.

리처드는 그곳에 있을 수가 없다. 그냥 앉아 있을 수가 없다. 너무 끔찍하다. 그는 앤힐의 가게로 달려간다. 그쪽 공기가 훨씬 낫다.

"노박 부인을 봤어." 앤힐이 눈을 반짝이며 말한다.

"전처야."

"굉장히 멋지던걸." 앤힐이 말한다.

"벤이 떠난다는 말 했니?" 리처드는 바스에게 묻는다.

"오늘 전에요? 아뇨. 나쁘게 받아들이실 것 없어요. 그럴 수밖에 없었는걸요. 벤은 이번 여름을 진짜 잘 보냈어요. 그렇다고 영원히 큰아버지랑 지낼 순 없잖아요."

앤힐이 말한다. "벤을 따라 말리부 집에 갔었어. 차고에 작은 딱정벌레가 있던데. 벤이 운전하게 해줬지. 행복하게 웃는 차야. 운전하는 내내 낄낄거렸다니까. 그리고 꽃을 가지고 왔어." 앤힐은 카운터에 놓인 주스잔에 꽂힌 거베라 데이지를 가리킨다. "꽃이 시드는 게 싫어서."

"화내지 마세요." 바스가 말한다.

"화나지 않았다. 상처받았을 뿐이지." 리처드가 화난 어조로 말한다.

앤힐이 말한다. "도넛 하나 먹어. 마음이 편해질 거야."

도넛을 보니 릴리안 생각이 난다. 릴리안을 찾아가면 기분이 나아질 것이다. 얼마나 기분이 나쁜지 생각하지 않으면 기분이 나아질 것이다.

자동차를 몰고 파머스 마켓의 듀파르로 가는 길에 신시아에게 전화를 건다.

"점심 먹을래요? 일기예보 리포터한테 바람맞은 참이에요. 산불과 연안 폭풍에 대한 특별 보고를 준비해야 한다나요. 화려한 기상 쇼니까요."

"시내에서 한참 떨어져 있어요. 저녁은 어때요?"

"그러고 싶지만 메건이 올 거예요. 처음으로 둘이서만 자는 날이에요. 정말이지 신나요. 쿠키 구울 재료도 샀어요. 다시 엄마가 되는 거예요. 나중에 전화할게요."

그는 듀파르에서 레몬 머랭 파이를 사 들고 요양원으로 간다. 릴리안은 방에 혼자 있다.

"안녕, 릴리안."

"누구?"

"프레드의 친구예요. 추도회 때 만났죠?"

"다른 남자가 오는 줄 알았는데. 귀여운 쪽 말이야."

"그 친구는 어디 갔어요."

"둘이 애인 사이야?"

그는 놀란다.

"아니요." 그는 웃고 나서 말한다. "전 이혼했어요."

"둘이 잘 어울리는데."

"파이 사왔어요."

"좋아. 당장 먹을래."

그에게는 플라스틱 칼과 포크 몇 개, 그리고 스티로폼 접시밖에 없다. 그는 파이를 자른다. "더 크게." 릴리안의 말에 칼의 위치를 조금 옆으로 옮긴다. 그리고 릴리안을 보자 아직도 더 컸으면 한다는 눈빛이 돌아온다.

"알아 모시죠." 그는 파이를 자른다.

"맛있네. 진짜 맛있어." 릴리안은 한입 한입 음미한다. 레몬 머랭 파이는 겉이 노릇노릇하게 구워져 바삭바삭하고, 입에 들어가면 살살 녹는다. 레몬 타르트 부분은 사르르 녹아 들어가고 빵 껍질은 부서진다. 릴리안이 앙상한 손가락으로 파이 조각을 집으며 말한다. "내가 비밀 하나 말해줄게. 난 당뇨야. 그러니까 이런 걸 매일 먹을 순 없어."

"릴리안, 어떻게 이럴 수가 있어요? 파이를 먹어선 안 되는데 파이를 좋아한다고 말하면 어떡해요?"

"내가 죽으면 뭐 어때서? 즐길 것도 기대할 것도 없이 살 순 없는걸. 아무한테도 말하지 마."

"그래서 문제가 생기면요? 누군가에게 말해야 해요." 그는 방에서 뛰쳐나가고 싶다. 누군가를 불러서 릴리안이 먹은 걸 토해내게 하고 싶다. 그는 파이를 더 꺼내려는 릴리안의 손에서 파이 상자를 낚아챈다.

"문제없을 거야. 너희 중에 누가 나타나기 전에도 팔십구 년이나 잘 살았는걸. 운만 따르면 팔십구 년을 더 살지도 모르지."

"그렇다면 세계 최초가 되겠네요."

텔레비전에서 산불 상황을 보도한다. "산불을 끄려는 노력 속에서 헬리콥터 한 대가 이례적인 수단을 취했습니다. 웨스트우드 주차장에 내려서 소화전을 걸고 물을 채운 다음 다시 이륙한 것입니다. 두려움을 모르는 사람들입니다. 또다른 팀은 협곡 고속도로를 달리다가 불벽에 둘러싸인 여성에게 물을 부어주었습니다."

"가봐야겠어요." 리처드가 말한다.

"다신 안 온다는 뜻이야? 그 얘기 하지 말걸."

"아니, 아니에요. 다시 올 거예요. 파이는 가지고 오지 않겠지만."

"좋아. 그럼 당뇨용 사탕이나 갖다줘. 너무 많이 먹으면 설사한다는 점만 빼면 그것도 괜찮아."

"알았어요. 사탕을 조금 가져올게요."

리처드는 남은 파이를 들고 요양원을 나서다가 원장실로 들어가 고백한다.

"그래서 방문객이 찾아오는 걸 좋아하지 않는 겁니다. 오늘밤에 간호사를 보내서 혈당치를 재보도록 하죠." 원장이 말한다.

"고맙습니다."

집에 가는 길, 교통 정체가 심하다. 산불로 봉쇄된 도로들 때문이다. 슬금슬금 기어서 한 시간 반이나 걸려 돌아온다.

공기 중에 눈이 아린 노란색 안개가 깔려 있다. 바람이 실어온 연기에 목이 칼칼하다.

벤을 생각하자 심기가 뒤틀린다. 왜 그렇게 서둘러 갔을까? 벤

504

이 그럴 준비가 된 걸까, 아니면 그녀가 그러라고 한 걸까? 벤을 다시 보게 될까? 언제쯤?

"오늘 아침 일부 지역에서는 계곡 부근 주민들이 수영장에 들어가 스노클로 호흡하며 불길을 버텼습니다." 라디오에서 리포터가 말한다. "열기가 엄청납니다. 마치 성경에 나오는 사건 같습니다. 불길이 만든 진공 공간이 모든 것을 빨아들이며 불 회오리를 만들어냅니다. 100피트 높이의 불길도 목격했습니다."

리포터가 이어서 보도한다. "경험 많은 이들조차 이해하기 어려워하는 부분은 이 불이 너무나 빠르게 번진다는 사실입니다. 불이 번진 면적은 수천 에이커에 달하며, 전소한 집만 수십 가구입니다. 로스앤젤레스 전체가 타는 걸까요? 카운티 행정관 한 분을 모셨습니다."

리포터에게 마이크를 넘겨받은 행정관이 말한다. "그나마 다행인 건 자연적으로 불이 꺼질 지점이 있다는 것이겠죠. 태평양 말입니다."

"곧 다시 뵙겠습니다. 소방관에게 물이나 샌드위치를 기부하고 싶은 분은 지역 LA 카운티 소방서로 가져오시기 바랍니다. 싸움은 밤사이에도 계속될 예정입니다."

리처드는 실비아가 며칠 전에 가져다준 저녁식사를 먹으며 뉴스 채널을 지켜본다. "로스앤젤레스에 밤이 내리고, 소방관들은 이제 오후 내내 날뛴 산불이 분노의 끈을 늦추기만 고대하고 있습니다. 오늘 낮에는 소방관들이 큰 곤경에 처하기도 했습니다. 소방관들이 서 있던 언덕이 흔들리면서 너비 150피트, 깊이 20피트

가량의 크레바스가 생겨 소방관 몇 명이 디딜 곳을 잃고 떨어졌다가 구출되었습니다. 그리고 이상한 일이지만 반 시간쯤 전에 토팡가 계곡 능선에서 진화 작업 중이던 소방관들이 소위 '악독한 수수께끼의 고양이'를 목격했다고 합니다. 일각에서 유일하게 살아남은 검치 호랑이일 수도 있다고 믿는 거대한 동물입니다. 이 소방관들은 문제의 동물이 언덕 꼭대기에 있는 것을 봤으며, 그 언덕은 이후 불길에 휩쓸렸다고 합니다. 심하게 건조해진 덤불이 불에 휩싸이면서 소방관들이 보는 앞에서 나무들이 터졌고, 다음 순간에 보니 호랑이는 사라지고 없었다고 합니다. 이것이 실제 사건인지 환각인지는 아무도 모르는 상황입니다. 언덕 지대의 모든 사람들이 궁금해하고 있습니다. 당국에서는 산불과 야생동물 모두 위험하기 때문에 사람들을 대피시키고 있습니다."

말리부가 계속 현관으로 가서 문을 긁는다. 리처드는 말리부가 벤을 그리워하는 것인지, 아니면 무슨 일인가가 벌어지고 있음을 알아차린 것인지 알 수 없다.

"그쪽으로는 나갈 수 없어. 그 문은 고속도로로 통한단 말이다. 다른 문으로 나가야지, 해변 쪽으로. 나가고 싶니?"

해변에서 뒤를 돌아보니 하늘이 노랗게 타오르고 있다. 세상이 끝나는 순간 같다. 공기에서 타버린 토스트 냄새가 난다. 차도 끝 교차로에 방송국 차가 서서 위성 안테나를 최대한 뻗고 있다. 그는 부두에 있는 놀이공원을 본다. 대관람차는 멈춰 있다. 모든 것이 멈췄다. 바람이 불 때마다 연기가 짙어진다.

그는 다시 집으로 들어가 집 안을 뒤진다. 옷장 바닥에 시장의 물건이었던 듯, 빨간색 넥타이와 데오도란트와 야광 콘돔이 든 헬스클럽 가방이 있다. 가방에는 '로즈볼 2002 VIP'라고 적혀 있다. 그는 대피해야 할 경우에 대비해 몇 가지 물건을 싼다. 가죽 끈, 개먹이를 가득 채운 비닐봉지, 초콜릿 바, 그리고 갈아입을 옷. 그는 휴대전화를 신시아가 준 전천후 케이스에 담아 가방에 넣는다.

리처드는 닉의 집으로 가서 서류함을 열고 원고를 꺼낸다. 떠나야 한다면 그 원고도 가져가야 한다. 닉의 책을 지키기 위해 훔치는 셈이다. 그는 원고를 고무줄로 묶은 다음, 비닐봉지에 집어넣는다. 숨을 깊이 들이마시자 폐에 연기가 찬다.

멀리 산 위에서 깜부기불이 개똥벌레처럼 반짝이고, 불의 파도가 산사면을 어루만지며 불길을 튀기고 넘실거린다. 바람이 방향을 바꿔 불길을 다시 위로 밀어올린다.

한밤중에 일이 터진다. 리처드는 차도에서 벗어난 트럭이 집을 덮쳤다고 생각한다. 우르릉하는 울림과 함께 벽이 흔들리고, 바닥이 젤리처럼 변하고, 집이 움직인다. 그는 현관문이 떨어져나가고 문틀이 부서지는 소리를 듣고는 닉의 소설을 셔츠 안에 쑤셔넣고 가방을 움켜쥔 뒤 거실로 뛰어나온다. 산사태다. 사방에 부서진 나뭇조각이 튀고, 벽이 엄청난 소리를 내면서 무너지고, 부서진 돌조각들이 식당에 있던 모든 물건과 함께 리처드를 집 밖으로, 베란다 너머로 밀어낸다. 리처드는 암흑 속으로 내동댕이쳐진다. 그는 이제 끝이라고 생각한다. 그 모든 것이 이걸로 끝이라고. 그는 바다에 빠져 첨벙거린다. 뭔가가 밀려와서 그에게 부딪힌다.

식탁이다. 그는 식탁을 잡고 몸을 끌어올린다. 개헤엄을 치고 있던 말리부도 판자 위로 올라온다. 식탁은 떠 있다. 리처드는 빌리가 그 식탁에 뜨거운 것을 올리지 말라고, 영화 세트로 만든 가짜라고, 스티로폼으로 만든 물건이라고 했던 말을 떠올린다.

그는 물에서 부서진 베란다 나무를 건져내 이 뗏목을 향해 밀려오는 잔해를 밀어낸다.

그는 닉의 말을 생각한다. "진짜 위험한 건 산불이 아니야. 말리부의 비밀을 가르쳐주지. 부패한 물탱크야. 저 위 언덕은 '물'을 땅에 버리는 줄줄 새는 탱크로 가득해. 어느 시점에 도달하면 못 버티고 부서질 거야. 오줌과 똥의 강이 우릴 휩쓰는 거지. 말리부는 마지막으로 남은 거친 서부야. 자기 목숨은 자기가 알아서 챙겨야 한다 이거지."

리처드는 식탁에 누워서 몸 상태를 점검한다. 팔다리 모두 무사하다. 그는 식탁에 누워서 파도에 흔들리며 조지프가 했던 이야기를 생각한다. 집에 갇힌 채로 홍수에 휩쓸려버린 한 남자가 강으로 변한 거리를 표류했다. 문 위까지 물이 찼는데도 그 남자가 원한 건 오직 문을 여는 것뿐이었다. 무엇을 보게 될 거라 생각했을까? 상황이 어떻게 전개될 거라 생각했을까? 결국 그 남자는 참지 못하고 문틀에 몸을 고정시킨 채 손잡이를 당겼다. 문이 열리고, 남자는 물에 휩쓸려 익사했다.

이 이야기에 뭔가 더 큰 의미가 있을까? 우화나 알레고리였을까, 아니면 그냥 이야기였을까?

그는 표류하고 있다. 그는 호흡을 하면서 하늘을 바라본다. 오렌지빛 산불이 오렌지빛 새벽에 자리를 내주는 시간이다. 태양이 떠오르고, 공기가 정돈되며 팽팽해진다.

그는 전천후 케이스에서 휴대전화를 꺼내 전원 버튼을 누른다. 불이 켜지고 신호가 뜬다. 충전 상태도 좋다. 리처드는 시장의 헬스클럽 가방을 열고 콘돔을 꺼내 전화기에 씌워 묶는다.

그는 표류한다.

멀리 조그맣게 서퍼들이 보인다. 생각보다 더 멀리 떠내려온 모양이다. 어젯밤에 그토록 요동치던 바다가 지금은 거울처럼 잔잔하다. 그는 개에게 먹이를 주고, 초콜릿을 조금 먹고, 만일에 대비해 닉의 원고를 지퍼백에 넣는다. 그리고 기다린다. 리처드는 싸우지 말라고 스스로를 타이른다. 지금 이 순간 그는 안전하다. 이 상태를 받아들여야 한다. 태양이 밝게 빛나며 물 위에 금빛 선을 드리운다. 근처에서 돌고래들이 뛰어오른다. 그는 먼 바다로 나가고 있다.

해가 뜨자마자 휴대전화가 울린다. 멀리서 울리는 것처럼 둔한 소리다. 그는 콘돔을 씌운 전화기를 귀에 대고 소리 지른다. "여보세요."

"화내지 마세요." 벤이다. "작별 인사는 못한다고 했잖아요."

"엄마도 거기 있어?"

"예."

"다리는 어떠냐?"

"괜찮아요. 화나지 않은 거 확실해요?"

"엄마 좀 바꿔줄래?"

그녀가 전화를 받는다. "리처드, 나 나가는 중이야. 일하러 가는 길에 병원에 들러 광견병 예방주사를 맞아야 해."

"텔레비전 켜봐."

"소리가 잘 안 들려. 무슨 채널?"

"모르겠어. CNN으로 틀어봐."

"와, 엄청난데. 이거 당신 집 근처야?"

"아니. 바로 우리 집이야."

"어디에서 전화하는 거야?"

"표류 중이야. 바다 한가운데에 있어."

"헤엄쳐서 바닷가로 돌아와야지."

"헬리콥터가 지금 바로 위에 있어. 카메라를 든 남자가 보이는 군. 손을 흔들고 있어. 내가 보여? 날 볼 수 있는 사람 있어?"

그녀는 뉴욕에서 생중계로 그를 본다. 그는 식탁에 누워 바다에 떠 있다. "당신 괜찮아?" 그녀가 묻는다.

"환상적이야. 이보다 더 좋을 순 없어." 거짓말이 아니다. "그냥 떠다니면서 다음엔 무슨 일이 생길지 기다리는 중이야."

헬리콥터에서 어떤 남자가 확성기를 들고 몸을 내민다. "아래 계신 분, 제 말 들립니까?"

"들려요." 그가 소리친다.

"우리 시야에 잡혔습니다. 조금만 버티세요."

지표면 아래 깊숙한 땅이 다시 한번 움직인다. 그리고 멀리에서 뭔가가 그의 눈길을 사로잡는다. 리처드는 거대한 대관람차가 우아하게 샌타모니카 부두에서 떨어져 물에 빠지는 광경을 지켜본다.

"잊지 않을 테니 걱정 마세요." 헬리콥터가 왼쪽으로 기울며 부두를 향해 돌아가는 와중에 남자가 외친다.

벤이 기겁해서 묻는다. "아빠, 아직 거기 있어요?"

"그래, 여기 있다."

"이젠 안 보여요."

"여기 있다. 난 언제나 여기 있을 거야. 네가 날 보지 못할 때에도 여기 있어."

감사의 말

영감을 주고, 신경을 써주고, 강력한 조언을 해준 이들에게 감사하고 싶다.

트레이시 글레이저, 에이미 헴펠, 마크 H. 글릭, 새라 홀로웨이, 퍼트리샤 매코믹, 댄 미너커, 앤 필빈, 마리 샌포드, 폴 슬로박, 신시아 워햄, 앤드루 와일리, 새라 샬판, 진 오, 뉴욕 작가실, 앤드리 발라즈, 필립 페이블 외 샤토 마몽의 직원들, 뉴욕 시립도서관에 있는 학자와 작가들을 위한 도로시와 루이스 B. 컬만 센터, 일레이나 리처드슨, 그리고 야도 주식회사에 감사한다.

옮긴이의 말

A. M. 홈스는 1989년에 아버지가 커밍아웃을 한 열다섯 살 소년의 이야기를 다룬 장편소설 『잭』을, 1991년에 날카롭고 도발적인 소설들로 구성된 단편집 『사물의 안전성』을 출간하면서 작가 생활을 시작했다. 이후 다섯 권의 장편소설과 한 권의 단편집을 더 냈고, 드라마 집필과 각색과 제작에 참여했고, 논픽션과 회고록을 썼다. 또한 여러 작품이 18개 언어로 번역, 출간되었을 뿐 아니라 구겐하임 재단 펠로십, 미국 국립예술기금위원회 펠로십, 뉴욕 도서관에서 주는 컬먼 센터 펠로십 등을 받았고, 독일청소년문학상을 수상하기도 했다.

이렇게 정리하면 '무난한' 작가 이력처럼 보이지만, A. M. 홈스가 세상에 던진 작품과 그 작품들이 일으킨 파문은 결코 무난하지 않았다. 퓰리처상 수상 작가인 마이클 커닝햄은 홈스가 1996년에 발표한 『앨리스의 끝』을 두고 "이 책은 A. M.홈스를 오늘날 문단에서 가장 용감하고, 가장 무서운 작가 반열에 올랐다. 그녀는 결코 안전하게 움직이는 법이 없고, 무엇이든 할 수 있을 것 같다'고 평했다. 문제의 작품은 아동성애를 다루면서 특히 많은 오해와 반발을 불러일으켰지만, 다른 작품을 보더라도 결코 안전한 글을 쓰지 않는다는 표현에 수긍할 수밖에 없다. 홈스에 대한 평가에는 언제나 '대담한' '독창적인' '도전적인' '불편한' 등의 수식어가 따라다닌다. 작가의 경험을 짐작케 하는 내용보다는 다양한 배경의 주인공을 3인칭으로 서술하는 데 능하며, '평범하고 기괴한 삶'을 그리는 데 천재적이다.

홈스의 글은 또한 시각적으로 무척 강렬하다. 군더더기는커녕 생략이 너무 많을 정도로 짧고 간결한 문장이 이어지는데, 그런 문장과 대사만으로 장면이 눈앞에 또렷하게 그려진다. 그래서 그녀의 여러 작품이 자연스럽게 영상화된 것이리라. 데뷔작인 『잭』은 케이블 채널 쇼타임에서 영화로 만들어졌는데, 작가가 직접 각색과 제작에 참여했고 2004년 주연 배우에게 에미상을 안겨주었다. 단편집 『사물의 안전성』은 2003년에 영화로 만들어졌고, 장편 『어머니들의 나라에서』도 영화화될 예정이다. 『이 책이 당신의 인생을 구할 것이다』도 스톤빌리지 픽처스에서 영화화를 계획하고 있다. 홈스는 레즈비언의 삶을 그린 인기 드라마 〈L 워드〉에 작가로 참여하기도 했다. 데뷔 이십 년, 아직 할 일이 많아 보인다.

2006년에 발표한 『이 책이 당신의 인생을 구할 것이다』는 작가가 가장 최근에 발표한 장편소설로, 앞서 언급한 전작들에 비해

온건하고 폭넓은 시선으로 '보통'의 평범한 세계가 얼마나 '보통 이상'이 될 수 있는가를 한껏 펼쳐 보인다. 겉보기엔 모자랄 게 없지만 알고 보면 가진 게 아무것도 없는 중년 남성이 어느 날 찾아온 통증을 계기로 세상과의 연결고리를 다시 찾아나가는 이야기. 이렇게 쓰면 진부해 보이기까지 하지만, 정작 읽어보면 이 소설, 참 괴상하다. 주인공에게 무슨 일이 일어날지 예측할 수가 없다. 누구 하나 논리적으로 행동하는 사람이 없다. 읽다가 '뭐 이런 황당한'이라고 생각한 순간 어쩌면 내 주위도 그러할지 모른다는 사실을 돌이키게 된다. 웃기고, 어이없고, 자연스럽고, 마음을 휘젓는다.

리처드 노박의 좌충우돌과 더불어 로스앤젤레스라는 도시의 생태와 그 도시에 사는 사람들에 대한 깊이 있는 관찰을 읽을 수 있는 것도 소소한 재미이다. 홈스는 워싱턴에서 태어났고 뉴욕에 살고 있지만, 이 소설을 쓰기 위해 한동안 로스앤젤레스에 거주했다. 아니, 정확한 사정은 이렇다. 로스앤젤레스를 배경으로 소설을 쓰려고 조사를 시작했으나, 오랜 기간 다른 도시에서 지낼 만한 돈은 없었다. 그런데 마침 내셔널 지오그래픽에서 여행기를 쓰기만 한다면 세계 어디든 보내주겠다고 했다. 그래서 로스앤젤레스를 택해 그곳으로 가서 지내며 조사를 했고, 그 결과물을 2002년에 『로스앤젤레스―사람, 장소, 그리고 언덕 위의 성』이라는 논픽션으로 출간했다. 그리고 원래 목적이었던 이 소설은 2006년에야 세상에 나왔다.

로스앤젤레스의 언덕과 바다에서, 뫼비우스의 띠처럼 이어져 있는 이 소설의 도입부와 결말을 사랑한다. (그렇다고 중간이 별로라는 뜻은 아니지만) 도입부에서는 마음이 일렁거렸고, 결말에서는 소리 높여 웃었다. 다음에 무슨 일이 일어날지는 아무도 모른다는 깨달음이 때로는 불안이 아니라 안도감을 줄 수도 있다. 독자들에게도 그랬으면 좋겠다.

2009년 3월
이수현

옮긴이 **이수현**

1977년 서울에서 태어났다. 학교 안 전공은 인류학, 학교 밖 전공은 환상문학이라고 주장한다. 서울대 인류학과에서 석사 논문을 썼고, 『패러노말 마스터』로 제4회 한국판타지문학상 우수상을 수상했다. 현재 환상문학 웹진 거울(http://mirror.pe.kr)의 필진으로 활동 중이다. 옮긴 책으로는 『꿈꾸는 앵거스』 『천국의 데이트』 『사자와 결혼한 소녀』 『이리저리 움직이는 비비원숭이』 『기프트―서부 해안 연대기 1부』 『보이스―서부 해안 연대기 2부』 『파워―서부 해안 연대기 3부』 『유리 속의 소녀』 『빼앗긴 자들』 『로캐넌의 세계』 『멋진 징조들』 『디스크월드』 『크립토노미콘』 『겨울의 죽음』 등이 있다.

문학동네 세계문학

이 책이 당신의 인생을 구할 것이다

초판인쇄 2009년 4월 2일 | 초판발행 2009년 4월 9일

지은이 A. M. 홈스 | 옮긴이 이수현 | 펴낸이 강병선
책임편집 류현영 오영나 | 저작권 김미정 한문숙
마케팅 장으뜸 정민호 한민아 김정민 정소영 | 제작 안정숙 김정후

펴낸곳 (주)문학동네 | 출판등록 1993년 10월 22일 제406-2003-000045호
주소 413-756 경기도 파주시 교하읍 문발리 파주출판도시 513-8
전자우편 editor@munhak.com | 전화번호 031) 955-8888 | 팩스 031) 955-8855

ISBN 978-89-546-0782-7 03840

www.munhak.com